한국의 희곡과
시대 양상

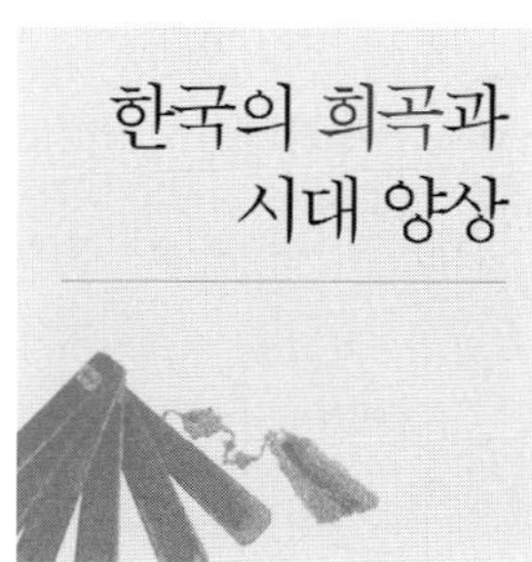

사재동(史在東, Jae Dong, Sha)_ 저자는 세종시 금남면 장재리에서 태어났다. 충남대를 졸업하고 같은 대학원에서 문학박사 학위를 받았다. 충남대 인문대 교수로 재직하면서 인문과학연구소장, 교육대학원장, 인문대학장 등을 역임하였다. 어문연구학회, 한국언어문학회, 한국고소설학회, 한국공연문화학회, 한국불교문화학회의 회장을 지냈다. 지금은 충남대 명예교수로서 불교문학과 불교예술, 불교문화 등을 중심으로 집필 활동을 계속하고 있다. 저서로는,『한국문학의 방법론과 장르론』,『한국문학유통사의 연구』1~2 등 15종 20책의 단독 저서와『한국서사문학사의 연구』1~5와『한국희곡문학사의 연구』1~6 등 10여 종 20책의 편저서, 그리고『학문생활의 도정』과『심청황후』1~3 등 수필 및 소설작품 7종 10여 책이 있다.

한국의 희곡과 시대 양상

초판인쇄 2018년 12월 12일 **초판발행** 2018년 12월 26일
글쓴이 사재동 **펴낸이** 박성모 **펴낸곳** 소명출판 **출판등록** 제13-522호
주소 서울시 서초구 서초중앙로6길 15(란빌딩 1층)
전화 02-585-7840 **팩스** 02-585-7848 **전자우편** somyungbooks@daum.net **홈페이지** www.somyong.co.kr

값 37,000원 ⓒ 사재동, 2018
ISBN 979-11-5905-303-0 93810

한국의 희곡과 시대 양상

사재동 지음

Korean Drama and the Aspect of the Age

소명출판

세계 모든 나라의 문학·예술이 그러하듯이, 한국의 문학·예술은 희곡과 연극이 장르적 전형을 보이며 문학·예술사를 주도하여 왔다. 기실 희곡 장르는 당대의 모든 문학 장르와 교섭하고 이를 포용하여 종합문학적 실상을 유지하면서, 연극적 공연을 통하여 유통사를 이끌어 왔기 때문이다. 그러기에 가까운 중국·일본의 학계에서는 이 분야에 중점을 두어 상당한 성과를 내고 있는 게 사실이다. 그런데 한국 학계에서는 이 부문에 소홀하여, 적어도 고전시대의 희곡 장르를 설정·공인하지 않는 한편, 겨우 그 시대의 연극을 논의하는 가운데 곁들여 대본의 면모를 거론하는 실정이었다.

그리하여 일찍이 희곡의 형성·전개 과정과 연극적 공연의 시대적 양상을 고구·파악하는 데에 힘써 왔던 것이다. 그래서 전형적 작품을 골라, 그 희곡적 실상과 연행 양상, 나아가 문학·예술사상의 위상까지 고구·검증하는 데에 주력하였다. 이러한 희곡의 작품론을 통하여 장르적 실상과 희곡사가 구체적으로 실증되기 때문이었다. 이제 그동안의 작품론들을 망라하고 시대적으로 체계화하여, 『한국의 희곡과 시대양상』을 엮어 내게 되었다. 이것이 작으나마 한국희곡사의 대강을 그 연극사와 더불어 중점적으로 조명하는 계기가 되리라 믿었기 때문이다. 그러한 내용을 이 책에서는 다음과 같이 셋으로 나누어 엮었다.

제1부 고대~신라시대의 형성 양상에서는, 우선 공무도하전승의 계통과 성격을 추적하고, 그 연극적 공연 양상과 희곡적 실상을 재구하였다. 이어『삼국유사』전승의 전형인「원효불기」와「영재우적」등의 형성·제작 경위를 추적하고 희곡적 실상과 연극적 공연 형태를 재구하여 신라시대 희곡·연극의 형성 양상을 파악하였다.

제2부 고려시대의 발전 양상에서는, 먼저 그 시대 연극과 희곡 형태를 전반적으로 점검하고 희곡의 장르적 전개를 파악하여 그 시대 희곡·연극의 발전적 면모를 입증하였다. 그리고 고려가요의 원형적 원전을 전제로, 서사적 구조가 희곡 형태를 지향하면서, 연극적 공연을 통하여, 그 시대의 희곡·연극의 발전적 계맥을 실증한다고 논의하였다. 이어「동명왕편」의 강창문학적 성격을 전제로, 그 연극적 공연 양상을 추적하고 희곡적 실상을 밝히는 한편,『석가여래십지수행기』중「금독태자전」의 찬성 경위와 성격을 검토하고, 그 희곡적 실상을 들추었으며, 연극적 공연 양상을 규명하여 문학·예술사상의 위상까지 파악하였다.

제3부 조선시대의 전개 양상에서는 우선 이 시대를 대표하여 집성된『월인석보』의 종합문학적 면모를 점검하고 그 유통 양상을 연극적으로 추적하면서, 희곡적 실상을 규명하는 한편, 문학·예술사상의 위상을 파악하여, 조선조 희곡·연극사의 대강을 어림하였다. 그리고 조선조의 대표적 악서로 알려진『악학궤범』의 음악 이론과 공연적 실제를 전제로, 공연대본으로서의 희곡적 실상을 밝히고, 그 의물·관복의 희곡적 요건까지 거론하여, 이 시대 희곡·연극의 일환임을 입증하였다.

이어 조선조 서사문학·소설을 대표하는 심청전승의 원전·원본, 근원·형성을 추적하고, 그 주제·사상과 구조·구성, 문체·장르를 분석한 후 그게 결국 희곡 형태를 지향하면서, 연극적 공연으로 전개되었음을 파악하였다.

이로써 한국희곡의 형성·발전·전개를 공연과 함께 일관하는 얼개가 되었으리라고 본다. 그러나 그 도도한 한국문학·예술에 대한 올바른 파악에 있어서는 빙산의 일각에 불과하다. 더구나 이 논저는 처음부터 저서 체제로 쓰인 것이 아니고, 그에 관한 임의적 논문 형태로 이뤄진 것이기에, 전체적 체계에서 어긋날 뿐만 아니라, 때로 기술상에서 중복되는 점도 없지 않을 것이다. 다만 그에 대한 완벽한 논술을 위하여 그만한 발원을 세우고 정성을 기울인 것만은 사실이다.

돌아보건대 사계의 학문정신과 방법론을 일깨워 주신 지헌영·김열규 두 은사의 학은과 사계 석학의 교시, 지금껏 건강과 지혜를 주신 부모님의 은혜에 감사하고, 진실행의 내조·격려와 은경 이하 자녀들의 조력, 특히 김진영 교수의 적극적인 도움에 고마운 마음을 전하며, 나아가 어려운 가운데도 이런 저서를 선뜻 간행해 준 소명출판 박성모 사장에게도 감사의 뜻을 표한다.

2018년 가을
저자 사재동 근지

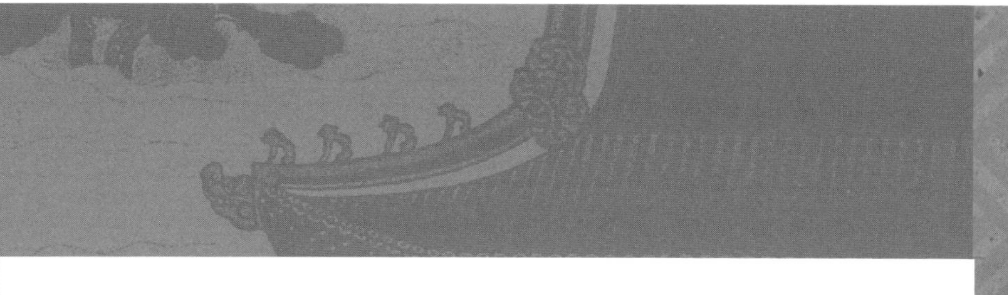

제1부

고대~신라시대의 형성 양상

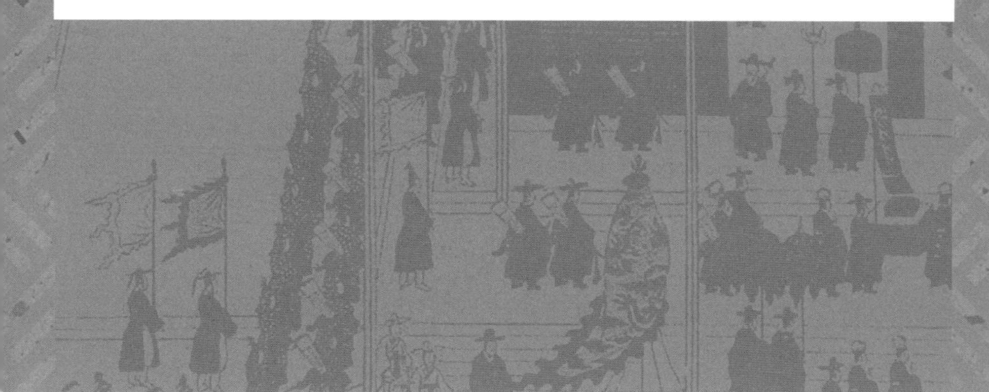

공무도하전승의 희곡적 전개

1. 서론

주지하는 바와 같이, 공무도하전승은 고대조선 관계의 유일한 작품이다. 그것은 작품 자체도 빼어날 뿐 아니라, 한국 고대문학사를 홀로 지키며 그 수준을 증언하고 있다는 점에서 한국학자들의 비상한 관심을 모아왔던 것이 사실이다. 한편 이 작품은 유통·정착 과정에서 중국과 긴밀한 관계를 지녀왔다는 점에서 중국 고대문학사를 논의하는 가운데 학자들의 각별한 주목을 받아왔던 것도 사실이다. 이러한 공무도하전승의 문학적 실상과 문학사적 위상을 검토하는 일은 학계의 긴요한 과제라 하겠다. 그리하여 한·중 학자들은 이에 대한 적극적인 고구를 통해서 상당한 업적을 내게 되었으니, 그 경향을 유별해 보면 다음과 같다.

첫째, 이 전승의 국적문제를 주의 깊게 논의하고 있다. 한국학자들은 대부분 이것이 한국의 작품이라고 주장하고 있는 터에,[1] 최신호만이 중국의 작품이라고 이견을 보이고 있을 뿐이다.[2] 그러나 중국학자들은 한결같이 그것이 중국의 작품임을 당연시하고 있는 터에,[3] 양음류楊蔭瀏나 위욱승韋旭昇같은 학자가 한국의 작품이라고 주장하고 있을 따름이다.[4] 실로 이 작품의 국적문제는 소유권을 다투는 식의 근시안적 독단에서 벗어나 거시적이고 객관적으로 신중히 검토되어야 할 것이다. 현전하는 고기록古記錄을 정밀히 분석·고찰하고 고대 한·중 간의 문화·문학사적 상관성을 엄정하게 검증하여, 이 작품과의 관련성을 확인하는 데 역점을 두어야 한다. 그 관련성의 정도가 이 작품의 국적을 상대적으로 결정해 줄 것이기 때문이다.

중국 측의 기록으로 채옹蔡邕(후한 말)의 『금조琴操』, 최표崔豹(서진 혜제)의 『고금주古今注』 등에 나타난 〈공무도하公無渡河〉의 기사에서[5] 그것이 '조선朝鮮'과 직결되어 있음을 공인하고 있다. '조선'이 한·중 영토의 변형·혼효로 하여 그 위치에 변동이 있었다 하더라도, 그것은 한국 고대사에서 한국민족이 건설·유지하던 국가 형태였음을 부인할 수가 없겠다. 그렇다면 〈공무도하〉의 형성연원이 조선, 즉 고대한국에 있음을

---

1 양재연, 「〈公無渡河歌〉 小考」, 『국어국문학』 5, 국어국문학회, 1953; 정병욱, 「주신의 최후(공후인)」, 『자유문학』 42, 자유문학사, 1969; 지준모, 「〈公無渡河〉 考正」, 『국어국문학』 62, 국어국문학회, 1973; 서수생, 「공후인 연구」, 『한국시가연구』, 형설출판사, 1974; 김학성, 「공후인 신고찰」, 『한국고전시가의 연구』, 원광대 출판부, 1980 등 참조.
2 최신호, 「공후인이고」, 『동아문화』 10, 서울대 동아문화연구소, 1971.
3 楊牧, 「公無渡河」, 『中國現代文學批評選集』, 聯經出版公司, 1979; 周英雄, 「試就 '公無渡河' 論文學與人生關係」, 『結構主義與中國文學』, 東大圖書公司, 1984 등 참조.
4 楊蔭瀏, 『中國古代音樂史稿』 I, 丹靑圖書公司, 1986, p.130; 韋旭昇, 『朝鮮文學史』, 北京大 出版社, 1986, p.19 등 참조.
5 지준모가 앞의 글에서 이 방면의 원전·문헌을 종합적으로 집성·검토하였기로 이를 근거로 삼겠다.

확인할 수가 있다. 따라서 지금 〈공무도하〉를 한국 측의 소유물로 간주하려는 것은 너무도 당연한 일이다. 여기서 보다 중요한 것은 이 작품이 정형·유전·기록되는 과정에서 한·중의 국경에 구애받지 않고 상호 유통되었다는 점이다. 기실 이 전승은 유통의 시기와 지역으로 보아 한·중 공유의 문학이라고 해도 무방할 것이며, 그래서 이 작품의 진가는 그것이 유통·향유되고 문학사적 영향을 미치는 데에서 발휘되었기 때문이다.

둘째, 이 전승 중 가요의 작자를 추정하는 데에 깊은 관심을 보이고 있다. 그동안 대부분의 학자들이 최표의 『고금주』를 따라 곽리자고의 처 여옥이 이 작품을 지었다고 했으나, 최근에는 백수광인의 처가 지었다는 쪽으로 기울고 있는 것 같다.[6] 더구나 국적과 관련시켜 여옥 등을 중국계의 인물로 결부시키려는 경향이 짙은 것이다.[7] 그러나 이 작자에 대해서도 소홀히 속단할 문제가 아니다. 기실 채옹의 『금조』에 "箜篌引者 朝鮮津卒霍里子高所作也"라 한 것을 보면, 이 작자가 일단 자고子高라고 표면화된 것만은 사실이다. 그런데 전게한 세 고기록에서 공증하는 바 광인狂人의 처가 "鼓(援)箜篌而歌曰云云" 했다는 것에 따르면, 자고나 여옥은 작품의 전달·재창자일 수는 있어도 원작자는 아니라고 보아진다. 그렇다고 광인의 처를 원작자로 단정할 수도 없다. 위 어절에서는 그 처가 공후를 치며 가요를 불렀다는 것을 증언하지만, 그녀가 가요를 지었다는 것을 확언하지는 않는다. 게다가 위 고기록들의 기사문맥으로 보아 그녀는 가요를 지어 부를 만한 정신적 여유도 없었

---

6 김성기, 「공무도하가의 해석」, 장덕순 외편, 『한국문학사의 쟁점』, 집문당, 1986, 92~93쪽.
7 서수생, 앞의 글, 45~46쪽; 지준모, 앞의 글, 305~306쪽 등 참조.

고, 현실적으로도 제작이 불가능했으리라고 판단된다. 설령 광인의 처가 가요를 지었다 하더라도 그녀가 어느 누구인지를 알 길이 없고, 실제로 그녀가 설화상이나 비극 중의 등장인물일 가능성이 짙은 바라 하겠다. 따라서 이 가요는 작자 미상으로 귀착되는 것이 당연한 일이다.

이 가요는 작자 미상의 민요 형태로 국경 없이 유통되다가 '광인의 비극'에서 그 처가 가창하게 되었던 터라 하겠다. 이러한 원형적 작품 형태가 상하 민중들에게 재연·복창으로 유전되다가, 그 중 하나의 뚜렷한 비극 형태가 곽리자고에 의하여 확인·정착되고 여옥·여용 등에게 연결·전수되었으리라 추정된다. 이러한 전승 형태에서는 이를 확인·정착시키고 연창한 사람이 작자를 대신할 수 있으므로, 여기서는 자고와 여옥 등의 위치가 매우 중시되어야 한다. 이런 점에서 채옹의 자고제작설子高製作說이나 최표의 여옥소작설麗玉所作說을 뜻 깊게 이해해야 될 것이다. 그리고 아무런 증거도 없이 자고나 여옥을 중국계의 인물로 추측하는 관점에서도 일단 벗어나야 하리라고 본다.

셋째, 이 전승의 형성시기에 대해서도 구구한 언급이 있다. 이 가요가 한대의 악부시·상화가사에 해당되는 점과 표현문자, 연주악기의 제반 여건 등을 참작하여 제작 시기를 한사군시대(B.C. 108)부터 후한대(A.D. 25~220)까지로 추정하는 경향이 뚜렷하다.[8] 그러나 이 가요가 민요 형태라는 점을 전제하고, 고대조선 내지 후속 국가시대의 한·중 문화유통이 대등·밀접했다는 점을 고려한다면, 이 전승의 형성시기를 굳이 전·후한대로 국한시킬 필요가 없으리라고 본다. 여기서는 이 비극적 작품이 언제로부터 원형을 보이고 정형·유통되었으며, 언제까지 그 명맥을 유지하

---

8   앞의 주1 참조.

여 왔는가를 시대적으로 추적하는 것이 중요한 일이다.[9]

적어도 이 전승이 한대 이전 고대조선에 기반을 두고 원형을 드러냈을 가능성은 결코 배제될 수가 없다. 이러한 원형적 작품은 한·중 간에 유통되면서 하나의 비극 형태로 정리되고, 나아가 한대의 악부에 착목되어 조정·정착되었으며, 상화가사相和歌辭로서 유명하게 유통되었으리라 추정된다. 이 작품이 감동적 비극으로 연창되면서 후한대까지 한·중 간을 넘나드는 가운데에도 조선의 진졸津卒 곽리자고霍里子高에 근거하여 전승계보를 잃지 않았던 것이라 하겠다. 이와 같은 전승의 한 사례가 기사화되어 채옹의『금조』에 수록되었던 것인가 한다. 그 후 진晉·송대宋代의 한·중에 이 작품이 연창·유통되었을 것이며, 그 전승의 몇 가지 사례가 정착되어 순훈筍勛(서진시대)의『태악가사太樂歌詞』, 최표의『고금주』, 공연의『금조』, 그리고 장영張永(남조 송원가)의『원가정성기록元嘉正聲伎錄』등에 수록되었을 따름이다. 이어 양梁·진陳 내지 당대唐代까지도 한·중에 걸쳐, 이 작품이 하빈河濱·해변海邊의 명소를 무대로 연창되고 저명 문인들의 화창을 받았던 것인데, 한국 측에서는 소식이 끊기고, 중국 측에서만 유효위劉孝威(양)·장정견張正見(진)·이하李賀·이백李白·왕건王建·온정균溫庭均·왕예王叡(이상 당) 등의 차운만이 기록되어 전할 뿐이다.[10] 이 작품이 송·명대를 거치는 동안에 조선조에 이르러서는 전대의 실전된 계보를 복원·부활시키듯이 많은 문사·학자들이 이 전승에 대한 깊은 관심을 보여 왔다. 안서우安瑞羽 등이 악부시로 이에 차운하고 차천로車天輅가 '조선진朝鮮津'을 '대동강大洞江'으로 단언하는가 하면, 윤형성尹衡聖·한치윤韓致奫·이덕무

---

9   성기옥,「공무도하가 연구」, 서울대 박사논문, 1988, 18쪽.
10   郭茂倩,『樂府詩集』, 里仁書局, 1984, pp.377~379.

李德懋 등이 그 작자에 대한 일가견을 표명하기도 했던 것이다.[11] 이로써 본다면 조선조까지도 선비들이 강변의 문학놀이에서 고대조선의 〈공무도하〉를 회상·모방하여 연창시키고 음미·진작했던 것이라 추상되기도 한다. 그래서 이 작품이 고대조선에서 발원하여 면면히 전승되다가 근세조선 말에 이르러 마무리되는 시대적 궤적을 확인할 수가 있겠다.

넷째, 이처럼 유구한 내력과 문학적 생명력을 유지해 온 〈공무도하〉 전승은 가요에 대해서만은 시문학적 분석·고찰이 집중적으로 가해졌다. 한국학자들이 전승에 기울인 관심은 거의 모두 가요의 감상·비평이었던 것이고,[12] 중국학자들도 역시 가요를 중심으로 논의를 벌여 온 것이 사실이다. 그동안 한·중 양국의 이에 대한 논급이 대동소이한 수준에서 답보상태를 면치 못하던 차에, 양목楊牧의 〈공무도하〉와 주영웅周英雄의 「시취 '공무도하'론 문학여인 생적관계試就'公無渡河'論文學與人生的關係」에서 이 가요에 대하여 구조주의시학에 입각한 비교문학적 탐구를 시도한 것은 주목할 만한 일이다.[13]

그런데도 공무도하전승 전체를 문학적으로 고찰한 업적은 아직도 뚜렷하게 나타나지 않았다. 그동안 이 전승은 그 가요에 관한 단순한 사실 기록으로 간주되어 국적·작자·연대를 고증할 때나 배경 또는 내용을 검토할 때에, 참고 자료로 활용되었던 것이 사실이다. 그러나 그 가요를 포함한 이 전승 자체는 훌륭한 문학적 구조 형태와 소중한 문학사적 위상을 지니고 있는 것이 확실하다. 적어도 이 전승을 기록화 이전의 생동

---

11 이가원, 『한국한문학사』, 민중서관, 1961, 13쪽.
12 정병욱, 「공무도하가」, 『언어문학사』, 고려대 민족문화연구소, 1967, 776~785쪽; 장덕순, 「공후인」, 『한국문학사』, 동화출판사, 1975, 69쪽 등이 두드러진다.
13 앞의 주 3 참조.

하는 원형으로 복원해 본다면, 그것은 기실 서사·희곡 내지 시론 등의 문학 형태로 분리·논의될 수가 있겠기 때문이다.

먼저 이 전승은 서사문학·소설 형태로 취급될 수가 있겠다. 이 전승의 핵심이 되는 광인 부처狂人夫妻의 비극이야말로 극단적으로 응축된 서사구조라 하겠다. 거기에 서두부의 필연적인 보완·서술과 사건 진행의 사실적 부연을 원형적으로 재구한다면, 그것은 그대로 소설 형태의 수준을 유지하고 있는 터라 보아진다. 더구나 핵심구조 전후에 곽리자고의 관점과 평가적 언동이 연결됨으로써, 소설적 액자구조가 형성되어 있는 실정이다. 이만하면 이 전승을 소설론적으로 분석·고찰할 여지는 얼마든지 있는 터라 하겠다.

다음으로 이 전승은 희곡 형태로 취급될 수가 있겠다. 이 전승의 중심이 되는 광인부처의 비극은 명실공히 비극 그 자체요, 따라서 희곡이 되겠기 때문이다. 더구나 비극의 구조에 맞추어 서두부를 보완·정리하고 사건진전에 따라 필수되는 대화·대사를 복원·삽입한다면, 그것은 거의 완벽한 희곡이 될 수가 있을 터이다. 게다가 이 전승의 비극부는 그 가요와 함께 한·중 간에 널리, 고대조선으로부터 근세조선에 이르기까지 전승·연창되어 왔다는 것이 밝혀진 마당에, 이 전승 내의 기사에서 자고와 여옥·여용 등이 전수·재연했다는 것을 증언하고 있는 것이다. 그렇다면 이 전승은 희곡론에 입각하여 분석·논의할 여지가 충분한 터라 하겠다.

그리고 이 전승은 평론 중에서 시화·시론으로 간주될 수도 있겠다. 이 전승은 가요 쪽에서 보면, 분명 그것이 설명 기사요, 그래서 시화임에 틀림이 없다. 이것은 가요의 국적·작자·시대 등의 기초 사실과 제작배경·동인 등을 들추고, 나아가 작품의 형성·내용·정조·음율 등과 그것의 삽입가요적 기능, 시청자의 감동, 사회적 영향력 등에 걸쳐 압축된 언급을 하고 있는 터다. 따라서 이 전승은 소박한 시론·평론으로 논의해도 무방하리라 본다.

이상과 같이 몇 가지 문제를 제기하면서, 이들에 대한 구체적인 논증 과정에서는 서사문학 및 시론적 검토는 유보하고, 다만 이를 희곡 형태로 간주하여, 분석·고증을 시도하고자 한다. 따라서 본고에서는 첫째, 이 전승의 현존 원전을 검증하여 그 계통과 정본적 성격을 규정하고 둘째, 이 전승의 비극부가 실연된 연극적 면모를 점검하며 셋째, 이 비극부를 확대·재구하여 그 희곡적 실상을 분석하고, 나아가 이것이 차지하는 문학사적 위상을 어림해 보려고 한다.[14]

2. 원전의 계통과 성격

공무도하전승은 유통·정착 과정에서 허다한 이본(이회異話)을 산출하게 되었던 것이다. 이본들이 구비전승되거나 문헌정착되는 마당에서, 전게한 바 여러 악서 속에 수록되었던 것이라 하겠다. 그 중에서도 원전이 그대로 현전하는 사례만을 검토해 보겠다.

---

14 본고는 「공무도하 설화의 문학적 고찰」, 『한·중 국제학술발표논문집』(제1회), 충남대 문과대학, 1988을 수정·보완한 것이다.

먼저 채옹의 『금조』에 채록된 것은 다음과 같다.

① 箜篌引者 朝鮮津卒霍里子高所作也 ② 子高晨刺船而濯 ③ 有一狂夫被髮 提壺 涉河而渡 其妻追呼止之 不及 墮河而死 乃號天噓唏 鼓箜篌而歌曰 公無渡 河 公竟渡河 公墮河死 當柰公何 曲終 自投河而死 ④ 子高聞而悲之 乃援琴而 鼓之 作箜篌引以象其聲 ⑤ 所謂公無渡河曲也

이 원전은 기록연대도 가장 **빠**를 뿐만 아니라, 비교적 원형성을 유지하고 있는 것으로 보인다. 위 ①과 ⑤는 서술·기록자들이 작품의 작자를 판정하고 나아가 명칭을 제정한 기사라 하겠다. 따라서 이 부분은 채옹이나 이전의 전수·기술자들에 의한 해설적 기록이라고 보아진다.

여기에서 가장 중요한 부분은 물론 ③이다. 이것은 이 전승의 비극적 핵심으로, 원형을 확보하고 있는 것이 사실이다. 그렇다고 이 부분을 이 전승의 원형 그 자체라고 속단할 수는 없다. 그 자체의 서사문맥, 사건 진행상의 실천적 사실성이 결여되어 있기 때문이다. 적어도 광부의 익사를 불가항력으로 목격하고 "號天噓唏호천허희" 하던 그 처가 어느 결에 공후를 준비·반주하며 새삼스럽게 정제된 가창을 해낼 수 있었을까 의심하지 않을 수 없다. 그렇다고 이 기사 자체를 불신해서는 안 된다. ③에서 "鼓箜篌而歌고공후이가"를 정밀히 검토해 보면, 거기에 계획적으로 제시된 재연성을 드러내고 있음이 확실한 터이다. 원래 공후는 장대중후하여 여인으로서는 휴대하기 곤란할 뿐만 아니라, 비록 그것이 소형이라 하더라도 남편의 익사를 만류하려고 화급하게 뒤쫓는 그녀에게 그것을 지참할 여유와 필요가 있었는가 하는 점이다. 설혹 그녀가 공후를 현장에서 어떻게 마련했다 하더라도 어려운 탄주는 어찌 가능했으며, 또한 기능을 갖추었다 치더라도 '崩天號哭붕천호곡'의 '哀迫失神之境애박실신지경'에서 그처럼 처참·비애롭게 세련된 곡조와 진술·애절하게 정화된 민요를 즉시 창출·가창할 수 있었겠는가. 이것은 현실적인 신빙성을 따지기에 앞서,[15] 그 의도적 재연상황으로 간주하는 편이 타당하리라 본다.

그렇다면 ③이 모체로 삼았던 비극적 원형이 형성·유전되었다고 추정할 수가 있겠다. 적어도 ③에서 과장·장식된 요소를 제거한다는 관점에서 주목되는 "鼓箜篌而歌고공후이가"를 본원적으로 복원해 본다면, 그 원형의 면모를 추상해 낼 수가 있을 것이다. 이 문제의 대목을 그 당시 현장의 정황이나 당자當者의 자살적 심정에 입각해서 자연·순리대로 해석·묘사한다면, 진상이 어느 정도 유추될 수 있겠기 때문이다. 가령 임의로 한 사례를 들어 위 대목을 '乃哀絶而自歎내애절이자탄' 정도로 추적해 간다면, 어느 정도 방향이 잡히리라고 예상된다.

이렇게 원형을 복원해 본다 하더라도, 그것은 역시 창조된 비극문학성을 갖추고 있는 것이 분명하다. 따라서 그것이 ③으로 대표되는 비극의 최고·근원적 서사 형태가 될 수 없는 것은 물론이다. 그러므로 이 비극이 조형祖形으로 삼은 사실담을 소급·상정할 수가 있겠다. 고대인의 제반 생활상에서 분출되는 온갖 갈등과 남녀·부부간의 비극적 사건을 집약·유형화함으로써, 어떠한 인간사회에서든지 공감을 얻을 수 있는 획기적인 비극담이 실존했으리라 믿어지기 때문이다.

그리고 ②와 ④는 ③을 중심으로 볼 때, 제2차로 결부된 재연구조라

---

15 정병욱, 「공무도하가」, 『언어문학사』, 고려대 민족문화연구소, 1967, 779~782쪽에서 이 설화를 신화로 취급·분석하였다.

하겠다. 이 양쪽 부분은 ③을 액자형식으로 둘러싸고, 또한 그것을 확인·실연하는 역할을 표현하고 있다. 여기서는 곽리자고가 현실적인 주동이 되어 ③을 하나의 비극으로 확립하고 유통시키는 계기를 마련한 것이 주목된다.

이와 같이 채옹의 원전은 다층적으로 누적된 것이 확실하다. 또한 그것이 사실담적인 조형을 근원으로 하여 원형구조·재연구조·제2재연구조·해설구조 등 적어도 4중적 입체구조를 지니고 있는 것이 밝혀진 셈이다. 그런데도 이것은 다른 원전에 비하여 원본적 성향을 강하게 띠고 있는 것이 사실이다.

이어 최표의『고금주』에 기록된 원전은 다음과 같다.

㉠ 箜篌引者 朝鮮津卒霍里子高妻麗玉所作也 ㉡ 子高晨起刺船 ㉢ 有一白首狂夫 被髮提壺 亂流而渡 其妻隨而止之 不及 墮河而死 於是 援箜篌而歌曰 公無渡河 公竟渡河 墮河而死 當奈公何 聲甚悽慘 曲終亦投河而死 ㉣ 子高還以聲語麗玉 ㉤ 麗玉傷之 乃引箜篌寫其聲 聞者莫不所墮淚飮泣 ㉥ 麗玉以其曲傳隣女麗容 ㉦ 名曰箜篌引

이 원전은 전자에 비하여 기록연대가 뒤질 뿐만 아니라, 서술 자체도 후대성을 지니고 있다. 그러면서 그 기사의 내용과 표현에 있어 상당한 특성을 드러냄으로써, 전자와는 계열을 달리하고 있는 것으로 보인다. 위 ㉠과 ㉦은 역시 서술·기록자들이 작자와 명칭을 규정한 해설적 기록이다. 그런데 이것은 전자의 그것과 상당한 차이를 보이고 있다. 전자에서 작자 곽리자고가 여기서는 그의 처 여옥으로 바뀌어 있기 때문이다. 이런 점은 다음에 이어질 서술내용과 표현에서 적지 않은 차이점을 예고하는 바라 하겠다. 여기서도 ㉢이 비극적 핵심부를 이루는 것은 당연하다. 이것은 저 ③과 기본적으로 동궤인 것만은 분명하지만, 표현상에서는 상당한 출입을 보이고 있다. "狂夫광부"가 여기서는 "白首狂夫백수광부"로 "涉河而渡섭하이도"가 "亂流而渡난유이도"로 변화된 것이라든지, 저 "乃號天噓晞내호천허희"가 여기서 탈락된 대신 "聲甚悽慘성심처참"이 이에 첨가된 것 등이 현저한 예라 하겠다. 이런 정도만으로도 ㉢이 전승상에서 저 ③의 직계가 아닌 것을 알 수가 있다.

그리고 ㉡와 ㉣이 역시 액자형식으로 감싸고 있는 제2차적 재연구조임에는 틀림이 없다. 그런데 이것이 저 ②와 ④에 비하여 획기적인 변화를 드러내고 있다. 여기서는 곽리자고가 작자의 위치에서 물러나 다만 그 비극적 장면을 목견하고 전승한 전달자로 변모·약화되어 있는 실정이다.

대신에 ㉤에서 여옥의 위치가 강조·부상된 것은 그 전체의 기술문맥상 당연한 결과라 하겠다. 여기서 여옥이 연창자의 역할을 충실히 수행함으로써, 이 대목이 제3차적 재연구조인 것이 보다 확연히 드러나게 된다. 나아가 ㉥에서 여옥이 여용에게 그 비극의 연창을 전수하고 또한 여용이 재연했을 것이 족히 예상됨으로써, 이 부분은 제4차적 재연구조임을 알려 줄 뿐만 아니라, 그것이 계속하여 전승·재연되었으리라는 사실을 암시해 주고 있다. 이로써 최표의 원전이 ㉦의 통일된 명칭과 함께 전자와는 별도의 전승계보를 통하여 정착된 것임을 보다 분명히 알 수가 있다.

이와 같이 최표의 원전은 전자에 비하여 여러 겹 누적된 다층구조를 지니고 있는 것이 확실하다. 그리고 이 원전은 전자의 경우와 결부시켜 볼 때, 적어도 6중 내지 다중적 입체구조를 갖추고 있는 것이 확연해진다. 이것은 공무도하전승의 성장문학성과 관련하여, 유통·전개의 다양한 면모와 유구한 전통을 반영하고 있는 터라 하겠다.

그리고 공연의 『금조』에 수록된 원전이 현전하는 것은 사실이다. 그런데 그것은 채옹과 최표의 원전을 적절하게 발취·조립한 형태를 취하고 있으므로, 여기서 거론할 필요가 없겠다. 다만 그것대로 절충적 입장과 계보를 이루고 있는 점만은 부인할 수가 없다.

먼저 이상에서 논의한 원전들의 전승계통을 도시하고 그 성격을 점검하여 보겠다.

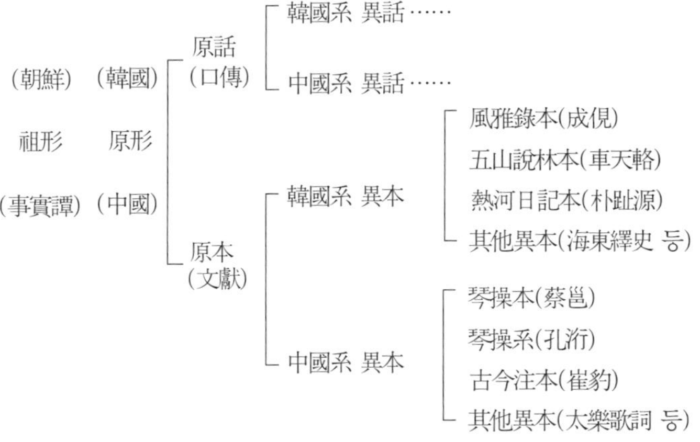

기술한 바와 같이, 공무도하전승은 서사문학·시론 형태의 성향을 지니고 있는 것이 사실이지만, 그것은 희곡적 성격을 갖추고 있는 점에

서 보다 뚜렷해진다. 이 전승의 핵심이 광인부처의 비극임은 이미 밝혀졌거니와, 그것은 이 비극을 둘러싸고 적층적이고도 다중적으로 재연·설창되어 왔던 근거를 입체적으로 기사화한 것이라 하겠다. 따라서 이 전승의 외곽적 부분은 그 핵심부의 연극적 상황을 실증하고 나아가 그 희곡적 실상을 증언하고 있다고 보아지는 터이다. 요컨대 그것은 광인부처의 비극이 시대와 공간에 상응하여 연창되어 왔음을 명기하고 또한 그 희곡의 진상을 요약·기술하였다고 하겠다.

이러한 성격을 기준으로 하여, 공무도하전승이 연극·희곡의 형태로 전래되어 온 계통맥락을 그대로 반영한 원전의 정체를 복원해 볼 필요가 있다. 이에 채옹의 원전을 근간으로 하여 그 정본을 재구해 보면 다음과 같다.

ⓐ 箜篌引者 朝鮮津卒霍里子高所作也

ⓑ 子高晨起刺船而濯

ⓒ 有一狂夫 被髮提壺 其妻追呼止之 不及 墮河而死 乃號天噓唏 鼓箜篌而

　　歌曰 公無渡河 公竟渡河 公墮河死 當奈公何 曲終 自投河而死

ⓓ 子高聞而悲之 乃援琴而鼓之 作箜篌引 以象其聲

ⓔ 所謂公無渡河曲也

ⓕ 子高還以聲語麗玉

ⓖ 麗玉傷之 乃引箜篌寫其聲 聞者莫不所墮淚飮泣

ⓗ 麗玉以其曲傳隣女麗容

ⓘ 名曰箜篌引

그런데 위 재구본은 어디까지나 문헌전승의 한계점을 가지고 있다. 이것은 그 시대에 상응하여 실연되던 원형적 연극 그 자체가 아니라, 그것이 후대 기록자에 의하여 취사·축소되고 한문으로 요약·표현되어 있기 때문이다. 따라서 이것은 연극·희곡적 원형을 최대한으로 축약시킨 요지라고 해야 마땅할 터이다. 그러므로 이 비극을 실연할 때는 이러한 요지를 기본으로 하여 자연스럽게 부연·창조함으로써, 그 원형을 재생시킬 수가 있었던 것이다. 그러기에 위 재구본에 의거하여 그 연극·희곡적 실상을 검토할 때는 그것을 극화·실연하듯이 재생·복원시켜 보아야 되겠다. 그 중에서도 ⓒ는 그 감동적인 비극성에 비추어 가장 심각하게 축약된 면모를 보이고 있는 터이므로, 그것의 재구再構에서는 대담하고 창조적인 부연작업이 요청된다고 하겠다. 특히 그 비극의 사건구조, 등장인물들의 대화와 가창, 그리고 그들의 행동 등에서 그러한 내막이 면밀히 검토될 때, 그 실상은 제대로 파악되리라 보아진다.

3. 공무도하전승의 연극적 면모

이 전승이 광인부처의 비극과 이를 연창·재연했다는 사실을 기록하고 있다는 것은 누언한 바와 같다. 일찍이 오국흠吳國欽도 『중국희곡사만화中國戲曲史漫話』에서 한대漢代의 상화가사가 전통적으로 연극화되

어 왔음을 전제하고

> 從漢代相和歌辭[箜篌引][貊上桑]等來看, 都具有一個簡單的故事和一個主要
> 人物, 這些街市鄕村的謳謠成爲相和歌辭之後, 由一人執節主唱, 兩人伴奏, 當
> 主唱者唱到故事中主人公感情激動之處, 不知不覺手之舞之, 足之踏之, 這就
> 成了初期比較短小的民間戲曲. 主唱者手中的節, 不僅是指揮音樂的節拍, 也
> 成爲最初的戲劇道具了[16]

라 논급한 것은 주목할 만하다. 여기서 공무도하전승이 국적에 관계없
이 상화가사의 최고最古 작품으로 연극화되어 왔음을 확인할 수 있기 때
문이다.

기실 이런 정도의 비극이라면, 고대 한·중의 생활습속에 따라 어떤
행사의 뒷풀이나 놀이로서 연출되었으리라 추정된다. 그리고 양국의 민
간신앙에 입각하여 여러 형태의 제의극으로 전개되었으리라 보아진다.
특히 이런 연극은 하변河邊을 무대로 벌어지는 연희나 재수굿 또는 해
원·위령굿 등에서 저명한 비극으로 실연되었을 가능성이 얼마든지 있
다고 하겠다.

그렇다면 이 전승의 기사내용을 통하여 연극적 실연 상황을 점검해
볼 필요가 있다. 먼저 이 전승의 핵심이 되는 ⓒ를 보면, 그것이 절실한
비극 그 자체라는 것은 자명한 일이다. 이것이 극화 이전의 원형이 아
니라 벌써 재연 상황을 보여 주고 있다는 것은 이미 지적된 바다. ⓑ에
서 자고가 비극의 광경을 시청함으로써, 그것의 연극성은 구체화되고

---

16 吳國欽, 『中國戲曲史漫話』, 木鐸出版社, 1983, p.10.

현실화되었던 것이다. 더구나 광부의 익사를 그 처가 한사코 만류하지 못하고, 아니 거의 동시에 따라 죽지 않고서 하변에 도사리고 앉아 뜻밖에도 공후를 치며 세련된 가요를 연창한 것 자체가 연극이라고 아니 할 수 없다. 당시의 정황과 그녀의 심정이 도저히 그럴 수 없었다는 것은 이미 언급되었다. 더구나 이 공후가 '體曲而長체곡이장'한 23현의 대악기로서 일정한 장소에 차려 놓고 "抱於懷中포어회중 兩手齊奏之양수제주지"(『사물기원』)해야 되는 것을[17] 급박한 상황 속에서 즉시 준비하여 칠 수 있었다는 점이 이미 계획된 연극일 수밖에 없다는 것이다. 말하자면 이 때의 공후는 연극상의 소도구로서 미리 준비되어 있었으리라는 이야기다. 이처럼 공후를 능숙하게 반주하며 가창한 그 처는 벌써 평범한 여인이 아니고, 당시의 상당한 기녀일 가능성이 짙다. 따라서 상대역을 수행한 백수광부도 우인優人으로 취급해 볼 수가 있겠다. 전게한 바 '광부'가 어느새 '白首狂夫백수광부'로 변환된 것을 보면, '백수'가 분장인 것 같고, '被髮提壺피발제호'한 것을 보면, 마치 소도구를 지참하고 연기한 것 같은 인상을 받는다. 그렇다면 ⓒ는 2인 이상이 출연하는 대화극의 면모를 보이는 터라 추상되기도 한다. 여기서 자고가 연출을 맡은 듯이, 그 비극을 관람·확인하고 의도적인 연극 형태로 정립시킨 것이라 볼 수가 있겠다.

다음 ⓓ·ⓔ에서 자고는 그 비극을 충분히 수용하고 재연함으로써, 창작적인 차원으로 정리·완성시킨 연예인이라 보아진다. 그는 고금鼓琴에 능하여 '공후인'을 작곡하고 '공무도하'의 가사를 정착시켰기 때문이다. 그는 진졸이었지만 음악과 문학에 기능을 갖춘 악인·우인이었

---

17 지준모, 앞의 글, 303쪽.

을 가능성이 높다. '진졸'이 어떤 의미로 해석되던 간에, 그것은 전의 광대·우인을 표현하는 '水尺수척' 또는 '汲水漢급수한'과 결코 무관하지 않다는 생각이 든다.[18] 실제로 중요한 것은 그가 이 비극을 전문적인 수준으로 재구·재연했다는 사실이다. 이 때의 연극 형태는 물론 일인 전역의 설창 즉 강창극이었으리라 보아진다.[19] 그러므로 ⓕ에서 자고 는 여옥에게 비극을 혼자서 설창함으로써 강창극을 연출했다고 보는 것이 옳겠다. '以聲語이성어'에서 그 비극의 줄거리나 내막을 강설한 것이 확실하다면, 그에 따라 반주와 가창은 필수되는 것이기 때문이다. 그리하여 그 처를 감동시킬 만큼 훌륭한 연기를 보였던 것이다.

그러기에 ⓖ에서 그 강창극은 여옥에게 충격을 주었고, 드디어 그녀 는 공후를 치며 비극을 재연했던 것이다. 그 연창이 문자聞者와 관중을 상대로 공개되었던 것이 분명하고, 그것이 매우 감격적이어서 크게 파문을 일으켰던 것이 확실하다. 연극을 시청한 사람이면 누구나가 "莫不墮淚飮泣막불타루음읍"한 것이 입증되었기 때문이다. 그녀는 그 이름과 기예로 보아 평상여平常女가 아니고, 보다 전문화된 기녀·여우女優였다고 간주할 수가 있겠다.[20] 그녀가 공개된 연주·연창에서 관중의 심각한 호응을 받았다는 점에서, 그녀의 전문적 연기를 족히 예상할 수 있기 때문이다. 더구나 '여옥'은 고금의 관례대로 여우를 나타내는 예명藝名이었다고 보아지기도 한다. 그녀의 연창은 원칙적으로 혼자서 설창하는 강창극의 형태를 취했을 것은 물론이다. 한편 그녀가 연창을 거

---

18 김동욱, 「판소리 發生 考」, 『한국가요의 연구』, 을유문화사, 1961, 296~297쪽.
19 사재동, 「한국희곡사연구서설」, 『어문연구』 18, 어문연구학회, 1988, 96~97쪽.
20 한국 기녀의 연원은 신라 이전, 고대까지 올라갈 가능성이 짙다. 이능화, 『조선해어화사』, 한림서림, 1927, 1~2쪽.

듭하는 가운데서 그것을 축약하여 가창극 내지 가무극으로 만들 수도 있었을 터이지만, 또한 자고 등의 협연을 얻어 대화극으로 발전시킬 수도 있었을 터다. 그녀와 자고가 부부관계로 정립된 것을 보면, 백수광부 부처의 비극이 그들에 의하여 대화극으로 연출되었거나 연출될 가능성을 암시하는 것이 아닌가 한다.

결국 ⓗ에서는 여옥이 전문적 비극을 여용에게 전해 준다. 여기서는 평면적인 전달과 선후적인 전수의 의미가 다 포괄되어 있다. '여용'이 '여옥'과 같은 예명이라면, 그녀는 기녀·여우로서 역시 그만한 예능을 갖추었다고 볼 수가 있겠다. 그녀들은 예명에서 '麗여' 자를 같이하는 문제의 친밀성을 유지하고 있는 것만은 확실하다. 따라서 여옥이 횡적 관계로서 이 연극을 전달할 수도 있고, 종적 인연으로 전수할 수도 있다는 것이다. 실제로 ⓗ는 이 비극의 전형적 유통성을 바탕으로 공간적인 전파폭과 시간적인 전승력을 아울러 시사하고 있는 바라 하겠다. 어쨌든 여옥도 그것을 연창으로 전달·전수했을 터이고, 여용 역시 그것을 본받아 재연을 거듭했을 것은 족히 추정된다. 이 경우에도 연극형태는 원칙적으로 일인 설창의 강창극일 가능성이 짙고, 나아가 가창극·가무극으로 축소될 수도 있으며, 가족적 협연을 통하여 대화극으로 진전될 수도 있었을 것이다.

이상과 같이 이 전승상의 비극은 한·중 연극문화의 배경·조건이나 그 기술내용 자체 등으로 보아, 그것이 전형적인 비극 형태로 연창됨으로써 연극의 맥락을 면면하게 유지해 왔다고 하겠다. 그 연극 형태는 비교적 단순·소박하지만, 기본적인 요건을 두루 갖추었던 게 사실이다. 먼저 그 무대는 극적 진행을 돕기 위하여 특수하게 설치되기보다는 형편에 따라 자연스럽게 설정되었으리라 추정된다. 그 무대야말로 그 비극의 내용에 따라 하빈·해변 등이 가장 적합했을 것은 물론이다. 여기서는 일단 하빈으로 설정되어 그 무대상의 진면목을 보이고 있지만, 그 연극의 형태에 따라 좀더 자유롭게 마련될 수도 있겠다. 말하자면 이 연극이 대화극으로 입체화될 때는 반드시 하빈·해변이 요구되지만, 그것이 가창극·강창극으로 실연된다면 그 무대는 실내나 야외 등 적당한 공간이면 족하다는 것이다. 그 점은 자고나 여옥·여용 등이 이 극을 실연할 때 택하였던 무대를 통하여 추증될 수가 있겠다.

그리고 이 연극에는 등장인물이 단순하지만, 배역의 활동은 뚜렷한 게 사실이다. 말하자면 이 연극에는 소박한 연기자로서 남녀 우인들이 건재하다는 이야기다. 전술한 대로 백수광인과 그 처를 일단 실연자로 간주한다면, 곽리자고나 여옥 내지 여용 등은 소도구까지 활용하는 세련된 연예인이라 하여 마땅할 것이다. 게다가 이 연극의 현장에는 자고로 비롯되는 청중이 몰려 감동을 보이고 있었다. 이러한 청중이 바로 연극을 연극답게 만들었던 것이다. 결국 이 비극도 청중의 적극적인 호응으로 하여, 연극적 실체가 확인되고 성공할 수가 있었던 것이다.

기실 이 연극은 흔히 말하는 무대와 배우, 그리고 청중이 제대로 어울려 확고한 형태를 유지하고 있거니와, 거기에는 정말 비극적 희곡이 자리하여 있기로 보다 충실해진 것이라 하겠다.[21] 그렇다면 이 희곡을 바탕으로 전개된 연극 형태를 점검해 볼 필요가 있겠다. 위에서 대강 지적되었지만, 이 연극은 주로 강창극으로 실연되었으리라 보아진다. 우선 자고가 비극을 보고, 이를 구체적으로 연극화할 때 그는 혼자서 모든 것

---

21 김용락, 「연극의 제요소」, 『현대희곡론』, 한신출판사, 1983, 47~51쪽.

을 연창하였기 때문이다. 원래 강창극이란 일인 전역으로 강설·가창하는 경제적이고 보편적인 연예 양식이라 하겠다. 그러기에 자고가 여옥에게 재연할 때도 역시 강창극의 형태를 취하게 되었다. 그리고 여옥이 감동하여 많은 사람들에게 거듭 재연할 때나 여용에게 전할 때도 강창극의 형식을 빌리게 되었던 것이다.

그런데 이러한 강창극 형태가 형편에 따라 축약되면 자연 가창극 내지 가무극의 형태로 전개되는 것은 당연한 일이다. 실제로 위 강창극에서 서사문맥의 강설을 생략하고 〈공무도하가〉만 연창한다면 그것은 그대로 가창극이 되고 마는 것이다. 나아가 가창극 형태에서 어떤 모습으로든지 무용이 덧붙으면 역시 그대로 가무극으로 전개되는 것이 상례라 하겠다. 본래 이와 같은 상화가사의 극화 과정에서 "手之舞之수지무지·足之蹈之족지도지" 하는 것은 지극히 자연스런 현상이기 때문이다.

한편 위 강창극이 좋은 조건 아래서 본격적으로 입체화될 때, 그것은 바로 대화극으로 발전하게 된다.[22] 기실 이 비극은 하빈·해변 등을 무대로 광인 역과 그 처 역을 분담·분장하고 대화·가창하며 소도구로써 행동·연기하면 그대로가 대화극이 되는 것이다. 여기에 악사나 기타 보조역이 덧붙으면 더욱 본격적인 연극으로 완벽해지는 터라 하겠다. 이에 이르러, 이 연극은 동양비극의 극치로서 희랍비극에 대비되는 인류최고의 극예술로 평가될 수 있겠다.[23] 그리하여 고금의 한·중 문인과 학자들이 화답·증언한 바와 같이, 한·중의 하빈·해변 어느 마당에서

22　사재동, 앞의 글, 95~98쪽.

23　楊牧, 앞의 글, p.398에서 "但就精神而言, 希臘悲劇之洗滌作用 劫變爲樂府悲劇之隨波逐流. 以此意究之, 〈公無渡河〉一詩並未完與古典希臘悲劇相合"이라고 하였다.

나 유·무명의 남녀 우인들에 의하여 자유자재로 연출되어 민중 속에
생동하며 전승되었던 것이다.

4. 공무도하전승의 희곡적 실상

이 전승의 비극이 실연·유통된 것이 확실하다면, 그 핵심·기반을
이루는 희곡이 존재하는 것은 당연한 일이다. 실제로 극본·희곡이 어
떤 형태로든지 구비로나 문헌으로 정립되어 있어야만 이를 바탕으로
그 연극이 되풀이 연출될 수 있었기 때문이다. 그러므로 위 재구본에
의거하고 연극적 실연 상황을 통하여 그 극본·희곡의 실상을 유추·
복원해 볼 단계에 이르렀다. 그 중에서도 ⓒ에 중점을 두고 희곡론에
입각하여 극본·희곡적 내막을 분석·종합하는 것이 옳겠다.[24] 그런
데 이 ⓒ는 전술한 대로 감동적인 비극성에 비추어 가장 심각하게 축약
된 면모를 보이고 있는 실정이다. 그러므로 그것이 희곡적 구성구조,
극본적 실존체재, 대사와 창사, 그리고 무대·행동·소도구들의 지시
문 등을 제대로 파악하기 위해서 대담하고 창조적인 복원작업이 병행
되어야 할 것이다.
　첫째로, ⓒ는 그 자체로써 희곡적 구성구조를 제대로 갖추고 있다.
물론 ⓒ의 기록된 현상으로는 서두부가 미비된 게 사실이다. 그러나

24　김용락, 「희곡의 구성요소」, 앞의 책, 83~143쪽.

그것은 본래부터 갖추어 있었다가 생략된 것이라 보아진다. 기실 그 구성의 논리상 서두부가 필수되는 법인데 기록자의 선택과 한문의 성질상 사건 진행이 거두절미된 상태로 정착되었으리라 추정되기 때문이다. 언제 어디서나 죽음은 최고의 비극적 사건이다. 그러나 그것이 진정 비극이 되기 위해서는 원인이 절실하게 전제되어야 한다. 여기에서는 광인부처의 죽음이 연속적으로 일어나 이 비극의 절정을 입체적으로 고조시키고 있다. 그것이 일단 비극으로 성립되어 관중의 공감대를 형성시킬 때에는 두 죽음의 필연적인 원인이 극명하게 드러났을 것이다. 그러기에 처의 자살이 광부의 처참한 익사에 연유되었던 것처럼, 그의 광증狂症과 자살이 그만큼 확고한 근거와 이유를 수반했을 것은 물론이다.

먼저 그의 광증이 그 원인으로써 많은 것을 암시해 주고 있다. 이런 광증은 보통 심신상 감당해 낼 수 없는 고통과 갈등이 중첩될 때 일어나는 것이 원칙이다. 따라서 광부가 그만큼 심각한 고통과 갈등에 의한 비극적 사건에 휘말려, 결국 그 증세를 나타나게 되었다고 보아진다. 그가 '白首백수'로 등장하는 것도 생애에 겪었던 고통과 갈등을 상징하는 하나의 증표일 수도 있겠다. 이러한 백수광부가 정신적 혼미 중에 무의식적으로 익사했다고는 보아지지 않는다. 적어도 그는 불가피한 광증 속에서도 방황하고 안주할 수 없어, 보다 강열한 운명적 비극에 떠밀리어 스스로 죽음을 택할 수밖에 없었으리라 유추된다. 이처럼 필연적인 그의 죽음이 직접 원인이 되어 그 처가 피맺힌 자살을 감행하였던 것이다. 이렇게 볼 때, 이 ⓒ는 서두부가 복원되고 따라서 그 구성이 원인과 결과에 따른 필연적 구조로 재구되는 것이라 하겠다.

이러한 서두부로 발단한 사건구성은 유발적 사건을 거쳐 상승적 동작으로 이어진다. 백수광인이 죽음의 강으로 거침없이 달려가고 그 처가 뒤좇아 달려가며 소리쳐 말리려 해도 결코 미치지 못한다. 지척 간에서 죽음으로 달려가는 남편을 보고도 미처 붙잡지 못한 채 점점 죽음 앞으로 다가설 뿐이다. 한사코 달려가서 남편을 잡을 듯이 가까이하며 죽음에 임박한 시간과 거리를 순간적으로 절감하는 것이다. 결국 그 광인은 그 처가 가까이서 가장 안타깝게 확인하는 가운데 강물에 빠져 죽고 만다. 그 처는 남편의 죽음을 빤히 바라보면서 가장 잔인한 아픔과 함께 하늘이 무너지는 슬픔을 체험하는 것이다. 여기가 이 비극의 절정인 듯하지만, 아직은 거기에 이르지 못한다. 다만 이 비극이 상승할 대로 상승하여 바로 절정에 맞닿은 극점일 따름이다.

드디어 이 비극은 그 처가 남편을 따라 죽으려고 호천통곡하다가 죽음을 강인하게 유보하는 데서 그 절정이 마련되기 시작한다. 그녀는 한꺼번에 밀려닥친 비극의 모든 것을 하나로 응축·승화시켜 노래로 읊어낸다. 그 노래를 자신의 비극적 심금心琴인 공후로 나타냄으로써, 그녀는 비극의 절정을 완성하는 것이다. 이러한 비극의 정점에서 그녀의 심금은 만인의 심금을 그다지 널리, 그만큼 절실히 울리게 된다. 그러나 이 절정은 오래 가지 않는다. 일체의 말이 필요 없는 자리다. 세상의 모든 비극을 응측·승화시킨 실존이 엄연하게 자리할 뿐이다.

이 절정은 하강적 동작으로 직결되어야 한다. 그녀가 물심의 모든 것을 놓아 버리고 죽음의 강가로 발걸음을 옮기는 데서 비극은 내리막길로 접어든 듯하다. 그러나 그것은 비극 일반의 흐름이요 상식적인 관점일 뿐이다. 그녀가 비극의 절정을 극복하고 보다 크고 높은 비극의 절정을 이룩하기 위하여 희생하려고 가는 발걸음임을 알아야 한다. 그녀가 천천히 혈서를 쓰듯이 피눈물의 발자국을 남기며 한걸음씩 내디딜 때마다 생사를 넘나드는 비장감이 첩첩이 쌓여 나가는 것이다.

드디어 그녀가 체념의 각오로 죽음을 초탈하여 영원히 흐르는 맑은 물 위에 목숨을 던질 때, 그것은 단순한 종말이 아니라 고차원의 새로운 절정을 이룬 셈이 된다. 흔히 말하는 종말인 듯이 진행되면서, 비극의 실세로서는 다시 절정을 설정·중첩시킴으로써 그 구성은 최고의 비극세계를 창조하기에 이른 것이다. 기실 그녀의 죽음이 마지막 절정이면서 급전직하의 종말이 되게 하는 그 구성구조가 이 연극을 불멸의 비극으로 승화시킨 터라 하겠다. 그리하여 이제는 만인 앞에 세속적 비통의 굴레를 벗어나 비장미와 숭고미로 가득 찬 종교적 정화세계가 전개될 따름이다.

이러한 비장구성에 알맞게 등장인물이 설정된 것도 사실이다. 물론 이 비극이 ⓒ로 축약·기록되는 과정에서 그 사건이 생략된 만큼 그 인물도 상당수 제거되었을 것이다. 그렇지만 최후로 남은 광인과 그 처는 주인공으로서의 성격을 제대로 드러내고 그 기능을 충분히 발휘하였다.

이 백수광인은 개인·민족·인류의 현실적 비극을 총체적으로 대변하는 인물이다. 그러기에 연극 상에서는 구상화되어 있지만, 그는 결코 특성화되어[25] 그다지 편협하게 논의될 평면적 인간이 아니다. 그는

---

[25] 정병욱, 「공무도하가」, 『언어문학사』, 고려대 민족문화연구소, 1967, 781쪽에서 "이 이야기의 主人公인 白首狂夫는 다름아닌 주신이라고 보아 마땅하다"고 하였고, 김학성, 「공후인의 신고찰」, 『한국고전시가의 연구』, 원광대 출판부, 1980, 291쪽에서 "白首狂人'의 正體를 入神狀態에 突入한 狂夫 혹은 修鍊巫로 일단 규정할 수 있다"고 하였다.

인간에게 운명적으로 다가오는 모든 비극을 감당하다 못하여 백수가 되고 나아가 광인이 되어 버린 그 주체다. 말하자면 인류의 모든 비극적 현실을 표상하는 보편적 인물형이라 하겠다. 그러니까 그는 이 연극에서 비극적 현실을 제시하고, 점차로 비극적 현장을 조성해가는 주체일 따름이다. 여기서 그가 비극적 주체라 히여 이 연극의 주인공으로 보아 넘길 수도 있다. 말하자면 남편이 미쳐서 물에 빠져 죽으니까 그 아내가 따라 죽었다는 여필종부적 판단이 가능하리라는 이야기다. 그러나 그것은 가부장적 윤리관에 입각한 피상적 견해에 불과하리라고 보아진다. 적어도 이만큼 본원적이고 보편적인 비극상에서는 일반적인 생활윤리를 초월할 수밖에 없다. 따라서 그는 인간의 현실적 비극을 유형화한 전형적 실존이기에 이 연극의 주인공은 될 수가 없겠다.

여기서 그 처는 이 비극적 실존을 온몸으로 받아들여 가슴으로 체험하면서 그 비극을 이끌어가는 전형적 주인공이다. 기실 그녀는 연극상에서 광인과 상응하여 구상화되어 있지만, 역시 특정인물로 규정될 수가 없다. 그동안 그녀를 두고 악신樂神이나 무녀 등으로 보아온 것은 피상적이고 상식적인 입장이라 하겠다.[26] 그녀는 인간의 비극적 현실을 직시하고 그 앞에서 체험적으로 초탈하려 몸부림치는 여인상을 보인다. 그러나 그녀는 그 비극의 절정에서 그것을 운명적으로 수용·극복하면서 보다 고차원의 비극으로 승화시키는 주인공이 된다. 그리하여 그녀는 이 모든 비극을 끌어안고 영원한 강물 위에 희생함으로써, 비장미와 숭고미로 찬란한 정화의 세계를 창조한 위대한 영웅일 수가 있었다. 그래서 그녀는 바로 이 연극의 주인공으로서 최상의 비극을

---

26 정병욱, 위의 글, 782쪽; 김학성, 위의 글, 293쪽 등 참조.

창출하여 내었던 것이다.

이렇게 볼 때, 이 희곡구성의 인물은 비극적 현실의 주체와 그 비극을 극예술로 운용하는 주인공만이 조화되어 핵심적 기능을 다하게 된 것이다. 이와 같은 상대적 인물들이 광인과 그 처로 구상화되어 그 연극을 구체적인 비극으로 꾸며갔던 터다. 그러면서 근간에 따르는 가지처럼 상당한 부수인물들을 거느리게 마련이다. 그리하여 등장인물들이 주인공을 중심으로 다양하게 유기적인 활동을 벌임으로써, 이 비극을 완성하였을 것이다. 다만 위 극본적 기록이 그 비극의 요지만을 선택·정착시키는 과정에서 양대 인물만이 남았을 따름이다.

이상과 같은 비극구조는 이미 어느 나라 누구의 특정한 비극현상을 겨냥한 것이 아니다. 실로 그것은 인간의 운명적 비극을 민족 내지 인류의 비극과 결부시켜 보편적인 최대 비극으로 작품화한 것이다. 그러기에 이 희곡은 희랍비극이나 셰익스피어의 그것과 비견되어 마땅할 것이다. 이 희곡이야말로 인간의 모든 비극을 수용·극복하여 인간 본연의 비장·숭고한 세계로 정화시키는 극예술의 사명을 다하고 있기 때문이다. 이런 점에서 이 희곡의 근본 주제는 다른 세계적 비극의 그것과 같이 '비극의 수용·극복과 비장·숭고한 정화'를 지향하고 있는 터라 하겠다.

둘째로, 이 전승은 위 재구본만을 보아도 희곡적 체재를 유지하고 있는 게 확실하다. 물론 위 ⓒ가 비극의 본체라는 것은 분명해졌다. 그렇다면 여기서 개막의 해설부와 폐막의 평가부를 찾아 낼 수가 있다. 위 ⓐ와 ⓑ가 연극의 제목·작자 등을 소개하고 본극을 유도하며 극정을 예시하는 해설부를 마련하고 있는 터라 하겠다. 이 부분은 가창극이나 강창극의 경우에는 연창자가 직접 맡을 것이고 대화극일 때에는 연기자 이외의 출연자가 해낼 수도 있다. 이 대목은 중국희곡(잡극)의 설자와 그 역할이 같은 것이라 보아진다.[27] 그것은 한·중 희곡에 공통되면서 그 기능은 오랜 전통을 이어오고 있는 터라 하겠다. 전술한 대로, ⓒ의 본체부는 그 희곡적 구성구조가 각별히 뛰어나 있다고 실증되었다. 이에 이어진 위 ⓓ∼ⓘ에서 극종劇終 이후 평가부의 면모를 찾아 볼 수 있겠다. 동양의 고전희곡에는 폐막 즉시 그 연극의 감명도를 확인·강조하기 위하여 극전체를 평가·선전하는 관례가 있어 왔다. 중국희곡에서는 연극을 마무리하면서 극정의 대강과 주제를 요설要說·제창提唱하는 이른바 '제목·정명'을 내세우는 것이 상례로 되어 있다.[28] 이런 점에서 ⓓ의 "聞而悲之문이비지"나 ⓖ의 "麗玉傷之여옥상지", "聞者莫不墮淚飮泣문자막불타루음읍" 등은 그 극정劇情을 효과적으로 평가·선양하는 사례가 될 것이다. 그리고 위 ⓐ에서 '공후인箜篌引'이라 제목을 들었으면서도 ⓔ에서 '공무도하곡'을 ⓘ에서 다시 '공후인'으로 강조한 것은 단순한 중복이 아니라, 그 연극의 요지를 뽑아 보이려는 의도가 작용한 것이라 하겠다. 그렇다면 이 희곡의 평가부라는 것이 결국 저 '제목·정명'과 본질적으로 상통하는 터라 보아진다. 이 평가부는 위 해설부와 조응하여 희곡의 본체를 감싸는 액자구조의 기능을 발휘하고 있는 것이다. 이것은 연극 현장에서 필수되는 터이므로, 그 희곡의 전·후에 그 자취를 남기고 있는 것이 당연한 일이다. 이들 전·후 액자가 확실히 자리함으로써, 그 극본은 희곡으로서의 체재를 제대로 갖

---

27 원·명대의 잡극에는 그 초두(初頭)에 설자(楔子)가 예외없이 붙어 있다. 趙元度(明), 『孤本元明雜劇』, 粹文堂, 1974 참조.
28 青木正兒, 「題目正名」, 『元人雜劇序說』, 長安出版社, 1981, pp.28∼29.

춘 결과가 되었다.

셋째로, 위 ⓒ는 그 속에 적지 않는 대사와 창사를 갖추고 있다. 실제로 그 비극의 현장에서 등장인물들이 주고받은 대사는 풍성했을 것이다. 그러나 이 희곡의 경개만을 단면적으로 정착·기록하는 마당에서, 모두가 제거되거나 축약된 것임을 알겠다. 여기 ⓒ를 복원할 때의 사건 안에서나 ⓒ의 현전 문맥 속에서 상당한 대사를 찾아낼 수가 있겠기 때문이다. 적어도 광인부처가 광증 전후에 나누었을 진지하고 절실한 대화, 그 사건이 착잡해졌을 때 가족 사이나 이웃 관계에서 벌어졌을 대화 등이 충분히 예상된다. 이 희곡의 사건 진행을 확대·부연할 때, 그와 비례하여 그 인물 상호 간의 대화는 확대되기 마련이다. 이런 점은 현존 문맥을 통하여 족히 방증되는 터다.

기실 ⓒ의 본문에서 우선 "其妻追呼止之기처추호지지"를 보면 급박하고 간절한 대사가 드러난다. 처가 죽음으로 치닫는 남편을 뒤좇으면서 얼마나 많은 대화·독백을 하였겠는가. 때로 외마디로 부르고 크게 부르짖으며, 때로 달래고 꾀이며, 때로 윽박지르고 참회하는 등 가까운 거리를 두고 함께 달리면서 최선을 다한 대화와 대답 없는 독백을 흩어버렸을 것이다. 이 때에는 처 이외에도 이를 목격하고 동참하는 사람들이 보조적 대사까지 예상할 수 있겠다. 그리고 ⓒ의 "乃號天嘘唏내호천허희"에서 비통과 절망의 독백이 통곡에 섞이어 한없이 흘러 나왔을 것이다. 실제로 이 처지는 억장이 무너져 말을 끊고 소리도 못 지르는 형편이지만, 기왕 연극인 바에는 그에 적합한 독백이 흡족히 쏟아져 나왔을 터이다. 그동안의 많은 서사문학·희곡에서 이런 정경을 만나 보면, 그 간곡하고 심금을 울리는 독백이 얼마든지 나오는 것이 상례이기 때문이다.[29] 이 비극의 재연에서 이 대목을 부연해 나갈 때, 그것은 연출자나 연기자의 재량과 창작·표현 능력에 따라서 그 독백적 대사가 얼마든지 다양하게 전개되리라 추상되기도 한다. 게다가 이에 동참하는 주변 인물들의 위로와 차탄의 대사도 끼어들었으리라 추정되는 터다.

이런 맥락이라면, ⓒ의 "自投河而死자투하이사"에서도 독백직 대사를 적잖이 복원해 낼 수 있다. 이를 문자 그대로 보면 아무 말이 없었던 것으로 되어 있다. 그러나 이것이 연극일진대 위 대목은 최고의 절정을 이루는 마지막 장면이다. 그렇다면 여기서 그녀는 하고 싶은 말을 다 할 수밖에 없다. 그냥 죽으면 그것으로 모든 것은 그대로 끝나고 말기 때문이다. 이 비극의 성공은 이 장면에서 그녀가 어떠한 말을 어떻게, 얼마만큼 해내어 만인의 심금을 울리고 천지신명을 감동시키느냐에 달려 있는 실정이다. 이렇게 본다면 그녀는 할 말이 너무도 많은 것이다. 그녀의 자탄은 일단 끝났다 치더라도, 그녀는 우선 천지신위께 기도해야 하고 하신께도 기원해야 한다. 남편의 명복과 함께 자신의 앞날을 빌어야 된다. 남아 있을 혈족들에게 하직하고 친지·친구들에게도 작별인사를 나누어야 한다. 사실 그녀는 한풀이를 겸하여 심중에 맺힌 모든 말을 다 해내야 모두와 함께 만족할 수 있겠기 때문이다. 본래 역대 서사문학·희곡에서 주인공이 부득이 자살하게 되었을 때 남기는 대사는 너무도 많고 매우 감명 깊은 것이었다. 희랍의 비극이나 세익스피어의 비극에서 주인공이 죽음을 위해 남긴 대사는 물론이고, 우리 고전소설·희곡의 비극적 주인공이 남긴 대사는 더욱 절실하다.

---

29 이런 현상은 전통적이고 보편적이지만, 그 중에서도 세익스피어의 「로미오와 줄리엣」의 비극적 최후는 가장 저명한 것 중의 하나가 되었다.

우선 심청이만 하더라도 죽음의 동기는 다르지만, 바다에 몸을 던져 죽기 위하여 얼마나 많은 대사를 얼마만큼 감명 깊게 남겨 놓았던가.[30] 바로 그 대목에서 모두는 「심청전」·〈심청가〉의 핵심·절정을 만끽하는 것이다. 이러한 차원에서 ⓒ의 그녀가 죽음 앞에 남긴 대사는 그만한 질량으로 확대·복원될 수가 있겠다.

여기서 중시되는 것은 ⓒ의 창사가 그 모든 대화·독백을 집약·표출하고 있다는 점이다. 물론 그것은 유명한 〈공무도하가〉이거니와, 그것이 공후의 반주에 의하여 가창됨으로써 더욱 독특하고 소중한 위치를 차지한다. 우선 이 가요를 대사로 간주할 때, "公無渡河공무도하"는 만류하는 직접대화요, "公竟渡河공경도하"는 일단 체념하면서 거리를 두고 한 번 더 외쳐 보는 간접대화며, "公墮河死공타하사"와 "當奈公何당내공하"는 처절한 자탄적 독백이라 하겠다. 그런데 이 가요는 단순한 대사의 응축이 아니다. 그것은 이 비극의 연극·희곡을 전체적으로 집약하고 있는 최고의 핵심·결정이기 때문이다. ⓒ에서 그녀가 남편의 죽음을 보고 그 비극을 극복하면서 세상의 모든 비극을 응축시켜 정화시킨 그 노래를 공후에 실어 부름으로써, 이 연극·희곡은 영원한 극예술로 성취된 것이다. 그러기에 국내외 석학들이 이 가요의 가치와 위상을 전세계적 차원에서 높이 찬양하고 있는 실정이다.[31]

실로 희곡의 핵심·요체가 되는 대화·창사가 이만큼 복원·재구된

---

30 신재효, 「심청가」, 『신재효 판소리 전집』(영인), 연세대 출판부, 1969, 15~20쪽.

31 그 중에서도 양목(楊牧)은 앞의 글, p.398에서 "詩僅四行, 完美自呈 (…中略…) 自性理念, 哀而不傷, 正合乎中國抒情傳統的至大至高, 也達到了古典希臘悲劇展現洗滌作用的目的"이라고 하였다. 그리고 성기옥, 앞의 글, 73~95쪽에서 '생성기의 서정시로서의 작품적 성격'을 '서정민요적 현상'과 '극적 독백체 민요로서의 성격과 의미'로 나누어 분석·고찰하고 이를 높이 평가하였다.

다면, ⓒ의 희곡적 면모가 좀더 확실해시는 터라 하겠다. 이와 관련하여 위 가요의 희곡상의 역할은 보다 중시된다. 이 가요는 극 중의 창사로서 이것이 연극을 활기차게 하고 그 희곡을 알차게 하는 핵점진주核點眞珠와도 같다. 이 가요가 화룡점정격으로 적절하게 삽입됨으로써 ⓒ가 연극대본인 것이 확인되었고, 그 전승부 본체가 희곡으로 확정될 수가 있었던 터이다. 보편적으로 극 중의 창사, 희곡 중의 가요는 한·중 고전희곡에 필수되는 전형적 관례이거니와,[32] 이로써 보더라도 ⓒ를 중심으로 하는 이 전승본의 희곡적 자질이 족히 공인될 만한 것이다.

넷째로 ⓒ는 희곡의 필수 요건으로 지시문을 제대로 갖추고 있다. 물론 그것은 누언한 대로, 생략·축약된 상태를 보여 주고 있는 게 사실이다. 그러나 그 문맥 속에는 그러한 지시사항들이 직간접적으로 시사되어 있다. 먼저 그 무대를 지시하고 있는 게 돋보인다. 이미 ⓐ의 "朝鮮津卒조선진졸"이나 ⓑ의 "刺船而濯자선이탁"에서 그 무대가 하변·하수임을 제시하고 있는 것은 물론이다. 게다가 ⓒ에서는 광인이 "涉河而渡섭하이도", "墮河而死타하이사" 하고 그 처가 "投河而死투하이사" 하는 데서, 그 주 무대가 하수임을 명시하고 있다. 이와 연결되어, 그녀가 "追呼止之추호지지" 하다가 "號天噓唏호천허희" 하고 "鼓箜篌而歌고공후이가"한 무대가 하변인 것을 또한 알려 준다.

이러한 하변과 하수는 이 연극·희곡의 무대로서 가장 적절하게 설정된 것임에 틀림이 없다. 마치 그 무대에 맞추어 이 작품을 만든 것처럼 서로가 잘 어울리기 때문이다. 나아가 이 무대는 그 연극·희곡의 주제의식을 효율적으로 뒷받침하고 있는 듯하다. 이 무대는 전체로 하나지만,

---

32　青木正兒,「雜劇之組織－歌曲·曲詞」, 앞의 책, pp.19~26.

실은 하변과 하수로 양분·대립시켜 놓은 것으로 보인다. 실제로 연극·희곡의 진행에 이 무대를 대입시킬 때, 하변과 하수는 삶과 죽음, 이승과 저승, 공간과 시간, 고정과 유동, 세간世間과 정계淨界 등을 대립·호응관계로 시사함으로써, 작품정신을 구현하는 데에 심각한 도움을 준다고 하겠다. 한편 이러한 무대는 자연으로 설정되어 공연에 적합할 뿐만 아니라, 겨울을 제외한 모든 계절에 각종 제의·유희 등과 관련하여 그것을 감상하고 누리는 데에도 매우 편리하였을 것이다. 기실 이러한 무대는 이 연극·희곡이 값지게, 널리 오래 유통·전승되는 데에 큰 몫을 해왔으리라 보아진다.

그리고 등장인물의 분장을 지시한 것이 엿보인다. ⓒ에서 광인이 '白首'·'被髮'로 등장한 것은 시사하는 바가 크다. 이 연극이 대화극으로 실연되는 것을 원칙으로 할 때, 그것은 분명 광인 역의 분장이 되겠기 때문이다. 후대적으로 이 비극이 되풀이 재연될 때, 그것이 분장의 기준으로 작용했으리라는 점은 족히 추정된다. 그렇다면 광인의 상대역으로 그 처의 분장이 예상된다. 더구나 그녀는 주인공으로서 활동범위가 넓고 다양하다. 그녀의 분장에서 독특한 점은 보이지 않지만, 적어도 백수광인의 처로서, 공후의 연주와 가창자로서, 결국 하수에 빠져죽는 여인으로서 적합한 차림을 했으리라 추정된다. 만약 마땅한 기녀가 없어 남자로서 여장을 했을 경우라면, 그 분장의 의미는 더욱 확대되리라 보아진다.

이러한 분장은 단순한 차림과 모방이 아니다. 어떠한 연극·희곡에서든지 이 분장을 통하여 심각한 작품정신·주제의식을 표출하는 것이 상례이기 때문이다. 이 비극의 분장에서도 그러한 상징적 의미를 찾아 볼 수가 있겠다. 가장 독특한 것으로 '백수'를 든다면, 거기에는 심상치 않은 의미가 들어 있는 것 같다. 이 비극 상에서 광인이 백수노인이거나 노망한 늙은이가 아닐 것은 뻔하다. 그렇다면 장년의 남자가 백수가 되고 결국 광인이 되었다는 이야기다. 그런 남자가 고해·세파에 시달리며 고민하고 갈등하다가 백수가 되고 드디어 광인이 되었다는 논리가 성립된다. 그렇다면 그 광인의 백수는 그가 겪은 고통과 갈등의 극한을 가시적으로 표상하면서, 광증의 필연성을 암시하는 분장이라고 보아도 무방할 것이다.

다음 등장인물들의 소도구를 지시한 것이 분명하다. 물론 광인이 "壺호"를 들고 등장한 것은 잘 알려진 사실이다. 흔히들 이것을 단순한 '술병'으로 보고, 그를 주신이나 무부라고 취급하는 단서로 삼아 왔다. 이 "호"는 우선 광인 역의 소도구라는 것을 확인할 필요가 있다. 그리고 그것이 비록 '병'이라 하더라도 '술병'이라고 속단하기에 앞서 무슨 액체든지 그 속에 담을 수 있다는 보편적 가능성을 조심스럽게 점검해야 되겠다. 그래서 백수광인이 된 그가 죽음으로 달려가면서도 최후의 유일한 소유물로 움켜쥐었던 그 '병'에는 이 비극과 직결된 어떤 액체가 들어 있었으리라 예상된다. 말하자면 그 비극의 원인이든, 그 촉진제든, 아니면 그 치유제든 간에 그런 기능의 액체가 들어 있는 병이라야만, 이 극중 인물의 소도구로서 필연성을 지닌다는 이야기다. 이러한 전제를 둔다면, 그것이 바로 술병이래도 좋겠다.

옛부터 술은 영웅들의 흥망성쇠를 좌우하면서, 비극의 원인 내지 촉진제가 되고 때로 그 치유제가 되어 온 것이 사실이기 때문이다. 동서를 통한 고전은 물론, 우리 서사문학·희곡에도 술이 극적인 사건 전개에 결정적 역할을 한 사례는 허다한 실정이다. 그 중에서도 술이 '광악 狂樂'으로 작용하여 엄청난 극적 사건을 전개시킨 「구운몽」의 경우는 시사하는 바가 있다.[33] 실제로 고대로 올라가면 갈수록 국중대회나 제 의·행사, 축제·굿놀이 등에서 연극적 상황을 최고조로 성취시키는 힘이 술에서 나온다는 것은 확실하다.[34] 이와 같이 보편적인 의미와 예 술적 기능을 바탕으로 한다면 광인이 든 "호"가 '술병'으로 규정되어야 마땅할 것이다.

그리고 그 처가 탄 공후가 소도구로 나타난 것은 이미 지적된 바다. 이 악기를 통하여 곧장 그녀가 악신으로 규정된 것도 잘 알려진 사실이 다. 그러나 분명한 것은 그녀가 원래는 그 극중의 인물이지만, ⓒ에서 는 벌써 연기자였으리라고 추정된 점이다. 따라서 그녀는 되풀이되는 재연에 등장하여 소도구로서 공후를 타고 있다는 사실이다. 그리하여 악기는 비극을 효과적으로 이끌기 위하여 등장한 소도구임에 틀림 없 고, 또한 그 어려운 악기를 능숙하게 연주한 그녀가 기녀·우인임을 족 히 실증해주는 터라 하겠다.

비록 이 악기가 소도구라지만, 그것이 그녀의 본원적 속성이라고 간 주될 때는 보다 심각한 의미를 지닌다고 하겠다. 그 악기는 비성悲聲과 기능으로 하여 비가를 불러내는 그녀와 하나가 되겠기 때문이다. 나아 가 악기는 비극을 이끌어가는 주인공을 대변하거나 그녀와 동일시되

---

33 김만중, 『구운몽』(한문 을사본); 정규복, 「구운몽 연구」, 『자료편』, 고려대 출판부, 1974, 363쪽에서 "龍王親自執酌 以勸性眞 性眞固讓曰 酒者伐性之狂樂 卽佛家大戒 賤僧不可 飮也 龍王曰 釋氏五戒中禁酒 予豈不知 寡人之酒 與人間狂樂大異 只能制人之氣 未常蕩 人之心 上人獨不念寡人勤懇之意耶 性眞感其厚眷 不取强拒 乃連倒三"이라고 하여 극적 사건 진행의 결정적 계기를 마련한다.
34 정병욱, 앞의 글, 782쪽.

고 있다고 보아도 과언이 아닐 것이다. 따라서 이 비극의 희곡적 문맥에서는 그 악기는 바로 그녀요, 그녀는 바로 그 악기라고 하겠다.

한편 등장인물의 행동·표정 등을 지시하고 있는 것이 드러난다. 실은 ⓒ의 모든 문장이 광인과 처의 행동과 표정을 지시하는 것으로 일관되어 있는 형편이다. 게다가 그 지시가 극적 사건의 진행에 직합하노록 발단에서 상승적 동작을 거쳐 절정에 오르고 다음 하강적 동작에서 종말에 이르는 과정을 생동감 있게 이끌고 있는 것이다. 먼저 광인 하나만을 내세워, "被髮提壺피발제호 涉河而渡섭하이도"하게 만들고, 이어 처까지 내세워 행동을 입체화시킨다. 그래서 광인이 죽음으로 달려가게 하고, 처가 "追呼止之추호지지 不及불급"케 대조를 시킨다. 드디어 처가 속수무책으로 지켜보게 하고, 광인을 "墮河而死타하이사" 하도록 지시한다. 이어 처는 "號天噓唏호천허희" 하며 행동·표정의 극치를 이루게 만든다. 마지막으로 그녀 혼자서 초혼하듯이[35] "鼓箜篌而歌고공후이가" 하고 "投河而死투하이사" 하여, 두 개의 절정을 마련하도록 지시했던 것이다. 기실 ⓒ에서 원래는 좀더 구체적이고 실감나는 행동·표정의 지시가 있었을 것이나, 지금으로서는 추정과 예상이 가능할 뿐이다.

심지어 이 비극의 진행 중에 나타나는 극정까지 지시하고 있는 셈이다. 실제로 ⓒ에서는 반주·가창의 극정으로 "聲甚悽慘성심처참"이라고 지적하였을 따름이다. 그런데 이것은 이 비극의 절정을 드러낸 절조絶調를 두고 그 정경을 말한 것이기로, 그 연극의 전체를 두고 이른 것이나 다름이 없다. 실로 이 비극의 극정은 위 어구 하나로 완벽하게 지시된 것이라 하겠다. 그 뒤로 ⓓ에서 "聞而悲之문이비지"라 한 것이나 "麗玉

---

35 이 〈공무도하가〉가 마치 김소월의 「초혼」을 연상케 한다.

傷之^{여옥상지}"라 하고 "聞者莫不墮淚飲泣^{문자막불타루음읍}"이라 한 것 등은 다 위의 것을 모방하거나 부연한 데에 불과하다고 보아진다. 이처럼 위 지시문은 이 비극을 연극답게 통어하고 그 극본을 희곡답게 조정하고 있는 게 확실해졌다.

이상과 같이 이 전승은 ⓒ를 중심으로 한 희곡론적 분석이나 한·중 희곡의 구조·형태적 비교를 통해서, 그것이 하나의 희곡이라고 입증되었다. 다만 정착·기록의 특수성으로 말미암아 실체적 형태나 생동하는 표현·문체 등은 진단할 수 없으나, 그 기본구조와 유형을 통하여 실상과 면모가 재구된 것만은 분명하다. 이렇게 복원된 희곡은 실제적으로 대화극본의 체재를 취하고 있지만, 그것이 강창극본의 체재에 기반을 두고 있는 것만은 확실하다. 원래 강창극본이 창사 중심으로 축약·단순화되면 가창극본·가무극본이 되고, 그것이 대화 중심으로 부연·진전되면 대화극본이 되겠기 때문이다.[36]

5. 결론

그동안 〈공무도하〉에 대한 연구 업적을 전반적으로 검토하는 가운데 학계의 관심 밖에 있었던 그 전승을 주목하고, 이를 문학적으로 고찰하게 되었다. 이 전승의 서사 형태와 시화·평론 형태로 취급될 가

---

[36] 사재동, 앞의 글, 99~103쪽.

능성을 타진하면서, 그것의 희곡 형태적 면모를 중점적으로 고구하였다. 이제까지 논의해 온 바를 요약하면 다음과 같다.

① 공무도하전승은 유통·전개 과정에서 수많은 이본(異化)들을 산출하게 되었던 바, 그것들을 정착시킨 제악서의 기록 중에서, 채옹의 『금조』와 최표의 『고금주』 그리고 공연의 『금조』를 대표적인 원전으로 선정하였다. 그 가운데 채옹의 것이 가장 고형古形을 지니고 원본적 성향을 짙게 띠고 있으며, 최표의 것은 전자와 계통을 달리하면서 후대적 특성을 나타내고 있는 터에, 공연의 것은 위 양자를 절충하여 기재함으로써 하나의 계열을 유지하고 있을 뿐이다. 이상의 기록들은 사실담을 근원으로 형성·정립된 원본(原化)이 한·중 간에 널리 오래 유통·전승된 사실을 반영함으로써, 적층적 다중구조를 유지하고 있으며, 이 광인부처의 비극을 핵심부로 하여 거듭 재연되어 왔음을 증언한 것이었다. 결국 이 전승의 원전은 그 비극이 시대·공간에 상응하여 연창되었음을 명기하고, 나아가 그 희곡의 진상을 요약·기술한 것이었다. 이에 그것이 연극·희곡으로 전승되어 온 계통맥락을 그대로 반영한 원전의 정본을 재구하고 그 성격을 추정하게 되었다.

② 이 전승은 비극부가 상화가사에 직결되어 한·중 간에 연극으로 연창되었을 가능성을 전제하고, 그 비극 자체도 원형이 아니라 재연의 내막이 있음을 분석·추적하게 되었다. 이 비극부를 액자적으로 감싸고 있는 곽리자고의 언행은 일단 그 비극의 재연 과정을 나타내는 것으로 간주되었다. 자고가 연출하듯이 그 비극을 관람·확인하고 의도적인 연극 형태로 정립·재연함으로써, 이를 창조적인 차원으로 정리·완성시킨 것이었고, 또한 그가 여옥에게 그 비극을 재연·전수함으로

써, 여옥도 기녀·여우의 수준에서 이를 민중에게 공개·연창하고 광범한 공감·호응을 얻었던 것이다. 여옥이 드디어 여용에게 이 비극을 전할 때에도 재연을 거듭하고 여용 역시 그것을 재연함으로써, 그것의 유통폭과 전승력을 아울러 입증하게 되었다. 이처럼 연극의 맥락을 면면히 유지해 온 이 비극은 강창극을 중심·기반으로 하여 가창극·가무극, 나아가 대화극 등의 형태로 다양하게 연출되면서, 한·중의 하빈과 해변 어느 마당에서나 유·무명의 남녀 우인들에 의하여 자유로이 전개됨으로써 민중 속에 뿌리를 박았던 것이다.

③ 이 전승의 비극부가 연극으로 실연·유통되는 마당에, 희곡이 구비나 문헌으로 정립되었던 것이다. 이 비극의 기록을 재연·부연해 볼 때, 그것이 희곡적 구성구조를 갖추고 '의도된 이야기', 조직된 사건으로서 '발단 → 예건의 설명 → 유발적 사건 → 상승적 동작 → 절정 → 하강적 동작 → 해결·종결'의 전형적인 진행 과정을 드러내고 있다. 이러한 구성에 알맞은 등장인물, 주인공의 성격을 심각·절실하게 부각시킴으로써, 그것은 인간의 운명적 비극을 민족·인류의 비극과 결부시켜 보편적으로 수용·극복하고 비장·숭고한 세계로 정화시키는 극예술로 창조되었던 것이다. 이러한 비극의 본체부에 개막의 해설부와 폐막의 평가부가 결부되어 희곡의 특성을 보이는 데다, 그 핵심부는 대화와 창사가 함축·삽입되어 있고 나아가 세련된 지시문이 배치됨으로써, 그것은 고전희곡의 전형적 작품 형태를 구비하였던 것이다.

이로써 고대 조선에 형성연원을 두고 한·중 양국에 걸쳐 유통·전개된 하나의 연극·희곡작품을 확인·고증하게 되었다. 따라서 그동안 소홀히 취급되던 한국 고대희곡사를 계통적이고 합리적으로 파악할 수 있는 기반이 마련된 터라 하겠다. 나아가 이 희곡을 핵심으로 하는 전승 자체가 또한 서사문학과 시화·평론문학 등으로 간주·평가될 수 있는 지평이 열리게 되었다. 하나의 공무도하전승이 가요의 시가문학적 평가와 함께, 이처럼 다양한 문학 장르를 포용하고 있다는 것은 획기적인 일이라 하겠다. 그것의 종합적이고 입체적인 실상이 당대 문학의 전모를 대표하며 공허한 한국 고대문학사에 우뚝이 위치하고 있다는 것은 실로 특기할 만한 일이다. 더구나 이런 작품이 유통·전래 과정을 통하여 한·중 양국의 공유물로 재인식되는 마당에, 섣불리 소유권을 강조하기에 앞서 이 전승 자체의 문학적 실상과 문학사상의 위상을 보다 본격적으로 공동 구명하는 것이 양국 문학사를 위하여 기여하는 바가 크리라고 믿는다.

제2장

「원효불기」의 희곡적 성격

1. 서론

원효元曉(617~686)의 일생에 관한 전승은 실로 다양하고 풍성하다. 한국과 중국에 기록으로 유통되는 완전한 전기만도 10종이요 다른 인물의 전기에 합록된 부분적 전기도 10여 종이며, 그리고 구비로 유전되는 신화·전설류도 무려 100여 종을 헤아리기 때문이다.[1] 이들 전승이 원효의 행적을 수용·반영해 온 점에서는 역사적 전기로서 한국불교사상사나 정신문화사를 검토하는 데에 소중한 근거가 되는 것이 사실이다. 그런데 그것이 원효의 행적을 바탕으로 그를 찬양·미화하여 보두 문학적으로 기술·구연해 온 점에서는 어엿한 작품이라 하겠다. 따라서 그것이 전기문학·서사 형태의 문학적 실상이나 문학적 위상을 계

---

[1] 김영태, 「傳記와 說話를 통한 元曉硏究」, 『불교학보』 17, 동국대 불교문화연구소, 1980.

통적으로 구명하는 데에 귀중한 자료가 되리라고 보아진다. 우리 문학
사를 거슬러 올라가면 갈수록 확실하고 값진 자료가 영성해지는 실정
에서, 원효전승의 문학적 고찰은 매우 긴요한 일이라 하겠다. 적어도
전승의 다양한 변모가 장르적으로 분석·검증되고, 그 유구한 전승계
맥이 문학사적으로 정리·체계화될 수 있겠기 때문이다. 그리하여 원
효전승 중에서 가장 독특한 「원효불기元曉不羈」(『삼국유사』)의 문학적 실
상과 문학사상의 위상을 고구하는 것이 절실히 요망된다.

그동안 불교학계에서는 원효의 불교사적 위치를 검토하기 위하여,
「원효불기」를 주목·활용함으로써 상당한 성과를 내었고,[2] 연극학계
에서는 〈무애무無㝵舞〉를 해설하기 위하여 이를 채택·이용하는 것이
상식화되었던 것이다.[3] 그런데 정작 국문학계에서는 「원효불기」의 문
학적 실상이나 문학사상의 위상 등을 본격적으로 분석·고찰한 바가
없는 실정이다. 실제로 역대 승전의 서사문학적 검토가 시도되고 있는
마당에서도[4] 「원효불기」는 제대로 취급되지 않은 것이 사실이다. 전술
한 바 이 자료의 중요성에 비추어, 이를 다양한 각도에서 종합과학적으
로 검토·논의하는 것이 타당하다고 본다.

이에 본고에서는, 먼저 「원효불기」의 형성 경위를 추정하고 그 원전
의 성격을 파악하며, 다음 그 작품의 문학적 실상을 분석·종합하여,

---

2   八百谷孝保, 「新羅元曉傳考」, 양은용 외편, 『신라원효연구』, 원광대 출판부, 1979; 김지
    견, 「원효대사의 생애와 사적 위치」, 김지견 외편, 『원효 성사의 철학세계』, 민족사, 1989.
3   김재철, 『조선연극사』, 학예사, 1935, 69쪽을 비롯한 여러 한국연극사에서 〈무애무〉
    를 논의할 때마다 「원효불기」를 활용하였다.
4   김승호는 「僧傳의 敍事體制와 文學性의 검토」, 『한국문학연구』 10, 동국대 한국문학연
    구소, 1987과 「初期僧傳의 敍事構造 樣相」, 『한국문학연구』 11, 동국대 한국문학연구
    소, 1988 등 주목할 만한 업적을 내고 있다.

그것의 문학 장르를 규정하여 보겠다. 그리하여 이 작품의 문학사적 위상을 어림해 보는 데에 일조가 되었으면 한다.

2. 「원효불기」의 형성 경위

1) 형성의 주체

원효전승을 형성·전개시킨 주체자는 실로 다양하고 집단적일 수밖에 없겠다. 원효가 해동 대승불교의 성사로서, 위대한 업적과 신이한 공덕을 남겨두고 열반한 이래, 그를 추모·숭신하는 승려·문사·자손·신중들이 시대와 지역을 달리 할망정, 서로 다투어 그 생애·행적의 여러 측면을 나름대로 찬양하고 기술·구연해 왔기 때문이다.[5] 먼저 그의 법통을 계승한 승려들이 법맥을 빛내고 발전시키기 위하여 기전을 마련하기 시작했을 것이다. 그의 법맥이 워낙 호한하고 원융·무애하기에 그 후로 대승에 머문 승려치고 그 제자·법손 아님이 없었을 터이고, 특히 교학에 전념하던 학승·문승들이 그 위대한 업적과 찬란한 학풍을 계승·발전시키는 과정에서, 그의 행적·공덕을 기리는 작업을 서둘렀을 것은 물론이다. 신라 통일 후의 승려들, 고려 초·중기의 학승들이 그의 학통을 점차 심화시키면서, 그의 생애를 어떤 형태로든지 전기화하였던 것이 사

---

5   김영태, 앞의 글, 34~38쪽.

실이다. 이런 승려들이 주축이 되어 그 열반에 따른 만시輓辭, 추선재의追善齋儀에 올리는 제문 등을 지은 것은 그 전기의 발단이었다. 이런 점에서, 고려 의천이 「제분황사효성문祭芬皇寺曉聖文」을 지었다는 사실은 상당한 근거를 제공해 준다. 의천의 그 작업이 그대로 원효의 전기적 형태를 만들고 있기 때문이다.[6] 뿐만 아니라, 신라·고려 대를 거치면서 형성된 원효의 각종 전기물은 그런 승려들에 의하여 이룩된 것이 대부분이라 하겠다. 이러한 불교계의 선행 업적이 있었기로, 중국에서도 이를 바탕으로 원효의 전기를 마련할 수 있었던 것이다. 잘 알려진 대로, 천수사의 사문 찬령贊寧이 「당신라국황룡사원효전唐新羅國皇龍寺元曉傳」을 지어 『송고승전宋高僧傳』에 수록한 점만으로도[7] 그런 현상은 실증된다고 하겠다.

나아가 그런 승려들이 주역이 됨으로써 당대의 군신이나 신불문사들이 동참하여 원효의 행적을 비문으로 새기거나 행장 등으로 기술했으리라는 것은 족히 추정할 수가 있다. 역대 고승·대덕들의 비문은 대부분 왕명에 의하여 당대의 문사들이 지었거니와,[8] 신라 왕실의 부마였던 원효의 비문·행장 등을 그들이 지었을 것은 가능한 일이라 하겠다. 그렇다면 「고선사서당화상탑비高仙寺誓幢和尚塔碑」나[9] 「화쟁국사탑비和諍國師塔碑」,[10] '師之行狀사지행장'[11]이라는 것도 그들이 지었으리라고

---

6 김지견, 「해동사문 원효상 소묘」, 김지견 외편, 앞의 책, 62~63쪽.
7 『송고승전(宋高僧傳)』 권4 「신수대장경 사전부(新修大藏經 史傳部) 2」, 불교대승회, 1976, 732쪽.
8 신라·고려 대의 고승탑비문은 대부분 최하(崔賀)·김경(金頲)·최치원(崔致遠) 등과 같은 문신들의 봉교찬(奉敎撰)으로 되어 있다. 허홍식, 『한국금석전문』(고대), 아세아문화사, 1984 참조.
9 위의 책, 149~152쪽.
10 『고려사』 권11 「숙종 6년 8월 계사」조에 "詔曰 元曉義湘東方聖人也 無碑記諡號 厥德不暴朕甚悼之 其贈元曉大師和諍國師 義湘大聖圓敎國師 有司所住處立石紀德 以垂無窮"이라 하고 『동국여지승람』 제21과 『동경잡기』 권2 등에 고려 명종 대에 세웠다는 '화쟁

보아진다.

한편 원효의 전기는 설총을 비롯한 자손들이 가장家狀의 형태로 엮어 나갔을 것이다. 설총이 선고의 유해로써 진용眞容을 조성하여 분황사에 모시는 마당에, 여기서 필요한 제문이나 추모 행장, 진용 찬사 등 어떤 형태로든지 기전의 문장을 마련했을 터이기 때문이다. 또한 이런 가족이나 중업仲業같은[12] 후손들이 주축을 이룬 다음, 승려나 문사들을 이에 동참시킬 수도 있었을 것이다.

기실 이런 원효전승의 형성·전개에서 신불대중이 주동이 되었던 일면을 간과할 수가 없다. 잘 알려진 대로, 원효가 중생을 제도하기 위하여 천촌만락千村萬落을 두루 돌면서 대승적 교화 방편을 쓴 것이 사실이라면, 그의 행적은 대중들의 구연 설화를 통하여 전기적 형태로 굳어지기 시작했을 것이다. 그러면서 이미 형성되어 있는 원효의 비문이나 전기적 기록 등을 바탕으로 민중들이 그 행적을 개변·부연해 나갔을 가능성은 얼마든지 있다. 더구나 원효의 진용을 근거로 하여 민중적 차원에서 전기적 전설을 형성시킬 수도 있었을 터이다. 나아가 원효의 열반 이후 면면히 계속된 그 추모재나 각종 법석에서 그의 행적을 되풀이 구연할 때, 신불대중들이 이를 수용하고 재연·전파시켰으리라는 것은 족히 추정된다. 실로 이러한 구비전승의 주체는 민중이라 하겠거니와, 그들이 원효의 행적을 신화 내지 전설의 방향으로 형성·유통시켰던 것이라 보아

국사탑비(和諍國師塔碑)'가 있다고 되어 있다. 本井信雄, 「신라원효의 전기에 대하여」, 양은용 외편, 앞의 책, 150~151쪽.
11 『삼국유사』 권4, 「원효불기」의 본문에서 인용하였음. 이하 큰따옴표(" ") 안의 원문은 모두 위의 본문 또는 비문에서 직접 인용한 것이다.
12 「고선사서당화상탑비문」에 "大曆之春 大師之孫翰林字仲業"이라고 하였다.

진다. 실제로『송고승전』의「원효전」이나「원효불기」에 보이는 신화·
전설적 삽화는 이른바 '향전鄕傳'의 형태로서 모두가 서민 대중 사이에서
형성·발전된 것이기 때문이다. 고금을 통하여, 원효의 행적에 관한 신
화·전설이 민간에서 다양하게 계승·유전되고 있다는 사실만으로도
그 점은 실증되는 바라 하겠다.

그러던 것을 결국 일연이 집성·정리하여「원효불기」로 찬성하게
되었다. 그는 물론 찬자이지만 본래적으로 창작·저술한 것은 아니다.
그렇지만 그의 작업은「원효불기」의 가치만큼 소중한 것이 사실이다.
이전에 실존했던 원효전승의 제반 유적이나 기록 내지 구전 등을 집대
성하여 새롭고 완벽한 체재로 조성하였기 때문이다. 그리하여 그는 획
기적인 '원효전전元曉全傳'을 이룩한 것이었다. 이처럼「원효불기」가 원
효전승의 전체를 포괄·집성하였다는 점에서 일연의 공헌은 참으로 크
다고 하겠다. 일연이 자신의 찬술의도와 편찬체제에 따라 이를 축약·
조정하였겠지만, 그것은 원효전승의 방대한 서사문학적 전모를 어림
하고 그 원형을 재구해 볼 수 있는 유일한 전거가 되었기 때문이다.

2) 형성·유통의 시기

원효전승은 그의 생애·행적으로부터 시작된다. 실은 그의 생시에
도 적지 않은 신이적 일화가 그 주변에 떠돌았으리라 추정되거니와,[13]

---

[13] 고금을 통하여 도승(道僧)·신승(神僧)들 주변에서는 생시에도 신이한 일화가 사부
대중에 의하여 많이 떠돌았던 것이다.

그 전승의 본격적인 형성은 열반 이후로부터 가능하다고 보는 것이 옳겠다. 열반한 즉후부터 그에 따른 여러 만사나 제문을 족히 예상할 수 있거니와, 그 속에 벌써 그의 생애와 행적을 서술하는 전기 형태가 자리했을 것은 물론이다. 그리고 설총이 부친의 열반 후에 바로 서둘러 그 유해를 갈아 진용을 조성·안치하고 진실로 "敬慕終天之志경모종천지지"를 표할 때, 아무래도 그 생애와 행적을 추모하는 문장을 지어 바쳤으리라는 것은 당연한 일이라 하겠다. 당대의 석학·문사로서 선고를 향한 추모·추천의 애정을 어떠한 형태로든지 문장화했으리라는 것은 모로 보나 필연적인 현상이기 때문이다. 그 때의 문장이 바로 원효전기의 원형적 면모를 보였으리라고 추측되는 터다. 그렇다면 원효전승의 실질적인 상한선은 그 무렵에까지 소급되리라 보아진다.

이러한 바탕과 분위기 속에서 원효의 위치와 국가적 예우, 나아가 불가의 법도 등으로 하여 대강 열반 후 3년을 넘기지 않고 그의 사리탑비나 행적비가 공공연히 건립되었을 것이다. 이러한 관례와 전통이 그대로 계승되어 그 법손들에 의하여 그와 관계가 깊었던 사찰에 그의 행적비를 세울 수 있는 가능성은 얼마든지 있다. 그 중의 하나가 현전하는 「고선사서당화상탑비」라 하겠다. 그 비문은 원래 방대하고 완전한 것이었으나 결락 부분이 많아서 전부를 알 수 없지만, 현재 판독할 수 있는 것만으로도 대강을 짐작할 수 있겠다. 그 비문은 원효를 '서당화상誓幢和尙'이라 지칭하고 출생의 이서異瑞를 「원효불기」의 그것과 같이 하며, 그의 저술에 대한 언급과 함께 그의 신이한 행적을 드러내고, "穴寺혈사"에서 열반한 후 "大曆之春대력지춘"(778)에 그의 손 중업이 활동한 사실까지도 밝혀 놓았다. 이로 미루어, 이 비문은 원효전기를 거의 완벽하게 기술하여 놓았던 것이라 보아진다. 그렇다면 이 비문은 현전하는 최고의 원효전기라 하여 무방할 것이다. 물론 이보다 선행한 비문이 그의 열반 후 그리 멀지 않은 시기에 쓰였으리라 전제된다. 전술한 바 사계의 관례와 법도에 따라, 그를 추모·찬양하고 그 생애·행적을 기리기 위한 비가 만약 3년을 벗어났다면 적어도 10년 안에는 족히 세워졌으리라고 추정되기 때문이다.

그런데 이 현전의 비문은 원효가 열반한 7세기 말엽을 크게 벗어나 9세기 초엽에 쓰였던 것이고,[14] 그 후로 각계에 걸쳐 원효전기의 전범·기준으로 평가·활용될 수밖에 없었을 터이다. 이 비문을 통하여 원효전승이 신라 이래로 형성·유통된 실상을 대강 어림해 볼 수 있는 것도 사실이다. 그리하여 원효전승의 본격적인 형태가 이룩된 상한선을 8세기 말로 잡아 보아도 크게 어긋나지는 않을 것이다.

이렇게 신라에서 대승불교가 여러 방면에서 성행하는 바탕 위에, 원효전승은 각계각층 천촌만락에 유통되었던 것이라 하겠다. 그 무렵에, 당唐·오대五代에도 원효의 생애와 행적이 주목받게 되었을 것은 당연하다. 그리하여 그의 논저를 존숭하면 할수록 그의 생애와 행적을 추구·정리하는 데까지 나갔으리라 본다. 그러다가 신라에서 형성·유통되던 원효전승의 제반 자료를 수집·평가하여 원효전기를 찬성했을 것은 의심할 여지가 없다. 그 논저를 중시하고 제대로 파악하기 위해서는 우선 그 저자의 생애와 행적을 확실히 파악하는 것이 급선무였기 때문이다. 그러던 것이, 송대에 이르러 찬령이 「원효전」으로 엮어서 『송고승전』에

---

14 허흥식, 앞의 책, 149쪽에서는 이 비문이 신라 애장왕(哀莊王) 대(800~808)에 쓰여졌다고 추정하였다.

수록하게 되었으리라 본다. 그러므로 중국에서 「원효전」이 찬성된 시기는 적어도 『송고승전』이 편성된 10세기 말을 상회上廻한다 하여도 무방할 것이다.

「원효전」은 송대를 거쳐 유통되다가 원래 보서普瑞의 『화엄현담회현기華嚴懸談會玄記』에 「해동원효海東元曉」로 인용·재편되었고, 고려 대에 이미 역수입되어 널리 읽히었던 것이다. 한편 「원효전」은 일본에 유입되어 명혜고변明惠高辨의 『화엄조사회전華嚴祖師繪傳』에 「원효회전元曉繪傳」으로 개변·삽입됨으로써[15] 12세기 이래 널리 유전되었던 터다.

이와 같이 원효전승은 신라 이래 고려 초·중기를 거치면서 여러 가지 금석·문헌·구전 등을 통하여 갖가지 동기와 계기에 따라 비문이나 본전[16]·행장·향전 등으로 폭넓게 유통돼 왔던 것이다. 이러한 원효전승이 「원효불기」의 형태로 찬성된 것은 일연이 『삼국유사』를 편찬하던 13세기 말기와 때를 같이한다고 보아진다. 그래서 「원효불기」가 『삼국유사』에 수록되기 이전에 찬성되었던 것은 추정하기에 어렵지 않다. 그러한 유사를 편찬·완료하기까지는 상당한 기간을 두고 개별 작품을 미리 완성해 놓았어야 되었기 때문이다. 그래서 「원효불기」는 13세기 말을 하한선으로 하여 정착된 것만은 분명하다.

이렇게 볼 때, 그 전승 「원효불기」는 「고선사서당화상탑비」로부터 발원하여 『삼국유사』에 수록되기까지만 해도 실로 600년 동안의 장구한 전승기간을 가지고 있는 것이라 하겠다. 나아가 이 원효전승은 그의 열반으로부터 연원하여 「원효불기」를 주축으로 지금까지도 불교계 각계

---

15 김영태, 앞의 글, 35~36쪽.
16 『삼국유사』 권5 「광덕 엄장」조에 「원효본전」을 인용하였다.

각층 신중·민간에 면면히 유통됨으로써, 무려 1,300년간이나 그 생명을 유지하여 온 것이 사실이다. 따라서 이 원효전승이 그만큼 다양한 형태로, 그처럼 오랜 세월에 걸쳐, 그렇게 널리 유통되어 온 것은 그 문학적 실상과 문학사적 계맥에 비추어 주목할 만한 현상이라 하겠다.

3) 형성의 동인과 실태

원효전승이 시발·전개되어 「원효불기」로 정착되기까지 동인은 다양할 수밖에 없다. 우선 그것은 원효의 열반을 애도하고 추모하려는 의도에서 발단되었으리라고 보아진다. 이미 말한 대로 열반 즉후에 제자·자손이나 군신·신중들이 지어 바친 만사·제문 등은 모두 그런 의도를 잘 반영하고 있는 터다. 기실 「원효불기」는 근원적으로 애도·추모하는 의도가 충일했던 것이 사실이다. 그러나 이 작품이 오랜 동안 전승되면서 그러한 의도가 점차 퇴색되어 있는 게 현실이다.

그리고 이 전승은 원효의 생애·행적을 역사적으로 기술하여 널리 선양하고 영원히 기념하려는 동기에서 이루어졌으리라 추정된다. 위에 든 대로 각계각층에서 지어낸 비문이나 행장 등이 그러한 동기를 제대로 실현하고 있는 터라 하겠다. 실제로 이 작품에는 원효의 생애·행적을 역사적으로 선양·기념하려는 동기가 엿보이는 것이 사실이다. 이 작품이 그의 역사적 행적을 기반·골격으로 삼고 있기 때문이다. 그러나 작품에서 사실史實은 지반처럼 밑에 깔리고 골격같이 속으로 숨어버린 셈이 되었다. 그리하여 그 역사적 동기는 음성화되고 빙산의 일각으로 군데군데에서만 드러날 따름이다.

　다음 그 전승은 불교사적 입장에서, 그의 행적을 승가사僧伽史의 일환으로 수용・정리하려는 목적에서 지어졌으리라 추측된다. 잘 알려진 대로 『송고승전』을 비롯한 각종 승전에 실린 「원효전」이 바로 그런 목적을 적절히 달성하고 있다. 실제로 이 작품은 불교사・승가사의 일환인 고승전으로서 그 목적을 수행하여 왔다고 보아진다. 그것은 일단 고승 원효의 일대기이기 때문이다. 그런데 이 작품은 원칙적으로 고승전의 일반적인 전형에서 상당히 벗어나 있는 실정이다. 『송고승전』의 「원효전」이 승전류의 표본이라 할 때, 「원효불기」는 그것보다 전체구조가 훨씬 방대하면서도 실제적 기술 내용에서는 상당히 축약되어 있는 상태다. 게다가 이 작품은 향전의 이사異事를 몇 가지 강조・부각시킴으로써 역사성을 희석시키고 있는 터라 하겠다. 그리하여 이 작품에는 본격적인 승전의 목적이 적잖이 약화되어 있는 것이다.

　나아가 이 전승은 원효의 일생을 성사・보살의 한 전범으로 정립시켜 수행・교화의 교본으로 삼으려는 명분에서 마련되었으리라 추정된다. 승전 형태의 「원효전」이나 다른 승전에 끼어 있는 고명한 행적이 그런 명분을 얼마만큼 충족시키고 있는 게 사실이다. 실제로 「원효불기」는 성사・보살의 그 전형을 보여, 수행・교화의 교본으로 흡족한 역할을 해 오고 있었다. 기실 이 작품은 성사・보살의 행적으로 구성되어 있는 데다 상당한 신통・이적을 강조・부각시키고 있기 때문이다. 그리하여 그것은 마침내 불타의 생애처럼 미화・찬양으로 일관되어 있는 실정이다. 이런 점에서, 이 작품은 『육조법보단경六祖法寶壇經』과 같이 포교・설법의 교본 내지 경전으로 행세할 수도 있었던 것인가 한다.

드디어 이 전승은 성·속을 넘나드는 원효의 신이한 행적을 문예화함으로써 신불대중의 예술 심리를 충족시키려는 의욕에서 이룩된 것이라 보아진다. 이미 알려진 바 원효 관계의 향전·설화 등이 그런 의욕을 구체적으로 만족시키고 있는 실정이다. 여기에 이르러, 이 전승이 완결됨으로써 제 기능을 발휘할 수가 있있다. 실제로 이 작품은 원효의 행적을 신이한 서사문학 형태로 재구성함으로써, 민중의 문예적 욕구를 충족시킬 만하다. 따라서 이 작품은 서사적 불경처럼 불전문학의 수준을 유지하고 있는 실정이다. 이것의 전체구조가 전기적 유형을 유지하고 구성 자체가 여러 가지 삽화를 조화롭게 소화·조직함으로써 차라리 불전계 서사문학·소설작품 내지 희곡작품을 지향하는 강한 의지가 돋보이고 있는 터다. 이것이 아무래도 포교적 방편임을 벗어날 수는 없겠지만, 그것은 민중의 문예적 욕구를 만족시키려는 창작적 의욕을 뚜렷이 드러내기 때문이다.

그렇다면 「원효불기」의 형성 실태도 자연 복잡하기 마련이다. 위에 든 바와 같이, 이 작품 이전에 구비·기록을 통하여 수많은 선행 자료가 유통되고 있었던 것이다. 실제로 그에 관한 비문류·승전류·향전류 등 원효전전을 중심으로 다른 승전이나 열전 등에 끼어 있는 부분적 전기 등이 어울려 그만큼 풍성한 자료로 선행했을 때, 그것을 통관·총괄하고 취사·선택하여 하나의 작품으로 찬성해 낸 실제 과정이 중요하다고 본다. 그것이 이 작품의 규모와 내질을 그대로 결정하였기 때문이다.

일연은 우선 대승적 차원에서 「원효불기」를 '성사전聖師傳'으로 설계하였던 게 사실이다. 이 작품은 "聖師元曉성사원효"로 시작되거니와, '聖

師'란 성스러운 스승, 성인으로서의 스승을 뜻하는 말로서 대승적 보살을 거쳐 불타의 경지를 가리키고 있는 것이다. 그렇다면 이 작품은 벌써 보살전菩薩傳 내지 불타전佛陀傳을 지향하고 있는 것이 확실하다. 그러기에 이 작품에서 원효는 "佛地村불지촌"의 "娑羅樹사라수" 아래서 석가불의 강탄이 그러하였듯이 정말 신이하게 탄생한다. 그 모당이 유성을 품에 안은 태몽을 꾼 것도 범상치 않거니와, 태어날 때 오색 구름이 땅을 덮었다는 이적마저[17] 불타의 탄생 신이와 상통하는 바가 있다. 여기서 원효가 화엄세계를 깨달은 무애도인으로 많은 이적을 보이며 하화중생에 신명을 바쳤다는 점에서도 불타의 성불·교화의 과정을 방불케 한다. 원효가 불지촌의 생연을 되새겨 "佛日불일"을 처음으로 발휘한다는 자긍과 서원으로 경전·논소를 찬성 유통시키며 갖가지 신통력을 나타낸 사실이 불타에 버금간다는 것을 나타낸다. 더구나 원효의 열반 후에 유해를 갈아서 진용을 만들었다는 점이 불상의 조성을 직접 본뜬 것이며, 그 상이 홀연히 설총을 돌아보았다는 점도 불타가 열반 후에 재활을 통해서 영원 생명을 보여 준 신적을[18] 그대로 따른 것이 아닌가 한다. 이렇게 본다면, 「원효불기」는 성사전으로서 보살전을 넘어 불타전에 접근함으로써, 해동불전海東佛傳의 한 유형을 이루고 있는 터라 하겠다.

그래서 일연은 당시에 유통되던 한·중 자료를 수집·정리하여 「원효불기」에 최대한으로 수용하려 노력했던 것이다. 물론 그는 이 작품의 전체

---

17 「원효불기」에 "初母夢流星入懷 因而有娠 及將産 有五色雲覆地"라 하고 「고선사서당화상탑비문」에도 탄생신이가 더 자세히 기록되어 있다.

18 『석가보(釋迦譜)』 권4 「석가쌍수반열반기 제27」·「신수대장경 사전부 2」, 불교대승회, 74쪽, 1976에 "及千氎疊旣纏 而示雙足於迦葉 金棺將闍而起合掌摩耶 此不滅之徵也"라고 하였다.

구조를 얽기 위하여 불경으로부터 석가전 내지 보살전을 참고하였으리라 보아진다. 그것들이 각기 독자적인 체재를 유지하며 전기적 유형을 갖추고, 이른바 '영웅의 일생'을 드러내고 있었기 때문이다.[19] 그런 점에서 본다면, 그는 한·중 불교계에서 형성·유통된 '고승전인연高僧傳因緣', '고승별전高僧別傳'을 직간접적으로 원용했을 가능성이 짙다. 이 작품은 돈황에서 발현된 고승전인연과 그 유형을 같이하고 있는 게 사실이다.[20]

그리고 이 작품은 원효관계 비문류를 참고·인용했을 터이다. 이미 밝혀진 대로 「원효불기」의 '서당誓幢'이나 출생 신이, 언행·이적 등이 저 「고선사서당화상탑비」의 그것과 상당한 공통점을 가지고 있다는 점에서[21] 족히 추정되는 터다. 또한 신라에서 찬성·유전되던 행장류가 인용된 것도 사실이다. 직접 그 본문에서, '사지행장師之行狀'을 인용하였다는 점을 명시하고 있기 때문이다. 여기 행장이 그 본전류本傳類와 관련하여 어떤 전기 형태였는지 불명하지만, 그대로 행장이라 일컬어지는 전기적 유형이 오랜 세월에 걸쳐 형성·유전되다가 그 중에서 저명한 것이 채택되었으리라 추정된다.

이미 예상한 대로, 이 작품은 중국의 고승전류를 참고하였던 것이다. 우선 그 점은 본문에서 당승전唐僧傳을 실제로 인용했다는 증언으로 하여 확실해진다. 당승전이 실제로는 위에 든 『송고승전』을 가리키는 것임에는 틀림없을 것이다. 그러나 일연이 『송고승전』을 중심으로 중

---

19 小野玄妙, 「紀傳文學」, 『佛敎文學槪論』, 甲子社書房, 1925, p.411.
20 金岡照光, 「關於敦煌本高僧傳因緣」, 『古典文學』第7輯 上冊, 學生書局, p.271에 "但是在敦煌抄本中還有一種根據'高僧傳' 而格式不同於讚的文獻 這就是'高僧傳因緣'이라고 하였다.
21 김영태, 앞의 글, 35쪽.

국 승전류를 종합적으로 참고하고 필요한 부분을 인용하였다는 의미가 아닌가 보아진다. 그러면서 이 작품은 나・려대에 걸쳐 선행한 고승전을 참조하고 그 중에 삽입된 원효 관계 기사를 인용했을 가능성도 배제할 수 없겠다. 나아가 『삼국사기』 열전 같은 것도 참고했을 터이고, 그 중에서도 이 작품에 선행한 「설총전」의 일부를[22] 인용했을 가능성은 충분한 터다. 이 작품에 뚜렷이 삽입된 설총의 행적이 저 「설총전」의 핵심을 간추려 놓은 것이기 때문이다.

한편 이 작품에서는 선행한 구비전승을 많이 인용하고 있는 게 사실이다. 실제 본문에 명시된 것만도 '언운諺云'이나 '고전古傳' 내지 '향전鄕傳' 등 상당 부분에 이르고 있다. 이러한 구전설화가 그의 생애의 일면을 구체적으로 서사화함으로써, 이 작품을 조성하는 데에도 크게 이바지하고 있는 터라 하겠다.

이와 같이 이 작품에서는 실로 방대하고 풍성한 선행 자료를 망라・수용하려는 의도를 실현하기에 이르렀다. 그렇다면 이 작품의 구조와 내용은 그만큼 방대하고 풍성한 것이 될 것임에 틀림이 없겠다. 그런데 이 작품은 불전계통의 고승별전에 알맞는 체재를 유지해야 될 뿐만 아니라, 일연이 계획한 『삼국유사』의 권차에 맞도록 그 길이를 조정해야 될 필요가 있었다. 그리하여 일연은 방대한 구조를 그대로 둔 채 풍성한 내용을 축약시키는 방법을 모색하게 되었다. 그 결과 원래의 내용을 집약・상징하는 요지・요건만 남아서 재조직되고, 나아가 전체 구성과 서사문맥을 살리는 방향으로 조화됨으로써, 그것은 독자적인 작품 형태를 유지하고 있는 게 사실이다. 그리하여 이 작품은 방대한

---

22 『삼국사기』 권46 「열전」 제6 「설총」조 참조.

사건 내용을 집약하고 있는 단편으로 행세하게 되었던 것이다. 그러므로 이 작품은 유통 과정에서, 그 원형으로 확대·복원될 수 있는 근거와 가능성을 보유하고 있는 터라 하겠다.[23]

그런데도 이 작품이 서사문학적 맥락을 유지하고 문예적 감동력을 발휘하고 있는 것은, 일연이 원효에 관한 역사적 사실을 축약·음성화시키는 반면에 신화·전설적 삽화를 적절하게 배치·부각시키면서 원숙한 문체로써 전체를 미화하여 놓았기 때문이다. 이로써 일연은 선행 자료를 모두 집성·소화하고 재조직하여 하나의 승전문학, 불교계 서사문학을 재창조하기에 이르렀던 것이다.

4) 원전의 성격

이미 말한 대로 「원효불기」는 전래 자료의 집성·재편을 표방하고 있지만, 새로운 체재로 조직된 창작 수준의 문학 형태를 유지하고 있는 것이 사실이다. 그러나 이 원전은 결코 부연된 서술이 아니라, 요약된 기술이라는 점에서 그 특성을 드러내고 있다. 그러므로 「원효불기」는 서사문학적 체제상에서 방대한 구조와 풍성한 내용을 갖춘 원형으로 확대·복원할 수 있다는 가능성 내지 필연성이 주목되는 터다.

그 중의 한 사례로 "其遊方始末 弘通茂跡 具載唐傳與行狀"이라고 한 것을 보면 그 행적이 얼마나 축약되어 있는가를 일단 확인할 수가 있

---

23 金岡照光, 앞의 글, p.276에서 "敦煌抄本中的'因緣'比'梁高僧傳'要短得多 應該設實際上 講述時 表達得更爲詳細而易懂"이라고 하였다.

다. 동시에 이런 기사만을 통해서도 그 행적의 원형을 '당전唐傳'과 '행장'에 실린 그대로 족히 확대·복원해 낼 수가 있는 터라 하겠다. 이런 식으로 이 원전은 본문에 축약·명시되거나 암시된 근거기사를 바탕으로 언제든지 그 전체가 복원·부연될 수 있는 게 사실이다. 물론 기록·정착된 그대로라면「원효불기」는 고정·불변되는 것이지만, 그것이 어떤 형태로든지 현장에서 유통·실연될 경우에는 필연적으로 원형을 지향하여 복원·재연되는 것이 당연하기 때문이다.[24]

우선 이 원전이 사전적史傳的 성격을 바탕으로 고승전의 면모를 보이고 있는 것이 사실이다. 그러면서도 그것은 승전의 전형을 벗어나 전체적으로 다양하고 완벽한 서사구조로써 불타전을 지향하고 있다는 점이 주목된다. 그리하여 이 원전은 갖가지 신기한 예화를 모아 효율적으로 조직·미화함으로써, 불전적 신화·전설의 면모를 보여 주고 있는 것이다. 이런 점에서 이 원전은 불전설화의 성격을 띠게 되었다고 보아진다.[25] 여기서 역대 고승의 행적이 불전식으로 찬성·승화됨으로써, 불경처럼 취급되는 사례를 상기한다면, 이 원전은 적어도『육조법보단경』정도로 경전시 될 수가 있었으리라 추정된다.[26]

그렇다면 이 원전은 원효와 관련된 모든 재의·설법의 현장에서 법화·교본으로 활용되었을 것이 거의 확실하다.[27] 이처럼 이 원전이 그 현장 재연의 화본 내지 대본이었다면, 그것은 당대唐代 이래의 속강에

---

24 위의 글 참조.

25 小野玄妙, 앞의 글, p.412.

26 사재동,「한·중 고승전의 문학적 전개－육조단경과 균여전을 중심으로」,『동학』4·5, 동학승가대학, 1990, 6~7쪽.

27 고금을 통하여 원효관계의 법회에서 이 원효전승이 법화·교본으로 사용된 사례는 허다하였다.

서 대본으로 통용되던 '고승전인연', '고승전변문高僧傳變文'과 상통하고 있는 터라 하겠다.[28] 그래서 이 원전이 유통의 현장에서 복원·재연된다는 전제 아래, 그것은 중국의 고승전변문, 「여산원공화廬山遠公話」나 고려의 「균여전」 등과 실제로 직결되리라고 보아진다.[29]

여기서 이 원전이 구비하고 있는 문학적 성격이 중시된다. 고금을 통하여 고승전이나 불전설화 내지 승전변문이 불교계 문학작품으로 취급·논의되고 있는 마당에,[30] 「원효불기」가 문학작품으로 규정·평가되는 것은 너무도 당연하다. 이 원전은 본래의 규모와 내용에 맞추어 그만큼 종합적인 문학 형태를 이룩하고 있는 게 사실이다. 이 원전 속에 시가가 끼어 있음은 물론, 전장적傳狀的 일면과 서사문학적 조직이 뚜렷이 자리한 데다, 그것이 복원·실연되었다는 전제 아래 극본적 면모를 보이고, 한편으로 그 시가를 해설하는 시화의 한 모습까지 드러내고 있기 때문이다. 이처럼 이 원전은 종합문학적 성격을 두루 갖추고 있는 것이 특징이라 하겠다. 따라서 이 원전은 다양한 장르적 각도에서 입체적으로 접근해야 그 실체가 규명될 성질의 것이라 하겠다.

---

28 金岡照光, 앞의 글, pp.280~281에서 "就以這点來看 緣＝緣起＝因緣＝因緣變＝變 這等式是可以成立的 這些抄本文體都是相通的"이라고 하여 고승전인연과 고승전변문이 동양(同樣)임을 시사하였다.

29 위의 글에서 "在斯2073 中有一篇 '廬遠公話' 是有關廬山慧遠的故事 也收錄在「敦煌變文集」裏這是一個高僧傳故事"라 하여 「균여전」, 「원효불기」 등과 동류임을 시사하고 있다.

30 山邊留學, 『佛敎文學』, 大東出版社, 1936; 周紹良 外, 『敦煌變文論文錄』, 明文書局, 1985 등 참조.

3. 「원효불기」의 문학적 실상

1) 구조·내용

「원효불기」의 구조·내용을 몇 단계로 나누어 개조식으로 분석해 보면 다음과 같다.

① 家系生地 : 제1장면

    ㉠ 원효의 가계 혈통은 훌륭하다.

    ㉡ 원효의 탄생지는 불타탄생에 가까운 신성한 내력이 있다.

    ㉢ 원효의 출생지는 역사적 근거가 있다.

② 生長異蹟 : 제2장면

    ㉠ 원효는 유성의 태몽으로 신비롭게 태어난다.

    ㉡ 그는 나면서 뛰어나 스승 없이 배워 이룬다.

    ㉢ 그는 승려가 되어 사방으로 다니며 수행·정진한다.

    ㉣ 그는 불법을 널리 펴서 큰 공업을 세운다.

③ 失戒生聰 : 제3장면

    ㉠ 원효는 알지 못할 노래를 부른다.

    ㉡ 태종은 노래의 뜻을 깨닫고 원효와 요석공주를 결합시킨다.

    ㉢ 공주는 임신하여 설총을 낳는다.

㉣ 설총은 예민하고 경사에 박통하여 신라 십현 중의 하나가 된다.

④ 俗講行化 : 제4장면

㉠ 원효는 파계 후에 옷을 갈아입고 거사로 행세한다.

㉡ 그는 광대들의 무구를 본떠 기구를 만들고, 화엄경을 꿰뚫어 〈무애가〉
　를 지어 유통시킨다.

㉢ 그는 천촌만락을 돌며 무애가무로 민중을 교화한다.

㉣ 그는 부처와 같이 중생을 널리 제도하여 불연을 실현한다.

⑤ 著述異蹟 : 제5장면

㉠ 원효는 화엄경소를 짓는데 완결치 않고 붓을 끊는다.

㉡ 그는 초기보살의 경지에 이르러 신통이 자재하다.

㉢ 그는 해룡의 인도로 가져 온 삼매경에 왕의 명에 따라 신통한 소를 짓는다.

㉣ 그는 대안 법사의 경문배열에 기미 상통하여 호응·화답한다.

⑥ 逝後奇蹟 : 제6장면

㉠ 원효가 이미 열반에 든다.

㉡ 설총이 그 유해를 갈아 진용을 조성·안치하고 경모·애통한다.

㉢ 설총이 절을 하니 그 진용은 문득 고대를 돌려 바라 본 채로 서 있다.

㉣ 원효가 살던 혈사 옆에 설총의 집터가 있다.

⑦ 讚頌 : 제7장면

각승은 처음으로 삼매축을 열었고,

무호는 마침내 만가풍을 걸었다.

달 밝은 요석궁에 봄잠이 깊었더니,

문닫힌 분황사엔 고영만이 덩그렇다.

이와 같이 「원효불기」는 전체적으로 7단계의 장편 서사구조를 유지하고 있다. 그것은 기본적으로 불타의 팔상구조를 지향하고 있으나,[31] 상당한 축약으로 그에 미치지 못하였다. 그러면서 이 작품은 고승전인연, 고승전변문의 실제구조를 확보하고 있는 게 사실이다. 그리고 전술한 대로, 이 작품은 방대한 사건을 포괄하였으되, 그 내용 기술이 간략하여 '사번문략事繁文略'의 단편 형태를 드러내고 있는 실정이다.

그리하여 이 작품은 이미 알려진 대로, 전기적 유형으로 '영웅의 일생'을 보유하고 있는 것이 재확인되는 터다. 그러므로 이 작품의 서사적 골격을 유기적으로 재구하여 정태적으로 파악한다면, 그것은 서사문학·소설구조를 보여주고 있는 게 분명하다. 한편 이 작품의 전체구조가 단계적으로 확연히 구분되는 점을 고려하고 실연 과정을 전제한다면, 그것은 희곡적 구조를 보여 준다고 하겠다. 더구나 이 작품은 삽입가요와 그 가무를 포괄하여 실제적인 강창조직을 이룩함으로써 그것이 강창문학의 기본양식을 보여 주고 있는 게 확실하다.

그렇다면 이 작품은 원효의 사실에 입각한 기본적 서사구조를 바탕으로 하여, 소설적 구조와 희곡적 구조를 각기 모색하고 있는 터라 하겠다. 말하자면, 그 구조는 자체로서 이미 소설과 희곡의 양면성을 보

---

31 사재동, 「「팔상명힝녹」의 연구」, 『인문과학논문집』 8-2, 충남대 인문과학연구소, 1981, 29쪽.

이고 있다는 이야기다. 기실 이런 구조는 어떤 방향으로 어떻게 유통·활용되느냐에 따라, 소설 형태나 희곡 양식으로 구체화될 수가 있었던 것이다. 결국 이 작품의 복합적 구조는 운용의 실제와 접근의 방법에 따라 제 기능을 제대로 발휘할 수가 있었기 때문이다.

2) 주제·사상

이 작품은 원효를 신격화하여 해동에서 으뜸가는 '성사聖師'로 부각시키려는 데에 가장 큰 비중을 두었다. 그리하여 그의 행적은 신이와 이적으로 점철되어, 그는 드디어 불·보살의 경지로 승화된 셈이다. 따라서 거기에는 보살의 신통력 내지 위신력이 자리하였고, 그 위신력을 절대 신앙하여 참되게 귀의하라는 대전제가 성립되어 있는 것이다. 그리고 이 작품은 심오·장엄한 화엄세계에 입각하여 '무애대도無㝵大道'를 체달하는 대각·성불의 목표를 은밀히 제시하였다. 여기에는 '불기不羈'가 뜻하는 해탈·자재의 절대자유가 보장되어 있다. 이것만이 대승적 상구보리의 최고 경지다. 이러한 무상대도의 원만성취가 이 작품에서 주제로 구체화된 것이다.

이와 맞대어, 이 작품에서는 하화중생의 구제의식이 그 핵심을 이루고 있다. 이것은 대승불교의 근본정신이요 최고 이상이거니와, 이 작품의 모든 것이 이쪽으로 집중되어 있기 때문이다. 이 작품에서는 원효가 무애도인으로 그 이상을 그대로 실현하였기에, "曉之化大矣哉효지화대의재"라 하여 그를 위대한 '성사'로 받들게 된 것이다.

한편 이 작품에서는 설총의 출생과 행적을 긍정적으로 평가·기술하여 시사하는 바가 크다. 원효와 요석공주에게서 설총이 태어난 것을 강조한 것부터 유·불간의 관계를 자연스럽게 부각시킨 듯하다. 실로 설총의 생장이 숙명적인 것이지만, 그가 경·사에 널리 통하여 신라 십현十賢 중의 하나로 승화된 것은 신라·고려시대 불교와 유교의 상호관계 내지 그 위상을 정립시키려는 의도를 드러낸 터라 보아진다. 말하자면 불교와 유교의 친연성을 밝히면서 불교의 연원적 우위성을 드러낸 것이고, 나아가 유불교구儒佛交媾를 통하여 신유학이 출현했음을 계통적으로 암시한 것이라고 하겠다.[32]

이러한 주제의식을 뒷받침하는 사상적 배경은 심오하고 튼튼하다. 우선 이 작품은 원효가 체득·실천한 모든 불교사상을 그 배경으로 깔고 있는 게 사실이다. 잘 알려진 대로, 그의 대승사상은 동체대비로 중생을 교화·구제하는 데 모든 것을 바치게 된다. 그것이 화엄사상과 삼매경의 세계로 구체화되어 있다. 원효가 화엄경소를 짓고 그 경의 핵심을 잡아 〈무애가舞㝵歌〉·〈무애무〉를 만들어 가창·실연한 것이나, 삼매경의 신이한 출현을 계기로 그 소를 지은 것 등이 이를 실증한다. 나아가 그의 정토사상이 그대로 실현된 것이다. 그가 〈무애가무〉를 실연하면서, 실은 '남무아미타불'을 통하여 정토신앙을 민중에게 심어 주었기 때문이다. 게다가 이 작품에는 '경사經史'의 적통을 잇는 유교사상이 불교와 조화를 이루고 있다. 그것은 설총의 유교적 업적을 통하여 구체화됨으로써 유불습합의 현상과 함께 원효의 화쟁사상을 일부 반영하고 있는 터라 하겠다.

32　이가원, 「儒·佛 思潮의 交媾 (其一)」, 『한국한문학사』, 민중서관, 1961, 74쪽.

3) 구성 형태

(1) 무대배치

「원효불기」는 연대기적 시간성을 초월하고 있다. 그의 생년을 "眞平王 三十九年 大業十三年丁丑歲也"라고 제시한 것 이외에는 사건의 진행에 따른 구체적인 시간 표시가 없다. 물론 사건 구성에 내재하는 시간성과 사건 경과에서 암시되는 시간성이 드러나는 것은 사실이다. 말하자면 이 작품에서는 원효의 전기적 순차에 구애되지 않고, 사건 구성과 그 흐름을 효율적으로 이루기 위하여 서사적 시간을 창출해 내고 있다는 것이다. 그렇다면 이 작품의 시간적 무대는 본래 역사적 전기성을 벗어나 서사적 진행을 적절하게 추진해 나가는 데에 밑받침되고 있는 터라 하겠다.

따라서 이 작품에서는 위에 든 단계마다 시간이 독자적인 흐름을 유지하고 있는 게 사실이다. 그리하여 이 작품에는 전체적인 과거시제보다는 장면단위의 현재시제가 강하게 작용하고 있는 실정이다. 그러므로 이 작품의 시간성은 사건 전체를 유기적으로 통관하는 소설적 사실성을 기본적으로 확보하고, 나아가 하나하나의 장면을 독자적으로 활성화하는 희곡적 현장성을 일으키는 데에 적극 이바지하고 있는 것이라 보아진다.

그리고 이 작품의 공간적 배경은 아주 다양하고 광활한 편이다. 그것은 이 작품의 시간적 무대를 조화롭게 뒷받침하며 위에 든 각 단계의 장면에 제대로 부합되어 있기 때문이다. 제1장면에서 그의 출생지는 "佛地村불지촌"·"娑羅樹사라수" 아래로 성역화되어 있다. 그것은 역사적 근거를 가졌으나, 점차 신성한 출생의 신화적 무대로 승화된 것이라 하겠다. 그 생애의 어느 단계에서, 그가 출가하여 그 집을 바쳐 절로 만드는 경우만 보아도 그렇다. 제2장면에서는 그의 "遊方始末유방시말 弘通茂蹟홍통무적"에 따르는 광활·무제한 공간과 다양한 무대를 예상할 수 있다. 그것이 이 사건의 의도적 축소에 따라 자연히 생략되었으므로 현실화되지 않은 것은 지극히 당연하다. 따라서 제1·2장면의 공간적 무대는 막연한 설명과 상상을 통하여 재현될 수밖에 없겠다.

그런데 제3장면의 공간부터는 구체적으로 현실화되었다. 거기에는 신라 궁성과 그 주변의 가경, 그리고 요석궁의 화려한 마당이 펼쳐진다. 나아가 그 낭만적 사건의 밀실로 공주의 거실과 침방까지 마련되고 있다. 그것은 소설적 무대로 묘사·설명되기보다는 연극적 무대로 그냥 제시되어 있는 셈이다.

나아가 제4장면에서는 그가 가무행작이나 포교연예를 벌이는 공간이 천촌만락으로 전개된다. 그것은 중생의 사바세계를 전제하고 상하 민중이 어울리는 어느 곳에서든지 벌일 수 있는 야단법석野壇法席으로 구체화된다. 실은 원효가 가고 머무는 곳마다 법석이요, 가무할 때마다 실제 무대가 펼쳐진다. 그것은 결국 원효가 보살행을 실현하는 연극적 무대로서, 나아가 지상의 불국토로 승화되는 터라 하겠다.

또한 제5장면부터는 그가 저술·신통력을 발휘하는 데에 따르는 무대가 복잡하고 막연하게 나타난다. 그가 『화엄경소』를 짓던 분황사, 신통이적을 부리던 백송百松과 보살의 지위, 그리고 『금강삼매경론』을 내어 준 용궁 등이 뒤섞여 나오기 때문이다. 그것은 해설적으로 묘사하기는 쉬워도 연극무대처럼 현실화시키기는 어려운 공간이라 하겠다.

이어 제6장면에서는 원효의 진용을 모신 분황사, 새로운 보살을 모시는 도량으로 배치된다. 설총의 추모·효행과 관련하여 원효가 살던 혈사와 설총의 집터가 회상적으로 펼쳐진다. 이 무대는 종교적 분위기와 함께 상당한 실감을 자아내는 것이 사실이다. 따라서 그것은 해설로나 현실무대로 얼마든지 재현할 수 있겠다.

(2) 인물 설정

이 작품에는 원효를 주인공으로 하여 무열왕·요석공주·설총·대안·궁리 등이 등장하여 각기 독자적인 언행을 드러내고 있다. 다만 이 원전의 찬성 과정에서 그들의 언행이 축소·생략되거나 지문에 흡수됨으로서 잠재적으로 응축되어 있을 따름이다. 따라서 그들의 모든 것은 현장적 실연이라는 전제 아래, 재생·복원시킬 수가 있다는 것이다.

우선 원효는 전편을 통하여 언행이 구체적으로 설명·묘사되어 있는 게 사실이다. 그가 주인공인 바에는 이 작품의 모든 것이 그의 언행과 성격을 부각시키는 데에 집중되고 있는 것은 당연한 일이다. 그런데도 그의 모든 것에 대한 묘사·설명이 실제로 축약되어 있어 그것은 재구·복원하지 않고는 진면목을 찾아 볼 수 없는 실정이다. 실은 제1장면에서도 그의 신이한 출생과 행적의 단면을 보여 주고 있다. 그리고 제2장면에서는 그의 생장·행적이 거의 완벽하게 축약되어 있다. 그러나 그것은 몇 문장으로 축소되어, 원래부터 그에 대한 본격적인 기술이 아니고, 서두의 한 방편으로 그의 생애·행적을 총괄하여 보인 것이라 하겠다.

그런데도 제3장면부터는 원효의 언행·성격이 비교적 구체적으로 드러난다. 그가 〈천주요天柱謠〉를 불러 요석공주와 결연하고 설총을 낳기까지 그의 성격은 상당한 개성을 나타내게 된다. 기실 그의 진면목은 제4장에서 나타난다. 그가 〈무애가무〉를 천촌만락에서 실연하고 중생들을 교화·제도하였기 때문이다. 실은 제5장면에서 그의 핵심적 행적이 복합적으로 나타난다. 인도의 보살에 준하는 경소의 저술 이적과 보살 지위의 신통·기적 등이 축약된 양상으로나마 묘사되어 있기 때문이다.

이와 같이 하여, 원효는 제6장면에서 불타격으로 승화된다. 그의 열반 후에 설총이 조성하여 세운 그 진용이 아들의 절을 받고 홀연히 돌아 보았다는 것이다. 이것은 사후의 신통이적으로 석가불釋迦佛의 그것과 상통하는 바라고 하겠다. 잘 알려진 바, 제자들에게 부처의 영원생명을 실증하기 위하여 관 속에서 두 발을 밖으로 내민 이적을[33] 원효의 진용이 재현시킨 것이라 볼 수도 있겠다.

그리고 태종무열왕은 신라통일의 기반을 닦은 영주로서, 제3장면에서 권능이 구체화된다. 그는 원효의 〈천주요〉를 알아차리고 요석공주와 결합시킨 주혼자의 역할을 한다. 그가 원효를 파계시킨 것은 사실이나, 성인과 왕가 사이에서 현인을 얻어 국익에 이바지하게 만들려는 대승적 현군으로 군림하고 있다. 그가 요석공주와 함께 원효를 외호하고 뵈지 않게 격려했으리라는 것은 그 후 장면에 숨겨져 있을 뿐이다.

다음 요석공주는 미모와 교양을 갖춘 원효의 아내이다. 그녀는 원효를 만날 때의 환희와 낭만을 간직하고 어느새 설총을 낳아 기르는 훌륭한 어머니의 모습으로 나타난다. 그녀는 남편이 가무로 교화하고 보살

---

33 이 장면은 불타의 '쌍림열반상(雙林涅槃相)'에서 마하가섭과 제자들에게 보여 준 기적이며, 선가의 '삼처전심(三處傳心)'에서 마하가섭에게 법을 전했다는 유명한 장면이다.

행을 하고 있을 때, 그의 나날을 안타깝게 기원하면서 아들을 현인으로 가르쳐 내는 현모의 전형을 보여 준다. 이런 점에서, 그녀는 제3장면에만 등장하고 마는 것이 아니라, 제4・5・6장면에서도 한결같이 적지 않은 작용을 했으리라고 보아진다. 그녀의 여주인공적 언행이 대폭 축소・기술되었거니와, 그녀가 교화행각과 저술활동을 직간접적으로 도왔을 것이고, 남편의 열반에 따른 추모행사 등에 동참하지 않을 수가 없었을 것이기 때문이다.

물론 설총은 귀하고 특출한 혈통을 타고난 공자요 현인이다. 이미 밝힌대로, 그는 불가의 진수와 유가의 핵심이 융합되는 곳에서 발원한 신유학의 흐름을 창조・완성한 십현 중의 하나로 묘사되어 있다. 당시 성인과 공주 사이에서 기적적으로 태어나, 공주궁에서 왕손으로 교육받고 불학보다는 유학을 대성하는 것부터가 특출하다. 그는 영민하고 경사에 널리 통하여 신라의 대유로서 제3장면에서 처음 등장하지만, 제4장면에서도 원효의 탁이한 저작활동과 결부되는 학문 업적을 세워 왔으리라는 복선을 가지고 있는 터다. 그러기에 그는 제6장면에서, 그 진용을 만들어 분황사에 안치하고 경모의 평생 한을 표하며 기원하는 효자의 모습을 선연하게 드러낸다. 그는 부친이 주로 살던 혈사 옆에 집을 마련하고 모친과 함께 부친을 실질적으로 봉양했으리라는 단서마저 제공하고 있는 실정이다.

또한 대안은 원효와 쌍벽을 이루는 이승이다. 법계가 높아 용왕이 흩어보낸『금강삼매경론』을 순서대로 재구하는 신통자재한 승려로 손꼽히고 있다. 그는 원효와 기미가 통하고 서로 존경하면서『금강삼매경론』의 소를 반드시 원효에게 짓도록 주선하기도 한다. 그러나 그는 일생 숨어 지내면서 법력을 은밀히 발휘했던 것이다.

여기에 등장하는 인물들은 실제적으로 훨씬 많았을 것이다. 원효와 관계된 역사적 인물과 같이, 작품 상의 인물도 그 원형에서는 그렇게 많아야 어울렸을 것이기 때문이다. 그러나 위에서 밝혀진 대로, 「원효불기」에서는 거의 모두 생략·배제되고 부득이한 인물들만 위 모양으로 남아 있을 뿐이다. 이 인물들은 전체적 서사문맥으로 보아 소설적 인물로 묘사된 일면을 보이는 것이 사실이나, 대체로 희곡적 인물로 활동한 일면을 보다 강하게 드러내고 있는 실정이라 하겠다.

(3) 사건 진행

이 작품의 사건 조직은 원래 방대하고 풍성한 것이었다. 그러던 것이 사건의 기술 내용이 대폭 축약되어, 그 많은 사건들이 그 요지나 요약만으로 남아 재조직되었던 게 사실이다. 그리하여 이 작품은 일단 '요약된 단편'으로 행세하고 있지만, 그 사건 진행은 여전히 다양한 소재를 집성·수용함으로써, 유기적인 맥락을 유지하고 있다.

위 구조 내용에서 보았듯이, 이 작품은 장편서사적 사건 구성으로서, 완벽한 '영웅의 일생'을 지향하여 빈틈없이 진행되고 있다. 기실 원효의 생애에서 탁이한 행적을 뽑아 독자적인 장면 단위로 점철하여 나감으로써, 극적인 서사성을 능동적으로 발휘한다. 이제 각개 장면의 사건 진행을 재구하는 차원에서 유기적으로 파악해 보기로 한다.

제1장면은 출발하는 단계다. 원효의 속성을 들고, 조·부의 벼슬을 내세워 그 혈통의 고귀함을 보인다. 그리고 출생지를 불지촌·사라수 아래로 설정하면서, 그 연기를 언담과 고전을 통하여 신화적으로 승화시

킨다. 말하자면, 두 개의 독립된 설화를 동원하여 발단·서두를 서사적
으로 이끌어 나간 것이다.

제2장면은 사건을 이어주는 단계다. 여기서는 원효의 생장 이적을 요
약하고 있는 셈이다. 먼저 원효의 소명을 들고 태몽·입태 상황을 연결
하여 출산의 상서를 강조한다. 그리고 나면서부터 지혜롭고 총명하여
무사자통한 천부적 재능과 훌륭한 학문을 찬양하고, 그가 출가하여 수
행한 시말과 불법을 널리 펴던 많은 공덕을 열거하게 된다. 그런데 바로
그런 행적은 고승전과 행장에 자세히 적혀 있다는 제시만으로 완전히 생
략되어 있다. 이 단계에서는 비록 극도의 축약이지만, 그의 생애와 행적
을 일단은 완전하게 마무리한 터다.

제3장면은 사건을 상승시키는 단계다. 여기서는 원효가 실계失戒하
고 설총을 낳아 대성케 하는 과정을 보여 준다. 원효가 등장하여 〈천주
요〉를 부르니, 무열왕은 그것이 귀부인을 얻어 현자를 두겠다는 뜻임
을 알고, 나라에 대현이 있으면 이익이 막대하다고 이른다. 그 때에 요
석궁에 홀로된 공주가 있어, 왕이 궁리를 시켜 원효를 찾아 끌어들이게
한다. 궁리가 칙명을 받들어 원효를 찾아 만난다. 원효가 일부러 물에
빠져 옷을 적시니, 궁리가 요석궁에 인도하여 옷을 말리게 한다. 그가
요석궁에 머물러 공주와 친합하여 잠시 낭만을 누린다. 공주가 임신하
여 설총을 낳는다. 원효는 떠났는데, 설총이 총민하고 경사에 박통하
여 신라 십현 중의 하나가 되면서, 육경 문학을 훈해하는 등 학통을 세
운다. 이러한 사건 진행은 그 자체로서 서사성을 최대한으로 발휘하고
완결된 것이라 하겠다.

제4장면은 사건 진행을 절정에 이르게 하는 단계다. 여기서는 원효

가 실계 후에 거사로서 속강하며 중생을 교화·제도하는 실상을 드러내고 있다. 원효가 설총을 낳은 후에 옷을 갈아입고 거사를 자처하며 노닌다. 그는 광대의 무구를 우연히 얻고 이를 본떠 도구를 만든다. 그가 『화엄경』의 진수를 체달하여 〈무애가〉를 지어 세상에 유통시킨다. 그는 도구를 가지고 천촌만락에서 노래하고 춤추며 교화하고 돌아다닌다. 그가 모든 중생들에게 염불케 하니, 그의 교화는 참으로 크다. 그것은 모두가 불연으로 하여 이 땅에 불일佛日을 한껏 발휘하자는 데 의의가 있다. 이렇게 그의 생애에서 가장 핵심적인 전법·교화의 실상을 순리적인 사건으로 완결시키고 있는 것이다.

제5장면은 사건 진행을 정리하며 하강시키는 단계다. 여기서는 그의 저술 이적과 신통 자재한 보살 지위를 요약·강조하고 있다. 그는 일찍이 분황사에 주석하면서 『화엄경소』를 지었는데, 제40 회향품에 이르러 마침내 절필한다. 그가 송사로 인하여 몸을 백송에 나누는 등 신통 자재하니, 모든 사람들이 보살지위를 찬탄한다. 그는 해룡의 유인과 봉송으로 얻어 온 『금강삼매경론』을 왕명에 따라 강석하고 소를 짓는다. 그가 소疏를 지을 때 소의 두 뿔 사이에 붓과 벼루를 놓고 썼으므로 '각승角乘'이라 한다. 그는 대안이 배열·복원한 『금강삼매경론』을 보고 기미가 통하여 서로 호응하게 된 것이다. 이처럼 저술 업적과 그에 따른 이적을 몇 가지 사건으로 압축하여 유기적으로 완결하고 있는 터다.

제6장면은 사건 진행을 종결하는 단계다. 여기서는 그의 열반과 그 후의 이적이 연결되어 있다. 원효가 열반하자 설총이 유해를 갈아서 진용을 만든다. 이를 분황사에 안치하고 극도의 애도를 표한다. 그 때에 설총이 옆에서 절을 하니 그 성상이 홀연히 돌아 보아, 지금도 그 모

양을 하고 있다. 원효가 머물던 혈사 근처에 설총의 집터가 있다는 것이다. 이렇게 이 장면의 사건 진행을 완결하면서, 이 작품 전체의 사건을 마무리하고 있는 터다.

제7장면은 이 작품의 사건 진행을 휘갑하여 중송하는 단계다. 여기서는 이 작품의 사건 전체를 요약·찬송하고 있다. 이것은 한문전기나 고전희곡의 말미에 으레 나오는 종결사라고 하겠다.

이상과 같이 이 작품은 각기 독자적인 7개 장면이 유기적으로 연결되어 전체적인 사건 진행을 완결하고 있는 게 사실이다. 그렇다면 이 작품의 사건 진행은 여러 단편으로 조직된 장편서사의 유형에 접근하고 있는 터라 하겠다. 그리하여 이 사건 진행 자체는 원형적으로 장편소설적 골격을 유지하고 있다고 보아진다. 한편으로 이 작품이 원칙적으로 실연된다는 전제 아래 그 사건 진행을 본다면, 그것은 실제로 희곡적인 양상을 드러내고 있는 게 확실하다. 그 사건 진행에서 7개 장면이 각기 1장을 이룬다면, 그것은 전 7장의 희곡 형태가 되겠기 때문이다. 물론 이 작품이 어떤 형태의 연극에 의하여 실연되느냐에 따라 구체적인 희곡 형태로 방향을 잡겠지만, 그것은 희곡 양식에 보다 적합한 사건 진행임에는 틀림이 없겠다. 그러므로 이 사건 진행은 기본적인 골격을 바탕으로 소설적 형태와 희곡적 양식 등으로 전개될 수 있는 양면성 내지 복합성을 유지하고 있는 것이라 보아진다.

(4) 표현·문체

「원효불기」의 문체는 지문이 주축을 이루고 있는 것이 사실이다. 더구나 문장마저 간요하게 축약되어 겨우 서사문맥만을 유지하고 있는 실정이다. 따라서 이 작품이 본래 방대한 사건과 풍성한 내용이었다는 전제 아래, 표현 문체의 원형을 복원·재구해 보아야 될 것이다. 그렇다면 그 원형적 표현 문체에는 구비·기록을 불문하고 보다 사실적인 설명·묘사와 더욱 풍부한 대사가 동원되었으리라 추정된다. 이 작품의 현전 문체 안에 그만한 근거가 있으므로, 이를 바탕으로 소설적 측면과 희곡적 측면을 중심으로 그 표현 문체를 검토하여 보겠다.

먼저 소설적 측면에서 보면, 현전 문체만으로는 소략한 것이 사실이다. 그러면서도 이 문체가 이 작품의 서사문맥을 기술하여 가는 데에 부족함이 없는 한, 그것은 일단 서사문학·소설 문체로 성립되어 있는 것임에 틀림이 없다. 기실 이 문체는 생략·축소할 것은 과감히 했으되, 살릴 것은 살리고 강조할 것은 또한 뚜렷이 부각시킴으로써, 간요한 산문체를 이루고 있는 터다. 그러기에 그 문체는 지나치리만큼 간결하고 강한 함축성이 있어, 독자의 수준에 따라 의미 파악에 차이가 날 것이다. 그 문장을 있는 그대로만 읽는다면 무미건조할 뿐만 아니라, 서사문맥의 이해에도 상당한 장애를 받을 것이지만, 원형적 내용을 알고 문장을 복원하여 읽는다면 상당한 감명을 받으면서 서사문맥을 실감 있게 수용할 것이기 때문이다. 따라서 이 문체는 한문서사의 그것으로는 일단 성공하였지만, 대중적 서사 문체로서는 그 기능을 제대로 발휘하기가 어려운 실정이다. 그러기에 이 문체는 민중적 차원에서 부연·보완될 필요가 있고, 불가적 입장에서 이를 복원·재구할 당위성이 엿보이는 것이다.

우선 이 문체를 부연·재구한 한문 문장을 예상할 수가 있겠다. 그것이 원효전승의 한 소설적 이본으로 표현·기술되었을 가능성은 얼마든지 있다. 현전하는 한문이본만을 가지고도 그러한 경향을 족히 탐색해 낼 수가 있겠기 때문이다. 한편 이 문체가 필요에 따라 구비적으로 부연·재구되는 현실을 예상할 수 있다. 실제로 현전 문장을 가지고 이를 부연·재구되는 현실을 예상할 수 있다. 실제로 현전 문장을 가지고 이를 부연·설화할 때, 원형적 이야기가 소설적 문체로 재현될 것이 뻔하기 때문이다. 여기서 이 문체는 보다 풍성하고 사실적인 지문과 대화 그리고 삽입가요까지를 포괄한 서사문학·소설체 문장으로 확대·해석되어도 무방할 것이다.

다음 희곡적 측면에서 보면, 현전 문체만으로는 얼핏 부족한 것으로 취급될 수밖에 없겠다. 그러나 이 작품이 연극 형태로 실연되었다는 전제 아래 현존 문장을 현장적으로 부연·재구한다면, 그것은 극본·희곡의 문체로 충분히 행세할 수가 있겠다. 원래 이 작품과 같은 '고승전인연'의 문체는 초본抄本의 상태를 유지하고 있지만, 실제로 강창·실연할 때는 매우 상세하게 부연되는 것이 상례로 되어 있다.[34] 이 작품의 문체가 이미 밝힌 대로 축약본이나 초본이라고 규정된다면, 그것은 실연될 때마다 상세한 극본으로 족히 희곡의 문체를 갖추게 되었으리라 보아진다.

그렇게 된다면, 이 작품의 문체가 보다 풍성하게 부연될 뿐만 아니라, 그것은 대체로 대사와 지시문으로 양분되어 나타날 것이다. 여기서 주축이 되는 대사는 등장인물등의 상관성에 따라 강화·재생될 것이 뻔하다. 그 현존 문체에서 이미 대사로 된 것은 더욱 분명해질 터이

---

34 金岡照光, 앞의 글, p. 281에서 "現今下來的 '高僧傳因緣' 抄本 雖然很短 但實際上講談時 大概講得很詳細"라고 하였다.

고, 지문에 응축되었거나 간접화법으로 변형되었던 것들은 모두 직접 대사로 재활되겠기 때문이다. 이러한 대사와 가요, 창사 이외의 문장은 그대로 지시문으로 남아서, 등장인물의 분장·행동, 무대·소도구, 음악·무용 등에 관한 지시·해설을 맡게 될 것이다.

여기서 실연상의 창사는 소설 문체의 삽입가요와는 차원을 달리한다. 그런 창사는 그 자체만으로도 가창극 내지 가무극의 극본체로 활용될 뿐만 아니라, 대사·지시문 등의 산문과 교직되어 강창 문체를 이룩하기 때문이다. 실제로 이 문체 상에서 〈천주요〉·〈무애가〉와 말미의 찬시 등은 독자적인 면모를 드러내면서도 강창 문체를 조직하여 강창극 내지 대화극의 극본으로 희곡 문체를 조성하고 있는 실정이다.

그리하여 이 작품의 표현은 정적인 상태에서 읽히거나 이야기될 때에, 족히 서사문학·소설체 문장을 이루고 있는 것이 사실이다. 나아가 이 문체는 동적인 현장에서 강창되거나 실연될 때에, 바로 강창문학·희곡체 문장을 이룩하고 있는 실정이라 본다. 그렇다면 이 작품의 표현 문체는 그 유통·운용의 실제에 따라 소설 문체와 희곡 문체의 양면성을 지니는 것이 확실하다. 나아가 현존 문장 그대로라면 수필·평론적 산문체로도 규정될 수가 있겠다. 이 작품은 문체상에서도 종합성·입체성을 보여 주고 있는 것이 특징이라 하겠다.

4) 장르적 성향

(1) 삽입가요의 실체

이 작품에 들어 있는 가요들이 각기 독립성을 유지하였다는 점에서, 그것들을 시가 장르의 독자적 작품으로 뽑아낼 수 있는 것은 사실이다. 그런데도 이 가요들의 시가적 가치나 그 위상을 구명하려는 구체적인 작업이 아직 두드러지지 않는 실정이므로, 이런 데에 착안하여 적극적으로 논의할 필요가 있겠다.

먼저 〈천주요〉가 주목된다. 이것은 서사문맥상에서 주사적 성격을 지니면서도 고도의 비유와 상징성을 드러내고 있다. 그래서 〈귀지가〉같이 문학적 의미망보다는 주술적 기능을 발휘하고 있는 것처럼 보인다. 그러나 그것은 한역과 함께 비유와 상징이 강화되어 의미 파악이 어려울 뿐이지, 단순한 주사가 아니었으리라는 점이다. 그것은 원효의 차원에서 음양의 이치에 생명 창조를 갈구하는 내용을 승화시켜 난해하게 표현한 시가였으리라고 추측된다. 그것이 향언으로 가창되었다는 전제 아래서, 〈천주요〉는 향가에 접근한 가요 형태였으리라고 보아진다.

그리고 〈무애가〉는 흔히 염불가사라고 알려져 있다. 그것은 『화엄경』을 통달하여 "一切無㝵人 일체무애인 一道出生死 일도출생사"라는 핵심을 노래하였으니, 단순한 염불가사가 아니고 심오한 불교가요임에 틀림이 없다. 기실 그것은 상당한 길이로 불가어를 많이 쓰고 방언으로 표현되었다고 하니[35] 아무래도 향가계의 장편가요라 추측된다. 따라서 그것은

---

[35] 『악학궤범』 권3 「무애」조에서 "無㝵之戲出自西域 其歌詞多用佛家語 且雜以方言 難於編録"이라고 하였다.

같은 『화엄경』의 보현행원을 응축·승화시킨 〈보현시원가〉와 족히 대비될 수 있으리라고 보아진다. 마침 후대적으로 개작된 〈무애가〉가 전하고 있으니,[36] 이에 관한 모든 자료를 취합·검토하여 그 가사의 원형을 복원해 볼 수도 있겠다. 더구나 이 가요는 〈무애무〉와 함께 불렸다 하니, 시가적 특징과 함께 희곡적 특성이 더욱 부각되는 터라 하겠다.

이 말미의 찬시는 7언 절구로서 널리 알려졌다. 그것은 물론 일연의 한시로서 완벽한 근체시의 특징을 드러내고 있는 것이 사실이다. 기실 그것은 불경의 중송처럼 원효의 생애와 「원효불기」를 요약·승화시키면서, 한편 이를 평가하는 평론적 기능을 발휘하는 데에 묘미가 있다. 이 찬시는 위 가요들과 함께 시가의 독자적 위치를 지키고 또한 음영·가창되면서도 그 나름의 특수한 역할을 다한다는 사실이다. 위에서 밝힌 대로, 이 찬시는 「원효불기」의 장르 성향에 따라, 한문소설적 결미시로서나 극본·희곡적 종결사로서 그 역할을 두루 해낼 수 있겠기 때문이다. 이런 점에서 이 찬시는 『삼국유사』나 『삼강행실도』 등의 시찬과도 공통되는 것이라 하겠다.[37]

이와 같이 「원효불기」의 시가들은 각기 독자성과 특징을 가지고 하나의 장르를 이루고 있는 것이 사실이다. 그런데 이미 언급된 대로, 이 시가들은 아름다운 꽃송이처럼 그 자체로서도 가창극·가무극의 극본 역할을 다할 뿐만 아니라, 서사문맥·산문체와 교직되어 강창문학, 희

---

36 김동욱, 「新羅 行者 및 說話」, 『진단학보』 23, 진단학회, 1962, 44쪽에서 조선 말기의
    향가에 실려 있는 무애가사(舞㝵歌詞)를 소개하고서 "이 '無㝵'의 原詞는 없어졌다
    하더라도 남아 있는 가사로서 忖度하여 보면 애초의 舞㝵歌도 상당히 長歌였음을 알
    수 있다"고 하였다.
37 경일남, 「고려조 강창문학 연구」, 충남대 박사논문, 1989, 60~61쪽.

곡 양식을 이룩하는 데에 크게 작용하고 있다는 점이 돋보이는 터다.

(2) 서사문학·소설 형태

「원효불기」가 서사문학이라는 것은 논란의 여지가 없겠다. 이미 드러난 대로 그것은 원효의 생애와 행적을 바탕으로 하는 신화·전설계의 설화라고 보아지기 때문이다. 위 작품의 분석을 통하여 볼 때, 그것은 현전하는 원전만으로도 훌륭한 서사문학이요 소설 형태라고 간주할 수가 있다. 이 작품은 위에서 이미 '고승전인연' 또는 '고승전변문'이라고 논의되었거니와, 따라서 그것이 서사문학·소설 형태의 일면을 확보하고 있는 게 사실이다.

그렇다면 한문 원전을 근거로 하여 이 작품이 승전문학·전기소설로 규정되어도 무방할 것이다. 중국의 '고승전인연' 등이 승전계 전기소설로 인정되고[38] 한국의 전기소설 가운데 승전 유형이 상당수에 이르고 있기 때문이다.[39] 게다가 이 작품이 기본적으로 강창문학이라 하더라도, 그것은 정적인 산문으로서 읽히거나 이야기될 때에는 소설 형태를 갖추게 되는 것이 확실하다. 한·중 간의 변문소설·전기소설의 작품 조건과[40] 고려 중기와 말기의 소설 수준을 비교·검토하여도,[41] 이 작품은 소설 작품으로서 별다른 손색이 없을 것이다. 더구나 작품이 유통 과정에

---

38 羅宗濤, 「敦煌變文「廬山遠公話」成立的 時代」, 『中華學苑』 16期, 臺灣政治大, 1975, p.84.

39 이가원, 앞의 글, 151~154쪽에서 『파한집』 권2, 「호어」(노승감호)를 『삼국유사』 「감통 제7」 「김현감호」와 함께 지괴(志怪)·전기소설(傳奇小說)로 취급하였다. 사재동, 「불교계 서사문학의 연구」, 『어문연구』 12, 어문연구학회, 1983, 182~185쪽.

40 徐許, 「變文小說」, 『小說彙要』, 正中書局, 1974, p.145; 劉瑛, 『唐代傳奇研究』, 正中書局, 1982, p.70 등 참조.

41 차용주, 「중세의 패관문학과 각종 전문학」, 『한국한문학사』, 아세아문화사, 1989, 89~93쪽.

서 기록으로나 구비로 부연·재구된다면, 그것은 실제로 장편구조의 「원효전」이 되거나 설화소설 「원효전」이 되겠기 때문이다. 이런 점에서 이 작품은 바로 고승전변문과 계통을 같이하는 승전계 서사문학·소설 형태라고 보아진다.

(3) 강창문학·희곡 양식

「원효불기」가 강창문학이라는 것은 기정사실이다. 그렇다면 어떤 동기와 계기를 통하여 실연되었는가에 따라서, 그 부연·재구의 정도와 연극적 형태가 달라질 것이라 본다. 위에서 이미 밝혀진 동기에서 실연의 계기를 검토해 볼 수가 있겠다. 먼저 불교신앙적 측면에서 원효를 추모하고 행적을 길이 선양하려는 재의를 통하여 재의극으로 실연되었으리라 본다. 인도나 중국에서 고승 대덕의 재의를 베풀 때, 그 생애·행적을 극화·재연하였던 것처럼,[42] 신라·고려에서도 원효의 열반일이나 특별한 시기에 재의를 거행하면서 「원효불기」와 같은 작품을 극화·실연했을 것은 당연한 일이다. 그리고 불교계에서 원효와 관련된 일체의 법석을 열 때, 이런 작품을 대본·화본으로 하여 설법을 하거나 극화·실연했을 가능성이 짙은 것이다. 나아가 원효와 연관된 불사의 경축이나 행사의 뒷풀이로서 대중과 함께 즐기려고 이런 작품을 극화·실연했을 여지가 얼마든지 있는 것이다.

42　小川貫一, 「目連救母變文의 源流」, 『佛敎文化史硏究』, 永田文昌堂, 1973, pp.161~163에서 인(印)·중(中) 고승(高僧)에 관한 재의가 끝난 뒤 고승탑을 둘러싸고 그의 행적인연을 극화·상연하여 왔다고 하였다.

이와 같은 계기에서 이 작품이 극화·실연될 때, 연극 형태도 다양하게 벌어졌을 것이다. 먼저 〈천주요〉나 〈무애가〉 등을 중심으로 가창극이 이루어졌을 것이다. 어떤 경우, 어느 계기에서든지 가장 단순하고 특징적인 연극 형태가 가창극이기 때문이다. 이럴 때에는 그 가요들이 반드시 가창되면서 족히 극본 역할을 할 수가 있겠다. 따라서 이러한 서사문맥 속의 가요는 실연 과정에서 극본·희곡의 구실을 다할 수 있다는 이야기가 된다.

가창극은 홀로 오래 가기 어려우므로, 곧장 무용과 결합하여 가무극으로 전개된다. 이 작품의 〈무애가〉는 바로 〈무애무〉와 결합되어 〈무애가무〉로서 본격적인 가무극으로 실연된 것이 사실이다. 가무극은 원효의 창출·실현 이래, 신라·고려를 거쳐 조선조까지 그 생명을 유지해 왔던 것이다. 여기서는 이 작품 속의 〈무애가무〉만으로도 족히 가무극본이 되고 희곡의 역할을 다 했으리라 보아진다.

그리고 이 작품은 강창문학의 특성을 그대로 살려, 강창극으로 실연되었을 것이다. 어떤 계기나 어느 마당에서든지 하나의 속강승이나 광대가 나와서 이 작품 같은 내용을 강설하고 가창해 나가면 그대로가 강창극이 되겠기 때문이다. 모든 추모재의나 포교법석 그리고 행사·연희 등에서, 이러한 강창극은 당·신라 이래 보편화되었던 것이 사실이다. 따라서 「원효불기」가 위와 같은 계기와 마당에서, 강창극으로 극화·실연되었던 것은 당연한 일이다. 그리하여 이 작품은 당당한 강창극본으로서 희곡의 기능을 제대로 발휘했던 것이라 본다. '일인 전역'의 강창극에서, 이 작품의 제1장면을 서두로 제3·4장면의 절정을 거쳐 제7장면의 종결사에 이르기까지 그것은 완벽한 강창극본, 희곡의 형태를 유지하고 있기 때문이다.

이러한 강창극이 제반여건으로 한계에 부딪히면, 그것은 곧장 대화극으로 전환될 수가 있겠다. 강창극에서 등장인물을 현실화하여 분장·활동시키고, 오직 대화와 행동만을 통하여 사건을 극적으로 밀고 가되, 무대 장치 위에서 소도구를 가지고 모든 보조예술의 협력을 통하여 입체적인 종합예술을 창출해 가면, 그것이 곧 대화극이 되겠기 때문이다. 따라서 「원효불기」는 강창극으로부터 여건과 필요에 따라 대화극으로 진전·실연될 가능성이 짙은 작품이다. 불교계나 궁중 또는 민간 대가에서 원효관계의 재의·법회·연희 등을 대대적으로 벌인다고 했을 때, 거기에는 「원효불기」 같은 작품을 입체적이고 종합적으로 극화·실연하기 위하여 대화극이 요청되었으리라고 추정된다. 그렇다면 그 규모와 상황에는 차이가 있겠지만, 그 작품을 대화극으로 연출하는 기회는 비교적 많았을 터이고, 「원효불기」 정도가 윤색·정리되어 그 극본·희곡으로 작용했으리라 보아진다. 기실 이 작품은 제1장면을 서두·해설로 하여, 제2·3·4·5·6장면을 본극 5개 장場으로 연출하고, 제7장면을 대미·결사로 삼는 5장체 대화극본으로서 본격적 희곡 형태를 구비하고 있는 실정이라 하겠다. 한편 이 작품은 대화극으로 실연될 때, 그 운영의 방법·규모에 따라 제1장면을 해설로 하고, 제2·3·4·5장면을 본극으로 연출한 다음 제6·7장면을 대미·결사로 삼을 수도 있는 여유와 재량이 보장되어 있다고 보아진다. 그렇다면 설자에 이어 4절의 본극을 연출하고 대미·결사를 가져 오는 원잡극본과도 대비될 수가 있겠다.

이와 같이 「원효불기」는 실연되는 연극 형태에 따라 자유자재로 부연·조정되어 그 극본으로 적응·활용될 수 있는 것이 특징이다. 그것이 가창극본이나 가무극본으로 변환된 것은 그것의 축소·조정일 수밖에 없지만, 그것이 또한 강창극본 내지 대화극본으로 활용된 것은 상당한 부연·재구를 거쳐 재조정된 결과라고 하겠다. 특히 이 작품이 강창극과 대화극을 모두 감당할 수 있다는 것은 실연·연출 과정에서 주체자의 창조적 작업이 필수되기 때문이다. 이 작품이 입체적인 희곡으로 기능할 수 있는 점은 고전희곡이 현장에 적응·실연되는 것이나 현대희곡이 출연자·연출자에 의하여 창조적으로 해석·공연되는 것과 같은 차원이라 하겠다. 그렇다면 「원효불기」와 같이 축소·고정되어 있는 고승전승이나 명인전기 등은 일단 각종 극화 과정을 통하여 창조적으로 실연될 수 있는 희곡성을 지녔다고 간주해 볼 수가 있겠다.[43]

⑷ 수필·평론형식

이 작품은 현존 원전대로 보면, 실제로 원효의 전기·행장의 일면을 보여주고 있다. 이러한 전기·행장은 서사적 생애·행적을 응축시키고 있으면서도, 외관상으로는 전장의 형태를 띠고 있는 게 사실이다. 기실 이 전장은 수필의 하위 장르로서, 그 영역이 넓고 전기문학성이 강하다.[44] 그렇다면 「원효불기」는 전장 중의 한 작품으로서 수필 장르에 속하는 터라 하겠다.

또한 이 작품은 위 삽입가요를 중심으로 볼 때, 가요에 관한 설명적

---

43 사재동, 「한국희곡사연구서설」, 『어문연구』 18, 어문연구학회, 1988, 94~103쪽.
44 최승범, 「한문 수필」, 『한국수필문학연구』, 정음사, 1980, 45~48쪽.

담화라고 할 수가 있다. 더구나 이 작품을 전장이라고 규정하는 입장에서, 이것은 그 가요에 관한 제반 사항을 해설하고 있는 가화 혹은 시화라고 하여도 무방할 터이다.[45] 실제로 이 작품은 〈천주요〉나 〈무애가〉의 작자·연대·제작 경위와 주제·내용 그리고 가치·기능 등에 대하여 해설을 가하고 있는 셈이다. 그렇다면 이 작품은 상당한 수준의 시론적 성향과 함께 비평적 방법의 일단을 드러내고 있다고 보아진다.

겸하여 이 작품은 〈무애가무〉에 관한 해설·논의의 일면을 보여주고 있으며, 서사문맥에 흐르는 연극적 상황을 직간접적으로 언급하고 있는 점이 엿보인다. 이것은 비평적 안목으로 보아서는 매우 소박한 극평 내지 희곡론의 경향을 간접적으로 드러낸다고 하겠다. 말미의 찬시는 원효의 행적을 요약·평가하는 방법을 취하고, 「원효불기」를 전체적으로 논의하는 평론의식을 함유하고 있는 게 사실이다. 이러한 비평적 경향이 유기적으로 연결됨으로써, 「원효불기」의 평론적 일면이 은근히 부상되는 터라 하겠다.

4. 결론

「원효불기」는 다양하고 풍성한 원효전승 중에서 가장 독특한 기전형태다. 이것을 하나의 문학작품으로 간주하고 몇 가지 측면에서 그 실

---

[45] 조종업, 「시화의 정의」, 『한국고대시론사』, 어문연구회, 1984, 7~12쪽.

상을 고찰하였다. 지금까지 논의되어 온 것을 요약하면 다음과 같다.

①이 작품은 원효가 성사로서 위대한 업적과 신이한 공덕을 남겨두고 열반한 이래, 그를 추모·숭신하는 승려·문사·자손·신중들이 주체가 되어 형성시킨 원효전승을 일연이 집성·정리하여「원효불기」로 재작한 것이다. 그는 이전에 유통되던 원효전승의 모든 것을 집대성하여 새롭고 완벽한 체재로 '원효전전'을 이룩함으로써, 이 작품의 주체적 찬성자의 소중한 위치를 차지하였다.

②이 작품의 선행 전승은 원효의 열반을 기점으로, 그 제문·행장 내지 비문 등이 제대로 형성되던 8세기 말기를 거쳐「고선사서당화상탑비」가 건립된 9세기 초엽에 정립되고,『송고승전』의「원효전」이 찬성된 10세기 말엽을 지나 한·중·일 간에「원효전」의 여러 이본이 형성·유통되던 12세기경에는 금석·문헌·구비를 통하여 본격적으로 성행하였다. 그러던 것이 13세기 말기에「원효불기」로 찬성되어『삼국유사』에 수록되었으니, 그 연원으로부터 600년간의 전승기간이 유지된 터라 하겠다. 원효전승은「원효불기」를 주축으로 지금까지 불교계 내지 민간에 풍성하게 유통됨으로써, 무려 1,300년간이나 생명을 유지하여 그 문학적 실상과 문학사적 위상을 유지하여 왔다.

③이 작품은 근원적으로 애도·추모의 의도가 충일했을 것이나 전승 과정에서 점차 퇴색되었고, 그의 생애·행적을 역사적으로 기술하여 선양·기념하려는 동기가 작용하였지만, 여기서는 그 역사적 행적을 생략·음성화시켜 그 서사적 기술의 기반·골격으로 삼았다. 그래서 이 작품은 불교사·승가사의 일환으로 고승전의 목적을 일면 수행하여 왔지만, 그 승전의 전형에서 벗어나, 원효의 일생을 성사·보살의

전범으로 정립시켜 수행·교화의 교본을 삼으려는 명분에서 이룩된 것이다. 드디어 이 작품은 성·속을 넘나드는 원효의 행적을 문예화함으로써, 신불대중의 예술충동을 종교적으로 충족시키려는 의욕에서 찬성된 것이라 하겠다. 그리하여 이 작품에서는 선행 전승을 총망라하여 성사전을 만들고 보살전 내지 불타전에 접근함으로써, 해동승사의 한 유형을 이루게 되었다. 이 작품은 불경의 기전류와 한·중의 '고승전인연' 등을 참고하고 원효의 비문류와 승전류 내지 설화류 등을 수용·조직함으로써, 그 구조와 내용이 그만큼 방대하고 풍성한 것이었다. 그런데 일연이 '고승전인연'의 전통적 체재에 맞추고 『삼국유사』의 권차에 맞도록, 그 사건 구조는 그대로 둔 채 기술 내용만을 축약시킴으로써 독특한 단편을 형성시켰다. 그러므로 이 작품은 유통 과정에서 그 원형으로 확대·복원될 수 있는 하나의 '고승전인연', 서사문학으로 재조직되었던 것이다.

④ 이 작품은 일단 고승전의 면모를 지니고는 있으나, 그 전형에서 벗어나, 보살전·불타전을 지향하여 불전적 신화·전설의 일면을 보임으로써, 적어도 『육조단경』 정도의 경전으로 취급될 수가 있었을 터이다. 그리하여 이 작품은 모든 재의·설법의 현장에서 법화·교본으로 활용되었을 것이 확실하고, 따라서 속강에 통용되던 고승전변문과 상통하는 것이라 하겠다. 그러기에 이 작품은 본래의 규모와 내용에 맞추어 그만큼 종합적인 문학 형태를 갖춤으로써, 삽입시가는 물론, 전장과 서사구조로서 소설 형태, 희곡 양식 내지 시화·평론적 면모까지 보이고 있는 터다.

⑤ 이 작품은 구조·내용이 전기적 유형, '영웅의 일생'으로서 기본

적으로 방대한 서사구조를 갖추고 있다. 따라서 이 작품의 서사적 골격을 유기적으로 재구하여 정태적으로 읽고 이야기한다면, 그것은 서사문학·소설구조로 운용될 수가 있다. 한편 이 작품의 전체 구조가 단계적으로 구분되어 연극적으로 실연된다면, 그것은 강창문학·희곡구조로 전용될 수도 있을 것이다.

⑥ 이 작품에서는 원효의 행적이 불보살의 경지로 승화되어 그 신통력 내지 위신력을 전제하고 있다. 따라서 이 작품은 대각·성불의 이상이 은밀히 제시되고 거기에는 해탈·자재의 절대자유가 보장되어 있다. 그리하여 상구보리의 최고 경지인 무상대도의 원만성취가 하화중생의 구제의식과 조화되어, 이 작품의 주제로 구체화된 것이다. 이 주제를 뒷받침하는 사상체계로 우선 대승사상·화엄철학이『금강삼매경론』의 세계와 어울려 장엄·광대하게 전개되었다. 또한 거기에는 아미타불의 정토사상이 실현되어 있고, 경사經史의 전통을 잇는 유교사상이 불교사상과 결합되어 신유학의 출현을 시사하며 원효의 화쟁사상을 반영하고 있다.

⑦ 이 작품의 구성 형태는 우선 무대가 역사적 토대를 통하여 기본적인 서사의 배경을 이룩하고 있다. 그 무대는 수미일관하여 유기적으로 연결될 때 서사문학·소설 형태의 그것으로 정립되고, 한편 그것이 장면단위로 전환된다면 강창문학·희곡 양식의 그것으로 전개될 터이다. 이 작품에 등장하는 인물들은 원효의 신화화 내지 불격화에 맞추어 모두가 유형화됨으로써, 그 역할을 감당하고 있다. 이 인물들의 원형적 언동을 전제할 때, 그들은 전체적 서사문맥 상에서 소설적 인물로 묘사된 일면을 보이는 한편, 대체로 희곡적 인물로 활동한 면모를 드러

내고 있다. 이 작품의 사건 조직은 원래 방대하고 풍성하던 것이 '요약된 단편'으로 행세하고 있지만, 그 사건 진행은 다양한 소재를 집성·수용함으로써, 유기적인 맥락을 유지하고 있다. 그것은 장편서사적 사건 구성으로써 극적인 서사성을 발휘하되, 정태적 상황에서는 장편소설적 문맥을 유지하는 일면, 실연적 현황에서는 극본·희곡적 양태를 보인다.

⑧ 이 작품의 현존 문체는 지문이 주축을 이루고 간요하게 축약되어 겨우 서사문맥을 유지하고 있다. 원래 이 작품이 방대한 내용을 풍성하게 표현했다는 전제 아래 그 원형을 재구한다면, 그 문체에는 지금보다 사실적인 설명·묘사와 좀더 풍부한 대사가 동원되었을 것이다. 그리하여 이 표현은 정적인 상태에서 읽히거나 이야기될 때 서사문학·소설 문체를 이루고, 이것이 동적인 현장에서 설창되거나 실연될 때 강창문학·희곡 문체로 규정될 수가 있겠다. 이처럼 이 작품은 문체 상에서도 종합성과 입체성을 보임으로써, 몇 가지 장르로 전개될 수 있는 여지를 지니고 있는 것이다.

⑨ 이 작품은 우선 그 삽입가요만 가지고도 독자적인 시가 장르를 이루어 갈 수가 있다. 〈천주요〉나 〈무애가〉 내지 찬시 등은 어떤 경우든지 시가로 행세하여 왔던 것이다. 기실 이 작품은 현전 상태로도 한문단편, 전기소설로서 규정될 수가 있다. 더구나 이 작품이 복원된 상황에서 읽히거나 이야기될 때, 풍성한 서사문학·소설 형태를 유지했던 것이다. 이와 관련하여 이 작품이 현장적으로 재구되거나 실연될 때, 생동하는 가창극·가무극 내지 강창극·대화극 등의 극본·희곡 양식으로 행세했던 게 사실이다. 한편 이 작품은 현존 원전 그대로 볼 때,

하나의 전장이라 취급하여 수필의 한 장르로 볼 수도 있고, 나아가 시가와 가무를 해설한 점에서 그것은 실제적인 시화·극평으로서 소박한 평론으로 간주될 수도 있겠다.

이로써 이 작품의 문학사적 위상이 실로 광범하고 중대한 것임을 전망할 수 있게 되었다. 적어도 이 작품은 장구하고 다양한 전승 과정을 통하여 시가문학사와 서사문학·소설사, 그리고 강창문학·희곡사, 나아가 수필·평론사에 걸쳐 그 자체가 중요한 역할을 하였다. 뿐만 아니라 이러한 장르들이 유기적인 상관성을 유지하면서 풍요로운 문학사를 형성·전개시키는 데에 주류를 이루고 후대 문학에 막대한 영향을 끼쳤던 것이다.

「원효불기」로 대표되는 원효전승이 하나의 승전류에 불과한 것으로 취급되어 왔지만, 실제로 그것은 그만큼 장구한 기간 그처럼 널리, 갖가지 계기에 따라 다양한 형태로 형성·전개되면서 그 기능을 제대로 발휘한 적층적이고 복합적인 보전이다. 이제 그 실체를 종합과학적으로 재조명하고 본격적으로 고구할 단계에 이르렀다. 지금 사계의 연구 자료가 부족함을 절감하는 마당에, 이 작품과 유사한 많은 자료들을 보다 적극적으로 연구·검토하자는 하나의 방법론으로 이를 제시할 따름이다.

제3장

「영재우적」의 연행 양상

1. 서론

기실 『삼국유사』의 각 편이 모두 문학작품이라는 게 사실일진대, 「영재
우적」은 그중의 수작이라고 하겠다. 이른바 삼국시대·신라·고려의 그
문원에 그만한 문학적 실상을 갖추고 그러한 위상을 유지하여 온 것이 바
로 이 작품이기 때문이다. 실로 이 작품은 운문과 산문으로 융화되어 모든
장르의 면모를 응축시키고 있어, 그 가치는 창해유주와 같고, 그 위치는
창공의 한 별과 같다 해도 지나치지 않는다. 인도의 불교문학에서 저명한
「오백군도귀불연五百群盜歸佛緣」이 행세·전승되거니와,[1] 이 작품은 그와
쌍벽을 이루어 온 것이 분명한 터다. 그런데도 이 작품은 『삼국유사』의

---

1 『대방편보은경(大方便報恩經)』 권5 「신수대장경 본연부(新修大藏經 本緣部) 上乾5」,
   불교대승회, 1976, 150~151쪽.

찬연한 각편 속에 끼어 있어, 올바로 밝혀지지 않았던 게 사실이다. 이제 이 작품에 대한 총체적이고 본질적인 조명·탐색이 절실하다고 본다.

그동안 학계에서는 「영재우적」에 대하여 많은 연구를 지속하여 왔다. 특히 이 작품에 삽입된 〈우적가〉를 여러 측면에서 분석·고찰한 성과는 가위 연구사를 이루고 있는 실정이다.[2] 그런데도 이 작품의 산문부는 다만 그 시가의 가요전설이라 하여, 그 작자나 제작 동기·제작 경위, 주제·내용을 설명하는 부대 자료로 취급되었을 뿐이다.[3] 그래서 신라가요와 기술물을 연구하는 데서나[4] 향가와 서사문맥을 고찰하는 데서도 소홀히 하거나[5] 미진하였던 것이다.[6] 그리하여 「영재우적」은 이제껏 그 전체가 완벽한 작품으로 고구·평가되지 못했던 것이다. 그간에 이 작품의 연구가 한 생명체에서 그 눈만 빼어 분석·고찰하고 나머지는 다 방치한 결과를 내었기 때문이다. 그러기에 이 작품이 아름다운 생명체라는 당위성 아래, 총체적이고 본질적 연구가 절실히 요망되는 터다.

이에 본고에서는 「영재우적」의 전체를 독립된 작품으로 보고, 문학론·공연예술론 등에 입각하여 고찰해 보겠다. 첫째 이 작품의 찬성 경위를, 그 제작의 주체와 동기, 찬성의 실제와 원전의 성격·유통 등에 걸쳐 검토하겠다. 둘째, 이 작품의 문학적 실상을, 그 주제와 내용,

---

2　양주동, 『조선고가연구』, 박문서관, 1942; 지헌영, 『향가여요신석』, 정음사, 1947 이래 역대 향가연구 전서에 〈우적가〉의 연구사가 보인다.

3　지헌영, 「「영재우적」에 대하여」, 『조광』 96, 조선일보사, 1943 이래로, 이러한 연구 방법이 준용되었다. 윤영옥, 「〈우적가〉의 고찰」, 신라문화선양회 편, 『신라문학의 신연구』, 서경문화사, 1986, 109~115쪽.

4　임기중, 『신라가요와 기술물의 연구』, 이우출판사, 1981 참조.

5　김문태, 『『삼국유사』의 시가와 서사문맥의 연구』, 태학사, 1995, 65~66쪽.

6　유효석, 「〈우적가〉에 있어서 믿음과 상상의 가치」, 반교어문학회 편, 『신라가요의 기반과 작품의 이해』, 보고사, 1998, 539~540쪽.

구조와 구성, 표현·문체와 장르 성향에 걸쳐 거론하겠으며, 셋째 이 작품의 연행 양상을, 실연 요건과 계기, 연극적 공연 실태와 그 장르적 전개에 이르기까지 파악하여 보겠다. 그리하여 「영재우적」과 그 동류 작품들의 문학·예술사적 위상을 어림하는 데에 작으나마 도움이 되었으면 한다.

2. 「영재우적」의 찬성 경위

1) 찬성의 주체와 동기

이 작품은 신라 원성왕 대의 고승 영재의 탁이한 행적을 전승적으로 입전한 면모로 하여, 그 찬성의 주체로서 제작자가 단순·명료하지 않은 게 사실이다. 적어도 영재가 원성왕대에 활동하다가 입적한 이래, 그의 행적이 구비나 문서로 어떤 형태로든지 입전되었다고 전제하고, 그러한 행적이 고려 충렬왕 대, 일연시대에 이르러 현전으로 정착·찬성되었다면, 그 장구한 과정에서 여기에 관여한 그 주체들은 자연 복합적일 수밖에 없기 때문이다. 이제 몇 가지 측면에서 그 주체의 부류를 추정할 수가 있겠다.

우선 원성왕 대 이래의 불교계 승려들 중 영재와 법연·학연을 가진 고승·학승들이 그 행적을 입전했을 가능성이 크다고 본다. 따라서 그 영재의 법우나 후학들이 그 생전의 법력·공덕을 찬양하거나 입적 후에 공적·덕업을 추모하기 위하여, 그의 탁이한 행적을 구비로나 문장으로 기술하는 일은 전통·법례에 따라 얼마든지 가능하였기 때문이다. 다만 구체적인 입전자를 알 길이 없고, 그 전장이 현전 승전에 들지 않았을 따름이다. 여기서 분명한 것은 주체자, 입전자가 있었기에 이 작품이 실존했다는 사실이다.

한편 그 당시의 불교계 신도·대중 중 영재와 법연이 깊은 거사·문사들이 그의 법력과 공적에 감화되어 생전과 사후에 행적을 입전하였을 가능성이 없지 않다. 기실 역대 고승들의 법력·이적이 신도·대중의 집단적 감화·기억에 의하여 행적으로 형성·유전되는 사례는 얼마든지 있었기 때문이다. 따라서 당시 영재의 탁이한 행적이 이러한 유형으로 구성·전승되다가 신중의 거사나 문사에 따라 그 전장 형태로 작성·전개되었으리라는 점은 족히 추정되는 터다. 실제로 역대 고승전이나[7]『삼국유사』소재 승려행적담이[8] 이러한 집단적 주체들에 의하여 그만한 과정을 겪어서 형성·전개되었기 때문이다.

또한 영재의 입멸 후 행적이 널리 오래 전승되는 가운데, 어느 학승이나 문승, 문사가 역대 고승·신승들의 행적을 전문적으로 입전하는 과정에서 이 영재전을 제작했을 가능성도 배제할 수가 없다. 기실 한·중 불교계에서는 역대 고승·명승들의 행적을 입전하여 이를 찬양·기념하며 불교홍포·교화의 귀감으로 삼아 왔던 게 전통·관례였

---

7   각안,『동사열전(東師列傳)』(영인), 정문사, 1982 참조.
8   『삼국유사』「홍법」·「탑상」·「의해」·「신주」·「감통」·「피은」조의 고승전승은 대체로
     이러한 부류에 속한다.

기 때문이다. 그러기에 당시에 저명했던 영재의 탁이한 행적이 그 전문적 제작진에 의하여 입전되었으리라 족히 추정되는 터다. 다만 영재의 행적이 현전하는 고승전류에 편입되지 않았을 뿐이다. 그것은 한정된 범위의 고승전 그 선집에서 제외되었던 것이라 보아지기 때문이다.

마침내 「영재우적」은 일연에 의하여 찬성되었던 것이다. 잘 알려진 대로 일연은 『삼국유사』의 찬자로서 이 작품을 찬성한 사실이 분명하기 때문이다. 기실 일연은 고려 말의 고승·대덕으로 당대 최고의 학승·선승이 되어 국존에 오르고 저명 사찰에 주석하면서 강석·선림을 주도·접인하였다. 그러는 과정에서 장경을 재열하고 제가의 장소를 궁구하며 유서를 섭렵하는 한편 백가서를 통관하니, 당시 유통되던 고려·원나라의 패관잡기나 소설·희곡 등에도 조예가 있었던 터라 하겠다. 여기에 일연은 문장이 능숙하고 빼어나서 어록과 게송·잡저 등 불교문화계의 저술·편수가 100여 권에 이르렀다.[9] 그러기에 이 일연은 『삼국유사』를 찬성하였고, 「영재우적」류의 작품을 재작할 수가 있었던 것이다. 실제로 『삼국유사』의 각 편 전체가 신이神異를 주제·내용으로 하는 문학적 작품들이거니와[10] 「영재우적」이야말로 일연이 아니고는 재작할 수가 없었으리라 본다.

그렇다면 이 작품을 찬성한 동기가 대강 밝혀지는 터다. 적어도 위와 같은 고승·학승이나 신도·문사들이 이 영재의 행적·덕업을 입전·작품화한 것이라면, 그 동기·목적은 몇 가지 측면에서 분명해지

---

9 일연, 「『삼국유사』 해제」, 최남선 편, 『삼국유사』, 서문문화사, 1988, 4~5쪽.
10 『삼국유사』에서 "敍曰 然則 三國之始 皆發乎神異 何足怪哉 此神異之 所以漸諸篇也"라고 하였다. 사재동, 「『삼국유사』의 문학적 실상과 연행양상」, 『어문연구학술발표논문집』, 어문연구학회, 2015, 14~15쪽.

기 때문이다. 우선 이 주체는 영재의 행업·공덕을 추념하고 길이 찬탄하기 위하여 이 작품을 찬성했을 것이다. 실제로 이 주체들이 그 법연이나 학연에 따라 영재의 탁이한 법력·권능을 한 전기적 작품으로 입전하여 기념하는 일은 당연하고도 떳떳한 일이었다. 이것은 적어도 한 고승의 행적을 기념하는 전각과 위패, 그 화상·영정, 그리고 조상·모형 등을 제작하는 일과 그 동기를 같이 하는 터로, 이 영재의 행적을 입전하는 것은 문학적으로 최선을 다하는 계기가 되었던 터다.

그리고 이 주체는 영재의 탁이한 행적, 그 법력·권능을 승단·불교계에 선양하여 그 귀감으로 삼으려고 이 작품을 찬성했을 것이다. 일찍부터 불교계에서는 역대 고승·대덕의 탁이한 행적을 입전하여 신행·불사의 전범으로 삼아 왔던 것이다. 저 석가불의 제자나 한·중 명승의 행적이 입전되어 승려 교육이나 신도 교화의 교재로 경전시되면서 널리 활용되었기 때문이다.[11] 따라서 이 영재의 행적이 입전된 것도 이러한 전통과 동기에 말미암은 터라 보아진다. 그러기에 이 작품은 이러한 동기를 충족시키기 위한 최선의 문학작품으로 형성·전개될 수밖에 없었던 것이다.

한편 이 주체는 영재의 행적을 입전하여 승려 중심 불교사의 일환으로 삼았던 것이다. 잘 알려진 역대 한·중의 고승전이 이러한 전통과 계맥으로 찬성된 것이라 하겠다. 실제로 이 작품이 『삼국유사』의 승전사, 불교사의 일부로 자리하고 있는 게 분명한 터다. 따라서 이 작품은 그러한 관점과 의도에서 최선의 문학적 방편을 타고 났던 것이라 본다.

---

11 조계 육조 혜능대사의 행적이 경전으로 집성되어 사계의 교범으로 행세하였다. 柳
   田聖山, 『六祖壇經諸本集成』, 中文出版社, 1976 참조.

2) 찬성의 과정과 실제

「영재우적」은 순연한 창작이 아니다. 전술한 대로 일연 이전에 형성·유전된 영재의 행적을 중심으로 재작되었기 때문이다. 그래서 모든 역사성 작품들이 그러하듯이 「영재우적」이 그러한 과정을 겪어 뿌리 깊고 떳떳한 작품으로 재창작되었던 것이다.

기실 일연 이전에 이 영재의 행적이 어떤 형태로든지 형성·유전되어 온 것은 분명한 사실이다. 따라서 이 선행 원전이 일연의 그 찬성 작업에 전거가 되었다는 점은 족히 추정되는 터다. 우선 그 전거는 영재 이후 승려·신중 사이에서 구비적으로 형성·유존되었을 것이다. 그것도 이 영재의 행적이 단편적으로 구전·행세했을 경우와 전체적으로 유통·전승되었을 경우가 예상된다. 그리고 이 행적이 후대 학승·문승이나 문사 등에 의하여 문헌적으로 입전·전래되었을 것이다. 그것 역시 이 영재의 행적이 부분적으로 기록되거나 전체적으로 기술되어 계승되었으리라 전제될 수밖에 없다.

그러기에 일연은 이 작품의 찬성 과정에서 선행한 원전과 전거를 수집·정리하였을 것이다. 그로부터 재작을 시도할 때, 일연은 원전과 전거를 그대로 답습하거나 요약하는 데에서 벗어났던 것으로 보인다. 『삼국유사』의 각편 중에서 그 원전·전거를 답습·요약했을 경우에는 '고본古本' 정도를 밝히거나[12] '行狀云행상운' 또는 '鄕傳所記향전소기' 등으로[13] 표시되는 터인데 이 작품은 그런 흔적이 없기 때문이다.

---

12 『삼국유사』 권2 「기이 제2」 「무왕」조 주기에 "古本作武康"이라 하였다.
13 『삼국유사』 권4 「의해 제5」, 195쪽.

　그러기에 일연은 이 작품을 재작하는 과정에서, 그 선행·당시의 전범·양식을 준용했을 가능성이 얼마든지 있었다. 먼저 이 작품은 고승전의 일면이 있기로 그 전형을 원용했을 것이다. 그러기에 이 작품이 한·중 고승전의 형태를 보이고 있는 게 사실이다. 나아가 이 고승전의 전범은 석가불의 행적, 적어도 팔상행적을 지향하는 경향이 있었으니,[14] 이 작품이 이를 전범으로 재작되었으리라 추정된다. 마침 이 작품이 60명의 산적을 노래와 법력으로 조복·출가케 한 이야기를 담고 있으니, 전게한 「오백군도귀불연」에서 불타의 게송과 법력으로 500군도를 조복·출가케 한 이야기와 상통하는 점을 보이기 때문이다. 당시 일연은 이러한 승전이나 불전을 모두 섭렵하고 있었으니, 여기에 그런 전범을 수용한 것은 당연한 일이었다. 또한 한·중 불교계에는 본래 승전·불전이로되 서술방식에서 서사적 문맥에다 게송·찬시 등의 시가를 삽입하여 이른바 강창적 변문 형태가 유통·전개되어 왔었다.[15] 그러기에 이 방면에 해박했던 일연이 이러한 승전의 변문적 형태를 수용했을 가능성은 얼마든지 있다고 본다. 실제로 「영재우적」의 작품 양식이 그 극적인 서사문맥에 향가를 삽입함으로써, 강창적 변문 형태를 보이기 때문이다.

　한편 일연은 이 작품의 제작 과정에서 그에 적합한 문학 양식을 활용할 수밖에 없었을 터다. 이처럼 신이 중심의 서사적 작품이라면, 적어도 선행·당시의 유명한 소설이나 희곡 형태로 제작되는 것이 가장 효

---

14 김진영, 「승전의 불전구조와 그 의미」, 『어문연구학술발표논문집』, 어문연구학회, 2016, 13~16쪽.

15 潘重規, 「目連變文」, 『敦煌變文集新書』 下, 中國文化大學, 1984, pp.17~70.

율적이었기 때문이다. 기실 일연은 광범한 독서를 통하여 당대 전기소설에 조예가 있었던 것이다. 적어도 『삼국유사』의 「김현감호」에서 당대 전기소설 「신도징申屠澄」을 직접 인용·활용하였기 때문이다.[16] 그러기에 이 작품이 한·중 전기소설의 일면을 드러내고 있는 게 사실이다. 또한 일연은 몽·원대에 발전·융성했던 잡극 형태를 원용했을 가능성이 얼마든지 있었다. 기실 유명한 원대 잡극의 형태는 본국의 문원·극단에서 뿐만 아니라, 인국 고려의 불교계에까지 전파·성행하였던 터다.[17] 따라서 일연이 전기소설에서 나아가 잡극의 형태를 수용했으리라는 점은 족히 추정될 수 있다. 그러기에 이 작품이 저 원대 잡극의 일면을 보이는 게 당연한 일이라 하겠다. 원래 위 전기소설이 후대적 잡극의 희곡으로 전개되는 추세가[18] 이 작품의 제작 과정에 작용했다고 보아도 무방할 것이다.

　이와 같이 이 작품은 장구한 세월에 걸쳐 형성·전개되다가 다양한 문학적 전범을 수용하고 복합적 과정·방편을 통하여 현전 작품으로 재작되었다. 따라서 이 작품은 그 주제·내용은 물론, 문학적 양식면에서 복합적이고 미려한 실상을 갖추게 되었다. 그러기에 우선 이 작품 원전의 성격과 유통 양상을 확인할 필요가 있다.

16　『삼국유사』 권5 「감통 제7」 「김현감호」, 226〜227쪽.
17　陳宗樞, 「元雜劇」, 『佛敎與戲曲藝術』, 天津人民出版社, 1992, p.11.
18　劉瑛, 「傳奇與戲曲」, 『唐代傳奇硏究』, 正中書局, 1982, p.138.

3) 원전의 성격과 유통

이미 『삼국유사』의 각 편이 모두 문학작품이라고 전제되었거니와,
「영재우적」은 그 전형적인 작품 중의 하나라고 하겠다. 전술한 그 찬
성 과정을 통하여 이 작품의 원전을 통찰하면, 그 성격이 몇 가지 측면
으로 나타나는 터다. 먼저 이 원전은 고승전의 면모를 갖추고 있다. 이
작품은 명승 영재의 행적을 전기적으로 서술하고 있기 때문이다. 그리
하여 한·중 역대 고승전의 전형을 보이고 있는 게 사실이다. 그런데
도 이 작품은 연대기적인 전장 형태를 벗어나, 그 생애의 대부분을 축
약하고 그 신이·탁월한 행적을 확대·서술한 것이 특징이다.

그런 과정에서 이 작품은 불전적 행적을 지향하여 불전문학의 한 축
이 되는 군도를 조복·출가시키는 유형을 수용·공유하고 있는 터다.
그런데도 저 불타의 그 행적이 신통력으로 화인을 내세워 화려·장엄
하게 전개된 법문·불경으로 전형화된 것이라면, 이 작품에서는 그 행
적이 직접적이고 사실적으로 축소·토착화된 형태라 하겠다. 이러한
불전지향성과 자국적 축소·토착화의 경향은 한·중 고승전에서 거의
다 보이거니와, 특히 「원효불기」 같은 고승행적에서는[19] 특징적으로
나타나고 있는 터다. 바로 이런 점으로 하여 이 작품이 불전문학을 통
한 승전문학의 요건을 강화하게 되었던 것이다.

그러기에 이 작품은 불전과 승전을 문학적으로 조화시킨 이른바 승
전변문의 성격을 갖추게 되었다. 잘 알려진 한·중의 변문 가운데는

---

19 사재동, 「「원효불기」의 희곡적 성격」, 『한국공연예술의 희곡적 전개』, 중앙인문사,
2006, 436~437쪽.

승전변문이 전개되어 문학적 특성을 보여 주고 있는 터다.[20] 이런 변문은 한 고승의 탁이한 행적을 서사문맥으로 조정하고 적절한 곳에 가요를 삽입하여 그 문학성을 강화하였다. 그리하여 그 자체가 강창문학의 자질을 완비하여 포교적 속강 연행에서 대본으로 활용되었던 것이다. 그처럼 이 작품은 영재의 탁이한 행적을 서사문맥으로 재편하고 향가를 삽입하여 승전변문으로서 문학성이 강조되어 있는 게 사실이다. 그리하여 이 작품이 역대 고승들의 속강적 설법에서 교본으로 수용되었으리라 추정되는 터다.

그렇다면 이 작품은 하나의 원전으로서 문학성을 확보하고 있는 점이 분명해진다. 기실 이 작품은 불교문학, 불전·승전계 변문으로서 서사문학·강창문학의 요건·실상을 구비하고 있는 터다. 그러기에 이 작품은 우선 향가를 포용하여 시가적 면모를 나타내고 있다. 실제로 이 향가, 영재의 〈우적가〉는 그의 "善鄕歌선향가"를[21] 통하여 여타의 작품과 함께 시가군을 이루었으리라 보아진다. 그리고 이 작품의 서사문학적 구조·구성은 일차적으로 소설적 형태를 드러내고 있는 게 사실이다. 이러한 서사적 구조·구성을 복원적으로 서술·묘사하면 바로 소설로 규정될 수가 있기 때문이다. 한편 이 작품의 서사문학적 구조·구성을 공연을 전제로 장면화하고 가창·가무·강창·대화 중심으로 엮어 나가면, 바로 희곡으로 변성·전개될 수가 있는 터다. 그러기에 이 작품은 희곡적 형태를 겸유하고 있는 게 확실해진다.

20　사재동, 「불교계 서사문학의 연구」, 『한국고전소설의 실상과 전개』, 중앙인문사, 2006, 60~64쪽.
21　『삼국유사』 권5 「피은 제8」, 235쪽.

한편 이 작품은 향가를 중심으로 서술된 일면을 갖추고 있는 게 사실이다. 기실 여기서는 영재가 향가를 잘 한다는 증언과 함께, 그가 도적을 만나 그들의 요구대로 향가를 지어 불러서 감동시키고 마침내 무기를 버리고 삭발·귀의했다는 이야기가 주축을 이루는 터다. 따라서 이 작품은 그 향가에 대한 작자·제작동기와 가창 과정, 그 내용과 그 효능 등에 대한 것을 기술하는 결과를 내었던 터다. 그렇다면 이 작품은 그 향가를 주축으로 하는 가화 내지 시화의 형태를 보인다고 하겠다.[22] 이 점은 바로『삼국유사』소재 향가를 품은 각 편들이 그 시가에 대한 가화·시화의 형태·역할을 하는 것과 상통하는 터다.[23] 이러한 가화·시화가 신라·고려를 통하여 시론, 평론의 일부를 이루었거니와,[24] 이 작품의 가화적 형태는 시론·평론의 성격을 갖추었다고 보아진다.

그리하여 이 작품의 유통 양상을 추적해 볼 필요가 있다. 기실 이런 작품들은 그 유통을 거쳐서 그 시공적 진상과 기능을 발휘하기 때문이다. 우선 이 작품은 원성왕 대 이래 그 형성의 계기를 마련하고 충렬왕대 일연에 이르기까지만도 500년을 헤아리거니와, 그것이 재작되어『삼국유사』에 수록된 채 유전·유통된 것은 너무도 장구한 터다. 기실 이러한 유통사를 통하여 이 작품은 자연·자재로 유전되었겠지만, 대강 구비적으로 전파되거나 문헌적으로 통용되었으리라 본다.

먼저 이 작품이 구비·유전될 때는 자연 인물전설의 형태로 불교계를 중심으로 유통되었을 것이다. 따라서 이 작품은 민간·대중에 민담

---

22 지헌영,「'善陵'에 대하여」,『향가 여요의 제문제』, 태학사, 1991, 209쪽.
23 김선기,「『삼국유사』향가 기술물의 시화적 조명」,『어문연구』54, 어문연구학회, 2007, 109쪽.
24 조종업,「시화의 정의」,『한국고대시론사』, 어문연구학회, 1984, 7~12쪽.

처럼 보급되거나 불교계의 법화로서 강설되기도 했을 터다. 그러한 과정에서 이런 작품이 민중의 구미에 맞도록 성장·변신하는 것은 당연한 현상이다. 그리하여 이 작품은 점차 풍성해지면서 여러 이화를 내었으리라 본다. 그러면서 이 작품은 재미있게 구연되거나 연행되는 게 자연스러운 일이었다.

한편 이 작품은 문헌적으로 유통될 때 승전 형태를 띠고 불교계에 널리 전파되었을 것이다. 그러면서 그것은 승려·수행자들의 교범이 되었고, 포교·교화상에서 교본으로 널리 행세하였으리라 본다. 그것은 고금을 통하여 교화도량의 설법·강설에서 매우 적절하고 효율적인 법화이었기 때문이다. 그리하여 이 작품은 그 기술·기록자의 취향과 능력에 따라 점차 문학적으로 부연·발전되었던 게 사실이다. 이러한 유통 과정에 이 작품은 성장을 거듭하면서 다양한 이본을 형성시켰으리라 본다. 그러면서 이 작품은 언제 어디서나 구연되고 연행되는 가운데, 그 신앙적 감동과 예술적 감흥을 나타내었던 터다. 이러한 작품은 항상 구연·연행을 통하여 그 실상과 기능을 제대로 발휘하였기 때문이다.

위와 같이 이 작품의 성격과 유통 과정을 미루어 그 원전이 보다 규모 있고 풍성한 원형을 유지해 왔으리라 추정된다. 그래서 이런 원전이 일연에 의하여 수집·정리되고 제작되어 현전하는 작품으로 정립된 것은 분명하다. 그렇다면 예견한 대로, 그 제작 과정의 의도·취지에 따라 그 행적 원형이 적잖이 축소·생략되었으리라 추정된다. 그러기에 이 작품의 원형적 실상을 파악하기 위하여는 이 원전을 복원해 보는 것이 마땅한 일이라 하겠다.

3. 「영재우적」의 문학적 실상

1) 주제와 내용

이 작품은 매우 중후하고 고상한 주제를 갖추고 있는 터다. 적어도 주인공의 법력·권능을 통하여 고해·중생을 교화·제도하는 것이 이 작품의 중심적 의도·목적이기 때문이다. 이러한 주제의식은 대부분의 불교문학이 지향하는 보편성에 바탕을 두고, 현실적으로 응축되고 구상화되어 있다. 실제로 당대의 선승 영재가 수행·정진하여 성불의 경지에서 법력·권능을 갖추고 산중·암자에 들어 여생을 보내려고 입산하는 길목, 그 현장에서 중생중의 포악한 도적떼를 만나 생명의 위협을 받고도, 의연하게 노래하고 법문하여 그들을 감화시키고 그 제자로 출가케 하기 때문이다. 이 주제는 「오백군도귀불연」의 그것과 상통하는 게 사실이다. 기실 그 불타가 신통력으로 의인을 부려 사악한 500군도를 제압·제도하여 출가·성불케 한 것은 중생을 교화·교도하는 불교의 보편적 주제를 핵심적으로 구상화한 것이라 하겠다.

이러한 작품의 주제는 그만한 불교사상을 배경·기반으로 하는 게 당연한 일이다. 적어도 여기서는 상구보리·하화중생의 보편적 이념에 기반하여 정일·고아한 선사상이 주축을 이룬다고 하겠다. 그래서 이 작품의 주제를 뒷받침하는 그 사상은 모든 세사·물정을 해탈하여 마음과 불성을 하나로 깨달아 중생과 부처가 하나의 청정세계를 이루는 것이다. 그리하여 이것은 『법화경』의 연화세계, 『화엄경』의 화장세계와도 상통하는 터라 하겠다.

그리하여 이 작품의 주제와 사상이 중후하고 고상한 점은 바로 이 작품세계의 대강과 전제가 되는 게 사실이다. 이러한 작품세계, 그 내용은 복원적 차원에서 이렇게 전개된다. 이를 개조식으로 제시하면 다음과 같다.

① 원성왕 때에 고승 영재가 있었다.

② 영재는 천성이 골개하여 탁이한 언행을 보였다.

③ 영재는 세속이나 재물 등에 얽매이지 않고 해탈·자재하였다.

④ 영재는 향가에 능하여 여러 작품을 지어 불러 널리 알려졌다.

⑤ 영재는 수행·정진하여 도를 이루고, 만년에는 남악에 들어가 은거하려고 길을 떠났다.

⑥ 영재는 꾸준히 걸어서 마침내 대현령에 이르렀다.

⑦ 영재는 거기서 사나운 산적 60여 명을 만났다.

⑧ 산적들이 칼을 들고 다가와 가해하려 하니, 영재는 조금도 두려워하지 않고 화기롭게 대하였다.

⑨ 산적들이 이상히 여겨 이름을 물으니, 영재는 사실대로 이름을 말하였다.

⑩ 산적들이 그 이름을 익히 들어, 향가를 잘 하는 명승임을 알고, 노래를 지어 부르라 명하였다.

⑪ 영재가 그러마 하고 즉시에 노래를 지어 불렀다.

⑫ 영재는 고해 중생이 수행·정진하여 성불하는 과정을 즐겁게 불러서 그 산적들을 감동시켰다.

⑬ 산적들이 감화되어 영재를 존경하고 비단 2필을 선사하고자 하였다.

⑭ 영재가 웃으면서 사양하여 말하되, 이런 재물이 지옥의 근본임을 깨닫고 깊은 산으로 피하여 일생을 마치려 하는데 이를 어찌 받으리오 하며, 그 비단을 땅에 던졌다.

⑮ 산적들이 이 영재의 법담에 더욱 감동하여 모두 칼을 풀고 창을 던져버렸다.

⑯ 산적들이 영재에게 굴복하여 제자가 되겠다고 간청하고 허락을 받았다.

⑰ 이에 산적들이 머리를 깎고 스승 영재를 따라 지리산에 들어갔다.

⑱ 영재와 그 제자들은 수행·정진에 열중하여 다시는 세상에 나오지 않았다.

⑲ 영재는 90세가 되도록 그 제자들과 수행하였다.

⑳ 후일에 영재의 행적을 찬탄하는 시를 지었다.

2) 구조와 구성

이 작품은 영재의 탁이한 행적을 고승전으로 입전하여 전기문학의 전형적 구조를 취하고 있다. 따라서 『사기』·『삼국사기』「열전」과 같은 전기 유형을 바탕으로 역사적 인물의 행적을 소설화한 역사소설의 구조와 상통하고 있는 게 사실이다. 이러한 유형의 서사문학적 구조를 이른바 '전기적 유형'이라 하거니와,[25] 이 작품의 구조·유형이 바로 여기에 속하는 터다. 나아가 이 작품의 구조는 불전을 지향하여 그 서사

---

25 김열규, 「민담과 이조소설의 전기적 유형」, 『한국민속과 문학연구』, 일조각, 1971, 84~98쪽.

적 구조를 더욱 확장하고 있기에, 흔히 말하는 '영웅의 일생'을[26] 유지
하고 있는 게 확실하다. 더구나 이 작품은 산문과 시가의 조화로써 저
승전변문과 같이 강창구조를 갖추고 있는 게 주목된다. 그만큼 서사문
학적 구조가 강화되어 있기 때문이다.

이처럼 이 작품은 그만한 서사적 구조를 완비하여 문학적으로 복합
적인 기능을 발휘하게 되었던 터다. 적어도 이 서사구조는 응축·조정
되어 수필계의 전장으로 전개될 수가 있다. 그리고 이 서사구조는 더
욱 확장·보완되어 소설 형태로 결구될 수가 있는 터다. 나아가 이와
같은 서사구조가 장면화되고 배경·인물·사건·대사·가창 등이 입
체화되면, 바로 희곡 형태로 전환·전개될 수도 있었던 것이다. 이러
한 현상이 바로 이 작품의 구성을 통하여 구체화되어 있기 때문이다.

이 작품은 그 무대와 인물·사건 진행 등으로 조직·구성되어 있다.
먼저 이 작품의 무대에 대해서다. 기실 이 작품은 그 배경·무대가 다
양·광활하게 펼쳐져 있다. 그 주인공, 영재를 중심으로 출가 이후의
사찰·환경이나 시중 처소, 수행과 포교의 무대가 이어진다. 그가 향
가를 잘 하여 그 제작·가창의 무대도 족히 추정되는 터다. 게다가 그
말년의 결심으로 남악에 은거하려고 찾아 가는 길, 그 좌우의 풍경도
다 무대의 연장선상에 있는 터다. 그래서 깊은 산골, 그리고 높고 후미
진 고갯길을 따라 마침내 도달한 대현령 마루, 그 주위는 기암 기석과
울창한 숲으로 에워싸인 험난한 무대가 전개된다. 그것은 원래 장엄하
고 아름다운 경관이로되, 험악한 산적이 기다리는 지옥같은 공포의 정

---

26 조동일, 「영웅의 일생, 그 문학사적 전개」, 『동아문화연구』 10, 서울대 동아문화연구소,
1971, 77~87쪽.

경이 아닐 수 없다. 기실 이러한 정경·분위기도 무대의 역할을 하는 것이다. 그래서 산적들이 감복하여 삭발·출가를 결심하는 순간에 그것은 화해·자비의 광명 공간으로 급변하는 터다. 그리고 이곳을 지나면 모두가 환하게 출가·수행하는 도정의 좌우 풍경이요, 정진·안주하는 산중도량 바로 그 극락세계가 벌어지는 것이다. 이만한 무대는 그만한 인물들이 등장하여 사건을 밀고 나가는 대에 적합하게 펼쳐지고 있는 게 분명하다.

다음 이 작품의 인물에 대해서다. 여기 주인공 영재는 어려운 가운데 일찍 출가하니 천성이 순연·골계한 데다 수행·정진을 통하여 사물에 얽매이지 않고 생사마저 초탈하였다. 원래 그는 향가에 능통하여 여러 작품을 짓고 불러서 불법의 진수를 전수하여 선승의 법력을 갖추었다. 이에 그는 세연을 벗어나 남악궁곡에 들어 청정·묘경을 누리려고 입산하다 대현령에서 사나운 산적 60여 명을 만났다. 그들이 칼·창을 들고 위협하는 데도, 영재는 조금도 두려워하는 빛이 없이 화기롭게 대하여, 오히려 그들이 놀라고 이상히 여기게 되었다. 그들이 영재의 이름을 물어, 향가에 능통한 고승임을 알고 노래를 강청했을 때도, 그는 의연히 지어 불러서 그들을 더욱 감복시키는 법력·권능을 발휘하였다. 이에 그들이 감동하여 비단을 선사하는 데도 영재는 웃으며 사양하되, 이런 재물은 지옥에 가는 근본이라 설법을 하고는 땅에 버렸다. 그리하여 그들이 더욱 감복해서 흉기를 버리고 삭발·귀의하매, 영재는 이를 쾌히 수용하고는 함께 입산·수도하여 극락세계를 누리었다. 이와 같은 법력과 재능을 갖춘 선승으로서 영재는 연극적인 성격·기능을 발휘했던 것이다.

한편 이 산적들은 원래 본성을 제대로 타고난 양민이었다. 그러나 그들은 세파에 시달리며 역경과 고통 속에서 불평과 갈등을 안고 도적, 그것도 산적·강도가 되었다. 그것도 집단적으로 흉악한 범행을 저지르고 창·칼을 들어 강탈·살인까지 불사하는 최악의 중생이었다. 그러기에 그들은 지옥같은 소굴, 대현령에서 영재를 만나 승려임을 불문하고 재물을 내 놓으라고 창·칼을 들이대었다. 그런데도 영재가 조금도 겁내지 않고 화기롭게 대하자 너무도 기이하여 그 중의 괴수가 이름을 물어 영재라는 것을 알고 모두 놀랐다. 그가 향가로 이름 높은 선승이라 시험 삼아 노래를 불러 보라고 명하였다. 이에 영재가 서슴지 않고 중생이 무명 속에 헤매다가 참회·수행하여 성불하는 내용의 노래를 지어 부르니, 그들은 이에 감동하여 남에게 빼앗은 비단을 선사하려 하였다. 이어 그들은 영재가 웃으며 그 비단을 사양하고, 이런 재물이 지옥의 근원이라며 땅에 던지는 것을 보고 크게 감복·참회하였다. 그리고 그들은 창·칼을 버리고 삭발·귀의하여 영재의 제자가 되었다. 그리하여 영재 스승을 모시고 지리산 토굴 도량에 들어가 수행 정진하여 극락세계를 누리었다. 이와 같은 범죄 행각으로부터 수행·정진에 이르기까지 그들은 실로 연극적인 성격과 기능을 족히 발휘하였던 것이다.

그리고 이 작품의 사건 진행에 대해서다. 실제로 이 작품의 사건은 소설이나 희곡의 그 유형·동선에 따라 진행되고 있는 터다. 바로 이 사건이 '발단—예건의 설명—유발적 사건—상승적 동작—절정—하강적 동작—대단원'으로 연결·추진되기 때문이다. 우선 이 사건의 발단(①~②)이다. 여기서는 주인공 영재가 원성왕 대의 승려로서 천성이 골개하고 초탈하여 탁이한 언행을 보인다. 그리하여 장차 어떤 사건을 주도할 만한 자질·능력을 제시하고 그 실마리를 제공한다.

다음 이 사건의 예건의 설명(③~④)이다. 여기서는 영재가 초탈·청정하여 세속의 어떤 일이나 재물 등에 얽매이지 않고 자유자재로 처신한다. 그러면서 그는 친절과 웃음으로 중생을 교화하는데, 향가를 잘 지어 불러서 많은 호응을 얻는다. 그리하여 앞으로의 사건에 대응할 만한 요건을 갖추고 이를 예비·예상케 하는 자리에 이른다.

그리고 이 사건의 유발적 사건(⑤~⑥)이다. 여기서는 그가 이 사건을 일으키기 시작한다. 이제 그는 성불의 경지를 성취하였기로 만년에 이르러 세속의 도량·처소를 떠나 남악 깊은 골에 토굴을 틀고 여생을 마치려 결심하고 길을 떠난다. 이것은 조용하고 사소한 것 같지만 실은 작지 않은 사건의 시작이다. 다시 찾은 고차원의 수행길, 회향의 출발점이기 때문이다. 실로 그 길은 점점 깊어지고 높아져서 마침내 일대 사건의 현장, 대현령에 이른다.

그래서 이 사건의 상승적 동작(⑦~⑩)에 이른다. 여기는 원래 천연 명승지로되, 진퇴양란의 험난한 지대로 돌변하여 지옥과 같은 산적들의 소굴이다. 그 60여 명의 군도들은 각기 파란만장한 사건을 이끌어 응축시키고 있는 흉악한 살인귀가 되어, 창·칼을 앞세워 살기등등하게 그 선승에 맞서, 그 목숨을 담보하고 재물을 강요·위협한다. 아무리 영재가 선승이라지만, 잔인한 죽음 앞에 기절초풍하고 목숨을 구걸하며 가진 재물을 내놓을 것이로되, 아니었다. 그는 정말 놀랍게도 두려운 기색이 조금도 없이 태연하게 미소 지으니, 이에 놀란 산적들이 괴이히 여겨 말문이 막히는데, 괴수가 그에게 이름을 묻는다. "나는 영재요" 하는 선언적 대답에 다시 놀란 것은 산적들이다. 그 영재는 높은 법력으로 향가를 잘 하여 그 감화가 대단해서 널리 유명하였기 때문이다. 그들은 겁을 먹은 듯이 서로 바라 보다가 역시 괴수가 실험을 겸하여 그 향가를 지어 부르라 강청한다. 그리하여 사건은 절정을 향하여 오를 데까지 올라간 것이다.

마침내 이 사건의 절정(⑪~⑮)에 오른다. 이에 영재가 서슴없이 향가를 지어 무명중생이 참회·정진하여 성불하는 내용을 청아하게 노래한다. 마침 자신들의 마음자리를 꿰뚫은 신묘한 권능에 그들은 크게 감동할 수밖에 없다. 그래서 산적들과 괴수는 자신도 모르게 이미 빼앗아 놓은 비단을 영재에게 바친다. 영재가 껄껄 웃으며 모든 재물은 지옥의 근본이라며 이를 땅에 던져 버리니, 그들이 비수에 맞은 듯이 감복하는 게 필연이었다. 이것은 실로 찬연한 절정을 이루고도 남음이 있다.

그리하여 이 사건의 하강적 동작(⑯~⑰)으로 접어든다. 마침내 그들이 영재 앞에 굴복하여 그의 제자가 되겠다고 다짐한다. 그리하여 그들은 사나운 중생으로부터 완전히 벗어나 진정한 불도에 오르게 된다. 실제로 그들은 머리를 깎고 승려로 변신하여 수행의 길을 걷는다. 그리하여 무명중생이 우여곡절을 극복하고 광명 성중으로 승화되는 일련의 과정을 실증한다. 그들은 스승 영재를 따라 지리산에 들어간다. 이로써 이 사건은 급전직하 하향하여 대단원으로 이어진다.

드디어 이 사건은 대단원(⑱~⑳)으로 마무리된다. 여기서는 영재와 그 제자들이 수행·정진에 전념하는 모습을 여운으로 보인다. 그러기에 영재가 90세가 되도록 스승·선승의 법력·권능을 보이는 터다. 이로써 사건의 진행은 완결되고, 영재의 행적·사건 진행을 찬탄하는 노래를 부르며 끝난다.

3) 표현·문체

이 작품은 전체적으로 한문산문체를 갖추고 있는 게 사실이다. 그런데다 이 문장은 간요하게 응축되어 시적 표현처럼 간결하되, 그런대로이 서사문맥을 연결·유지하고 있는 터다. 그러기에 이 표현·문체는그 서사문맥의 원형적 흐름에 따라 구비·연행적 원전으로 복원·재구해 볼 수가 있겠다. 적어도 이러한 원전에서는 그 표현이 보다 풍성한 서사문맥을 족히 감싸고 있었기 때문이다. 여기서 이 원형적 표현·문체는 현전 문장을 바탕으로 보다 사실적인 설명·묘사와 더욱다양한 대사로 조직되었으리라 추정되는 터다. 이런 전제 아래 이 표현 문체를 소설적 측면과 희곡적 관점에서 살펴볼 필요가 있다.

먼저 소설적 측면에서 이 현전 문체가 너무나 소략한 것은 물론이다.그런데도 이 문체는 이 작품의 서사문맥을 기술하여 가는 데에 아무런지장이 없는 터다. 그러기에 이 표현은 일단 서사문학·소설 문체로성립되어 그 기능을 발휘하고 있는 게 사실이다. 기실 이 문체는 생략·축소할 것은 과감히 했지만, 살리고 부각시킬 것은 뚜렷이 강조함으로써 간결하고 효율적인 서사산문을 이룩하고 있기 때문이다. 그다지 간요한 표현을 통하여 서사적 지문은 설명·묘사로 일관하되, 그 대사와 조화되어 입체적이고 생동하는 효능을 강화하고 있는 터다. 더구나 이 서사적 산문이 그 시가와 조합되어 역동적인 강창 문체를 이룩하니, 이는 한·중 소설 문체의 특징을 보이는 것이다.

여기서 이 문체가 부연·복원되었더라면 그것은 소설 문체로서 보다 풍성·절실한 실상을 갖추었으리라 본다. 우선 이 문체가 한문산문으로 복원되었을 경우를 예상할 수 있겠다. 기실 현전하는 한문산문을 기반으로 그 문체가 족히 재구될 수가 있기 때문이다. 그리하여 이 문체는 소설적 산문으로 그 자질이 보다 보강되는 터라 하겠다. 그리고 이 문체가 구비 설화로 부연·재구되었을 경우를 추상할 수 있겠다. 실제로 이 현전 한문만을 가지고도 그 문체는 얼마든지 부연·복원될 수 있기 때문이다. 그러기에 이 문체는 소설적 산문으로 그 기능이 더욱 강화되는 것이라 본다.

다음 희곡적 관점에서 이 현전 문체가 얼핏 부실하게 보이는 것은 사실이다. 그러나 이 작품이 어떤 형태로든지 연행되었으리라고 전제한다면, 그 문체는 극본·희곡의 그것으로 족히 재생될 수가 있는 터다. 기실 이 현존 문장을 현장적으로 부연·재구하면, 그 문체는 바로 극본·희곡의 문장으로서 자질·기능을 발휘할 수 있겠기 때문이다. 원래 한·중의 승전변문류는 그 문체가 초본 형태를 갖추었지만, 실제로 실연될 때 더욱 상세하게 부연·복원되는 게 관행으로 되어 왔던 것이다.[27] 그러기에 이 작품이 전술한 대로 축약본이나 초본이고 보면, 그 문체는 실연될 때마다 상세한 그 극본·희곡의 그 문장으로 재생·행세하였으리라 추정된다.

그렇다면 이 문체는 현존 문장을 통하여 보다 풍성하게 재구될 수가 있다. 먼저 이것은 희곡 문체로서 지문과 대사로 양분되어 있는 실정이다. 기실 이 지문은 여러 가지 면모와 기능을 보이는 터다. 여기서는 이 작품의 배경·무대를 설정하고 등장인물의 성격과 언행을 제시한

---

27 金岡照光, 「關於敦煌本高僧傳因緣」, 『古典文學』第7輯, 學生書局, p.281에서 "現今下來的'高僧因緣'抄本 雖然很短 但實際上講談時 大概講得很詳細"라고 하였다.

다. 그리고 인물들의 감정·표정과 연기를 지시하고 소도구의 지참까지 알려 준다. 나아가 이 작품의 장면화를 암시하는 데까지 나아간다.

이에 상응하는 대사는 다양하고 절실한 대화로 활성화된다. 적어도 여기 영재와 산적들과의 대화가 바로 그러한 것이다. 먼저 산적들이 영재를 만나 창·칼로 위협하고 재물을 뺏으려는 대화, 영재의 태연한 모습을 기이하게 여긴 그들이 나직이 주고받은 대화, 영재에게 이름을 묻고 응답하는 대화, 그들이 영재의 명성을 익히 알고 나눈 대화, 그에게 노래를 불러 보라는 대화, 영재가 바로 지어 부른 노래는 중요한 응답의 역할을 한다. 그리고 그들이 감동하여 서로 나눈 대화, 영제에게 비단을 바치며 나눈 대화, 여기서 영재의 재물과 지옥에 관한 법문은 대화성 권능을 발휘하는 터다. 그리하여 그들이 더욱 감복하여 창·칼을 버리고 영재 앞에 무릎 꿇은 채 머리를 깎고 그 제자가 되는 과정의 감격적이고 빈번한 대화가 생동하는 것이다. 이처럼 그 대하가 주축을 이루어 계속되는 것은 바로 희곡 문체의 필수적 요건이다.

나아가 그 영재의 노래는 대화·응답 이상의 희곡 문체를 강화하는 요건이 되는 터다. 적어도 한·중 고전희곡 문체에서 이런 삽입가요는 필수적 요건이 되어 있다. 더구나 이 가요가 지문·대사와 결합되어 강창 문체를 이루니 이것은 희곡 문체의 한 특징을 이루게 된다. 게다가 이 작품 말미의 '찬讚'은 저 원대 잡극과 그 계열의 희곡에서 그 말미에 붙여 그 작품·공연을 요약·평가하는 '정명正命'의 역할을 해내고 있는 터다.[28] 이 점은 그 문체의 희곡적 성격·기능을 보조하는 중요한 전거가 되는 게 사실이다. 그래서 이 작품의 표현은 희곡 문체로서 제

---

28 신지영, 「원잡극의 극본체제」, 『중국전통극의 이해』, 범우사, 2002, 63쪽.

반 요건을 갖추고 우세를 보이며, 아무런 손색이 없는 것이다.

4) 장르 성향

이상의 논의를 통하여 이 작품은 상당한 종합문학적 성격을 갖추어 그 장르 성향이 결코 단순하지 않은 게 사실이다. 기실 이러한 작품은 두 가지 이상의 장르 성향을 드러내고 있기 때문이다. 예상된 대로 여기에는 삽입향가를 중심으로 하는 시가 성향과 승전·전장 형태의 수필적 성향, 서사 형태의 소설적 성향과 극본 형태의 희곡 성향, 그리고 가화 형태나 행적 찬탄 형태의 평론적 성향이 드러나는 게 분명한 터다.

첫째, 이 작품의 시가 성향에 대해서다. 여기서 영재가 그 향가를 지어 부른 것은 중대한 사건이다. 그것이 이 작품의 핵심·정점을 이루었기 때문이다. 이 시가 이른바 〈우적가〉는 독자적이고 강력한 기능·역량을 갖추었기에, 유통 과정에서 독자적으로 분화·행세했던 것이다. 기실 〈우적가〉는 전형적인 향가로서 당대 시가의 유형에 합류·유통되었던 게 사실이다. 그러면서 이 향가는 그 작품의 주제·내용과 사건 진행을 집약하고 있었던 것이다.[29] 그래서 이 향가에서는 초구에 무명 중생으로 마음을 잡지 못하다 발심하는 처지, 중구에 그 중생심을 수행으로 다스리는 경계, 결구에 본원·불성을 깨달아 안락을 누리는 경지를 함축·표출하였던 터다.[30]

---

29 지헌영, 「「영재우적」에 대하여」, 『조광』 96, 조선일보사, 1943, 129〜130쪽.
30 지헌영, 「'善陵'에 대하여」, 앞의 책, 224〜225쪽.

실제로 〈우적가〉는 당대 향가의 전형에 따라 이른바 '삼구육명三句六名'의 구조를 갖추었다. 즉 그 의미 단위가 초구 2명, 중구 2명, 결구 2명으로 순차 조직되어, 마치 후대 단가(시조)의 '3장 6구'와 계맥을 같이하는 것이다.[31] 이러한 시가·향가가 이 작품에 자리하는 것은 너무도 값진 일이니 일당백의 의미를 갖는 터다.

나아가 이 작품에서는 〈우적가〉 말고도 이와 상응하는 여러 향가의 실재·유통을 증언하고 있다. 그게 바로 전게한 영재의 "善鄕歌선향가"이다. 기실 이 기사는 영재가 향가를 잘 한다거나 향가에 능통했다는 내용이지만, 그것이 제시하는 영재의 향가나 당대 향가계의 소식은 매우 중대한 의미를 갖는 터다. 그 영재와 직결되고 항상 누리는 향가, 따라서 그 주변에 유통되는 향가가 보편화되어 있었다는 정보이기 때문이다. 그러기에 이 작품에서는 〈우적가〉와 여타의 향가들이 한 장르를 이루고 있었다.

나아가 그 말미의 찬讚은 7언 절구의 한시로 독특한 의미와 기능을 보이고 있다. 이 한시는『삼국유사』의 다른 각편에 붙은 그것과 함께 그 선행 서사작품의 주제 내용을 요약하여 찬탄하고 있다. 그래서 이 한시는 작품과 직결되어 중요한 의미를 갖추면서 이를 평가하는 기능을 발휘하는 터다. 그리하여 이 한시는 향가와 함께 작품 속의 시가 장르로 엄연한 실상과 위상을 유지하고 있는 것이다. 나아가 이 한시는 작품의 장르 성향에 따라 한문소설·전기소설의 결미시로서 역할하고[32] 또한 극본·희곡의 종결사, 이른바 정명으로 기능할 수가 있는 게

---

31 위의 글, 210~211쪽.
32 劉瑛,『唐代傳奇研究』, '以詩或贊結尾', 正中書局, 1982, p.74.

사실이다. 한편 이 작품의 시가들은 연행상의 음영·가창을 전제로 그
자체가 가창극이나 가무극의 극본 역할을 할 수가 있고, 나아가 그것이
서사문맥·산문체와 교직되어 강창문학·극본양식을 조성하는 데에
작용할 수도 있는 터라 하겠다.

둘째, 이 작품의 수필적 성향에 대해서다. 기실 이 작품은 현존 문장
자체로만 보면, 영재의 행적을 축소지향적으로 입전한 전기·행장의
성격을 갖추고 있는 게 사실이다. 그러기에 이 작품은 고승전의 유형
을 따라서 수필계의 전장류에 속하리라고 본다. 그래서 이 작품은 역
대 인물의 전기·행장을 간요한 문장으로 문학화한 수필적 성향을 보
이는 게 분명한 터다. 한편 이 작품은 그 중생의 교화·구제라는 주제
를 감격적인 법화로써 예증·주장하는 결과를 내고 있는 게 사실이다.
그렇다면 이 작품은 수필계의 담화적 성향을 갖추고 있는 점이 엿보인
다고 하겠다.

셋째, 이 작품의 소설적 성향에 대해서다. 전술한 대로 이 작품은 그
구조·구성과 표현·문체로 보아 소설적 요건을 갖추고 있는 게 사실
이다. 따라서 이 작품은 장르상에서 서사문학·소설 형태로 규정되어
도 무방할 것이다. 실제로 한·중 서사문학 중에서 이만한 작품이라면
족히 소설 형태로 행세하여 왔기 때문이다. 상술한 고승전 내지 고승
변문은 승전문학·전기소설의 요건을 완비하여 으레 소설 장르로 규
정·평가되는 게 마땅한 터다. 기실 중국의 고승변문이 승전계 전기소
설로 인정되고,[33] 한국의 전기소설 가운데 승전류가 상당수에 이르고
있는 실정이다.[34] 일면 이 작품이 전체적으로 강창문학이라 볼 때도 그

---

33 羅宗濤, 「敦煌變文, 「廬山遠公話」 成立的時代」, 『中華學苑』 16期, 臺灣政治大, 1975, p.84.

것은 서사적 산문으로 읽히거나 이야기되면, 그대로가 소설 형태를 갖추게 될 것이다. 그래서 한·중의 변문소설과 전기소설의 작품요건이나[35] 고려 중·말기의 소설 수준을[36] 비교·검토해 보면, 이 작품은 소설 형태로서 아무런 손색이 없으리라 본다.

넷째, 이 작품의 희곡 성향에 대해서다. 전술한 대로 이 작품은 그 구조·구성과 표현·문체 중에서 희곡적 요건을 모두 갖추었기에, 이것이 희곡이라고 규정되는 게 당연하다. 원래 이 작품이 어떤 형태로든지 연극적으로 연행되었다고 전제할 때, 이것은 그 대본으로서 극본·희곡의 실상을 구비하고 행세할 수 있었기 때문이다. 그래서 이 작품은 승전변문의 유형을 갖추어 족히 극본·희곡으로서 연행되었고, 한편 중국의 잡극본, 희곡과 상통하여 실제로 공연될 수 있었던 것이다.

기실 이 작품은 희곡으로서 복합적 성격을 갖추고 있는 게 사실이다. 적어도 여기에는 가창·가무될 수 있는 시가 형태와 강창될 수 있는 시가와 산문의 교직 형태, 그리고 대화로 연행할 수 있는 대사가 발달되어 있기 때문이다. 따라서 이 작품은 실제적 공연을 통하여 몇 가지 형태로 분화·행세할 수 있었던 것이다.

우선 이 작품은 시가 중심의 가창극본 양식으로 조정될 수 있었던 터다. 기실 이 가창은 이 작품의 주제·극정에서 중심·주축을 이루기에 족하다. 그래서 그 사건·극정의 동선상에서 영재가 그 노래를 지어

---

34 이가원, 『한국한문학사』, 민중서관, 1961, 151~154쪽에서 『파한집』 권2 「호어」(노승감호)와 『삼국유사』 「감통 7」 「김현감호」를 지괴·전기소설로 인정하였다.

35 徐許, 「變文小說」, 『小說彙要』, 正中書局, 1994, p.145.

36 차용주, 「중세의 패관문학과 각종 전문학」, 『한국한문학사』, 아세아문화사, 1989, 89~93쪽.

부르는 장면 자체로만으로도 그 가창극본이 성립·행세할 수가 있었던 터다. 겸하여 이 작품은 그 가창극본과 직결되어 가무극본 양식으로 보완될 수 있었던 것이다. 기실 이런 가창극본에는 어떤 형태로든지 무용적 요건이 결부되어 마침내 가무극본적 양식을 보이는 게 보편적 현상이었다. 그러기에 여기에 영재가 골개적인 성격에 어디에도 얽매이지 않는 언행으로, 그러한 노래를 부르면서 자연 춤을 곁들였을 가능성은 얼마든지 있다. 나아가 산적들이 세상에 꺼리낄 것 없는 막된 언동에서 그 노래에 감동한 나머지 그 나름의 막춤을 추었을 것은 족히 예상될 수 있다. 따라서 이 작품은 가무극본으로 보완·전용될 수 있다는 사실이 족히 추정되는 터다.

그리고 이 작품은 강창 중심으로 연행되는 강창극본의 양식을 실현하고 있었던 것이다. 기실 이 작품이 한 연창자에 의하여 연행되었다면, 그것은 자연 강창극본으로 전개되는 게 당연하기 때문이다. 기실 이 작중인물 영재로서도 그 향가를 가창하고 이어서 설법·강설을 하니, 그게 바로 강창극본의 기본형을 이루게 되어 있다. 더구나 이 작품이 한 법사나 강창승에 의하여 객관적으로 공연되었다면, 그것은 서사 문맥·대사의 강설과 그 시가의 가창이 어울려 자연 강창극본으로 조성·행세하는 게 순리였던 터다.[37]

나아가 이 작품은 대화 중심으로 연행되어 대화극본의 양식을 지향하게 되었던 터다. 기실 이 작품이 그 대사를 살려 본격적인 대화로 엮어 나가는 대화극으로 공연될 때, 그것은 필히 대화극본 양식으로 재조정될 수밖에 없었다. 그래서 이 작품은 무대를 설정하고 등장인물을

37　김학주 외편, 「전통시기의 설창」, 『중국공연예술』, 한국방송대 출판부, 2002, 276~278쪽.

생동화시켜 그 성격·기능을 부여하고 그 연기까지 지시하게 마련이었다. 이로써 이 작품은 종합적이고 입체적인 희곡 형태로 완성될 수 있었던 것이다. 따라서 이 작품은 전체적으로 가창극본과 가무극본·강창극본·대화극본의 양식을 두루 갖춘 잡합극본 내지 총합·전능적 희곡이라고 보아지는 터다.

다섯째, 이 작품의 평론적 성향에 대해서다. 전술한 대로 이 작품은 그 향가를 중심·주축으로 볼 때, 가요전설로 불리며 이른바 가화의 성향을 갖추고 있는 게 사실이다. 이러한 관점에서 이 작품은 그 향가의 작자를 명시하고 제작연대를 시사하며, 제작동기와 현장까지 알려 주는 터다. 나아가 그 작품을 제시하여 그 주제·내용, 구성·형식과 문체를 보여 주고, 가창과 함께 효능·성과까지 실증하고 있는 게 분명하다. 그러기에 이 작품은 향가〈우적가〉의 가화로서 족히 가론 즉 시가론의 실상·기능을 구비하였다고 볼 수가 있다. 그동안 한·중 역대 한시의 이른바 '시화詩話'가 적어도 시평·시론으로서 평론의 일환이라 밝혀져 왔거니와 그렇다면 이 작품이야말로 향가를 입체적으로 논의한 시가론으로서 족히 평론적 성격·기능을 갖추었다고 보아 무방할 것이다.[38]

한편 상술한 찬讚, 한시도 평론적 성향을 보인다고 하겠다. 그것은 주제·내용이 선행 산문을 요약·찬탄하고 있는 게 사실이다. 기실 한 작품의 핵심적 요약은 평가의 기본 단계로 평론의 성향을 띠는 터다. 그리고 이 작품에 대한 찬탄은 실제로 긍정적 평론의 기능을 발휘하는

---

38 사재동, 「「월명사 도솔가」의 연행양상과 희곡적 전개」, 『어문연구학술발표논문집』, 어문연구학회, 2015, 30~32쪽.

게 분명하다. 그러기에 이 찬시가 평론적 성향을 보이는 것은 당연한 일이다.

4. 「영재우적」의 연행 양상

1) 연행의 요건과 계기

이 작품은 연행의 요건을 족히 갖추고 있었다. 적어도 이것은 그만한 희곡·대본으로서 상당한 무대와 그 연행자, 그 청중을 확보하고 있었기 때문이다.

우선 이 작품은 하나의 희곡으로 그 자체가 연행될 필연성을 갖추고 있었다. 감동적 주제·내용과 예술적 구성·표현이 그 극본으로서 연행될 수밖에 없는 마력과 흡인력을 발휘하고 있었던 터다. 다음 이 작품은 그 연행을 주도하는 환경과 무대에 직결되어 있었다. 기실 당대의 불교계 승단에서는 이러한 작품 극본을 어떤 형태로든지 연행하는 것이 사명이요 과제였던 것이다. 이것이야말로 교화 중생·대중 포교의 효율적 방편이었기 때문이다. 실제로 이런 작품이 연행될 무대는 무제한으로 널려 있었다. 당시 모든 사찰의 각개 전각, 특히 누각·강당 등은 실질적인 전용무대이거니와, 나아가 전각 밖의 도량이나 주변 산간·야단, 민간·광장 등으로 펼쳐 나갔던 터다.

　　그리고 이 작품에는 연행자가 줄지어 있었다. 당대 불교계 신도 대중 중의 설법거사나 문사는 물론, 민간 연예인들이 이를 구연할 수 있었고, 나아가 대부분의 승려는 그 전문적 연행자로 행세하고 있었던 터다. 그 가운데는 승·속 대중을 교화하는 법사·강사나, 속강승·재의승·연예승 등이 이런 대본을 여러 형태로 연행하는 것은 실로 당연한 관례였던 것이다.

　　끝으로 이 작품의 연행에는 언제 어디서나 청중이 만장하게 되었던 터다. 이런 공연은 그만한 종교적 감명과 예술적 감흥이 발휘되었기에, 많은 청중이 자발적으로 동참하여 성황을 이루었기 때문이다. 여기에는 사찰에 주석·왕래하는 사부대중은 물론, 그 사하촌이나 원근 촌민들까지 자유롭게 즐겨 보는 청중의 열기·성원이 충만했던 것이다.

　　이와 같이 이 작품의 연행 요건이 충족되면, 자연 그 연행의 계기가 마련되는 게 관례였다. 흔히 종교는 종합예술의 백화점이라 하거니와, 고래로 불교계에서는 모든 불사를 종합예술 즉 연극적 공연으로 진행하여 왔다. 따라서 이러한 작품이 연극적으로 연행되는 계기는 다양하게 열려 있었던 터다. 우선 이 작품은 불교계 일상적 신앙생활 가운데서 법담으로 구연되었을 것이다. 기실 신앙생활의 현장에서 이런 법담이 구연되어 신심을 높이고 감흥을 일으키는 것은 자연스러운 연행의 계기가 되었던 터다. 실제로 이러한 구연의 계기와 그 현장은 일정한 법석·의례를 벗어나 보다 자유롭고 친근한 소통·교감으로 큰 의미를 갖는다고 하겠다. 여기서는 구연자의 역량에 따라 옛날이야기하는 식으로 구연되기도 하고, 산문부를 재미있게 담화하면서 사가를 노래조로 가창하는 강창식 연행을 할 수도 있었던 터다.

　다음 이 작품은 사찰 내외의 제반 법회에서 설법교범으로 연행되었
을 것이다. 이러한 법회에서는 법사·강사가 설법을 하는 데에 그 대
본이 필수되는 게 사실이다. 대본의 내용이사 다양·풍부하거니와, 거
기에는 불경과 함께 고승전류가 가장 많이 활용되었던 터다. 고승전류
가 역사적으로 생동하는 신앙의 전범이 되었기 때문이다. 그러기에 이
작품은 명승 영재전으로서 그 당시나 후대에 여러 법사·강사의 설법
교본이 되었을 터다. 실제로 이러한 법회에서는 그 법사·강사들이 이
설법대본을 강담식으로 연설하거나 산문을 능란하게 강설하고 시가를
유창하게 가창하여 본격적인 강창 형태로 연출하였던 것이다. 이러한
연행 과정에서 법사·강사의 입담과 가창력이 특출하면, 그 대본을 즉
흥적으로 부연하고 연기까지 발휘하여 보다 풍성한 연극적 연행을 창
출할 수도 있었던 터다.

　그리고 이 작품은 사찰 내외의 추모재의에서 연행되었을 것이다. 이
러한 고승전류의 대본은 그 당해 승려의 생몰에 따른 추모·기념재의
에서 으레 연행되는 게 관행이었기 때문이다. 따라서 이 작품은 영재
의 생일이나 기일 또는 탁이한 행적을 추념하는 재의·법회에서 족히
연행되었으리라 추정된다. 기실 한·중 역대 고승의 그런 추모재에서
그 연행은 대개 사리탑이나 부도전에서 이루어지고 있었던 터다. 그러
기에 이 작품의 경우, 영재가 주석하던 사찰, 그 탑비 주변이나 부도전
안에서 그 연행이 이루어졌을 가능성이 큰 것이다.[39] 여기서는 법사나
강사보다는 유관 재의승·연희승 등이 주도하여 그 연행 형태가 대체
로 가창체나 가무체 나아가 강창체나 대화체로 다양하게 진행·전개

---

[39] 小川貫一, 「大目連塔 法樂供養」, 『佛教文化史研究』, 永田文昌堂, 1973, p.163.

되었으리라 추정된다. 실제로 이런 작품이 그런 재의적 체제·형식으로 연행될 때는 이른바 제의극의 특성에 따라 연극적 공연 양상이 보다 강화되기 때문이다.

2) 연행의 연극적 실태

이미 밝혀진 대로 이 작품이 위와 같은 계기, 신행상의 구연이나 법회상의 연행, 재의상의 연행 등을 통관하여 그것이 연극적 공연 행태를 지향·강화하고 있다는 점이다. 그 연행 중의 가창체와 가무체, 강창체와 대화체 등이 바로 그것이다.

첫째, 이 작품의 가창체 연행에 대해서다. 먼저 신행상의 구연에서는 연행자가 청자에게 이야기하는 것이 주류를 이루지만, 향가를 부르는 대목에 이르러서는 가창체로 연창할 수밖에 없었을 터다. 비록 연행자가 전문성이 부족하여 극정은 미진할망정, 그것이 가창체 형태를 보였던 게 사실이다. 기실 이 가창체는 서사문맥을 타고 강담의 유창함과 자발적 연기까지 가세하면, 소박한 가창극적 면모를 보일 수가 있었기 때문이다. 그리고 법회상의 연행에서는 연행자인 법사·강사 내지 속강승이 전문적으로 가창 대목을 연창하였기에, 그것은 가창체의 형태로 연출되었던 게 사실이다. 따라서 가창 형태는 서사문맥의 능란한 강설을 곁들여 향가를 유창·청아하게 가창하면서 사실적 연기까지 내보이니, 그것이 가창극의 형태로 연출되었던 터다. 더구나 연행자로 이른바 속강승이 등장하면 가창 형태는 연극적 조건이 강화되어 전형적 가창극의 면모로 전개될 수가 있었던 것이다. 나아가 이 재의 상의 연행에서는 연행자가 다수로 입체화되면서, 속강승이 주도하여 가창 부분을 보다 입체화하고 극적으로 강화하니, 그것이 가창극의 전형을 보이게 되었던 터다. 여기서는 연행자가 보다 전문화되고 마치 영재의 재생인양 신념·실연하는 데다, 재의상의 연극적 요건과 제휴하여 보다 수준 높은 가창극 형태를 이루었기 때문이다.

둘째, 이 작품의 가무체 연행에 대해서다. 기실 위 가창체에는 어떤 형식으로든지 무용이 결부되게 마련이었다. 가창자의 자발적 춤사위로부터 의도된 무용, 그리고 가창체와 합연식으로 조응하는 전문적 무용에 이르기까지 가무체의 조성 경위가 다양하기 때문이다. 먼저 신앙상의 연행에서는 가창자의 자발적 춤사위나 청중의 흥취·충동적 무용 정도가 가능했던 터다. 이 정도만 가지고도 가무체 연행의 소박하고 기본적 면모라고 아니할 수가 없다. 다음 법회시의 연행에서는 이 가무체가 좀더 뚜렷하게 성립되었던 것이다. 기실 연행자가 법사·강사일 때는 가창체에 자발적 춤사위가 신명에 따라 더욱 강화되었고, 따라서 가무체 연행이 그만큼 성세를 보였던 터다. 나아가 연행자가 속강승의 면목을 지닐 때는 가창체의 강화된 역량에 따라, 무용이 거의 전문적으로 합세하여 가무체 연행이 본격적 수준으로 발전하였던 게 사실이다. 한편 재의상의 연행에서는 이 가무체가 실제로 전문화되었던 것이다. 실제로 연행자가 입체화되어 연행을 주도하면서 이른바 재의극적 극정·분위기가 강화되고, 따라서 가창체가 더욱 활성화되었기에, 그 가창자의 춤사위가 보다 강화되었던 것은 물론이다. 이에 호응하여 재의극의 작법무가 합세함으로써, 가무체 연행은 전문적 형태를 갖추게 되었던 터다.

셋째, 이 작품의 강창체 연행에 대해서다. 원래 이 작품은 구조나 문체상에서 강설·가창의 강창체를 이루었기로, 이 강창체 연행은 필연적으로 성립되었던 터다. 먼저 신앙상의 연행에서는 연행자의 능력에 따라 수준의 차이는 있었지만, 그 구연에서 서사문맥을 강설하고 그 향가를 가창하여 강창체 연행을 해 낸 것은 분명한 사실이다. 기실 연행에서 강설을 얼만큼 여실하게 풀어내고 가창을 어느 정도 멋지게 불러내느냐에 따라, 강창체 연행의 등급이 생기는 것은 물론이다. 그런데도 그것이 강창체 연행으로 성립되는 데는 아무런 손색이 없는 터다. 다음 법회상의 연행에서는 이 강창체 연행의 수준이 높아지고 전문화된 게 사실이다. 기실 법사나 강사가 설법의 현장에서 이 작품의 서사문맥을 재미있게 연설하고 향가를 유창하게 부르면서 청중의 호응에 따라 자발적 춤사위와 연기를 곁들이면, 그게 바로 강창적 연행으로서 연극적 수준을 지향했던 것이다. 나아가 연행자가 속강승으로 전문화되면, 그것은 강설이 사실적으로 확장되고 대화까지 생동하면서 가창이 더욱 음악성을 강화하였으니, 여기에 자발적 춤사위와 적절한 연기까지 가세하여 실로 본격적인 강창체로서 연극적 공연의 경지까지 발전하게 되었던 터다. 또한 재의상의 연행에서는 이 강창체가 더욱 강화되고 입체화된 것이 분명한 터다. 기실 그것은 재의극적 공연 분위기에서 공연자가 더욱 전문적으로 기능화되고 장단·연주의 협연을 받았기 때문이다. 그리하여 연행자가 속강승으로 강창사·창도사의 기예로써, 서사문맥을 사실적이며 극적으로 연설하면서 가창을 세련된 음성예술로 승화시키되, 장단·반주와 조화되어 연극적 효능을 발휘하였던 것이다. 그리하여 이 강창체 연행은 연극적 공연으로 정립되었던 게 사실이다.

넷째, 이 작품의 대화체 연행에 대해서다. 기실 대화체 연행은 서사문맥 중의 대사를 통하여 연극적 분위기를 조성하기는 쉽지만, 연극적 공연으로 성립되기는 어려웠던 것이다. 원래 대화체의 연극적 공연은 무대설치나 연행자의 전문적 배역, 음악·보조역 등이 입체적으로 종합·협연되어야 하였기 때문이다. 따라서 신앙상의 연행에서는 연행자가 서사문맥 속의 대화를 최대한으로 활성화한다 해도 대화극적 분위기를 조성하는 데에 머물 수밖에 없었다. 이어 법회상의 연행에서는 연행자 가운데 법사·강사의 능력에 따라 서사문맥의 대사를 최대한으로 활성화해도 역시 대화극적 분위기를 더욱 강화·강조하는 데에 한계가 있었던 터다. 그런데도 연행자가 속강승·창도승일 때는 이 강설·가창의 능수능란한 극정과 직결되어 마치 일인 전역의 대화극적 효과를 창출하게 되었던 게 사실이다. 이만한 신앙·예술적 환위와 요망에 따라, 대화극적 공연이 특별히 실현될 가능성은 없지 않았던 터라 하겠다. 한편 재의상의 연행에서는 대화체 연행이 얼마든지 실연되어 대화극적 공연으로 전개되었던 게 사실이다. 여기서는 극본이 마련되고 거기에 따른 무대 장치와 등장인물 배역, 그 분장과 연기, 각종 음악의 반주, 여타 보조역 등이 족히 구비·활용되었기 때문이다. 이로써 이 작품은 사실적 무대 장치 위에서 분장된 배역, 영재와 산적 등이 대화·가창·연기 등으로써 사건을 극적으로 엮어나가는 이른바 대화극적 공연을 정립하게 되었던 것이다.

3) 공연의 장르적 성향

전술한 대로 이 작품은 장르상에서 시가와 수필·소설적 성향을 지니고 종합적 희곡 형태를 갖추어 가창극본과 가무극본, 강창극본·대화극본으로 연행·행세할 수 있었다. 그래서 이 작품은 연행의 요건과 계기를 타고, 가창체와 가무체, 강창체와 대화체의 연행이 연극적 공연 형태로 전개되었던 터다. 그러기에 이 작품의 공연 형태는 자연 연극적 장르 성향을 나타내었던 것이다. 그래서 이 작품의 연극적 공연 형태가 적어도 일반 연극의 하위 장르와 공질·상통하고 있는 점이 돋보이는 터다. 따라서 이미 알려진 한국 연극의 하위 장르, 가창극과 가무극, 강창극과 대화극 등에 비추어, 이 작품의 공연 형태를 그 장르적 성향으로 분류해 볼 수가 있겠다.

첫째, 이 공연 형태의 가창극 성향에 대해서다. 여기서는 이 작품의 가창극본적 형태가 가창체로 공연되어 가창극으로 성립된 것이다. 따라서 가창극 형태는 무대가 사찰 내외 전각이나 강당·누각 내지 야단 등으로 다양·광범한 터다. 그리고 연행자로는 신중·거사로부터 법사·강사, 강창승 내지 일반 연예인까지 동원될 수 있었다. 대체로 연행자들은 예복·승복을 입은 채로나 필요에 따라 분장을 하거나 자유로운 편이었다. 또한 연창에 있어서도 전후에 서사문맥을 연결시키되 독장을 원칙으로 하지만, 때로 2인 이상 합창할 수도 있었다. 여기에는 연행자의 능력·취향에 따라 자발적 연기가 가세되는가 하면, 장단·반주는 그 공연의 수준대로 거의 다 따르게 되었던 것이다.

둘째, 이 공연 형태의 가무극 성향에 대해서다. 여기서는 이 작품의 가무극본적 형태가 가무체로 공연되어 가무극으로 성립된 것이다. 따라서 가무극 형태는 무대가 가창극과 거의 동일하되, 무용에 따라 좀 넓으면서 어느 정도 제한을 받는 터다. 그리고 연행자는 가창·무용의 성격상 좀더 전문화되고 복수화될 수밖에 없었다. 기실 연행은 단일 출연자가 가창·무용을 전담하는 경우보다 가창자와 무용자가 분화·협연하는 형식을 택하는 경우가 흔하였고, 더구나 그 합창이나 군무까지도 가능하였기 때문이다. 따라서 연행자들이 분장을 하게 되었고, 공연이 역동적으로 입체화되면서, 장단·반주가 필수·강조되고 보조역까지도 강화되었던 터다. 따라서 가무극 형태의 연극적 효과·성능이 더욱 커졌던 게 사실이다.

셋째, 이 공연 형태의 강창극 성향에 대해서다. 여기서는 이 작품의 강창극본적 형태가 강창체로 공연되어 강창극으로 성립된 것이다. 따라서 강창극 형태는 무대가 아주 광범하고 자유로웠던 것이다. 기실 강창극은 일정한 무대·장치가 필요 없으니, 연창자와 청중이 함께한 공간이면 모두 무대로 작용하기 때문이다. 실질적인 작중무대는 연창자의 사설·구연을 통하여 사실적으로 설치되었던 게 사실이다. 그래서 연창자는 언제나 단독으로 강설·가창에 의하여 연극 전체를 추진·완결하는 게 특장이었다. 그러기에 연창자는 배역에 따른 분장을 할 수도 없거니와 할 필요도 없었다. 평상적 예복이나 승복 정도를 입고 등장인물의 분장·의상, 소도구 지참, 그리고 대화·연기까지 입담으로써 능숙하게 그려내기 때문이다. 그래서 강창극은 일인 전역으로 연창자 한 사람이 모든 역할을 다하여 이른바 전능극全能劇으로 행세하였던 것이다. 이런 점에서 그것은 판소리와 상통하는 게 사실이다.[40]

다만 주요 장면을 그린 변상도를 게시하거나 가창과 사설의 장단을 맞추는 타악 반주가 필요했을 뿐이다. 그런데도 청중들은 모두 극정에 심취·감동하여 환호하고 추임새까지 해냈던 터다.[41]

넷째, 이 공연 형태의 대화극 성향에 대해서다. 여기서는 이 작품의 대화극본적 형태가 대화체로 공연되어 대화극으로 성립된 것이다. 그리하여 대화극 형태는 무대가 극본의 지시대로 그 사찰 내외의 전각이나 강당·누각 그리고 야단·광장에다 특설·조성되어야 하고, 그에 필수되는 장치·소품이 배치되어야 한다. 게다가 연행자들은 배역에 따라 분장·의상하고 소도구까지 지참하게 되었다. 그리고 배역들은 오직 대화와 연기로만 그 사건·극정을 밀고 나갔던 것이다. 그래서 대화극은 본질적이고 전문적인 연극으로 정립·행세하게 되었던 터다. 그러기에 공연에는 음악 반주는 물론, 조명이나 각종 잡역이 가세하였던 것이다. 그러면서 청중은 공연무대와 분리되어 객석에 앉아 이 연극을 보면서 객관적으로 심취하고 감동하게 되었으리라 본다.[42]

---

40 사재동, 「불교계 강창문학의 판소리적 전개」, 『한국공연예술의 희곡적 전개』, 중앙인문사, 2006, 419~422쪽.
41 「설창의 형성과 성행」, 김학주 외편, 앞의 책, 249~250쪽.
42 사재동, 앞의 글, 20~21쪽.

5. 결론

　이상 「영재우적」의 문학적 실상과 연행 양상을 문학론과 공연예술론에 의하여 고찰해 보았다. 이제까지 논의하여 온 것을 요약하면 다음과 같다.

　① 이 작품의 찬성 경위를 검토하였다. 기실 이 작품이 원성왕 대 이래, 영재의 행적으로부터 형성 전개되어 충렬왕 대에 이르러 재작되기까지는 그와 불연·학연을 가진 후대 승려들이나 신불 문사들이 여러 모로 관여했을 것은 물론, 일연에 이르러 현전하는 모습으로 재작된 게 사실이다. 여기에는 그만한 형성·제작의 동기가 있었으니, 그의 행업·공덕을 추념·찬탄하고 기리고자 함이요, 그의 행적·법력을 승단·불교계의 귀감·교본으로 삼고자 함이며, 이를 통하여 승려 중심의 승전사·불교사를 정립하려는 것이었다. 또한 재작자는 전래되는 영재행적의 구비·문헌 등 제반 자료를 수집·정리하고, 당시 불경 중의 불전 「오백군도귀불연」이나 한·중 고승전, 고승변문 등에 준거하며 그 문학 양식을 활용하여 입전하였을 것이다. 따라서 이 작품은 역대 고승전의 전형을 보이고, 저 불전문학의 유형과 상통하여 승전문학의 요건을 갖추었으며, 나아가 승전변문의 성격까지 구비하여, 시가에 이어 서사문학적 구조·구성을 통해서 수필과 소설·희곡 등의 장르로 전개될 수가 있었던 터다. 한편 이 작품은 그 향가를 중심으로 그 가화 내지 시가론의 성격도 갖추어 평론의 기능을 유지하게 되었다. 이러한 작품이 형성·재작되기까지 500년을 헤아리고, 『삼국유사』에 수

록된 이후까지 구비나 문헌으로 유통·행세하며, 그 문학·예술적 기능을 발휘했던 것이다.

②이 작품의 문학적 실상을 거론하였다. 이 작품의 주제는 그 주인공의 법력·권능을 통하여 고해 중생을 교화·제도하는 데에 집약되어 있다. 그것은 무명 중생이 고통 속에 방황하다기 선지식을 만나 참회·각성하여 수행·성불하는 주제와 상통하는 터로, 보편적 불교사상, 자비·구제와 선사상을 배경으로 하였다. 그러기에 이 내용은 영재가 골개·선향가하고 해탈·자재하여 입산 중에 60여 명의 산적을 만나 노래를 지어 부르고 핵심적 법문으로써 그들을 감복·출가케 하는 이야기로 전개되었다. 따라서 이 작품은 전기적 유형, 영웅의 일생담으로 서사문학적 종합 형태로서, 시가나 수필, 소설, 희곡 등의 양식·성향을 갖추었고, 그 표현 문체도 그에 상응하고 있었다. 따라서 이 작품은 시가 형태를 보이고 수필적 형태와 소설적 형태를 지향하면서 희곡 형태로 성립되니, 그것이 가창극본과 가무극본, 강창극본과 대화극본의 성향을 나타냈던 것이다. 한편 이 작품은 그 향가를 둘러싸고 그 가화로 시가론·평론의 기능을 갖추게 되었던 터다.

③이 작품의 연행 양상을 파악하였다. 기실 이 작품은 한 희곡·대본으로서 상당한 무대와 그 연행자, 그 청중 등 연행의 필수적 요건을 갖추었고, 그것이 불교계 일반 신앙상에서 법담으로 구연되거나 제반 법회상에서 법화·교범으로 연행되고, 나아가 추모·기념 재의상에서 재의극적 대본으로 공연되었던 것이다. 실제적 연행이 연극적 공연으로 전개되면서, 여기서는 가창체와 가무체, 강창체와 대화체 등의 연극적 형태를 보이게 되었다. 따라서 이러한 형태는 위 희곡의 극본적

성향과 상응하여 연극적 장르로 성립되었으니, 가창극과 가무극, 강창극과 대화극 등으로 전개되었던 것이다.

이로써 「영재우적」의 문학적 실상과 연행 양상이 규명되었으니, 그 문학·예술적 가치는 창해유주격이요, 그 문학·예술사적 위치는 창공의 별격이라 해도 과언이 아니다. 실로 이 작품의 보배로운 실상이 밝혀지니, 그 작품사·장르사 내지 문학·예술사적 위상이 유구·찬연한 터라 하겠다. 전술한 대로 이 작품은 원성왕 대로부터 충렬왕 대까지, 그로부터 현재까지 작품 자체가 그만큼 널리 오래 유통·연행되었거니와, 그것이 시대에 상응하여 문학 장르사와 공연예술사상에 그만한 자취를 남기고 위치를 지켜 온 데에 큰 의미가 있는 터라 하겠다.

고려시대의 발전 양상

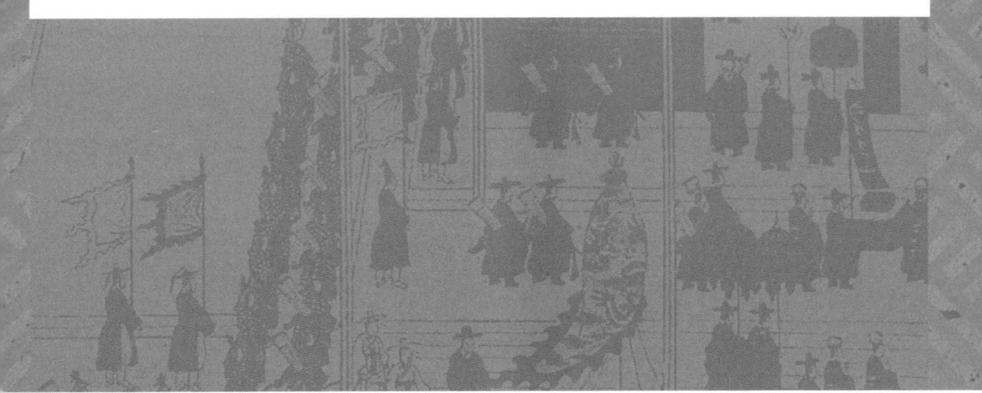

고려시대 희곡의 형태와 유통 양상

1. 서론

원래 희곡은 연극과 하나이면서 둘이다. 희곡은 연극의 대본으로서 그 구조 형태와 연행·표출을 결정·운용하는 언어예술이기 때문이다. 따라서 문학에서는 연극을 연극학으로 돌리고, 이를 전제로 한 희곡만을 취급하는 것이 당연하다. 한국문학의 삼대 형태 중에서, 희곡은 종합성과 입체성으로 하여 가장 큰 비중을 유지할 뿐만 아니라, 문학사상에서 제일 중대한 위상을 보유하고 있는 것이 사실이다. 희곡은 대중문예적 특성으로 인하여 민중·수용층과 긴밀한 관계를 맺음으로써, 문학적 기능을 극대화하고 나아가 문학사적 영향력을 최대한 발휘하여 왔기 때문이다. 이러한 희곡은 한국예술사상에서 연극이 형성·전개된 장구한 기간에 걸쳐, 장강의 흐름처럼 그 역사적 계맥을 확보하여 왔다고 보아진다. 희곡은 연극의 문학적 대본으로서, 그 연극사와 운명을 같이 하였기 때문이다. 따라서 한국희곡사는 연극사와 함께 우리 문학의 시원시대로부터 삼국·고려 대를 거쳐 근현대에 이르기까지, 본연의 실체를 지니고 면면한 흐름을 이루어 왔던 것이다.

그런데도 희곡사의 실체적 흐름을 제대로 파악·기술하지 못한 데서, 그것이 부실하게 단절이나 공백을 거듭해 온 것처럼 곡해·오인되고 있는 실정이다. 그동안 학계에서는 이러한 희곡통사에 대하여 적극적인 관심을 기울이지 않고, 따라서 본격적인 검토를 하지 않았던 게 사실이다. 그런대로 현재까지의 연구 업적을 보면, 대강 10종 미만의 한국연극사가 나름대로 기술되면서,[1] 해당 연극의 대본으로 희곡을 해설·소개하는 정도에서 머물렀던 것이다. 그래서 위 업적들은 연극학 내지 민속학의 입장에서 기술한 것이므로, 희곡과 희곡사를 부수적으로 논의하거나 소홀히 취급했던 게 사실이다. 그러기에 전문적인 희곡사는 서연호의 『한국근대희곡사연구』[2]와 유민영의 『한국현대희곡사』[3] 이상으로 소급 기술된 바가 없는 것으로 안다. 나아가 한국문학사를 기술한 대표적인 업적들에서는 희곡의 흐름을 연극으로 소략하게 개괄하였고, 그나마 희곡 개념을 수용한 바 14명의 전문가들이 공동집필한 한국예술원의 『한국문학사』에서는 통일신라시대만을 내세워 약술하고 있는 실정이다.[4]

실제로 한국희곡사의 주요 부분을 이루는 것은 고려조의 희곡임을

---

1 최남선, 「연극사문답」, 『조선상식문답』(속편), 동명사, 1947; 김재철, 『조선연극사』, 학예사, 1939; 이두현, 『한국연극사』, 민중서관, 1973; 장한기, 『한국연극사』, 동국대출판부, 1986 등 참조.
2 서연호, 『한국근대희곡사연구』, 고려대 민족문화연구소, 1984.
3 유민영, 『한국현대희곡사』, 기린원, 1988.
4 한국예술원 편, 『한국문학사』, 한국예술원, 1984.

부인할 수가 없다.[5] 그런데도 희곡에 대하여 체계적이고 계통적으로 논구한 업적이 나왔다는 소식은 아직 들리지 않는다. 전술한 한국연극 사에서 대부분 '고려시대의 연극'을 주목하여 논의하고 있는 것은 그런 대로 의미가 있는 터라 하겠다. 그러나 그 많은 한국문학사의 기술에 서는 고려조의 희곡을 기껏 '근고문학, 극계의 소식'[6]이나 '중세문학, 악 장과 무악·단가'[7] 그리고 '고려 후기, 설화·무가·연극의 양상'[8] 정도 로 간략히 취급해 버리고 마는 실정이다.

이에 본고에서는 한국희곡사의 체계적 기술을 위하여 우선 고려조의 희곡을 집중적으로 고구하게 되었다. 먼저 고려조의 연극과 희곡을 형 태론에 따라 검토하겠고, 다음 이 시대의 희곡이 형태에 따라 계통적으 로 교류·전개된 양상을 고찰하겠다. 나아가 고려조 희곡이 희곡사상에 서 차지하는 위상을 문학통사의 관점에서 어림하여 보는 계기로 삼겠다.

2. 고려시대 연극과 희곡 형태

전술한 대로 고려조의 희곡이 한국희곡사의 주요 부분이라는 것은 거의 공인된 사실이다. 기실 고려는 신라의 찬연한 문화를 평화리에

---

5 윤광봉, 「高麗時代의 演劇 考」, 『한국문학연구』 6·7, 동국대 한국문학연구소, 1984.
6 안확, 『조선문학사』, 한일서점, 1922.
7 김동욱, 『국문학사』, 일신사, 1984.
8 조동일, 『한국문학통사』 2, 지식산업사, 1995.

계승·발전시킴으로써, 찬연한 문화를 창조해 왔다. 그 중에서 삼국속악이나 〈무애무〉·〈처용무〉 등을[9] 이어 받아 발전·전개시킨 것이 바로 그것이다. 특히 불교문물의 극성과 함께 대찰과 궁전·대가에서 연등회와 팔관회 등 각종 제의·행사가 성행하여 다양한 연희·연극을 벌이게 되었다. 그리고 사원에서는 불탄재나 우란분재·추선재·수륙재 등 온갖 재의가 시행되어 종교극을 연행하였고, 무격들은 치병·소재·초복을 위한 무술에서 무극을 실연하게 되었다.

나아가 궁정의 제례에는 장엄한 악무가 따르고 궁중의 축사와 안평을 위하여 나례·잡희가 베풀어졌고, 외국사신들의 영접을 위하여 산대잡극이 연행되었던 것이다. 그리고 역대 군신이 호악好樂하여 궁전이나 대가에 설연하고 호화로운 연희·연극을 다채롭게 진행시켜 왔던 터다.[10]

이와 같은 예술문물의 여건과 연극문화의 시대적 요청 아래서, 송대에서 사와 음악(대성악)이 들어와 큰 영향을 받게 되었다. 그 중에는 〈헌선도〉·〈수연장〉·〈오양선〉·〈포구락〉·〈연화대〉 등 5종의 대곡이 수입되어[11] 향악과 대비·활용되었던 것이다. 그리고 원대에는 곡사와 함께 잡극계의 연극이 유입되어 활발히 유통되면서 고려의 연극에 새로운 충격을 주게 되었다. 더구나 충렬왕 같이 악무·연극을 혹호酷好하면서 원의 공주를 왕비로 맞아 그 연예문물을 수용하고 교류하는 데 주력하였기로, 고려 후기의 연극은 그렇게 왕성하였던 것이다.

---

9 『고려사』「악지」「속악」조;『악학궤범』「고려사악지」「속악정재」참조.
10 장한기,「고려시대의 연극」, 앞의 책 참조.
11 차주환,『당악연구』, 범학사, 1979.

그렇다면 고려조의 연극과 희곡 형태는 어떤 것인가 검토할 필요가 있다. 여기서 분명한 것은 연극·희곡의 형태가 오랜 역사 위에서 다양·정연하게 형성·전개되었으리라는 점이다. 그리하여 그에 적절한 고찰이 선행되어야 하겠다.

기실 그동안의 연구 업적들은 상고대의 종합예술을 전제하면서, 부족국가 이래의 국중대회에서 벌이는 가무백희를 공인하고, 나아가 가면극·인형극을 계통적으로 검토하며, 후대의 판소리를 연극 형태로 규정하려는 경향을 보이는 정도였다. 그러면서도 조희 내지 소학지희 등을 거들어 대화극의 가능성을 암시한 것이 사실이다. 그러기에 연극의 형태도 합리적으로 규정된 바가 없다. 기존 연극사의 기술에서 명명한 대로 가면극·인형극·구극·신극 정도로 편의상 부르고 있을 뿐이다. 이들 형태는 그 작품 자체의 구조·형태에 확고한 준거를 두지 않고, 실연의 방법이나 연극의 시대성 등에 입각하여 임의로 설정한 것이라 하겠다. 그러므로 연극 각 형태의 실체가 제대로 파악되지 못하고, 나아가 그 장르들의 형성·전개 과정이 불투명하게 간주될 수밖에 없었다. 그 결과로 한국연극사의 공백과 허점을 적잖이 드러내게 되었던 것이다.[12]

이제 희곡의 형태를 전제로 하고 작품 자체의 제반 조건을 기준으로 할 때, 연극의 장르를 규정한다면, 가창극·가무극·강창극·대화극 정도를 내세울 수가 있겠다. 여기서는 연극의 개념을 현대적으로 축소·전문화할 것이 아니라, 그 시대에 상응하여 상하 민중에 통용되던 모든 연극 형태 내지 연극적 상황까지 포괄하는 방향으로 확대·보편

---

12 장한기, 앞의 글 참조.

화해야 될 것이다. 적어도 한국연극사의 유구한 전통을 탐색하고 체계화하는 데에는 원초적인 제의극으로부터 생활상의 희비극, 대중 포교를 위한 종교극, 민중계도를 위한 역사·윤리극, 궁중·상류·서민층의 경사에 따르는 오락극에 이르기까지 모두가 그 나름의 의미를 지니고 소중한 위치를 차지하고 있는 것으로 파악되어야 한다. 만약에 현전하는 연극사의 자료들을 전문적인 연극관으로 재단하거나 '연극'이라고 표시된 것에만 신빙성을 부여한다면, 현실적으로 한국연극사는 기술될 수가 없겠기 때문이다. 실제로 우리는 위와 같은 범위 안에서 완전하게 드러난 자료는 물론 변모된 자료, 숨겨진 자료, 부서지고 없어진 자료의 편린, 연극과 근접·관련된 방증 자료까지 세밀하고 엄정하게 분석·검토해야만, 한국연극사를 재정리·복원할 수가 있을 것이다. 이런 점에서, 위에 든 연극 형태들은 각기 중요한 위치와 계맥을 유지하고 있다고 보아진다.

이러한 전제 아래서 먼저 고려조의 연극 형태를 논의·설정하고, 여기서 그 극본으로서의 희곡 형태를 추출·규정할 수가 있겠다. 그리하여 위에서 제시한 네 종의 형태를 기준으로 삼을 수밖에 없다. 이러한 고려조의 연극·희곡 형태는 전후의 그것과 동일한 맥락에서 보편적으로 거론해야 될 것이다. 따라서 이러한 논의에서는 고려 이전이나 그 이후의 작품들을 동원하게 될 것이고, 거기서 구명해 낸 형태적 전형은 고려조를 중심으로 한국연극·희곡사의 어느 시대 어떤 작품이든지 공히 적용되어야 하기 때문이다.

첫째, 가창극은 가장 원초적이고 소박한 연극 형태라고 하겠다. 민간신앙·종교적 염원이나 생활·윤리상의 희비극에 얽힌 서정·서사가요를 독백 내지 대화형식으로 연창하여 연극적 상황을 조성하였던 경우가 예상된다. 고금을 통한 문답체 서정·서사민요나 향가와 고려가요의 대부분, 심지어 시조·사설 등 후대 가요의 거의 전부가 교방가요 양식을 따라 가창극의 형태로 연창되었던 것이라 추정된다. 사실 이런 가요들은 그 자체의 내용과 정조·분위기 등으로 보아 연극적 현장에서만 생동하는 효능을 발휘할 수 있었기 때문이다.

이와 같은 가창극 형태는 고려조에 이르러 완성·성행하였다. 그리하여 그것은 상하 민중 어느 곳 어느 경우에든지 기본적으로 통용되면서, 여타의 연기와 융합할 수 있는 가능성을 항상 지니고 있었던 것이다. 따라서 이 가창극은 한국연극사상에서 폭넓고 뿌리 깊은 맥락을 면면히 유지해 왔다고 보아지는 터다. 이 가창극은 원칙적으로 선행하여 오랜 역사 위에 전승되면서 그 자체의 성장·변모 과정을 밟아 온 것은 물론, 다른 연극 형태에 가창적 요소를 제공하거나 직접 삽입가요로 동참함으로써, 연극사에서 중대한 역할을 해 왔으리라 추정된다. 그런 한편으로, 이 가창극은 후대적 전승 과정에서 여타 연극, 가령 가무극·강창극·대화극 등의 가창 부분으로 분리되거나 살아남아서 그 면모를 유지해 온 사례도 허다하게 나타났던 것이다. 이런 경우에는 가창극 자체로서도 그 명맥을 지켜 온 터이지만, 그 분화 이전의 모체, 원형적 연극을 유추·복원하는 데에도 소중한 근거가 되리라 본다.

둘째, 가무극은 일단 가창극에 무용·무극이 융합된 형태라고 파악된다. 한편 무용·무극의 연원을 올려 볼 때는 이것이 주체적으로 가창양식을 수용해 온 것으로 간주할 수도 있겠다. 그래서 가무극의 역사는 유구하고, 그 형태는 연극적으로 입체화되었던 것이다. 이 형태는 극적인 서사문맥을 전제로 하여, 그 극정을 가창과 무용으로 얽어 나감으로써, 실로 역동적인 기능을 발휘하고 본격적인 연극에 보다 접근하였다. 부여·삼한 등 고대국가의 국중대회에서 벌인 '가무歌舞'나 고구려의 초기 국중대회에서 보여 준 '가희歌戲'로부터 〈처용무〉·〈무애무〉·〈황창무〉 등을 거쳐 〈학연화대처용무합설〉에 이르기까지 풍성한 가무극의 맥락이 면면히 이어져 왔다.

그리하여 고려조에 이르러 이 가무극이 완숙되고 극성하였던 게 확인된다. 이 가무극은 그 내용과 분위기로 보아 홀로 출연하기보다는 2인 이상 집단적으로 합연하여, 그 연극적 역동성과 효능이 극대화되었던 것은 물론이다. 따라서 궁정이나 상하 민중에까지 필요에 응하여 기탄없이 연출되었던 것이다. 그리하여 여타 연극 형태와 제휴하거나 상당한 영향을 미치면서, 한국연극사상에서 막중한 위치를 점유하고 있었던 터라 하겠다. 이 가무극은 형성·전개 과정의 융통성과 함께 그 자체의 뚜렷하고 면면한 전통이 돋보이는 한편, 그것이 여타 연극 형태와 상호보완 내지 상호전환의 관계를 유지해 옴으로써, 불투명한 연극 형태를 유추·복원하면서 한국연극사의 전체 흐름을 부각시키는 데에 소중한 역할을 담당하였다고 보아진다.

셋째, 강창극은 감동적인 서사문맥을 효과적으로 설창하는 연극 형태라 하겠다. 이 강창극은 한 사람의 연기자가 나와 악사나 고수의 도움을 받아가며 서사문맥 전체를 이야기하고 노래하면서 작중인물들의 행동·표정까지 연출해내는 형식으로 완결된다. 그러므로 강창극은 일인전역의 경제적이고 편리한 연극이다. 현대극의 관점에서 편협하게 재단한다면 강창극은 연극의 수준에 미달된다고 하겠지만, 그것은 그것대로 그 시대에 상응하여 적어도 한 사람의 연기자가 한 사람 이상의 보조·반주자와 함께 일정한 자리의 청중 앞에 나와 지정된 화본·대본을 현장적으로 연출해내는 연극임에 틀림이 없다.[13] 다만 화려한 무대 장치가 필요 없고, 작중인물의 배역·분장이 생략되었을 따름이다. 기실 무대 장치와 배역들의 분장·연기 등은 한 연기자의 능숙한 말솜씨로 실제보다 실감나게 묘사·대치되고 있는 실정이다.

그러기에 이 강창극은 형성동인부터 민중적이고 보편적이라 하겠다. 그것은 치민·교린의 의도, 포교·교화의 방편, 민중생활의 오락 등을 표방하여, 그에 관련된 각종 제의·축제의 일환으로 표연되고 있기 때문이다. 기실 연기자도 전문적인 광대로부터 속강승·거사·선비·전기수·무격 등 각계 각층의 누구라도 입담 좋고 신명만 있으면, 의욕에 따라 출연할 수가 있다. 그리하여 연기자는 독연으로써 작중인물들을 대역하므로, 특정 인물에 기준하여 분장할 필요가 없고, 또 그렇게 할 수도 없다. 그 때 그 자리에 맞도록 연기자의 복장 한 가지만으로 만족하게 된다. 그에 따라 개인적 분장이나 소도구 내지 무대 장치 전반이 필요치 않으므로, 연출 장소도 전문극장 등으로 제한되지 않고 퍽이나 자유스럽다. 위로 궁중·사원 및 대가 등의 실내·마당이나 동네 안팎의 야단·광장 등 다소간 관중이 모일 수 있는 공간이면 족한 것이다. 다만 음악·장단이 요청되는데 그것도 폭넓고 다양하다. 때로 전문악사들이 등장하지만, 관중의 소박한 타악기, 신나는 손뼉과 무릎 장단, 절주 있는 환성과 추임새 등이 있으면 더욱 좋다. 요컨대 능력 있

---

13 葉德均, 「樂曲系講唱文學」, 『宋元明講唱文學』, 河洛出版社, 1978, pp.8~27에서 전통적인 강창극이 형성·유통되었음을 고증하였다.

는 연기자와 격에 맞는 반주자, 열기 있는 관중이 어우러져 한 마당을 벌인다는 것이 중요하다.

그러기에 강창극은 그 형태가 자유스럽고 광범위하다고 보아진다. 주제자들의 시조풀이로부터 무당들의 본풀이, 거사·선비들의 사담史譚·시어풀이, 설화인·전기수들의 소설이야기, 속강승류의 불전·승전풀이, 그리고 광대들의 판소리나 재담·소화에 이르기까지 그 모두가 독연 형태로 현장화되고 연극적 상황을 창출해 내기만 한다면, 강창극의 양상을 띠게 되기 때문이다.

이런 점에서, 고려조에 이르러 강창극이 원숙해지고 풍성하였던 것이다. 그런데 이 강창극은 아무래도 단조롭고도 평범하다는 한계성을 내포하고 있는 것이 사실이다. 그러기에 이 강창극은 한계점을 극복하는 내부장치와 탈출 방법을 예비하고 있는 것이 특징이다. 우선 내부적으로, 이 강창극은 청중을 감동시키는 훌륭한 대본을 갖추고 있다. 최소한 그 자체만으로도 감격할 이야깃거리와 감미로운 노래가 역동적인 조화를 이루어 나가는 판이라야 한다. 그러면서 대본을 족히 연극으로 소화해내는 연기자가 그 능력을 최대한으로 발휘해야 될 특수 조건이 전제되는 것은 물론이다. 다음으로 이 강창극은 그 한계점을 탈피하려는 변신의 방법을 모색하여 왔던 것이라 보아진다. 하나는 이 강창극의 가창만을 뽑아 가창극으로 구성되거나 가창에 무용을 곁들여 가무극으로 재편성되는 길이 있었다고 하겠다. 또 하나는 이 강창극을 바탕으로 작중인물을 일인 일역으로 분장시키고 무대 장치에 소도구까지도 활용케 되는 대화극으로 확대·발전시키는 길도 열렸던 것이라 하겠다. 한편 이 강창극은 기존 가창극 내지 가무극을 효과적으로 해설·연창화할 수가 있었고, 대화극을 경제적으로 축소·설창할 수도 있었으리라 보아진다.

그렇다면 이 강창극은 가장 기본적이고 보편적인 연극 형태라 하여도 무방할 것이다. 따라서 이 강창극은 실제로 효율적이고 능소능대한 연극 형태로서, 시원이 오랠 뿐만 아니라 상하 민중에 가장 널리 유통되어 온 것이 사실이다. 그러므로 이 강창극은 기본적인 한국의 연극으로서 고려시대를 중심으로 한국연극사의 중추·저변을 이루어, 뚜렷한 위치를 점유하여 왔던 터라 하겠다.

넷째, 대화극은 한국의 정통적인 본격 연극이지만 아무래도 강창극을 바탕으로 발전·완비된 양태를 보이고 있다. 전술한 바와 같이, 강창극의 작중인물을 각기 분장·출연시켜 대화·행동하게 만들고 무대를 장치하여 소도구까지 마련해 준다면, 그대로 대화극으로 입체화될 것이기 때문이다. 따라서 강창극 계열의 대화극이 한국연극사의 핵심·주류가 되었지만, 뚜렷한 증거를 드러내지 않고 있는 것이 현실이다. 여기서 대화극과 맞물려 병존하는 가창극·가무극·강창극 등을 통하여 대화극의 실태를 유추할 수가 있겠다.

이러한 대화극이 고려조에 대두·성행하였던 것이다. 이 대화극은 나름의 몇 가지 계통을 가지고 있다. 먼저 이른바 조희·소학지희 등에서 대화극의 한 면모를 발견할 수가 있다는 것이다. 이런 류의 대화극은 고려에 이미 실존하여 연행되었던 것이다. 이두현이나 사진실 등이 이미 지적한 대로,[14] 거기에는 대화와 행동의 연극 형태가 도사리고

---

14 이두현, 앞의 책, 92~96쪽; 사진실, 「소학지희의 공연방식과 희곡적 특성」, 서울대 석사 논문, 1990, 60~61쪽.

있기 때문이다. 이러한 대화극의 맥락은 비교적 뚜렷하여 그 위상이 주목된다.

다음 잘 알려진 가면극과 인형극이 대화극의 계통을 이어오고 있다는 것이다. 그것은 대화극의 정통에서 벗어난 듯이 보이지만, 그것이 가창과 무용을 적극 수용한 실태를 보일 따름이라 하겠다. 이런 현상을 비교·검토하여 대화극의 원형적 모습을 재구해 볼 수가 있다는 것이다. 관객이 지켜보는 일정한 무대와 놀이마당에서 각종 배역이 가면으로 분장하거나 인형으로 대신 등장하여 소도구까지 들고 연기를 펼친다. 거기에는 분절된 서사문맥이 대화와 행동, 또는 가창과 춤사위로써 사실적으로 연출되며, 따라서 그것은 본격적인 대화극이라 하겠다. 이것의 연극적 실상에 대해서는 그동안 논의된 바가 적지 않다.[15]

그리고 고려조 후기라면 중국의 잡극과 같은 계통의 대화극이 유통되었을 가능성이 있다. 이것은 바로 원잡극의 형태와 관련될 수밖에 없겠다. 이 잡극은 원대의 경제·사회와 예술적 취향에 따라 가장 효과적으로 계발·성행된 전형적인 연극 형태였다. 그것은 전4절의 단형극이지만 매우 정제된 극본을 갖춤으로써, 중국의 연극사상 가장 획기적인 대화극으로 연출·유통되었던 것이다.[16]

그렇다면 이런 잡극이 고려조를 통하여 한국의 대화극과 관련되었으리라는 것은 추정하기에 어렵지 않겠다. 전술한 바와 같이, 고려 대에는 이미 대화극이 전통적으로 형성·유통되고 있었던 것이 사실이

---

15 이두현, 『한국의 가면극』, 일지사, 1985; 조동일, 『탈춤의 역사와 원리』, 홍성사, 1987 등 참조.
16 青木正見, 隋樹森 譯, 『元人雜劇序說』, 長安出版社, 1981, pp.2~8.

다. 그 무렵에 참신하고 효율적인 원의 잡극이 문화·예술 교류의 도
도한 흐름을 타고 고려 사회에 유입되었다면, 그 연극이 실로 큰 충격
을 주었을 것은 거의 확실하다. 그것은 더구나 전문적으로 창작·기술
된 희곡을 간행·동반하여 그 연출의 방법·기술마저 자유롭게 유통
될 수 있었던 터이므로, 고려 중기 이후의 연극계에서 꽤 민감한 반응
을 보이고 대처했을 것은 불문가지의 일이다. 따라서 고려 대로부터
잡극식의 연극이 점차적으로 보급·유통되어 자생적인 연극으로 인식
되면서 대화극으로 실연되었을 가능성이 짙다. 이런 점에서, 고려 대
이래의 '잡극'이라는 명칭과 실제 잡극 형태의 제반 면모를 주목해야
되겠다.[17] 적어도 원·고려 이후의 기록에 나타난 '잡극'은 '백희'로서
의 잡희로만 보아 넘길 것이 아니다. 일찍부터 전형화된 원잡극의 형
태를 기준으로 하여 고려 대의 잡극을 재조명하고, 그 당시의 대화극을
저 잡극과 관련 지워 검토할 필요가 있기 때문이다.

　마지막으로 역대 불가에서 선문답이 대화극 형태로 전개되었던 것을
보게 된다. 주지하는 바와 같이, 역대 선승들이 서로가 성불의 경지를 확
증하기 위하여 선법을 문답할 때, 그것은 문자 그대로 생사를 결판하는
희비극적 절정을 이루게 된다. 실로 세속을 떠나 선문에 모든 것을 맡겨
온 것 자체가 비극적이거니와, 상호 간의 선문답에서 깨달은 바가 참된
것일 때는 승리의 극락을 누리고, 그것이 거짓일 때는 실패의 지옥으로
떨어지고 말겠기 때문이다. 그러기에 선문답에서는 어떠한 권위와 폭
력도, 세상의 어떤 것도 무력할 뿐이고 오직 칼날 같은 진리만이 승리의
힘일 따름이다. 실제로 선가에서는 선문답을 연극의 형식으로 실연한

17　여증동, 『한국문학사』, 형설출판사, 1973, 89·104쪽 참조.

다. 말하자면 선방이나 토굴에서 자리잡고 2인 이상의 선승이 문답을 벌이기로 예정하면, 인근 수좌들이 이심전심으로 연락하여 청중으로서 들러리하는 것이다. 거기에는 승패와 생사가 비수처럼 맞서는 긴장감이 돌고, 마침내 문답이 시작되면 그 당사자들은 결전의 용사로서 연극상의 등장인물이 된다. 그들이 주고받는 대화나 게송은 너무도 응축되고 은유·상징되어서, 그 경지의 선승만이 그 진가를 안다. 그러기에 그들의 언행은 극적인 함축성과 신비력을 발휘한다. 그들은 서로 간에 말이 부족할 때 강한 행동과 표정으로 대치하고, 필요한 소도구를 활용하여 전문 광대 이상으로 격렬하고 감동적인 연기를 해내는 것이다. 그 문답은 구경의 승패를 가늠하기 위한 처절한 투쟁이기로 극정이 고조되고 따라서 신화적인 분위기와 서사성이 덧붙어 실제로 대화극을 이루기 마련이다. 어떤 때는 단막으로 끝나지만, 때로는 여러 막으로 연첩되는 경우가 있다. 이런 선문답이 오랜 전통 속에서 유형화되고 전문화되면 결국 견성성불을 선도·격려하는 교육극으로까지 승화·정립될 수가 있었던 것이다. 요컨대 이러한 선문답은 마침내 그 당시 불교계를 대표하는 능동적인 대화극이었고, 따라서 이것을 선극이라 하여 마땅할 터이다.[18] 이러한 유형의 대화극도 실은 고려조에 이르러 보편화되고 성행하였던 것이다.

이와 같이 고려조의 대화극은 상게 연극 형태를 바탕으로 하거나 그 자체의 계맥을 따라서 폭넓게 유통되었으리라 보아진다. 여기 전형적인 대화극은 그 연기자의 동원·분장, 무대 장치와 소도구 준비, 관극자들의 대거 참여 등 막대한 부담으로 하여 궁중·사원·대가 등 상류

18　이행원, 『도화집』, 홍법원, 1985 참조.

층에서 주로 연출될 수 있었으리라 추정된다. 그러면서 그 대화극은 상대적으로 축소·변혁되어 임시·변칙으로 유통되고, 그에 따른 변종을 낳기도 했던 것이라 하겠다. 그래서 대화극은 면면한 전통 위에서 다른 연극 형태와 유기적으로 관계를 유지하는 가운데 본격적인 연극 형태를 정비·완성하게 되었고, 그 영역을 확대하여 나갔던 것이라 하겠다.

이렇게 볼 때, 고려조의 연극은 강창극을 바탕으로 대화극을 지향하면서 상호보완 내지 전환관계를 유지해 온 것이 사실이다. 따라서 이 연극의 각 형태는 그 자체로서 독자적인 계맥을 면면하게 지켜 온 것을 계통적으로 파악할 수가 있다. 나아가 각 연극 형태가 서로 교합하여 뚜렷하고도 풍성한 연극사로 도도하게 흐르고 있다는 것을 합리적으로 검토할 수가 있겠다.

이상과 같이 한국연극 형태와 연극사가 고려조를 중심으로 완벽할 때, 그 기반과 전제가 되는 희곡사가 완전하리라는 것은 당연한 귀결이라 하겠다. 전게한 연극 형태별로 고려조에서는 가창극본·가무극본·강창극본·대화극본 등이 엄연한 희곡으로서 형성·전개되어 역사적 계맥을 유지해 온 것이 확실하기 때문이다. 물론 현대적 희곡관을 기계적으로 적용한다면, 고대로 올라갈수록 희곡의 개념이 모호하고 불투명한 것은 사실이다. 그러나 통시대적이고 민중적인 희곡관을 폭넓게 적용한다면, 그 시대에 상응하고 연극 형태에 조응되는 희곡이 필수되는 것은 분명하다. 어떤 형태의 연극이든 희곡이 따르는 것은, 그것이 의식적이건 무의식적이건, '희곡'이란 용어를 내세우든 말든 하나의 철칙이 아닐 수 없기 때문이다. 여기서 중요한 것은 위에 든 고려조의 각 극본들이 질량의 차이는 있지만, 한결같이 희곡의 기본요건을 갖추고 있다는 점이다.

첫째, 이 극본들은 시종일관하는 서사구조를 구비하고 있다. 그 연극을 이끌어 가고 극정을 일으키는 의도적 서사문맥이 자리잡고 있다는 것이다. 이른바 플롯으로서의 이야기가 이심전심으로 표징될 수도 있고 의식적으로 표출될 수도 있지만, 그것이 필수되어야 함은 물론이다. 가령 전체의 서사문맥이 뚜렷이 드러나지 않는 가창극 내지 가무극이라 하더라도, 그 바탕에 전제되어 있는 사건구성이 내적으로 일관되지 않는 한 극본으로서 성립될 수가 없기 때문이다. 실제로 가창이나 가무에서 심각하고도 감동적인 서사문맥을 가무로 응축시키고 상징적으로 동작화함으로써, 보다 압축되고 효율적인 연극·극본으로 승화되는 것이라 하겠다. 이런 점에서, 강창극이나 대화극에서는 서사맥락이 노골적으로 표출되어 현실화·행동화되는 가운데, 그 극본이 완성되는 것이다.

둘째, 이 극본들은 행동을 매개하고 사건을 구체화하는 대사를 갖추고 있다. 그 대사는 묵언이거나 성음일 수도 있고, 독백이거나 대화일 수도 있다. 그래서 이 대사는 온갖 형태로 미묘하게 드러나 극본을 완성하는 필수요건으로 작용하는 것이다. 물론 가창극의 경우, 겉으로 드러나는 것은 노래와 동작뿐이라고 하겠다. 그렇지만 이 노래와 동작은 실제로 가장 효율적으로 응축된 대사의 다른 표현이다. 실로 노래는 대사 그 자체라고 하겠다. 그것은 일반적으로 대사를 응축시켰을 뿐만 아니라, 연극 전체의 서사문맥을 집약한 대사 중의 대사라고 보아지기 때문이다. 그리고 동작은 대사의 상징적 행동화라 할 수가 있겠다. 그러므로 가창극에서는 음악의 언어와 동작의 언어로써 대사를 조화롭게 엮어 나가고 있는 터라 하겠다. 기실 가무극의 대사는 가창극의 그것에 무용이 수용된 것일 뿐이다. 흔히 무용을 음악과 언어의 행동화라고 하거니와, 그것이야말로 음악과 언어를 융합시킨 침묵의 대사다. 그러기에 가무극의 대사는 무용으로 하여 한층 내면화되고 고차원으로 생동화하는 것이다. 그러던 것이 강창극에 이르러서는 대사가 상당히 발달되어 있다. 이 연극상의 작중인물들이 독백 혹은 대화로 이어가는 대사는 자못 풍성하고 활기찬 것이다. 여기 강창극의 실연에서는 결국 한 사람의 성음으로 주고받는 대사로써 대화상의 입체적 실감을 감소시키는 것은 사실이지만, 희곡으로서는 차이가 없다. 여기서 연기자의 해설격으로 나오는 강설부에도 독백·대화가 간접화법에 의해 숨어 있기 마련이다. 이것은 연기자의 자질과 능력, 창작적 분위기에 의해서 재생시키든지 그냥 두든지 자유롭게 운용될 수가 있겠다. 여기서 첨가할 것은 한 사람의 연기자가 보조·반주자나 청중들과 나누는 대사다. 말하자면 연기자가 현장의 분위기에 맞추어 즉흥적으로 대화의 수작을 걸면, 보조·반주자나 청중들 가운데서 간단하고도 신나는 호응이 장단·추임새격으로 나오는 것이다. 이 대사야말로 예상치 않았던 것이기에, 현장에 즉응하여 극정을 돋우고 강창극의 한계를 벗어난다. 드디어 대화극에 이르러 대사 중심의 극본이 완결된다. 이 대화극은 완전히 독백 또는 대화의 연속으로 짜여 있다. 다만 그 대사 사이사이에 무대·소도구의 표시, 분장·행동 등이 제시되었을 뿐이다. 이 대화극의 대사는 강창극의 대사보다 좀더 세련되고, 나아가 저 것의 간접화법에 숨어 있던 대사까지 직접화법으로 재생·현실화된 결과라 보아진다.

셋째, 이 극본들은 극전체의 흐름에 활력과 역동성을 주는 가요·창사를 삽입하고 있다. 이 가요는 각 극본에 따라 비중이 다르고 그 형태도 다를 수밖에 없다. 그것은 때로 극본 전체를 차지할 수도 있고, 때로는 대사나 강설부 사이사이에 적절하게 배합될 수도 있다. 또한 그 가요의 용도는 객관적 해설을 맡거나 직접 대사를 대신하는 경우로 나뉘는데, 그것이 필수되어 가창되는 것만은 분명하다. 적어도 가창극·가무극에서는 가요의 가창이 주축이 되어 연극적 상황을 전개시키고 있는 것이 사실이다. 그리고 강창극에서는 가요가 서사문맥에 삽입된 양상을 보이기는 하지만, 그 가요의 비중과 역할은 대단한 것이다. 여기서 가요는 대사로 활용되거나 강설부를 집약·강조하는 역할로써 강창극의 가창 부분을 전담하고 있기 때문이다. 그러므로 강창극의 입체적 구조에서 가요는 불가결의 위상을 확보하고 있는 터라 하겠다. 그런데 대화극에서는 그 가요가 절대적인 것은 아니다. 가창극·가무극과 관련되고 나아가 강창극을 계승·발전시켰다는 차원에서는 대화극이 가요를 반드시 동반했던 것은 사실이다. 그런데 대화극 자체가 독자적으로 창작·전개되는 과정에서는 이 가창을 소홀히 하거나 생략하는 경우가 나타났던 것이다.

넷째, 이 극본들은 필요에 따라 극의 진행을 돕고 극정을 돋우기 위하여 효과적인 해설·지시문을 붙인다. 그 해설이 전제되어 성음화되지 않는 경우도 있지만, 대체로 극판의 주변에 있는 보조자나 등장인물 자신을 통해서, 직간접적으로 해설이 나타나기 마련이었다. 가창극이나 가무극에서는 그 자체의 응축·상징성으로 하여 해설을 배제하는 것이 원칙이지만, 실제로 그 방면의 전문가가 아닐진대 해설이 없이는 완전한 감상, 의미 전달을 기대하기 어려웠던 것이 사실이다. 여기서 그 해설은 이들 연극의 현장에 정면으로 드러나지 않고, 청중의 주변에서 직간접적으로 통용되었던 것이다. 그러므로 그 극본들에는 해설이 명시되지 않고, 구전이나 기록으로 그것의 유래담 정도가 유통되었던 것이라 하겠다. 그런데 강창극에서는 이 해설이 기본적 서사문맥을 제대로 이끌어 나가고 있는 실정이다. 말하자면 이 해설부가 강설의 중요한 부분을 이루고 있으므로, 그 극본에 명시되어 뚜렷한 기능을 발휘하고 있는 것이다. 한편 대화극에서는 그 해설이 약화·축소될 수도 있었다. 이 연극의 실연에서라면, 그 머리에 극 전체에 대한 해설이 나오고, 그 후부터는 등장인물들의 대사와 행동으로만 진행되어도 무방하기 때문이다. 그런데 극 중에 미진하거나 불투명한 데가 나오면 청중 상호 간에 자연스럽게 문제를 풀어나갈 경우가 있고, 연기자들 가운데 누군가가 대사를 통하여 해설을 맡는 사례가 나타난다는 점이다. 그래서 이 연극은 강창극의 해설부를 행동화하고 대사화하는 과정을 밟았다는 전제 아래, 그 해설의 위상을 고려해야 된다. 그렇다면 이 대화극본에서는 그 정착·기록 과정에서 무대 장치와 소도구, 등장인물들의 분장·행동 등에 관하여 지시적 해설을 붙이지 않을 수가 없다. 이러한 해설에서 서사문맥이 살아나고 대사가 약화·수용되면, 그 극본의 모습이 결국 강창극본의 그것과 거의 동일하게 정립된다고 하겠다.[19]

---

19 이상의 논의는 사재동, 「한국희곡사연구서설」, 『어문연구』 18, 어문연구학회, 1988, 94~104쪽을 대폭 참조한 것이다.

3. 고려시대 희곡의 전개 양상

전술한 대로 고려조의 희곡은 가창극본·가무극본·강창극본·대화극본 등으로 난숙·정립되어 있고, 흥왕·성행되고 있었다. 그렇다면 그것이 유통·전승된 전개 양상은 어떠했던가 파악할 필요가 있다. 이제 그 희곡의 각개 형태별로 그 대강의 흐름을 고찰하되, 지금까지 잘 알려진 자료·작품을 중심으로 개괄하여 보겠다. 그래서 가능한 한, 그 작품들의 선후 관계와 좌우 관계를 바탕으로, 형태 자체의 문제와 형태 상호 간의 교류·전환 상황 등을 중점적으로 논의할 수 있겠다.

1) 가창극본의 전개

전술한 대로, 이 가창극본은 고려조에 이르러 완성·성행하였던 것이다. 이른바 고려가요가 이 시기에 형성·유통됨으로써, 그 모든 작품이 일단 가창극본으로 활용되고 절정을 이루었기 때문이다. 이러한 고려가요들은 『고려사』 「악지」, 『악학궤범』·『시용향악보』·『악장가사』 등에 수록되어 작품과 악곡이 현전하는 것도 있다.[20] 어떤 작품은 이른바 가요전설이 결부되어 거기에 설명과 함께 서사성을 더해 주는 사례가 많고, 그렇지 못한 경우도 간혹 있다. 적어도 전대의 향가에 예외 없이 가요전설이 붙어 있는 사실을 보면, 고려가요도 원래 그러한

---

20 원본 『악장가사』·『악학궤범』·『시용향악보』(영인), 대제각, 1988.

서사물이 함께 하다가 일부 망각·유실된 것이라 보아진다. 그래서 이 가요전설은 그 가요의 연극적 분위기를 보완·조성하는 역할을 하기에 중요한 의미를 가진다고 하겠다.

먼저 민요계의 〈상저가〉·〈유구곡〉, 단가계의 〈정읍사〉·〈사모곡〉·〈귀호곡〉, 사설계의 〈정과정곡〉·〈이상곡〉·〈처용가〉, 별곡계의 〈한림별곡〉·〈관동별곡〉·〈동동〉·〈서경별곡〉·〈청산별곡〉·〈쌍화점〉·〈정석가〉·〈만전춘별사〉, 가사계의 〈관음찬〉·〈영산회상〉·〈자하동〉 등 모두 악곡에 의하여 가창된 가사들이다. 그러기에 이 작품들은 단순한 가요가 아니다. 전술한 가창극에 대입시켜 극중 연기자들이 연창·합창하면, 이 가요들은 그대로 그 연극의 극본으로 작용하게 된다.

원래 이 가요들은 『시용향악보』 같은 악곡에 얹어, 『악학궤범』 같은 데서 지시하는 절차·극정에 따라 가창극 내지 가무극에서 중추 역할을 해냈기 때문이다. 그리고는 그 가사만 분리되어 『악장가사』 같은 데에 수록되었던 것이다. 따라서 이 가요들을 근거로 그 당해 악곡을 찾아 들이고, 그 연행 절차와 극정을 재구한다면, 거기서 어엿한 가창 극본이 복원될 수가 있다. 그 악곡과 절차는 대강 『시용향악보』와 『악학궤범』 등에서 찾아낸다 하겠지만, 그 연극의 진행에 따른 극정은 이른바 그 가요전설에서 유추해 내는 길밖에 없겠다. 그래서 이러한 가요에는 어떤 형태로든지 가요전설이 붙어 있는 게 좋고, 그렇지 않으면 그 연행 절차는 가요 자체의 내용·정감을 통하여 추정해 낼 수밖에 없다는 것이다.

이와 같이 가창극본이 재구·복원될 때, 전술한 바 고려조 극본·희곡의 요건에 비추어, 그것은 거의 완전한 형태를 갖추었다고 하겠다.

이미 양태순·최미정 등이 고려가요의 음악적 연구를 통하여 그것의 가창극본적 가능성을 타진한 바가 있고,[21] 실제로 여증동은 〈쌍화점〉의 가극적 성격을 고구하여 그 계열의 가요들이 가극본, 가창극본으로 행세하였음을 시사하고 있다.[22] 그리고 〈한림별곡〉같은 경기체가 자체도 고려 당시나 후대에 걸쳐서 이른바 '한림연'을 통하여 가창극으로 연행됨으로써,[23] 그 극본의 핵심이 되었음을 확인하기에 이르렀다. 이 모두가 고려가요가 가창극으로 연창됨으로써, 그 극본의 핵심으로 지금까지 유존하고 있음을 증언하는 터라 하겠다.

한편『고려사』「악지」에 실린 삼국속악도 당악과 함께 고려조에서 연행된 가창극본의 일면을 보유하고 있는 게 아닌가 한다. 이 삼국속악이『삼국사기』「악지」에 실리지 않고『고려사』「악지」에 비로소 그 형체를 드러낸 것은 그것이 고려조에 계승·개변되어 가창극상에서 실연되었음을 실증하고 있기 때문이다. 이 삼국속악이 비록 가명과 가요전설만 남았지만, 그 가요의 형식·내용을 복원하고 그 서사문맥을 재구한다면, 그것은 족히 가창극으로 연창되고 나아가 가무극 내지 강창극·대화극으로도 연행될 여지를 가지고 있는 터라 하겠다.

여기서 위와 같은 가창극본이 연창되는 과정에서 자연 춤사위를 곁들이게 되는 것은 당연하다. 그것은 가창극 내지 그 극본이 가지는 입체성으로 주목되는 바다. 이 춤사위가 가창극을 더욱 역동성 있게 활

---

21 양태순,『고려가요의 음악적 연구』, 이회문화사, 1997; 최미정,「고려속요의 수용사적 연구」, 서울대 박사논문, 1990.
22 여증동,「〈쌍화점〉 고구」, 황패강 외편,『향가여요연구』, 이우출판사, 1985.
23 『용재집』권7, 44~45엽「쾌심정」에 "皆翰林舊先生 酒蘭月上 遂更設爲翰林宴 (…中略…) 共起爲上官長行酒禮 齊唱翰林別曲 列妓相和 響徹寥廓"이라고 하였다.

성화하는 것은 물론이고, 나아가 그 가무극의 성향을 보이기 때문이다. 그래서 이 춤사위는 가창극이 가무극과 직결되어 변신할 수 있는 교량역을 한다고 보아진다. 그리하여 이 가창극의 춤사위가 더욱 강화·발전해서 전문화되면 그대로 가무극으로 변신·전개될 수도 있기 때문이다. 그렇다면 이 가창극본 속에는 가무극본을 지향하는 춤사위가 응축·잠재되어 있음을 간파해야 되겠다.

2) 가무극본의 전개

상술한 대로, 이 가무극본은 고려조에 이르러 완숙·극성하였던 것이다. 첫째, 기술한 바 가창극이 춤사위의 강화·전문화로 하여 가무극으로 변용·전개되는 계통을 먼저 중시해야 된다. 말하자면 가창극본이 무용을 제대로 수용함으로써, 가무극과 그 극본으로 전개된 것이 주목된다는 것이다. 그렇다면 고려조의 가창극본을 바탕으로 그 광범한 가무극본의 실체를 재구·복원해 볼 수가 있겠다. 이것은 이미 논의된 연극 형태의 순환원리에 의하여, 그 시대의 가창극본이 가무극본으로 전환될 여지를 얼마든지 가지고 있기 때문이다. 따라서 위에 열거한 가창극본 만큼의 많은 가무극본이 고려조에서 행세하였음을 추정할 수 있겠다.

그리고 전문적 무용이 당대의 저명한 가창을 수용함으로써, 그 본격적인 가무극과 그 극본으로 연행·정립되었던 것이다. 그것은 당악정재와 조응하여 향악정재로서, 극본의 구조 형태를 완비하게 되었다.[24]

먼저 신라 대로부터 계승·발전된 가무극본을 주목하게 된다. 전게한 삼국속악이 고려 대에 수용되어 그 악지에 정착된 것을 보면, 그것은 가무극본의 일면을 드러내고 있는 게 사실이다. 그 속악의 전설적 기사에서 그에 적절한 무용이 개입될 만한 여지를 보임으로써, 가무극의 전형을 기준하여 그 극본을 재구할 수가 있기 때문이다.

둘째, 가장 중시되는 것은 신라로부터 계승·발전된 〈처용가무〉·〈무애가무〉·〈황창가무〉 등의 극본이라 하겠다. 먼저 〈처용가무〉의 극본은 이미 『삼국유사』의 「처용설화」에 정착되어 있다.[25] 그 설화는 이 가무극의 유래와 서사문맥, 이 가무상의 절차, 그 극정과 분위기까지 묘사·설명하고 있다. 그것은 분명, 〈처용가무〉가 고려 대에 연행·유통되다 그 극본의 형태로 정립·고정된 면모를 보인다고 하겠다. 그리고 처용가무극본은 『악학궤범』의 〈학연화대처용무합설〉에서 그 진면목을 나타낸다. 이 합설무가 비록 조선 초에 축약·합편된 것이지만, 그 속에서 주축을 이루는 〈처용가무〉의 원형을 찾아 볼 수가 있기 때문이다. 거기에는 처용무의 무대와 악대, 등장무인의 분장과 의상, 소도구까지 설명하고, 나아가 춤사위의 동작방법과 순서 절차는 물론, 주악과 가창의 내용까지 명시·기술하고 있는 것이다. 더구나 거기서 가창된 〈처용가〉는 그 자체가 처용의 위용과 기능을 창사(월하사月下詞)까지 삽입하여 극적으로 표현함으로써, 이미 가무극본의 구조 형태를 구비하고 있는 터다. 그러기에 처용무의 원형은 계승된 것이지만, 고려조에 이르러 재조정되고 위 〈처용가〉가 창작·활용됨으로써, 고려조 가무극본의 면목

---

24 『악학궤범』 권5 「시용향악정재도의」 참조.
25 일연, 『삼국유사』 권2 「처용랑 망해사」.

을 갖추었다고 하겠다.[26]

그리고 〈무애가무〉의 극본은 역시 『삼국유사』의 「원효불기」에 제대로 정착되어 있다.[27] 가무극의 원형은 신라에 있었지만, 그것이 고려조에 계승되고 고려식으로 조정·유통되다가 일연 이전에 극본 형태로 정립·기록되었던 것이다. 여기서는 무애가무극의 유래와 서사문맥을 알리고, 그 무대를 광범하게 설정하며 가무자의 의장과 소도구, 가무의 내용과 절차, 극정과 분위기까지 묘사·기술하고 있기 때문이다. 그 중에서 〈무애무〉는 상당한 원형성을 유지하고 있었을 것이다. 〈무애가〉는 적지 않은 변용을 거쳐 고려화되었을 것이다. 그 가요는 『화엄경』의 무애대도를 시가화하였으니, 〈보현시원가〉와 유사한 작품으로 고려 불교 사회에서 널리 유포되면서, 그 자체가 〈처용가〉처럼 〈무애가무〉의 전체 과정을 표현하고 있었던 게 아닌가 싶다. 그 가무극이 고려조에서 성행하다가 조선 초에 이르러 "其歌詞多用佛家語 且雜以方言 難於編錄"[28]이라는 이유로, 〈무애가〉가 삭제되면서, 그 극본의 대강이 『고려사』 「악지」와 『악학궤범』 「속악정재」에 실려 있는 실정이다. 비록 이러한 초략본이지만, 이를 근거로 하여 고려 대에 실연되던 극본의 원전은 복원될 수가 있겠다.

다음 〈황창무〉의 극본은 『증보문헌비고』 「악고·속악부」의 「황창랑무」와[29] 『동경잡기』 「인물」조 이첨의 변설 「황창고사」, 김종직의 『동도악부』 등에 단편적으로 산재해 있다. 이러한 기사들을 종합·유추할 때,

---

26 조동일, 「처용가무의 연극사적 이해」, 『탈춤의 역사와 원리』, 홍성사, 1987 참조.
27 일연, 『삼국유사』 권4 「원효불기」.
28 『악학궤범』, 「고려사악지」 「속악정재」 「무애」조.
29 『증보문헌비고』 제106권 「악고 17」 「황창랑무」조.

이 극본은 "가면을 착용하고 좀더 희곡성을 띤"[30] 대본이었음을 알겠다. 그것은 실로 극적인 서사문맥을 갖춘 데다가 검무의 동태와 절차를 악곡과 결부시켜 적절히 지시·묘사하고 있기 때문이다. 이만한 가무극본이라면 고려조의 특성을 지니고 실연·성행하였을 것은 당연하다. 그런데 그 극본이 『고려사』 「악지」나 『악학궤범』 「속악정재」 등에 실리지 않은 데다, 그 가창에 대한 근거가 부족하여, 다만 그것은 악곡에 의한 가면무극본으로 행세한 것이 아니었나 추정된다.

셋째로, 고려조에 창출된 가무극본을 검토해 보겠다. 우선 〈정읍가무〉의 극본이 『고려사』 「악지」, 「속악」과 『악학궤범』 「향악정재도의」에 수록되어 있다. 여기에는 공히 실연 과정의 무용과 악기를 중심으로 '무고'라는 제목으로 실려 있지만 〈정읍사〉를 주축으로 하는 가무극이므로 '정읍가무극'으로 명명하는 것이 그 극본의 특성을 보다 선명하게 부각시키리라 본다. 위 두 원전, 특히 「향악정재도의」에서는 극본으로서의 모든 요건을 다 갖추고 있다. 먼저 〈초입배열도初入排列圖〉와 〈사무격고도四舞擊鼓圖〉 등을 내세워 무용·가창의 전체 구도를 시각적으로 명시한다. 이어 등장인물이 가창하고 무용·격고하는 실연 과정을 소상히 설명·지시하고 있다. 악사·악공들이 북과 고대, 그리고 북채 등 소도구를 구비·배치한다. 정작 기녀들이 등장하여 〈정읍사〉를 가창하고, 주악의 순차에 따라 춤추고 북을 치면서 흥겹게 절차를 마치고 퇴장한다. 그리고 도로 소도구들을 들고 나가면 끝난다. 이렇게 가무극의 연행·과정을 완벽하게 묘사·기술하니, 그 극본을 그대로 실연하면 〈무고〉, 정읍가무극이 재연되는 것이

---

30 이두현, 「삼국의 연희, 신라 검무(黃昌舞)」, 『한국연극사』, 민중서관, 1973; 이두현, 『한국문화사대계』 IV, 고려대 민족문화연구소, 1970.

기에, 희곡의 요건을 완비한 터라 하겠다.

이와 같이 가무극본으로 정립되어,『고려사』「악지」「속악」과『악학궤범』「향악정재」내지「향악정재도의」에 수록된 작품 원전들로는 〈동동가무〉(아박牙拍)와 〈향발〉·〈학무〉 등이 있다. 이 극본들도 모두 〈정읍가무〉와 같이, 가창과 무용을 중심으로 실연하는 모든 과정을 자세히 묘사·기술함으로써, 희곡의 실상을 갖추고 있는 것이라 하겠다. 그 중에서도 〈동동가무〉가 극본의 면모를 보다 완비하고 있는 실정이다.

넷째, 위에서 취급되지 않은 나머지 고려가요도 실은 가무극본의 잔영을 보이고 있는 터라 하겠다.『고려사』「악지」「속악」에서 "高麗俗樂考諸樂譜載之 其動動及西京以下二十四篇皆用俚語"라고 한 것을 보면, 이어체 24편과 한어체 7편 등 31편의 고려속악이 전부 동일한 여건에서 가창되었음은 물론, 가무에 활용되었음을 확인할 수 있다. 따라서 〈서경〉·〈대동강〉·〈오관산〉·〈양주〉·〈월정화〉·〈장단〉·〈정산〉·〈벌곡조〉·〈원흥〉·〈금강성〉·〈장생포〉·〈총석정〉·〈거사련〉·〈송산〉·〈예성강〉·〈한송정〉 등 이어체와 나머지 〈풍입송〉·〈야심사〉·〈자하동〉 등 한어체 등이 고려 당시에 가무극에 활용·연창되어 완벽한 극본·희곡으로 정립되어 있었으리라 추정된다. 그러던 것이 조선 초에 이르러 그 사관과 음악관에 의하여 불교나 애정 등과 관련된 작품들이 대량 제거되고, '사리부재詞俚不載'로 거의 삭제되었던 터다. 그리하여 이 극본들이 축약·조정되어 겨우 가명과 그 전설적 기사만으로 잔영을 보이고 있는 실정이라 하겠다. 그렇다면 이들 가명·기사를 근거로 전게한 극본을 기준하여, 그 극본들이 모두 재구·복원될 수가 있겠다.

이처럼 가무극본은 고려조에 가장 성행하여 풍성하게 전개되었던 것이다. 따라서 이 가무극본이 고려 대에 극본·희곡상에서 중추적 역할을 해 왔다고 보아진다. 그래서 이 가무극본은 가창극본의 발전적 전개를 보이고 대화극본의 기반을 제공함으로써, 상호 전환의 통로를 마련해 왔다고 하겠다.

3) 강창극본의 전개

이 강창극본은 고려조에 이르러 보편화되고 흥성하였던 것이다. 이 시대에 변문계 강창문학이 가장 널리 성행하였다는 사실이 이를 이증裏證하고 있기 때문이다.[31] 당시에 형성·유통되던 다양한 서사 형태는 거기에 창사를 삽입하면 모두 강창문학이 되고, 따라서 그것은 손쉽게 강창극의 극본·희곡으로 활용될 수가 있었다.[32] 이러한 전제와 관점에서, 고려조의 강창극본을 몇 가지 측면에서 고찰하겠다.

첫째, 이 시대 연극·희곡의 형태적 전환을 전제할 때, 전술한 가창극본과 가무극본 등이 강창극본으로 변용·전개될 여지는 얼마든지 있다. 그 가창을 중심으로 여타의 모든 연극 상황을 이야기로 강설하면 바로 강창극본이 되겠기 때문이다. 그러기에 전게한 고려가요, 그 중에서도 전설적 서사문맥을 동반한 모든 작품들은 그대로 강창극본의 면모를 갖춘 것이라 하겠다. 그만큼 강창극본은 보편적으로 열린

---

31 사재동, 「불교계 서사문학의 연구」, 『불교계 서사문학의 연구』, 중앙문화사, 1996; 경일남, 「고려조 강창문학 연구」, 충남대 박사논문, 1989 등 참조.
32 경일남, 「강창문학의 희곡적 전개」, 『어문연구』 21, 어문연구학회, 1991.

형태로서, 포용성이 크다고 보아진다.

둘째, 강사계 강창문학이 강창극본으로 전개되었다. 먼저 모든 건국신화는 강창극화될 수 있으며, 따라서 강창극본으로 정립될 수가 있었다. 『삼국유사』에 실린「단군」·「동명」·「온조」·「혁거세」·「수로」·「견훤」·「궁예」 등의 건국신화는「왕건」의 건국신화와 함께 고려조에서 강사계 강창문학으로 전개되었던 것이다. 현전하는 원전에는 대부분 창사가 빠져 있지만, 그것은 원래 있었던 것이 축약·제거된 채 기록되었다고 보아진다. 적어도 그처럼 신성한 건국신화를 실연하는 데에 있어, 찬사·추모의 시가는 필수되는 것이기 때문이다. 이렇게 전제하고,「수로왕신화」와「견훤전」 등에 가요가 삽입되어 있는 것을 고려하여, 그 건국신화들의 강창극본적 구조 형태를 재구·복원할 수가 있겠다. 특히 이승휴의「제왕운기」보다 완벽한 이규보의「동명왕편」은 중추적 장편고시와 시를 일일이 해설한 산문이 교직되어 훌륭한 강창문체를 조성하였다. 이것을 제대로 연창하면, 그대로가 강창극이 되고, 따라서 그것은 어엿한 강창극본으로 정립되는 터였다.

그리고 궁중을 중심으로 하는 야담·비사류는 모두 강창극화되고, 따라서 강창극본으로 정립될 수가 있었다. 『삼국사기』「본기」의「유리왕」·「호동왕자」·「산상왕」·「개로왕」·「무령왕」·「유리왕」·「선덕왕」 등의 비사·이문류와『삼국유사』「기이」의「탈해왕」·「미추왕 죽엽군」·「연오랑 세오녀」·「사금갑」·「도화녀 비형랑」·「진덕왕」·「천사옥대」·「만파식적」·「흥덕왕 앵무」·「진성여대왕」·「무왕」 등의 기사·이적류는 기발하고 극적인 서사구조에 대부분 창사를 갖추어 그대로 강창극본의 양태를 보이고 있다. 누가 이 원전을 가지고 능숙하게 강설하며 유창하게 가창해 나가면 바로 강창극이 재연될 수 있기 때문이다. 이러한 원전들이 적어도 고려조에 이르면 역사적 교화와 문학적 감화를 위하여 강창되었다는 점에서, 그것은 강사계 변문의 성격을 구비하였다고 하겠다.[33] 이러한 강사적 강창문학은 고려기에 유통·전개된 훌륭한 강창극본으로 정립되었던 것이다.

셋째, 전기계 강창문학이 강창극화되고, 따라서 강창극본으로 정립되는 것은 당연한 일이다. 『삼국사기』「열전」 중 「을지문덕」·「온달」·「창조리」·「흑치상지」·「도미」, 「김유신」·「석우노」·「최치원」·「해론」·「관창」·「실혜」·「백결선생」·「효녀지은」·「설씨녀」 등과 『삼국유사』 중의 「김제상」·「죽지랑」·「수로부인」·「물계자」·「신충」·「김대성」 등 그리고 『고려사』「열전」 중의 「신숭겸」·「하공진」 등 역사적 인물의 탁이한 행적은 그 강력한 서사성에 대부분 창사를 동반함으로써, 바로 강창극본의 구조 형태를 구비하였다고 하겠다. 이 작품들은 그 역사적 인물들의 찬연한 행적을 숭모·찬양하고 백성들을 교화하기 위하여 의도적으로 실연되고 널리 파급·전개되었던 것이다.

넷째, 승전계 강창문학이 강창극화되고, 따라서 강창극본으로 정립되었던 것이다. 『해동고승전』의 열전적 고식성을 벗어나 『삼국유사』에 실린 바 고승별전으로 「부득 박박」·「조신」·「양지」·「원효」·「의상」·「처용」·「광덕 엄장」·「경흥」·「월명」·「선율」·「융천」·「영재」 등 고승의 탁이한 행적이나 「균여전」 같이 독립·행세하는 고승변전 등은 고려 당시에 궁정·사원은 물론, 일반 불교계나 서민 대중에도 강창극본

---

33 이러한 작품이 실린 『삼국유사』 권2 「기이」는 모두 중국의 강사변문(講史變文)과 동질적인 것이라 보아진다.

으로 족히 행세하였을 것이다. 그 신비·탁이한 행적이 극적인 서사성을 지니고 창사를 동반하고 있기 때문이다. 자고로 불가에서는 열반한 고승의 생일·기일 등 특별한 날을 맞아, 그 일생을 숭모·찬양하고 계승·수지하기 위하여 그의 탁이한 행적을 강창극 형태 내지 대화극 형태로 연출하는 사례가 관례화되어 있었다. 이렇게 정립된 강창극본은 이른바 속강을 통하여 자유롭고 대중적인 포교 방편으로 전개되면서 더욱 효율적이고 원숙한 희곡으로 조정·세련되어 왔던 것이다. 그리하여 고승변문의 수준까지 올라서니, 그 중의 대표적 사례가 전게한 「균여전」이나 「목련전」 등이라 하겠다. 여기 「균여전」은 그의 극적인 생애를 서사문학으로 작품화하고, 의도적으로 〈보현십원가〉 11수와 한역시 11편 등을 삽입·조화시켜 본격적이고 전형적인 강창극본으로 성립되었던 것이다.

다섯째, 불교계 강창문학이 강창극으로 실연되고, 그래서 강창극본으로 정립되었던 것이다.[34] 이렇게 불타의 전기를 작품화한 사례는 그 이전에도 있었을 것이나, 고려조에 이르러 본격적으로 대두·성행하였던 터다. 그 중에서도 운묵의 『석가여래행적송』과 충숙왕 대의 『석가여래십지수행기』 그리고 「안락국태자전」·「선우태자전」 등이 주목된다.

우선 『석가여래행적송』은 불타의 일대 행적을 장편고시로 완벽하게 읊고, 해당 시구에 따라 적합한 해설을 붙여 나간다.[35] 결과적으로 석가여래의 행적이 송시로도 완벽하고 서사산문으로도 완전하여, 서로 부합되는 가운데에 장편의 강창문학을 창출하게 되었다. 그 장시는 일대

34　사재동, 「불교계 강창문학의 유통 양상」, 『한국불교문화사상사』, 가산불교문화연구원, 1992; 김진영, 「불교계 강창문학 연구」, 충남대 석사논문, 1992.

35　「석가여래행적송」, 한국불교전서편찬위원회, 『한국불교전서』 6, 동국대 출판부, 1984.

영웅서사시가 되고 그 서사산문은 '영웅의 일생'으로서 소설적 형태를 이룸으로써, 강창의 입체적 작품 형태는 실로 웅편 서사문학이 된 것이었다. 이 작품은 전체적으로나 독립된 부분으로 강창이 실연되면, 그대로가 웅장한 강창극이 되고, 따라서 강창극본으로 행세하게 되었다.

그리고 『석가여래십지수행기』는 불타의 전생담 9편과 완전한 일생담 1편, 모두 10편의 독립된 중·단편이 전체적 장편으로 집성되어 있다.[36] 그 중에 수록된 작품들은 원래 특이한 서사문맥에다 적소에 게송·시가를 삽입함으로써, 전체적으로 소설적 형태를 유지하면서 그대로 강창문학이 된 것이었다. 이 작품들은 필요에 따라 각기 강창·연행되면 바로 강창극이 되는 것이고, 따라서 그것이 강창극본으로 전개되었던 터다.[37]

역시 「안락국태자전」·「선우태자전」도 기발한 서사문맥 속에 적절한 시가를 삽입함으로써, 결국 강창문학이 되었다. 모두 소설적 서사형태를 갖추고 감동적 시가를 동반하니, 그것이 강창·실연되면 자연 강창극이 될 수밖에 없었다. 그러니 그 작품들 자체가 순리대로 강창극본으로 행세하는 것이었다.[38]

여섯째, 강경계 강창문학이 강창극으로 실연되고 나아가 강창극본으로 전개된 것은 허다한 일이었다. 신라에 이어 고려조에서도 여러 고승·대덕, 학승들은 원래의 불경이나[39] 불경에 준하는 고승의 불서를 논석·해설한 업적을 많이 내었다. 저 원효의 방대한 강경논소를

36　『석가여래십지수행기(釋迦如來十地修行記)』(강전섭 소장), 덕주사, 1660.
37　사재동, 『불교계 서사문학의 연구』, 중앙문화사, 1996, 109~115쪽.
38　사재동, 「「안락국태자경」의 연구」, 『불교계 서사문학의 연구』, 중앙문화사, 1996.
39　앞의 주 33 참조.

비롯하여 원측·신방·경흥 등의 저명한 강경논소들을 계승·활용하는 가운데, 균여의 화엄계 논소, 지눌의 화엄경 논소, 보환의 능엄계 논소 등이 찬성되어 불가 중심으로 유통되었다.[40] 이러한 강경논소들은 원래 초두·중간·말미 등 득의처에 게송을 배치하여 강설산문과 교직됨으로써, 강창문학으로 조성되는 것이었다. 이것은 넓은 의미로 강경변문에 해당된다고 보아진다. 이러한 강창문학이 필요에 따라 부분적이라도 강창·실연되면 그 자체가 이미 강창극으로 조성되고 따라서 그대로가 강창극본으로 전개되는 것이었다.

한편 이 때에는 특색 있는 강경계 강창문학이 생겨났다. 가령 천인天因의 『묘법연화경수품별찬妙法蓮華經隨品別讚』이 그 하나라 하겠다. 그 작품은 『법화경』의 「서품序品」으로부터 「보현보살권발품普賢菩薩勸發品」에 이르기까지, 28개 품의 주제·내용을 일일이 매품 7언 16구씩으로 응축 시화함으로써, 법화종지를 완전히 운문화한 것이었다.[41] 그런데 이 운문을 실제적으로 『법화경』 해당 품목의 산문에 일일이 배치하면, 그 전체가 제대로 강창문체가 되는 것이었다. 그리하여 그 강창문학을 적절한 시공간에서 강창·실연하면, 그대로가 강창극이 되고 그것이 바로 강창극본으로 정립되게 마련이었다.

이상과 같이, 고려조의 강창극본은 강창극과 함께 보편적이고 광범하게 전개되었다. 강창극본에는 역사적이고 전기적인 작품이 실존하였지만, 그 주류를 이룬 것은 불교계통이므로, 당시의 불교적 성황 아래서, 그게 성행한 것은 당연한 일이었다. 더구나 불가에서는 고승 대덕들이

40　한국불교전서편찬위원회, 『한국불교전서』 4, 동국대 출판부, 1982 참조.
41　한국불교전서편찬위원회, 『한국불교전서』 6, 동국대 출판부, 1984, 195~198쪽.

포교·구제의 방편으로 속강에 의지한 강창극을 개발·활용하여 왔기에, 그 강창극본이 그만큼 흥성하여 많은 작품·원전을 유통·전개시켰던 것이다. 이런 강창극본은 창사를 위주로 하여 강설부를 축약·삭제함으로써 가창극본이나 가무극본으로 전환·전개될 수도 있다. 그렇지만 보다 중시할 것은 이 강창극본이 입체적으로 전문화되어 대화극으로 조정·실연되고 드디어 대화극본으로 발전·전개되는 일이다.

4) 대화극본의 전개

이 대화극본은 고려조에 이르러 원숙해지고 성행하였다. 먼저 대화극본은 선행한 가창극본이나 가무극본의 기본 형태를 받아들여 서사적 극정을 강화하고, 대사를 삽입시킴으로써 재구성될 수는 있다. 첫째로, 전술한 강창극본을 기본으로 확보하여 입체화하고 전문화함으로써, 일단은 대화극으로 실연하는 일이다. 그래서 그 강창극본을 연출함에 일인 일역과 분장·의상을 무대 장치 소도구, 악곡과 함께 입체화하고 배역의 연기를 통하여 대화와 행동으로 서사문맥·극정을 시종 밀고 나가는 것이다. 이러한 대화극을 그대로 정착·기술하는 차원에서 대화극본을 만들어 내는 것이다. 말하자면 그 다양한 가창극본과 관계 원전들을 대화극의 과정을 통하여 대화극본·희곡을 창출해낼 수 있다는 것이다. 그렇다면 전술한 바 모든 강창극본은 대화극화를 전제로 다 같이 대화극본으로 전개될 수가 있다는 것이다.

둘째, 이미 거론된 조희·소학지희에서 대화극본을 탐색할 수가 있겠다. 이 연극 형태는 분명히 대화극이므로, 여기에는 대화극본이 제대로 도사리고 있기 때문이다. 원칙적으로 그 극본이 선행하여 바로 그 대화극으로 연출되었다고 보는 게 옳겠다. 일찍이 이두현이 조희·소학지희의 희곡적 전개를 지적하였고,[42] 사진실이 그 희곡적 특성을 검토한 바가 있거니와,[43] 극본·희곡의 원전이 그대로 현전하는 것은 아니다. 지금까지 그런 연극·희곡의 근거로 제시된 것은 고작 그 연극을 누가 왜, 어떻게, 어떤 내용으로 공연했느냐를 보고했던 기사에 불과한 것 같이 보인다. 우선 주목되는 것이 신숭겸·김낙의 충절에 관한 잡희의 기사다. 예종 15년 10월 신사일에, "設八關會 王觀雜戲 有國初功臣金樂 申崇謙偶像 王感歎賦詩"라고 한『고려사』의 기록이 바로 그것이다.

여기에 팔관회의 잡희에서, 충신의 공적을 기리 선양하기 위하여 그 우상, 인형을 만들고 우인으로 하여금 그 행적의 일단을 조희로 실연케 하였다는 증거가 드러난다. 그러기에 팔관회같은 제반 행사에서 잡희를 벌일 때, 그 속에서는 치민·교화를 위하여 우인들이 저명한 인물들의 탁이한 행적을 인형극적 조희, 대화극으로 실연했다는 관례적 사실이 밝혀진 것이다. 이와 관련되어『평산신씨고려태사장절공유사平山申氏高麗太師壯節公遺事』에는 예종 15년 경술 추에 "省西都 設八關會 有假像二 戴簪服紫 執笏紆金 騎馬踊躍 周巡於庭 上奇而聞之 左右曰 此申崇謙 金樂也 仍奏本末 上昭然感慨 問二臣之後 賜御製四韻 端歌二章"이라는 한 기사가 나온다. 이 기록은 위의 사건 기사와 기본을 같이 하기에, 그 잡

---

42 이두현,「中世의 연극」, '조희',『한국연극사』, 민중서관, 1973, 936쪽.
43 사진실,「소학지희의 공연방식과 희곡적 특성」, 서울대 석사논문, 1990, 32~56쪽.

희 · 연극의 진행상황과 동궤라 하겠지만, 아주 독특한 일면을 보여 준다. 그 두 충신의 가상이 여기서는 인형에 머물지 않고, 실제 인물이 가면을 쓰거나 가장하여 그 충신의 모습으로 분장한 것이라 보아지기 때문이다. 말하자면 우인들이 두 충신으로 분장하여 그 충절의 행적을 실연하였다는 이야기다. 그것은 두 충신이 생전의 차림으로 말을 타고 뛰며 마당을 돌아 다녔다는 사실로 확인되기 때문이다. 여기서 동일한 잡극에서 우인들이 저명한 인물들의 탁이한 행적을 극화하되, 가면극적 조희, 대화극으로 실연했다는 사실마저 밝혀진 터다. 이러한 인형극 내지 가면극으로 진행되는 조희, 대화극은 마침내 우인 자체가 실연하는 대화극으로 전개되었을 것이라 본다.

그렇다면 이 조희, 대화극에서 극본 · 희곡을 탐색하는 일이 필요하다. 전술한 대로, 이러한 대화극본이 고려조에는 구비나 기록으로 작성 · 유통되었을 것이나 결국 산일되고 말았다. 그러니 이 극본의 재구 · 복원은 원칙적으로 신 · 김 두 충신의 행적과 전기를 전거로 삼을 수밖에 없다. 그동안『고려사』같은 사서나『장절공유사』와 같은 가전 기록들에 정착되어 있는 그들의 전기야말로 그 대화극본의 출발점이요 귀착점이기 때문이다.

다음으로 주목되는 것이 하공진의 충절에 대한 연희의 기사다. 예종 5년 9월 갑술일에 "宴諸王宰樞于天授殿 達曙乃罷 各賜侑幣 王賦詩 命儒臣和進 賜物有差 有優人因戲 稱美先代功臣河拱辰 王追念其功 以其玄孫 內侍衛尉注簿澹爲閤門祗候仍製詩一絶賜之"라고 한『고려사』의 기록이 또한 그것이다. 왕이 베푼 푸짐한 연회가 시주로 새벽까지 계속될 때, 거기서 우인이 충신 하공진의 행적을 찬미 · 연희한 것이 왕과 좌중을 감격케 하고, 왕이 그 자손에게 벼슬과 시를 지어 내렸다는 내용이다. 여기서 그 연희를 조희로 볼 때, 이것은 신·김 두 충신의 경우와 거의 동일한 연극적 상황이라 하겠다. 다만 여기서 특이한 것은 우인이 일인이라는 것과 인형이나 가면을 활용했다는 것을 명시하지 않았다는 점이다. 그러기에 하공진의 연희·연극은 일인 이상의 우인이 그 자체로서 분장하여 대화극을 연출하였다고 보아진다. 따라서 하공진의 대화극이 신·김의 그것보다 진일보한 형태를 보인다고 하겠다.

그렇다면 하공진의 대화극, 대화극본을 재구하는 일이 남았다. 대화극본도 구전으로든 문헌으로든 실존하였으리라 보아진다. 그것은 신·김의 경우처럼 어전의 공연이었으므로, 사전의 설계나 준비 없이 현장의 즉흥만으로써는 불가능하였기 때문이다. 그러나 현전하는 것은 다만 하공진의 행적과 그 연극을 실연하였다는 기록뿐이다. 그러므로 극본의 존재 가능성과 함께 근거가 되는 것은 여전히 그의 탁이한 행적밖에 없다. 결국 그의 행적을 바탕으로 우인들의 전통적 극작술을 통하여 극본이 재구·복원될 수 있다는 것이다. 그러므로 그의 행적은 곧 대화극본의 출발점이자 귀착점이라는 것이 확인되었다.

이상과 같이, 조희·소학지희가 고려조의 대소 행사와 연회에서 대화극으로 연행되고, 그 요청된 주제·내용에 따라 저명한 인물의 행적 내지 기발한 사건(서사)을 기반으로 극본화되었다고 하겠다. 따라서 그 연극은 당시 우인들의 극작술과 연기에 따라 인형이나 가면을 활용한 대화극, 그리고 안면분장을 통한 대화극 등으로 전개되면서, 광범위하고 다양한 극본을 양산하였으리라 보아진다. 이렇게 극화되고 나아가 극본화될 만한 전기물 내지 서사물은 얼마든지 있었기 때문이다. 그런데도 그 극본 자체의 사정과 조선조의 정리·삭제 등으로 하여, 그 원전을 찾을 수 없는 마당에서, 그 극본의 근거요 원형으로서 다양·풍성한 당시의 전기물 내지 서사물에 착안하여 이를 재구·복원할 수밖에 없다.[44] 여기서 전술한 강창극본을 주목하게 된다. 그 강창극이 대화극으로 전환될 수 있다는 전제 아래, 그 강창극본이 바로 대화극본으로 변환되거나 그를 대행할 수 있었다고 보아지기 때문이다. 더구나 이 대화극본은 당대에 일어나고 있는 사건과 여론 등을 현실적으로 극화하고 나아가 극본으로 정립시킬 수 있었기에, 더욱 풍부하고 광범위하게 유통·전개되었으리라 보아진다.

셋째, 이른바 가면극과 인형극의 대본이 대화극본으로 행세하고 전개되었다.[45] 전술한 대로, 고려조의 대화극은 가면과 인형을 활용하여 실연되는 경우가 있었다. 이러한 전제 아래, 가면극과 인형극은 전형적인 대화극으로서, 그것이 대화극본으로 정립될 것은 당연하기 때문이다. 먼저 가면극본의 경우, 현전하는 극본을 기준하여 그것이 가무극본의 일면을 지녔으리라 볼 수는 있겠다. 그러나 고려조의 가면극본은 보편적인 대화극본의 원형적 면모를 유지하였을 것이다. 그래서 거기에는 특출한 서사 형태가 단계적으로 구성되고 그 대사가 주축을 이루는 가운데, 상당한 창사를 삽입·활용하였으리라 보아진다. 따라서 그 가면극에 따르는 춤사위는 현전의 '탈춤'처럼 큰 비중을 차지할 수

---

44 김열규, 「가락국기고」, 『국어국문학지』 3, 부산대 국어국문학과, 1961에서 수로왕신화로부터 극화·연행의 실태를 재구하였고, 황인덕, 「「설씨녀전」의 극본적 성격시고」, 『한국민속학』 22, 한국민속학회, 1989에서 『삼국사기』 「열전」의 「설씨녀」를 극본으로 고구하였다.

45 사재동, 「한국희곡사연구서설(속편)」, 『어문연구』 19, 어문연구학회, 1989, 107~108쪽; 조만호, 『전통희곡의 제식적 미학』, 태학사, 1995 참조.

는 없었을 터이다.

그래서 고려조의 가면극본이 현존하지 않는 터에, 그 극본은 우선 이미 논의된 그 시대의 대화극본에 기준하여 재구될 수밖에 없겠다. 이 가면극이 독자적으로나 잡희·잡극의 일환으로 실연되었다면, 그 극본은 개별적으로 독립되거나 전체적으로 연립되어 있었을 것이다. 어떤 경우든지, 기술한 가면극적 조희, 대화극본을 기준할 때, 그것은 정연한 대화극본으로 성립될 수 있었던 터다. 따라서 고려조의 가면극이 협의로, 현전하는 가면극의 원형이라고 한다면, 그 극본은 불교교훈극을 표방한 대화극본일 수밖에 없다고 하겠다. 기실 현전하는 가면극본이 일찍부터 극본으로 논의되었고, 그 기본적 구조 형태가 아무래도 대화극본의 실상을 보이기 때문이다. 더구나 고려조의 가면극이 광의로, 가면을 이용한 대화극이라고 한다면, 그 극본이 당시의 전형적 극본 형식에 따라 대화극본으로 성립·전개되었을 것은 당연하다.

다음 인형극본의 경우, 현전하는 극본을 기준으로 한다 해도, 그것은 대화극본의 면목을 갖추었으리라 보아진다. 현재의 극본에서 조차 춤사위가 약화되어 있는 터에, 고려조의 원형적 인형극본에는 대화극의 요건을 침해할 만한 어떤 요소도 없었을 것이기 때문이다. 여기 고려조의 인형극본도 전형적인 대화극본의 원형적 면목을 구비하고 있었을 것이다. 그러기에 여기에는 기발한 서사 형태가 장면 단위로 연결되고, 그에 따른 대사가 주축을 이루면서 적절한 창사를 흡수·이용했으리라 추정된다. 따라서 인형극본에는 춤사위가 약화될 수밖에 없고, 그래서 현존하는 인형극본에서 그런 약화 현상을 보이는 것은 당연하다고 본다.

그렇다면 고려조의 인형극본이 현전하지 않은 형편에, 이 극본은 위에서 거론된 그 시대의 대화극본에 준거하여 복원될 수밖에 없겠다. 이 인형극이 독자적으로 실연되어 그 극본이 개별적으로 독립되거나, 그게 잡희·잡극의 일환으로 연행되어 그 극본이 전체적으로 연립되는 경우를 예상할 수는 있겠다. 여기서 그 어떤 경우가 되든지, 전술한 인형극적 조희, 대화극본을 준거할 때, 그것은 본격적 대화극본으로 성립될 수가 있었던 것이다. 그러기에 고려조의 인형극이 협의로, 현전하는 인형극의 원형이라고 할 때, 그 극본은 불교교화를 의도한 대화극본일 수밖에 없다고 본다. 실제로 현전하는 인형극본이 본래부터 극본·희곡의 성향을 띠어 왔고, 따라서 그것은 대화극본으로 규정되어야 마땅하기 때문이다. 게다가 고려조의 인형극이 광의로, 인형을 이용한 대화극이라고 할 때, 그 극본이 당시의 보편적 극본양식에 따라, 대화극본으로 정립·전개되었을 것은 물론이다.

넷째, 원·고려 이후로, 이른바 잡극본이 대화극본으로 행세·전개되었을 것이다. 이 잡극본은 원곡의 잡극과 같이, 본격적인 희곡으로서 일찍부터 형성·전개되었으리라 본다. 원래부터 전술한 대화극본이 성행하던 차에, 원·고려의 친화와 문물교류로 하여 저 잡극이 전래·유통되었으니,[46] 그런 대화극본이 대두·성행하였을 것은 족히 추정되는 터다. 전술한 고려조 대화극본이 이른바 잡희·잡극의 형식으로 공연되거나 그 속의 한 연극 형태로 실연되었을 때, 그것은 결코 원잡극의 대화극본과 무관하지 않으리라 본다. 기술한 고려조의 가무극본이 향악

---

46 김학주, 「한·중 두 나라의 가무·잡희」, 『한·중 두 나라의 가무와 잡희』, 서울대 출판부, 1994 참조.

정재로서 저 송대 이래의 당악정재와[47] 병행되어 상호 발전을 가져 왔던 것을 감안한다면, 고려조 대화극본의 잡극 형태가 저 원잡극의 그것과 병존·공영했을 가능성은 얼마든지 있기 때문이다. 따라서 고려 당시에는 전술한 가무극본 못지않게 그 잡극본이 대화극본으로 성행하고, 또한 그에 관한 여러 측면의 논평과 기록이 상당했으리라 추정된다. 그런데 그러한 원전과 자료들이 조선조에 전래·정리되는 과정에서, 유교·존명의 치민이념과 편협한 예술 정책에 의하여 전면적으로 말살·제거되었던 것이 아닌가 싶다. 그러기에 그런 잡극 내지 잡극본에 관한 모든 것은 겨우 고려조의 가창극본이나 가무극본, 강창극본 내지 대화극과 결부되어 그 잔영을 감추고, 나아가 이른바 고려조의 '잡희'나 '잡극' 속에 편입시켜 애매하게 기술되었던 터라 보아진다. 그러므로 고려조의 연극 관계 기사는 잡희·잡극을 중심으로, 잡극본의 관점에서 재검토되어야 하겠다. 그리고 이러한 잡극 관계를 주동적으로 정리·기록하고 그 유산을 부득이 계승했던 조선조의 관계 기사를 더욱 주목·검증해야만 되겠다. 이러한 잡극본이 유전·수용된 그 전통은 상하 민중의 저류에 전승됨으로써, 완벽한 말살과 완전한 단절이 불가능한 일이었기 때문이다.

이런 점에서 조선조에서는 명대에 원 잡극본이 유통되던 것과도 관련되어, 잡극본이 대두·유통되었다.[48] 유명한 〈서상기〉 같은 원대 잡극본이 유입·번역되어 유통되었고, 명대 〈오륜전비〉 같은 대화극본이 수

47　『악학궤범』 권5 「당악정재도의」·「향악정재도의」 참조.
48　『재자가인수화록(才子佳人酬和錄)』(사재동 소장) 「제육재자서 〈서상기〉」(필사본); 『〈서상기〉 언해』(필사본) 참조.

입·언해되어 유전된 것은 주목할 만한 현상이었다. 조선 후기에 이르러, 이런 연극적 문화활동이 자유로워지면서, 원 잡극식의 잡극본이 각색·창작되기도 했다. 〈서상기〉와 상대하여, 이덕무의 「김신부부전」을 원전으로, 〈동상기〉라는 제목으로 잡극본을 만들었던 게 그 한 사례다. 이것은 이미 한국의 대화극본으로 논의되고 있거니와,[49] 그게 한국의 〈서상기〉로서 잡극적 극본·희곡으로 정립·전개된 것은 확실하다. 이런 데에 착안하여, 수산선생水山先生의 「광한루기」와 같이, 유명한 애정물, 「춘향전」을 바탕으로 〈서상기〉를 능가하는 잡극본, 대화극본이 각색·창작되어 유통·전개되었던 게 분명하다.[50] 이런 일련의 작품들은 원잡극과 계통을 같이 하며, 각색·창출된 대화극본임에 틀림이 없다.

그렇다면 조선조보다 연예활동에 민감하고 자유로웠던 고려조 특히 고려 후기에, 사계의 전문가나 문사·우인 그리고 호사가들에 의하여 원잡극에 상응·대비되는 고려 잡극본이 대화극본으로 창작되어 유통·전개되었던 것은 너무도 당연한 일이라 하겠다. 고려조의 연예문화가 조선조에 계승되는 그 흐름은 외형적인 변혁에도 불구하고 그 저변의 흐름이 면면·부절하는 터이므로, 조선조의 잡극적 제반상황을 통하여, 고려조의 잡극 내지 잡극적 대화극본을 역증할 수가 있기 때문이다.

다섯째, 이른바 선극본이 대화극본으로 유통·전개되었던 것이다. 이 극본에는 불가의 일대 사건을 중심으로 희비극의 절실한 서사문맥이 시종일관되어 있다. 거기에는 생사를 좌우하는 바 갈등과 대립 이상의 영웅적

---

49 박선영, 「「東廂記」 硏究」, 이화여대 석사논문, 1985.
50 성현경 외편, 『「광한루기」 역주 연구』, 박이정, 1997 참조.

투쟁으로 절정을 이루어 승패를 결정하고, 하강·종결되는 극적 구성이 확연히 위치하고 있다. 나아가 이 극본은 대화와 게송으로만 엮어짐으로써, 희곡의 특성을 제대로 살리고 있는 것이다. 또한 그것은 행동과 표정, 소도구의 활용에 이르기까지 모두 알려 주는 지시문도 있어서, 극본 희곡의 요건을 다 갖추었다고 하겠다. 이러한 대화극본은 고려조의 고승·대덕, 선승의 어록에 거의 그대로 반영되어 있다. 가령 『원감국사어록圓鑑國師語錄』이나 『백운화상어록白雲和尙語錄』·『태고화상어록太古和尙語錄』 등이[51] 그러한 작품 성향을 보이고 있는 게 사실이다. 이보다 더 정제되고 전문화된 작품집은 혜심·각운의 『선문염송설화회본禪門拈頌說話會本』[52]이 바로 그것이다. 여기에는 한·중 역대 저명 선사들의 어록·선화가 1,463칙則이나 집성되어 있어, 그 선극본이 각기 대화극본의 면목을 보여 주고 있다. 이 극본들은 대부분 극적인 서사문맥을 요약하고 있으면서, 대화와 게송으로 연결되어 극적 언행의 요체를 극명하게 부각시키고 있는 것이다. 이러한 극본의 원형을 지향하여 재구·활성화하면, 그것은 대화극본·희곡의 진면목을 드러내게 될 것이다.

이와 같이 고려조의 대화극본은 전문적이고 입체적인 극본·희곡으로 전개되었다. 그다지 다양하고 역동적인 대화극본은 희곡을 창작 기술하는 전형적 양식에 의존하지 못하였고, 당시에 보편화되어 있던 강창극본이나 특출·탁이한 서사 형태에 기반을 두고 변형·정착되었다. 이러한 대화극본은 연출 과정에 따르는 제반 여건이 방대함으로써, 궁중·사원·대가 등에서만 활용될 수 있었다. 따라서 그 극본은 자칫

51　한국불교전서편찬위원회, 『한국불교전서』 6, 동국대 출판부, 1984 참조.
52　한국불교전서편찬위원회, 『한국불교전서』 5, 동국대 출판부, 1983 참조.

일인의 우인에 의하여 강창되는 계기를 맞아서, 그것이 강창극화되고 나아가 강창극본으로 전환·전개되기도 하였다. 그래서 이 대화극본의 다양하고 중후한 흐름은 고려조 희곡사를 총체적으로 감당하여 왔던 것이라 하겠다.

4. 결론

이상 고려조의 희곡을 형태적으로 검토하고 그 전개 양상을 고찰하였다. 그것은 고려시대의 연극·희곡사를 재조명하여 한국희곡사를 제대로 정립해 보자는 시도였다. 지금까지 논의하여 온 바를 요약하면 다음과 같다.

① 고려조의 연극·희곡은 한국희곡사의 추요 부분을 이루고, 장강같이 장중한 흐름을 이루며 난숙·성행하였다. 그것은 상대문학사 위에서 형성·발전하다가, 고려조에 이르러 그 종합성·입체성과 대중성으로 하여 대표적 문학 형태로 정립·행세하였다. 여기서 그 연극은 여러 형태로 전형화되어, 가창극과 가무극, 그리고 강창극과 대화극 등으로 전개되었다.

② 이러한 연극 형태는 각기 극본을 갖추게 되었고, 그것이 희곡의 요건을 제대로 유지하게 되었다. 그 극본들은 가창극본과 가무극본, 강창극본과 대화극본으로 유별되는데, 모두 시종일관하는 극적 서사

구조를 구비하였고, 그 행동을 매개하고 사건을 구체화하는 대사를 겸
비하였다. 그리고 이 연극 전체의 활력과 역동성을 주는 가요·창사를
삽입하였고, 나아가 그 연극의 진행을 돕고 극정을 돋우기 위하여 효과
적인 해설·지시문까지 붙임으로써, 고려조 극본·희곡의 형태를 완
비하고 있었다.

③ 고려조 희곡의 전개에 있어, 가창극본은 고려가요를 중심으로 정
립·전개되었다. 이 극본의 가요들은 그 핵심을 이루며『고려사』「악
지」,「속악」에 총괄되어 있고,『악장가사』에 그 가사가 정착되어 있다.
그것의 악곡은『시용향악보』에 정리되어 있고, 그 연극적 진행절차나
극정의 조정은『악학궤범』에 일부 제시되면서, 그 가요 자체나 이른바
가요전설에 암시되었다. 한편『고려사』「악지」에 명시된「삼국속악」
도 고려조에서 계승·활용되었다는 점에서, 이 가창극본과 깊은 관련
을 맺고 있는 것이었다. 그래서 가창극본은 실제적 연창 과정을 통하
여 무용과 결부됨으로써, 가무극본으로 전개될 가능성을 언제든지 지
니고 있는 처지였다.

④ 가무극본은 고려조에 이르러 완숙·극성하였다. 우선 가창극본
이 무용으로 입체화되어, 가무극본으로 변용·전개되었고, 나아가 전
문적 무용·무극이 가창을 수용함으로써, 본격적인 가무극본으로 정
립·전개된 것이었다. 이 가무본에는 〈처용가무〉·〈무애가무〉·〈황
창무〉 등과 같이 삼국·신라로부터 계승·발전시킨 것도 있고, 〈정읍
가무〉·〈동동가무〉 등과 같이 창작된 작품이 많았던 것이다. 그리고
고려속악 31편 중 나머지 작품들도 모두 정리·축약된 나머지, 이 가무
극본의 잔영을 보임으로써, 고려조 가무극본의 풍성한 전개 양상을 실

증하였다.

　⑤강창극본은 고려조에 와서 보편화되고 흥성하였다. 먼저 가창극본이나 가무극본이 가창을 중심으로 나머지 극적 요소를 서사·강설한다면, 그대로 강창극으로 실연되고, 따라서 강창극본으로 변용·전개될 수도 있었다. 그리고 강사계 강창문학이 건국신화류나 야담·비사류를 근거로 하여 극화됨으로써, 강창극본으로 성립·전개되었고, 이어 전기계 강창문학이 역사적 인물의 전기를 바탕으로 극화되어 강창극본으로 정립·전개되었다. 나아가 승전계 강창문학이 고승열전이나 고승별전·고승변문 등을 전거로 하여 극화되고, 따라서 강창극본으로 전개되었고, 또한 불교계 강창문학이 『석가여래행적송』이나 『석가여래십지수행기』같은 불타의 전기를 기반으로 하여 극화됨으로써, 강창극본으로 전개되었으며, 강경계 강창문학이 신라·고려조 고승들의 불경논소·강경문을 기초로 하여 극화됨으로써, 강창극본으로 전개되었다. 이처럼 강창극본은 광범하고 다양하게 전개됨으로써, 고려 희곡사의 주류를 이루어 왔던 것이다.

　⑥대화극본은 고려조에 이르러 원숙해지고 성행하였다. 먼저 가창극본이나 가무극본 특히 강창극본을 전문화·입체화시킴으로써, 대화극본이 성립·전개되었고, 이른바 조희·소학지희의 극본이 대화극본으로 정립·전개되었다. 그리고 가면극·인형극의 극본이 대화극본으로 전개되었고, 원잡극과 같은 잡극본이 대화극본으로 전개되었으며, 선극본이 대화극본으로 전개되었다. 이와 같이 대화극본은 그 전문성·입체성과 함께 다양하고 풍성하게 전개·유통됨으로써, 고려 희곡사의 종합적인 흐름을 주도하게 되었던 것이다.

이상과 같이, 고려조의 연극·희곡이 4대 형태를 주축으로, 상보관계를 유지하며 계통적으로 성행·전개되었다. 그리하여 고려조의 희곡이 형태별로 흥성하여 면면한 전통을 이어 왔고, 따라서 고려조의 희곡사는 온전한 실체를 유지하여 왔다는 것이 대강 파악·실증되었다. 그렇다면 고려조의 희곡을 추요 부분으로 하는 한국희곡사가 그 전·후대를 관통하여 그 자체로서 완전하다는 것을 논구할 근거와 단계가 마련된 것이다.

여기서 이러한 논의를 보다 정밀하게 심화시키고, 고려조 희곡 내지 한국의 희곡사를 송·원대 희곡 내지 중국희곡사와 비교·연구할 큰 문제가 당면 과제로 대두되는 터다. 한·중 양국의 희곡사가 거의 동일하게 전개되었다는 전제하에서, 양국의 희곡과 희곡사를 실질적으로 비교·검토하는 것은 양측의 문학을 연구하고 문학사를 기술하는 데에 상보적 성과를 값지게 얻을 수가 있기 때문이다.

제2장

고려가요의 서사성과 연행 양상

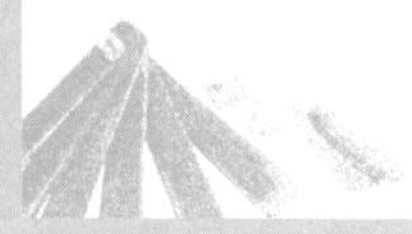

1. 서론

실제로 고려가요는 생동할 때만, 그 기능을 제대로 발휘하고 그 진가를 올바로 드러낸다. 그것은 모든 가요가 그러하듯이, 가창과 연행을 통하여 생동하기 위해서 제작되었기 때문이다. 고려가요는 역대 가요 중에서 가장 빼어난 문학성을 지녔거니와,[1] 그것이 기막힌 서정성과 함께 기발한 서사적 구조를 갖추어 생동함으로써, 그 입체적 역동성을 십분 발휘하고 있었던 터라 하겠다. 잘 알려진 대로, 이 가요는 바로 고려시대의 원형을 지니고 생동해 오다가, 조선 초에 이르러 그 가사

---

[1] 김대행, 「고려시가의 문학적 성격」, 성균관대 인문과학연구소 편, 『고려가요 연구의 현황과 전망』, 집문당, 1996; 김학성, 「고려가요의 미의식 유형」, 『향가여요 연구』, 이우출판사, 1985 등 참조.

자체가 삭제·위축·변형됨은 물론, 그 가창 내지 연행의 여건과 실태
가 거의 모두 파기·인멸됨으로써, 현전하는 잔영만을 보이고 있다.
그런데도 다행한 것은 그 원형의 생동하는 실태를 파악할 만한 원전과
관계기사를 그 전거로 확보하고 있다는 점이다. 이런 점에서, 고려가
요의 서사적 구조와 연행 양상을 재구·고찰하는 것은 의미 있는 일이
라 하겠다.

그동안 학계에서는 고려가요에 대하여 다양하고 깊이 있는 연구를
거듭함으로써, 거의 완벽한 업적들을 내고 있는 게 사실이다. 그 원전
의 서지적 검토와 찬성 경위, 배경 사상의 추적, 그 작품들의 주석과 문
학적 분석 등이 주류를 이루고,[2] 나아가 그에 관한 음악적 고찰이 활발
해지고,[3] 심지어 그 일부 작품의 극본적 성격까지 거론하기에 이르렀
다.[4] 그래서 이러한 바탕 위에서, 고려가요의 서사적 구조와 연행 양상
이 보다 극명하게 고구될 필요성을 절감하게 된다.

이에 본고에서는 첫째, 고려가요의 원전을 고려 대의 원형으로 재
구·검토하고, 둘째, 고려가요의 서사적 구조를, 그 가사와 그에 결부
된 가요기사의 서사문맥을 통하여 파악하겠다. 셋째, 고려가요의 연행
양상을 음악·무용 내지 연극과 관련시켜 유형별로 재구·검증하며,
나아가 고려가요의 연행 대본을 극본·희곡으로 간주하고 장르별로

---

2   성균관대 인문과학연구소 편, 위의 책; 「鄕歌·麗謠編」, 『國文學論文集』 1~3, 대제각,
    1982·1990; 정병욱 외편, 『고려가요연구』, 새문사, 1982; 지헌영, 『향가 여요의 제문
    제』, 태학사, 1991; 박노준, 『고려가요의 연구』, 새문사, 1990 등 참조.
3   이혜구, 『한국음악서설』, 서울대 출판부, 1967; 장사훈, 『국악논고』, 서울대 출판부,
    1966; 양태순, 『고려가요의 음악적 연구』, 이회문화사, 1997 등 참조.
4   여증동은 〈쌍화점〉·〈만전춘〉·〈서경별곡〉·〈처용가〉 등을 가극본으로 보고 분
    석·고찰하였으니, 그 논문은 다음에 소개된다. 사재동, 「한국희곡사연구서설」, 『어문
    연구』 18, 어문연구학회, 1988 참조.

복원·고찰하겠다. 그리하여 고려가요의 생동하는 실상과 영역을 입체적으로 확장하고, 문학사적 위상을 제대로 파악하는 방향을 제시하려고 한다. 이러한 논의의 원전으로는 그 작품이나 가명이 현전하는 모든 고려가요를 대상으로 하되, 구체적인 실증 과정에서는 가장 적절한 자료를 선택·활용할 수밖에 없겠다.

2. 고려가요의 원전과 원형

주지하는 대로, 고려가요의 현전하는 원전은 고려 대의 원형 그 자체는 아니다. 원래 고려가요는 속악에 얹어서 연행하도록, 이른바 가요기사라 할 서사문맥을 갖추고 정립·유통되었다. 실제로 속악·향악이란 연극음악으로서, 그 가요는 반드시 해당 악곡과 서사문맥을 구비하여 실연되어야 했기 때문이다. 그러기에 고려가요의 원형은 그 기사와 악곡 그리고 극적 서사문맥 등을 포괄하는 것이 필수조건이었다고 하겠다.

그런데 이런 고려가요의 원형은 조선시대에 이르러, 전술한 대로 가사 자체가 삭제·위축·변형되었을 뿐 아니라, 그 악곡이나 서사문맥 등도 거의 다 파기·인멸되고, 그나마 조선조의 음악이나 연행에 맞도록 축소·조정되어 문헌으로 잔존하고 있는 실정이다. 그러한 현상은 바로 『고려사』「악지」와 『시용향악보』·『대악후보』·『악장가사』·『악학궤범』 등에 실증적으로 나타나고 있다. 이들 악서·가집을 좀더 구체적으로 점검해 볼 때, 위에 든 모든 현상이 극명하게 드러나기 때문이다.

우선 『고려사』「악지」「속악」조에 "高麗俗樂考諸樂譜載之 其動動及西京以下二十四篇皆用俚語"라 하고

무고·동동·무애·서경·대동강·오관산·양주·월정화·장단·정산·벌곡조·원흥·금강성·장생포·총석정·거사련·처용·사리화·장암·제위보·안동자청·송산·예성강·동백목·한송정·정과정

등 26편의 제명과 가요기사를 수록하고 그 중 〈오관산〉·〈거사련〉·〈처용〉·〈사리화〉·〈장암〉·〈제위보〉·〈정과정〉 등에는 이제현의 해시, 〈한송정〉에는 장진공의 해시를 붙였다. 그리고 나머지 작품으로 〈풍입송〉·〈야심사〉·〈한림별곡〉·〈삼장〉·〈용사〉·〈자하동〉 등 6편에는 그 내용을 한시로 기술하고 가요기사를 덧붙이고 있다. 나아가 「삼국속악」조에는 "新羅百濟高句麗之樂 高麗並用之 編之樂譜 故附着于此 詞皆俚語"라 하고 신라의 〈동경〉(즉계임부卽雞林府)·〈동경〉·〈목주〉·〈장한성〉·〈이견태〉 등과 백제의 〈선운산〉·〈무등산〉·〈방등산〉·〈정읍〉·〈지이산〉 등, 고구려의 〈내원성〉·〈연양〉·〈명주〉 등 삼국에 걸친 14편의 가명과 가요기사를 일일이 기록하고 있다.

여기서 다 알려진 사실을 분명히 따져 볼 필요가 있다. 첫째, 이른바 삼국속악이 고려속악과 병용並用 또는 잡용雜用됨으로써,[5] 필요에 따라

고려가요로서 행세·활용되었다는 사실이다. 그것은 당시 음악계나 연예계에서 삼국 전래의 속악이라 전제되면서도, 그 가사와 악곡이 고려의 그것처럼 현존·인식되어, 고려가요와 함께 사용되었기 때문이다. 기실 『삼국사기』 「악지」에도 나타나지 않던 삼국의 향악이 '삼국속악'이란 이름으로 『고려사』 「악지」에 등장한 것부터가 고려가요와의 친연성을 방증하고 있는 터다. 그러기에 삼국속악이라는 것이 그 연원과 성향을 삼국향악에 두었을 뿐, 실제로는 고려속악의 한 독특한 분야로 실존·역할을 했던 것이 아닌가 한다. 여기서 삼국향악을 계통적으로 추적·재구할 수 있을 뿐만 아니라, 고려가요의 적층적 풍요성을 재확인할 수가 있겠다.

둘째, 이들 고려가요가 적어도 그 「악지」 편찬 당시까지 그 원본적 악보를 그대로 유지하고 있었다는 사실이다. 그 점은 상게한 고려속악이 모두 "樂譜載之악보재지"하였다는 기사와 삼국속악이 "編之樂譜편지악보"되었다는 기록이 확증하고 있기 때문이다. 이것은 고려가요의 원형이 그 원본적 악보를 확보하고 있었다는 사실을 확인해 준다. 물론 이고려 대의 그 악보가 실전된 것은 분명하지만, 조선 초기에 개편한 동일계 악보에 의거하여 그 원형을 재구할 수가 있겠다.

셋째, 이들 고려가요가 고려 대의 언어·문자로 그 당시의 악보 상에 배치·기재되어 있었다는 사실이다. 고금을 통하여 관현악보를 제외하고는 모든 악보가 그러하듯이, 고려 대의 속악 악보에도 그 해당 가요의 가사가 그 곡조의 정간에 맞추어 배치·기록되었던 게 분명하다. 그 점은 현존하는 고려 이후의 고악보가 실증하고 있기 때문이다.[6]

---

6   『시용향악보』(영인), 대제각, 1988; 『대악후보』(영인), 은하출판사, 1989 등 참조.

그러므로 그 언어가 고려어 내지 조선어이었음은 그 가사를 두고 "皆用俚語개용이어"라거나 "詞皆俚語사개이어"라고 한 데서 확증이 된다. 그리고 이 언어를 정착·기록한 그 문자는 한문이 아닌 향찰이나 이두였으리라고 보아진다.[7] 그것이 한자로 표기되었지만, 결코 한문이 아니었던 것은 확실하다. 그게 한문이었다면, 그것은 이미 한역이라 그 악곡의 정간에 고려어의 가사를 배분시킬 수가 없었기 때문이다. 그렇다고 학계 일부의 견해처럼 그 고려어의 가사가 구전·활용되다가 조선 초기 정음의 실용으로 문자되었다고 상상할 수는 없다. 그 악보는 기록되어 있는데, 그 가사의 공간을 백지로 두고 그 가사만을 기억 속에 넣었다가 필요할 때 찾아 썼으리라는 논리가 성립될 수 없기 때문이다.

넷째, 이들 고려가요에 가요기사가 필수되어, 그 가요의 연행에 대한 제반 사항을 종합적으로 요약하고 있었다는 사실이다. 이 가요기사는 이른바 가요전설이라 하겠거니와, 그게 향가의 가요전설에 비하여 소략한 것은 분명하지만, 그 속에 함축된 내용은 다양하다고 본다. 여기에는 전체적으로 그 가요의 작자나 연대를 제시하기도 하지만, 그 제작·연행의 동기를 "作歌之意작가지의"로[8] 명시하는 게 원칙이다. 그리고 여기서는 그 가요의 연행 절차와 과정을 직간접적으로 요약·제시함으로써, 그 원래의 실태를 추정할 수가 있겠다. 그리고 이것은 그 가요의 내용과 직결시켜 그 연행의 연극적 구조와 서사문맥을 축약·명시하고 있다. 나아가 그 서사문맥에 등장하는 인물과 그 언동을 통하여 사건을 진행하는 실황까지 응축·표시함으로써, 그 서사적 원형을

---

7   김선기, 「고려속요의 소위 구전설에 대한 비판」, 『어문연구』 25, 어문연구학회, 1994.
8   『고려사』 「악지 1」, 초두에 "俗樂則語多鄙俚 其甚者 但記其歌名與作歌之意"라고 하였다.

재구하는 근거가 되겠다. 이러한 가요기사의 서사 내용은 원래 그 가요의 내용과 직결되어, 현전하는 가사를 제대로 분석하는 기반이 되며, 나아가 부전하는 가사의 내용·형태를 추정하는 근거가 되겠다. 그래서 이 가요기사들은 그 가사가 원래 고려어의 차자 표기로 어엿한 악보에 기재되어, 극적인 서사문맥으로 연행되었던 그 실상을 모두 요약·실증하고 있었던 것이다.

다음『시용향악보』를 보면, 여기에는『고려사』「악지」에 실린 가요로 〈풍입송〉과 〈야심사〉의 악보가 있어 그 가사가 일일이 배치되고, 위「악지」에 안 실린 고려가요로 〈사모곡〉·〈서경별곡〉·〈쌍화곡〉·〈정석가〉·〈청산별곡〉·〈유구곡〉·〈귀호곡〉·〈상저가〉 등의 악보가 있어, 그 가사가 또한 배분되었다. 그리고『대악후보』에는 〈진작〉(정과정)·〈이상곡〉·〈만전춘〉·〈서경별곡〉(중복)·〈한림별곡〉·〈쌍화점〉·〈동동〉·〈정읍〉·〈자하동〉 등의 악곡이 일부 가사와 실리고, 위『시용향악보』에도 안 실린 악보·가사로서 〈진작〉(정과정)·〈이상곡〉·〈만전춘〉·〈한림별곡〉·〈동동〉·〈정읍〉·〈자하동〉 등이 있어 더욱 중요한 의미를 지닌다.

이와 같은 악보가 고려 대의 원형성을 얼마나 지니고 있는지 속단·장담할 수는 없다. 상술한 조선 초기의 그만한 삭제·변혁에도 불구하고 이 악곡만은 그 전문성과 고정성으로 하여 그 원형성을 많이 유지하였으리라고 보아진다. 그렇다면 이런 형태의 악보와 해당 가사가 위「악지」에 올라 있는 모든 가요에까지 한결같이 배치·부합되어 있었던 게 분명하다. 다만 그 악보들은 그 보관·활용의 편의상 현전하는 대로, 가사집을 겸한 악보집으로 편성·간행되는 게 원칙이었고, 그 중의 1개 작품을 실연할 때에는 개별적으로 선택·활용되었던 것이라 하겠다. 여기서 위 「악지」에 제대로 실리지 않은 〈사모곡〉·〈이상곡〉 등 10편의 가요에도 응당 가요기사가 결부되어 있었으리라고 추정된다. 그러던 것이 위 「악지」의 편찬의도에 따라 그 가요들이 제외되었고, 나아가 위 악보집의 성격에 의하여 각개의 가요기사들을 유보할 수밖에 없었던 것이라 본다. 그러나 분명한 것은 이 가요들이 반드시 가요기사를 대동했다는 점이고, 그것이 해당 가사·악보를 통하여 재구될 수 있다는 사실이다.[9]

또한 『악장가사』에는[10] 서명 그대로 고려가요의 가사만이 조선 초기의 여러 가사와 섞여 나타나니, 〈정석가〉·〈청산별곡〉·〈서경별곡〉·〈사모곡〉·〈쌍화점〉·〈이상곡〉·〈가시리〉·〈풍입송〉·〈야심사〉·〈한림별곡〉·〈처용가〉·〈만전춘별사〉 등이 바로 그것이다. 이 가사들은 조선 초의 국문표기로 고려 대의 원형을 얼만큼 반영한 것인지 단정할 수는 없다. 그러나 이 가사들이 전술한 대로, 원래 고려어의 차자표기로 전래된 것을 전거로 하여 국문화되었다면, 원형은 크게 손상되지 않았으리라 본다. 기실 차자 문장과 국문문장은 한문과 달리 성음·어휘·어법이 상통하여, 전문적 차원에서 주의 깊게 옮긴다면, 그가사의 원형이 거의 그대로 국문가사에 나타났을 것이기 때문이다. 그리고 그 악곡의 정간이 원래의 성음 내지 문장을 그대로 요구하였기에 큰 변화를 입지는 않았을 것이라 본다. 물론 조선 초기에 악곡·가사의

---

9 「삼국속악」조의 「목주」·「별곡조」·「예성강」·「삼장」 등의 가요기사가 고려가요 〈사모곡〉·〈유구곡〉·〈서경별곡〉·〈쌍화점〉 등과 결부될 가능성을 타진할 수는 있겠고, 그러한 논고가 이미 나온 바 있다.
10 『악장가사』(영인), 대제각, 1988.

획기적인 정리 과정에서 그 가사가 대치되거나 많이 변개되었다는 흐름에서라면, 그 가사를 옮긴 전문가의 가요관이나 취향 등에 따라 어느새 다소간 변화를 입었을 것은 당연하리라 본다.

한편 고려가요로 취급되는 「균여전」 속의 사뇌가 11수도 빼놓을 수 없다. 그것은 물론 신라 말기의 균여가 고려 대에 지었다 하거니와, 실제로 유통·활용된 것은 고려인데다 그것이 「균여전」에 삽입된 것도 문종 대의 혁련정에 의해서였다. 따라서 그것은 『삼국유사』 소재 향가 14수의 고려 대의 유통과 결부되어 고려가요의 일부로 간주할 수밖에 없다. 그래서 이 작품들은 한역시와 함께 「균여전」을 가요기사로 하여 그 나름의 악곡에 얹어 불렀으리라 본다. 그 악곡이 실전된 마당에, 불교계의 게송·향찬 등 음악에서 그 악곡의 일면을 재구할 수 있고, 가요기사를 바탕으로 실연될 수 있으리라고 추정된다. 이와 같이 고려가요의 사뇌계 작품으로 『고려태사장절공유사高麗太師莊節公遺事』에 실린 〈도이장가悼二將歌〉를 내세울 수 있다.[11] 그 작품의 작자 내지 원전에 문제가 있다지만, 다른 고려가요와 같이 악곡에 의하여 가창되고, 가요기사대로 연행되었을 것이다. 이러한 전제 아래서, 이 현전 가사들은 국어사적 고찰을 통하여 그 원형을 재구할 수 있는 전거가 되는 것이다. 이러한 고려 가사의 원형을 전제로, 전게한 바 「악지」에 실린 가사 부전의 가요들은 모두 이런 원형적 가사를 갖추었던 것이라 재구할 수가 있겠다.

한편 『악학궤범』을 보면,[12] 전게한 가요기사들과 직결된 그 연행 실

11　지헌영, 『鄕歌麗謠新釋』, 정음사, 1947, 55쪽.
12　『악학궤범』(영인), 연세대 인문과학연구소, 1968.

태를 종합적으로 명시·기술하고 있다. 「고려사악지」「속악정재」로 〈무고〉·〈동동〉·〈무애〉 등을 내세워 해설한 다음, 「시용향악정재도의時用鄕樂呈才圖儀」로서 고려가요 중의 〈아박〉(동동)과 〈무고〉(정읍)만을 골라 연행 절차와 실연 과정을 조선 초기의 정재와 함께 예시하고 있는 것이다. 이어 특기할 것은 〈학연화대처용무합설〉을 내세워, 고려가요의 정재로 전개한 〈처용〉·〈진작〉·〈정읍〉 등을 통합·조정하고, 조선 초기의 정재 〈북전〉·〈봉황음〉 등을 섞은 데다, 전래되던 〈미타찬〉·〈본사찬〉·〈관음찬〉 내지 〈학무〉·〈연화대무〉 등을 삽입하여 통합적 정재를 마련하였다는 점이다. 그런데 여기서 주목되는 것은 조선 초기에 고려가요·정재의 축약·재편으로 이루어진 통합 정재의 실상이 아니라, 고려가요 정재의 원형을 찾는 일이라 하겠다.

여기서 그 정재의 원형을 실증적으로 재구할 수 있는 것은 그나마 독자적인 면모를 이미 보여 준 〈정읍〉과 〈동동〉·〈처용〉·〈정과정〉 등이고, 그래도 축약된 기사를 전하고 있는 〈무애〉 정도라고 하겠다. 적어도 이 고려가요의 정재는 그 종합적 실연을 예시하고 있는 점에서, 조선 초기의 예술 정책·연예관에 따라 완전 폐기되거나 전면 개편되었던 것이 사실이다. 그런데도 이 고려가요의 정재는 상게한 『악학궤범』의 해당 도의圖儀와 〈학연화대처용무합설〉 내지 조선 초기의 정재 〈봉래의〉 같은 도의를 전거로 삼아 원형대로 재구될 수가 있겠다.

한편으로 여기서 직접적 전거가 될 만한 것은 무보舞譜라 하겠다. 위 정재도의에서는 무용 부분을 그 제목과 함께 간단히 설명·지시하는 정도이지만, 원래는 그에 따른 무보가 따로 있어 무보집으로 편집되었던 게 사실이다. 그런데도 지금에는 고려 대의 원형은 물론 조선 초기의 무보까지도 전하지 않을 따름이다. 다만 조선 후기에 제작된 『시용무보』와 『정재무도홀기』가 전하여 중시된다.[13] 전자에는 〈시용보태평지무〉 같은 조선 초기 정재무의 무보가 실려 정간음보井間音步에 입각하여 춤사위를 인물 동작으로 그려 놓았다. 이것은 무보의 전형을 보여주는 원전으로서, 이를 근거로 하여 고대시대나 조선 초기의 속악정재 무보를 재구해 볼 수가 있겠다. 한편 후자는 제목 그대로 정재무를 간략히 설명·제시하는 정도인데, 조선조 정재무와 함께 〈아박무〉·〈고구려〉·〈무고〉·〈연화대무〉·〈무애무〉·〈학무〉·〈처용무〉 등 고려가요와 관련된 것이 있어 주목된다. 이것들은 대개 『악학궤범』의 그것을 추려 좀더 축약·변화시킨 면모를 지니고 있지만, 그래도 고려가요의 정재무가 전승된 계맥을 증언하며, 따라서 이런 무도홀기가 고려시대나 조선 초기에도 전문적으로 집성되었으리라는 것을 추정케 한다.[14] 이런 무보와 무도홀기 등은 보다 완벽했던 고려시대나 조선의 그것을 모방·계승한 것이기 때문이다. 이와 같이 전형적 고려가요·정재의 원형을 전제한다면, 위에서 거론된 모든 고려가요는 원래 정재로 공연하도록 모든 연행 조건을 기록과 도의로 명시하였던 터라 하겠다. 그러던 것이 폐기·축약되어 현전하는 가요기사로 남았으니, 그 재구·복원의 차원에서 이 가요기사는 중대한 근거와 의미를 겸유하고 있는 터라 하겠다.

　이상과 같이 고려가요의 원형은 모두 고려어로 차자 표기된 아름다

13　『시용무보』·『정재무도홀기』(영인), 은하출판사, 1989.
14　이런 점에서, 조선 후기의 『진연의궤』나 『진찬의궤』(은하출판, 1989) 등에 수록된 무도(舞圖)까지도 중요한 의미를 지닌다고 보아진다.

운 가사를 확보하였고, 악보를 제대로 갖추었으며, 서사문맥이나 정재도의 등 연행의 제반 조건을 종합하고 있었던 것이다. 그래서 고려가요는 그 가사를 핵심으로 하여 문학적 가치와 서사적 기능을 발휘하며 연행·유통되었던 것이다. 그러기에 고려가요를 볼 때, 그 가사에만 집착하여 다른 모든 요건을 방치·유보함으로써, 그 본질적 가치와 폭넓은 기능을 묵살하는 결과를 초래해서는 안 된다는 것이다. 따라서 가령 고려가요의 서정시적 의미와 가치를 지나치게 중시한 나머지,[15] 서사적 구조와 연행적 기능 등을 경시 내지 도외시할 수는 없다는 점이다. 마치 꽃 한 송이를 따가지고 그것만을 따져 보는 편협함에서 벗어나, 현장의 꽃나무에 가서 전체 속에 생동하는 꽃을 살펴보듯이, 고려가요를 고찰하자는 것이다.

3. 고려가요의 서사적 구조

전술한 대로, 고려가요의 서사적 성향은 현전하는 원전을 전거로 재구된 원형을 전제하여, 실체가 파악될 수밖에 없다. 그래서 이른바 가요전설이라할 가요기사를 고려가요의 연행에 따른 제반 조건으로 복원·확대하여 그 속에서 서사구조를 탐색하고, 나아가 이와 직결된 고려가요의 가사 내용을 분석하여, 그 안에서 서사적 구조를 검출하자는

15　윤성현, 「고려 속요의 서정성 연구」, 연세대 박사논문, 1994 참조.

것이다. 여기서 우리는 고려가요의 가사와 가요기사가 불가분리의 긴밀한 관계에 놓여 있음을 재확인하게 된다. 향가와 그 가요전설이 보여 주듯이, 그것은 둘이면서 하나요 하나이면서 둘이다. 그 점은 고려가요 중의 가사와 가요기사가 함께 전하는 〈처용〉이나 〈정과정〉 등이 실증하는 바로서 꽃과 그 꽃나무의 관계라고 볼 수가 있겠다. 원래 이 양자의 관계는 가요기사를 축약·응축시키면 그 가사로 승화되고, 그 가사를 확대·부연하면 가요기사로 전개되는 정도라 하겠다. 그것은 기본적인 서사구조가 양자의 기반을 이루고 있기 때문이다.

1) 가요기사의 서사구조

먼저 가요기사의 서사구조를 검토해 보겠다. 우선 위 「악지」에 수록된 가요기사만을 보아도 정도의 차이는 있지만, 모두가 서사성을 공유하고 있는 게 사실이다. 그 중에서도 고려 대에 유통된 삼국속악의 〈목주〉와 〈지리산〉·〈명주〉 등이나 고려속악의 〈오관산〉·〈월정화〉·〈거사련〉·〈처용〉·〈제위보〉·〈예성강〉·〈정과정〉 등에 얽힌 가요기사만 해도 서사구조가 너무도 뚜렷한 것이다. 원래 가요기사는 한문장의 축약·함축의 특성에 따라 간략하게 기록될 수밖에 없는 데다, 그 「악지」의 편찬자들이 고의로 "作歌之意작가지의"만 기술하고 나머지 풍성·기발한 서사문맥을 제거하였기에, 그것이 너무도 빈약하게 되었던 터다. 따라서 이 가요기사가 아무리 간략하더라도 그것을 재구·부연하면, 바로 그 원형적 서사성이 복원될 수 있겠다. 그 중에서 〈목주〉의 효녀의 효행담은

소설적 이야기로 유명하거니와, 〈명주〉의 미녀와 서생의 극적인 결연담
은 실로 다시 음미해 볼만 하다.

世傳 書生遊學至溟州 見一良家女 美姿色頗知 書生每以詩桃之女曰 婦人不
妄從人 待生擢第 父母命則事可諧矣 生卽歸京師 習擧業 女家將納壻 女平日
臨池養魚 魚聞警咳 必來就食 女食魚謂曰 吾養汝久 宜知我意 將帛書投之 有
一大魚跳躍含書 悠然而逝 生在京師 一日爲父母具饌 市魚而歸 剖之得帛書
驚異卽持 帛書及父書 徑詣女家 壻已及門矣 生以書示女家 遂歌此曲 父母異
之曰 此精誠所感 非人力所能爲也 遣其壻而納生焉

가요기사는 '세전世傳'이라 하여 일단 전설의 성향을 지닌다. 서울의
서생이 유학하여 명주에 이르는 데서 경향의 원거리 무대가 설정되고,
사건이 시작된다. 서생은 호숫가 양가의 착하고 아름다운 규수를 만나
한 눈에 반하고 사랑을 호소한다. 그들의 사랑은 몰래 그리고 간절하
게 무르익는다. 그들은 시를 지어 주고받으며, 깊은 사랑으로 내일을
확약한다.

드디어 이별이 운명적으로 다가온다. 서생이 과업을 치르기 위하여
부득이 서울로 가야 하기 때문이다. 그들의 작별은 참으로 아프고 안
타깝지만, 받아 드릴 수밖에 없다. 서생은 연인에게 간절히 당부한다.
"결코 다른 사람을 따르지 말고 내가 과거에 급제하여 돌아올 때를 기
다리라. 그래서 부모들의 명을 따라 떳떳이 결혼해 살자구." 그래서 둘
은 한 몸을 가르는 심정으로 작별하여 눈물겨운 그리움을 품는다.

서생은 서울에 와서 과업을 이루려 그리움으로 다짐하고 정진한다.

그녀는 더욱 애절히 서생을 그리며 기다리다가 큰 환란을 만난다. 그 내막을 모르는 부모가 사위를 맞으려 하기 때문이다. 그녀는 사실을 실토하지 못하고 혼인도 적극 거절하지 못한 채, 서생을 향한 마지막 서신을 비단 위에 써 놓는다. 평소에 그녀는 호수의 고기를 길렀는데, 그 고기들이 그녀의 기침소리만 들어도 반드시 나와서 먹는다. 마침내 그녀는 고기에 먹이를 주고 말한다. "내가 너희를 기른 지 오랜 지라 마땅히 내 뜻을 알리라." 그리고서 비단의 편지를 호수 위로 던진다. 불가능하지만 제발 그것을 서생에게 전해 달라는 절실한 소망이요 최후의 몸부림이다. 그때에 큰 고기 한 마리가 뛰어 올라 그 편지를 집어 삼키고 유유히 사라진다. 그녀는 더욱 애처로울 뿐이다.

이때 서생은 서울에서 공부하다가, 하루는 부모를 위하여 맛있는 반찬을 마련하려고 시장에 나간다. 공교롭게도 어물전에서 큰 고기를 사가지고 돌아와 배를 가르다가 그 비단의 편지를 얻어낸다. 이 글을 읽고 크게 놀래어 부모 가족에게 알린다. 그 이적에 감복한 그 부친이 청혼의 편지를 쓴다. 이에 서생은 그 비단의 편지와 부친의 편지를 들고 지름길로 마구 달려 명주에 이른다. 그 사이에 혼인식을 치르지 않기를 기원하며 조바심은 최고조에 이른다.

바야흐로 그녀의 혼인식이 벌어지려는 순간이다. 그녀는 울며불며 혹시 무슨 기별이 있지 않을까 속으로 고대하며 초례청으로 끌려 나오고, 그 신랑감은 이미 그 문에 도달해 있다.

바로 그때에 서생이 거기에 도착하여 그 편지들을 집안 어른에게 보이고, 드디어 〈명주곡〉을 부른다. 그 부모가 신이하게 여기고 감격하여 이른다. "이는 정성이 지극하여 감응을 입은 바라, 사람의 힘으로 능한 바가 아니다." 그래서 사윗감을 돌려보내고 이 서생을 사위로 맞아 드린다.

그래서 경향 만리에 떨어져 그리던 그들이 다시 만나 결혼하여 지극히 행복하게 사는 대목은 차라리 말하지 않았다. 그리하여 이 가요기사는 서사구조의 성공으로 서사문학 내지 소설 형태로도 손색이 없을 정도다. 그것은 이른바 '폭력결합 ①－폭력분리－폭력결합 ②'로 연결되어 서사적 효과를 극대화하는 미학적 원리에 제대로 들어 맞는다. 그리고 서사문학・소설 형태에서 으례 갖추는 바, 예건豫件의 '설명(발단)－유발적 사건(비운悲運)－상승적 동작(역경)－정점(절정)－하강적 동작(회운回運)－대단원(종말)'의 전형적 구성원리에도 일치하고 있다. 그러기에 이 작품은 소설적 서사구조를 넘어서 희곡적 서사구조를 갖추고 있다 할 것이다. 그만큼 이것이 입체적이고 확고한 서사구조를 보유하고 있기 때문이다.

여기서 주목되는 것은 이러한 서사구조가 그 노래의 가사로 응축・표출되었다는 사실이다. 전술한 대로, 한 가사와 가요기사의 서사적 상관성이 확인되었기에, 〈명주〉의 가사는 부전하지만, 그 서사적 구조와 내용은 족히 재구할 수가 있겠다. 그러기에 어떠한 가요기사의 서사구조가 밝혀진다면, 그 당해 가사의 그것은 족히 유추해 낼 수가 있으니, 다른 실례에서 더 검증해 볼 필요가 있겠다.

이에 따라 〈정과정〉 같은 것은 그 가사와 가요기사가 부합되어 너무도 유명하고 그 관계가 가장 확실하거니와, 〈예성강〉 같은 것은 비록 그 가사 두 편이 다 없어졌지만, 그 가요기사의 기발함으로 하여 서사구조의 실태와 가사와의 관계를 적극적으로 검증할 수가 있다.

昔有唐商賀頭綱善棋 嘗至禮成江 見一美婦人 欲以棋賭之 與其夫棋 佯不勝
輸物倍 其夫利之以妻注 頭綱一擧賭之 載舟而去 其夫悔恨 作此歌 世傳 婦人去
時 粧束甚固 頭綱欲亂之不得 舟至海中 旋回不行 卜之曰 節婦所感 不還其婦 舟
必敗 舟人懼勸 頭綱還之 婦人亦作歌 後篇是也

이러한 가요기사가 옛날이야기처럼 시작된다. 당나라 상인 두강이
바둑을 잘 둔다. 그가 일찍이 예성강에 이르러 한 아름다운 부인을 보
고 바둑을 두어 그녀를 따가려고 그 남편과 내기 바둑을 두게 된다. 두
강이 거짓으로 지고 대가로 많은 물자를 건네준다. 드디어 그 남편이
이익을 쫓아 안해를 걸고 바둑을 두니, 두강이 단번에 이겨 그 아내를
배에 싣고 간다. 그 남편이 회한에 못 이겨 이 노래를 지어 부른다. 세
상에 전하는 바로는, 그 부인이 갈 때 차림·매무새를 매우 단단히 하
여 두강이 범하고자 해도 뜻대로 못한다. 배가 해중에 이르러 빙빙 돌
고 나가지 않는다. 점을 쳐보고 말한다. "이 절부가 감응을 입었으니 그
부인을 돌려주지 않으면 배가 반드시 망가질 것이다." 뱃사람이 두려
워 그에게 권유하니, 두강이 그녀를 돌려보낸다. 그 부인이 또한 노래
를 지어 부르니 후편이 바로 이것이다.

이만한 줄거리의 이야기가 원래 이렇게 단순한 골격만으로 전개되었
을 리가 없다. 그래서 이 이야기는 이른바 '작가지의作歌之意'만을 기술하
려고 축약에 축약을 거듭한 나머지 오늘의 모양이 되었으리라 본다. 실
로 음흉하고 돈 많은 중국 장사치와 어리석고 욕심 많은 남편, 그러나 순
종하고 절개 높은 아내가 예성강과 강변 그리고 광활한 바다에서 벌이는
국제적 남녀 사건은 원래 그만큼 파란만장하고 굴곡 있는 서사구조로 전

개되었을 것이다. 현전의 기본구조에 근거하여 그 서사문맥을 보편적으로 재구해 보면, 그것은 실제로 〈명주〉의 그것보다도 더 입체적이고 방대하였을 것이라 본다. 이 작품의 서사구조는 전술한 바 서사문학의 미학적 원리와 부합되고, 나아가 서사문학·소설 형태의 전형적 구성원리에도 적합한 것이라 추정된다. 따라서 그것이 이만큼 입체적이고 풍성한 서사구조를 갖춤으로써, 이 작품은 소설적 서사구조를 넘어서 희곡적 서사구조를 지니었다고 하겠다.

이런 점에서, 부부가 각각 지어 부른 노래의 가사를 역시 재구해 볼 수가 있겠다. 심각한 갈등구조가 그만한 입체적 서사구조로써 그 가사에 응축·반영되었을 것이기 때문이다. 이러한 두 가사가 서사문맥과 어우러져 사건을 중후하게 밀고 나갈 때, 역동적 서사구조는 총체적으로 공감하게 되었을 터이다.

이와 같이 가요기사의 서사구조가 실체를 드러내고 나아가 완벽하게 재구될 때, 그것은 이미 단순한 설명 사료가 아니라고 본다. 그것은 가사와 악곡에 얹혀 실연되는 극적 서사문맥일 뿐만 아니라, 여타 연행 조건을 모두 제시·통제하는 극본·희곡의 성향까지도 겸유하고 있는 터라 하겠다. 이런 점에서, 고려가요와 관련된 모든 기사는 문맥과 성격에 따라 정도의 차이는 있지만, 그것은 결코 설명 사료 이상의 작품으로 규정되어야 하겠다. 그것은 전형적 원형을 전거로 재구·복원됨으로써, 고려가요의 입체적 실상을 밝히고 보장하는 중대한 역할이 실증되기 때문이다.

여기서 고려가요의 원형적 가요기사를 기준으로 현전하는 가요기사를 검토하여 그것이 얼만큼 산삭·축약되고 어떻게 삭제·폐기되었나를 추적할 수가 있겠다. 누언한 대로 그다지 풍성하고 완전한 고려가요의 가사와 가요기사들이 조선 초에 이르러 그만큼 손상을 입을 때에, 거기에는 그만한 관점과 기준이 있었던 것은 물론이다. 기준은 위 「악지」와 세종·성종·중종 실록 등의 고려가요 관계기사에서 잘 알려진 바 '어다비어語多鄙語'와 '상열음사相悅淫詞'·'석교망탄釋敎妄誕' 등이 바로 그것이다. 대강 이런 세 가지 정도의 척도로 고려가요의 가사나 가요기사를 폐기·정리한 것이라면, 고려가요 중 가사가 전하지 않는 작품들은 가요기사와 결부시켜, 내용과 성향이 위 세 가지 척도 중 어느쪽으로 기울어 있었는가 추정할 수 있겠다. 그리고 나머지 현전 가사 가운데 가요기사가 전하지 않는 작품들은 가사와 결부시켜, 그 내용과 서사구조가 위 세 가지 척도 중의 어느 편으로 흘러 있었는가 규지할 수 있겠다. 기실 고려가요의 풍성하고 독특한 면모는 '어다비어'의 대중성과 '상열음사'의 애정성, 그리고 '석교망탄'의 종교성에 있었다고 본다. 그렇다면 상계한 바 손상·불구의 고려가요들이야말로 원래 그다지 풍성하고 독특한 면모를 확보하고 있었다는 역증이 된다고 하겠다.

2) 가사 내용의 서사적 구조

이제 고려가요의 가사 내용을 분석하여, 그 안에서 서사적 구조를 검출할 단계가 되었다. 상술한 대로, 고려가요 중 가사가 전하지 않는 작품까지도 그 가요기사를 통하여 서사적 구조를 추출할 수가 있다. 여기서는 가사가 현전하는 작품을 중심으로 그 서사적 구조를 검출하는 게 마땅한 일이다. 잘 알려진 〈정과정〉·〈청산별곡〉·〈서경별곡〉·〈사모곡〉·〈쌍화점〉·〈이상곡〉·〈가시리〉·〈처용가〉·〈만전춘별사〉·〈정읍사〉·〈정과정곡〉·〈한림별곡〉 등의 가사 내용은 그 주류를 이루는 서정성의 저변에 서사성이 깔려있다고 보아진다. 그 가사 내용을 보면, 그 안에 반드시 어떤 강력한 사연이 숨어 있다는 실감이 들기 때문이다. 그래서 그것이 바로 그 작품들이 보유한 서사적 구조에서 연유된 것이라 보아진다. 그러기에 고려가요의 가사들이 모두 서정성을 주축으로 하는 서정시라 하더라도[16] 서사적 바탕이나 그 성향을 전제할 수밖에 없다. 만약 이 서사적 구조와 성향을 부정·제거한다면, 그 가사들의 역동적이고 입체적 문학성은 스스로 소멸될 것이기 때문이다. 그래서 그 서사적 구조를 사실대로 인정·부각시킬 때, 고려가요의 가사들은 서사적 서정시로서, 나약하고 평면적인 서정시보다 월등해지는 터라 하겠다. 그러기에 이 가사들은 단순한 서정시보다 확대·승화된 문학적 기능과 연행적 역할을 족히 수행할 수 있었던 터다.

이 가사들의 서사성과 서사적 구조는 본원적인 것으로서 그 원형적 가요기사의 서사구조로부터 응축되어 나온 것이라 하겠다. 그리고 이 서사적 구조가 그 가요기사의 서사구조로 다시 확산되어 상호 상승작용을 해 오는 것이었다. 이제 〈처용가〉나 〈정과정〉 등을 제외한 나머지 가사들이 모두 그 가요기사를 망실하고 있는 마당에, 이 가사들의 서사적 구조의 바탕을 어디서 찾을 것인가. 그것은 가사 내용 자체에서 탐색·추출할 수밖에 없다. 이 가사들의 서사적 구조는 이미 그 바탕이 전제되어 있으므로, 그 자체의 탐색으로 만족하게 되고, 나아가

16　위의 글, 33~63쪽.

그 가요기사의 서사구조까지 재구해 낼 수가 있겠다. 전술한 대로, 이들 서사적 구조가 뚜렷한 가사일수록 조선 초기에 수난을 당하고 그 가요기사가 송두리채 없어졌으므로, 이것은 그 가요기사의 서사구조가 위 세 가지 척도에 의하여 삭제될 정도로, 풍성하고 충격적이었으리라 추정되기도 한다.

지금껏 고려가요의 시가문학적 실상을 논의하는 과정에서, 서사적 성향이나 서사적 구조에 대하여 일부 언급된 것은 당연한 일이다.[17] 다만 우리는 구체적 작품을 통하여 이를 심층적으로 검증할 필요가 있다는 것이다. 위 가사 중에서도 그 서사성이 검증된 〈정과정〉·〈처용가〉 등은 족히 그 서사적 구조를 갖추고 있거니와, 이런 점에서 가장 문제점을 지니고 있는 작품은 아무래도 〈청산별곡〉과 〈이상곡〉 등인 것 같다. 이제 이 작품들에 대하여 어문학적으로 논의한 선행 업적을 비판적으로 수용하면서, 그 서사적 구조를 부각시키는 방향으로 고찰해 보겠다.

먼저 〈청산별곡〉을 살피겠다. 『악장가사』에 실린 그 원문을 들어 보면 다음과 같다.

살어리 살어리랏다 靑山애 살어리랏다 멀위랑 ᄃ래랑 먹고 靑山애 살어리랏다 얄리얄리 얄랑셩 얄라리얄라

17　정혜원, 「舞樂으로서의 고려가요 고찰」, 『한국시가문학연구』, 신구문화사, 1983, 98쪽에서 고려가요의 또 하나의 특성으로서 불완전하나마 하나의 스토리를 담고 있다는 점을 제시하고 있다. 정병헌, 「〈청산별곡〉의 이미지 연구 서설」, 『국어교육연구』 49·50, 국어교육학회, 1984, 97쪽; 최미정, 「고려속요의 수용사적 연구」, 서울대 박사논문, 1990, 51쪽.

우러라 우러라 새여 자고 니러 우러라 새여 널러와 시름한 나도 자고니
러 우니로라 얄리얄리 얄라셩 얄라리얄라

가던 새 가던 새 본다 믈 아래 가던 새 본다 잉무든 장글란 가지고 믈 아
래 가던 새 본다 얄리얄리 얄라라셩 얄라리얄라

이링공 저링공 ᄒᆞ야 나즈란 디내와손뎌 오리도 가리도 업슨 바므란 또
엇디 호리라 얄리얄리 얄라셩 얄라리얄라

어듸라 더디던 돌코 누리라 마치던 돌코 믜리도 괴리도 업시 마자셔 우
니로라 얄리얄리 얄라셩 얄라리 얄라

살어리 살어리랏다 바ᄅᆞ래 살어리랏다 ᄂᆞᄆᆞ자기 구조개랑 먹고 바ᄅᆞ래
살어리랏다 얄리얄리 얄라셩 얄라리얄라

가다가 가다가 드로라 에졍지 가다가 드로라 사ᄉᆞ미 짒대예 올아셔 奚
琴을 혀거늘 드로라 얄리얄리 얄라셩 얄라리얄라

가다니 비브른 도긔 설진 강수를 비조라 조롱곳 누로기 미와 잡ᄉᆞ와니
내 엇디ᄒᆞ리잇고 얄리얄리 얄라셩 얄라리얄라

이 작품은 배경과 근저에 심각하고 중후한 사연이 있다. 그러나 그
사연이 어떤 사람의 그것이라고, 어느 시대와 사실에서 단서를 잡으려
집착할 필요는 없다. 그것은 어느 개인이나 계층, 더 큰 집단의 사연이
라 해도 틀리는 것은 아니지만, 거기에 편협하게 고착되면 그 보편화된
문학적 포용성이 묵살될 수도 있기 때문이다. 이제 이 작품의 사연이
라는 것을 좀더 확대시켜, 우리 민족, 고려시대 사람들이 심각하고 중
후하게 이끌어 온 적층적 삶과 역사라고 본다면, 차라리 그 주체를 인
생이라고 전형화할 수가 있겠다.

그러기에 고려 대의 인생, 우리 인생은 원래 시종 고해에서 신음하고 갈등으로 방황하는 것이다. 그래서 인생은 비극이라 절규하며 울고, 웃고 하다가 시름하는 것이다. 그래도 인생은 포기하거나 좌절하지 않고, 무엇인가 추구하고 갈망하면서 쉬지 않고 나아간다. 그것이 열반이나 피안이래도 좋고,[18] 자연이나 전원이래도 좋다. 그것이 이상향이나 낙원이래도 좋고, 안식처나 고향이래도 좋다. 어차피 그것은 이런 모든 것을 다 포괄하는 그 무엇이기 때문이다.

여기서 우리는 이러한 인생의 전형적 인물을 내세워 구체적으로 삶의 연극을 벌일 수가 있다. 그가 연출하는 심각하고 장중한 사연, 그 사건은 고해를 기반·배경으로 신음과 갈등을 거쳐 방황으로 이어지고, 그것이 비극으로 전개되어 그는 절규하다 지쳐서 울고, 비통하다 못하여 시름하는 신세가 된다. 그러면서 그 열반·피안, 자연·전원, 이상향·낙원·안식처·고향 등으로 지칭되는 그 무엇, 그 어디를 찾아 떠나는 것이다.

이러한 일련의 사연, 보편적 사건이 방대한 서사구조를 이루어 〈청산별곡〉의 가요기사로서 구체화된 것이라 추상할 수가 있다. 그래서 이른바 가요기사가 너무도 풍성하고 비극적이기에, 위 세 가지 기준에 의하여 삭제된 것이 아니었던가 싶다. 그래서 이러한 기반과 여건 아래서 위 전형적 인물이 주인공이 되어 이끌어 가는 〈청산별곡〉에는 이미 서사적 구조가 전제되어 있는 것이다. 한 남성이 작자인 듯이 작중의 화자로서 조각해 가는 데서 이 작품은 이룩된 것이다. 그래서 〈청산별곡〉이야말로 분명 시가작품이요 수작·명품으로 전개되었다.

18　김대행, 앞의 글, 1996, 25~27쪽.

그러기에 이 작품에는 시간과 공간이 어울려 이동하는 무대가 설정되고, 주인공 화자가 등장하여 일련의 사건을 이끌고 간다. 따라서 이러한 서사적 구조를 주도하는 영원한 추구의 주제가 뚜렷하고, 끝없는 방황의 구성이 생동한다. 절실한 시름의 정서가 일관하고, 섬세한 구상화의 미학이 유려한 운율과 조화를 이루는 것이다. 그래서 이 작품은 이렇게 전개된다.[19]

그는 그렇게 살고 싶어 세속을 떠나 산으로 간다. 물과 나무가 있고 개간할 만한 땅이 있는 한적한 자리, 남향으로 초암을 짓고 혼자서 농사도 짓고 때로 머루와 다래를 따먹기도 하며 알뜰히 살려는 것이다. 우리들 누구나가 한번쯤, 아니 늘 그리는 이상적 꿈이다.

그런데 막상 그 주인이 되어 살자니 그게 아니다. 이런 삶의 한가운데를 깨뜨리는 바늘끝 같은 침입자가 있기 때문이다. 그것은 산적이나 무법자가 아니라, 한밤 자고 일어난 새가 우는 소리다. 울음을 참고 한과 시름에 겨운 사람은 그 새소리가 그렇게 저리고 아픈 것이다. 그래서 그는 자고 일어나 그 새보다 더 절실한 시름을 못 이겨 스스로 울 수밖에 없는 터다.

그래도 그는 아침을 먹는 둥 마는 둥 하고 시원찮은 연장으로 농사를 한다. 한숨지으며 일하며 쉬며 보낸 시간, 지루한 대로 이럭저럭 보내고 저녁·황혼을 맞는다. 새들은 울면서 짝을 지어 날아간다. 잘 둥지

---

19 서수생, 「〈靑山別曲〉 小考」, 『교육연구지』 1, 경북대 사범대, 1953; 김상억, 「〈청산별곡〉 연구」, 『국어국문학』 30, 국어국문학회, 1965; 성현경, 「〈靑山別曲〉 考」, 『국어국문학』 58·60, 국어국문학회, 1972; 이승명, 「〈청산별곡〉 연구」, 한국어문학회 편, 『고려시대의 언어와 문학』, 형설출판사, 1975; 신동욱, 「〈청산별곡〉과 평민적 삶의식」, 정병욱 외편, 『고려가요연구』, 새문사, 1982; 김재용, 「〈청산별곡〉의 재검토」, 『서강어문』 2, 서강어문학회, 1982; 정병헌, 앞의 글 등 참조.

를 찾아서 물 위에 그림자 드리우며 저 아래로 멀리 날아가는 것이다. 산이나 들에서 떠돌이로 홀로 서서 황혼의 날새를 바라보는 정회는 겪지 않고는 모르리라. 그래서 그는 녹슨 연장을 짚고 서서 새들의 사라지는 뒷모습을 멍청히 그러나 짜릿한 아픔으로 바라본다. 그는 느낌에 겨워, 번연히 알면서도 새들이 어디로 가느냐를 되뇌이며, 문득 두고 온 세상에 향수를 절감한다. 그래서 "그렇게 날아가는 새를 보았느냐"고 되풀이 자문자답하는 것이다. 마침내 심중에는 '내가 여기서 저런 새를 보는구나' 하고 짠한 아픔을 견디지 못하는 터다. 그렇게 미세한 황혼의 날새를 통하여 큰 시름을 더 아프게 자아내는 것이다.

이제 그는 저녁을 맞아서 끼니는 어찌했는지, 등잔불을 켜 놓고 외로이 앉아 상념한다. 다가오는 밤이 괴롭고 오히려 두려운 것이다. 밤은 누구나 언제나 겪는 일상이지만, 외롭고 슬픈 사람에게는 실로 괴로움과 두려움 이상의 것일 수 있다. 그래서 그는 혼자말로 이른다. "이렇게 저렇게 하여 낮에는 어떻게든 지내 왔지만, 떠날 사람도 없고 찾아올 사람도 없는 산중의 이 밤을 어찌 보내겠는가." 이렇게 일상의 밤을 통하여 견딜 수 없는 외로움과 시름을 아픔으로 절감하게 되는 것이다.

이런 밤이 깊어 갈수록 그의 그 아픔은 견딜 수 없이 증가되는 것이다. 실로 그 마음의 실체가 가시화되어, 여기저기서 던지는 돌에 맞아 통증 이상의 기맥힌 아픔을 실감한다.[20] 그래서 그는 혼자서 외친다. "어디서 던진 돌이냐, 누가 맞힌 돌이냐" 이렇게 묻고, 그런 것이 아니라고 자인한다. 그다지 아픈 것은 돌에 맞은 탓이 결코 아니었기 때문

---

20 김재용, 앞의 글, 160쪽에서 "그 감싸기 내에 2·3·4·5연은 각기 아침·낮·저녁·밤의 자연적인 시간의 진행을 따라서 변화되는 정서를 담는 계기적 구조로 짜여 있다"고 하였다.

이다. 지금 여기 미워할 사람도 사랑할 사람도 없는 이 자리에서, 그는 스스로 돌에 맞은 양으로 아파서 못 견디는 것이다. 그 아픔은 견딜 수 없을 뿐만 아니라, 자신으로서는 어찌 할 도리가 없는 결정타의 그것이었다. 마침내 그는 어느 날 아침에 새와 함께 운 이래, 굳게 다물었던 울음보를 한꺼번에 터뜨린다. 그것은 길고 애달픈 메아리로 산골짜기에 울려 퍼지고 바다에까지 미쳤을 터다. 그것은 아픔과 시름의 절정이며, 이제는 더 이상 산에서 머물 수 없다는 절규였던 것이다. 이렇게 그 아픔을 입체적으로 부각시키고, 그 스스로의 충격을 돌에 맞는 것으로 형성화하며 떠났기 때문이다.

그래서 그는 바다로 옮겨 가게 된다. 산과 바다가 둘이 아니기에 그리로 가서 아프지 않게 살아 보자는 것이었다. 그것은 시간과 공간의 무대를 이른바 수평과 수직으로 이동시켜[21] 바다와 같이 맑고 시원히 그 아픔을 씻어 보자는 기도라 하겠다. 그래서 바닷가 푸른 언덕 나무와 바위를 의지하여 보금자리, '에정지'를[22] 마련하고 낚시도 하고 때로 미역이나 굴·조개 등을 따다 먹으며 깨끗이 살자는 심산이었다. 그는 산에서 받은 아픔이 그만큼 컸기에, 바다에 거는 꿈이 보다 절실했던 것이다. 그러나 방황의 관성과 응적된 아픔 내지 시름의 정서는 항상 그도 모르게 그와 함께 하였다.

그는 예정된 삶터, 에정지를 찾아가다가 바닷가 어디쯤에서 소리하고 놀이하는 떠돌이 광대패를 만난다. 그는 먼저 자신의 방황하는 관성이 그들의 그것과 일치하는 것임을 직감한다. 그들은 방황의 무리요

---

21 정병헌, 앞의 글, 97쪽.
22 송재주, 「〈청산별곡〉 중 '에정지'」, 『한국고전시가연구』, 다운샘, 1993.

즐거운 듯 괴로운 사람들이다. 그들은 울음을 좋게 웃어 넘기는 슬픔의 무리요, 서러움을 기쁜 듯이 표현하는 시름겨운 사람들이다. 그들의 모든 정서를 확인하는 순간에, 그는 이미 그와 같은 정서의 확산·배가된 정서를 절감하기 시작한다. 알고 보니, 그들이 사슴의 가면을 쓰고 장대에 올라 위험을 무릅써 묘기를 펼친다.[23] 실로 짐승 중에 가장 슬픈 짐승은 사슴이다. 그런 사슴이 울어 증가된 슬픔을 광대에게 옮겼다. 그래서 슬픔을 응축하고 있는 광대가 살기 위해서 운명적으로 강요된 죽음의 묘기를 펼친 것이다. 묘기는 위험할수록 보기 좋지만, 그 광대의 설움과 아픔은 죽음과의 숨바꼭질에서 감당키 어려운 것이다. 그러면서도 태연한 듯이 미소 짓는 광대는 사슴의 이미지와 어울려 슬픔, 시름 그 자체가 된다. 그들을 보는 그의 심중은 이미 그 광대 이상의 것이 될 수밖에 없음을 강력히 호소하고 있다. 그는 이제 광대가 해금 켜는 소리를 듣는 것이다. 세상에서 제일 슬프고 애달픈 소리는 해금소리다. 누구는 이 소리를, 계모에게 살해된 세 살배기 소녀의 원혼이 울어대는 소리라 한다. 그런 해금소리는 그대로 그의 심중에 전이되어 스스로 한 맺힌 슬픔과 시름을 배가함으로써, 모든 사람을 그렇게 공감시키고 있다. 산새 소리에 멍들은 그가 이제 광대의 놀이 소리, 사슴의 울음소리, 해금 소리로 감응됨으로써, 그의 슬픔과 시름은 극한 상황을 연출하는 것이다.

이제 그 극한의 정감을 풀지 못하면 죽을 수밖에 없다. 이미 자살을

---

23 김완진, 「〈청산별곡〉의 '사슴'에 대하여」, 『낙산어문』 1, 서울대 국어국문학과, 1996; 김명호, 「〈청산별곡〉의 속악적 이중성」, 백영정병욱선생주기추모논문집간행위원회 편, 『한국고전시가 작품론』 1, 집문당, 1992, 305쪽.

초월한 그는 그런 한풀이나 시름풀이의 일상적 양약으로서 술을 생각했을 것이 분명하다. 그는 서둘러 바닷가 어느 술집에 들어가니, 마침 배부른 술독에 잘 빚은 강술이 가득하다. 그는 주모를 찾아 절차대로 술을 요청할 사이도 없이 달려들어 직접 술 푸는 종그래기를 잡으니, 바로 술찌개미가 그 안을 가득 메우고 있다.[24] "어허 이 술 종그래기와 찌개미조차도 내 속을 모르고 그 시름을 돋우는구나" 그래서 선뜻 술을 마시지 못한다. 이렇게 사소한 사물로 하여 그 풀이를 못하고 더욱 시름겨워 하는 것은 실제적 행위 이상의 문제다. 그것은 이 작품에서 일관된 섬세한 구상화의 미학적 수법이기 때문이다. 그가 그 술 종그래기의 찌거미를 툭툭 털어 버리지 못하고 내 어찌 마시겠느냐고 체념·한탄하는 것은 일찍이 산에서 우는 새 소리나 날아가는 새, 밤이나 돌, 그리고 바닷가에서 사슴 놀이, 해금 소리들을 묵살하지 않고 날카롭게 떠 올려 아픈 시름의 이미지로 직결시킨 것과 일관되어 일치하는 것이다. 이제 그는 술을 못 마시는 체념·한탄에서 승화되어, 인생을 어찌하겠느냐는 차원 높은 해탈과 함께, 보다 심각한 본질적 의문을 여운으로 남기는 것이다.

여기서 이 작품은 추구의 주제가 보주처럼 영원하게 부각되고, 방황의 구성은 현장적 행동으로 점입가경을 이루고 일단 마무리되지만, 재출발의 기운이 선연하다. 시름의 정서는 시공간의 추이에 따라 체험적으로 정화되고, 구상화의 미학은 생동하는 이미지로 유려한 운율과 그

---

24 지헌영, 「靑山別曲」, 『鄕歌麗謠新釋』, 정음사, 1947, 124쪽; 김완진, 「〈靑山別曲〉의 結聯에 대한 일고찰」, 어문연구회, 『장암 지헌영 선생 화갑기념논총』, 호서출판사, 1971 등 참조.

표현을 완성하였다. 이로써 이 작품은 일관된 서사적 구조 위에서 문학사상 빼어난 서정시로 완결되었다고 하겠다. 따라서 이 작품은 서사적 서정시로서 그 자체의 가치와 함께 그 역동적이고 입체적인 기능을 확산시켜, 다른 문예 장르와 연결되는 역할까지 해냈던 것이다.

이제 이 작품에 대하여 구체적인 제반 요건이나 주변적인 여러 사실들을 적용시켜, 구체적 내막을 밝히려는 작업은 얼마든지 가능하고, 웬만하면 일리가 있는 성과를 거둘 수가 있을 것이다.[25] 그러나 그런 작업과 성과가 이 작품을 연구하는 전부이고 그게 반드시 옳다고 고집하는 일은 용납될 수 없다. 이 작품은 그런 것을 다 포용하면서 시대와 공간을 초월하여 공감을 자아내는 입체적 명품이기 때문이다.

다음에는 〈이상곡〉을 살펴보겠다. 역시 『악장가사』에 실린 원문을 들면 다음과 같다.

비오다가 개야아 눈 하 다신 나래

서린 석석 사리 조븐 곱도신 길헤 다링디(리)

우셔마득 사리마두 너즈세 너우지 잠짜 간 내 니믈 여겨

깃든 열명 길헤 자라오리잇가

종종 霹靂 生陷墮無間 고대셔 싀여 딜 내 모이

종 霹靂아 生陷墮無間 고대셔 싀여 딜 내 모미

내 님 두숩고 년 뫼를 거로리

---

25 신동욱, 앞의 글, 36쪽; 박노준, 「〈청산별곡〉의 재조명」, 『고려가요의 연구』, 새문사, 1990, 92~102쪽; 윤영옥, 『고려시가의 연구』, 영남대 출판부, 1991, 228쪽; 김선기, 「〈청산별곡〉의 해석적 고찰」, 봉계 남용호선생 화갑기념문집 간행위원회, 『봉계 남용호 선생 화갑기념논문집』, 중앙문화사, 1997, 525~531쪽.

이러쳐 뎌러쳐 이러쳐 뎌러쳐 期約이잇가

아소 님하 흔듸 녀젓 期約이이다

이 작품은 유명한 상열지사相悅之詞·음사淫詞로서 전형적인 애정가요다. 그러기에 이 작품의 배경과 근저에 고려시대의 심각하고 중후한 일대 애정 사건을 족히 예정할 수 있다.[26] 어느 때 어디서나 남녀 애정의 문제는 필연적이고 보편적인 것이다. 그러나 이 애정이 일상적이거나 윤리적일 때는 사건이 아니요 문학도 아니다. 거기에는 사건과 문학의 핵심·관건이 되는 갈등·대립이 없기 때문이다.

그래서 우리는 이 획기적 애정시의 배경·기저로서 비생활적이고 비윤리적인 애정 문제, 따라서 파격적이고 폭력적인 애정사건을 상정할 수가 있겠다. 그래야만 그것은 갈등·대립을 극대화한 충격적 사건으로서 획기적 애정서사물이 되겠기 때문이다. 이런 사건과 서사물은 고려시대에 국한되는 것은 아니다. 그것은 원칙적으로 일대일의 문제지만, 실제적으로는 삼각관계를 바탕으로 그 이상의 복합성이 입체적 사건을 조성하는게 상례다. 이렇게 심각·중후한 애정사건 내지 애정서사물은 보편성을 지니는 것이지만, 여기서는 어차피 고려시대를 중심으로 그 전형적 서사문맥을 유추할 수밖에 없다.

적어도 고려 중기와 말기의 애정 관계는 군왕으로부터 사대부나 부호들에 이르기까지 심각하고 중후한 사건으로 전개된 것이 많았다. 그러한 풍조는 중인계급이나 민중 층에도 파급되어 그러한 사건은 공개

26　이창환, 「고려가요에 나타난 님 연구」, 전남대 석사논문, 1984; 이성주, 「고려 속요에 나타난 性意識」, 『관대논문집』 15, 관동대, 1987 등 참조.

된 비밀로 서사화되고 상하의 비화나 극비 기록으로 유전되었다. 그 중에서도 규중 부녀의 애정문제보다는 비첩이나 기생·유녀와의 애정 문제에서 그만한 사건과 서사물이 생겨난 것이 사실이다. 이러한 애정 사건이 여러 유형으로 분화·발전하여 고려 애정시의 배경·근저가 되었던 것은 위 「악지」의 가요기사가 잘 실증하고 있다.

그런 중에서도, 도저히 용납할 수 없고 결코 일어날 수도 없는 애정 사건, 그래서 파천황의 폭력적 애정서사물이 형성되어, 그것이 〈이상 곡〉의 서사적 구조를 결정하는 배경·기저가 되었으리라 본다. 그것 은 이 작품의 서사적 구조가 벌써 무간지옥에 떨어져 죽는 일을 각오· 전제하고 있기 때문이다. 어느 때 누구와의 애정사건이라 지적할 수는 없지만, 그만한 사건이기에 이만한 애정가요를 산출하고, 나아가 그 가요기사로 행세하였을 것이다. 그러기에 이런 애정가요와 함께 가요 기사가 조선 초기에 내려와 여지없이 삭제·파기된 것이라 하겠다. 이 런 점에서 이 작품의 서사적 구조가 더욱 확실하게 부각된다. 그래서 이 작품에는 한 여성이 작중 화자로 등장하여 그 애정을 그다지 안타깝 게 회상하고, 생명을 걸어 이다지 간곡하게 갈구하는 것이다. 그러기 에 〈이상곡〉은 전형적인 애정시로서 수작·명품이라 알려진 터다.

이 작품은 목숨을 바쳐 사랑을 이루자는 것을 핵심 주제로 한다. 그 래서 그녀는 현재의 고독한 위치에서 과거의 애정과 미래의 애정을 획 기적으로 결합시켜, 그 갈구하는 애정을 적극적으로 성취하려 한다. 그러기에 과거의 애정을 회상체로 끌어내리고 미래의 애정을 소망체 로 잡아 올림으로써, 애정의 필연적 역정 위에다 현재의 애정을 현실적 으로 확립하는 결과가 되는 터다. 따라서 그 애정의 시간과 공간이 역사적으로 전개되어 서사적 구조에 입체성을 더해 주고 있다. 거기서 애정시의 전형이 보이는 폭력결합과 폭력분리가 교차되어 강력한 감동파를 발휘하고 서사적 문맥을 강화하게 된다. 이 가사에서는 은유보다도 함축된 직설이 우세하다. 그러기에 은근한 설득력보다는 강력한 호소력을 가지고 굴곡 있는 운율·표현과 조화를 이루는 것이다. 그래서 이 작품은 이렇게 전개된다.[27]

그녀는 먼저 님과 만난 파란만장의 세월을 회상한다. 그것은 일시적이거나 일회적이 아닌 누적의 애정행각이었기 때문이다. 그 세월에는 비도 왔고, 개이기도 하였으며, 눈이 많이 쌓이기도 하였던 것이다. 거기에는 '비가 오나 눈이 오나 바람이 부나' 한결같이 기다리다 만나는 정경이 역력하다. 그것은 적어도 그들의 애정이 폭력결합이었다는 사실을 암시하면서, 만남의 환희보다는 기다리는 안타까움이 크고 길었다는 점을 제시하고 있다.

그나마 그녀가 님을 만나는 날, 그 님이 오는 길은 너무도 험하고 우여곡절이 심하다. 그 길은 서리가 내려 서걱거리니, 그래서 추위는 매섭고 서릿발은 날카로워 가시밭길을 방불케 한다. 더구나 그것은 길게 휘돌아진 굽이 길인 데다, 폭이 좁아 걷기가 어렵고,[28] 게다가 그것이

---

27 최미정, 「〈이상곡〉의 종합적 고찰」, 성균관대 인문과학연구소 편, 『고려가요 연구의 현황과 전망』, 집문당, 1996에서 이 작품의 연구사적 검토와 새로운 연구 성과를 종합적으로 제시하였다. 이임수, 「〈이상곡〉에 대한 문학적 접근」, 『한국어문학』 41, 한국어문학회, 1981; 장효현, 「〈이상곡〉의 생성에 관한 고찰」, 『국어국문학』 92, 국어국문학회, 1984 등 참조.

28 '사리 조본(길)'의 '사리'는 '사리다'의 명사형인데, 사전적 의미로는 '길고 잘 휘는 물건을 헝크러지지 않도록 둥그렇게 빙빙 둘러 감은 뭉치'(신기철·신용철, 『새 우리말 큰사전』, 삼성출판사, 1975, 1658쪽)이다. 그것을 멀고 좁고 굽도는 길에다 비겨 '사리 길', 그래서 사리 좁아 굽어도는 길이라고 시적인 표현을 쓴 것 같다.

이리 곱고 저리 돌아서 오기가 참으로 어려운 것이다. 그 길을 걷자니 오는 님도 기다리는 그녀도 안타깝고 기막히다. 그것은 만남의 난관과 고통을 족히 표상하는 것이다. 그러기에 그 길이 다하는 만남의 자리에서 한숨 돌리며 감탄의 한 소리 "다롱디(리)"를 울 듯이 외칠 수밖에 없다.

그래서 그녀가 밀실에서 님을 만나면, 그때마다 울고 또 울었고,[29] 길게 휘돌아 쌓인 그 굽이마다[30] 넌즈시 굼실굼실한 이불속 사랑에 빠졌던 것이다. 그것은 "동짓달 기나긴 밤을 한 허리를 버혀 내어 춘풍 이불 아래 서리서리 넣었다가 어론 님 오신날 밤이어든 굽이굽이 펴리라"[31]던 그녀의 사랑과 같지만, 그보다 더욱 적극적이고 노골적이다. 그래서 그것은 폭력결합의 사랑으로 불붙는 것이다. 그러니 그 밤은 그다지 빨리 지나고 날이 밝기가 무섭게 님은 살며시 떠나는 것이다. 어느만큼 따라 가다가 얼떨결에 이별한 님이 멀어질수록 더욱 간절해지는 마음, 어쩔 줄 모르고 떠난 님이기에 자타의 불가항력으로 다시

---

29 '우셔마득'의 '우셔'는 '울다'의 동명사 '우셤'이 아닌가 싶고, '마득'은 '마두'나 '마다'와 같이 거듭 되풀이하는 상황을 보이는 어미가 아닐가. 우셤＋마득 → 우셔마득으로, 날마다, 그때마다 거듭 울고 불고 하는 모습을 나타낸 듯하다.

30 '사리마두'의 '사리'도 사전적 의미는 위와 같지만, 문맥적 의미는 색다르다. 위 것이 길의 모양과 상태를 보여 어려운 길, 힘겨운 걸음을 표시했다면, 이 '사리'는 연인들이 모처럼 만나 밀실의 사랑을 나누는데, 그 곡진·간절하고 무궁무진한 열락의 상황을 가시화·상징화해서 묘사한 것이 아닌가 한다. '마두'는 역시 '마다'로서 사리사리~굽이굽이가 거듭 되풀이 되어, 그 사랑의 간곡한 정황을 더욱 강조하고 있는 시적 표현이라 하겠다. 그러기에 황진이의 시조에서 '춘풍니불아래 서리서리 너헛다가 어론님 오신날 밤이어드란 굽이굽이 펴리라'는 사랑의 경지와 상통한다고 보겠다. 그렇다면 울고 넘는 박달재의 '고개마다 굽이마다 울었소 소리쳤소'도 이별의 현장적 비애로서, '우셔마득 사리마두'와 정서적으로 상통하는 게 아닌가 한다.

31 황진이 시조, 「冬至ㅅ달 기나긴 밤」(심재완 편, 『역대시조전서』, 세종문화사, 1972, 322쪽, 작품번호 894).

올 기약이 없어 "보내고 그리는 심정"[32]이 된다. 그 님이 멀리 보이다가 고개라도 넘을라치면, 그녀는 "왕거미 집을 짓는 고개마다 굽이마다 이 가슴이 터지도록 울고 소리쳤던"[33] 그녀의 처지가 되는 것이다. 이 것이야말로 폭력분리의 사랑으로 응어리지는 터다. 그러기에 그녀는 님을 오매불망 사무치는 그리움과 회상으로 나날을 보내는 것이다.

그래서 그녀는 님을 다시 만날 날을 고대하여 보금자리를 더 아늑하게 마련한다.[34] 오직 님을 위해, 둘만의 사랑을 위하여 정성을 다 바쳐 새로 꾸민 밀실을 두고[35] 기다리다가 지쳐서 꿈길에라도 자라 오기를 기다린다. 그 님이 "그 자리에 자라 가리라"고[36] 응답하기를 기다리나 종내 아무 소식이 없자, 혼자서 외쳐 물어 본다. "내 깃들인 이 자리에 자러 오겠습니까", 그것은 단순한 물음이 아니라, 피맺힌 갈망의 의문·청유형이다. 그래도 대답이 없고 기다려도 오지 않으니, 허탈하고 기진할 지경에 이른다.

그러기에 그녀는 몸을 추스르고 마음을 가다듬어 한 맺힌 다짐을 둔다. "내 진정 자주 치는 벼락을 맞아 무간지옥에 떨어져 곧 죽을 몸이라 해도, 실로 그 벼락을 맞아 무간지옥에 떨어져 곧 죽어 갈망정, 이 몸이 결코 님을 두고 다른 데로 가겠습니까" 그래서 그녀는 오직 님을 향한 불같은 일편단심에 목숨을 거는 것이다.

---

32 황진이 시조, 「어뎌 닉 일이여」(위의 책, 697쪽, 작품번호 1965).
33 최미정의 고려가요와 유행가를 연결시키는 견해(최미정, 「고려속요의 수용사적 연구」, 서울대 박사논문, 1990, 133~141쪽)에 따라, 대중가요 「울고 넘는 박달재」를 결부시켜 보았다.
34 '깃든'의 '깃'은 보금자리로, '든'은 '달다'의 관형형으로 보아 보금자리를 마련한 상황으로 해석하려는 것이다.
35 '열명길'은 연인이 만나는 꿈결같은 밀실이라고 볼 수는 없을까.
36 〈쌍화점〉에 나오는 바, 밀실을 찾아 애정을 나누고자 하는 욕구를 표시하는 어절이다.

그래도 소식이 끊어지고 임이 오지 않으니, 이제는 정말 기다림에 지쳐서 임을 원망하고 사랑과 결별의 상승적 절정에서 마지막 갈등으로 몸부림친다. "이러자니 저렇고 저러자니 이렇고, 정말 어쩌자는 기약입니까" 이렇게 자신과 임에게 큰 소리로 묻는다. 그 물음은 칼날 같은 결판으로 이어진다. 그래서 그녀는 오직 님에게 맹세코, 죽어도 함께 살다 가겠다는 기약을 철석같이 선언·통고하는 것이다. 그것은 도저히 불가능한 결합이지만, 그녀 혼자서 갈망하는 백일몽의 폭력결합이 되겠다. 그래서 그 결합이 현실적으로 성취되지 않기에, 그것은 하나의 절규가 되어, 그 안타까운 여운을 길게 남기는 것이다.

이로써 이 작품은 목숨을 바쳐 애정을 성취하는 핵심·주제를 과거와 현재·미래로 관통하는 폭력결합·분리의 구성원리에 의하여 극명하게 부각시켰다. 그래서 이 작품은 서사적 구조의 그 위치 내지 기능이 실증된 것이다. 그러면서 이 작품은 함축적 직설로써 강력한 호소력을 발휘하고, 굴곡 있는 운율·표현에서 조화를 이룸으로써, 과거 회상과 미래의 소망을 아우른 전형적 애정서정시로 정립되었다. 그러므로 이 작품은 역시 서사적 서정시로서 그 자체의 입체적 역동성을 발휘하고, 나아가 그 가요기사를 통하여 다른 문예 장르와도 교통하였던 것이다.

이상 〈청산별곡〉과 〈이상곡〉의 분석을 통하여 그 서사적 구조에 입각한 서정시의 실상을 파악하였다.[37] 이것이 고려가요의 한 전형이 된다면, 상게한 바 다른 가사에도 그대로 적용된다고 하겠다. 이런 관점에서, 전게한 고려가요의 가사들은 모두 그 서사적 구조에 기준하여, 민요·단가·사설·별곡·가사 등 시가의 하위 장르로 구분할 수가

37　김대행, 「고려시가의 정서와 恨」, 『고려시가의 정서』, 개문사, 1986 참조.

있고, 그 주제·내용에 따라 다시 그 하위 유형으로 구별할 수가 있겠다. 여기서 중요한 것은 이런 서사적 구조를 바탕으로 그 작품들이 입체적 역동성과 강력한 호소력·설득력을 발휘하여 그 극본·희곡으로 완결되었기에, 반드시 연행되어야 할 필연성과 당위성을 스스로 지니고 있다는 점이다.

4. 고려가요의 연행 양상

고려가요의 연행은 위에서 재구된 원형적 원전을 통하여 검토될 것이다. 그래서 고려가요는 연행하기 위하여 창작·유통된 것임을 전제하고, 그 가사와 악보, 무보와 가요기사 등을 재구성하여야 된다. 이제 고려가요는 개별적으로 한 가사를 주축으로 내세우고, 악보집에서 해당 악보와 함께 무보를 끌어 드림은 물론, 그에 결부된 가요기사를 찾아오거나 복원해 냄으로써, 완전한 하나의 연행 단위, 극본·희곡으로 정립되는 것이다.

이러한 고려가요는, 우선 그 가사가 악곡에 의하여 불리어짐으로써, 기본적으로 연행된다. 그것은 연행의 1차 단계로서 그 가요기사가 가담되어 가창의 차원으로 보편화되었다. 이어 고려가요는 가창의 단계가 무용과 결부됨으로써, 더욱 역동적으로 연행된다. 그것은 연행의 2차 단계로서 그 가요기사가 가세하여 가무의 차원으로 좀더 전문화되었다. 그리고 고려가요는 가창의 단계에서 해당 가요기사의 서사문맥을 결부·강설함으로써 광범하게 연행된다. 그것은 전문적인 악곡이라 무용이 없이도 대중적으로 강창되어 연행의 3차 단계로 유통되었다. 또한 고려가요는 가창·가무·강창 단계를 그 가요기사의 강력한 서사문맥으로써 입체화하여 전문적으로 연행된다. 그것은 연행의 4차 단계로서 그 서사문맥을 장면 단위로 조정하고 대화와 행동을 적극 활용함으로써, 최고의 본격적 공연으로 전개되었다.

이런 점에서 볼 때, 고려가요의 단계적 연행과 형태적 유형이 바로 연극으로 전개되어 왔음을 확인할 수 있겠다. 그렇다면 이제 고려가요의 연극적 공연 실태를 검토하는 것이 당면 과제라 하겠다. 그래서 중시할 것은 고려가요가 이런 종합예술로 공연되는 과정에서, 그 극본·희곡을 제대로 정립하고 있다는 사실이다. 기실 문학적 측면에서 더욱 중요한 것은 그런 연극을 좌우하는 극본·희곡이기 때문이다. 그리하여 먼저 고려가요의 연극적 공연 실태를 검토한 다음, 이에 근거하여 그 극본·희곡을 재구·정리할 것이다.

여기서 한국연극과 극본·희곡의 장르를 전제하지 않을 수 없다. 이 장르는 고려시대 연극·희곡을 중심으로 가창극·극본과 가무극·극본, 강창극·극본, 대화극·극본 등으로 설정·논의된 바가 있다.[38] 이제 이 장르 체계에 의하여 각개 장르의 연극 실태와 그 극본·희곡 양식을 검토하겠다.

---

38 사재동, 「한국희곡사연구서설」, 『어문연구』 18, 어문연구학회, 1988, 94~99쪽.

1) 가창극과 그 극본

전술한 대로 고려가요의 가사가 그 악곡에 의하여 가창되고 가요기사와 결부되어 연극적 장면과 분위기를 조성해가면, 그것이 곧 가창극이 된다. 이러한 가창극은 일찍이 형성·유통되어 왔지만, 고려 대에 이르러 완성·성행하였다. 이 가창극은 대개 궁중·대가의 행사·연희를 중심으로[39] 일정한 무대를 갖춘 위에, 가기·창우들이 치장하고 등장하여, 악사들의 연주에 따라서 동참 관객들에게 연창하는 것이 기본이다.

거기에는 가창자 중 한 사람이 독창하거나 독창식으로 가사·악곡을 바꾸어 가며 연창하는 경우도 있고, 두 사람 이상이 나와 대창하는 형식으로 연속할 수도 있다. 그리고 여러 사람이 합창으로 웅장하게 베풀거나, 한 사람이 도창·선창하면 나머지 여럿이 후렴이나 공통구를 합창하는 방식도 적절히 활용토록 짜인다. 여기서는 연출상의 순차와 진행 과정이 계획되어, 그 가사의 내용과 악곡의 절조를 조화롭게 조정해 나감으로써, 연극적 분위기를 고조시키고 마무리한다. 그러기에 대개는 시작할 때에 악곡이 평탄하고 느리다가 점차 굴곡이 있고 빠른 절주로 올라가 절정을 이루면, 다시 점차 내리고 줄이며 끝을 맺는다. 그것은 그 악곡에 맞추고 가사의 내용을 고려·배치함으로써, 그 연극적 효과를 극대화하는 것이다. 그러기에 이 가창극은 가창 위주로 하여 각별한 행동이나 전문적 무용을 수용하지 않았던 것이라 본다. 그 중에서 〈한림별곡〉 같은 작품이 조선 중기까지도 연창되면서, 제창

---

39 윤광봉, 「고려시대의 연희」, 『한국의 연희』, 이우출판사, 1992 참조.

이상의 연기나 무용을 보여 주지 않았던 것으로도[40] 짐작된다.

이러한 가창극은 점차 민중적으로 확대·유통되면서, 어느 때 어디서든지 기본적으로 통용되었고, 다른 연기와 융합할 수 있는 가능성을 항상 갖추고 있었다. 따라서 이 가창극은 폭넓고 뿌리 깊은 맥락을 유지하면서, 다른 연극 형태에 가창적 단위를 제공하거나 그 삽입가요로 직접 동참함으로써, 연극사상에서 중대한 역할을 해 왔다고 본다.

이제 그 가창극의 극본을 검토할 단계가 되었다. 우선 현전하는 원전을 기준으로, 그 가사들은 모두 가창극의 기본적 극본이 된다. 그 가사들은 다 악곡에 의하여 가창·실연된 핵심적 대본이기 때문이다. 그러기에 전게한 바 민요계의 〈유구곡〉·〈상저가〉, 단가계의 〈정읍사〉·〈사모곡〉·〈귀호곡〉, 사설계의 〈정과정〉·〈이상곡〉·〈처용가〉, 별곡계의 〈청산별곡〉·〈서경별곡〉·〈동동〉·〈정석가〉·〈쌍화점〉·〈만전춘별사〉·〈한림별곡〉·〈관동별곡〉, 가사계의 〈관음찬〉·〈영산회상〉(원형)·〈자하동〉 등을 비롯하여 가사가 전하지 않는 모든 작품들은 다 같이 가창극으로 실연되어 온 극본이라 하겠다. 일찍이 〈쌍화점〉·〈만전춘〉·〈서경별곡〉·〈처용가〉 등을 가극본이라 분석·고증한 사실이 있었기에, 더욱 그렇다고 보아진다.[41]

여기 문학적 극본, 그 가사에 필수된 가곡을 탐색·결부시키면, 바로 본격적인 가창극본이 되는 것이다. 우선 위 「악지」에 언급된 대로,

---

40 『용재집』 권7 44~45쪽 「쾌심정」에서 "皆翰林舊先生 酒蘭月上 逐更設翰林宴 (…中略…) 共起爲上官長行酒禮 齊唱翰林別曲 列妓相和 響徹參廓"이라 하였다.

41 여증동, 「〈雙花店〉考究」, 『국어국문학』53, 국어국문학회, 1971; 여증동, 「〈西京別曲〉考究」, 논총간행회, 『청계 김사엽 박사 송수기념논총』, 학문사, 1973; 여증동, 「〈만전춘별사〉 연구」, 『어문학』33, 한국어문학, 1975; 여증동, 「고려 처용노래 연구」, 『고려시대의 언어와 문학』, 형설출판사, 1975 등 참조.

모든 가요의 가사들은 다 악곡을 가지고 그 위에 얹혀 있었기 때문이
다. 더구나 상게한 바 현전하는 가사들은 거의 모두 전게한 악보에 그
악곡이 전하여 결부되어 있다. 이렇게 가사와 악곡이 하나가 된 본격
적 가창극본을 전형으로 하면, 위에서 거명된 고려가요는 모두 가창극
본으로 재구될 수가 있겠다. 일단 상게한 여러 악보에 실린 대로, 하나
의 가사가 해당 악보에 실려 있는 그 자체가 기본적 가창극본으로 성립
되는 것이라 하겠다.

이러한 가창극본에 다시 전술한 가요기사를 결부시키면, 그것은 완벽
한 가창극본이 되는 것이다. 그 기사에는 원래 그 가창극의 절차와 진행
과정, 그리고 극정까지를 설명·지시하고 있었기 때문이다. 지금껏 그 가
요기사가 비록 변형·축약된 상태로나마 전해지고 있는 상황에서, 그 원
형적 가요기사는 얼마든지 재구·결부시킬 수가 있기 때문이다.[42]

2) 가무극과 그 극본

전술한 대로 고려가요의 가창에 무용이 결합됨으로써, 보다 역동적
인 연극으로 발전·전개되니, 그게 바로 가무극이라 하겠다. 이 가무
극은 무용을 주축으로 진행되기에, 원래 무용·무극이 가창을 수용한
것으로 간주할 수가 있으니, 그만큼 입체화된 것만은 확실하다. 이러
한 가무극은 한·중 간에 유구한 교류사를 가지고 형성·유전되어 신
라시대의 발전을 거쳐 고려시대에 이르러 완성되고 성행하였던 게 사

---

42 앞의 주 40 참조.

실이다.[43] 그 유명한 〈처용무〉나 〈무애무〉·〈황창무〉 등을 비롯하여
삼국속악의 가무극 형태를 계승·발전시키고, 나아가 전게한 고려가
요의 가무극을 그만큼 다양하게 창출하였기 때문이다.

이 가무극은 거의 궁중·대가의 행사·연희에서 활용되었는데, 그 규
모와 내용에는 정도의 차이가 있지만, 그 연극적 요건은 모두 갖추어 입
체적으로 공연되었다. 먼저 일정한 광장에 화려한 무대가 설치되고, 그
주위 사방에 상하 관중이 만장하여 있다. 거기에 출연자들이 분장하여
각종 소도구를 지참하고 악사의 뒤를 따라 엄숙하게 들어온다. 악사가
많은 악공과 무기·무동·가기·창우 등을 거느리고 배치하여 제 자리
에 세운다. 악사의 지휘와 주악에 따라 엄격한 순서와 절차대로 춤추고
노래하여 나간다. 이 배역들은 그 연극의 규모와 성격에 따라 각기 2명
이나 8명 내지 20여 명씩 조직되고, 의장에 소도구를 활용하여 무용·가
창을 대본대로 조화시킴으로써, 서사적인 연극 분위기를 이끌어 간다.
이때의 악사·악공은 연극 진행의 신호음악과 가창음악·무용음악 등
을 적절히 연주하고, 이에 따라 가창은 독창·합창, 연창·대창, 선창·
후창 등으로 다양해지고, 또한 무용도 독무·군무, 연무·대무 등으로
조화롭게 입체화되는 것이다. 그리하여 그 무대의 상하 관중에게 화려
하고 역동적인 가무극을 연출하여 흔쾌한 감동을 자아내었다. 이러한
고려가요의 전형적 가무극은 왕이나 고관의 명령·지시나 그 형편·성
향에 따라 다양한 규모와 수준으로 널리 유통되었던 것이다. 적어도 전
게한 고려가요들은 모두 위와 같은 가무극으로 실연되었던 터이다. 이
런 가무극에서는 무용이 나무의 줄기처럼 입체적 생동감을 주고 있지

₄₃ 김학주, 『한·중 두 나라의 가무과 잡희』, 서울대 출판부, 1994 참조.

만, 그 가사가 꽃처럼 예술적 향기를 자아내고 있는 게 분명하다.

이러한 가무극의 다양한 연출 내막과 공연 실태는 모두 해당 극본에 명시·기술되어 있었다. 그러던 것이 거의 망실되고 전게한 바 일부의 극본에 그 잔영을 남기고 있는 실정이다. 그 중에서 잘 알려진 〈동동〉을 주축으로 하는 〈아박〉과 〈정읍〉을 중심으로 하는 〈무고〉 등이 그 극본의 모형을 보여 매우 중시된다. 비록 고려 가무극들의 통합·재편이라 하지만, 〈학연화대처용무합설〉은 방대한 가무극본으로서 그 전형을 보여 주고 있으며, 아무리 조선 초에 조성된 것이지만, 〈봉래의〉는 고려 말·조선 초의 가무극본으로 완벽한 형태를 지니고 있기에 크게 참고가 된다.

이 가무극본의 실체를 살피기 위하여, 우선 〈아박〉의 정재도의를 들어 보겠다.

初入排列圖

牙拍　　舞

牙拍　　舞

樂師由東楹 入置牙拍於殿中左右(先左次右 拍纓向內 中宮宴則年少妓爲之) 舞妓(擇年少妓) 分左右而進 跪取牙拍 擧而還置(竝用外手) 起立斂手(廣袖)足蹈 跪俛伏 樂奏動動慢機 兩妓小擧頭 唱起句(序章 詞略)訖 跪取牙拍 掛揷於帶間(正月章 詞略) 兩妓舞(俗稱舞踏) 樂奏動動中機 諸妓仍唱詞(二月章～十二月章 詞略) 擊拍 兩妓跪執牙拍 斂手起立(諸執外手) 從擊拍之聲 北向舞(三拍) 對舞(三拍) 又北向舞(一拍) 背舞(三拍) 還北向而舞 隨每月詞變舞 進退而舞 樂士因節次遲速 越一腔擊拍 兩妓斂手 跪置牙拍於本處 斂手(廣袖)起立足蹈 跪俛伏興 足蹈而退 樂止 樂師由東楹 入取牙拍而出(中宮宴則年少妓爲之)[44]

이것이 아박정재, 동동가무극의 극본이다. 이 극본은 고려 당시의 원본이 아니라 적어도 『악학궤범』의 편찬 때나 그 이전, 조선 초기에 축소·조정된 것이라고 본다. 전술한 대로, 그 때의 악제 정리 상황이 그럴 뿐만 아니라, 그 극본 자체의 모습이 그런 현상을 시사하고 있기 때문이다. 최소한 〈학연화대처용무합설〉이나 원형을 지닌 〈봉래의〉와 비교하면, 〈동동〉의 그것은 죽간자竹竿子·정절旌節·족자簇子 등을 들고 무대로 들어오는 무대·악관·기녀 등의 의관 행차와 장엄이 우선 생략되었다. 따라서 〈아박〉의 정재 극본은 이러한 정도와 비율로 축소되었으리라 추정되니, 위 본문 중의 "隨每月詞變舞 進退而舞"라 한 것이 이를 방증하고 있다. 이 극본은 원래 다른 향악정재와 같은 절차를 밟고 〈동동〉의 가사를 중심으로 위 서장序章과 정월장正月章처럼 1장씩 각기 다른 무용과 짝을 지어 다양하게 전개되었던 것이다. 그런데 그 실제적 극본 상황은 위와 같이 축약·문장화된 것이었다.

기실 이 가무극본에 선행하는 원본적 이본이 위 「악지」 「속악」조의 「동동」에 축약되어 있다.

舞隊樂官及妓衣冠行次如前儀 妓二人先出 向北分左右立 斂手足蹈 而拜俛伏興 跪奉牙拍 唱動動詞起句(或無執拍) 諸妓從而和之 鄕樂奏其曲 兩妓跪挿牙拍於帶間 俟樂終一腔起而立 樂終二腔 斂手舞蹈 樂終三腔抽拍 一進一退一面一背 從樂節次 或左或右 或膝或臂 相拍舞蹈 俟樂徹 兩妓如前 斂手足蹈而拜俛伏興退

---

44 원래 2행 세주를 괄호로 묶고, 가사를 생략하되 장(章)만을 표시하여 또한 괄호로 묶었다.

이것을 편자는 '동동지희'라고 하면서, 그 가사는 이어俚語라 하여 싣지 않았다. 이것은 〈아박〉의 극본보다 앞선 〈동동〉의 그것을 보고 이렇게 축소·기술한 것임에 틀림이 없다. 위 양자를 비교할 때, 그 공통 모본이 되었던 원본적 가무극본은 장엄한 속악정재로 조성·행세하였으리라 추정된다. 그것은 위 〈봉래의〉 정도를 기준으로 비교·검토하고, 『대악후보』에 수록된 〈동동〉의 악보와 『정재무도홀기』에 보이는 〈아박무〉의 무보까지 끌어 온다면, 어느 정도 완벽한 고려 대의 가무극본으로 재구될 수가 있기 때문이다. 이제 재구된 이 극본의 원형을 전제로, 그 희곡적 실상을 검토해 보겠다.

〈동동〉의 가무극본은 원래 상당히 심각한 서사구조를 갖추고 있었을 것이다. 전술한 대로, 〈동동〉의 가사 자체가 지닌 서사적 구조와 그 기저가 된 가요기사의 서사구조가 함께 어울렸을 것이기 때문이다. 잘 알려진 대로, 〈동동〉의 가요기사는 실전되었지만, 그 현전하는 가사를 통하여 족히 재구될 수가 있겠다. 잘 알려진 대로, 이 가사는 송도지사頌禱之詞라거나 상열지사라는 견해 차이로 아직도 논의가 계속되고 있는 실정이다. 그래서 여기서 분명한 것은 이 가사가 서사적 구조를 갖추고 있다는 점이다.

이 가사에 대하여, 전게한 「악지」 「속악」조 「동동」의 기사 말미에 "動動之戲 其歌詞多有頌禱之詞"라 하고, 그 기구起句·서장序章이 송도의 의미를 지니고 있는 데다, 나머지 12개 장에도 굳이 송사頌詞·선어仙語로 볼 수 있는 어휘들이 없지 않기에, 그것은 송도지사라고 할 수도 있겠다.[45] 원래 궁중·어전의 본격적 정재에서는 먼저 군왕을 송도하

---

45 허남춘, 「〈動動〉과 예악사상」, 성균관대 인문과학연구소, 『고려가요 연구의 현황과

는 구호나 송사를 바치는 게 원칙이었다. 그래서 그 가요·정재의 성격에 따라 구호 대신 송사가 취택되는데, 대개는 이를 그 기구·서장에 배치하는 게 관례였다. 이런 점은 〈처용가〉의 기구 "新羅聖代昭盛代 天下大平羅候德"이라든가, 〈정석가〉의 기구 "딩아돌아 당금當今에 겨샹이다 딩아돌아 당금에 계샹이다 선왕성대에 노니ㅇ와지이다"라 한 것이 일부 실증하고 있는 터다. 이런 관례 경향에 따라, 〈동동〉의 기구를 "德으란 곰비예 받줍고 福으란 림비에 받줍고 德이여 福이라 호늘 나ᅀ라 오소이다"라고 내놓은 것은 당연하다고 본다. 그러기에 이혜구의 지적과 같이, 〈동동〉의 '송도지사' 운운은 현존 가사의 기구에 국한된 것이라고 생각한다.[46] 그렇다면 위 「속악」조의 기사는 이처럼 국한된 사항을 작품 전체에 적용시켜, 그 당시 용납되기 어려운 〈동동〉의 가사 내용을 합리화하고 존치시키려는 방편이 아니었던가 한다.

이렇게 되면, 〈동동〉의 가사 12개 장은 온통 상열지사라는 이야기가된다. 그것은 실제로 1월로부터 12월에 걸쳐 님을 애타게 기다리는 화자의 상사가 너무도 절실하기 때문이다. 이 가사 내용은 이혜구에 의하여 그 연원적 상관성을 지녔던 돈황곡敦煌曲 〈십이월十二月 상사相思〉와 비교됨으로써, 그 상사성이 정확히 논증되었다.[47] 그리하여 이 가사는 『청구영언』에 실린 〈관등가〉와 상통하는 바로서[48] 12월에 걸친 〈상사별곡〉이라고 하겠다. 이 가사는 〈이상곡〉 같은 열정적 갈애, 울부짖는 열망을

전망』, 집문당, 1996.
46 이혜구, 「高麗의 動動과 敦煌曲十二月相思」, 『한국음악서설』, 서울대 출판부, 1967, 123쪽.
47 위의 글, 121~124쪽.
48 〈관등가〉는 "正月上元日 달과 노는 少年들은 踏橋ᄒ고 노니ᄂ딕 우리任은 어듸 가고 踏橋홀 줄 모로ᄂ고"로 시작하여 끝까지 상사의 정을 읊고 있다.

간절히 수렴하여 애모·상사하는 심정을 함축·표현하되, 12개월의 계절과 행사 등을 의빙하여 몸소 실연하고 있다. 하나의 여성화자가 12개월에 걸쳐, 그 상사의 정을 일관되게 점층적으로 토로하고 있기 때문이다. 그래서 이 작품에는 우여곡절의 서사적 구조가 뚜렷이 자리하고 있는 것이다.

그렇다면 이 가사의 기저가 되었던 그 가요기사는 남녀 애정에 얽힌 사건으로서, 상당히 심각하고 중후한 서사구조를 갖추었으리라 추정된다. 그 사건은 〈이상곡〉의 그것처럼, 결코 용납될 수 없는 애정관계, 그래서 폭력적 결합에 이어 폭력적 분리로 계속됨으로써, 보다 장편의 서사구조로 전개되었을 것이기 때문이다. 이점은 그 가사와 가요기사의 보편적 상관성으로 미루어 족히 추정되거니와, 그래서 이 기사는 조선 초기의 정리 당시에 도저히 용납될 수 없는 내용으로 취급되고 마침내 폐기·탈락되었던[49] 것인가 싶다. 이만한 내용의 가요기사라면, 〈동동〉의 정재, 그 가무극을 이끌어 갈 연극적 요건과 서사문맥 등을 모두 갖추고 있었으리라 보아진다. 이처럼 재구된 가요기사를 전제로, 〈동동〉의 가무극본을 분석할 필요가 있다.

우선 이 극본은 그 무대를 궁전 앞 광장에 설치하고, 필요한 소도구 아박 같은 것을 미리 배치시킨다. 그것은 악사가 하거나 나이 어린 기녀가 하도록 지시한다. 그리고 무대·악관·기녀들이 분장·의상을 차리고 다른 정재와 같이 장엄하게 행차하도록 설명한다. 무기 2인의 동작과 춤사위를 지시한다. 예정된 서사문맥과 극정의 흐름을 암시하

---

49 『중종실록』 13년 기사 삭(朔)에 "如牙拍呈才動動詞 語涉男女間 代以新都歌 盍以音節同也"라고 하였다.

고, 주악에 따른 무기의 춤사위와 행동 절차를 명시한다. 그리고 무기 2
인 〈동동〉의 기구·서장을 주악에 맞추어 선창하고 다시 춤을 추게 하
고, 이어 주악에 따라 모든 기녀가 그 가사의 정월장正月章을 제창토록
지시한다. 그리고 무기 2인이 다른 춤을 추고 주악이 만기에서 중기로
빨라지면, 거기에 맞추어 모든 기녀가 이월장二月章을 제창한다. 이렇게
주악의 흐름에 따라 춤이 달라지고, 이에 따라 삼월장三月章을 제창하는
식으로 십이월장十二月章까지 가무하도록 세밀하게 지시한다. 거기에는
일관되는 서사문맥·극정, 주악의 흐름, 춤사위의 변화, 가사의 선
창·제창 등이 조직적으로 배치·조화되어 있다. 그리고는 무기와 가
기들이 모든 절차를 마치고 퇴장하면, 주악을 끝낸다. 마지막으로 악
사나 나이 적은 기녀를 시켜 소도구 아박을 거두어 들고 나가면, 모든
진행이 완결되도록 지시·기술하였다.

　이만하면 이것은 가무극본으로 손색이 없다고 보아진다. 그것은 실
로 가무극을 위한 희곡적 요건을 모두 갖추고 있기 때문이다. 여기서
는 모든 장치·분장과 행동·무용 등이 입체성을 유지하고 있거니와,
무엇보다도 그만한 서사문맥·극정과 주악에 맞추어 가창된 그 가사
가 찬연히 빛나는 것이라 하겠다. 이러한 가무극본, 그 희곡의 전형은
상게한 고려가요에 모두 적용되어 그 많은 가무극본을 재구해 낼 수가
있겠다.

　이런 점에서, 〈무고〉의 정재도의는 〈아박〉의 그것과 같이 거의 완전
한 가무극본으로 규정될 수가 있고, 그 무용과 격고에서는 매우 역동적
이고 입체적인 면모를 보인다고 하겠다.[50] 그리고 전술한 바 〈학연화

50　지헌영, 「〈정읍사〉 연구」, 『향가 여요의 제문제』, 태학사, 1991; 장사훈, 「향악정재」·

대처용무합설〉의 정재도의는 신라·고려의 전통을 계승하여 〈처용가무〉를 중심으로 〈정읍사〉·〈정과정〉을 아우르고 〈봉황음〉·〈관음찬가〉 등을 삽입시킨 일대 가무극본이라 하겠다. 이 극본은 그만큼 규모가 크고 내용이 종합적이므로, 이름 그대로 합설된 가무극본으로서 그 가치를 지닌다. 이 가무극본은 신라·고려를 거쳐 조선 초기에 이르는 연극사 내지 희곡사상에서 핵심적 위치를 지켜 온 것이라 하겠다.[51]

3) 강창극과 그 극본

전술한 대로, 고려가요의 가사가 삽입·교직된 서사물을 가지고, 서사문맥을 강설하고 그 가사를 가창하면서 그 극정을 밀고 나가면, 그게 바로 강창극이 되는 것이다. 이 연극은 속강승, 연희승이나 가객·창우들이 일인 전역으로 연출하기에, 한·중 간에 공통되는 경제적이고 보편적인 공연예술이다.[52] 말하자면 판소리와 같은 형태로 연행되는 연극이니, 판소리는 강창극 중의 한 분야라 하여 마땅할 것이다.

그러기에 일정한 무대가 필수되지 않는다. 언제 어디서나 관중이 고대하고 둘러 서거나 앉은 자리 적당한 공간이면, 모두 무대가 될 수 있기 때문이다. 궁중 전각이나 어떤 광장에서 군신이나 궁인들이 구경하는 자리, 대가집이나 마당에서 사대부 남녀들이 지켜 보는 자리, 일반·민

「무고」, 『한국전통무용연구』, 일지사, 1986 등 참조.

51 조동일, 「처용가무의 연극사적 이해」, 『탈춤의 역사와 원리』, 홍성사, 1987.

52 葉德均, 「樂曲系 講唱文學」, 『宋元講唱文學』, 河洛出版社, 1978, pp.8~27에서 전통적인 강창극이 형성·유통되었음을 고증하였다.

간의 어느 터전에서 서민·대중이 운집한 자리 그대로가 무대로 된다. 출연자는 자기 신분에 맞는 옷차림으로 족하고, 소도구는 부채 정도라도 좋으며, 그 강창의 장단·절주를 맞추는 악사·고수만 따르면 그만이다. 그래서 이 강창극은 요청하는 측, 관중의 요구와 형편에 따라 출연자가 마음대로 조정할 수 있는 능소능대한 연극 형태라 하겠다. 그러기에 고려가요는 그 가사와 가요기사로서의 서사문맥만 교직·조화되어 있으면, 언제 어디서든지 출연자 1인의 능력 여하에 따라 다양한 강창극으로 연행되었던 것이다.

그렇다면 전게한 고려가요는 모두 가요기사를 가졌거나 재구할 수 있으므로, 한결같이 강창극으로 실연될 수 있다는 것이다. 이미 거론된 가창극본이나 가무극본도 가창 중심으로 서사문맥을 조성·재구하여, 혼자서 강설·가창하며 그럴듯한 행동·몸짓을 가미해 나가면, 훌륭한 강창극으로 연창될 수 있기 때문이다. 그 중에서도 전술한 바 〈명주〉나 〈예성강〉 같은 작품은 이 강창극으로도 성공할 수 있는 작품이라 보아진다. 한편 고려가요의 한 분야로 지목되는 향가·사뇌가는 그 가요기사와 함께 강창극으로 실연될 모든 조건을 갖추고 있다. 그 중에도 「균여전」은 그 고승의 탁이한 행적으로 서사문맥을 이루고, 그 사뇌가 11수와 그 번역시 11수를 교직하여 연창할 때, 실로 훌륭한 강창극이 성립되는 터라 하겠다. 기실 이런 강창극은 당시 연예계에서 교훈이나 오락을 위해 다양하게 연출되었을 뿐만 아니라, 불교계에서도 포교와 희락을 위하여 많이 실연되었던 것이다. 고려시대야말로 역시 강창극의 전성기를 이루었기 때문이다.

이러한 강창극의 대본은 극본·희곡의 기능과 역할을 다하여 왔다.

이 강창극본은 원래 판소리 창본처럼 희곡적 체제와 조건을 갖추고 있던 게 사실이다. 그러나 이것은 가창극본이나 가무극본처럼 전형화·전문화하지 못하고 그대로 서사문학인 양, 강창문학의 형식을 취하는 게 관례로 되어 왔다.[53] 그만큼 다양한 강창문학이지만, 그것은 고려가요를 수용하고 서사문맥을 갖추기만 하면, 그대로 강창극으로 극화·연행될 가능성이 충분하기 때문이었다. 이러한 강창문학은 강창극을 통하여 극화·공연되고, 다시 그 극본으로 정착·요약되면 도로 강창문학으로 정립될 수가 있다. 그러므로 고려 대의 가요를 포괄하는 모든 강창문학은 원칙적으로 강창극으로 연창될 수 있는 극본으로 존재하는 터라 하겠다. 그 중에서도 전술한 〈명주〉나 〈목주〉 그리고 〈예성강〉 등은 그 가요의 가사만 재구한다면, 그대로가 훌륭한 강창극본이 될 것이다.

이런 점에서, 「균여전」은 전형적인 강창극본이라 하겠다. 전술한 대로, 「균여전」은 전기적 유형을 지니고 탁이한 서사문맥을 유지하고 있는데,[54] 거기에다 사뇌가 11수와 한역시 11수가 적절히 삽입·교직됨으로써, 강창문학을 이루고 있기 때문이다. 먼저 이 작품의 전체구조와 서사문맥을 보면 이러하다.

ㅇ序 : 이 전을 짓는 동기와 그 과정을 서술한다.

①降誕靈驗分 : 쌍봉이 날라드는 태몽을 꾸고 균여가 비정상적 과정을 거쳐
　　　　　　　추모로 탄생하였기로 길에 버렸다 다시 데려다 길렀더니,

53　경일남, 「고려조 강창문학 연구」, 충남대 박사논문, 1989; 김진영, 「불교계 강창문학 연구」, 충남대 석사논문, 1992; 사재동, 「불교계 서사문학의 연구」, 『불교계 서사문학의 연구』, 중앙문화사, 1996 등 참조.
54　정하영, 「「균여전」의 전기문학적 성격」, 『한국언어문학』 20, 한국언어문학회, 1981 참조.

강보에서 원만게를 잘 읽고 부모의 구술을 다 기억한다.

②出家請益分 : 균여가 출가하여 굶어가면서 수도·정진하고, 밤마다 먼 거리의 스승을 찾아가 배운다.

③姉妹齊賢分 : 균여에게는 아주 총명·강기한 누님이 있었는데, 그가 귀가 상봉하여 놀라운 법문답을 교환힌다.

④立義定宗分 : 균여는 나말·여초의 종파간 불화·분쟁을 불법의 정통적 권능으로 화해·융합시키고, 법문을 올바로 가다듬어 법통을 정립하고 국가에 승과를 설치하여 많은 인재를 배출한다.

⑤解釋諸章分 : 균여는 불법을 넓히고 중생을 이롭게 하기 위하여 많은 불서를 해설·주석하여 널리 간행한다.

⑥感通神異分 : 균여는 영험한 법력으로 천지사물·불보살의 마음을 움직여 신이한 기적을 행한다.

⑦歌行化世分 : 균여는 또한 사뇌가에 능하여 수행의 종지, 보현보살의 십종대원을 놀고 즐기는 사뇌가 11수로 읊어 세상을 교화하는 데에 심혈을 기울인다.

⑧譯歌功德分 : 균여를 찬양하는 한림학사 최행귀가 이 사뇌가를 한시로 번역하고, 한문층이나 중국 측에도 널리 펴야 된다고 주장한다.

⑨感應降魔分 : 균여는 신통력으로 불보살의 감응을 얻어 악인이나 마귀들을 물리치고 항복 받는다.

⑩變易生死分 : 균여는 차안의 인연이 다하여 열반에 드는데, 전생의 보살이었음을 간증한다.

이어 균여의 생애에 대한 추모와 평가를 내린다.

◦ 後序 : 이 저술에 관한 해명과 독자에 대한 당부를 한다.

이와 같이 「균여전」은 그의 일생·행적을 10개 장면으로 나누어 서사 구조를 완결하였다. 이것은 고승전의 서사적 전형으로서 불타의 팔상을 방불케 한다. 그만큼 각개 장면은 신통·탁이한 사건으로 점철되어 이른바 '영웅의 일생'을 이룩하고 서사적 감동성을 종교적으로 승화시키고 있다. 이것은 「균여전」이 포교를 위한 대본으로 가장 적절하다는 것을 실증한다. 게다가 화엄사상·신앙의 핵심을 즐겨 노래한 사뇌가와 이를 한역한 한시가 집중적으로 가세·교직되어 그대로 강창문학을 이룩하였다. 이것이야말로 가장 완벽한 강창극본이라 하겠다. 승·속을 막론하고 강설과 가창에 능한 출연자라면, 이 작품을 족히 강창극으로 실연할 수 있겠기 때문이다.

그동안 잘 알려진 고려가요의 강창극본 말고도, 고려시대의 가요를 삽입한 설화·사화·인물전 특히 고승전 등은 거의 모두 강창극본의 자질·여건을 갖추고 있는 것이다. 적어도 『삼국유사』에 실린 「기이」의 각편이나 고승별전 등은 적절한 가요가 삽입되면, 그대로가 변문의 형태로서 강창극본으로 전개되었으리라 본다.[55] 그리하여 이런 강창극본들은 화려·장엄한 궁중·대가의 연희에서보다 불교계의 포교 속강 내지 행사 연희에서 더욱 활발하게 유통되면서 민간에 널리 보급되었던 것이다.[56]

55　사재동, 앞의 책, 104~108쪽.
56　이러한 강창극본은 마침내 판소리 창본으로까지 이어졌으리라 추정된다.

4) 대화극과 그 극본

대화극은 입체적이고 전문적인 연극 형태다. 극본에 따라 무대를 설정하고 악대와 소도구를 배치한 뒤, 등장인물들이 배역에 따라 분장·의상을 차리고 소도구를 지참하여 대화·가창과 행동·무용을 통하여 극적 사건을 이끌어 관중 앞에 보이는 연극이기 때문이다. 이러한 대화극은 원래 강창극이나 가무극 등과 더불어 발전했을 것이기에, 그것 역시 고려 대에 이르러 전성기를 맞이하였던 터다. 이미 알려진 대로, 고려 대에는 이른바 소학지희로 연결되는 조희가 〈도이장가〉를 중심으로 연출된 충신극 같이, 대화극으로 전개되어 있었고,[57] 고승들의 선문답으로 진행되는 소위 선극이 또한 『선문염송설화회본』 같은 것을 바탕 삼아[58] 대화극으로 행세하고 있었다. 그 중에서 원대의 잡극과 상통하는 대화극이 유통되었다는 사실은 매우 주목되는 일이다. 기실 고려가요의 대화극은 바로 저 잡극과 동일계의 연극이기 때문이다.

이런 고려가요의 대화극이 저 잡극과 관련되어 대두·공연되었다는 사실은 몇 가지 측면에서 실증된다. 우선 고려 대에 송대의 대성악과 각종 정재, 연극 형태를 수입·활용하였던 관행·전통을 따라,[59] 적어도 고려 후기에는 원대의 각종 문물·연예의 교류과 함께, 그 유명한 산곡과 잡극이 유입되었으리라는 것이다. 그래서 고려 후기에는 궁중·대가의

---

57 이두현, 「中世의 연극」 '조희', 『한국연극사』 민중서관, 1973; 이두현, 『한국문화사대계』 IV, 고려대 민족문화연구소, 1970; 사진실, 「소학지희의 공연방식과 희곡의 특성」, 서울대 석사논문, 1990, 32~56쪽.

58 혜심·각훈, 「선문염송설화회본(禪門拈頌說話會本)」, 한국불교전서편찬위원회, 『한국불교전서』 5, 동국대 출판부, 1983.

59 차주환, 「고려당악의 함의와 그 수입연대」, 『당악연구』, 범학사, 1979.

행사나 연희 등을 비롯하여 민간에서 행해지는 공·사 연회 중에는 이른바 잡희나 잡극이 연행되었으리라 본다. 그것은 대강 산악·백희의 계통으로 여러 연극 장르가 종합적으로 집합되어 혼잡하게 공연되는 것으로만 인식되어 왔다. 그 잡극이 독자적으로 원대의 그것처럼 연출되었다는 근거는 없다손 치더라도, 그런 잡극 속에는 전문적 대화극으로서의 '잡극'이 포함되었던 게 아닌가 한다. 기실 잡희와 잡극은 구별되는 것으로, 전자가 혼잡한 연희라면 후자는 행동과 대화를 주고받는 과정에서 서로 섞이는 연극, 즉 본격적인 대화극을 지칭하는 터라 하겠다.

이런 점에서 원말에 유학하고 급제·벼슬하면서, 그 연예문화 잡극을 많이 보았던 이색이 고려에 와서 잡극을 보고 남긴 기록은 주목되는 바가 있다. 그래서 그가 "自東大門至闕門前 山臺雜劇前所未見也"[60]라고 한 것은 잡극의 새로운 면모를 나타낸 바가 아닌가 한다. 이어 그가 지은 산대잡극에는 문자 그대로 여러 연희와 잡다한 공연을 묘사하고 있지만,[61] 그 속에는 당악정재, 가무극과 관련된 대화극으로 잡극이 연출되었을 가능성을 배제할 수 없겠다. 이러한 고려 말기의 잡극이 대화극으로서의 잡극과 결코 무관할 수 없었기 때문이다. 여기서 고려의 제도 중에, '잡극'이 있었다는 것을 주목할 필요가 있다. 『고려사』「여복」조에 "雜劇伎一百六十人名分左右"[62]라고 한 데서, 고려 대의 그 잡극을 상정해 볼 수가 있기 때문이다. 제도적으로 잡극이 실연되었기에, 거기에 종사하는 잡극 배우가 160명이나 집단활동을 전개했던 것이 아닌가 한다. 그것

60　이색, 『목은집』 33권 27장.
61　윤광봉, 「고려시대의 연희」, 『한국의 연희』, 반도출판사, 1992, 176~177쪽.
62　『고려사』 72권 「지(志)」 제26, 「여복」; 성택승, 「고려잡극과 송」, 『고려·조선시대 서사문학 발전의 연구』, 고려대 민족문화연구소, 1993 참조.

또한 대화극, 잡극의 실체와 실연을 직접 증언하는 게 아니므로 장담할 수는 없지만, 조선 초기에 삭제·변모된 고려 대의 연예 관계 기록이나 고고·미술품을 통하여 계속 그 근거를 찾아야 할 것이다.

이에 고려가요의 현전하는 가사와 악보·무보, 그리고 정재도의 등을 근거로 원대 산곡이나 잡극의 그것과 비교하여, 고려 대의 대화극, 잡극을 재구할 수가 있겠다. 그 중에서도 핵심이 되는 고려가요와 원대 산곡의 관계를 우선 검토할 필요가 있다. 그동안 고려가요가 중국 사곡의 영향을 받았다는 논의가 있어 왔지만,[63] 성호경이 고려시가에 끼친 원대 산곡의 영향에 대하여 고찰함으로써, 양자의 긴밀한 관계가 실증되었다.[64] 이 논고에서는 요지 고려와 원의 문물·연예의 빈번한 교류와 영향을 전제하고, 고려가요와 원대 산곡의 구조·형태 등을 구체적으로 검토하여 양자의 유사·공질성을 확인한 다음, 그 영향관계를 논증하고 있다. 이러한 기반 위에서, 고려가요와 원대 산곡의 긴밀한 관계를 시인한다면, 그 양자의 창작성과 독자성을 공인하지 않을 수 없다.

여기서 간과할 수 없는 것은 원대 산곡과 그 잡극의 관계다. 그 양자의 상관성이 어느 정도 실증되면, 고려가요와 그 대화극의 상관성이 그만큼 실증될 것이기 때문이다. 기실 저 산곡은 당시·송사에 이은 원대의 시가라 하겠다.[65] 그러기에 그 잡극과는 기본적이고 직접적인 관

63　이명구, 『고려가요의 연구』, 신아사, 1973 참조.
64　성호경, 「高麗詩歌에 끼친 元 散曲의 影響에 대한 考察」, 『국어국문학』 112, 국어국문학회, 1994.
65　王熙元 外編, 「曲的體制」, 『詞曲選注』, 學生書局, 1985, p.172에서 "一般人所稱 (…中略…) 唐詩·宋詞·元曲 指的是散曲"이라 하였다.

계를 맺어 왔다. 우선 저 산곡 중의 장편으로 고사를 읊은 산투散套가 필요에 따라 그 잡극의 곡사로 대치·활용되는 경우가 있었다. 그래서 이 산투와 잡극의 곡사가 그 형식·표현에서 상통하는 바가 있기 때문이다.[66] 그리고 논자에 따라서는 잡극이 쇠퇴·해체되는 과정에서 그 여파로 산곡이 형성되었다는 견해를 내세우기도 한다.[67] 그렇다면 고려가요와 그 대화극의 관계도 가볍지 않다고 보아진다. 고려가요의 가사 중에도 이른바 장가로서 서사적 구조를 갖춘 작품은 그 대화극의 창사로 대치·삽입될 수 있다는 것이다. 그래서 이런 작품은 대화극의 창사와 그 형식·표현에서 상통하는 바가 있다고 하겠다. 그리고 이 대화극이 쇠퇴·해체되는 과정에서 그 창사가 고려가요의 장가로 변용·전개되었으리라는 추정도 가능해진다. 이러한 관계가 확실하다면, 고려가요의 가사, 장가는 가창극·가무극의 창사로 활용된 연장선상에서, 대화극의 창사로 삽입·작용하였으리라 본다. 여기서 우리는 고려 대의 대화극이 성립·연출된 사실을 유추할 수가 있겠다.

이러한 논의를 바탕으로 보다 적극적인 측면에서, 고려의 대화극과 저 잡극을 대비시켜 보고자 한다. 이 대화극의 창사가 서사적 구조를 갖춘 장가, 이른바 별곡체라면, 그것이 저 잡극의 곡사와 상통하는 바가 적지 않기 때문이다. 여기서 양자의 관계가 긴밀하게 증명된다면, 저 곡사를 통하여 잡극을 실증하듯이, 이 별곡체를 창사로 하는 대화극을 재구할 수 있겠다.

---

66 盧元駿, 『曲學』, 黎明文化事業公司, 1980, p.185.
67 楊蔭瀏, 『中國古代音樂史稿』3, 丹靑圖書有限公司, 1986, p.177에서 "散曲不是雜劇的先
    聲 而是雜劇的餘波 它不是一種新興形式而是對已有形式的一種模仿 所以 可以說 它是
    雜劇的一種蛻化變質"이라고 하였다.

원대 잡극은 전체적으로 서사구조를 가진 극적 사건에 따라 극정을 추진하는데, 설백說白과 동작, 궁조에 의한 곡사의 가창으로 이루어지는 대화극이다.[68] 여기서 그 극전체의 흐름에 상응하는 이 연속된 곡사를 일러 희곡이라 할 것이다. 그래서 하나의 잡극에서 극적 사건과 설백·동작 등을 빼고 그 곡사만 남겨 연결시키면, 그대로 그 극곡으로 정립되는 터라 하겠다.[69] 그렇다면 하나의 서사적 구조를 지닌 극곡을 가지고 그 극적 사건과 설백, 동작 등을 다시 채워 넣으면, 그대로 그 잡극으로 성립될 수 있는 것이다. 그러므로 잡극을 창작할 때 곡사를 동시에 창작하든가, 어떤 대본에 근거하여 곡사를 먼저 창작하고 잡극으로 조성하든가 하는 차이가 있을 뿐이므로, 양쪽 다 극곡임에는 틀림없는 터다. 그러기에 순수한 극곡으로만 존재하기 위한 안전장치를 하지 않는 한, 그것은 극곡 자체로도 행세하고 잡극 속의 곡사로도 합세함으로써, 이른바 겸용이라는 이름이 붙을 수도 있었던 것이다.

그렇다면 고려가요의 별곡체는 그 자체만으로 행세하려는 특수장치가 없는 한, 고려의 대화극과 불가분리의 관계를 가진다고 하겠다. 위에서 고려가요의 가창극·가무극·강창극과 그 극본들을 논의해 온 대로, 이 고려가요 중의 별곡체는 모두 대화극의 창사였다가 어떤 계기에 독립된 것이라고 하겠다. 따라서 그것은 다시 대화극으로 합세·재구될 수 있다고 본다. 여기서 이 고려가요의 가사, 장편 창사에 의하여 저 잡극과 대비되는 고려의 대화극을 재구할 수가 있겠다.

---

68 盧元駿,「雜劇」, 앞의 글, p.220에서 "一直等到金院本以後 才進到北雜劇時代 才脫變而 爲抱括曲·科·白三者結合以表演一故事的代言體的戲曲"이라고 하였다.

69 鄭騫,『北曲新譜』, 藝文印書館, 1973에서 역대 잡극의 곡사(曲詞), 극곡(劇曲)만을 가지고 독립 장르로 규정·집성하였고, 다시 그 극곡을 잡극으로 환원시키기도 하였다.

그리고 상술한 바 가창극·가무극·강창극을 통하여, 고려의 대화극을 재구할 수도 있겠다. 우선 가창극은 모든 연극의 기본이므로, 거기에다 극적 서사문맥과 함께 대화와 행동이 결부·조화되면, 바로 대화극이 되겠다. 그리고 가무극은 이미 대화극에 근접한 입체성을 유지하고 있으므로, 거기서 무용을 약화시키는 대신 서사문맥을 강화하면서 대화와 행동이 합세되면, 바로 대화극이 되는 터다. 나아가 강창극은 일인 전역의 대화극과 같으므로, 거기에 일인 일역의 배역을 설정하여 분장·의상을 더하고 소도구를 지참한 채, 대화·행동하도록 보완하고 무대 장치나 음악 등을 가세시키면, 그대로 대화극이 되는 것이다. 여기 와서 연극 장르는 가창을 기반·중심으로 하여 상호 간에 보완·전환된다는 사실이 다시금 실증되었다고 하겠다.

이제 이 대화극의 극본을 점검해 볼 필요가 있다. 잘 알려진 대로, 이 대화극본이 완벽한 전형을 갖추고 있는 것은 현전하지 않는다. 그러므로 우선 전술한 가창극본·가무극본·강창극본을 바탕으로, 거기에 각기 대화극본으로서 부족한 요소를 보완·첨입시키면, 그대로 그것들이 대화극본으로 전환·정립될 것이다. 그렇다면 전게한 고려가요의 별곡체는 대화극본으로 재구되어 그 핵심·주축으로 기능하고 그 의미를 확충해 나갈 수 있으리라 본다. 여기서 그 대화극본을 재구할 때, 고려가요 중에서도 저 희곡으로서의 특성을 제대로 갖추고 있는 이른바 별곡체가 가장 적합하다는 것은 누언한 바와 같다. 이 별곡체야말로 각장이 독립되고 일단 구분되어 있으므로, 그 사이에 대화극본의 제반 요소로, 극적 사건·대화·행동 등이 얼마든지 끼어들 여지가 있기 때문이다.

그러기에 적어도 전술한 〈청산별곡〉·〈동동〉과 이미 거론된 〈서경별곡〉·〈쌍화점〉·〈만전춘별사〉 등에 이어 〈정석가〉·〈한림별곡〉 등은 일단 족히 대화극본으로 재구될 수 있으리라 본다. 위 〈청산별곡〉은 그 가요기사의 서사구조를 추적·재구하고, 그 가사의 서사적 구조를 검증하는 과정에서, 그 대화극본으로서 가창적 단락과 실체가 나타났다. 그 창사의 서두와 그 단락들의 사이사이에 극적 사건·대화·행동 등의 대화극적 요건을 삽입·확대시키면, 바로 대화극본이 될 것이다. 그리고 〈동동〉은 이미 〈아박〉의 정재, 동동지희로서 가무극본의 전형으로 재구되었거니와, 거기에 서두를 붙이고 각장의 가무 장면들 사이사이에, 대화극본의 요건을 삽입·정리하면 그대로 대화극본이 될 터이다. 한편 〈서경별곡〉·〈쌍화점〉·〈만전춘별사〉 등은 일찍이 여증동에 의하여 가극본으로 분석되고 일본가극과 관련시켜 그 실체가 고증되었다.[70] 그러므로 전술한 바 이러한 창사 중심의 가극본 단위 앞에 서두를 붙이고 그 경景이나 장면 사이사이에 위와 같은 대화극본의 요건을 삽입·보완하면, 바로 원대 잡극본과 같은 대화극본이 성립되리라고 본다.

여기서 〈쌍화점〉을 전형적 사례로 들어 하나의 대화극본으로 재구하여 보겠다. 먼저 이 작품에 대한 여증동의 극본적 분석·논의를 수용하여 재구의 기본 골격으로 삼는다. 그는 이 창사 자체만을 가극론에 의하여 고찰함으로써 이를 가극본으로 규정하고, 일본의 가극, 능악能樂과 관련시킨 바가 있다. 여기서는 그가 나누어 놓은 극본적 단위들을 바탕으로 하되, 전술한 바 대화극적 요건을 그 사이사이에 삽입·보충함으로써, 이를 대화극본으로 재구·규정하고, 원대 잡극 내지 극곡과 연결시

70　여증동, 「〈쌍화점〉 고구」, 황패강 외편, 『향가여요연구』, 이우출판사, 1985, 603~610쪽.

켜 보자는 것이다. 따라서 〈쌍화점〉의 대화극본과 대비되는 전형적 잡극의 극본을 구체적 기준으로 설정할 수밖에 없다. 그리하여 일찍이 한국에 수입·유통되어 온 〈서상기〉를 내세우고자 한다.[71] 이와 같이 대비·재구한다면, 〈쌍화점〉의 대화극본은 대강의 윤곽이 잡히게 될 것이다.

먼저 이 극본의 서두에 제목을 내세우고 그 연극 전반에 걸친 소개, 경개나 극정에 대한 해설이 붙을 것이다. 이것은 고금을 통한 연극·희곡의 관례이기도 하고, 잡극본에서도 필수되는 사항이다. 이것은 등장인물 중의 하나가 나와서 담설하고 그것을 가사로 요약하여 가창하도록 지시한다.

다음 이 극본은 전4경에 걸쳐, 저 잡극의 4개절과 같이, 전체의 서사구조와 진행계획에 따라, 각기 무대·소도구·주악을 지시한다. 등장인물의 역할 성격에 따라 분장·의상을 갖추고, 소도구까지 지참하여 대화·행동과 가창·무용으로 극적 사건을 추진하도록 예시·명기한다.

그리하여 제4경에 이르러 마무리 짓는 절차를 가지게 된다. 여기서는 원칙적으로 연극 전체를 요약하는 가사를 지어 붙이는 것이다. 이러한 복원 내용을 요약 제시하면 다음과 같다.

題目 : 雙花店

演劇解說 : 등장인물 중의 1인

要約歌詞(序章) 가창 지시

71　『古本董解元西廂記』(中裝本);『재자가인수화록』(사재동 소장) 건·곤(필사한장본).

第1景 : 만두집

舞臺設置 : 回回아비 만두집 · 소도구

人物登場 : 여주인공 · 回回아비 · 삿기광대 · 대립여인, 분장 · 의상 출
연 지시

補助人物 : 악사 · 가기 · 무기(남장별대)

事件進行 : 여주인공과 회회아비의 애정사건, 대화와 행동 지시

要約歌唱 : 악조 표시, 주악 · 가창 · 무용 · 지시, 가사 기록

(여주인공) 雙花店에 雙花 사라 가고 신뒨 回回아비 내 손모글 주여이다.

이 말스미 이 店 밧씌 나명들명,

(가기들 합창, 무기들 군무) 다로러 거디러.

(여주인공)죠고맛간 삿기광대 네 마리라 호리라.

(가기들 합창, 무기들 군무) 더러둥셩 다리러디러 다리러디러

다로러 거디러 다로러.

(대립여인) 긔 자리예 나도 자라 가리라.

(가기들 합창, 무기들 군무) 위~위~다로러 거디러 다로러.

(여주인공) 긔 잔 딕 ㄱ티 덦거츠니 업다.

第2景 : 삼장사

舞臺設置 : 三藏寺 寺主室 · 소도구

人物登場 : 여주인공 · 寺主 · 삿기上座 · 상대여인, 분장 · 의상 출연 지시

補助人物 : 악사 · 가기 · 무기(남장별장)

事件進行 : 여주인공과 寺主의 애정사건, 대화와 행동 지시

要約歌唱 : 악조 표시, 주악·가창·무용 지시, 가사 기록

(여주인공) 三藏寺애 블 혀라 가고신딘 그 뎔 寺主 내 손모글 주여이다.

이 말스미 이 뎔 밧긔 나명들명,

(가기들 합창, 무기들 군무) 다로러 거디러.

(여주인공) 죠고맛간 삿기上座 네 마리라 호리라.

(가기들 합창, 무기들 군무) 더러둥셩 다리러디러 다리러디러

다로러 거디러 다로러.

(대립여인) 긔 자리예 나도 자라 가리라.

(가리들 합창, 무기들 군무) 위~위~다로러 거디러 다로러.

(여주인공) 긔 잔딕 フ티 덦거츠니 업다.

　　第3景 : 우물

舞臺設置 : 우물가·소도구

人物登場 : 여주인공·우물龍(남성)·두레박(의인)·대립여인, 분장·의
　　　　　　상 출연 지시

補助人物 : 악사·가기·무기(남장별대)

事件進行 : 여주인공과 우물龍(남성)의 연애사건, 대화와 행동 지시

要約歌唱 : 악조 표시, 주악·가창·무용 지시, 가사 기록

(여주인공) 드레 우무레 므를 길라 가고신딘 우뭀龍이 내 손모글 주여이
다. 이 말스미 이 우믈 밧긔 나명 들명,

(가기들 합창, 무기들 군무) 다로러 거디러.

(여주인공) 죠고맛간 드레바가 네 마리라 호리라.

(가기들 합창 무기들 군무) 더러듕셩 다리러디러 다리러디러

다로러 거디러 다로러.

(대립여인) 긔 자리예 나도 자라 가리라.

(가기들 합창, 무기들 군무) 위~위~다로러 거디러 다로러.

(여주인공) 긔 잔티 ᄀ티 덦거츠니 업다.

第4景 : 주점

舞臺設置 : 술팔아비 집 · 소도구

人物登場 : 여주인공 · 술팔아비 · 싀구박(의인) · 대립여인, 분장 · 의상

　　　　　 출연 지시

補助人物 : 악사 · 가기 · 무기(남장별대)

事件進行 : 여주인공과 술팔아비의 애정사건, 대화와 행동 지시

要約歌唱 : 악조 표시, 주악 · 가창 · 무용 지시, 가사 기록

(여주인공) 술폴지븨 수를 사라 가고신딘 그짓 아비 내 손모글 주여이다.

이 믈스미 이 집 밧쯰 나명들명,

(가기들 합창, 무기들 군무) 다로러 거디러.

(여주인공) 죠고맛간 싀구바가 네 마리라 호리라.

(가기들 합창, 무기들 군무) 더러듕셩 다리러디러 다리러디러

다로러 거디러 다로러.

(대립여인) 긔 자리예 나도 자라 가리라.

(가기들 합창, 무기들 군무) 위~ 위~ 다로러 거디러 다로러.

(여주인공) 긔 잔 ᄃᆡ ᄀᆞ티 덦거츠니 업다.

마무리 과정

이와 같이 재구된다면, 이 대화극본은 원대 잡극의 4절체 극본과 대등한 작품으로 성립되었다고 하겠다. 거기에는 이 가사를 중심으로 대화극본의 모든 조건을 포용하고 있기 때문이다. 이런 전제 아래, 이 작품은 전형적 대화극본으로서 희곡의 기능·역할을 다하였으리라고 추정된다. 그렇다면 전게한 바 별곡체의 가요들은 모두가 이와 같은 대화극본으로 재구되어 어엿한 희곡으로 행세하였으리라 본다. 그리고 별곡체 이외의 가요들도 그 가사를 주축으로 위와 같은 대화극본들과 관련될 수 있었던 터라 하겠다.

5. 결론

이상 고려가요의 입체적 원전을 들어, 그 서사적 구조와 연행 양상을 고찰하여 보았다. 지금까지 논의해 온 바를 요약하면 다음과 같다.

① 모든 고려가요는 어떤 형태로 현전하든지, 원래 가사와 악곡 내지 무보까지 갖추고 가요기사에 둘러싸여 있었다. 따라서 고려가요는 그 가사를 핵심으로 입체적·종합적인 원전 속에 자리하여 생동하는

모습으로 연행될 수밖에 없었다. 그러기에 고려가요의 원형적 원전은 무성한 꽃나무의 꽃송이처럼 역동적으로 유통·행세하였던 것이다.

②고려가요는 기본적으로 가사와 가요기사로 조직되어 있었기에, 그 양자의 바탕에 공유된 서사 구조가 절실하고 중후하게 전개되었다. 그 가요기사는 극적 서사문맥, 사건 진행과 모든 연행 요건을 구비하여, 서사구조가 〈명주〉나 〈예성강〉의 그것처럼 확고하게 조성되었고, 여기에 기반을 둔 가사는 서정적 문학성으로 표현되었음에도, 그 속에 〈청산별곡〉이나 〈이상곡〉의 그것 같은 서사적 구조가 확실하게 정립되어 있었다. 그리하여 모든 고려가요의 가사는 수준의 차이는 있지만, 거의 다 서사적 서정시로서, 연행의 핵심·주축이 되어 문학적 가치를 발휘하고 공연을 주도함으로써, 그 의미와 기능을 심화·확산시켰던 것이다.

③이들 고려가요는 필연적으로 공연 과정을 겪게 되는데, 가사가 음악·무용과 결부되고 가요기사와 연결됨으로써, 연극 형태로 공연·유통되었다. 첫째로, 고려가요는 가사를 가창하여 극정을 이끌어 가는 가창극으로 실연되었고, 그 극본은 가사와 악곡 내지 가요기사 등으로 조직되어 있었다. 둘째로, 고려가요는 가창과 무용이 결합하여 입체적이고 역동적으로 극정을 밀어 나가는 가무극으로 실연되었고, 그 극본은 가사와 악곡·무보와 가요기사로 조성되어 〈아박〉의 정재도의 그것처럼 정립되어 있었다. 셋째로, 고려가요는 가사와 가요기사만을 가지고 강설하며 가창하여 극정을 엮어 나가는 강창극으로 연창되었고, 그 극본은 가사와 극적 서사문맥이 교직되어 「균여전」의 그것처럼 강창문학으로 정착되어 있었다. 넷째로, 고려가요는 가사와 극적 서사문맥을

주축으로 일인 일역의 배역들이 분장·의상하고 등장하여, 대화와 가창, 행동 등으로 극정을 총체적으로 창조해 가는 전문적 대화극으로 연출되었다. 그 극본은 우선 가창극본·가무극본·강창극본에 획기적 사건과 대화·가창·행동 등 대화극적 요소를 삽입·보완함으로써 재구될 수가 있었다. 한편 원대 잡극과 대비되어, 극곡적 성격을 갖춘 별곡체 가사를 근간으로 거기에 간절·중후한 서사문맥, 극적 사건과 여타 대화극적 요건을 보입·조정함으로써, 〈쌍화점〉과 전형적 대화극본이 재구·조성될 수가 있었다.

④ 이러한 고려가요는 입체적 원전에 자리잡고, 서사적 구조로써 대부분 서사적 서정시의 문학적 가치와 기능을 발휘하면서, 시가사상 획기적 위치를 유지하여 왔다. 그리고 이 고려가요는 그 필연적 연행 과정에서 가창극·가무극·강창극·대화극 등으로 공연되면서 각기 전형적 극본을 정립함으로써, 한국연극사 내지 희곡사상에서 중추적 역할을 다하여 왔던 것이다.

이로써 고려가요의 문학적 실상과 그 기능이 입체적으로 밝혀지고, 문학사적 위상이 제대로 논의되는 계기가 되었으면 한다. 이상의 논고는 하나의 개괄적 서설로서, 이 방면에 대한 전문적인 연구는 이제부터 시작되어야 하겠기 때문이다.

제3장

「동명왕편」의 희곡적 성격

1. 서론

　「동명왕편」은 고려 대의 문호 이규보가 지은 명편으로서 그 문학적 실상과 문학사적 위상이 실로 빼어난 작품이다. 이 작품은 장편 한시와 그에 상응하는 서사문맥을 구비함으로써, 종합적이고 입체적인 면모를 보이고 있다. 우리의 관점에 따라서는 적어도 시가문학이나 서사문학 내지 강창문학 등으로 간주하여 가치를 여러 각도에서 구명할 수가 있기 때문이다. 기실 이 작품은 운문 중심으로 보면 장편 서사시라 하겠고, 산문 중심으로 보면 신화 · 소설이라 하겠으며, 운문 · 산문을 있는 대로 보면 강창문학이라 하겠다. 강창 형태가 유통 · 연행되었음을 전제한다면, 이것은 극본 희곡이라 간주될 수가 있겠다.

　여기서 이 작품을 강창문학 내지 극본 · 희곡으로 보고 그 문학적 실상과 문학사적 위상을 고찰하는 것은 새로운 관점으로 주목할 만한 일이다. 기실 이 작품에 대한 연구가 성행하여 그 논문·저서가 적지 않은 가운데, 이제 획기적인 전환점을 모색할 단계에 이르렀다. 더구나 한국문학 연구에서 유보·소외되었던 고전희곡·고전희곡사가 새로운 각도에서 조명·검토되고 있는 마당에, 이 작품이 강창문학이면서 극본·희곡으로 고찰·논의되는 것은 매우 긴요한 일이라 하겠다.

그동안 「동명왕편」은 연구 성과의 숲에 가리워 그 실상과 진면목을 제대로 드러내지 못한 실정이었다. 이 작품을 장편 한시나 영웅서사시 등으로 고찰한 수많은 업적들은 대부분 타당하다고 하겠다.[1] 나아가 이 작품을 신화나 서사문학 등으로 논의한 것도 대부분 합리적이라고 본다.[2] 그러기에 이러한 연구사를 비판하기보다는 이를 참고하면서, 이 작품을 강창문학 내지 극본·희곡으로 분석·고찰하려는 것이다. 이러한 관점과 방법론으로 이 작품을 분석·논의한 뚜렷한 성과가 아직 나타나지 않았을 뿐만 아니라, 그렇게 함으로써 이 작품의 문학적 실상과 문학사적 위상이 올바로 드러날 것이기 때문이다.

이에 본고에서는 첫째, 이 작품의 강창문학적 성격과 함께 그 산문부의 특성을 고찰하겠다. 이 작품의 찬성 경위와 관련하여 그 원전이 강창문학 그 자체라는 것을 실증하고, 산문부의 특성과 독자성을 주목하여 서사문학적 양면성을 집중적으로 거론할 것이다. 둘째, 이 작품

1　시가적 연구의 총괄은 황순구, 「서사시 동명왕편 연구」, 국민대 박사논문, 28~41쪽 참조.
2　장덕순, 「영웅서사시 동명왕」, 『인문과학』 5, 연세대 인문과학연구소, 1960; 이재수, 「朱蒙傳說 東明王篇考」, 『논문집』 8, 경북대, 1964; 박두포, 「民族英雄 東明說話考」, 『국문학연구』 1, 효성여대, 1968; 김열규, 「동명왕편의 삼대기적 문제」, 김열규 외편, 『이규보연구』, 새문사, 1986 등 참조.

이 유통·연행되는 과정에서 극화·공연되었을 가능성을 추적하여 보겠다. 이 작품이 제작된 당시의 연극·희곡적 배경, 작자의 연예 지향성, 나아가 작품 자체의 극화·연행성 등에 입각하여 연극 형태를 추정할 것이다. 셋째, 이 작품이 극본으로서 갖춘 희곡적 실상을 고구하여 보겠다. 이 작품을 희곡론으로 분석하되, 구조와 구성, 문체 그리고 장르 등에 걸쳐 희곡적 성격을 중점적으로 논의할 것이다. 나아가 이 작품의 문학사적 위상을 대강 파악하여 그것이 강창문학사 및 소설사 내지 희곡사상에서 차지하는 위상을 가늠하는 데에 조금이나마 도움이 되고자 한다. 그리하여 「동명왕편」과 같은 작품 유형을 합리적이고 계통적으로 연구하는 데에도 작으나마 하나의 방향을 제시하고자 한다. 이 작품의 원전은 『동국이상국집』 권3, 「고율시」조에 실린 「동명왕편」이다.

2. 「동명왕편」의 강창문학적 성격

1) 찬성 경위와 강창구조

이 작품은 이규보가 26세 되던 1193년에 지었다는 것이 이미 밝혀졌다.[3] 고려 대를 대표하여 일세를 풍미하던 일대 문호가 이만한 작품을

---

3   장덕순, 「영웅서사시 동명왕」, 『국문학통론』, 박이정, 1995, 300쪽.

창작하였다는 것은 오히려 당연하여 중언할 필요가 없다. 하지만 그가 이 작품을 제작한 동기와 제작의 실제적 과정에 대하여 강창문학적 성격을 규명하는 한도에서 밝혀야만 되겠다.

그 제작 동기는 천재적 문인의 단순한 창작의욕으로만 돌릴 수가 없다. 그 시대의 문장을 좌우하는 대문장가로서 보다 뚜렷한 명분과 시대적 요청에 부응하여, 이규보는 이런 작품을 제작하였으리라 보아진다. 아무래도 제작 과정에는 역사적 명분과 제의적 사명 그리고 교화적 방편 등 복합적 동기가 그의 천재적 창조력을 크게 자극하였을 것이기 때문이다.[4]

첫째, 역사적 명분은 고려가 고구려를 재현한다는 대망을 가지고 그 적통을 계승·발전시키는 차원에서 발휘되었을 것이다. 고려가 고구려의 적통을 이어 새로운 세계를 개척한다는 건국이념과 정치철학은 이미 보편화되어 있었던 터이다. 그러기에 이규보는 국가의 적통성을 재강조하고 통치철학을 재정립하려는 시대적 요청과 민중적 여망을 절감하고 이 작품을 제작하였으리라는 것이다. 따라서 고구려의 실체가 역사화된 마당에, 국가의 시조요 상징인 동명왕의 숭고·신이한 생애와 공업을 재창조한 것이 「동명왕편」이라 하겠다. 동명왕의 행적과 위업은 고구려의 역사를 꿰뚫고 신라통일기 고구려 유민이나 발해 등에 전승·신격화되어, 이것이 고려의 고구려 정신으로 재현되었던 터라고 보아진다. 고려 중기에 이르러 고려의 건국정신과 통치철학을 강화·중흥하기 위하여, 그 정신의 원천이요 전형인 동명왕의 그것을 이

---

4 김승룡, 「동명왕편의 서사시적 특질과 창작의식」, 『어문논집』 32, 고려대 국어국문학연구회, 1993 참조.

러한 작품으로 창작해 낸 것은 필연적인 현상이기 때문이다.[5]

둘째, 제의적 사명은 고구려로부터 유민을 거쳐 고려에 이르기까지 동명왕의 신위를 묘당에 모시고 정기적으로나 부정기적으로 경건하게 제사하는 마당에서 실현되었을 것이다. 이와 같이 고려의 정기적 국중대회에서 역대 군왕과 그 모형인 동명왕을 추모・효칙하는 제의・행사를 벌였던 것은 추적하기에 어렵지 않겠다. 이러한 제의・행사는 고려의 비상사태에 대처하는 종교적 내지 치민적 방법으로 치러졌는데, 그때마다 이를 극복하고 보우하는 역대 제왕과 동명왕의 신위께 국가적 치성을 드렸던 것도 족히 짐작되는 터다. 이러한 호국적 취지에 입각한 제의적 사명을 다하기 위하여 동명왕의 신통・기이한 생애와 공업을 추모・신격화함으로써 「동명왕편」 같은 작품이 제작되었던 것이라 보아진다. 그리하여 제의현장에서 이 작품이 어떤 순서로 직접 연행되었든지, 아니면 이 제의와 관련되어 간접적으로 유통되었으리라 추정된다. 말하자면 그 동명왕 관계의 제의・제례에서 「동명왕편」이 그 극화・연행의 대본으로 활용되었으리라는 것이다.

셋째, 교화의 방편은 치민・윤리와 관련되어 상하 민중의 충효・순종을 강화・선도하는 데서 발휘되었을 것이다. 당대의 조정이나 지도층에서는 온갖 교화 방편을 설계・활용하였거니와, 백성・민중들이 익히 알고 숭앙하는 국조나 저명한 선왕의 신통・영이한 행적을 작품으로 재현하는 것은 교화에 있어서 큰 효과를 내는 첩경이었다. 따라서 어리석은 남녀들이 능히 이야기할 수 있는 동명왕의 신이한 사적・공

---

5   장덕순, 「作者와 東明王創作의 動機」, 앞의 책, 300~303쪽; 정하영, 「신화의 기능변이와 문학적 재현」, 『국어국문학』 84, 국어국문학회, 1980 등 참조.

업을 「동명왕편」으로 제작하고 후세의 귀감으로 남기기 위하여 널리 유포시킨 것은 당연한 일이라 하겠다.[6] 이와 같은 신화적 내용은 상하 민중에 쉽고도 재미있게 그리고 감명 깊게 유통·연행되었을 것이니, 그것이 극화·실연되는 것은 당연한 추세였던 터다.

이와 같은 동기와 목적을 가지고 당대의 대문장가 이규보가 시대적 요청과 국가적 사명감을 띠고 문인의 중임을 자처하면서, 또한 문예지향적 열정을 기울여 이 작품을 제작하였다면, 그것이 명편으로 행세한 것은 필연적인 결과라 하겠다. 그렇다면 이 작품이 제작되는 실제적인 과정은 결코 단순하거나 즉흥적인 것이 아니었을 터다. 이규보가 능히 쌍운주필로 즉흥 음영하는 문사이지만, 「동명왕편」같이 무거운 작품을 그렇게 가볍게 창작할 수도 없고, 또한 그리하지도 않았을 것이기 때문이다. 기실 그가 목적한 작품은 현전하는 원전 그대로 장편 운문을 주축으로, 해설·주석격의 서사적 산문을 조합시킨 운문·산문의 강창문학 그 자체였던 것이다. 이러한 관점에서 제작의 절차가 순리적으로 진행되었을 것이다.

우선 그는 동명왕의 행적에 관한 자료를 광범위하게 수집·정리하였을 것이다. 그래서 그는 어리석은 남녀들이 능히 설화하고 있는 구비적 동명설화를 주목·수집하였다. 오랜 세월 널리 유통·연행되어, 보편화된 동명전승은 집단적 기억과 창작력에 의하여 신화화·허구화되는 실제적 양상을 보여 주었을 것이다. 그리하여 그것은 「동명왕편」을 제작하는 기초와 원동력이 되었을 터다. 그리고 그는 선행 문헌을 박람하여 그 속에 수록된 동명왕의 행적을 색출·정리하게 되었다. 그

---

6   이규보의 「동명왕편」「병서」에 "作詩以記之 欲使夫天下 知我國本聖人之都耳"라 하였다.

「동명왕편」의 병서에 이미 『위서魏書』・『통전通典』 등을 읽었다 하였거니와, 박람강기博覽强記한 문사 이규보가 열람한 문헌의 범위는 확대될 수밖에 없었다. 한・중의 문헌 중 동명왕의 행적을 기술한 것은 대강 다음과 같이 알려졌다.[7]

서명(書名)	국명(國名)	건국조(建國祖)	기록연대 (記錄年代)	비고
論衡	夫餘	東明	1C 末	中國側
魏略	〃	〃	3C 末	〃
後漢書	〃	〃	5C 初	〃
搜神記	〃	〃	5C	〃
梁書	〃	〃	7C	〃
魏書	高句麗	朱蒙	6C 末	〃
周書	〃	〃	7C 末	〃
隋書	〃	〃	7C 末	〃
北史	〃	〃	7C 末	〃
通典	〃	〃	8C 末	〃
隋書	百濟	東明	7C 末	〃
北史	〃	〃	7C 末	〃
三國史記	高句麗	朱蒙	12C	韓國側
三國遺事	〃	〃	13C 末	〃

기실 이규보는 이와 같은 문헌을 거의 다 섭렵했으리라는 사실을 믿을 수밖에 없다. 그가 당시 그만한 위치에서, 위 문헌을 구득・열람할 수 있었던 것은 당연하기 때문이다. 여기서 주목되는 것은 그가 중국 측의 기록을 참고・비교하면서, 『구삼국사』와 『삼국사기』를 중시하였다는 사실이다. 그는 『구삼국사』 「동명왕본기」를 보고 그 신이한 행적이 '귀환鬼幻'하여 처음에는 믿지 못하였다 하고, 『삼국사기』에서는 그

런 사적이 생략되어 있다고 실토하였다. 여기서 많은 학자들은 '本記云 본기운'을[8] 근거로 문맥을 해독하면서, 이규보가 마치 『구삼국사』의 「동명왕본기」만을 단순히 인용하여 「동명왕편」의 운문을 제작한 것처럼 속단하게 되었다. 물론 '본기운'을 일단 그 「고구려본기」로 보는 것은 상식에 속하는 일이겠다. 그렇다고 이것이 그 다음 문장의 모두가 「본기」 자체라는 증거가 될 수는 없다. 실제로 그 본기를 근거·참고로 하였기에 그러한 표기를 할 수도 있겠고, 더구나 재편·창작된 문장이 허구적 성향을 지닐 경우에, 그 역사성·신빙성을 강조하기 위하여 그렇게 표방할 수도 있기 때문이다. 설령 「본기」가 분명한 사실이라 하더라도 그것에 직결되는 문장이 이 작품의 산문 전체라고 장담할 수가 없다. 고전산문에서 그 전거를 직접 인용한 부분은 대개 단거리에서 끝나는 게 관례이기 때문이다. 여기에 고금을 통하여 창작 소설에서 사실성을 강화하려는 방편·장치로 역사나 실화를 전거로 내보이는 보편적 현상을 주목·비교할 필요가 있다. 그런데도 어떤 학자들은 「동명왕편」의 산문부가 『구삼국사』의 원문이라 간주하여, 모든 연구를 진행하고 있는 실정이다. 국문학계에서는 동명신화를 고찰하는 데서, 「동명왕편」의 산문부를 원전으로 삼으면서도 으레 그것이 『구삼국사』에 수록되었던 그 원문이라고 믿고 있는 것이다. 그리고 국사학계에서도 『구삼국사』를 복원하기 위하여, 『삼국사기』와 『삼국유사』를 비교할 때는, 으레 전거를 「동명왕편」의 산문부에 두고 그것이 바로 원본적 문장임을 진신하고 있는 형편이다.

그러나 이 문제의 산문부는 현실적으로 이규보의 문장임에 틀림이 없

---

8 『동국이상국집』 권3, 2면.

다. 그의 병서에서는 다만 그 자료의 수집 과정에서 어리석은 남녀의 황당한 사적화나 중국 측 기록의 신기한 생애, 그리고『구삼국사』의 신이한 행적,『삼국사기』의 축약된 사적 등을 두루 견문하여 그 신이·귀환한 행적을 신성한 영적으로 보게 되었다는 이야기뿐이다. 그러기에 그가『구삼국사』의 기록을 중시한 것은 사실이겠으나, 원문을「동명왕편」의 산문부에 그대로 옮겨 놓지는 않았을 것이다. 가령 그가 다른 구비·문헌의 행적을 다 버리고『구삼국사』의 그것에 전적으로 의존하였다 치더라도, 그 정도의 문장력과 자존심이라면 결코 원문 그대로를 옮겨 본인의 문장으로 환치하지는 않았을 것이기 때문이다. 따라서 산문부는 그가 구비·문헌에서 널리 수집·정리한 결과를 조정·집성하여 자신이 직접 그 생애와 행적을 기술한「동명왕전기」(가제)라고 보는 것이 타당하겠다. 그러기에 산문부는 모든 자료를 망라하여 기술한 이규보의 문장이요 그의 창작이라 하여 무방할 것이다.[9]

　「동명왕전기」는 자료의 집성·기술에서 크게 벗어나지 못하는 초고 형태라 하여 마땅할 것이다. 그것은 우선「동명왕편」운문부, 장편 한시의 창작을 위한 저본으로 편성되었을 것이기 때문이다. 이러한 위인의 생애를 장편 서사시로 창작할 때는, 반드시 저본이 먼저 편성되어야 하는 것이 고금의 상례였다.『석가여래행적송』이나[10]『월인천강지곡』·『용비어천가』등이[11] 다 그러한 절차를 밟았던 것이다.

　다음「동명왕전기」를 저본으로 그는 장편 한시를 창작하였을 터다.

9　주종연,「한국서사문학의 연원」,『한국소설의 형성』, 집문당, 1987, 28쪽.

10　이종찬,「서사시『석가여래행적송』考」,『동악어문논집』1, 동악어문학회, 1962.

11　사재동,「『월인천강지곡』의 실상과 유통」,『한국문학유통사의 연구』, 중앙인문사, 1999, 526~532쪽.

그는 발군의 문장가·시인으로서, 그 저본에 근거하여 5언 고시의 영웅서사시를 소신껏 읊어 냈던 것이다. 이것은 동명왕신화의 서사적 재정리, 「동명왕전」을 응축·승화시킨 「동명왕편」의 운문부, 「동명왕찬」(가제)으로 우뚝 솟아 난 것이라 하겠다. 그러기에 이 작품은 그의 많은 서정시 내지 서사시 중에서 가장 장쾌하고 감동 어린 명작으로 길이 남게 된 것이다. 이는 영웅의 일생을 노래한 장편 고시, 영사시나 신화시로서 이른바 서사체를 수미일관 응축·승화시킨 영웅서사시의 금자탑이라 하겠다.[12]

그 창작의 작업은 아직 끝나지 않고 계속되었으리라 본다. 이 작품의 운문부가 찬연하게 완성되고도 저본 「동명왕전기」는 결코 버려지지 않고 수정·보완과 함께 하나의 독립된 서사문학 「동명왕전」(가제)으로 정화·창작되었기 때문이다. 이 산문작품은 개별적인 서사체로 독립·행세하기보다는 더욱 소중한 본연의 임무를 갖게 되었다. 그리하여 「동명왕전」은 그 서사시의 저본으로부터 완벽한 서사체로 정화·승격되어 그 운문체의 주석·해설을 맡도록 재조직되었던 것이다. 그리하여 먼저 그 서사시의 한 문단이 끝나면, 그 대목에 부합되는 서사체의 일부가 연접되어, 그 해석·연설을 해내는 식으로 연속되어 나간다. 여기서 비로소 유기적인 운문·산문의 조직·합성이 이룩되고, 강창문체 즉 강창문학의 형태로 완결되었던 것이다. 그 운문은 가창되고 그 산문은 강설되기에, 자연 「동명왕편」은 강창문학으로 유통·연행될 수밖에 없었다. 이것이 이규보가 「동명왕편」을 창작하게 된 목표·의도요 이 작품의 본래 면목이었기 때문이다.

---

12 황순구, 앞의 글, 123~125쪽.

2) 산문부 서사체의 특성

산문부 서사체는 이제 정제된 「동명왕전」으로 불리게 되었다. 그렇다면 이 작품은 굳이 산문부만 분리 · 독립되든지 그대로 운문과 결부된 상태로든지, 몇 가지 특성을 드러내고 있는 게 사실이다. 대강 그 신화성에 기반한 창작성과 허구성 내지 소설성과 희곡성 등이 바로 그것이다. 우선 이 작품이 신화성을 기본으로 하고 있다는 것은 재언할 필요가 없다. 그 자체가 고구려의 건국신화로 공인되어 왔기 때문이다. 그러나 이 작품의 신화성의 원형과 실체는 확인되어야 한다. 이 신화성은 국조 동명왕에 대한 신앙으로부터 발원하고 그 제의에서 형성되어 반복 · 전개되었을 것이다. 그것은 고구려 당시 국중대회를 통하여 실연되고, 망국 후 유민들에 의하여 지방화 · 민중화의 과정을 겪었으며, 고려의 건국과 함께 부흥의 기운을 탔으리라고 본다. 따라서 이 신화성은 그 원형의 변모와 재구의 단계를 거치면서 작품화되어 그만한 실체를 보유하고 있는 터라 하겠다. 결국 신화성의 원형과 변모는 이규보에 의하여 그 실체가 확인되고 그 작품 속에 승화되어 있다고 보아진다.[13]

이러한 기반 위에서 이 작품은 창작성을 그 특성으로 드러내고 있다. 원래 이 작품은 여러 신화적 단편 · 소재들이 이규보의 창작적 문장에 의하여 「동명왕전」으로 완결되었기 때문이다. 그러기에 「동명왕편」은 운문부 고시는 물론, 산문부 서사체 「동명왕전」까지 창작성을 확보

---

13 이 작품의 신화성은 그 자체가 증언하고 있으며, 이 작품에 대한 그간의 논의에서도 모두 그 신화성을 밝히고 있는 실정이다.

하고 있는 것이 당연한 일이다. 그렇다면 「동명왕편」 전체가 이규보의 창작품이라는 이야기가 된다. 여기서 상술한 바 이 작품의 찬성 경위를 상기할 필요가 있다. 거기에서 필연적인 창작의식과 용의주도한 창작 과정이 전제되었기 때문이다.[14] 그래서 이 작품의 운문부가 창작이라는 점은 재론할 여지가 없지만, 그 산문부 「동명왕전」은 여러 가지 전거를 통하여 그 창작성을 검증할 필요가 있다.

전술한 대로 이 산문부는 『구삼국사』의 동명기사, 즉 신화를 그대로 인용한 것이기에 결코 이규보의 창작이 아니라는 견해가 지배적이었다.[15] 그러나 이 작품의 서사문학성이 단순한 신화의 차원을 넘어선다는 점에서, 『구삼국사』를 찬성한 어떤 사가·문인의 창작일 가능성을 제시하기도 하였다. 그러기에 신화치고는 너무도 문학적이요 역사기술치고는 너무도 창작적이라는 데까지 논급되었지만, 그것이 이규보의 창작품으로 인정되거나 그 문학적 실상 내지 장르 성향이 전문적으로 논증되지는 못하였던 터다.

그러나 「동명왕전」은 우선 「동명왕편」 전체가 그의 창작품이라는 근거에서 그 창작성이 공인될 수밖에 없다. 이 운문부가 그의 창작임에 틀림없다면, 그 수미일관된 서사시를 빈틈없이 뒷받침하여 서사하고 있는 「동명왕전」은 일단 의도적인 작품화 과정을 통한 창작품이라 보는 것이 순리적이라 하겠다. 「동명왕전」이 신화 내지 서사 형태로 분석·고찰되는 가운데, 그것이 그 운문의 단순한 주석·해설이 아니라, 그 자체로

---

14 이우성, 「이규보의 시대와 영웅시」, 김열규 외편, 『이규보연구』, 새문사, 1986, 26~27쪽; 박두포, 앞의 글, 27~30쪽.
15 그동안 이 작품을 『구삼국사』 「동명왕본기」라고 취급한 모든 논고가 이런 견해를 보이고 있다.

서 유기적으로 구성·조직된 서사문학이라 공인되었기 때문이다. 그렇지 않고 「동명왕전」이 신화로서 형성되었거나 어떤 사가·문인의 찬성이었다면, 자유분방한 문호 이규보의 호방한 창작인 그 운문부 장편서사시와 그다지 밀접하게 부합·조화될 수는 없었을 것이다. 결국 이 작품은 한 시인·작가가 두 작품의 합편인 운문·산문, 즉 강창문학을 의도하여 창작한 것이라고 하겠다. 말하자면 이규보가 동명전승을 소재로 운문·산문을 창작·합성함으로써, 입체적인 강창문학 「동명왕편」을 이룩하였다는 것이다.

다음 「동명왕전」은 전래의 어떤 신화와도 비교될 수 없이 짜임새있는 구조·구성과 세련된 표현·문체를 갖춤으로써, 그 자체가 소설 수준의 창작성을 보여 주고 있다. 그러기에 이 작품은 결코 단순·소박한 신화가 아니라, 의도적으로 창작된 입체적 서사 형태라고 하겠다. 이런 점은 그 당시 한·중의 전기소설과 비교해 보아도 실증된다. 「동명왕전」은 먼저 중국 당·송대의 전기소설 그 중에서도 신화계의 전형적 소설들과 비교할 때, 그 창작성에 있어 결코 손색이 없다. 그리고 이 작품은 한국의 전기소설 그 중의 대표적 신기소설神奇小說 등과 비교할 때, 그 창작성이 족히 실증되는 터다.

더구나 이규보의 문학적 역량과 그 작품을 상고할 때, 「동명왕전」의 창작성을 부인할 수가 없다. 게다가 그는 당대에도 「국선생전」·「청강사자현부전」같은 빛나는 소설들을 창작하였기로,[16] 「동명왕전」을 창작할 만한 가능성과 그 역량이 충분히 입증되는 터다. 여기서 「동명왕전」

---

16 김진영, 『이규보 문학연구』, 집문당, 1984, 171~174쪽; 김경수, 「이규보의 '전'에 관하여」, 김열규 외편, 앞의 책, 80~85쪽.

은 그의 소설들과 비교하여 그 창작성이 확인되는 것이다. 이렇게 이 작품의 창작성이 실증되고 보면, 그것은 단순한 특성에만 머물지 않고, 그 문학적 실상과 장르적 성향을 규정하는 전체적 준거가 되리라 본다.

「동명왕전」의 창작성은 그대로 이 작품의 허구성으로 직결된다. 그것은 이 작품이 작품다운 서사문학, 즉 소설 형태나 희곡 형태로 조성해 낸 특성으로 나타난다. 이 작품의 허구성은 그것이 신화라는 데서 운명적으로 타고난 터다. 그래서 이 작품은 이미 황당기궤荒唐奇詭로 보이고 허탄한 귀환으로 공인되었던 것이다. 원래 이 신화로서의 허구성은 역사성을 바탕으로 하되, 오랫동안 집단적인 창조력이 지고지선의 신성담·영웅담을 지향하여 초월적인 서사체계를 완결하려는 데서 형성된 것이다. 여기서 이 작품의 신화성과 허구성은 실로 함수관계를 가지고 상승작용을 일으키며 그 수준을 높여왔던 터라 하겠다. 그러기에 「동명왕전」의 탁이한 신화성이 바로 그 허구성으로 조성·부각되고 있는 실정이다.

이러한 신화의 원형적 허구성은 이규보에 의하여 재조정·재창조되었다고 보아진다. 그는 이 신화의 허구성에 대하여 처음에는 황당기궤라 불신하고 귀환이라 인식하였던 게 사실이다. 그러나 그는 한·중 역대 신화의 허구적 실상을 탐미점섭耽味漸涉하여 새로운 관점과 올바른 허구법을 정립하게 되었던 터다. 그러기에 그 '귀환'을 신성神聖으로 파악하였고, 그 변화신이變化神異를 창국신적創國神迹이라 확인하였던 것이다. 이것은 그 신화의 본래적 허구성을 소설적 허구성으로 전환시킨 작가적 저력을 암시하는 대목이라 하겠다. 그는 그의 다른 소설들을 통하여 허구의 기능과 그 실천적 방법을 이미 체득하고 있었으리라 본

다. 따라서 그가 마지막 창작력을 기울여 "作詩以記之작시이기지"하는 데
서 이 작품의 허구성이 차원 높게 완결되었던 터다. 그러기에 그는 이
작품에 역사적 사명과 회심의 긍지를 걸었던 것이다.[17]

이로써 이 작품은 우선 소설성을 갖추게 되었다. 그동안 여러 학자
들이 「동명왕편」의 서사문학성을 입체적으로 검증한 바가 있다. 그들
은 그 고시를 중심으로 그 산문체를 주석·해설의 신화라는 전제 아래,
이 서사문학성을 밝혀내는 데에 상당한 업적을 내었다. 결국 그 산문
체를 원전으로 하되, 그것이 동명신화요 『구삼국사』의 「동명왕본기」
라는 선입견으로 인하여, 이 작품의 서사문학성을 최고 수준으로 분
석·평가하면서도 그 소설성을 입증하는 데는 이르지 못하였던 터다.

전술한 바 「동명왕전」이 이규보의 창작으로 허구성을 지닌 독립 작
품이라면, 이 작품의 소설성은 그동안의 논의만으로도 족히 실증될 수
가 있겠다. 우선 이 작품은 전형적인 전기적 유형으로서 소설적 구조
를 갖추었다. 그것이 동명왕의 완벽한 일대기이기 때문이다. 그리고
이 작품은 '영웅의 일생'이라는 서사구조·소설 형태에도 충분히 부합
되는 터다.[18] 나아가 이 작품은 대표적인 삼대기로서 서사문학·소설
형태의 기본구조를 구비하고 있다. 그것은 서사문학·고전소설·현
대소설로 일관되는 구조적 맥락을 유지하는 바라 하겠다.[19]

나아가 「동명왕전」은 소설적 구성을 보여 주고 있다. 먼저 그 무대
가 광활하고 장엄하게 펼쳐져 있다. 천상과 지상 그리고 수중·하천에

---

17 「동명왕편」「병서」에 이 허구성의 내막이 잘 드러나 있다.
18 소재영, 「고소설발달사」, 한국고소설연구회, 『한국고소설론』, 아세아문화사, 1991 참조.
19 김열규, 「東明王篇의 三代記 問題」, 김열규 외편, 앞의 책, 40~41쪽.

걸치는 자연적 환경, 부여·고구려·비류국의 궁성과 화려한 궁궐·별실 등 인공적 배경을 바탕으로 다양한 무대가 사건 전개에 맞추어 전개된다. 거기에 인물들이 주인공을 중심으로 개성 있게 움직인다. 주몽을 주인공으로 해모수와 유화 그리고 하백, 금와왕과 그 왕자들, 주몽의 종자와 신하들, 송양과 그 신하들, 유리와 그 어머니 등이 유기적으로 결부되어 그 사건을 절묘하게 이끌어간다. 그리고 이 작품의 사건은 해모수와 주몽 그리고 유리의 이야기가 파란만장하게 전개된다. 그것은 이른바 삼대기 소설의 사건 진행과 같은 유형을 이룬다 하겠다. 실제로 그 사건은 다음과 같이 이루어 진다.

하늘의 계시와 해부루의 이도 → 해모수와 유화의 결합 → 해모수와 하백의 대결·성혼 → 주몽의 신이한 탄생·성장 → 주몽의 비범한 행적 → 금와왕 자들과의 갈등·수난 → 주몽의 탈출·건국 → 송양과의 대결·승리 → 동명왕의 대성·승천 → 유리의 신적·계승 등

이것은 이른바 '기-승-전-결'의 격식에도 맞고, 또한 '가계—출생—비운—역경—절정—회운—종결'로[20] 이어지는 고전소설 사건의 진행 과정과도 상통하고 있다. 그리하여 이 작품의 구성이 소설성을 그대로 드러내고 있다는 것이다.

여기서 「동명왕전」의 표현·문체는 소설 수준에 이르고 있다는 게 주목된다. 원래 소설문체는 전형적인 산문체로서 지문과 대화로 나누어진다. 여기서 이 작품의 문체를 임의로 제시해 보면

20　정주동, 「플롯論」, 『고대소설론』, 형설출판사, 1983, 181쪽.

其母曰 此吾之所以日夜腐心也 吾聞士之涉長途者 須憑駿足 吾能擇馬矣 遂
往馬牧 卽以長鞭亂捶 群馬皆驚走 一騂馬跳過二丈之欄 朱蒙知駿逸 潛以針捶
馬舌根 其馬舌痛 不食水草 甚瘦悴 王巡行馬牧 見群馬悉肥 大喜 仍以瘦錫朱
蒙 朱蒙得之 拔其針加饋云(云)(문집 권3, 6장 전면)[21]

이러한 정도이기에 소설 문체의 수준에 이르렀다 할 것이다. 이 문
체는 우선 『삼국유사』 등 고문헌에 흔히 보이는 신화·전설의 그것과
상당히 다르다. 이것이 그 묘사와 짜임새에 있어 보다 정교하기 때문
이다. 그리고 이 문체는 『삼국사기』의 사실 기록과도 좀 다를 수밖에
없다. 이것이 아무래도 문예적 문체를 지향하고 있기 때문이다. 전체
적으로 그 지문은 배경·무대의 설명, 인물의 성격 및 행동의 묘사, 사
건 진행의 표현 등에서 당시나 후대에 알려진 소설문체에 비하여 손색
이 없다. 더구나 그 문체 중에서 대화가 매우 다양하고 적절하게 활용
되어 인물·사건의 묘사에서 상당한 생동감을 자아낸다. 따라서 이 작
품의 표현·문체는 대화를 중심으로 소설 이상의 입체성과 역동성을
발휘하여, 그 특성을 희곡적 측면에서 검토해야 될 터이다.

이로써 「동명왕전」은 뛰어난 소설성, 즉 소설적 특성을 구비하였다
고 보아진다. 그래서 소설론적 관점에서 전문적 논의를 심화시킨다면,
이 작품을 소설이라고 규정할 수도 있겠다. 그러나 여기서는 이 작품
의 소설성을 그 특성의 하나로 거론하여 소설 이상의 희곡성을 검증하
는 발판을 마련하는 터이므로, 굳이 그 장르를 논단하지는 않겠다.

기실 「동명왕전」은 입체적이고 역동적인 서사구조를 갖춤으로써,

---

21 『동국이상국집』 권3, 제6장 전면.

소설 장르로만 규정될 수 없는 종합성을 갖추고 있다. 그리하여 이 작품은 소설성을 가진 한편으로 희곡성을 강하게 드러내고 있는 실정이다. 실제로 하나의 서사 형태는 적어도 장르적 양면성을 지니고 있으니, 정태적 측면의 소설성과 역동적 측면의 희곡성이 그것이다. 따라서 이 작품의 소설성이 그만큼 특수하다면, 또한 그 희곡성도 그처럼 특수하다는 이야기가 된다.

기실 한·중 문학사상에서 소설과 희곡은 같은 흐름으로 발전하여 분야는 다르다 하지만, 그 소재와 표현 수법 등에서 항상 공용하거나 상호 차용을 해왔던 것이다. 그래서 일찍부터 소설은 소리 없는 희곡이요, 희곡은 소리 있는 소설이라는 말이 나와 돌았다.[22] 결국 한 종류의 저명한 서사적 전승이 시대와 환경 그리고 장르적 요청에 의하여 때로는 소설로 성립·유통되고, 때로는 희곡으로 정립·연행되었던 게 사실이다.

이런 관점에서 이제 「동명왕전」의 희곡성을 올바르게 검토하여 그 주체적 특성으로 부각시키려 한다. 이에 「동명왕전」이 그 고시와 부합된 강창문학으로 존재하는 그대로를 분석·논의하는 것은 필수적인 일이라 하겠다. 원래 이 강창문학은 운명적으로 희곡적 입체성·역동성 등 종합예술성을 구비하고 있기 때문이다.

우선 이 작품은 서사적 전체구조가 소설 이상의 파란만장한 극적 구성으로 전개되어 있다. 실제로 강창문학의 서사적 구조는 순차적인 극적 단위로 확연한 구분이 있으면서도 전체적으로는 유기적 관계를 맺

---

22 朱恒夫, 「早期章回小說「水滸傳」中的戲曲質素」, 『古典小說論文集』, 南京大 出版社, p.1 에서 "有人說小說爲無聲之戲曲, 戲曲爲有聲之小說"이라고 하였다.

는다. 그러기에 이 작품은 전체적으로나 장면 단위로 보아 강창을 기저로 하는 극본·희곡의 성격을 보이고 있다. 여기 전체적 강창체계에서 임의로 한 단위를 뽑아 보면

來見鼓角變 不敢稱我器

王曰 以國業新造 未有鼓角威儀 沸流使者往來 我不能以王禮迎送 所以輕我也 從臣扶芬奴進曰 臣爲大王 取沸流鼓角 王曰 他國臟物 如何取乎 對曰 此天之與物 何爲不取乎 夫大王困於扶余 誰謂大王能至於此 今大王奮身於萬死之危 揚名於遼左 此天帝命而爲之 何事不成 於是扶芬奴 等三人 往沸流取鼓而來 沸流王遣使 告曰 云云 王恐來觀鼓角 色暗如故 松讓不敢爭而去(문집 권3, 7장 전면)

이러한 수준이어서 주목된다. 이러한 강창 단위는 그 자체로서 독립된 연극·극본으로 행세할 수도 있고, 나아가 그 전체적인 연결 구조를 통해서도 연극·희곡으로 유통될 수도 있었다. 실제로 역대 한·중의 시가 형태와 서사문맥이 강창 양식을 이룩하여 구조적으로 희곡성을 띠고 연행된 사례는 허다하였다. 저 중국 측 시경시·악부시·초사와 그 서사적 해설·전설의 조합구조가 희곡으로서 연행되었고,[23] 삼국·신라·고려의 향가·가요와 그 서사적 해설·전설의 강창구조가 희곡으로 연행된 것이 분명하기 때문이다.[24] 그렇다면 이 작품의 강창구조가 본래부터 희곡성을 갖추어 왔다는 것이 자명해졌다.

---

23 김학주, 「서한『시경』해설과 중국고적에 대한 새로운 이해―희곡의 시각에서」, 『고전희곡연구』 1, 한국고전희곡학회, 2000 참조.
24 사재동, 「가요전설의 몇 가지 문제」, 『불교계 서사문학의 연구』, 중앙문화사, 1996 참조.

나아가 이 작품은 그 구성면에서 희곡성을 제대로 드러내고 있다. 먼저 무대 설정이 희곡성을 보인다. 위에서 말한 소설적인 무대는 희곡적 현장으로 활성화된다. 그 광범위하고 다양한 자연적 배경 아래 인공적 무대가 정태적인 소설의 수준에서 역동적인 희곡의 무대로 승화·전환되었기 때문이다. 그리고 그 등장인물이 희곡성을 발휘한다. 위에 밝힌 소설적인 인물들은 희곡적 현실에서 그 역할을 다하게 된다. 그 개성적이고 다양한 인물들이 소설 속에 고정되어 있다가 희곡 위에서 그 배역을 맡아 생동하기 때문이다. 나아가 그 사건 진행이 희곡성을 실증해 준다. 위에서 논의한 소설적 사건 진행이 희곡적 현장에서 입체적으로 행동화된다. 그 파란만장한 사건 진행이 소설적 이야기의 한계를 벗어나 행동과 대화·가창으로써 활극을 이루기 때문이다. 그래서 이 작품의 사건 진행이 소설의 전형적 과정을 역동적으로 극복하고, '발단-예건의 설명-유발적 사건-상승적 동작-절정-하강적 동작-대단원'으로 약동하게 되었던 것이다.

한편 이 작품은 그 표현·문체에서 희곡성을 충분히 발휘하고 있다. 전술한 바 이 작품의 소설적 표현·문체는 희곡적 차원에서 역동적으로 활성화된다. 그 소설적 문체의 지문은 희곡에서는 지시문으로 기능한다. 무대·장치와 음악의 지시, 등장인물의 분장·의상과 소도구의 지시, 등장인물의 행동·표정의 지시 등이 그대로 실연·생동하는 것이다. 그리고 그 대화는 소설 속의 방편적 역할에서 희곡 위의 주동적 역할로 승격된다. 그것이 행동과 직결되어 그 역동성을 확보하기 때문이다. 실로 희곡이 대화와 행동의 문학이라 할 때, 이 작품의 대화는 그 행동과 함께 희곡적 현장의 주체가 된다. 더구나 이 작품의 강창문체가 본래부터 연행을 위한 극본적 실상을 보유하여 왔거니와, 이 문체 안에 시가가 결합되는 것은 그 표현에 있어서 역동성과 입체성을 조화시켜 희곡성을 극대화하는 결과를 내고 있는 터다. 이로써 이 작품의 희곡성을 여러모로 확인해 보았거니와, 이제는 이 작품의 시대적 연행 양상을 통하여 그 희곡적 실상을 본격적으로 분석·고찰해야만 되겠다.

3.「동명왕편」의 연행적 양상

1) 고려기의 연극적 기반

고려시대 적어도 중·후기에 이르면 연극의 황금시대를 이룬다. 그리하여 한국연극사를 연구하는 전문학자들이 모두 이 시기 연극의 성황을 증언하고 있는 실정이다.[25] 이때는 외우내환의 불안과 소용돌이 속에서도 궁중과 특권층, 상하 민중 등의 연회·오락이 연극 형태로 발전·성행하여 그 성세를 보였던 터다. 중국에서도 송에 이어 남송과 금나라·몽원 등을 통하여 연극·희곡이 성행하던 때라, 고려의 연극·희곡이 그 영향을 받고 교류·교섭을 환영할 수밖에 없었던 것이다. 고려의

---

[25] 장한기,「고려시대의 연극」,『한국연극사』, 동국대 출판부, 1986; 윤광봉,「高麗時代의 演劇考」,『한국문학연구』6·7, 동국대, 한국문학연구소, 1984; 사재동,「고려시대 희곡의 형태와 유통양상」, 사재동 편,『한국희곡문학사의 연구』Ⅲ, 중앙인문사, 2000 등 참조.

연예계에서는 일찍이 송대의 대성악과 함께 연예 양식을 수용·활용하였고, 교류·교섭을 부단히 이어왔던 터라, 남송·금나라·몽원 등과의 문물 교역 가운데 그 화려한 연극·희곡을 교류·교환함으로써 상호 발전·흥행을 보여 준 것은 당연한 일이었다. 이러한 상관성은 최근 사계의 학자들에 의하여 점차 밝혀지고 있는 실정이다.[26]

이럴 때 고려에서는 국중대회나 국가대제, 팔관회나 연등회 등 상하민중의 거국적 행사에서 연예·연극을 크게 실연하였다. 전국 대찰에서는 4대 명절이나 정기적 대법회, 그리고 경찬·추천 등의 큰 재의·행사 등에서 불교계의 포교·오락적 연예·연극을 다양하게 연출하였던 것이다.[27] 그리고 특권층 세도가나 재산가 등에서도 그 집안의 각종 경사나 연회에서 아주 특색 있고 규모 있는 연극을 펼쳤던 것이다. 국가·궁중에서나 특권층에서는 권력과 재력 등으로 연예에 능한 남녀 배우들을 뽑아 각종 기예와 연기를 교육·연마시키고,[28] 당대의 출중하고 호방한 학자·문인들을 초대하여 그 대본·극본을 설계·창작하도록 권장·독려하게 되었다. 한편 경향 명찰·대찰에서도 연예승을 수련하고 광대들을 초대하여 포교·오락적 연극판을 마련하면서 대중적 문승이나 불교문사에게 그 대본·극본을 계획·작성하게 만들었던 것이다.

그리하여 이 시대의 연극은 그만큼 세련된 전형을 이루어 장르적 전개를 보이게 되었던 터다. 가창극·가무극·강창극·대화극·잡합극 등이 바로 그것이다.[29] 그 가창극은 당대의 일인 이상의 가객·기생들

---

26 성호경, 「중국희곡이 한국의 극문학에 끼친 영향」, 사재동 편, 『한국희곡문학사의 연구』 I, 중앙인문사, 2000 참조.

27 김형우, 「고려시대 국가적 불교행사에 대한 연구」, 동국대 박사논문, 1993, 114~120쪽.

28 『고려사』 「충렬왕」 「5년 11월 임신」조에 "命選州郡倡妓有色藝者充教坊"이라고 하였다.

이 다양한 무대에서 해당 시가를 연극적으로 가창하는 연행 형태다. 그러기에 당시의 시가들은 모두가 연극적 서사문맥과 결부되어 가창극으로 연행되는 극본의 역할을 해냈다고 보아진다. 이 점은 고려 시가들이 모두 연극적으로 가창되었다는 사실에서 실증되기 때문이다.[30]

가무극은 이 가창극과 당대의 다양한 무용이 결부되어 연출되는 역동적 연극 형태다. 일인 이상의 연기자가 그 무용에다 가창을 수용·결합함으로써 보다 효율적 연극양식, 가무극의 실체를 드러냈던 것이다. 그러기에 가창극을 통하여 가무극의 극본을 재구할 수도 있지만, 당대의 다양한 무용 형태나 무보 그리고 무용기사 등을 근거로 하여 그 극본을 재구할 수도 있겠다. 그 당시에 어떤 무용이 연행되었다면, 거기에는 음악이나 가창이 필수되어 반드시 가무극 내지 가무극본을 형성하였기 때문이다.

강창극은 당시의 다양한 서사문맥과 시가가 조합되어 강설·가창되는 연극 형태다. 고려 대의 허다한 기록 가운데 적어도 시가를 삽입한 모든 서사문학, 즉 강창문학은 예외 없이 강창극의 극본이라 하여 마땅할 것이다. 이런 강창문학은 그 유통 과정에서 일인 강창사에 의하여 운명적으로 강설·가창되어 필연적으로 강창극의 양태를 이룩하였기 때문이다. 고려 대의 풍성한 강창문학은 그 연행 과정에서 보편적이고 경제적인 강창극을 실증하면서, 그 극본의 실태를 보여 주고 있는 터다.

대화극은 강력한 서사구조에 가창·무용을 곁들여 여러 등장인물들

---

29 사재동, 「고려시대 희곡의 형태와 유통양상」, 사재동 편, 『한국희곡문학사의 연구』 III, 중앙인문사, 2000, 13~20쪽.
30 사재동, 「고려가요의 서사적 구조와 연행양상」, 위의 책, 131~132쪽.

이 대화와 행동으로 엮어 가는 연극 형태다. 이것은 가장 입체적인 전문 연극으로서 무대 장치나 분장·의상, 소도구·반주 등 종합예술성을 보이고 있는 게 사실이다. 이 대화극은 그 극본부터 전문적으로 창작될 수도 있거니와, 나아가 가창극·가무극 등을 바탕으로 보완·재구될 수도 있고, 나아가 강창극을 그대로 입체화·전문화하여 연출될 수도 있는 터다. 따라서 이 대화극의 극본은 그 전형적인 원전이 출현하지 않는 한, 가창극본·가무극본 등을 바탕으로 확장·재구하거나 강창극본을 입체적으로 재현·대용할 수가 있겠다. 적어도 강창극본은 대화극적 여건을 만나기만 하면 그대로가 대화극으로 연행될 수가 있기 때문이다. 그렇기에 이 대화극본은 강창극본으로써 대치되어도 무방한 것이다.

잡합극은 이른바 '산악백희散樂百戲'로서 많은 연예인이 출연하는 바 잡다하고 복합적인 연극 형태다. 그것이 위에 든 연극 장르와 연결되거나 또는 독자적으로 행세하거나 간에 온갖 연극·연희와 잡기 등을 모두 포괄하기 때문이다. 이 장르는 얼핏 정식 연극 장르에 들지 못하는 잡된 연기의 집성이라는 인상을 주는 것이 사실이다. 그러나 그것이 다른 연극 장르와 실제적으로 결부되면서 상하 민중이 즐기는 모든 기예를 거의 다 갖추고 있기에, 오락적 연행에서는 종합적 효능을 발휘해 왔던 터다. 그리하여 고려시대의 이른바 '잡희·잡극'은 그 속에 그 시대 연극의 모든 것을 포괄·독립하여 왔다고 보아진다. 마치 중국의 전능극全能劇과 같은 유형이라 하겠다.

2) 작자와 연예의 관계

이처럼 고려 대의 연극이 완숙·성행되어 장르별로 분화·발전하였
다면, 그 시대 문학계의 천재적 주체로서 연예계에도 동참하였던 이규
보의 연극적 행적과 희곡적 업적은 어떠하였던가 살필 필요가 있다. 그
러기 위해서는 적어도 호방하고 거침없는 당대의 문호로서, 그가 남긴
시문을 예인들이 현장에서 연행했던 상황을 연극적인 관점에서 검토하
여야 한다. 그것이 그가 지은 「동명왕편」이 연행되는 양상과 과정을 검
증하는 첩경이 되겠기 때문이다.

그의 생애는 실로 굴곡이 심하여 문학과 함께 불우·호유하고 영달·
치사하기까지 연극과 같았다. 그의 생애를 수학·작문기와 불우·호유
기, 그리고 영달·치사기로 간추려볼 때,[31] 그의 활동 자체가 실로 3막 6
장의 연극으로 보이기 때문이다. 그의 필생의 문학, 그 시문 중에는 음
악·연희·연극에 관한 내용이 역대 어느 학자·문인의 그것보다 훨씬
많다는 보고가 있다.[32] 그것은 그의 실제적 생활·행업이 연극과 가까이
관련되어 있었다는 증거가 된다. 그 당시나 후세의 세인은 그를 일러 삼
혹호선생三酷好先生이라 불렀거니와,[33] 이는 시문·거문고·술을 너무도
좋아하며 생활하였기 때문에 붙여진 것이다. 그렇다면 그 문학이 극본
이요 연극이라면 거문고는 음악이요 연극이다. 그리고 술은 연극의 분
위기요 그 정서며 미학이라 하겠다. 그의 생애·행업을 요약하여 그 호

---

31 김진영, 앞의 책, 24~26쪽.
32 송방송, 「『동국이상국집』 음악기사」, 『고려음악사연구』, 일지사, 1988.
33 장덕순, 「작자와 동명왕 창작의 동기」, 『국문학통론』, 박이정, 1995, 294쪽.

칭이 성립된 것이 사실일진대, 그것은 바로 그의 연극적 일생을 상징적으로 표출하고 있다고 보아진다. 자고로 인생은 일장춘몽이요 연극이라 하거니와, 이규보의 인생이야말로 바로 연극이었음이 추정된다.

그는 실제적으로 인생이 연극이라는 명제를 생각하고 체달·실천하였으리라 생각한다. 그의 시문과 언행이 호방·초탈하고 연극적이라는 징후가 보이기 때문이다. 적어도 그의 불우·호유기가 대강 22세부터 40세까지라 하더라도, 그는 그 기간에 불우·울분·고충·좌절 속에 연극적 생활을 실현하였던 것이다. 그는 젊은 열정과 조숙한 문장으로 장편 시문을 화산처럼 분출시켰고, 술과 음악을 연희로 즐기면서 스스로 당대 궁중·대가·민중의 도처에서 벌어지는 연희·연극의 현장에 적극 동참하였다. 그는 그 현장의 단순한 관중에 머무르지 않고 이것을 비평·소화하여 시문으로 승화시켰으며,[34] 그 현장의 극본으로 시문을 즉석 주필하여 제공하였고, 직접 자작 시문으로써 출연하기도 했던 게 사실이다.

그는 음악을 좋아했을 뿐만 아니라 실제로 악기를 탄주하고 가창할 수도 있었다. 「초당삼영草堂三詠 소금素琴」[35]에서 거문고의 세계를 체험적으로 읊었고, 「갈고羯鼓」(권4, 4장 전면)에서 격고의 장관을 노래하였으며, 「양비취옥적楊妃吹玉笛」(권3, 6장 후면)에서 옥적의 경지를 회상하였다. 나아가 「문관기탄비파聞官妓彈琵琶」(권6, 17장 후면)에서는 비파소리를 찬양·묘사하였는데, 실제로 이는 그 기생의 연희에 동참한 소감을 노래한 것이라 본다. 이러한 정경과 연희적 분위기는 「우문쌍비파구점又聞雙

---

34 윤광봉, 『한국연희시연구』, 박이정, 1997, 49~52쪽.
35 『동국이상국집』 권3, 9장 전면.

琵琶口占」(권13, 11장 후면)에서 보다 적극적으로 묘사되고 있다. 이 시의 후반부에서 "一雙倡妓眞仙子일쌍창기진선자 齊把琵琶作鳳鳴제파비파작봉명"이라 하여 그 절정을 이루고 있기 때문이다. 어느 포구 배 위에서 잔치를 베풀고 기생이 탄주하는 애절한 비파소리가 너무도 간절하여, 그 줄 속에 참된 혀가 있어 소리소리 호소하는 듯 떠나기가 어렵다는 것이다.

나아가 그는 많은 연희 · 연극을 보고 이른바 관극시觀劇詩를 지었다. 먼저 「대간무戴竿舞」(권4, 6장 전면)에서 중국계 가무극의 절묘한 광경과 관극의 심경을 드러내서 호평을 가하고 있다. 그리고 단오 추천희는 물론, 무속연희에도 관심을 가지고 적극적으로 비평하였다. 그의 「노무편老巫篇」(권2, 2장 후면)에서 그가 사는 동리에 "有老巫 日會士女 以淫歌怪舌 聞于耳" 한 것에 대하여 장편시를 지은 바가 있다. 이것은 그가 윤리적 관점에서 가한 '심불열甚不悅'의 부정적 비평이기는 하지만, 역시 무속연희 즉 무극에 대한 날카로운 안목을 보이고 있는 터다. 그리고 그는 거국적 팔관회나 연등회에서 벌어지는 연극 · 연희 · 산악백희 등에 대하여 때로는 멀리 거시적 관점에서, 때로는 가까이 동참하는 시점에서 뜻 깊은 비평 · 묘사를 해왔던 것이다. 그는 「등롱시燈籠詩」(권13, 3장 후면)에서 연등회의 찬연한 외관과 그 속의 화려한 연극 · 연희를 멀리서 관조하고 있다. "五色雲中拜玉皇오색운중배옥황"이라 시작하여 멀리 은등의 휘황한 광명 속에서 "萬歲千年炤壽盃만세천년소수배"를 거들고 마침내 "四海一家天子聖사해일가천자성"에 "瑞光看取百枝花서광간취백지화" 하는 광경을 묘사하였다.

그리고 그는 젊은 시절에 직접 입궐하여 연등회의 연극 · 연희를 관상 · 체험하게도 된다. 그의 「등석입궐유감燈夕入闕有感」(권10, 15장 후면~16장 전면)에

兩部笙歌淸碎玉

九門燈火爛分星

愚儒不及倡優輩

猶著緋衣入帝庭

이라 하고, 그 속에서 군신 간의 풍성한 연희가 벌어지는 정경까지 읊어
내었던 것이다. 나아가 그는 기사년 등석己巳年燈夕에 한림으로서 지어
올린 「문기장자시文機障子詩」(권13, 3장 전면~후면)에서 그날의 영화로운
군신 연회를 더욱 곡진하게 표현하고 나서 그 현장의 연극·연희를 사
실적으로 묘파하였다.

祥烟繚繞紫宸高

幄座中央認赭袍

洞府微歌敲玉索

敎坊選妓醉仙桃

九層爐熱金龍腦

四炤燈燃白鳳膏

西母獻來千歲喜

指乎弟子敲雲璈

이러한 정경이라면 그 연회에서 적어도 〈헌선도〉 차원의 공연을 보았
던 게 아닌가 한다. 또한 그는 당시의 다양한 연희를 접하는 가운데, 인형
극을 보고는 「관롱환유작觀弄幻有作」(후집 권3, 3장 후면)을 지었으니

造物弄人如弄幻

達人觀幻似觀身

人生幻化同爲一

畢竟誰眞復匪眞

俯仰嚬伸具體徵

孰將心匠奪天機

人緣一氣成蟲蠶

氣出還同罷幻歸

이렇게 꼭두각시 놀음을 우리 인생과 결부시켜 심각하게 노래하였다. 결국 그 관극의 경지가 달관의 차원에 이르고 있음을 알려준다. 여기서도 그는 인생은 연극이라는 관점에서 사람이 꼭두각시를 조종하듯이 인생도 조물주에 의하여 놀아나는 꼭두각시가 아닌가 보고 있다.[36] 이쯤되면 그는 연극·연회를 관상하는 차원을 넘어서서 어떤 방법으로든지 그 속에 몰입·동참하거나 직접 극본을 만들어 연출에 응하면서, 일부 적절한 출연도 하였으리라 보아진다.

그는 일찍부터 공사·대소의 연회에 초빙·동참하여 즉흥문호·속 필문인의 역할을 다하고 있었다. 그가 당시의 세도가 최충헌의 문인대 연文人大宴에 초대되어 이른바 즉석 주필의 명문을 지어 출세의 계기를 마련하였다는 사실은 잘 알려져 왔다. 여기서 그는 자작 시문을 음영·연창하였을 것이고, 나아가 그 주연에 상응하는 저명한 가객·명기 기타 예인에 의하여 그의 작품이 공연되었으리라 보아진다. 언제나 문인대

---

36   윤광봉, 앞의 책, 50~51쪽.

연상의 즉흥 명작은 그렇게 연행되어 공개되고, 그 연회의 주인에게 헌상되는 게 상례였기 때문이다. 실제로 그는 "書記使名妓第一紅 奉簡乞詩 走筆贈之"(권6, 18장 후면)와 같이, 큰 연회에서 가객·기생의 연극·연희에 동참하여 함께 즐기다가 연기자들의 정식 요청이나 자신의 흥취에 따라 즉흥·주필로 극적인 시문을 지어 스스로 연창하기도 하고, 그 전문적 연기자들에게 연행토록 제공하기도 했던 터다. 그는 이러한 작문·연행의 연장선상에서 밤새워 술 마시며 작문하고 공연하였기에, 문자 그대로 연극·연희의 주동이 되었던 터다. 위의 공연에 이어 "是日日暮 朴君文老邀予 往宿漢谷別業 夜歸置酒有作"(권6, 18장 후면~19장 전면)에서는 2인의 명기를 대동하여 작문·연행의 진수를 맛보였던 것이다. 그는 연회가 연극적 분위기로 달아오르면, 대취하여 장가를 지어 부르는 일이 허다하였다. "三月八日與族人蔡郎中大醉歌唱"(후집 권9, 9장 후면~10장 전면)에서 취중에서도 장가를 제대로 가창하였다는 사실이 그 한 사례다. 그의 이러한 문예인적 진면목은 "飮通師所寓崇敎寺方丈會十餘人及酒酣琴瑟交作倡戲幷呈"(권8, 15장 전면~후면)에서 잘 드러난다. 그는 통사가 우거하는 사원 숭교사를 무대로 10여 명의 동호·우인들끼리 만나 음주·음악으로 창우희에 시문을 아울러 바치고 있다. 그때 그는 어전 대창우 2인이 통사와 친하여 함께 큰 연회를 벌인다 하기에 여기에 왔던 것이다. 그리하여 그는 "予舊習津涌 使坐容唱韻走筆 一人例唱四韻 兼自押傍韻"이라 실토하고, 그에 상응하는 장편시를 지어 그 창우희의 공연에 동참하며, 이를 직접 극본으로 제공하였던 것 같다.

나아가 그는 대소 연회의 현장에서 벌어지는 연극·연희에 얽매이지 않고, 국중대회나 팔관회·연등회 왕실경사·왕가행차 등 국가적 제례・행사에서 벌어지는 대형 연희에 참석하여, 그 극본의 일부를 제작하거나 직접 역할을 맡아 연행하게도 되었던 것이다. 그는 30세 미만의 젊은 나이에 큰 교방 연희에서 '치어致語・구호口號'를 지었으니, 「정사년상원등석교방치어구호丁巳年上元燈夕教坊致語口號」를 비롯하여 「진강후저영성가차교방치어구호晋康候邸迎聖駕次教坊致語口號」・「진강후별제영싱가차교방정서물치어晋康候別第迎聖駕次教坊呈瑞物致語」・「황자공주봉책연례교방치어구호皇子公主封冊宴禮教坊致語口號」 등이 바로 그것이다.[37] 이 치어・구호는 그 연희가 시작되기 전 임금의 행차에 대하여 환영하는 경축의 문장이요, 연희가 끝나기 전에 임금의 환궁을 환송하는 감축의 문장이다. 그러기에 이 치어・구호는 이 화려한 연희의 시작과 종결을 장식하는 병려문으로서 동참하는 문신들의 충성심과 문장력을 마음껏 발휘・공연하는 명문, 극본의 일부가 되는 것이다. 여기서도 이규보의 작품이 빼어났으니, 진강후의 집에서 임금을 환영하는 치어의 일부를 들어보면

望天子氣 朱門洞闢於候潘 出玉宸居 黃傘徐移於輦路 父老猶喜及見 遐邇莫不胥懽 恭惟聖上階下 睿哲自天 文章憲古 垂衣裳於化國 坐撫大平 誓帶礪於功臣 備加優禮 至許親臨於私第(권19, 3장 전면~후면)

이렇게 찬양일색으로 찬연한 것이다. 성상의 높은 기상과 위풍으로 누런 일산 속에 천천히 움직이니, 연로의 부로들이 그다지 기뻐하며 친견하고, 멀고 가까운 백성들이 서로 즐겨하지 않는 이가 없다며, 성상의 깊고 밝은 성덕이 하늘로부터 받은 바라 교화와 대평의 권능이 크다

---

37 『동국이상국집』권19, 2장 후면~8장 후면.

고 찬탄해 마지않는다. 실제로 그는 팔관회·연등회 등에 동참하면서
그 의미와 감회를 문장화하여 임금에게 바쳤다. 그 중의 한 작품이 바
로「교방하팔관표敎坊賀八關表」(후집 권12, 7장 후면)이다. 이것은 그가 팔관
회 등과 관련된 일면을 알려주는 대표적인 문장으로서, 처음부터 "率祖
攸行 講八關之嘉會 與民同樂 均萬民之歡心 喜洽神祇 慶勝朝夜"라 하여
그 계통의 연희 양상을 실증하고 있다. 이로써 그의 연극적 행적과 위
상을 족히 추정할 수 있겠다.

이상과 같이 고려 중·후기에 걸친 연극·연희의 성행 과정에서 이
규보는 실로 삼혹호선생에 걸맞은 연극적 행적을 보인 것이 사실이다.
그중에서도 그는 불우·호유기에 처하여 가장 왕성하게 극본으로서의
시문을 창작하였고, 가장 적극적으로 이를 직접 공연하거나 가객·기
생·창우들에게 연행토록 제공하였던 터다. 그렇다면 그가 불우·호
유기의 중심에 자리한 26세 때, 역사적 사명감과 이상적 문학관, 그리
고 확고한 목적을 가지고 창작해 낸「동명완편」은 과연 어떻게 유통·
공연되었을까. 이 작품이 모든 여건과 작품 자체의 성향으로 하여 당
시나 후세에 널리 유통·공연되었던 것은 당연하고 필연적인 현상이
다. 이제 그 구체적인 공연 양상과 장르적 전개를 주목하고자 한다.

3) 공연의 실태와 장르적 전개

「동명왕편」은 그 자체의 내질과 성향으로 유통·공연될 수밖에 없
었다. 그것은 이 작품이 창작될 때부터 타고난 생태요 목적이었기 때

문이다. 이 작품은 이규보가 문학적 명운을 걸고 유통·공연을 위하여 의도적으로 강창문학으로 창작해 낸 것이다. 그러기에 이 작품은 유통·공연될 때만, 그 생동적 기능을 다하고 그 목적을 달성할 수 있었던 터다.

우선 이 작품은 그 신화성을 바탕으로 연행력을 발휘하였다. 원래 신화는 제의에서 생성된 공연의 산물이다. 대소 민족·민중의 신앙에 바탕을 두고 그 신격에 대한 제의를 연행할 때, 그 구비상관물로 형성된 것이 바로 신화이기 때문이다. 그러기에 신화는 다시 제의로 연행될 운명과 생태를 타고 난 것이다. 이 제의적 연행을 제의극이라 할 때, 신화는 그 극본으로서 반드시 재연을 되풀이할 수밖에 없는 터다. 「동명왕편」은 신화를 연원·기반으로 창작되어 신화성을 보유하고 있는 한, 그것이 제의적·축제적인 연행에서 연극·연희의 형태를 필연적으로 취하였으리라고 본다. 그것은 성상·대부로부터 서민 대중의 자발적 수요와 시대적 요청에 의하여 극화·공연될 수 있는 역량을 충분히 갖추었기 때문이다.

그리고 이 작품은 그 창작성을 기반으로 연행력을 극대화하였다. 원래 문학작품은 창작성에 의하여 그 서사적 감화력을 적극적으로 증대시키는 게 원칙이다. 결국 한 작품의 성패는 이 창작성에 의하여 좌우된다. 특히 대중의 호응과 감동을 일으키는 데에 주안점을 둔 소설이나 희곡에서는 이 창작성이 가장 소중한 요건이다. 여기서 이 작품은 창작성이 최고조에 이르렀기에, 그만한 연행력을 발휘하여 극화될 수밖에 없었다고 본다. 요컨대 이 작품은 신화성을 바탕으로 한 창작성의 극대화로 그 연행력을 그만큼 승화시킴으로써, 극화·공연의 필연성을 그처럼 충족시켰던 것이라 하겠다.

다음 이 작품은 허구성을 근거로 하여 연행력을 확보하였다. 원래 서사문학은 허구성을 본질로 하고, 소설 특히 희곡은 허구성을 생명으로 하여 극화·공연의 원동력을 조성하는 것이다. 실로 희곡은 이 허구성을 절묘하게 구사함으로써 연행·극화의 목적을 족히 성취할 수 있었다. 여기서 이 작품은 신화의 허구성을 희곡의 허구성으로 변용 창출하여, 그 공연의 기능을 극대화하였다. 그래서 이 작품은 극화·공연의 적극적 역량을 족히 나타내고 있는 터라 하겠다.

나아가 이 작품은 소설성을 핵심으로 하여 그 연행력을 족히 드러내었다. 전술한 바 소설은 소리없는 희곡이라 하였거니와, 실로 가장 성공한 소설은 극적인 사건을 허구·창출한 작품이라 하겠다. 따라서 이 작품은 산문 중심으로 볼 때 파란곡절의 완벽한 소설이라고 규정될 수도 있다. 그것이 연극적 구조와 구성을 제대로 갖추고 있기 때문이다. 이 작품이 이렇게 획기적인 소설성을 갖추었기에, 그 이상의 연극적 저력을 가지고 연행력을 힘차게 발휘할 수 있었다. 이 작품은 소설이라는 전제 하에서도, 여기에 음악과 음성을 결부·조화시킴으로써 족히 연극·연희로 공연될 수가 있었다.

마침내 이 작품은 희곡성을 완비함으로써, 언제나 연행력을 과시하였다. 이 작품은 그 구조·구성과 문체·표현 면에서 강창문학 그 자체이므로, 여기에 음악·무용·음성 등 연극적 요소가 결부되기만 하면 언제나 즉석에서 극화·공연될 수가 있기 때문이다. 한·중이나 동양권의 강창문학이 극화·공연의 모든 여건을 갖추고, 그 조건 여하에 따라 연극·연희의 규모와 형태를 달리해 온 것은 보편적 현상이다.

기실 역대 강창문학들은 그것이 시가성과 소설성을 기반으로 하면서도 제3의 입체적 구조 형태로서 곧바로 다양한 연극·연희로 공연되었기 때문이다. 실제로 「동명왕편」은 일인 이상의 연창자가 운문을 음악적으로 가창하고 그 산문을 대사식으로 이야기해 가면서 연기와 부대여건을 결부시키면, 그대로가 종합적인 연극이 될 것은 자명한 일이다.

그렇다면 「동명왕편」은 실제로 어떤 연극 형태를 통하여 연행되었을까. 몇 가지 측면에서 검토해 볼 필요가 있다. 첫째, 이 작품의 연행 계기가 주목된다. 이 연행계기는 이 작품의 제작 동기와 직결되어 구체적으로 나타난다. 전술한 바 이 작품의 제작동기는 상하 민중적 수요와 시대적 요청 등에 바탕을 두고 작자의 입장에서 문학성·역사성·제의성·교화성·문예성 등으로 이념화·명분화되었거니와, 이 연행계기는 좀더 구체화되어 왔던 것이다. 먼저 국중대회나 국가적 제례·제의의 현장에서 교방을 통하여 공연되었을 것이다. 이러한 제례·제의는 종교적 신성성·경건성을 중심으로 제의극적 교화성과 오락성을 겸하여 그 제의의 진행 과정이나 그 뒤풀이로서 「동명왕편」을 공연하였을 가능성이 높기 때문이다. 종묘 사직의 제례와 관련된 규식적 연회에서도 이 작품은 치민·충성과 교화·오락을 강조하기 위하여 연행될 여지가 얼마든지 있었던 터다.

다음 이 작품은 왕과 왕비, 왕자·공주 등의 경사에서 연회의 현장을 통하여 교방의 연회로 실연되었을 것이다. 이와 같은 왕실의 경사에서는 으레 대연이 베풀어지고 그때마다 교방의 가무·잡희가 벌어지는 게 상례였다. 위에 든 「황자공주봉책연례교방」 등이 이를 실증하고 있다. 여기서 이규보가 그런 교방의 연회에서 '치어·구호'를 지어 부르게 되었으니, 그의 「동명왕편」이 그 연희의 일부로서 공연될 수도 있었을 터다. 그리고 임금이 궁성 외의 경사·축연 등에 행차할 때도 으레 대연이 배설되고 교방의 연희가 필수적으로 시행되었던 터다. 위에 든 「진강후저영성가차교방」이나 「진강후별제영성가차교방」 등의 사례가 이를 증언하고 있다. 이처럼 진강후와 같은 고관대작이 친연을 따라 가끔 임금의 행차를 맞이하여 그 충성을 보이고 그 영광을 누리는 축성·대연을 베풀고 교방의 연희를 화려하게 벌였다는 것이다. 이런 교방 연희에서 이규보가 '치어·구호'를 지어 불렀다는 사실은 그의 「동명왕편」이 그 연희에서 공연되었음을 뒷받침하는 바라 하겠다.

또한 이 작품은 거국적인 팔관회나 연등회 등에서 교방의 연희로 공연되었을 가능성이 있다. 잘 알려진 대로 이 팔관회에서는 그 연회 과정에서 교방의 가무·잡희가 연행되었으니, 위에 든 이규보의 「교방하팔관표」에서도 실증되는 터다. 그리고 문종시에 "設八關會 御神鳳樓觀樂"한 사실도 있거니와,[38] 역대의 팔관회에서 이 교방의 연희가 빠진 사례는 없었던 터다. 이러한 교방의 입장에서 이규보는 임금이 베푼 팔관회의 장관을 영광으로써 찬양하는 문장을 지었으니, 그의 「동명왕편」이 여기 교방의 연희를 통하여 공연되었을 가능성은 충분하다. 나아가 연등회에서는 팔관회와 유사한 제의·행사를 벌이면서 거의 동일한 교방의 연희를 화려하게 벌였던 것이다. 위에 든 바 이규보의 「등롱시」나 「등석팔관유위燈夕八關有威」, 그리고 기사년 등석에 바친 시 등을 보면 그 연희의 현상이 나타나며, 그의 「정사년상원등석교방치어」(권19, 2장 후면~3장 전면) 중에 "上元之夕 宏張廣樂之儀 八政六合之笙聲 浮乎天樂 九

38　이능화, 『조선해어화사』, 한국학연구소, 1998, 21쪽.

光四照之燈影 爛若星文 任百戲之交星 與萬姓而同樂"이라고 한 데서 그
공연의 실상이 잘 드러난다. 더구나 최자가 그의 「등석헌선도교방치어
燈夕獻仙桃教坊致語」[39] 중에서 "國家閑暇及時 式燕以衆 八音克諧無相奪 百戲
皆呈亦未休 慶祝惟新 懽聲競沸"라고 하였으니, 그 연희의 구체적 양상이
돋보이는 터다.[40] 이와 같은 당시의 교방 연희에서 「동명왕편」이 그 대
본의 일환으로 활용될 수도 있었으리라 보아진다.

나아가 당시 대찰이나 집권대가에서는 팔관회나 연등회 그리고 경
찬·행사에서 그 자체의 연희나 교방의 연희를 벌였던 것이다. 이 대
찰에서는 왕사·국사나 고승 대덕을 중심으로 팔관회 특히 관등회에
서 법회와 불사에 이어 연예승과 교방을 통하여 다양한 연희를 벌였다.
그리고 사원 자체의 경찬회나 군신을 초청한 법연에서 그런 연희를 베
풀기도 하였다. 이런 연희는 거의 교방에 의하여 진행되었기로, 그 연
극적 내막과 실상은 모두 같은 것이었다. 그리고 집권대가는 대단한
권력과 재력으로 팔관회나 연등회, 집안의 경사 등에서 왕이나 백관 등
을 초청하여 대연을 배설하고 반드시 교방의 연희를 올렸던 것이다.
위 진강후나 최충헌 같은 절대권자들은 그만한 일을 다반사로 해냈던
것이다. 그래서 최충헌을 이은 세도가 최이가 그런 연희를 베풀었으니,
고종 32년 4월 8일에 "燃燈結綵棚 陳坊樂百戲 徹夜爲樂" 하고 5월에는
"宴宗室司空以上及宰樞 結綵棚爲山 陳妓樂百戲" 함으로써[41] 그 실상을
증언하고 있는 터다.

---

39 위의 책, 26쪽.
40 사진실, 「고려시대 정재의 공연방식과 연출원리」, 사재동 편, 앞의 책, 61~62쪽.
41 이능화, 앞의 책, 22쪽.

한편 민간의 대형 연회에서 「동명왕편」이 전체 또는 부분으로 연행되었을 가능성도 있다. 이규보의 증언대로 그 동명왕설화가 일찍부터 민간에서 구비·연행으로 전승되었기 때문이다. 기실 국중대회의 연장선 상에서 고구려 유민·고려 민중에서 전통극의 연행을 바탕으로 「동명왕편」의 일부나마 공연하였으리라 추정된다. 이것은 가락국의 건국신화가 그 구강인 김해 지역 주민들에 의하여 공연되었고,[42] 지금도 수로왕 대제가 후손들에 의하여 제의극 형태로 진행되고 있다는 점에서 대비되는 바가 있다. 또한 백제의 고도 부여 지역 주민들에 의하여 은산별신굿이 형성·계승되고, 그 속에 백제의 비극적 영웅들에 관한 신화가 공연되고 있다는 사실이 이를 방증해 주는 터라 하겠다. 이상과 같이 각 시대의 다양한 계기에 따라, 「동명왕편」의 전체나 일부가 연극·연희로 실연되었기에, 그것은 그 연행의 대본·극본으로 유통·행세하였던 것이라 하겠다.

둘째, 이 작품의 연행무대가 중시된다. 위에서 논의한 연행의 계기로 보면, 먼저 궁정이 그 중심 무대였을 것이다. 자고로 궁정의 다양한 전각은 그 광장과 함께 궁중 내 모든 연행의 무대였던 게 사실이다. 그 장엄·전아한 건축과 화려한 회화·장식은 실로 가장 뛰어난 무대임에 틀림이 없다.[43] 더구나 「동명왕편」과 같이 궁성·왕궁을 중심으로 그 무대가 펼쳐지는 경우에는 더욱 부합되는 터라 하겠다. 여기서 이런 작품의 구체적인 무대로 밀실·침실 등 특수무대나 산하·목석, 명

---

42 김열규, 「「駕洛國記」考」, 사재동 편, 『한국희곡문학사의 연구』 II, 106~107쪽.
43 사진실, 「조선시대 궁정 공연 공간의 양상과 극장사적 의의」, 『서울학연구』 15, 서울학연구소, 2000.

승·고적 등 자연·인공의 무대 등은 특수장치로 보완하거나 언행·규식으로 대체하면 되는 것이었다. 이런 무대에서의 청중은 궁중 왕족이나 만조백관 그리고 특수층으로 제한되는 경우가 많았을 터다. 다만 팔관회나 연등회처럼 공개적 공연일 때는, 계층에 따라 다양한 청중이 동참할 수 있었을 것이다.

그리고 궁정과 유사한 사원의 전각이 그 광장과 함께 그 무대가 되었을 것이다. 실로 다양하고 장엄한 사원의 각개 전각이 장엄·단아한 건축과 화려·찬란한 단청·회화 등으로 그만한 연희의 무대조건을 이미 갖추고 있었던 것이다. 고래로 넓은 강당·높다란 누각 그리고 불전의 전면 마당 등은 아예 이런 연행을 위하여 세워진 것이라고 보아진다.[44] 이 공연은 실제로 가장 효율적인 포교예술이기 때문이다. 여기서도 사실적인 무대가 미비되었을 때, 특수장치로 채붕을 산처럼 만들어 보완할 수가 있고, 웬만하면 언행으로써 묘사해 내면, 그만큼 실감을 자아낼 수가 있는 것이었다. 이러한 연희의 사원 무대에는 청중이 제한되지 않고 사부 대중·상하 민중 누구나가 동참할 수 있었던 것이다. 다만 임금이나 왕족 그리고 고관대작의 특별한 행차가 있어, 특수한 연희를 올릴 때라면 그 청중에 제한을 두는 경우도 있었을 것이다.

또한 고관대작 집권대가의 저택 그 객실·빈청과 마당 등이 이 연희의 무대로 활용되었을 터다. 이러한 저택은 궁궐 전각에 근접하여 장엄한 건축과 화려한 장식이 실제적인 무대조건을 갖추고 있었다. 그래도 부족함을 보완하고 그 무대의 특수성을 돋보이게 하고자 '結綵棚爲山결채붕위산' 하는 경우가 돋보이는 터다. 이런 무대에도 청중은 임금이

44　사재동, 「불교연극 연구 서설」, 『불교사상논총』, 하산출판사, 1991, 258~262쪽.

나 대신 등 초청인물의 수준에 따라 극히 개방적이기도 하고 제한적이기도 한 것이었다.

끝으로 민간의 광장이나 초원이 그 공연의 무대로 활용되었을 것이다. 원래 민간전승의 전통연희는 일단 이런 공간에서 공연하는 것이 매우 편리하였던 터다. 그 연기자들의 연습·준비에도 편리하고 청중의 관람도 자유로웠기 때문이다. 여기서는 가장 경제적 방법으로서 자연 무대, 동네 주변 동산이나 넓은 언덕을 설정하여 소박한 무대 장치를 하게 되고, 나머지 차리기 어려운 무대 장치는 언행으로 대치하는 경우가 허다하였다. 이때의 동참자는 뜻있는 관원들이 참석하는 한편 나머지는 모두 민중들이기 마련이다. 그 무대는 연기자와 민중에 의하여 능소능대하고 자유자재하게 엮을 수 있었던 것이다. 사실 여기서는 무대와 객석의 구별이 없이 다 함께 생동하는 연희로 난장판을 이루기에 적절하였던 터다.

셋째, 이 작품의 공연 연기자가 주목된다. 우선 연기자는 작자 이규보였을 가능성이 짙다. 위에서 거론한 바 각종 연희시와 많은 치어·구호 그리고 표문·소문 등을 이규보가 직접 지어서 낭독·연행하였던 사실을 상기할 필요가 있다. 그렇다면 이규보가 교방에 깊이 관련된 젊고 호방한 문인으로서 자작한 명편 「동명왕편」의 전체나 일부를 시간과 장소·처지에 맞추어 어떤 형태로든지 연행·연창하였을 것은 당연한 일이다. 기실 이 작품이 그러한 공연을 통하여 그 가치와 기능을 제대로 발휘하게 되는 것은 이규보 자신이 누구보다도 잘 체달하고 있었기 때문이다. 그렇다고 그가 전문적 연기자로 분장하고 배역에 따른 의상을 걸쳤다는 것은 아니다. 그는 어디까지나 문인 자체로서 연극의 영역과 한계를 지켰으리라 보아진다.

그러기에 이 작품의 본격적이고 전문적인 연행자는 당시 교방의 기녀나 그 쪽의 창우·광대·연예승 등이었을 것이다. 그때 이 작품을 공연할 만한 연극·연희는 모두 교방에서 전담할 정도였고, 그래서 가무·잡희에 능한 기녀들이 우선권을 쥐고 있었을 것이다. 전술한 기녀들이 교방에서 전문 지도자에게 수련받고 연습하여, 그 고급·장대한 연희에 출연하는 것이 상책이었기 때문이다. 위에 든 대표적 기생을 비롯하여 많은 기생들은 각기 경력과 연기의 수준 내지 외모·교양 등에 따라 엄연한 상하관계를 유지하면서 그 연기에 전념하였던 터다. 실제로 그녀들은 대단한 인연과 상당한 조직·연기로써 그 위치를 확보하고 당시의 모든 여성계 연극·연희를 주도하고 있었다. 그러기에 당시의 저명한 대본·극본들은 그녀들의 공연을 거치지 않을 수가 없었다. 따라서 이른바 유명한 고려 시가나 인기 있는 강창문학 등은 그들이 선호하는 연희 대본, 즉 극본이 되었던 터다. 그래서 당시나 후대에 군신과 상하 민중에게 저명하던 이규보의 명편·거작 「동명왕편」을 그녀들이 공연했을 것은 당연한 일이다. 더구나 그녀들은 이규보의 이해와 보호를 받으면서, 자신들의 치어·구호나 표문까지도 대작해 주기를 바라는 처지에서, 그의 명작을 어떤 형태로든지 연창하는 것이 당연한 소임이었을 것이다.

기실 그녀들은 이 작품의 공연 형태에 따라 그에 상응하는 배역·역할에 분장과 의상을 갖추게 되었을 것이다. 그녀들은 이 작품에 나오는 여성들, 유화와 그 자매들, 유리 어머니, 기타 시녀들의 역할은 물론, 남성들 해부루와 신하, 금와왕과 신하·아들들, 해모수와 종자들, 하백과 그 부류, 주몽과 우인들, 송양과 신하들의 역할을 분장으로 공연했을 가능성이 짙다.

그리고 창우·광대·연예승들은 이 작품의 공연 형태에 따라 그 역할을 분담·수행하게 되었을 터다. 그들은 당연히 여기에 등장하는 남성역을 족히 해낼 수 있었을 뿐만 아니라, 위 여성의 역할까지도 분장·수행할 수 있었을 것이다. 기실 당시만 하더라도 남녀 연기자의 역할을 분장과 의상으로써 바꾸어 하는 것이 얼마든지 가능하였기 때문이다.

넷째, 이 작품의 실제적인 공연 장르가 문제된다. 전술한 고려시대 연극의 5대 장르를 연결시켜 볼 때,[45] 「동명왕편」도 그에 상응하여 공연될 수 있었다고 추정된다. 우선 이 작품은 기본적으로 강창극에 의하여 공연되었을 것이다. 이 작품은 강창문학이기에 이를 있는 그대로 가창하고 강설해 나가면, 바로 강창극이 되었기 때문이다. 누구든 언제 어디서나 격식에 맞도록 실감나게 가창·강설만 해도 이 작품은 필연적으로 강창극이 되게 마련되어 있는 터다. 더구나 이 작품은 전게한 교방 기녀나 창우·광대·연예승 등이 전문적으로 가창·강설한다면, 아주 완벽한 강창극으로 실연되는 게 당연하다. 이 강창극은 단 한 사람만의 연창자가 자신의 평상적 의상과 장식에다 간단한 소도구, 부채 정도를 가지고 나와서, 최소한 타악기의 장단에 의하여 멋지게 가창하고 유창하게 강설하면, 그대로가 완벽한 공연이 되는 것이다. 그렇다면 이러한 강창극은 비교적 단순하면서 소규모의 연행이 요구될 때,

---

45 사재동, 「고려시대 희곡의 형태와 유통양상」, 사재동 편, 앞의 책, 13~22쪽 이하 연극 장르에 대한 논의는 이 논문을 대폭 참조하였다.

그 진가를 발휘하는 경제적이고 보편적인 연극 형태라 하겠다. 이때에는 교방 기생 중에 뛰어난 가창력과 담화력 내지 연기력을 갖춘 사람이 이 작품을 올바로 연창할 수 있었다. 그리고 저명하고 원숙한 창우·광대·연예승들 중에서 위 기녀 못지 않은 능력을 갖춘 사람이라야 훌륭한 강창극을 연행할 수 있었던 터다. 이 강창극이 지금의 판소리와 같아서 그 연창자는 판소리 광대처럼 상대적 반주자의 장단과 조응·조화를 이루어야 한다. 그리하여 「동명왕편」은 훌륭한 강창극으로 공연됨으로써, 당대나 그 전후의 강창문학이 모두 강창극으로 연행될 수 있었다는 단초를 제공하였다고 보아진다.

그리고 이 작품은 강창극으로 연행되고 널리 유통되면서 보편적인 기본 형태에 변형을 가져오게 되었던 터다. 이 강창극이 음악적 가창 부분에 인기가 집중되고 그 강설부에 지루·진부함을 느끼게 되면서, 그 연극적 서사문맥을 생략하고 그 극정에 따라, 결국 가창만이 강조·실연되니 그것이 바로 가창극의 발단이 되었다. 「동명왕편」도 그 연극적 서사문맥이 축약되어 그 분위기만을 유지하면서 그 시가 부분만을 음악·장단에 맞추어 가창하게 되었을 것이다. 이것이 곧 이 작품의 가창극적 공연이라 하겠다. 기실 이 작품은 그 당시의 여러 시가들이 이른바 가요전설 등을 갖추고 있을 때, 이를 그 연극적 바탕 내지 분위기로 삼아 모두 가창극으로 실연될 수 있는 가능성을 보여 준 셈이라 하겠다. 이 작품의 가창극은 한 사람 이상의 연창자, 교방의 기녀들이 등장하여 연극적 효과를 십분 발휘하는 데에 특장이 있었다고 본다.

이어서 이 작품의 가창극이 보편화되면서, 음악에 의한 단순한 공연을 역동적으로 입체화하려는 경향과 취향이 생기게 되었다. 이에 이 가창극이 전문적인 무용과 결합·조화되어 실제로 가무극을 창출·형성하게 되었던 터다. 따라서 이 작품도 그 내용·극정의 부분마다 그에 상응하는 무용과 접합·실연됨으로써, 가무극의 실체를 보이게 되었다. 이런 가무극은 역동적 입체성을 중시하므로 자연 일인 이상의 연기자, 교방의 기생들이 출연하여 이 작품의 내용에 상응하는 독무獨舞·대무對舞·윤무輪舞·군무群舞 등의 다양한 가무극을 연출해 내었으리라 추정된다.

나아가 「동명왕편」은 이상의 연극 형태에 만족하지 않고, 여러 가지 연행의 좋은 조건을 만나 보다 전문적이고 본격적인 연극 형태로 발전·전개되기를 갈망할 수밖에 없었다. 이 작품의 기존 연극 형태가 성공을 거두고 보편적으로 유전되면서, 그 유통·공연의 역량을 극대화시키려는 작자·연기자 그리고 청중의 요망이 있었기 때문이다. 그리하여 이 작품은 위 가창극·가무극의 연극적 요건·기능을 포괄하면서 그 강창극을 입체적으로 전문화하는 데서, 획기적인 연극 형태, 대화극을 창안·발전시키게 되었다고 본다. 그리하여 여기서는 이 작품이 지시하는 무대와 장치를 시청각적으로 가시화하고 각종 미술·장엄을 설시하며 음악·악사를 끌어들인다. 그리고 이 작품에 등장하는 모든 인물들을 생동시켜 배역을 정하고 분장·의상을 갖춘 뒤 소도구를 지참케 한다. 그리하여 이 작품이 제시하는 사건을 지시된 행동과 대화로써 밀고 나가는 데서, 그 대화극은 완결되었을 것이다. 여기에는 당대의 교방 기생들과 창우·광대·연희승 등 남녀 연기인·연예인들이 총동원되어 훌륭한 대화극을 연출하게 마련이었다. 따라서 이 대화극을 관리·감독하며 지휘하는 인원이 상당수 따르고 많은 연기자들이 동참·

활동하기 때문에, 그 잡다한 시설물과 함께 막대한 비용이 따르기 마련이었다. 그러므로 이 대화극에는 그만한 인원을 동원하고 후원할 수 있는 왕실이나 집권대가 그리고 대찰이 아니고서는 쉽사리 손대기가 어려운 형편이었다. 그럼에도 「동명왕편」 정도의 작품이라면, 그 주제·내용과 명분, 그리고 그 문학성·예술성·역사성·교화성 등으로 인하여 족히 대화극을 통하여 연출되었으리라 믿어진다.

끝으로 이 작품은 단독으로 연행될 때 위와 같은 연극 장르로 전개되었거니와, 실제로는 상게한 바 방대하고 거창한 제의·행사·연회에서 연행되는 대형 연극·연희에서는 이 작품의 연극 형태가 결국 가무잡희·산악백희 등과 합세될 수밖에 없었을 것이다. 이에 이 작품은 그 자체의 연극 형태가 대형연극·연희와 질서 있게 뒤섞여서 이른바 잡합극의 양상을 보이게 되었을 것이다. 그러기에 「동명왕편」은 위 네 개 연극 장르로 연행되면서 결국은 큰 연극·연희와 결부됨으로써, 잡합극의 형태를 종합적으로 갖추게 되었던 것이라 본다. 이와 같이 이 작품이 그 당시부터 5대 연극 장르로 연행되어 왔다면, 그 극본은 명실공히 희곡의 실상과 그 장르적 성향을 확보하였던 터라 하겠다.

4. 「동명왕편」의 희곡적 실상

1) 작품의 희곡적 구조

위에서 이미 이 작품의 희곡성을 논의한 바가 있다. 거기서는 이 작품의 소설성과 결부시켜 그 희곡성을 추상적으로 거론하였기로, 여기서는 이를 바탕으로 이 작품 자체가 지닌 희곡적 요건을 검증하여, 이것이 그 공연의 대본·극본일 수 있었는지, 또한 이것이 다시 연행되어 연극으로 전개될 수 있었는지를 실증해 보려 한다. 그런데 그러한 실상은 이 작품의 희곡적 구조와 구성 그리고 희곡적 표현·문체가 대변하고 있는 바라 하겠다. 첫째, 이 작품의 희곡적 구조가 주목된다. 이 작품은 근본적으로 신화적 구조를 갖추고 있다. 이러한 신화적 구조는 이미 밝혀진 대로 희곡적 구조와 결부되는 것이다. 제의학파의 견해대로 제의가 연극의 현장이라면, 그로부터 생성·조정된 신화는 대본·극본으로서 희곡이라는 명제는 타당하다. 기실 고구려·고려로 이어지는 동명왕에 대한 신앙과 제의는 제의극임에 틀림없는 터에, 그로부터 형성·조정된 동명신화가 그 극본 희곡의 구조를 갖추고 있는 것은 당연한 현상이다. 그러기에 「동명왕편」이 동명신화를 총합·창조한 명편·대작이라면, 그것은 신화적 기반 위에 조성된 희곡적 구조를 갖추었다고 보는 것이 합당하다.

둘째, 「동명왕편」은 이미 거론한 대로 강창구조를 가진 것이 확실하다. 전술한 대로 이 강창구조는 강창문학의 기본골격으로서, 그것이 희곡적 구조임에 틀림이 없다. 한·중·일 등 동양권만 하더라도 이러한 강창문학의 구조가 희곡적 구조의 한 요건으로 내재하고 있다는 점에서 공통성을 지니고 있다. 이미 논의된 대로 어느 나라, 언제 어디서나 강창문학은 그대로가 극화·연행될 수 있는 극본·희곡이라는 점에서, 아무런 이의도 있을 수 없다.[46] 그러기에「동명왕편」이 강창문학으로서 강창구조를 확보하고 있다는 것은 그 희곡적 구조를 확증해 주는 바라 하겠다.

셋째, 이 작품은 이른바 삼대기적 구조를 지니고 있는 것이 사실이다. 이 삼대기적 구조가 기왕에 소설적 측면에서만 논의되어 왔지만, 이제 그것은 희곡의 구조적 특성이라고 파악하는 게 옳겠다. 이것이 희곡적 구조의 삼대 단계와 그대로 부합되기 때문이다. 이 작품에서 서두에 이어 '해모수'와 '주몽' 그리고 '유리'의 삼대 단위는 그대로 연극 내지 희곡적 전개 그 자체라고 보아진다. 적어도 극화·공연을 전제로 이 작품의 희곡적 구조를 대분하면 서장에 이어 해모수 부분은 제1막, 주몽 부분은 제2막, 유리 부분은 제3막이라고 간주할 수 있기 때문이다. 그러면서 이 삼막 구조는 다시 자연스럽게 1개 이상의 장으로 분화되어 있다. 그러기에 제1막은 제1장 해모수와 유화의 야합, 제2장은 하백과 해모수의 경쟁·성혼 등으로 구분된다. 이어 제2막은 제1장 주몽의 탄생과 성장, 제2장 주몽의 비범과 박해, 제3장 주몽의 지략과 탈출, 제4장 주몽의 건국과 합병 등으로 구성된다. 그리고 제3막은 제1장 유리의 생장과 이적, 제2장 유리의 탐색과 부자승계 등으로 전개된다. 그리하여 이 작품은 전체 3막 8장의 희곡적 구조를 구비하고 있는 게 사실이다.

46　경일남,「강창문학의 희곡적 전개」, 사재동 편, 앞의 책, 229~237쪽; 김진영,「불교계 강창문학의 연행 양상」, 위의 책, 245~260쪽.

넷째, 이 작품은 기본적으로 장면구조를 보유하고 있다. 이 점은 일찍부터 이 작품의 서사적 특징이라고 논의되는 가운데, 신화·소설을 지향하는 특성으로 전제된 바가 있었다. 그러나 이 장면구조는 분명히 희곡적 구조의 특징임에 틀림이 없다. 설화·소설 등의 서사구조가 희곡화되는 가장 현저한 특성이 바로 장면화이기 때문이다. 그러니까 고금을 통한 모든 서사문학의 장면화가 바로 희곡화의 제1조건이라고 할 수가 있다. 한국 역대의 희곡도 모두가 전래 서사문학의 장면화를 통하여 형성되었다고 보아진다. 중국의 저명한 소설 「삼국지」·「수호지·「서유기」 등이 희곡화될 경우나[47] 우리의 저명한 「춘향전」·「심청전」·「흥부전」 등이 강창극본으로 개변되고[48] 다시 그것이 대화극본으로 전환될 때 그 기본적 조건은 바로 장면화라는 것이다. 이런 관점에서 「동명왕편」의 전체를 그 장면화의 순차대로 열거해 보겠다. 이 장면들은 운문과 산문의 결합·적용을 통하여 강창 단위로 이미 분화되어 있는데, 여기에서는 위에서 밝힌 막과 장의 구분을 적용키로 한다.

서문

서두시

제1막

제1장

① 해모수의 등장

47　許仁圓, 『說唱西遊記』, 河洛出版社, 1978; 關德棟 外, 『聊齋志異說唱集』, 上海古籍出版社, 1983; 孔昭虔 外, 『紅樓夢戲曲集』, 漢京文化公司, 1984 등 참조.
48　김진영 외, 『춘향가』, 박이정, 1996; 백현미, 『한국창극사 연구』, 태학사, 1997 등 참조.

　　제6장

⑲ 주몽의 건국과 정도

⑳ 주몽왕과 송양의 합병 담판과 궁술 경쟁

㉑ 주몽왕의 권위와 비류국 고각의 입수

㉒ 송양의 선점 입증과 주몽왕의 대응

㉓ 주몽왕의 대우 기적과 송양의 항복

㉔ 주몽왕의 천조 축성과 궁성의 완성

㉕ 주몽왕의 최후와 승천

　　제3막

　　제7장

㉖ 유리의 탄생과 뛰어난 궁술

㉗ 유리의 실수와 부인의 매도

　　제8장

㉘ 유리의 아버지 찾기와 모친의 증언

㉙ 유리의 신표검 탐색과 획득

㉚ 유리의 부친 상봉과 태자 책립

　　종결시

이와 같은 장면구조는 30개 정도로 연결되어 있다. 이 장면들은 독자적으로 연극·희곡의 한 장면으로 행세할 수도 있고, 나아가 이러한 유기적 관계를 통하여 전체적인 연극·희곡으로 연행될 수도 있었던 것이다. 이렇게 많은 장면으로 조직된 희곡구조는 저 송원대의 남희 내지 명대의 전기와 동일한 양상을 유지하고 있는 터라 하겠다.[49] 한편 위에서 보인 바 여러 장면을 아우르는 8개의 장은 2장 단위로 구분할 때, 송원 잡극의 4절 구조와도 상통하리라 본다.[50]

2) 작품의 희곡적 구성

여기서 이 작품의 희곡적 구성이 중시된다. 첫째, 이 작품에는 그 무대가 잘 설정되어 있다. 그 자연적 무대로서 하늘과 창공·구름 그리고 땅과 산, 나무·바위, 강하·수중 등이 유기적 관계로 대두된다. 이것들은 해부루·금와나 해모수·하백 그리고 주몽과 송양 등의 강역이 구분·배치됨으로써, 보다 구체적으로 부각된다. 실제로 부여왕 해부루가 후사를 구하려 제사한 '산천', 돌아오는 길에 당도한 '곤연', 금와를 감추고 있던 '대석', 천명으로 동부여를 세우게 된 '동해지빈·가섭원' 등이 나타나고, 해모수가 천제자로서 오르내리던 '천상·천하'와 '웅심산', 하백의 영역으로 딸들이 노닐던 '청하'와 '웅심연', 유화가 버림받은 '우발수' 그리고 그녀가 해모수와 머물던 '수중' 등이 드러난다. 이어 주몽이 금와왕자들과 사냥하던 산과 그 나무들, 탈출 남하할 때 건넜던 '개사수', 나라를 세운 '서국', 그리고 송양의 산하·수렵지 등이 대두되는 것이다. 이러한 자연적 무대는 소설에서처럼 자세하게 묘사되지 않고, 단순한 명사로만 제시되고 있는 게 사실이다. 따라서 이것

---

49 俞爲民, 『宋元南戲考論』, 商務印書館, 1994 참조.
50 關漢卿 外著, 『元人雜劇選注』, 西南書局, 1978 참조.

은 실제적 무대라기보다는 그 배경·환경이라고 보는 것이 옳겠다. 그리하여 이 자연적 무대는 해설자의 간요한 설명이나 출연자의 언행을 통하여 묘사되었을 가능성이 짙다.

그리고 그 인공적 무대는 연행의 필요에서 설정되는 실재적 시설이다. 그것은 상게한 인물들이 활동한 도성·왕궁이나 특수 공간으로서 상호 긴밀한 관계를 맺고 있는 터다. 해부루의 궁실과 후사를 빌던 제단, 금와왕의 궁궐과 왕자들의 처소, 그리고 유화가 머문 별실 등이 나타나며, 해모수의 정사 궁전과 유화를 유인한 동실銅室 등이 드러나고 있다. 나아가 주몽이 고생하며 말을 기르던 마굿간과 거처, 그가 세운 고구려의 궁실, 천인이 쌓은 궁성, 송양의 궁궐과 고각의 창고 등이 차례로 대두되는 것이다. 그런데 이런 인공적 무대는 사실적인 것은 드물고 다만 명사적으로 제시된 것이 대부분이다. 그러나 이것이 그 무대의 역할을 손색없이 해냈다면 거기에는 그 표현상의 관례나 관객과의 약정이 필요했을 터이다. 기실 동양권 특히 중국의 연극에서 그 구체적인 무대를 언행이나 소도구의 상징적 활용에 의하여 공감·인식시키는 사례가 허다하였다. 그렇다면 「동명왕편」의 인공적 무대도 그 표현의 특수한 방법에 따라서 효율적으로 표시·운용되었던 것이 아닌가 한다. 이 작품에서 해모수가 유화와 자매들을 유인하려고 "以馬鞭畫地 銅室俄成壯觀 於室中設三席"이라 한 것은 그런 사례의 하나라고 본다. 이것은 실로 관례적이고 효율적인 무대설치의 묘법이라 하겠다.

그래서 이 작품의 특수한 분위기가 상상적인 무대로 효과적 기능을 발휘하게 되는 것이다. 이 작품의 종교적 분위기로 신이성·경건성은 바로 상상적 무대로 작용한다. 실례로 해부루 왕국에 대한 하늘의 이도 계시, 해모수의 신인적 언동과 하백의 신격적 대응, 주몽의 고천에 따른 신기한 감응 등은 그러한 무대적 분위기를 조성하기에 족하다. 그리고 투쟁적 분위기로서 영웅성과 경이성은 그만한 사건을 감싸주는 특이한 무대 역할을 다하는 것이다. 실례로 이 작품에서 하백과 해모수의 변신 경쟁, 주몽과 금와왕자들의 암투, 탈출 과정의 각축, 송양과의 여러 경쟁, 유리의 신술 등은 모두 그러한 무대적 분위기를 족히 드러내고 있는 터다.

둘째, 이 작품에서는 등장인물들이 전형성과 함께 그 독자성을 갖추고 있다. 먼저 신격인 등장인물들은 천신적 인물과 지신·하신적 인물로 나누어진다. 그냥 '천天'으로서 강림·행세하는 인물들은 그 모습을 현실적으로 드러내지 않는다. 이것은 천제가 하늘의 상징으로 이른바 천명을 내리는 것으로 되어 있기 때문이다. 이 작품에서 천제는 부여의 상신 아란불에게 천손의 강림 입국을 위하여 이도하라는 명령을 내리고 있다. 그리고 그 아들 해모수를 그 성역에 보내 다스리게 하고 하백의 딸 유화와 결연하도록 마련한다. 나아가 그 손자 주몽의 모든 소망을 들어 신비롭게 감응하고 있다. 그렇지만 그 외형을 드러내지 않고 다만 그 권능만 부리고 있을 뿐이다. 따라서 그 신격 인물은 분장이나 의상·소도구가 필요 없고, 다만 무대 뒤에 숨어서 음성·언어만으로 기능할 수 있다.

이어 해모수는 천제의 태자로서 종자들과 함께 부여 고도에 내려와 도읍을 열고 조석으로 하늘을 오르내리며 신정을 베푼다. 마침내 획기적 방편으로 유화를 만나 야합하고, 하백과 담판하여 변신 경쟁에서 이기고 성혼한 기남자다. 그는 영웅적 남성으로 주몽을 탄생시킨 아버지

역할에 충실하였다. 그는 완벽한 등장인물로서 신격과 인격을 겸한 역할에서 권능을 발휘한다. 그러기에 인물의 외모와 분장·의상, 그리고 소도구 등이 화려하게 결부될 수밖에 없다. 실제로 그 인물은 오룡거를 타고 채운 속 천악이 울리는 가운데 강림하니, 그 모습은 "首戴烏羽之冠수대오우지관 腰帶龍光之劍요대용광지검"이라 하였다.

그리고 하백은 수중계의 신격이요 수장이다. 그 인물은 엄격한 아버지로서 그 권능과 성격을 적극적으로 발휘한다. 그리하여 해모수와 유화의 야합에 크게 노하고 그 혼인에 대하여 여법한 절차를 밟으라 호통을 친다. 그는 또 해모수가 천제자임을 시험하는 변신 경쟁에 임하여 최선을 다하고 그 패배를 인정하여 성혼을 선언하는 명쾌한 인물이다. 그는 사위를 환영하고 붙잡는 방편을 썼지만, 결국 해모수가 딸을 버리고 승천하자 화가 나서 유화를 내쫓는 냉혹한 성격을 보이기도 한다. 이 작품에서 그 인물의 외모나 분장·의상 내지 소도구가 분명히 드러나지 않지만, 그가 해모수와의 변신 경쟁에서 보인 여러 동물의 변모가 이를 대신하였을 것이다.

또한 여러 왕과 신하들이 등장하여 그 역할을 담당한다. 해부루와 그 신하들은 해모수·주몽에게 도읍지를 양보하고 그 기반을 닦아주는 기능에 충실한다. 그들의 외모나 분장·의상 등은 그 특색을 보이지 않고 전형적인 면모를 드러낼 뿐이다. 그리고 금와왕과 그 아들들은 비교적 개성적인 역할을 해내고 있다. 기실 금와왕은 유화를 구제하여 주몽의 난생을 도왔고, 주몽을 수용하여 준마까지 하사한 선역에 속한다. 그 왕은 주몽 모자의 계략에 넘어간 셈이지만, 결국 주몽이 탈출·건국에 성공하도록 만들었던 보조형이다. 그의 외모만 "金色蛙形

금색와형"이라 했을 뿐, 분장·의상 등은 전형에 따랐던 것이다. 다만 그의 일곱 자들은 주몽을 시기·음해하는 악역으로 나온다. 그들은 주몽과의 경쟁에서 항상 실패하고는 왕권 계승에 불안을 느끼고 그를 제거하려는 전형적 상대역을 맡았던 터다. 그들의 역할로 하여, 주몽이 큰 뜻을 품고 탈출을 감행하였으니, 그 기능은 중요한 의미를 갖는다. 그들의 외모나 분장·의상 내지 소도구들은 사냥하는 왕자들의 전형에 맡기고 있는 터다. 그리고 탈출하는 주몽과 그 일행을 추격한 군사들은 기병 무사로서 전형을 갖추고 그 역할을 다한다. 그들이 주몽 일행에 압박을 가하고 고통을 준 것은 사실이나, 오히려 주몽의 신이한 권능을 실증시키고 몰사한 희생형이라 하겠다.

이제 유화는 지기·수성의 정기를 타고난 최상의 여성이다. 그녀는 해모수와 결혼하여 주몽을 낳음으로써, 신모로 승화된 여성계의 주역이 된다. 그녀가 자매들과 나타날 때, 그 미모는 "神姿艶麗신자염려"하고 분장·의상은 "雜佩鏘洋잡패장양"이라, 가장 아름답고 찬란하였다. 그녀는 해모수를 사랑하였기에 승천한 그를 슬퍼하지 않고, 아버지 하백에게 쫓겨났어도 원망할 줄 모른다. 금와왕의 왕궁 별실에서 큰 알을 낳고, 이것이 불길하다고 버려질 때도 당황하지 않았으며, 주몽의 난생을 천의로 받아들였다. 그녀는 아들의 비범함과 장차의 건국을 예견하고 금와 왕자들의 음해를 피하여 탈출·건국할 것을 격려한다. 그리고 그녀는 아들이 탈출하도록 준마의 획득 방편을 가르치고 농경국가의 기본인 오곡의 씨앗을 마련해 주면서도 의연하게 기대한다. 그래서 그녀는 마침내 신모神母 내지 성모의 역할·기능을 완수한다. 여타 여인, 유화의 자매나 시녀는 전형적 부수인물이지만, 유리의 어머니는 희미하게 개성을 발휘한다. 기실 그녀는 유리를 낳아 기름으로써 뒤늦게 주몽의 두고 온 부인으로 드러난다. 그녀는 남몰래 주몽과 인연을 맺은 뒤 유화 신모의 주변 그늘에 살다가 아들을 생산하여 정식 부인으로 승격된 어머니형이다. 그녀는 아비 없는 자식, 왕통을 이을 아들을 숨겨 기르면서, 그 아비를 찾아가 적통을 실증할 수 있는 맹약의 징표를 명심하고 있다. 마침내 성장하여 깨달은 아들에게 그 유일한 징표, 칼 토막을 찾아서 부왕을 만나게 하는 현명한 아내요 어머니 모습이다. 그녀는 어떤 외모와 분장·의상 내지 소도구도 보이지 않는, 그리고 그 다음의 운명을 남편과 자식에게 맡기고 숨어버리는 전형적 자모형이라 본다.

실로 주몽은 역대 제왕 중에서 가장 큰 영웅이요 제일 빛나는 동명성왕이다. 그는 동방에서 하늘과 땅의 정기를 성스럽게 받고 태어나 고구려 대국을 창건한 왕중 왕이다. 이미 밝혀진 대로 주몽은 영웅의 신이탄생을 거쳐 출세하니, 그 인품은 다만 "啼聲甚偉제성심위 骨表英奇골표영기"라고 표현할 수밖에 없다. 그는 고통과 역경 속에서 연마·성장하여, 천명대로 완전한 권능과 요건을 갖추고 웅지를 실현하여 건국의 성업을 완수하는 동방의 빛이요 성스런 제왕으로 등장하였다. 기실 이 작품의 무대 설정, 인물 활동, 사건 진행 등 모든 것은 이 동명왕의 신이한 권능과 성스러운 왕격을 드러내어 그가 찬연한 공업을 이룩한 주인공으로 창출·부각되는 데에 집중되고 있다. 그러기에 동명왕은 작자와 당시·후대의 상하 민중의 공감과 공론에 의하여 지고·지선, 최고·최선의 전형적 영웅상으로 정립되었던 것이다. 따라서 그의 용모와 분장·의상 내지 소도구 등은 그 높은 수준을 언설로 표현치 못하고, 상상의 능력에 따라 미화·연출하도록 맡겨진 터라 하겠다.

이에 대립하고 있는 송양은 원래 걸출한 인물로 비류국을 세우고 왕이 되었으나, 동명왕을 만나서는 위축되고 왜소해질 수밖에 없었다. 그러기에 이 송양은 동명왕을 만나 양보·합병을 담판하는 데서 주도권을 빼앗기고, 동명왕과의 활쏘기 경쟁에서도 참패를 당하게 마련이다. 나아가 동명왕의 신하들이 국왕의 위의를 갖추기 위하여, 비류국의 고각을 취하여 가도, 송양이나 그 신하들은 환수의 요청조차 못하는 무력한 인물이 되었다. 그리고 송양은 먼저 왕도를 정하였다는 증거로 궁궐의 고태를 내세우려 와서도 동명왕의 대응에 말도 못하고 돌아가는 위인이었다. 마침내 동명왕이 백록을 잡아 신통력으로 대우를 내리게 하고 위협하니, 송양은 겁내어 항복하고만 마지막 왕이었다. 그의 행색과 분장·의상 내지 소도구 등은 일일이 묘사하지 않아도 동명왕과 상대하여 초라하기 짝이 없는 유형이었을 것이다.

이러한 동명왕을 계승하는 유리는 그에 상응하는 천품과 권능 나아가 모든 여건을 두루 갖추고 있는 인물형이다. 그는 동명왕의 혈통을 이어받은 적자로 자리하였고, 그 권능의 상징으로 활쏘기에 능통하며, 신성한 이적까지 지닌 태자의 재목이었다. 그리하여 그는 부왕이 남기고 떠난 그 비밀의 열쇠를 풀어 그 신표인 칼도막을 찾아내고 상봉의 길을 과감하게 떠나간다. 드디어 그는 몽매에도 그리던 부왕을 만나 그 적자임을 확인받고 태자의 자리를 확보하는 전형적인 왕자상이다. 그의 위풍·외모와 분장·의상 내지 소도구 등은 구체적 묘사에 앞서 그의 처지·신분에 맞도록 차리게 되었을 것이다.

끝으로 독특한 등장인물 즉 여러 동물들을 거론하고자 한다. 작품 전체에 등장하는 마馬·백곡白鵠·리鯉·달獺·녹鹿·시豕·치雉·응鷹·성마

騂馬·어별魚鼈·쌍구雙鳩·백록白鹿 등은 일단 동물의 모습으로 등장하고 있지만, 연출을 전제로 하는 희곡적 관점에서는 이것들이 의인화된 등장인물이라 볼 수가 있겠다. 이 동물들은 사람과 함께 등장·활동하여 사건을 이끌어 가는 데에 소중한 역할을 하기 때문이다. 그러기에 그런 다양한 동물의 가면을 쓰거나 조형물을 만들어 그 등장인물의 기능을 하도록 연출할 수도 있다. 실제로 역대 고전극에서 각종 동물이 등장하는 희곡을 연출할 때, 그 동물의 가면이나 조형물을 활용하는 게 관례로 되어 있는 터다. 그러므로 고금을 통하여 의인체·우화체의 서사문학을 극화·실연할 때에, 그 희곡은 그 동물들을 그대로 등장인물로 간주하고 내세우게 되었다. 그리하여 「동명왕편」에 등장하는 모든 동물들은 일단 등장인물이라 간주할 수 있다는 것이다. 특히 위 하백과 해모수의 변신 경쟁에서, 하백이 잉어·사슴·꿩 등으로 변신할 때, 해모수가 수달·승냥이·매로 변신하여 승리한 대목에서는 그 실연에 있어 본신 하백 역과 해모수 역을 그 동물의 가면으로 사용할 수밖에 없었을 터이다.

셋째, 이 작품의 사건 진행은 입체적이고 역동적인 과정을 제대로 밟고 있다. 전술한 대로 그것은 서문·서두시에 이어, '발단—예건의 설명—유발적 사건—상승적 동작—절정—하강적 동작—대단원' 등의 전형적 진행 과정을 보여 주고 있기 때문이다. 따라서 이러한 진행 단계에 따라 그 내막을 살펴볼 필요가 있다. 여기서는 전게한 바 장면 단위를 기준으로 하여 논의를 진행하고자 한다.

먼저 서문은 이 작품의 제작 동기와 취지, 내용의 요지, 그 제작 과정 등에 대하여 언급한다. 그러기에 이 서문은 이 작품의 기록된 상태나 연행의 현장에서 필수적인 문장이다. 기실 작자는 유가의 입장을 고려하고 신화를 소재로 한 획기적 작품을 창작하면서, 이러한 서문을 통하여 해명도 하고 명분까지 세우지 않으면 안 되었을 것이다. 나아가 작자는 이 작품의 가치와 스스로의 문학적 역량을 과시하고 싶은 심정이 없지 않았을 것이니, 이러한 서문이 나온 것은 당연한 일이다.

그래서 이 서문은 작품의 희곡적 실상을 예고·설명하는 역할을 다하고 있는 터다. 그러기에 서문은 작품의 전제조건이요, 따라서 이 작품의 시작 부분이라 하겠다. 작품의 희곡적 구도에서 서문이 빠지면 근본적인 결함을 가져오기 때문이다. 그리하여 이 작품의 공연 과정에서도 첫머리에 서문을 반드시 구연하기 마련이었다. 실제로 서문의 요지가 이 작품의 말미에 붙은 종결시에 일부 반영되고 있는 것은, 서문의 중요성과 함께 처음과 끝의 조응 관계를 보이는 터라 하겠다. 마치 원 잡극에서의 설자楔子와 같은 역할을 하고 있는 것이다.[51]

서두시는 이 작품의 희곡적 진행이나 연극적 전개 과정에서 총괄적으로 모두를 여는 가창시라 하겠다. 그 내용은 중국 고대 성인들의 신화적 행적을 요약하여 동명왕의 신적과 연결시키는 데에 불과하지만, 이 작품의 사건 진행에서는 중요한 의미를 갖는다. 이 서두시는 그 자체로서 독자성을 유지하지만, 그것이 사건 진행을 여법하게 개시하는 데에서 불가분의 관계를 맺기 때문이다. 동방권의 희곡·연극에는 이른바 시작을 알리고 독자·청중의 관심을 끄는 예고시·개장시 등이 따르게 마련이다. 여기서는 그 희곡·연극의 요지·극정을 포함하여 그 관극·감상에 도움을 주는 내용을 간명하게 표현하지만, 그 가창적 효능은 독자·청중을 압도·안정시켜 그 작품 속으로 안내·심취시키

---

51 위의 책, pp.3~5.

는 단초를 마련하는 데까지 미친다. 잘 알려진 당대 강창문학·강창극의 대본인 변문에는 압좌문押坐文이 서두를 감당하였고,[52] 우리의 강창문학·판소리 등에서는 단가·허두가가 그 서두를 장식하였다.[53] 중국의 전형적 희곡에 개장시가 붙거나[54] 고려 대 이래 고전희곡의 모두에 치어·구호가 자리하는 것은 오랜 관례가 되어 왔다. 이런 점에서 「동명왕편」의 서두시는 그 위상과 기능이 확실해지는 터라 하겠다.

이어 사건은 '발단(①~②)'으로 나아간다. 부여왕 해부루가 산천에 기도하여 금와태자를 얻고 천명에 의하여 동햇가 가섭원으로 도읍을 옮긴다. 그 자리에는 천제의 아들 해모수가 강림하여 나라의 터전을 잡고, 조석으로 천계를 오르내리며 정사를 보게 된다. 여기서 새로운 국가의 영토가 확보되기 시작하고, 이상적 정사의 모형이 드러나게 된다. 그래서 장래할 주인공의 가계·혈통이 천자·천손으로 결부·예시되는 터이다. 그리고 해모수가 천기를 타고 웅심산에 머물며 지기와 수기를 갈망하여 사건의 단초를 조성하는 것이다. 여기서 이 작품의 사건은 신화적 영웅의 장엄·찬란한 행적으로 전개될 기반을 마련하고, 그에 대한 기대로 충만해지는 터다.

그래서 이 사건은 '예건의 설명(③~⑨)'으로 이어진다. 해모수는 웅심산에 머물다 웅심연에 노니는 하백의 딸 유화 자매를 만난다. 해모수는 달아나는 그녀들을 위계로 유인하여 회식·음주하게 하고 유화

---

52 關德棟, 「降魔變押座文與目連緣起」, 周紹良 外, 『敦煌變文論文錄』下, 明文書局, 1985, p.505에서 "押座文乃是變文的引子"라고 하였다.
53 홍순일, 「판소리 단가의 희곡적 성격」, 사재동 편, 『한국희곡문학사의 연구』Ⅴ, 365~369쪽.
54 錢南揚, 「張協壯元」, 『永樂大典戲文三種』, 華正書局, 1980, p.1.

와 야합한다. 이에 하백이 해모수에게 무례함을 경고하니 해모수가 하
백을 찾아와 혼담을 진행한다. 그러면서 하백은 해모수가 천제자인지
시험하기 위하여 변신 경쟁을 벌이고, 마침내 해모수의 승리를 인정하
고 성혼시킨다. 그런데 해모수는 하백의 감시를 뚫고 유화를 남겨 둔
채 승천한다. 이에 하백이 화가 나서 유화를 두들겨 우발수로 내어쫓
는다. 이와 같이 극적인 사건이 벌어지고 역동적으로 진행됨으로써,
앞으로 일어날 사건을 대강 제시하고 호기심을 일으킨다. 이러한 사건
진행에서 가장 중요한 것은 해모수와 유화의 결합으로 그 주인공이 잉
태되었으리라는 징후가 감지된다는 점이다. 이로써 사건 진행의 예비
적 여건은 제대로 조성된 것이다.

　이어 그것은 '유발적 사건(⑩~⑭)'으로 전개된다. 금와왕의 어사에
의하여 강물 속의 유화가 괴물처럼 망에 걸려 나와 흥미를 유발한다.
금와왕은 유화를 데려다가 별실에 살게 하고 예우한다. 마침내 유화가
대란을 낳자 큰 소동을 피우는 가운데 주몽이 탄생한다. 그 주몽은 비
범・장쾌하게 성장하여 발군의 궁술・위신력을 발휘한다. 그래서 금
와왕자들과의 사냥 경쟁에서 놀라운 성과와 위력을 보인다. 이로써 왕
자들이 주몽을 시기하고 왕권 계승에 불안을 절감하여 그를 제거할 음
모를 꾸민다. 이로써 이 사건은 다음 사건을 유발시킬 충분한 여건을
제시하였다. 이 사실을 감지한 유화와 주몽은 이제 막다른 궁지에 몰
린 것이다. 그대로 앉아서 죽느냐 탈출하여 건국의 웅지를 펴느냐의
갈림길을 설정하고 그 판단과 탈출구를 마련한 것이다. 마침내 그들이
살길, 웅지를 성취하려 탈출한 것이 사건을 본격적으로 일으킬 유발적
기능을 다하였던 터다.

그래서 사건은 '상승적 동작(⑮~⑱)'으로 오르막길을 내닫는다. 주몽은 웅지를 품고 갈등하며 한탄하고, 유화는 대망의 앞길을 제시하며 격려한다. 그래서 주몽은 탈출을 결심하고 유화는 그 방편으로 준마를 준비케 한다. 모자는 현명하게 준마를 고르고, 지혜로운 묘책으로써 말을 하사받는다. 마침내 주몽은 어머니를 남겨 놓고 세 친구와 함께 탈출·남하한다. 이 사실을 안 왕자들은 병사로써 추격하고, 주몽 일행은 강을 만나 앞길이 막힌다. 실로 궁지에 빠진 주몽이 하늘에 호소하여 천우신조로 어별의 다리를 건너 달려 나간다. 추격하던 병사들이 다리가 무너지면서 몰사하니, 주몽 일행은 안심하고 쉬면서 어머니를 회상한다. 그때 한 쌍의 비둘기가 날아와 머리 위를 감도니, 주몽은 신모가 오곡의 씨앗을 보냈다면서 창졸간에 그것을 잊고 왔다고 실토한다. 주몽이 빼어난 궁술로 비둘기를 쏘아 내려 모이통에서 보리 등 씨앗을 꺼내고, 소생시켜 날려 보낸다. 이로써 사건 진행은 점입가경의 상승작용에 의하여 절정의 근처까지 다다른다. 그리하여 말 그대로 상승적 동작으로 점철·승화되어 있는 것이다.

마침내 이 사건은 '절정(⑲~㉓)'에 오른다. 주몽은 드디어 고구려를 세우고 왕도를 정하여 왕위에 오른다. 그러나 주몽왕은 이로써 만족하지 않아 절정의 성취를 만끽하지 못한다. 그리하여 주몽왕은 송양을 만나 비류국을 합병하려 서로 담판하고 궁술 경쟁을 한다. 나아가 주몽왕은 비류국의 고각을 가져오게 하고, 송양의 다양한 도전을 슬기롭게 물리친다. 최후로 주몽왕은 백록을 잡아 하늘에 호소하여 대우를 내리게 하고, 위신력으로써 송양의 항복을 받는다. 이로써 주몽왕은 왕국을 합병하고 국토를 확보하여 비로소 완벽한 건국을 선언하고 그

웅지의 성취로써 절정을 절감한다. 이리하여 처음의 입국은 예비적 절정이요 합병의 건국은 최고의 절정이라 하겠다. 이제야 이 사건의 절정은 완전하게 이룩된 것이다.

이제부터 이 사건의 '하강적 동작(㉔~㉕)'이 시작된다. 주몽왕은 웅지를 이루었으나 국사는 다단하다. 그러나 국운이 융창하고 천인이 내조하여 궁성까지 완공된다. 주몽왕이 제위 19년 40세로 승천하니 그가 남겨 준 옥편으로 대신 장사한다. 이로써 이 사건은 절정으로부터 점차 하강하여 아쉬운 종말을 고한다. 이것이 대단원을 향한 하강적 동작의 마무리라 하겠다.

끝으로 이 사건의 '대단원(㉖~㉚)'에 이른다. 그런데 대단원치고는 매우 알찬 사건으로 진행된다. 여기서 유리가 태어나 뛰어난 궁술을 구사한다. 그런데 실수로 어떤 부인의 물동이를 깨고 크게 매도되는 가운데 아버지의 존재를 깨닫는다. 이에 그는 어머니에게 자결을 각오하고 아버지에 대하여 묻는다. 어머니는 아버지의 왕국을 알리고 부자 상봉의 신표를 찾게 한다. 유리가 지혜와 정성으로 그 신표를 찾아 그로써 부왕을 만나 태자가 된다. 이러한 사건은 대단원치고는 독자적 서사성과 상당한 규모를 갖추었다. 그러나 주인공 주몽왕의 최후에 이어 그 왕위를 전수·계승한다는 차원이므로, 대단원으로서 그 위치가 확고하다고 하겠다.

말미에 종결시가 붙어 있다. 이 시는 서두시와 조응하여 이 작품을 총결·요약하고 찬양·전망하는 보편적인 가창시다. 이 내용은 저 서문의 그것을 축약·반영하면서, 신격으로 충만한 동명왕을 거듭 찬양한다. 그리고 중국 역대 성왕의 신적을 예로 들어 이 동명왕의 신이행

적을 비교시키고 후세를 향하여 경계를 내린다. 그 성왕과 함께 사직
을 지키느라 신고한 성군을 본받아 "守位以寬仁 化民由禮義 永永傳子
孫 御國多年紀"라 하여 앙망仰望·간청으로 끝난다. 이처럼 이 작품을
통하여 고구려·고려의 군신·백성에게 내리는 교화·영전을 강조한
것이다. 이것은 이 작품을 자평·총괄하면서 그 가치를 강화·전망하
는 마지막 찬송이라 하겠다. 이러한 종결시는 고전희곡의 전형적 관례
로서 동방권의 공통성일 뿐만 아니라, 중국의 전형적 희곡에서 '제목·
정명'이라 하여 으레 말미에 붙는 가창과 같다. 그래서 종결시는 「동명
왕편」이 동방권에서도 결코 뒤지지 않는 명편 대작임을 실증해 주는
터이다. 그리하여 이 작품은 거의 완벽한 사건 진행의 실태를 갖추고
있다는 것이 확실해졌다. 이로써 이 작품은 무대와 등장인물 그리고
사건 진행이 유기적으로 생동하는 이상적 구성을 완비하였다고 본다.

3) 희곡적 문체와 장르적 전개

　여기서 이 작품의 희곡적 문체가 주목된다. 전술한 바와 같이 이 작
품은 강창구조에 바탕을 두고 역시 강창문체로 표현되어 있다. 잘 알
려진 대로 이런 강창문체는 일찍부터 강창극본의 문체로 확인되어 왔
다. 불교계 강창문학을 중심으로 할 때, 인도·티벳·중국·일본 등
동방권의 강창문체가 연행 과정을 통하여 모두 희곡적 문체로 공인되
어 왔기 때문이다. 한국에서도 불교계 강창문학이나 고려조 강창문학
등은 희곡적 구조와 함께 강창문체가 희곡적 문체라고 검증된 바가 있

다. 따라서 이 작품의 강창문체가 바로 희곡적 문체라는 것은 재론할 여지가 없다.

이 작품의 문체가 크게 지시문과 대사로 양분되는 점은 이미 지적된 바가 있다. 지시문은 소설의 지문과 같이 자세한 설명이나 묘사를 하지 않고 응축된 표현이나 명사적 어휘로써 제시하는 데 역점을 둔다. 지시문은 상술한 대로, 이 작품의 무대・장치, 인물의 외관과 분장・의상 및 소도구, 행동・표정 등을 지시하면서 대화를 이끌고 연결시킨다. 무대・장치에 대한 지시는 위에서 무대를 논의할 때 대강 밝혀졌다. 실제로 자연적 무대의 제시는 대강 그 배경이나 환경을 지칭한 것으로 완결되는 터다. 그러나 인공적 무대는 의도적으로 지시된 것으로 간주하여 구체적으로 거론할 필요가 있다. 부여・동부여・고구려・비류국 등의 도읍・도성은 매우 광범위한 무대로 설정되어 있다. 그 도읍의 이전이나 도성의 축조, 국가의 합병 등을 추진하는 데에 따르는 적절한 배치・지시는 광활・심원한 무대를 운용하는 묘법으로 작용한다. 그리고 위 각국의 궁실 특히 하백의 수궁, 해모수의 동실銅室이나 수레 속, 유화의 별실 등은 비교적 구체적으로 지시된 셈이다. 그것은 그에 상응하는 사건을 뒷받침하고 있기 때문이다. 그런데도 이러한 인공적 무대가 사실적으로 지시되지 않은 것은 공연에 있어 무대의 설치・대용이 연출가・연행자의 능력과 방법에 맡겨진 결과라 하겠다. 기실 이러한 지시문은 고금을 통하여 관례로 되어 있었던 것이다.

그리고 등장인물의 외양이나 분장・의상 등에 대한 지시문은 전체적으로 막연하고 추상적이다. 전술한 바 해모수와 유화・주몽의 외모와 분장 등에 대하여 어느 정도 지시되었을 뿐이고, 나머지는 대강 그 인물의 신분·처지나 역할 등에 알맞게 연출하도록 위임되었기 때문이다. 그러나 소도구는 명사식으로 모두 명시되어 있다. 그것은 등장인물들이 소지하거나 활용하는 물건이요 인물 간의 행동이나 사건을 연결시키는 매개물이기 때문이다. 이 작품의 순서대로 그 도구를 열거하면, 대석大石·오룡거五龍車·오우지관烏羽之冠·용광지검龍光之劍·마편馬鞭·준주樽酒·황금차黃金釵·철강鐵綱·조란鳥卵·궁弓·시矢·침針·위餧·맥자麥子·화록畵鹿·옥지환玉指環·고각鼓角·위색葦索·검편劍片 등이 다양 다기하게 대두·활용된다. 이 소도구에 대하여 그 모양·용도나 기능 등에 관한 구체적인 지시는 없다. 그 명색이 실물을 지시하고, 그 실물이 스스로 모양·용도·기능을 표시하고 있기 때문이다. 한편 등장인물의 행동이나 표정 등에 관한 지시문은 비교적 구체적으로 나타난다. 먼저 행동의 지시는 보다 사실적으로 표현되었다. 그것은 그대로 사건 진행과 직결되고 연기를 지시하기 때문이다. 그 실례가 많이 나타나지만 그 중의 몇 가지만 들어보면, 해부루 말의 "見大石流淚견대석유루", 해모수의 "以馬鞭畵之이마편화지"·"化爲鷹擊之화위응격지", 유화 자매의 "相視飮酒상시음주"·"驚走경주", 하백의 "責厥女책궐녀 挽吻三尺弛만문삼척이", 금와왕자의 "執朱蒙縛樹집주몽박수 奪鹿而去탈록이거", 주몽의 "潛以針揷馬舌根잠이침추마설근"·"乃引弓射之내인궁사지", 유리의 "遂欲自刎수욕자문"·"擧身聳空거신용공" 등은 그 행동 지시에서 상당한 실감을 자아낸다. 이들 등장인물의 행동은 개성적인 연기로써 바로 사건 진행으로 직결되어 그 지시문의 효능을 실증해 준다.

이어 표정에 대한 지시문은 위 행동의 경우보다 소극적으로 표현되었다. 그것이 원래 정적인 데다 미묘한 연기로써 각자의 감성에 따라 다르게 표현되기 때문일 것이다. 몇 가지 예를 들어 보면, 해부루의 "怪之괴지", 해모수의 "目送頻留意목송파류의"·"慼之참지", 유화의 "大醉대취"·"與王定情여왕정정", 하백의 "大怒대노"·"備禮迎之비례영지", 주몽의 "內自懷恨내자회한"·"慨然嘆曰개연탄왈", 금와왕의 "見馬悉肥大喜견마실비대희", 송양의 "內自懷疑내자회의"·"大驚대경", 유리의 "大慼대참"·"泣曰읍왈"·"大喜대희" 등이 비교적 생동감을 준다. 이렇게 지시된 표정은 그 실연에서는 각기 다른 모습으로 나타나는 게 당연하다. 따라서 표정의 지시문은 그것의 최대 공약수를 보여주는 터라 하겠다.

이제 이 작품의 사건 진행을 역동적으로 추진하기 위하여, 대사를 이끌어내고 연결시키는 그 지시문이 가장 중시된다. 기실 희곡은 대사의 문학이요, 따라서 희곡의 문체는 바로 대사 그 자체이기 때문이다. 이 작품에서는 그 대사를 모두 '~왈曰'로써 연결시키므로 일일이 실례를 들 필요조차 없다. 따라서 이 대사의 지시문에는 간접화법으로 대사를 숨겨버리는 사례는 드물다. 이것은 간접화법을 비교적 많이 사용하는 소설문체와 다른 점이라고 하겠다. 다만 이 문체 중에는 '~운운云云'이 여러 군데 나오는데, 이것은 위 '~왈'과 관련시켜 생각해 볼 문제다. 물론 이것은 '~라고 말하다' 또는 '~라고 이야기하더라' 혹은 '~라고 하더란다' 등으로 풀이될 것이다. 그런데도 여기에는 어떤 말이나 이야기가 장황하고 다 알만하여 생략한다는 의미가 있는 게 아닌가 싶다. 가령 주몽이 어머니에게 남토에 가서 건국하겠다고 호소할 때 "其母云云기모운운"한 것이나 주몽의 종신들이 비류의 고각을 취해 왔을 때 "沸流王遣使告曰云云비류왕견사고왈운운"한 것 등에서 그런 낌새를 엿볼 수 있기 때문이다. 그래서 그 속에는 대사가 있을 법한데 생략된 것이라 볼 수도 있다. 이 '~운운'이 함축하고 있는 내용·내막은 누구도 정확히 알 수가 없다. 그러나 현전하는 문맥을 미루어 그 연장선상에서 추적하면 무엇인가 잡힐 것 같은 환상을 가지게 하고 긴 여운을 남기는 것이다. 그래서 이것은 이 지시문의 함축성과 묘미를 살리는 특징의 하나라 하겠다.

그래서 이 희곡의 문체 중에서 핵심적인 대사를 검토할 필요가 있다. 이 대사는 양자 내지 다자간의 대화가 있고, 혼자서 자신에게나 상대를 가상하여 토로하는 독백이 있다. 그리고 관중을 상대하여 간접대화를 시도하는 방백이 있는 것도 사실이다. 이 작품의 문체는 대화가 중심을 이루고 독백은 매우 드물다. 그 대신 이와 직결된 창사가 독백이나 방백을 대신·보완하는 현상이 나타나 있는 터다. 이제 임의로 대화의 한 대문을 보면 다음과 같다.

　(沸流王松讓出獵 見王容貌非常 引而與坐)

　讓曰：僻在海隅 未曾得見君子 今日邂逅 何其幸乎 君是何人 從何而至

　王曰：寡人天帝之孫 西國之王也 敢問君王繼誰之後

　讓曰：予是仙人之後 累世爲王 今地方至小 不可分爲兩王 君造國日淺 爲我
　　　　附庸可乎

　王曰：寡人繼天之後 今主非神之胄 强號爲王 若不歸我 天必 殛之

　(松讓以王累稱天孫 內自懷 欲試其才)

　乃曰：願與王射矣

　(권3, 6장 후면~7장 전면, 공간조정 띄어쓰기·부호는 인용자 이하 동일)

이것은 주몽왕과 송양이 양국 병합을 위하여 담판하는 대목이다. 이

만하면 웬만한 희곡의 대화에 비하여 손색이 없다. 이 문체의 대부분이 이러한 비율로 지시문과 조화되어 있기 때문이다. 여기에 독백이 보완되어 있음을 보게 된다. 실례로 유리가 그 검편을 찾는 대목에서

> (類利自解之)
> 乃曰 : 七嶺七谷者七陵也 石上松者柱也(권 3, 8장 후면)

이렇게 독백으로써 이 문체의 희곡적 특색, 즉 대사를 보강하고 있는 것이다. 이와 같이 이 문체의 대사는 시종일관 주류를 이루고 있으니, 이를 전형적인 희곡의 수법으로 정리하면 그대로가 대사 위주의 희곡 문체가 되리라 본다.

잘 알려진 대로, 이 문체는 그 작품의 예술적 완성단계요, 장르적 완결단계다. 그렇다면 바로 이 작품의 문체가 희곡의 특성을 확보하고 예술적 완성단계에 이르렀으므로, 이 작품은 희곡으로 규정될 최후의 요건을 완비한 셈이다. 이제 이 작품의 희곡적 구조와 희곡적 구성을 재확인하면서 여기에 그 희곡적 문체까지를 포괄·조화시킴으로써, 「동명왕편」은 희곡적 작품이라고 규정될 수가 있다. 이 작품의 희곡적 실상이 확증된 마당에, 그 자체가 그대로 희곡 장르라고 규정되어야 마땅할 것이다. 더구나 이 작품은 연극적 연행의 가능성마저 이미 검증되었다. 말하자면 이 작품은 희곡으로 재작되고 그 유통·연행의 과정을 거쳐 다시 검증된 희곡작품이라는 것이다.

여기서 이 작품이 희곡 장르로서 연극적 연행과 불가분리의 관계 속에 있음을 재삼 확인하게 된다. 여기 이 작품의 극화 연행에서 그 연극 형태

가 5대 장르로 분화·전개되었음을 상기할 수밖에 없다. 그렇다면 이 작품의 희곡적 실상을 검증한 마당에서, 그것의 장르적 전개 양상을 고찰하는 게 당연한 일이다. 결국 이 작품은 하나의 희곡 장르로서 전술한 바 연극 형태에 기준하여, 강창극본·가창극본·가무극본·대화극본·잡합극본 등으로 융통성 있게 변모·분화되어 나갔을 것이다.

이 작품은 현전하는 형태로 하나의 완전한 극본 희곡으로 존재하는 것이 사실이다. 그런데 그것에 희곡의 장르를 적용시킨다면, 그 자체로서는 분명히 강창극본일 따름이다. 그러나 전술한 바 이 작품의 극화 연행에서 강창극을 기본으로 하여 유통·생동하는 가운데, 여타 4대 연극 장르로도 변모·전용되었음을 기준할 필요가 있다. 이른바 가장 기본적이요 보편적인 강창극본이 유통·연행을 통하여 생동·행세하는 가운데 여타 4대 희곡 장르로도 전성·활용될 수 있기 때문이다.

먼저 이 강창극본은 하나의 희곡 장르로서 기본 형태임에 틀림이 없다. 그런데 그것은 화석과 같은 불변의 고정체계가 아니라 상하 민중, 누대 청중의 요청·수요에 의하여 성장·변신, 전성·발전하는 것이 필연적인 현상이었다. 이 작품의 강창극본이 오래 널리 유행·수용되면서 익히 알려진 이야기, 강설 부분이 생략·유보되고, 그 유창한 가창 부분만 생존·강화되는 경향이 나타났던 것이다. 그래서 이 작품은 음악·악기에 의하여 가창 중심으로 그 극적 분위기를 조성·추진하게 되었으리라 짐작된다. 따라서 이 가창에 음악·음성 등 연극적 요건이 가미되어 이른바 가창극으로 연출되고, 그러는 가운데 보다 새로운 가창극본으로 개작·전개되었을 것이다. 고금을 통하여 강창문학·강창극본에서 가창 부분만을 독립시켜 확장·연창하는 경우는 얼마든지 있었기 때문이다. 기실『월인석보』의 강창극 형태에서 가창부문만을 연창케 한 사례도 있고,[55] 현전 강창 형태 판소리 중에서 가창부문만 떼어다 부르는 경우가 흔하기 때문이다.[56] 이런 점은 지금의 학자들이 「동명왕편」의 가창 부분 고시만을 연구하는 경향으로도 방증되고 있다. 그리하여 이 작품이 가창극본으로 정립·행세한 사실을 족히 추정할 수가 있는 터다.

그리고 이 가창극본이 정립·연행되면서 자연 무용과 결합되는 것은 필연적인 현상이다. 그 내용의 희극성·비극성에 관계없이 감동적인 가창에는 자발적인 춤사위가 따르게 마련이고, 나아가 본격적이고 전문적인 춤이 이 가창과 적극으로 접합하여 제3의 장르를 형성하는 것은 당연한 일이다. 여기서 바로 이 작품이 가무극으로 연행되는 현장과 그로부터 정립된 가무극본의 출현을 보게 되는 것이다. 실로 이 작품이 연행되던 당시에는 그만한 수준의 가창과 무용이 궁중·대가나 상하 민중에 성행하였기에, 이 작품의 역동적 연행으로 가무극과 그 극본이 희곡으로 정립되기는 결코 어려운 일이 아니었다. 기실 이런 가무극의 극본은 고금을 통하여 특히 고려 대에 성행하고 그 기록이『고려사』「악지」나『악학궤범』등에 많이 전해지는 실정이다. 이러한 가운데 이 작품은 악보와 무보를 잃은 채 개인 문집이나 가집에 가사·해설 형태로만 남아 있는 터라 하겠다.

이러한 가무극본이 보편적으로 유통·연행되면서 강창극본과 제휴하여 보다 입체적이고 전문적인 연극 형태를 지향하고 좀더 완벽한 극본양식을 갈구하였을 것이다. 당시 왕궁·대가나 상하 민중은 가창극

---

55 『세조실록』「14년 5월 12일」조에 "上御思政殿 與宗宰諸將談論 又命永順君溥 授八妓諺
　　　文歌詞 令唱之"라고 하였다.
56 판소리 〈춘향가〉, 〈심청가〉 중에서 유명한 가창 부문이 독자적으로 연창되고 있다.

이나 가무극은 물론 강창극에도 만족하지 않고, 이 모든 연극을 극복·통합한 대화극을 갈망·환영하였기 때문이다. 전술한 바 고려의 대화극과 그 극본이 그런 토양과 배경 위에서 형성되었던 것이다. 그러기에 「동명왕편」은 당시에 대화극으로 연행될 만한 좋은 여건을 만나서 대화극본으로 재편·개신될 운명을 맞았던 것이다. 현재의 「동명왕편」이 강창극본의 기본 형태를 갖추고 있기에, 그것은 대화극에 의하여 대화극본으로 개신·조정되는 게 당연한 일이었다.

전술한 대로 고려기의 연극은 성행을 거듭하면서 왕궁·대가로부터 상하 민중에 이르기까지 대형화되고 종합화되었던 것이다. 거기서 자연 그런 연극을 지탱하고 뒷받침하는 대형·종합적 극본이 요구되었을 것은 당연한 이치다. 그리하여 완성·군림한 것이 대형연회의 가무백희, 즉 산악백희로 조성된 바 그것이 잡합극이요 그 극본이었다. 그래서 「동명왕편」은 그 모든 여건을 갖추어 그만한 잡합극에 합세함으로써 훌륭한 연극을 이룩하고, 그 잡합극본으로 군림·행세할 수 있었던 것이다. 요컨대 「동명왕편」은 강창극본으로 전형을 유지하고 정착되어 있지만, 고려 대의 5대 연극 장르에 의하여 극화·연행됨으로써, 역시 5대 극본, 희곡 장르로 변용·유통되었다는 이야기다.[57] 그러던 것이 극본 희곡의 장르적 개념과 인식이 흐려지면서 모두 기본적 강창극본으로 수렴되어 현전하는 양태를 유지하고 있는 터라 하겠다. 그러기에 「동명왕편」은 하나의 강창극본이면서, 극본의 5대 장르를 모두 수렴·응축하고 있는 종합적 극본 희곡이라 하여 무방할 것이다.

---

57 사재동, 「한국희곡사 연구서설」, 사재동 편, 『한국희곡문학사의 연구』 I, 중앙인문사, 2000 참조.

5. 결론

이상 「동명왕편」에 대하여 희곡적 관점에서, 그 강창문학적 성격과 공연 양상, 그리고 희곡적 실상 등을 검토하여 보았다. 여기서는 이른바 고전작품의 유통과 연행에 역점을 두어 그 방법론을 적용하고, 화석화된 시가나 서사문학을 그 시대에 상응하여 생동하는 문예작품으로 재생시키는 작업을 시도한 것이었다. 그리하여 「동명왕편」은 고려 중기 이후에 연극 형태로 공연됨으로써, 어엿한 희곡으로 재구·행세하게 되었다. 이제까지 논의해 온 바를 요약하면 다음과 같다.

① 「동명왕편」은 고려중기의 대문호 이규보가 불우·호유기의 한가운데 처하여 26세의 나이로 지어낸 시대적 명문이요 역사적 거편이다. 그는 상하 민중의 수요와 시대적 요청에 기반을 두고 역사적 사명, 제의적 정성, 교화의 방편, 문예적 열정 등 내외적 명분과 목적으로 이 작품을 찬성하였다. 그는 한·중 각종 문헌에 산재한 동명신화와 민중에 회자되는 동명설화 등을 수집·총화하여 「동명왕전기」를 편찬하고, 이를 저본으로 삼아 고시체의 장편 서사시 「동명왕찬」을 창작하였다. 이어 그 「동명왕전기」를 증보·재편하여 소설체 산문 「동명왕전」을 제작하고 이를 장편 서사시의 부분별 주석·해설격으로 조합시킴으로써, 강창문학 「동명왕편」을 완성하였던 것이다.

② 「동명왕편」의 산문부 「동명왕전」을 중심으로 그 창작성을 논의하여 그것이 이규보의 창작품임을 입증하였고, 그 허구성을 규명함으로써, 그것의 서사문학적 독창성과 가치를 본격적으로 부각시켰다. 따

라서「동명왕전」은 그 자체가 소설성을 갖춤으로써, 그 전체 구조가 소설의 그것과 상통하고, 그 구성의 배경설정·인물배치·사건 진행 등이 소설의 그것과 동일하며, 그 표현 문체 또한 그 당시의 전형적 소설 문체와 같은 수준임을 논증하였다. 그리하여「동명왕전」이 소설 장르로 규정될 수도 있겠지만, 그것이 소리 없는 희곡이라는 점에서 그 희곡 지향성만을 강조하게 되었다. 결국 이 작품이 희곡성을 구비하였다는 사실이 그 구조와 구성 그리고 문체 등을 통하여 입증되었다. 그리하여 이 작품의 희곡성은 이를 연극적으로 연행하는 데서 그 진면모가 드러난다고 간주·확인되었던 것이다.

③ 이 작품은 고려 중·후기 연극의 황금시대를 그 배경으로 하였다. 그 시기의 연극은 궁중과 특권층, 상하 민중 등의 연회·오락을 위주로 발전·성행하고, 송에 이은 남송·금·몽원 등 중국 연극과의 교류·교섭을 통하여 더욱 세련된 형태로써 성세를 보였다. 그리고 그 연극 형태가 보다 화려하고 종합적인 외관과 내실을 갖추어 장르적으로 전개되었으니, 이른바 가창극·가무극·강창극·대화극·잡합극 등이 바로 그것이다. 이러한 연극적 환위 속에서, 이 작품의 작자 이규보는 당시의 연극과 깊은 관계를 맺고 있었으니, 그는 평생 시문과 거문고와 술을 그다지 좋아하여 문예계의 삼혹호선생으로서 연극적 생애를 누렸다. 그는 불우·호유기를 중심으로 음악을 즐겨 탄주·가창도 하며 각종 연예현장에 동참하여 많은 연희시도 창작하였고, 직접 시문을 지어 연행하는 한편 연기자들의 극본으로 제공함으로써, 그의「동명왕편」이 연극으로 연행될 길을 열어 놓았던 것이다.

④ 이 작품은 연극으로 연행되었다는 전제 아래, 그 작품 자체가 신

화성·창작성과 소설성·희곡성을 구비하여 생태적으로 강력한 연행력을 발휘하였다. 그리하여 이 작품은 국중대회나 국가적 제례·제의, 왕실·대가에서 벌어지는 경축, 팔관회·연등회, 그리고 대찰의 경찬회, 상하 민중의 민속행사 등의 연희 현장을 계기로, 궁중 전각·대가 빈청, 대찰의 강당·누각, 민중의 야단 등을 무대 삼아서, 당대 교방의 기생, 창우·광대·연예승 등 연기자에 의하여 연극 형태로 연행되었다. 그러기에 이 작품의 연행 형태는 보다 세련되고 전형화됨으로써, 당대의 연극 장르에 의거하여 가창극과 가무극, 강창극과 대화극 그리고 잡합극 등 5대 장르로 연행·전개되었음을 추찰하였다.

⑤ 이 작품은 연극적 연행을 통하여 그 희곡적 실상이 여러 측면에서 검증·확인되었다. 즉 그 희곡적 구조는 신화구조·강창구조·삼대기구조·장면구조 등으로 구비되어 있는데, 전체으로는 3막 8장에 30개 장면으로 정립되어 있다. 이러한 구조적 기반 위에서, 이 작품은 하나의 희곡적 구성을 구체적으로 완결하였으니, 하늘과 창공·구름·땅·산·나무·바위·강하·수중 등의 자연적 무대, 그리고 각국의 도성·궁궐·별실·마굿간·창고 등 인공적 무대가 어울려 등장인물들의 활동기반을 조성하였다. 여기에서 주인공 주몽—동명왕을 중심으로, 천명에 감응하는 천신, 아버지 해모수, 어머니 유화, 외조부 하백, 주변의 상대 금와왕과 일곱 왕자, 마지막 대결자 송양, 그 아들 유리, 그리고 보좌인 우인·종자·신하들, 적대의 군사들이 그 전형과 개성을 가지고 파란만장한 사건을 진행시켰다. 그 사건 진행은 '발단—예건의 설명—유발적 사건—상승적 동작—절정—하강적 동작—대단원'으로 이어져 희곡적 사건 진행의 전형적 과정을 유지했던 것이다.

⑥ 이 작품은 그 문체로 인하여 예술적 완성 단계에 이르고 장르적 완결단계에 이르렀으니, 그것이 희곡적 문체의 보편성과 특수성을 갖추었다. 그것은 우선 강창문체로서 희곡성을 나타내고, 그 지시문과 대사가 희곡적 문체의 전형을 보이며 구체적으로 기능하고 있다. 먼저 그 지시문은 무대 장치의 지시, 인물의 분장·의상 및 소도구의 지시, 행동과 표정의 지시 등으로서 명사적이고 명령식으로 진행되어 희곡적 지시문의 특징을 보이며, 그 대사는 대화와 독백·방백 등으로 나뉘어 역동적인 표현을 주도하였다. 그리하여 이 작품은 희곡 장르로 규정되었고, 그것이 당시 연극과 직결되어 역시 5대 장르로 전개되었으니, 그 강창극본을 기본으로 융통성 있게 변전되어, 가창극본·가무극본·대화극본·잡극본 등으로 행세하였던 것이다.

⑦ 이러한 「동명왕편」은 위와 같은 종합적 실상을 통하여 국문학사상에서 획기적인 위상을 점유하고 있다. 우선 이 작품은 유구한 역사의 주몽·동명전승을 망라·통합하여 본격적인 문학작품으로 창작·대두되었다는 게 중시된다. 그리고 이 작품은 종합적·입체성을 보유하였기에 희곡 장르로서만 머물지 않고, 여타 장르의 성향을 겸유하고 있는 게 무엇보다 중요하다. 이 작품의 운문부 고시를 본격적인 장편 서사시, 민족의 영웅서사시 「동명왕찬」으로 논증·평가한 것은 너무도 당연한 일이고, 나아가 이 작품의 산문부를 창작적인 전기소설 「동명왕전」으로 간주·논의하게 된 것도 고무적인 일이라고 본다.

그렇다면 이 작품은 적어도 고려 대 한국의 시가·소설·희곡 등 3대 장르를 포용·분화함으로써, 각개 장르사상에서 소중한 역할을 하였다. 즉 이 작품의 운문부 「동명왕찬」은 한국시가사상에, 특히 서사시의 본격적인 출현과 그 계승이라는 점에서 큰 의의가 있고, 그 산문부 「동명왕전」은 고려 대 이전 한국소설의 이른바 공백기를 메꾸어 준다는 점에서 상당한 의의가 있다고 하겠다. 더구나 이 작품의 강창 형태는 엄연한 희곡 장르로서 하위 장르로 전개되고, 고려와 그 전후에 걸친 고전희곡사상의 공백기를 보완하는 전거가 된다는 점에서 매우 값진 것이라고 하겠다. 이러한 검토를 시도하고 나서, 편협한 독단은 마땅히 자성하되, 「동명왕편」과 같은 처지의 작품들, 향가와 여요 내지 국문가요는 물론, 역대 고사계의 모든 한시·악부 등은 학계·예술계의 열린 공간에서 종합과학적인 방법론으로 입체적 조명이 필수되어야 한다고 믿는다.

제4장

「금독태자전」의 공연 양상

1. 서론

「금독태자전」은 고려시대 『석가여래십지수행기』에 실린 서사문학 작품으로서 잘 알려져 있다. 기실 이 작품은 그 시대를 대표하는 전형적 서사문학으로서 전거와 계통이 분명하고 강창문학의 구조·형태를 완비하여 종합문학적 양상을 보이면서, 소설문학적 성향을 겸비하여 희곡문학적 실상을 보유하고 있는 게 사실이다. 더구나 이 작품은 그 연행의 근거와 필연성에 따라, 하나의 극본·희곡으로서 연극적으로 공연되었기에, 더욱 중시되는 게 당연하다. 적어도 이 작품은 문학사상이나 연극사상에서 그만큼 중요하기 때문이다. 그리하여 여기서는 이 작품의 희곡적 실상과 연행 양상을 조명하고, 문학사와 연극사상의 위상을 파악하는 일이 긴요하다고 보아진다.

그동안 이 작품은 전게한 『석가여래십지수행기』의 일환으로서 그 원전·서지적 사항과 찬성 경위 등이[1] 밝혀졌다. 그리고 이 전승 유형의 계통과 신화소의 서사적 의미를 탐색하고,[2] 이어 이 작품은 불교계 서사문학으로 검토되었으며[3] 또한 소설작품으로 거론되기도[4] 하였던 터다. 그런데도 이 작품이 희곡작품으로서 연극적으로 공연되었다는 사실, 나아가 문학사나 연극사상의 위상에 대해서는 본격적인 연구 성과가 아직 보이지 않는 것 같다.

이에 본고에서는 이 작품의 희곡적 실상과 공연 양상을 희곡론·연극론에 의하여 고찰하여 보겠다. 첫째 이 작품의 찬성 경위와 원전의 성격을 재검토하고, 둘째 이 작품의 희곡적 실상을 분석·고증하겠다. 셋째 이 작품이 극본·희곡으로서 연극적으로 공연된 양상을 추적하고, 넷째 이 작품이 문학사와 연극사, 여타 문화사상에서 차지하는 위상을 파악하여 보겠다.

그리하여 여지껏 방치되어 온 역대 동일계 작품들의 희곡·연극적 연구에 출발점이 되었으면 한다. 이 원전으로는 강전섭 소장본 『석가여래십지수행기』(덕주사 판)를 활용하겠다. 이 원전은 고려 충숙왕 15년(1328)에 편성되어 세종 30년(1448)에 교정·간행되었으며. 현종 원년(1660)에 덕주사에서 복간되었다. 여기에는 석가여래의 전생담·출생담 10편,

---

1 박병동, 「『석가여래십지수행기』연구」, 충남대 박사논문, 1998, 17~60쪽.
2 김진영, 「「금우태자」전승의 유형과 신화소의 서사적 의미」, 『어문연구』62, 어문연구학회, 2009, 158~160쪽; 김태광, 「「금우태자」설화의 한국·대만 비교 연구」, 『어문연구』54, 어문연구학회, 2007, 159~160쪽.
3 사재동, 『불교계 서사문학의 연구』, 중앙문화사, 1996, 111~115쪽.
4 사재동, 『불교계 국문소설의 형성 과정 연구』, 아세아문화사, 1977, 54~55쪽; 최호석, 「『석가여래십지수행기』의 소설사적 전개」, 고려대 석사논문, 1993, 1~100쪽; 신동진, 「「금우태자전」 연구」, 충남대 석사논문, 1987, 38~46쪽.

第一地「善色鹿王」

第二地「忍辱太子」

第三地「布施國王」

第四地「捨身太子」

第五地「忍辱仙人」

第六地「善友太子」

第七地「金犢太子」

第八地「善慧仙人」

第九地「布施太子」

第十地「悉達太子」

등이 수록되었는데, 이 작품은 바로 제7지에 「금독태자」로 자리하였다.[5]

2. 「금독태자전」의 찬성 경위와 성격

1) 찬성의 주체와 동기

이 작품은 불교계 소산으로 이미 밝혀진대로 불전·문학의 전통관례에 따라, 그 전문 승려나 문사들이 찬성한 게 사실이다. 적어도 이 작

---

[5] 사재동, 『불교계 서사문학의 연구』, 중앙문화사, 1996, 109쪽.

품은 그 내용 중의 고려기사나[6] 편간의 시기로 미루어 고려시대의 문
승이나 문사들이 주체가 되어 찬성해 낸 것이라 추정된다. 다만 구체
적인 찬성자가 미상인 것은 물론이다. 그러기에 이 찬성의 주체는 집
단적이고 계층적으로 추적되는 게 당연한 터다.

이러한 작품의 주체적 전통은 고려 대에 이르러 더욱 심화되었던 것이
사실이다. 먼저 논소·강경 등의 저술을 남겨 놓은 균여나 체관·의천·
지눌 등 학승들이 중국의 많은 경전과 변문을 수용·연찬하면서, 이런 전
문 논저 이외에 대중 포교를 위한 위경 또는 변문을 제작해 냈을 가능성이
적지 않은 터다. 나아가 실제로 고려 변문이라 할 저술을 남긴 고승·대
덕들이 그 포교·교화의 사명감을 띠고 위 원전과 같은 작품을 얼마든지
찬성해 낼 수가 있었던 것이다. 실제로『선문염송설화회본』을 찬성한 혜
심과 각훈은 물론, 여기에 서문을 쓴 무의자나 요부·수연,『해동고승
전』을 찬성한 각훈, 많은 저술과 함께『삼국유사』를 찬술한 일연,『석가
여래행적송』을 찬성한 운묵,『법화경험전』을 수집·기술한 요원 등은
강경·설법에도 능통하여, 대중적 속강을 열고 그에 상응하는 변문계 작
품을 제작할 수 있었던 터다.

더구나 당시 강경·설법에 능통하여 국사·왕사로까지 추앙되던 고
승·대덕으로 충심·찬유·지종·학일·혼수 등은 경전·불서에 조
예가 깊고 포교적 저술에도 능하였으니, 그 여러 법회의 속강을 통하여
기존의 변문을 족히 활용했을 뿐만 아니라, 스스로 그런 변문을 창도할
수가 있었던 것이다. 그런 가운데에 전문적인 속강승들이 대중적 교화
를 극대화하기 위하여 그런 작품을 연행하고 발전적으로 산출한 실제

---

6   『석가여래십지수행기』(강전섭 소장), 20장 전면~후면.

적 주체가 되었던 터다.

한편 사원에 왕래하고 불교계에 출입하며 각종 법회나 행사에 동참하던 신불문사들이 그 효율적인 속강·연행의 대본으로 이런 작품을 족히 찬성하였으리라 추정된다. 실제로『해동비록海東祕錄』을 찬성한 김연이나『파한집』을 지은 이인로, 의인소설을 지은 임춘, 의인소설 내지「동명왕편」까지 찬술한 이규보,『보한집』을 지은 최자,「균여전」을 찬성한 혁련정 등은 본격적인 시문과 함께 숭불·교화의 사명감으로 이런 불전계 작품을 제작·유통시켰을 가능성이 크기 때문이다. 또한 당시 성행하던 각종 법회·재의·행사 등에 동참하여[7] 봉사하거나 연행을 감당한 재의승·연예승이나 연화배·공연패가 그 속강과 연대하여 공연하는 마당에서, 이런 작품을 그 대본으로 활용하여 보다 발전적인 작품을 찬성하는 데에 관여했을 가능성도 적지 않다고 본다.

위와 같이 찬성의 주체가 불교계 인사, 문승·문사·속강승 등으로 추정되고 나니, 찬성의 동기는 윤곽이 자명해지는 터다. 그러나 그것은 결코 단순하지 않다. 이 작품이 개별적으로 찬성·유통되다가 책자 형태로 편집·간행되었고, 그것이 다시 필사되거나 판본으로 재간되어 왔기 때문이다. 따라서 이 작품의 찬성 동기를 단계별로 검토할 필요가 있다.

우선 이 작품의 원형·원본이 개별적으로 찬성될 때의 동기에 대해서다. 기실 이 작품의 개별 찬성자를 전제할 때, 구체적인 동기는 일단 특이할 수밖에 없다. 그런데도 이런 작품들의 대승적 동기는 대강의 공통점을 지향할 수밖에 없었다. 적어도 신라통일기 이래 고려시대를

7　김형우,「고려시대 국가적 불교행사에 대한 연구」, 동국대 박사논문, 1993, 164~167쪽.

거치면서 대승불교가 국가적 종교로 성왕할 때, 그 하화중생의 이념 아래, 백성·대중의 올바른 교화·순종을 이끌기 위하여, 문헌 포교를 강화하고 동시에 설법·연행의 방편까지 강구하였던 것이다. 그러기에 불경을 거듭 간행하고 논소·강경문을 광포·보급하는 데 주력하였다. 이런 분위기와 필요성에 의하여 그 쉽고 재미있으며 감명 깊은 가창과 강설의 속강 대본으로 이런 작품이 찬성될 수밖에 없었다. 이러한 작품으로는 석가불의 생애, 이른바 팔상행적에 관한 것이 가장 적합했던 것이다. 그 중에서도 석가불의 불가사의한 전생담이 제일 효율적인 작품으로 부각되는 것이 필연적인 추세였던 터다. 적어도 신라 말기로부터 고려 초까지는 이러한 동기의 작품들이 찬성·유통되면서 그 역할을 다했으리라 본다.

이러한 작품들은 고려 중기를 거치면서, 대장경의 판각과 각종 불경의 재정비·목록화의 과정에, 오히려 빈곤을 느끼는 백성·대중 사회에서 상당한 인기를 얻고 유통되면서도, 그 갈증을 해결하는 데에 한계를 절감하게 되었다. 그 석가불의 생애, 팔상계의 불경·불서가『석가보』나『석가씨보』등으로 유입·행세하는 데도 아직 백성·대중과는 일정한 거리가 있었기 때문이다.

이에 불교계에서는 그 주체들의 입장에서 백성·대중의 교화·순종을 위하여, 전생담 중심의 팔상계 불전을 집대성할 필요가 절실하였다. 따라서 그동안 대중불교 사회에 적합한 그 전생담계의 작품들을 수집·정리하고 실달태자의 성불담과 결부시켜 변문계『석가여래십지수행기』정도를 집성·편찬해 냈던 것이라 하겠다. 이러한 모본이 처음 필사본의 차원에서 그 원형·원본의 형태를 유지하면서, 그 시대적 동기를 대변하고 있었던 터다.

한편 『석가여래십지수행기』는 주제·내용과 함께 주인공이 태자나 국왕으로 되어 있어, 그 동기 면에서 주목된다. 물론 석가불이 태자 출신이니 당연한 추세라 할 수도 있지만, 역대 왕실의 숭불 성향을 고려한다면, 이 수행기가 왕실의 신앙·불사를 강조하기 위한 것이었다고도 보아진다. 그것은 융성했던 만큼 불안했던 왕실 숭불을 확고히 보장하기 위한 효율적 방편이 될 수도 있었던 터다.

이러한 작품은 불교계의 대중적 포교나 교화적 목적과 수요를 충족시키기 위하여 당시 고도화된 목판술로써 인행될 계기를 맞았던 것이다. 적어도 이 작품의 모본·원본은 고려 말기에 이르러, 전게한 변문계의 『선문염송설화회본』이나 『해동고승전』·『삼국유사』·『법화영험전』, 특히 팔상계의 『석가여래행적송』 등이 판각·인행되는 가운데, 『석가여래십지수행기』에 실려 그와 공통되는 절실한 동기 아래서 목판으로 초간되었던 것이다. 그 후로 이런 작품들은 전게한 유관 변문작품들과 제휴하여 유통·연행되다가 거듭 간행될 때에도, 그 간행의 대승적 이념과 백성·대중의 홍법·교화에 대한 동기가 그 간행 서문을 통하여 절실하게 천명되어 왔다. 역대의 그 수행기의 초간본·중간본·복각본·현토본·국역본의 서문이 한결같이 그 찬성·간행의 동기를 개성적인 문장으로 공언하고 있기 때문이다.[8]

---

8 이부간본, 『석가여래십지수행기』 「서」(보수), 이부, 1448; 『석가여래십지수행기』(강전섭 소장) 「서」(천오), 덕주사, 1660; 『석가여래십지행록』(안진호 현토본) 「서」(김태흡), 법륜사, 1972 등 참조.

2) 찬성의 연원과 실제

기실 이 작품은 불전계의 서사적 전형을 갖추고 있다. 따라서 인도·중국의 불경·불전이나 불교계 서사문학 등에 그 연원이 있으리라고 막연하게 추정되어 왔던 게 사실이다.[9] 그런데 최근에 그 연원적 불경이 탐지·발굴되었던 터다. 그게 바로『불설효순자수행성불경佛說孝順子修行成佛經』이다.[10] 이 경전은 인도 초기 밀교에서 찬술한 불타의 본생고사로서, 한역자는 미상이지만, 적어도 남북조 말기나 수나라 초기에 역출된 것으로 추정된다. 수나라 인수 2년(602)의『중경목록衆經目錄』권4에 이 경전이 위경이라고 수록되어 있기 때문이다. 그 후 역대의 불경 목록에 위경으로 취급되어 왔고, 대장경에는 입장되지 못한 채, 일찍이 산일되었던 터다. 그런데 이 경전은 다행하게도 돈황문서에서 그 잔권이 발견되어 중국국가도서관에 소장되어 있고, 또 이 잔권과 직결된 이 경의 잔권 일부가 러시아 상도베테르부르크 분소에 소장되어 있다. 이 두 잔권을 연결시켜 보니, 원래 연결된 한 원전을 양분하여 두 나라 도서관에서 소장한 결과가 되었다. 그러기에 두 잔권을 결합하여 이 경전의 전모를 복원하고 그 내용을 파악할 수가 있겠다.[11] 이 내용을 개조식으로 요약하면 다음과 같다.

① 불경식으로 육성취를 갖추었을 것이다.(결실)

9　김진영, 앞의 글, 133~134쪽.

10　牧野和夫·齊藤隆信,「中國國家圖書館藏『佛說孝順子修行成佛經』·俄羅斯科學院聖彼得堡分所藏同經斷簡と朝鮮順治十七年刊『釋迦如來十地修行記』所收「第七地金犢太子」について」,『實踐女子大學 文學部紀要』四十五集, 2003 참조.

11　위의 글, pp.10~18.

② 결실된 부분은 「금독태자」의 그것과 유사할 것이다.(결실)

③ 그 어미소가 이 태자를 보다가 드디어 삼킨다.

④ 두 부인이 황문에게 물어 그 사실을 확인하고 매우 기뻐하며 그 어미
소에게 좋은 먹이를 상으로 내려 살을 찌우다.

⑤ 두 부인이 왕에게 서신을 보내어 작은 부인이 왕을 조롱하고 속이어
태자를 낳아 바친다더니 고양이 새끼를 낳았다고 알리다.

⑥ 왕이 이 사실을 믿고 황문에게 어지를 보내어, 제3부인을 엄벌하되,
마방에서 곡식을 가는데, 노비를 시켜 날마다 채찍질하고 무겁게 일
하도록 명한다.

⑦ 왕이 회궁하여 제1부인의 음식 대접을 받고 기뻐하며 제2부인에게
의복 자수를 받고는 환희하되, 제3부인에게는 관심을 갖지 않는다.

⑧ 왕이 정무를 살피기 3일만에, 어미소가 은발굽·금뿔인 송아지를 낳
으니, 왕은 이 소식을 듣고 당장 안아 오라 하여 상면하고, 이상하게
희열하여 즉시 안아 본다.

⑨ 이 부분은 「금독태자」의 그 부분과 유사할 것이다.(결실)

⑩ 모든 귀인·제신이 왕에게 간언하고 백방으로 설득하여 허락을 하
되, 그 송아지를 왕의 눈에 보이지 않도록 백정의 집에 가서 죽이라
엄명한다.

⑪ 황문이 송아지를 끌고 백정집에 가서 백정을 불러 이 송아지를 죽여
그 심간을 꺼내어 대문밖으로 내 보내라고 한다.

⑫ 백정이 그 송아지를 이끌어 마당에 매어 두고 죽이려 하니, 송아지가
말하되, 자신이 원래는 이 나라 태자인데 두 왕후가 죽이려 하여 이 지
경에 이르렀으니, 살려서 놓아 주면 후일에 대단한 보답을 하겠다고

애걸한다.

⑬ 백정이 그 말에 감복하여 살려 놓고는 어디선가 뛰어들어서 죽은 흑구의 심간을 꺼내서 황문에게 전한다.

⑭ 황문이 그 심간을 들고 궁전으로 들어가는데, 왕은 이 소식을 듣고 졸도·낙상하여 통곡하는데, 두 부인은 크게 기뻐하며 그 심간을 받아 날로 먹고는 병에 차도가 있다고 공언한다.

⑮ 백정이 그 심간을 보내고 와서 송아지와 이별할 때, 송아지는 유덕인의 이적을 보이며 보답할 것을 확인시키고 떠나간다.

⑯ 이 송아지가 멀리 걸어 사바제국에 이르렀는데, 그 나라 공주가 절세미녀여서 왕이 부마를 고르고 있다.

⑰ 이 공주가 또한 지혜로워, 많은 인재들을 모아 놓고 그 중에서 현덕한 인물을 남편으로 직접 고르겠다고 간청하여 왕의 허락을 받는다.

⑱ 이 공주는 그 인재들의 행렬에 끼어 있는 그 송아지가 바로 현덕인임을 즉시 알고, 포도주 1잔을 반씩 나누어 마시고, 그 교배로써 영원한 배필이 된다.

⑲ 왕은 제신·백성의 웃음을 사고 크게 부끄러워, 그 딸을 죽이려 하다가 제석천이 변신한 지혜로운 신하의 간언을 듣고, 그 송아지와 짝지어 국외로 내어 쫓는다.

⑳ 이 공주와 송아지가 그 나라를 나와 걷다가, 목성과 토성·철성·동성·은성을 지나 드디어 금성을 만나 그것이 송아지의 나라임을 확인하고, 정말 현덕인이라면 변신해 보라는 공주의 말에, 그 송아지가 신통력으로 탈갑하여 훌륭한 태자로 변신하고 궁실·채녀·백미음식 등을 절로 마련한다.

㉑ 공주가 그 불가사의에 환희하고 그 부모에게 서신을 보내어, 친히 왕림해서 금성국 태자의 위용과 기적을 확인하라고 한다.

㉒ 이 소식을 들은 왕이 제신을 모아 이 사실을 알리고 모든 죄인을 사면하여 경축하고 부부가 달려가 그 딸과 태자 사위를 만나서 환희한다.

㉓ 이 왕과 왕비가 그 송아지의 사연을 물으니, 태자가 그간의 사정을 실토하면서 시급히 그 어머니를 구하려 간다고 말한다.

㉔ 태자 부부가 예고 없이 경마로 금성국 내문 안의 마방을 찾아가서 어머니의 참상을 보고 소리 없이 눈물만 흘리고 차마 알릴 수 없어 그대로 급히 돌아가 그 부왕에게 사실을 고한다.

㉕ 태자가 그 왕에게 군마를 빌려 거느리고는 어머니를 구하려 금성을 지나 그 왕국에 진입하니, 부왕은 외국군이 침입하는 줄 알고 백기를 걸어 항복의 뜻을 밝히고 상대 국왕에게 무릎을 꿇으려 한다.

㉖ 태자는 진입하여 부왕을 만나되, 수하를 시켜 무릎을 못 꿇게 하고, 그 손을 잡고 함께 전상에 올라 좌정하니, 온갖 음식과 오락이 나와 함께 즐긴다.

㉗ 태자는 아직도 자신을 밝히지 않고, 그 왕에게 왕후가 3인이라면 한번 보여 달라고 청하니, 성장한 두 부인만 나와서 만난다.

㉘ 태자가 그 나머지 한 부인을 보자고 청하여, 왕이 마방에 있다고 실토하니, 마침 그 부인이 왕에게 호소하려 나와서 전각 앞을 지나가는데, 태자가 그 참혹한 모습을 멀리 보다가, 달려가 '어머니'를 부르며 얼싸안고 대성 통곡한다.

㉙ 왕이 그제야 이 태자가 자기 아들인 줄 알고, 달려 가 셋이서 부둥켜안고 애절 통곡하니 모두가 비감을 이길 수 없다.

㉚ 태자가 애통한 끝에 어머니를 향탕에 목욕시키고 정궁의 정장을 입
  히어 전상에 앉히고, 두 어머니와 아버지를 함께 불러 그간의 고통상
  을 말한다.

㉛ 왕이 두 부인의 죄악을 확인하고는 혹형에 처하리라 형구를 차리고
  장사들을 배치했는데, 태자가 부처께 고하여 죽이지 못하게 하고, 그
  백정이 생명을 구해 준 은인이라 실토한다.

㉜ 왕이 아들에게 심히 사죄하고 왕위를 물려주며, 백정에게 높은 벼슬
  을 주라고 당부하고는 출가 수도하여 아라한과를 얻는다. 태자는 백
  정으로 국상을 봉하여 국사를 전담케 하고 성심으로 정진하여 즉시
  성불한다.

㉝ 두 왕후는 아직도 악심을 버리지 못하여 제석천의 변작·엄벌로 죽
  어간다.

㉞ 이 설경을 들은 천만인이 모두 깨달음을 얻고 불과를 이룬다. 부처님
  이 아란에게 고하여 그 때의 인물들이 지금의 누구누구라고 밝힌다.

이러한 경전이 「금독태자」의 연원이 된 것은 분명한 사실이다. 그런데
도 원전이 적어도 700여 년 후 고려시대의 이 작품으로 찬성되기까지의
복잡한 과정을 추정하기란 결코 쉬운 일이 아니다. 그렇지만 몇 가지 측면
에서 그 추적이 가능하리라 본다.

기실 원형적 경전이 인도의 초기 밀교의 찬술로서 중국에 전래되어
남북조 말기나 수나라 초기에 한역·유통되었다면, 그 이본은 후대적
으로 필사·간본을 통하여 국내외로 상당히 전파·보급되었을 것이
다.[12] 이 경전은 효행을 주제로 감동적 불전문학의 성능을 갖추었기 때

문이다. 따라서 중국의 불교문물이 주변국으로 전래·수용될 때, 이 경전이 불경의 일환으로 유입되었을 것은 당연한 일이다. 이런 점에서 이 경전의 한 이본이 위『중경목록』에 수록될 무렵에는 적어도 그 주변 불교국, 그 중에서도 한국의 삼국에 유입·통용되었을 가능성은 얼마든지 있는 터다. 그러기에 불교문물이 성행하던 신라통일기 내지 고려 초기에는 족히 이 경전이 전승·유통되었으리라 추정되는 터다. 그 당시 많은 불경들이 서사적 불전을 중심으로 성행하는 조류 아래서, 이러한 경전이 문헌·구비적 방편을 타고 상당한 이본 형태로 유전·보급되었을 것이기 때문이다.

실제로 신라통일·고려 초기에는 불교문물의 발전·융성과 함께 불교문학·예술이 성행하였던 게 사실이다. 그리하여 불교문학계에서는 시가와 수필, 소설과 희곡이 발전·성행하는 가운데[13] 이른바 독특한 강창문학이 출현하여 입체적 기능을 발휘하고 있었다. 이 강창문학은 강력한 서사문학을 강설과 가창으로 엮어나가 역동적이고 복합적인 구조·형태로 정립되었다.[14] 그리하여 이런 작품은 소설적 성향으로 전개되기도 했지만,[15] 주로 희곡적 성향으로 나아가 강창극본으로 행세·공연되었던 터다.[16] 이에 상응하여 당시의 불교예술계에서는 공연예술을 중심으로 가창극과 가무극, 대화극과 잡합극 등이 유기적으로 발전·성

---

12 이 경전의 한역본이 중국·대만은 물론 한국·몽골·일본 등 동방불교권에 널리 유통되었을 것이다. 김진영, 앞의 글, 133~149쪽.
13 사재동,「불교문학·문학사의 연구과제」,『불교문학과 공연예술』, 태학사, 2016, 23~24쪽.
14 김진영,「불교계 강창문학 연구」, 충남대 석사논문, 1992, 101~104쪽.
15 경일남,「강창문학의 소설적 전개양상」,『어문연구』19, 어문연구학회, 1989, 156~160쪽.
16 사재동,「한·중 불교계 강창문학의 희곡사적 위상」,『한국공연예술의 희곡적 전개』, 중앙인문사, 2006, 362~365쪽.

행하는 가운데, 소위 강창극이 대두되어 당대 연극의 주축을 이루고 있었던 것이다.[17]

이처럼 불교문학의 강창극본이 그 불교연극의 강창극과 맞물려 포교 교화의 예술적 대방편으로 전성기를 이루고 있을 때, 사계에서는 그 극본·연극의 주체·주동자들이 보다 감명 깊은 극본·연극을 지향하여 새로운 작품을 모색·창작하는 것이 당면 과제일 수밖에 없었다. 실제로 당시 불교계의 문승·문사 등이나 공연자들이 좀더 수승한 작품을 찬성·공연하는 데에 열중하는 게 당연했기 때문이다. 이러한 찬성·공연의 주체들이 창작의 소재 원전을 탐색하는 과정에, 그 저명하고 감명 깊은 효행 경전을 접수한 것은 손쉬운 일이고, 이를 기반으로 새로운 작품을 찬성한 것은 필연적인 일이었다고 본다. 기실 이 주체들이 그 경전을 소재·원전으로 삼되, 어떤 과정을 겪어, 어떻게 재창작을 했는지는 자세히 모르지만, 다행히 현전하는 상게 경전의 내용과 이 작품의 내용을 비교·검토하여, 그 계승·창작의 실태를 파악할 수가 있겠다.

첫째, 이 작품은 저 경전의 불경적 범주를 벗어난 것이다. 저 경전은 초두에 이른바 육성취六成就를 갖추어 불경의 격식을 취하고, 말미에 "그때의 누구는 지금의 아무개"라고 결연시킴으로써 불경의 형식을 완결하고 있었다.[18] 따라서 이 경전은 비록 『중경목록』에서 위경이라고 판정되었지만, 일단 불경이라고 볼 수밖에 없다. 그런데 이 작품은 그 앞의

17　사재동, 「불교연극 연구서설」, 앞의 책, 185~190쪽.
18　모든 경전이 이와 같은 '육성취(六成就)'와 결미선언을 갖추고 있다. 따라서 이것이 불경 또는 위경을 판단하는 기준이 되었다.

육성취나 뒤의 결연 선언을 완전 탈피하여, 그 자체가 불경이 아님을 확실히 밝혔다. 기실 불교문학, 서사문학이라도 이러한 격식을 앞뒤에 갖추면, 아무래도 불경의 명분·명색으로 행세하는데 반하여, 이러한 형식을 벗어나면, 그것은 명실공히 문학작품으로 간주되는 게 원칙이다. 그러기에 이 작품은 저 경전을 소재·원전으로 하였으되, 그 틀을 벗어나 문학의 영역으로 들어 온 게 사실이다. 그리하여 한·중 불교문학에서는 이러한 작품이 본격 불경으로부터 변형되어 이른바 속강 대본으로 작품화되었다고 변문變文이라는 이름을 띠게 되었던 것이다.[19] 대체로 이 변문은 산문과 운문이 교직되어 강창문학의 형태를 취하였거니와,[20] 이 작품이 바로 그 강창문학적 성향을 보이는 게 사실이다.

둘째, 이 작품은 저 경전에 비하여 그 주제가 확장되어 있다는 것이다. 실제로 저 경전의 주제가 불법의 효행에 중점을 두고 있는데, 이 작품의 주제는 불교의 충효로 확대되어 있는 터다. 이러한 주제의 확장은 이를 구현하기 위한 작품의 서사적 구조·구성을 확장시키는 전제가 되는 게 당연한 일이다. 그리하여 이 작품에서는 저 경전의 효행적 서사문맥이 적절히 조정되었고, 나아가 주인공의 등극과 부왕의 보위를 통하여 그 충을 실현하는 서사문맥이 삽입·보완되었던 것이다.[21]

셋째, 이 작품은 저 경전의 구조·구성에서 상당한 조정과 변화·보완이 있었다는 것이다. 먼저 이 작품은 그 전체 구조에서 장면화가 비

---

19 王重民, 「敦煌變文研究—變文的發生, 發展和轉變」, 『敦煌變文論文錄』上, 明文書局, 1985, pp. 289~290.
20 전홍철, 「돈황강창문학의 서사 체계」, 『돈황강창문학의 이해』, 소명출판, 2011, 97쪽.
21 김진영, 「「금우태자」전승의 유형과 신화소의 서사적 의미」, 『어문연구』 62, 어문연구학회, 145~146쪽.

교적 확연하게 이룩되었다. 기실 이러한 장면화는 극본·희곡의 제일 의적 요건이라 하겠다. 나아가 이 작품에서는 구성에서 무대설정이 보다 선명해지고, 등장인물이 필수적으로 증원되며, 따라서 사건 진행이 효율적으로 변화·보원되어, 우연성과 신이성을 배제하면서 필연성과 사실성을 증가시키고 있는 터다. 고려국왕과 공주의 사건을 수용한 것이 전형적인 사례라 하겠다. 기실 이러한 구조·구성의 조정과 변화·보완은 이 작품이 환골탈태하여 새로운 작품·장르로 전환되어 있다는 것을 실증하는 바라 하겠다.

넷째, 이 작품의 표현·문체가 저 경전의 그것에서 획기적으로 혁신되었다는 점이다. 기실 저 경전이 시종 소설적 산문체로 일관되었다면, 이 작품은 그 산문적 바탕에 운문 시가를 적절히 교직하여 완전한 강창 문체를 이룩하였던 것이다. 산문마저도 저 경전의 정감 위주의 서술 중심에서, 여기서는 그 배경과 인물에 대한 사실적 묘사와 사건 진행에 따른 굴곡지고 속도감 있는 기술로 일관하고 있는 터다. 실제로 이 작품의 산문체는 그 창사 시가 내지 대화와 결합하여 마치 극본·희곡에서의 지시문·설명문적 면모를 갖춘 것이라 하겠다.

이처럼 이 작품은 저 경전을 연원과 소재로 하여 오랜 세월 복잡한 과정을 거쳐 새로운 작품으로 찬성되었던 것이다. 그리하여 이 작품은 그 연원이 분명한 독자적 창작품이라 하여 무방할 터다. 따라서 이 작품은 유구한 계통을 갖춘 고려 전기의 작품으로 유전·행사하다가 적어도 고려 후기에 『석가여래십지수행기』에 편입·수록되어 온 불교계 서사문학이라 하겠다.

3) 작품의 성격

위와 같이 이 작품은 효행경으로부터 유래되었고, 또한 석가불의 전생담이라 으레 불경·불전으로 인정되었던 것이다. 실제로 이런 작품은 불전계 불경 속에 얼마든지 자리하였고, 따라서 불교적 관점에서 불경으로 취급되어 온 게 당연한 일이었다. 그런데 전술한 대로 이 작품은 불경의 서두·결미에 필수되는 격식·요건을 벗어나 문학의 영역으로 들어 온 것이었다. 그래서 이 작품은 불교계나 대중적 수용층에서 불경시되면서 소중하고 값진 작품으로 공인·유전될 수 있었던 터다. 기실 모든 불경이 값진 문학이거니와, 특히 불전계 전생담류는 실로 찬연한 서사문학으로 행세하는 터에,[22] 이 작품이 그런 문학류와 동일시되어 높이 평가되었던 게 사실이다. 이러한 분위기에 따라 이 작품 자체는 불경의 격식 요건을 벗어났지만, 실제로 유통되는 과정에서는 으레 불경의 이름으로 행세하였던 것이다. 기실 이 작품과 직결된 「인욕태자전」이나 「선우태자전」, 「수달라태자전」 등이 모두 석가불의 전생담으로서 불경의 격식·요건을 벗어났는데도 실제로는 「인욕태자경」·「선우태자경」·「수달라태자경」 등 불경의 이름으로 행세한 사례가 있었기 때문이다.

그리고 이 작품은 변문의 성격을 띠고 그 요건을 두루 갖추고 있다. 전술한 대로 이 작품은 불경적 소재·원전을 바탕으로 새롭게 변신한 서사문학이라 하겠다. 원래 이 변문은 서사적 불경을 소재 기반으로 하여 문학성을 강화하고 공연성을 제고하기 위한 대본문학으로 변모·창작된 화본이었다.[23] 그리하여 당대의 승려나 신중들이 이런 화본을

---

22 김한춘, 「한국불전문학의 연구」, 충남대 석사논문, 1991, 72~73쪽.

강설·가창하고 자연스러운 연기까지 곁들여 설법하니, 이것이 이른바 속강俗講이요, 그 대본이 바로 변문으로 정립되었던 터다.[24] 그것이 원본적 불경으로부터 변형·변성된 속강의 대본이었기 때문이다. 이러한 변문은 구조·구성면에서도 변동되었지만, 그 문체상에서 운문과 산문의 교합을 이루어 특성을 보여 주었다. 한편 이러한 불경·변문의 서사문맥을 그림으로 그려 낸 것이 곧 변상變相이었다. 이러한 변상은 변문과 상응하여, 그 변문이 속강될 때 그 배경이나 보조장치로 활용되었던 것이다.[25] 따라서 변문이 있는 곳에는 변상이 있었고, 변상이 있는 곳에는 변문의 연행이 있었다는 사실이 증명되었던 터다.

이러한 변문류는 동방권 한·중 관계에서 그 맥락을 같이 하여 왔다. 적어도 인도·서역의 불교문화가 실크로드를 타고 중국에서 변모·발전하여 한국·일본 등지까지 전래·유통된 것이 확실하기 때문이다. 따라서 이 작품은 한국의 변문으로서 그 주제·내용이나 구조·구성과 표현·문체까지도 돈황변문의 그것과 동류라는 점이 실증되는 터다.[26]

또한 이 작품은 문학적 성격을 가지고 있다. 일찍부터 모든 불경은 다 문학이라고 하거니와,[27] 실제로 모든 변문이야말로 모두가 보다 진일보한 문학이라고 하겠다. 이것은 정격불경보다 더욱 발전된 대중적 문학성을 갖추어 불교문학의 정화라 하여[28] 마땅할 것이다. 따라서 이 작품

---

23 開德棟, 「談 「變文」」, 周紹良 外, 『敦煌變文論文錄』 上, 明文書局, 1985, p.201.
24 向達, 「唐代俗講考」, 위의 책, pp.51~52.
25 金維諾, 「「祇園記圖」與變文」, 위의 책, 1985, pp.353~354.
26 김진영, 「불교계 변문의 형성·전개」, 사재동 편, 『실크로드와 한국문화의 탐구』, 중앙인문사, 2001, 500~501쪽.
27 小野玄妙, 『佛敎文學槪論』, 甲子社書房, 1925, pp.6~7; 平等通昭, 『印度佛敎文學硏究』, 印度學硏究所, 1969, pp.3~4.
28 向達, 「記倫敎所藏的敦煌俗文學」, 앞의 책, p.29.

이 그만큼 수준 높은 문학성을 갖추고 있다는 것은 당연한 일이다. 실제로 이 작품은 빼어난 서사구조를 가지고 그 구성이 배경·인물·사건 등으로 적절히 조직되어 있기 때문이다. 그리하여 이 작품은 일견 소설 형태를 지향하고 있지만, 그것이 장면화되고 대화 중심으로 입체화되면 바로 희곡 형태로 정립되었으리라 본다. 한편 그 문체는 다량의 시가와 산문이 적절히 교직되어 강창문학의 전형을 이룩하여, 일면 강창소설의 면모를 보이지만, 바로 강창희곡 즉 강창극본의 형태를 나타내고 있는 게 사실이다. 적어도 이러한 희곡 형태는 그만한 복합성을 갖추어, 공연·유통 과정을 통하여 시가나 수필·소설 장르로 분화될 수 있는 가능성까지 보이는 터다.

3. 「금독태자전」의 희곡적 실상

1) 주제와 내용

(1) 주제

이 작품의 주제는 확연하고 영원하다. 주제가 바로 충효이기 때문이다. 이 상식적이고 보편적인 주제는 시공을 초월하여 인간적 이상, 최고의 가치를 구현하는 이념이다. 그러기에 이런 주제·이념을 포용·강조한 작품은 그만큼 값지고 영원한 게 사실이다. 바로 이 작품의 시대에 이 충효의 주제는 그만큼 값지고 영원한 게 당연했던 터다. 기실 이 작품은 그 충효를 주제로 절실한 문학세계를 창출하였기에, 그만큼 보람차고 감명깊게 수용되었기 때문이다. 기실 이런 주제·이념은 본래 진리·진실로서는 하나이거니와, 이를 구현·표현하는 관점·방법에 따라 항상 새로운 역량을 발휘해 왔던 게 분명한 터다. 역대 모든 작품들에 관류하는 이런 주제·이념이 이를 실증하기 때문이다.

이러한 차원에서, 이 작품은 충효를 가장 적절하고 당연하게 수용·구상화함으로써, 값지고 영원한 문학·예술로 승화되었던 것이다. 여기서 대단하고 당당한 주제이자 이념인 충효가 그다지 감동을 일으키는 근원에는 진실하고 거룩한 천륜과 자비가 있었기 때문이다. 그 부모·자식 간의 천륜, 천부의 본원적 자비가 바로 그것이다. 그리고 우리와 조국의 관계, 나라의 은혜와 우리의 보답으로 이어지는 큰 자비가 바로 그것이다. 이렇게 찬연하고 강열한 자비가 충효를 명분으로 내면의 주제로서 감동을 용솟음치게 하였기 때문이다. 바로 이 작품이 이러한 주제를 그만큼 절실하게 풀어내었기에, 이만큼 값지고 아름다운 문학 예술성을 발휘하였던 것이다.

기실 이 주제, 충효와 진실한 자비의 배경에는 그만큼 위대하고 진실한 불교사상이 자리하고 있었던 터다. 물론 이 작품이 원래 불타의 전생담이기에 그 배경 사상이 불교의 전체라고 보아 무방할 것이다. 이러한 바탕 위에서 여기 충효·자비는 불교의 중심적 사상과 직결되어 있다. 그리하여 우주법계를 주제하는 제불법신이나 조국·조상, 그리고 부모·사장 등의 은혜를 받고 보답하는 사상 윤리가 중요한 경전으로 정립·보장되어 있는 것이다. 적어도 저명한 『보은경』을 비롯한 호국경류, 효행경류가 그 주축을 이루고 있기 때문이다.

(2) 내용

이 작품은 위와 같은 주제·이념을 구상화하기 위한 서사문학으로 서 가치와 기능을 보장받고 있는 게 사실이다. 기실 이 작품은 그 주제 를 충분히 풀어낸 이야기로서 이만큼 절실하고 감명 깊은 내용을 갖추 었기 때문이다. 그 내용을 개조식으로 요약하면 다음과 같다.

① 옛날 여래가 파리국의 태자로 태어나는데, 대왕의 세 부인 중 제3 보 만부인에게 잉태된다.

② 대왕이 흉몽을 꾸고 범찰의 해몽과 권유에 의하여 청량산으로 소재 수행을 떠나는데, 세 부인을 불러 모아, 왕의 환궁 시에 무엇을 선물 하겠느냐고 묻는다.

③ 이에 제1부인 수승은 사계의 과일을 올린다 하고, 제2부인 정덕은 어의 만건을 바친다 하는데, 제3부인 보만은 태자를 낳아 안겨 드린다 하니, 왕이 크게 기뻐하며 태자를 낳으면 정궁으로 삼겠다고 선언한다.

④ 대왕이 떠난 후에 두 왕후가 정궁 자리를 지키려고 산파를 매수하여, 보만의 생남시에 이를 고양이 새끼로 바꾸어 죽이고 보만까지 몰아내 자고 모의한다.

⑤ 보만이 아들을 낳으니 산파가 껍질 벗긴 고양이 새끼와 그 태자를 바 꾸어 두 부인에게 안다다 주니, 몹시 탐을 내면서도 궁인을 시켜 죽이 고자 하지만 죽지 않고, 산중에 버려도 야수가 먹지 않아, 궁내의 사나 운 어미 소에게 던져서 그 소가 삼켜 버리니 손뼉을 치며 기뻐한다.

⑥ 두 부인이 모해심으로 대왕에게 표문을 올려 보만이 태자는커녕 괴
   상한 아이를 낳았다고 모함하니, 대왕이 믿고 크게 노하여 교지를 내
   려 보만부인에게 엄벌을 내린다.

⑦ 보만은 애매히 머리와 눈썹을 깎이고 마방에서 맷돌을 미는 벌을 받
   되, 사람을 시켜 밤낮으로 쉬지 못하도록 감시하니, 보만이 초췌·신
   고하여 눈물을 흘리며 그 아이만을 생각한다.

⑧ 대왕이 청량산에서 수행·피서하고 환궁하니 한 신하가 상주하되,
   악한 어미소가 한 송아지를 낳았는데, 금장 뿔이요 은과 발굽으로 9
   색의 털까지 갖추었다 하매, 대왕이 대희하여 즉시 데려다 전상에 올
   려 보니 과연 그리 찬란하여 더욱 환희한다.

⑨ 대왕이 그 송아지를 각별히 사랑하여 금패를 내려 목에 걸게 하고 자
   재로이 쾌락을 누리게 하며, 드디어 인가장군으로 봉하여 대왕의 출
   입에 앞장서게 한다.

⑩ 이 송아지가 홀연히 어머니를 생각하되, 어머니는 어디 계신가 하고
   안타까와 하니, 그 효심에 감동한 신장이 밤에 송아지를 인도하여 마
   방 중에 이르러, 그 자모의 참혹한 모습을 보고 모자간에 끌어 앉고
   소리 없이 울고는, 어머니의 고역을 대신한다.

⑪ 모자간에 쉬면서 은정을 나누는데 할 말이 무진하더니, 어머니가 송
   아지에게 어째 어미인 줄을 알았느냐고 묻자, 그 자초지종을 설파하
   매 오경이 되어 어머니의 권유로 송아지는 환궁한다.

⑫ 송아지가 모자의 은정을 잊지 않고 밤마다 찾아가 어머니의 고역을
   대행하더니, 한 궁인이 이 사실을 알고 두 부인에게 고하여, 그 송아
   지가 태자의 변신임을 알고, 이를 죽일 계책을 세운다.

⑬ 두 부인이 의관을 매수하여, 이 부인들의 병환에 그 송아지의 심간을 먹으면 낫는다고 거짓 상주하니, 대왕이 듣고 극구 반대하매, 문무대신이 상소하여 눈물을 머금고 번뇌 무진하다가, 허락하고 백정을 불러 송아지를 집으로 끌고 가 심간을 내어 의관에게 주라고 하명한다.

⑭ 백정이 이 송아지를 끌고 귀가하여 그 희유한 모습에 애석하였지만, 어쩔 수 없어, 밤중에 죽이려하니, 그 송아지가 사람 말로 자신이 태자로 태어나 이 지경에 이른 수말을 밝히고 제발 살려 주면 후일에 그 은혜를 갚겠다고 하매, 백정이 감동·낙루하며 살려 두고, 자기집의 큰 개를 잡아 그 심간을 궁내로 보낸다.

⑮ 대왕이 이를 보고 대성통곡하고 각궁 비빈도 모두 번민하는데, 의관이 묘약을 만들어 두 부인에게 먹게 하니, 즉시 낫는다.

⑯ 백정이 집에 돌아와 저녁에 송아지와 상의하되, 만일 궁중에서 송아지의 피모를 요구할지 모르니, 빨리 떠나라며 동방으로 길을 찾아 가라 하매, 송아지는 눈물로 하직하며 어머니의 수고를 떠올려, 그 보은할 것을 다짐한다.

⑰ 이때 금송아지가 걷고 걸어 천산만수 험로를 거쳐 가다가 한 노인을 만나니, 그 노인이 고려국으로 통하는 길을 따라 함께 가자고 하여, 기쁘게 따라서 고려국에 도달해서 부마가 될 암시를 받는다.

⑱ 고려국에서 절색의 공주가 높은 누각 위에서 부마를 간택하는데, 누하를 내다보니 한 노인이 묘화 같은 송아지를 인도하는 것을 발견하고, 자신도 모르게 수놓은 공을 떨어 뜨려 그 송아지의 몸에 맞힌다.

⑲ 공주의 공에 맞은 장부를 부마로 삼는다는 약속대로 좌우 시인들이 그 송아지를 데려 오니, 공주가 기뻐하며 함께 입궁하여 부왕에게 결

혼한다 고하되, 대왕이 황가의 수치라고 대노하여 좌우를 명하여 그 송아지를 죽이라 한다.

⑳ 이에 공주가 전세 인연임을 강조하며 혼인을 간청하니 대왕이 급히 좌우를 시켜 송아지를 궁성문 밖으로 내쫓으매 공주가 뒤따라간다.

㉑ 공주와 송아지가 함께 동문 밖으로 나와 짝지어 정담하고 자유롭게 소요하며 심산 성림에 들어가 한 선인을 만나서, 그간의 사정을 말하여 선약을 얻어 먹고는 피모·대각을 벗고 어엿한 태자가 된다.

㉒ 태자와 공주가 크게 기뻐하며 선인을 따라 별천지에 이르러 금륜국 경계로 통하는 데서, 그 선인이 사라지매, 둘이 전진하여 전단림에서 초암을 틀고 수행하게 된다.

㉓ 그 선인이 금륜국 왕궁에 이르러 늙고 후사 없는 왕에게 현몽하여, 전단림에서 수행하는 성인을 맞아 왕위를 이으라고 지시하니, 그 왕이 장엄한 위의를 차려 두 성인을 영입하여 왕과 왕비로 모시매, 신왕의 덕화로 국태민안을 이룬다.

㉔ 금륜국 신왕이 홀연히 모친 보만부인이 마방에서 수고하는 것을 떠올리고 군마를 정비·인솔하여 본국을 떠나 서쪽으로 고려를 지나 위의 찬란하게 파리국에 이르러 부왕을 친견하고 그간의 사정을 아뢰니, 감개가 무량하고 고통스럽기 짝이 없다.

㉕ 부왕이 즉시 보만부인을 구출하여 전상에 앉히니, 그 참혹한 형상에 두 눈이 멀었으매, 신왕이 붙들고 대성통곡하고 바로 향을 피워 허공에 기원하고는 그 눈을 혀로 핥으니 활연히 광명을 회복한다.

㉖ 신왕이 자모를 목욕시키고 의관을 갖추어 정궁에 앉히고, 부왕이 두 부인과 산파·의관 등을 중벌로 다스리려 하니, 신왕이 그들을 모두

자비로 용서·방면하라고 진언하매, 그대로 따르면서 그 백정을 불러내어 대신으로 삼아 국태민안을 누린다.

㉗ 신왕이 부왕에게 고하여 보만부인을 모시고 금륜국으로 떠날 때, 왕과 신민의 환송이 성대하니, 귀국하여 그 자모를 국모로 봉하고 모든 쾌락을 누리게 한다.

㉘ 금륜국 왕이 선정을 베풀고 행복을 누리다가 광음을 자탄하고 제신·백관을 하직한 후 용상에 앉아 열반에 드니, 국모가 이 소식을 듣고 내궁에 이르고 역시 앉은 채로 열반에 든다.

2) 구조와 구성

(1) 구조

이 작품은 불타의 전생담으로 불전문학의 전형적 구조를 갖추고 있다. 원래 이러한 서사적 형태는 불타 전기의 팔상구조에 기반을 두고 서사문학의 이상적 구조로 발전되어 있는 게 사실이다. 기실 이 불전문학의 이상적 전형이 바로 이른바 전기적 유형으로 구체화되었던 것이다.

그래서 이 작품이 불전문학의 전형으로서 전기적 유형을 그대로 이어 받고 있는 것이다.[29] 적어도 한·중의 서사문학은 이러한 전기적 유형을 갖추고 있는 게 당연한 일이다. 따라서 한·중 소설은 이러한 서

---

29 김열규, 「민담과 이조소설의 전기적 유형」, 『한국민속과 문학연구』, 일조각, 1971, 81~98쪽.

사적 구조를 기반으로 하여 장르적 성향을 보이게 되었다. 한편 한·
중 희곡은 역시 이러한 전기적 유형에 바탕을 두고 장르적 성향을 갖추
어 나갔던 것이다. 그러기에 전기적 유형은 한·중 소설과 희곡의 동
일 기반이 되어, 양대 장르를 전개시켰던 터다. 따라서 이 작품의 전기
적 유형은 적어도 소설과 함께 희곡으로 전개될 수가 있다고 보아진다.

　나아가 이 작품의 서사적 구조는 실제적으로 '영웅의 일생'을 갖추게
된 것이다.[30] 이 영웅의 일생은 구체적 서사문맥으로 가장 전형적이고
이상적인 형태를 지향·성취하고 있는 게 사실이다. 기실 이 유형은
불타의 일생, 그 대웅의 위대한 행적을 이상적으로 구현한 것이었다.
그리하여 이 영웅의 일생, 그 구조가 전기적 유형과 맞물려 서사문학의
이상적 구조로 정립되었던 터다. 그리하여 한·중 소설과 희곡은 이
'영웅의 일생'을 구체적 서사문맥으로 발전시켜 각개의 장르 성향을 갖
추어 나가게 되었던 터다. 따라서 이 작품은 이러한 유형의 서사문맥
을 바탕으로 소설과 함께 희곡으로 전개되는 게 당연하다고 보아진다.

　한편 이 작품은 서사문맥·사건 진행에서 장면화의 경향을 뚜렷하
게 보이고 있다. 기실 이러한 장면화는 서사문학 전반에서 보편적으로
나타나지만, 이 작품에서 의도적으로 강화된 것이 주목되는 터다. 실
제로 이러한 장면화의 강화는 소설과 희곡의 장르적 분화에서 중요한
경계점이 되기 때문이다. 잘 알려진 극본·희곡이 그 구조·서사의 장
면화에서 그 특징을 보이거니와, 적어도 강창극본이나 판소리 대본 등
이 그러한 실상을 갖추고 있는 게 사실이다. 따라서 이 작품이 그만한

30　조동일, 「영웅의 일생, 그 문학사적인 전개」, 『동아문화연구』 10, 서울대 동아문화연구
　　소, 1971, 77~87쪽.

장면화의 특성을 보이는 것은 그 장르적 성향을 보이는 증좌라 하겠다.
적어도 이 작품은 대강 28개 장면, 대목을 드러내기 때문이다.[31]

(2) 구성

이 작품은 구성을 통하여 구체적인 형태를 조성하고 있다. 잘 알려
진 대로 이 작품의 무대 배치와 인물 설정, 사건 진행 등이 유기적 조직
으로써 그 문학적 유형을 완결하고 있기 때문이다. 이에 그 작품 구성
의 각개 요건을 살펴보겠다.

첫째, 이 작품의 무대 설정에 대해서다. 기실 이 작품의 무대는 일단
광활하고 장엄하다. 적어도 이 무대는 파리국과 고려국·금륜국 등 삼
국에 걸쳐 화려한 궁궐·내궁이나 마방·밀실, 그리고 명산·별계 등이
사실적으로 연결·전개되기 때문이다. 주인공을 중심으로 이 무대를
보면, 우선 파리국의 궁성·궁궐과 황실·내궁이 장엄하게 전개된다.
그리고 세 부인이 거처하는 궁실에다 보만부인이 태자를 낳는 산실이
펼쳐지고, 두 부인이 음모를 꾸미는 밀실까지 마련된다. 이어 보만부인
이 애매하게 벌을 받는 마방과 어미소의 외양간에 그 백정집까지 펼쳐
지며, 그 황제의 피서·수행처로 청량산 행궁으로 연결된다. 이어 고려
국의 왕성·궁궐과 왕실·내궁, 그 공주가 부마를 고르는 누각이 나오
고, 송아지와 공주가 쫓겨 가는 험로와 심산 성림, 그 초암까지 펼쳐진
다. 나아가 금륜국의 궁성과 궁궐·왕실이 장엄하게 전개되는 터다. 그
리하여 이런 무대 배경이 유기적으로 연결되어 그 주인공, 등장인물들

---

31 최혜진,『동초제 고향임 춘향가』, 인문과교양, 2016에서 〈춘향가〉 115대목, 〈심청가〉
104대목, 〈홍보가〉 82대목, 〈수궁가〉 63대목, 〈적벽가〉 75대목이라 하였다.

의 사건 진행을 효율적으로 뒷받침하고 있는 게 사실이다. 여기 각개 장면의 무대에서 조성되는 분위기도 배경으로 작용하는 터다.

둘째, 이 작품의 인물 배치에 대해서다. 여기 등장인물들은 실로 다양하고 각기 개성적인 면모를 보이고 있는 터다. 실제로 파리국 태자와 보만부인, 국왕과 범찰, 수승·정덕부인과 산파·의관, 그 백정, 고려국왕과 공주, 노인과 선인, 금륜국왕과 신하 등이 주인공을 중심으로 조화롭게 연결되어 그 사건을 극적으로 밀고 나가는 것이다.

먼저 이 태자는 불타의 전신으로서 훌륭하고 원만하게 태어난다. 이 태자는 보만부인에게서 출산되면서 온갖 고난·위기를 맞지만, 신이한 가호와 자비로 모두 극복한다. 그는 태어나자마자 두 부인의 모해로 죽음에 직면하고 그로부터 벗어나지만, 바로 어미 소에게 먹혀 금송아지로 거듭난다. 그런데도 대왕의 총애를 입어 인가장군이 되고, 그 어머니를 생각하여 아신의 안내로 마방에 찾아가 효성을 다한다. 다시 이 송아지는 두 부인의 간계로 죽음을 맞지만, 지혜로서 백정을 설득·감동시켜 살아나 동쪽으로 떠나간다. 도중에 노인을 만나 고려국에 이르러 공주와 결연하고 함께 쫓겨나서 사랑하며 산야를 거닐다가 선인을 만나 선약을 먹고 송아지의 탈을 벗는다. 이 태자는 금륜국 경계의 성림에서 수행하다가 후사가 없는 금륜국의 왕으로 추대된다. 그는 바로 어머니를 구하려 군마를 이끌고 파리국에 가서 먼저 부왕을 만나 회포를 풀고, 보만부인을 구출하여 먼 눈을 띄우고 정궁으로 모신다. 그리고 두 부인과 죄인들을 용서하고 부왕을 하직한 후, 모부인을 모시고 금륜국에 돌아와 선정을 베풀고 선화한다.

이어 파리국 대왕은 황제로 군림하며 신심이 깊고 착하여 범찰의 해몽·권유로 입산·수도하고, 한편 간악한 부인들의 흉계에 속아서 그 보만부인에게 엄벌을 내리기도 한다. 그 왕은 천륜으로 금송아지를 총애하면서 다시 그 부인들의 간계에 빠지지만, 마침내 그 태자를 만나 그녀들의 악행을 확인하고 크게 참회한다. 그리고 보만부인은 그 셋째 부인으로 착하고 인욕하여 모함으로 수고하면서도 원망·발악하지 않는다. 오직 그 태자만을 생각하다 잠시 만나 회포를 풀고는 이별한 후, 지극한 기다림과 애절함에 눈까지 먼다. 마침내 그 태자가 금륜국왕이 되어 구출하니, 눈을 뜨고 정궁에 오르며, 금륜국에 가서 국모로서 영화를 누리다가 선화한다.

한편 수승·정덕 두 부인은 전형적인 악인형으로 보만부인을 해치고 그 태자를 죽이려 갖은 흉계와 악행을 자행한다. 그 보만부인이 태자를 출산하니, 산파를 시켜 새끼고양이로 바꿔 내다가 죽이려 하였고, 그 금송아지를 죽이려 의관을 매수하여 작란하다가 실패한다. 여기서는 그 백정이 나와서 자비롭고 지혜로운 언행으로 그 금송아지를 살려 동쪽으로 보낸다. 그는 나중에 그 보은으로 높은 벼슬을 한다. 또한 한 노인이 나타나 금송아지를 고려국으로 안내하여 결연케 하니 제석천의 화현이다. 그는 이 송아지와 공주가 고려국에서 쫓겨나 산야를 거닐 때 선인으로 나타나 선약을 주어, 태자의 위용으로 탈갑케 한다. 그리고 잠적한 후 다시 금륜국왕에게 현몽하여 이 태자를 그 나라 왕으로 삼게 한다.

한편 고려국 공주는 태자와 천생연분으로 부왕·제신의 반대를 무릅쓰고 그 금송아지와 결혼하여 함께 쫓겨난다. 그녀는 남편과 함께 즐기면서 산야를 거닐다가, 선인을 만나 선약을 애걸하여 먹이고 태자의 위용을 성취하며 계속하여 내조에 충실한다. 여기 고려국왕은 평범하지만 그 공주를 지극히 아끼고 위신을 차린다. 그래서 공주에게 부마 선택의 자유를 주었지만, 축생과의 결연에 극구 반대하여 둘을 내어쫓는다. 또한 금륜국왕은 전형적인 선왕으로 늙도록 후사가 없어, 선인의 몽시로 신하들과 함께 그 산중의 성자, 태자를 모셔다 왕으로 삼는다.

셋째, 이 작품의 사건 진행에 대해서다. 이 작품의 서사적 구조를 핵심적으로 구성·전개시키는 게 바로 이 사건 진행이다. 이 사건 진행의 과정이야말로 이 작품의 장르를 결정짓는 중심축이라 하겠다. 기실 이 작품의 서사적 구조와 사건 진행은 예상된 대로 소설적 형태와 함께 희곡 장르를 지향하고 있는 게 분명하다. 그러기에 잘 알려진 소설 형태를 겸하여 희곡 장르의 사건 진행에서 전형적인 과정, 그 동선에 입각하여, 이 작품의 사건 진행을 검증해 볼 필요가 있다.

우선 발단 과정(①~③)이다. 이 석가불이 파리국 황제의 제3부인 보만에게 잉태된다. 그런데 대왕이 흉몽을 꾸고 범찰의 해몽을 받아, 그 불길함을 면한다며 청량산으로 피서·수행을 떠나게 된다. 그때 대왕이 세 왕비를 모아 놓고 환궁시에 무엇으로 기쁘게 해 주겠느냐고 묻는다. 이에 수승은 사계의 과일로, 정덕은 어의로써 대왕을 기쁘게 하겠다는데, 보만은 태자를 낳아 바치겠다고 한다. 그리하여 대왕이 보만의 약속에 가장 큰 기대를 걸며, 그대로 이루어진다면 보만을 제일 정궁으로 삼겠다고 확약한다. 따라서 그 두 부인이 불안해 하고 시기·질투하여 사건을 일으키게 된다.

다음 예건의 설명(④~⑥)이다. 대왕이 청량산으로 떠난 후에 두 부인이 모의하고 산파를 매수하여 보만부인이 생남하면 껍질 벗긴 고양이 새끼와 환치해 내다가 죽이기로 한다. 마침내 보만이 태자를 낳으니, 산파가 그대로 고양이 새끼와 태자를 바꾸어 안고 두 부인에게 안긴다. 그녀들은 이 태자를 죽이려 갖은 악형을 다하지만 죽지 않는다. 겁이 난 그녀들이 궁인을 시켜 험산에 버리니 맹수들이 태자를 먹기는커녕 오히려 보호한다. 더욱 놀란 그녀들이 이 태자를 궁궐 내 사나운 암소의 구유에 넣는다. 이에 그 암소가 이 태자를 삼키니 그녀들이 손뼉을 치고 노래하며 기뻐한다. 나아가 그녀들은 대왕에게 서신을 보내어 보만이 태자는커녕 괴아를 낳았다고 그 기만·조롱죄로 상주하니, 왕이 크게 분노하여 엄중한 벌을 내린다. 이로써 사건은 모두 예비된 것이라 본다.

그리고 유발적 사건(⑦~⑮)이다. 이에 보만부인이 애매히 머리와 눈썹이 깎인 채 마방에서 맷돌을 미는 형벌을 받는데 사람을 시켜 쉬지 못하게 채찍을 치니, 밤낮으로 수고하면서도 아이만 생각한다. 이 무렵에 대왕이 환궁하여 두 부인의 선물을 받고 국정을 살필 때, 어미소가 금송아지를 낳으니, 금뿔에 은발굽까지 갖추었다. 이 대왕이 금송아지를 친견하고 옆에 두고 친애하며 인가장군을 제수하고 행차시에는 앞장에 세운다. 이때 금송아지가 모후 생각에 골몰하여, 야신의 안내로 마방에 들어가 모자간임을 확인하고, 만단 정회를 풀며 대신 수고한다. 매일 밤 이렇게 만나다가 궁인에게 발각·보고되어, 두 부인이 금송아지가 태자의 변신임을 알고, 의관을 매수하여 죽일 묘책을 꾸민다. 두 부인이 갑자기 중병을 앓고 의관은 그 특효약이 금송아지의 심간이라고 상주한다. 이에 대왕이 크게 비통하여 백정을 불러 금송아지를 끌고 집에 가서 심간을 내어 바치라고 명한다. 백정이 금송아지를 끌고 잡으려 하니, 그 송아지가 사람의 말로 그간의 사건 시말을 알리고 살려 달라 애걸한다. 지혜롭고 자비로운 백정이 이를 살리고 집안에 있는 개의 간을 내어 송아지 간이라고 내궁으로 보낸다. 이 금송아지가 죽은 사실을 안 대왕이 대성통곡하며 몸부림치는데, 두 부인은 그 간으로 만든 약을 먹고 병이 낫는나. 이로써 이 사건은 본격적으로 유발·전개된다.

나아가 상승적 동작(⑯~㉑)이다. 그 백정이 금송아지를 놓아 주며 갈 길을 일러 주고 작별을 슬퍼하며 무사함을 당부하니, 이 송아지는 감격하여 보은할 것을 다짐하고, 모후를 심려하며 동쪽으로 길을 재촉한다. 이때에 한 노인이 나타나 금송아지를 안내하여 고려국에 이르러 행운을 만난다. 마침 이 나라 공주가 절색의 미녀로서 스스로 부마를 선택하는 과정에서 그 금송아지를 보고 천생연분이라 직감하여 이를 데리고 부왕에게 결혼 승락을 간청한다. 이에 노한 왕이 금송아지를 죽이려다 추방하니, 공주가 함께 하여 부부로서 산야를 거닐다가 선인을 만난다. 그 선인이 위신력을 보이매 공주가 사연을 아뢰고 태자의 탈갑을 간청하여, 그 선인의 선약을 얻어 남편에게 먹이니, 이 송아지의 탈을 벗고 휜휜장부 위엄 있는 태자로 돌아오매, 기뻐서 춤을 춘다. 이로써 이 사건은 상승하여 절정으로 이어지는 터다.

이어 절정(㉒~㉕)이다. 이 태자와 공주 부부가 사랑에 겨워 금륜국 경계의 성림에 초암을 틀고 수행하는 가운데, 그 선인이 금륜국의 후사가 없음을 알고 왕에게 현몽하여, 그 성림 중의 두 성인을 모셔다 국왕으로 삼으라 한다. 이에 감복한 국왕이 신하들과 함께 위의를 차리고 태자와 공주를 찾아가 모셔서 왕과 왕후로 삼고 받든다. 그래서 젊은 성군으로 선정을 베풀다가 그 어머니를 구출할 생각이 간절하다. 그리하여 금륜국왕으로서 군마를 거느리고 고려국을 지나 파리국에 이르러, 두려워 당황하는 부왕을 만나 부자간임을 실토하고 만단정회를 풀고는, 곧바로 보만 모후를 구출하여 전상으로 모신다. 금륜국왕이 모자간임을 토로하고 통곡해도 모후는 멍하니 어쩔 줄을 모른다. 알고 보니 모진 벌에 기진한 데다 아들 생각에 너무 울어서 실명한 것이다. 그 금륜국왕이 향을 피워 허공에 기도·서원하고 눈물을 머금은 혀로 어머니의 두 눈을 핥아서 광명을 찾으니, 모두가 감루하고 환희·작약한다. 이로써 이 사건은 그 절정에 이른 것이다.

이제는 하강적 동작(㉖~㉗)이다. 이때에 금륜국왕이 자모를 목욕시키고 찬란한 의관을 갖추어 정궁에 높이 앉히고, 파리국왕은 감격하는 한편 두 부인과 수하 죄인들을 엄벌하려 한다. 이에 금륜국왕이 그들을 모두 용서·방면하라고 진언하니, 그대로 따르고 그 백정을 불러 대신으로 봉하여 국태민안을 누리게 한다. 이어 금륜국왕이 부왕에게 고하고, 보만 모후를 모시고 본국으로 떠날 때, 대왕과 신민의 환송이 성대하여 흐뭇하다. 귀국하여 그 모후를 국모로 추대하여 모든 쾌락을 누리게 한다. 이로써 이 사건은 하강적 동작을 이루어 대단원으로 이어진다.

끝으로 대단원(㉘)이다. 이제 금륜국왕이 선정을 베풀고 부부 함께 지극한 행복을 누리다가 광음을 자탄하며 제신민을 하직하고 용상에 앉은 채로 열반에 든다. 이에 국모가 이 소식을 듣고 내궁에 일러 하직하고 안좌하여 돌아간다. 이로써 이 사건은 대단원으로 마무리된 것이다.

3) 표현·문체

전술한 대로 이 작품의 전체적 문체는 강창체다. 기실 이 표현은 시
종 서사적 산문이 적절한 시가와 교직되어 강설·가창의 문체로 짜여
있기 때문이다. 실제로 이 문체의 일부를 들어 보면, 대왕이 출궁할 때
세 부인과 수작한 대목이다.

帝問曰

朕回宮之日 三個夫人何物 迎接

殊勝奏言

妾有四季之果 接我皇回宮

帝不允 殊勝夫人有偈

我五異日還京駕 簇簇粧嚴百寶車

仙苑多裁殊勝果 園中廣種四時花

皇宮犬內多修整 鳳閣龍樓錦繡遮

若是我王回鳳闕 天香馥滿接宮家

淨德夫人再言

妾有御衣萬件 接我皇回宮

帝不從 淨德夫人有偈

小臣接駕事多般 袞服龍衣獻萬端

錦綉鮮花驚彩鳳 金針玉線繡龍蟠

被時致使乾坤闊 着處能令世界寬

若是我王回鳳闕 光輝布地駕前觀

普滿夫人身懷太子八個月 奏曰

　我王回宮 妾當一子迎接

皇帝大喜 普滿夫人有偈

　小妾今朝奏我主 千般巧計未爲奇

　錦衣豈用扶王社 花果焉能壯帝基

　賤體方娠懷聖子 秋來決定降金枝

　大王一日回鸞駕 我在御前獻子兒

　大王聞奏 歡喜非常 勅賜生婆一人

　畫燭千條 金爐百鼎 安排普滿宮內曰

　如是果降太子 賜作正宮王后[32]

　이와 같이 그 완벽한 강창문체가 작품 전체에 일관되어 있는 터다. 기실 이러한 강창문체는 한·중 변문의 문체와 동일하고, 불경에 이은 불교계 강창문학의 그것과 상통하는 것이다. 바로 이 강창문체의 작품들은 실제로 강창소설로 전개되었지만, 주로 강창희곡으로 행세한 것이 사실이다. 그래서 이 강창희곡은 이른바 강창극의 대본·극본이었다. 그러기에 이 작품의 강창문체는 한국 역대 강창극본의 표현·문체로서 후대의 강창극본, 판소리 대본으로 이어질 수 있었던 것이다.

　한편 이 강창문체의 강설부 산문은 소설이나 수필의 문체로서 공통성을 보이고 있다. 기실 그 서사문맥의 사건 기술이나 무대 설명, 대사와 함께 인물 행위를 묘사하는 표현들이 족히 소설·수필의 문체로서

32　『석가여래십지수행기』(강전섭 소장) 14장 후면~15장 후면.(줄바꾸기·띄어쓰기 인용자, 이하 동일)

제반 요건을 갖추었기 때문이다. 실제로 그 한 부분을 들어 보면, 금송아지가 공주와 결혼하고 쫓겨나서, 부부가 선인을 만나 선약을 얻어먹고 태자로 환신하는 대목이다.

即時 公主隨牛兒 出東門外 雙雙共語 兩兩同行 自在逍遙 又至深山荒野 飢飡
野果 渴者飮淸流 前逢一大仙人 巍巍蕩蕩 頭戴逍遙冠 腰跨葫蘆巾 一道散誕麻
條柱 一條龍頭柱杖 攔道問曰 從何來公主向前 禮拜仙人 說起從前一事 仙人看
牛兒罕有非凡 便向葫蘆內 取一顆仙果 亦名靈丹妙藥 賜與牛兒 正飢連忙 呑入
肚中 仙人見牛兒 呑了仙果 付牛兒一偈曰

　靈妙果子號金丹 王母仙桃得自難

　有福牛兒呑却了 敎君時下改容顔

　爾時 牛兒呑了仙果 中間 四肢五臟通通快樂 忽時困倦 臥了一回 毛皮戴角脫
落在地 現出本身 具太子相 公主大喜[33]

이와 같이 그 소설 문체 또는 수필 문체로서 손색이 없는 것이다. 이것은 산문 문체로서 설명·묘사의 사실성이 뛰어나기 때문이다. 기실 국·한문 고전소설의 문체에서 사건 진행과 인물의 면모·언행을 그처럼 간결·절실하게 서술한 경우에 비하여, 이 문체야말로 조금도 손색이 없는 터다. 더구나 이 문체는 수필에 적용될 경우 족히 입체적이고 생동하는 표현이 되리라고 본다.

더욱 중시되는 것은 이 강설부 산문이 바로 희곡 문체로서 특성을 보인다는 점이다. 여기서는 등장인물들의 대화를 중심으로 그 지문, 지

---

33 위의 책, 21장 전면~22장 전면.

시문이 적절하게 엮이어 뚜렷한 희곡성을 나타내기 때문이다. 그 중의 한 장면을 들어 보면, 금송아지가 마방에서 수고하는 어머니를 만나는 대목이다.

忽然想母 不知安在何處 孝心感動 夜神將引牛兒 直至磨房中 見其娘娘正推

磨 受大苦惱 面黃飢瘦 此時 母子相見 暗哭一場 不敢放聲 牛兒替娘娘拽磨 勇

力甚大 走如旋風 倏然磨了 停歇中間 娘母恩情 告訴不盡 娘娘問牛兒

你怎生得知我是你母親

牛兒答曰

娘生下時 被殊勝淨德二夫人 令監生婆 將死描兒 換却我身 送在宮內 種種遭

刑 命不合死 送於惡牛母 牛吞入腹中 然後生下來 作牛身 貴蒙父王 見我異相 還

是父子因緣 封我大將軍 朝朝引駕 受其快樂 豈知娘娘磨房中 受之苦楚

時至五更鍾饗 娘娘告牛兒曰

我子暫且還宮[34]

위 예문들에 보이는 것처럼, 여기에는 그 대사·대화가 큰 비중을 차치하고 있다. 그 현실적 대화와 함께 응축된 간접적 대사까지 포함하고, 그 게송 시가의 대화성까지 포괄하여 그 주축을 이루기 때문이다. 따라서 여기에 그 지시문의 사건 제시와 무대 지시, 언행 지시 등까지 결부시킨다면, 이 문체야 말로 전형적 희곡문체라 하여 마땅할 것이다. 기실 희곡이란 대화와 행동의 문학임으로써다.

---

34 위의 책, 18장 전면·후면.

4) 장르적 성향

(1) 희곡적 정형

이 작품은 한국문학의 상위 장르상에서 희곡으로 규정될 수밖에 없다. 전술한 대로 이 작품은 그 주제·내용을 중심으로 그 구조·구성과 표현 문체가 모두 희곡적 성향·특질을 갖추고 있기 때문이다. 원래 그 주제·이념이 거룩하고 보배로운 터에, 불타의 전생담으로서 장쾌하고 파란만장한 서사구조를 갖추고 전기적 유형, 영웅의 일생, 그 장면화를 보여 준다. 그러기에 이 구성은 그 무대가 삼개국의 궁성·궁궐, 왕실·내실을 중심으로 마방·백정집이나 누각·별실 나아가 황야·심산·초암 등으로 연결되어 사건을 뒷받침한다. 그리고 이 등장인물들은 금독태자를 중심으로 삼개국의 왕과 보만·수승·정덕부인, 백정과 고려국 공주, 선인 등까지 모두 그 성격과 기능을 적절하게 발휘한다. 그래서 이 사건 진행은 서사구조를 기반으로 하여 그 발단에서 예건의 설명을 거쳐, 유발적 사건에서 상승적 동작에 이르러 절정을 이룩하고, 이어 하강적 동작을 지나 대단원에 이른다. 게다가 이 표현 문체는 강설·가창의 교직으로 강창체를 이루고, 그 강설부의 산문이 소설·수필적 성향을 보이면서 대화와 지시문의 조화로써 전형적인 희곡문체로 성립되어 있다. 그리하여 이 작품은 희곡 형태의 정형을 유지하고 있는 게 분명하다.

실제로 이 작품은 그 강창 문체를 갖추었기에, 강창계 희곡이라고 규정되는 게 마땅한 터다. 기실 한·중의 강창체 희곡은 불교계에 기반을 둔 전형적인 극본으로서 열린 구조·형태를 갖춘 게 사실이다. 그리하여 이 강창극본은 전체적으로 복합적 극본 형태를 포괄하고 있는 터다. 실제로 이 작품은 강창극본으로 규정되고도, 그에 상응하는 하위 장르로 가창극본이나 가무극본·대화극본·잡합극본 등으로 분화·전개될 요건을 구비하고 있기 때문이다. 한편 이 작품은 전체적으로 종합문학성을 보유하여, 그 공연·유통을 통해서 이 희곡 형태는 물론, 시가나 수필·소설 등으로 발전·전개될 소지가 얼마든지 있는 터다. 이처럼 이 작품은 종합적이고 입체적인 문학, 희곡으로서 그 다양한 성향과 기능을 갖추었던 것이다.

(2) 하위 장르로의 분화

실제로 이 작품은 그 형태 성향에 따라 한국희곡의 장르 체계에 의하여 그 하위 장르로 규정될 수밖에 없다. 이미 알려진 대로 이 희곡의 하위 장르는 가창체 중심의 가창극본과 가무체 중심의 가무극본, 강창체 중심의 강창극본과 대화체 중심의 대화극본, 그리고 잡합체로서의 잡합극본 등으로 나누어진다. 그래서 이러한 장르적 분화는 전통적 전형을 이루면서 저 중국 희곡의 그것과 상통하는 점이 많은 터다.[35]

그러기에 이 작품은 바로 강창극본에 속하는 게 당연한 터다. 전술한 대로 이 작품은 강창문학의 전형으로서 희곡적 구조·구성에다 시종 강창문체를 갖추고 있기 때문이다. 따라서 이 작품은 역대 불교계의 전통적 강창극에 상응하는 강창극본과 동일한 것이다. 그러기에 이 작품은 당시에 성행하던 불교연극, 그 강창극의 대본으로 활용될 수 있었던 게 사실이다. 따라서 그것은 후대의 강창극, 판소리 대본과 동일

35　任半塘,『唐戲弄』一, 漢京文化公司, 1985, pp.218~221.

하다고 보아진다.[36] 그런데 이 작품은 단순한 강창극본이 아니다. 전술한 대로 그 강창극적 종합 형태 속에 가창극본이나 가무극본·대화극본·잡합극본 등의 기본 형태가 자리하고 있기 때문이다. 그래서 위 하위 장르론에 입각하여 이 각개 극본을 추출·정립시킬 수가 있는 터다. 여기서는 이 작품에 연행·유통이 전제되는 게 당연한 일이다.

우선 이 작품의 가창극본적 성향에 대해서다. 기실 이 작품에서 그 시가, 창사를 중심으로 그 서사문맥을 축약·연결하면 그대로 가창극본이 성립되는 터다. 이는 그 공연의 경제적 효과를 높이기 위하여 얼마든지 가능한 일이었을 것이다. 게다가 그 창사들이 전후의 사건 맥락을 요약·제시하고 있기에, 극정을 강조하는 데에 상당한 효과가 나타났을 터다. 이는 마치 후대적 강창극 판소리의 장단에 따른 창사와 같이[37] 서사시적 기능을 발휘했을 것이기 때문이다. 기실 이 작품의 창사가 적어도 13편을 중심으로 적절하게 연결되어 극적 동선을 형성할 때, 그것은 가창극본으로 정립되는 게 당연한 일이다.

다음 이 작품의 가무극본적 성향에 대해서다. 기실 위 가창극본이 무용과 결합되는 데에서 이 가무극본이 성립되는 게 당연하다. 실제로 그 가창에서는 연창자나 청중의 자발적 춤사위가 필수되고 또한 의도적인 무용이 결합되어 입체적으로 극정을 강화하기 때문이다. 그러기에 이 가창극본이 정립되는 데서는 필연적으로 가무극본이 조성되었던 것이다. 이는 마치 그 판소리 대본의 가무극본과 같이 그 입체적이

---

36 사재동, 「판소리의 전통과 실상·위상」, 『학술발표논문집』(제84차), 판소리학회, 2017, 20쪽.
37 현전 판소리 창본의 시가나 장단에 따른 사설만을 연결시켜도, 그 가창극본이 될 수 있다.

면서 역동적인 극정을 발휘하게 되었던 터다. 실제로 이 작품의 가창을 중심으로 그 사건에서 쾌재를 부르는 연창적 현장의 무용을 결부시키면, 상당한 가무극본이 성립되는 것은 당연한 일이었다.

그리고 이 작품의 대화극본적 성향에 대해서다. 기실 이 작품은 강창극의 대본이면서, 족히 대화극의 대본으로 조정될 수가 있다. 전술한 대로 이 작품은 대화를 중심으로 무대 설치, 인물 연기, 사건 진행과 그 지시문까지도 완비하고 있기 때문이다. 실제로 이 작품은 등장인물의 현장적 대화를 주축으로 간접화된 대화의 부각, 그 창사의 대화적 기능까지 결부시키면, 그대로가 완전한 대화극본의 자질을 갖춘 것이라 본다. 그러기에 이 작품은 원래 강창극본이면서, 대화극적 공연을 전제로 대화극본으로 조정·전개될 수가 있었던 터다. 마치 그 판소리 대본의 대화극본과 같이, 그 기능을 족히 발휘하게 되었던 것이다. 이런 점에서 당시 성행하던 강창극이나 대화극의 공연에 비추어, 이 작품은 강창극본이면서 대화극본으로 활용되었을 가능성이 짙은 터다.

끝으로 이 작품의 잡합극적 성향에 대해서다. 기실 이 작품은 입체적 강창극본으로서 가창극본·가무극본·대화극본의 요건을 구비하고 있기에, 이 극본 형태를 축약 선택하여 잡합극의 대본으로 손쉽게 조정될 수가 있는 터다. 이것은 마치 그 판소리 대본의 잡합극본처럼 그 역할을 다하게 되었던 것이라 하겠다. 그리하여 이 작품은 그 공연의 여건과 수요에 따라 능소능대하게 상응할 수 있는 복합적 극본, 전능적 희곡이라고 하여 마땅할 것이다.

3) 문학 장르적 전개

전술한 대로 이 작품은 그 종합문학성을 갖추어, 그 공연을 통하여
희곡 형태를 유지하면서도, 시가나 수필·소설 등의 문학 장르로 분
화·전개될 수가 있었다. 이것은 바로 그 판소리의 대본이 종합문학성
을 갖추고 그 공연을 통하여 각개 문학 상르로 분화·전개되는 현상과
일치하는 터라 하겠다.[38]

위에서 이 작품이 희곡으로서 그 자체가 강창극본이면서 가창극본
과 가무극본, 대화극본과 잡합극본으로 분화·전개된다는 사실을 확
인했으니, 재론하지 않는다. 따라서 이 작품의 시가·수필·소설적 성
향에 대해서만 거론할 필요가 있다.

우선 이 시가적 성향에 대해서다. 기실 이 작품에는 13편의 시가가
서사문맥으로 연결되어 있다. 실제로 이 시가의 분포를 보면

수승부인의 게송, 7언 율시(14장 후면)

정덕부인의 게송, 7언 율시(14장 후면~15장 전면)

보만부인의 게송, 7언 율시(15장 전면)

수승부인의 게송, 7언 율시(15장 후면~16장 전면)

수승·정덕의 시, 7언 율시(16장 전면~후면)

수승·정덕의 시, 7언 절구(16장 후면)

보만부인의 시, 7언 고시(17장 전면~후면)

대왕의 시, 7언 율시(17장 후면)

---

[38] 사재동, 앞의 글, 21~22쪽.

의관의 시, 7언 율시(18장 후면~19장 전면)

우아의 계송, 7언 율시(20장 전면)

공중 낙하의 시, 7언 율시(21장 후면)

고려공주의 시, 7언 율시(21장 전면)

선인의 계송, 7언 절구(21장 후면)

등이 바로 그것이다. 이 작품들은 각기 한시 근체시의 각체를 갖추어 7언 절구가 3수, 7언 율시가 9수, 7언 고시가 1수다. 기실 이 시가들은 각기 완전한 시형을 갖추고, 그 주제·내용이 서사성을 보이니, 대체로 서사시적 성향을 보이는 게 사실이다. 실제로는 이 시가가 이 작품의 서사문맥을 요약한 것이지만, 이를 보편적으로 승화시키고 있는 게 분명하다. 따라서 이 시가들은 모두 불교계의 시가로서 독자적 성격과 기능을 발휘하였던 것이다. 그러기에 이 작품의 시가들은 각체별로 하나의 장르를 이루어 유통·행세하였으리라 보아지는 터다.

다음 이 수필적 성향에 대해서다. 원래 수필은 다양한 하위 장르로 전개되기에, 이 작품의 종합문학적 형태 안에서 흔히 발견되는 게 사실이다. 전술한 대로 이 작품의 강설적 산문에는 수필문체의 성향이 보이므로, 이를 결부·감안하면, 이 수필의 하위 장르가 산견되는 터다. 여기에는 그 하위 장르가 독립된 작품이나 축약된 작품, 그리고 복원 가능한 작품까지 자리하기 때문이다. 먼저 대왕이 내리는 교령敎令은 파리국왕이나 고려국왕, 금륜국왕을 통하여 그 사건 진행의 고비마다 빈번하게 하달되었다. 그리고 위 삼국 국왕의 교령에 상응하여 신하들이 올리는 주의奏議도 상당수가 되풀이되었다. 또한 여기에 등장하는 인물 중 금독태자나 공주, 제왕과 왕비·선인·백정 등 중요인물들의 행적을 요약하는 전장傳狀이 상당히 재구되는 터다. 한편 중요인물들이 극도의 비통에 빠졌을 때, 통곡하는 소리나 하늘에 비는 그 애제哀祭가 몇 번 보이고 있다. 이어 그 파리국의 두 왕비가 대왕에게 보낸 비밀·음해의 서간書簡도 자리하였다. 나아가 그 금독태자의 방랑 여정에는 낯설고 아름다운 무대·환경이 묘사되어 기행紀行의 성향을 나타낸다. 이로써 위 교령·주의·전장·애제·서간·기행만으로도 이 수필 장르를 조성하여 족히 분화·전개될 수가 있었던 것이다.

그리고 이 소설적 성향에 대해서다. 전술한 대로, 이 작품은 소설과 희곡이 공유하는 서사문맥, 전기적 유행, 영웅의 일생을 갖추고 있다. 그리고 여기에는 소설과 희곡이 겸유하는 무대 설치, 인물 배치, 사건 진행이 엄연히 자리하였다. 게다가 이 문체는 소설문체를 지향하는 일면을 보이는 게 사실이다. 그러기에 이 작품이 공연대본으로 활용되지 않고, 읽는 작품을 지향하고 나서면, 바로 소설 형태로 성립되게 마련이었다. 적어도 그 구조상에서 장면화를 풀어 연결하고, 그 대화상의 지시문을 그 지문으로 부연·서술하면, 그대로가 소설로 성립·전개될 수가 있었기 때문이다. 그래서 소설적 관점에서는 이 작품 자체를 소설로 볼 수도 있다는 것이다. 게다가 이 작품은 후대적으로 소설화되어 「금우태자전」이나 「금송아지전」으로 형성·전개되었던 터다.[39]

이렇게 이 작품의 희곡문학적 실상이 밝혀지니, 전게한 동류의 작품 9편과의 관계를 따질 수밖에 없다. 기실 이 작품들은 석가불의 일대기,

---

39 사재동, 「「금송아지전」의 연구」, 『불교계 국문소설의 연구』, 중앙인문사, 1994, 328~329쪽.

전생담을 연결한 장편 중의 단편처럼 긴밀하게 결합되어 있는 터다. 그리고 독자적 작품으로서 희곡문학적 공질·동일성을 갖추고 있는 게 사실이다. 그러기에 이 작품은 9편의 동류 작품과 함께 작품군을 형성하고 있는 터라 하겠다.

4. 「금독태자전」의 공연 양상

1) 이 공연의 여건

원래 모든 고전 작품은 공연하기 위하여 제작되었다고 하거니와, 적어도 불교계 문학작품은 모두 불교의례나 불교연극에 의하여 공연되는 게 당연한 일이었다. 그러기에 이 작품은 전형적인 불교계의 문학작품으로서, 공연될 필연성을 갖추고 있었던 터다. 더구나 이 작품은 희곡 장르로서 그 공연을 위한 극본·대본의 형태를 완비하고 있었던 것이다. 게다가 이 작품은 고려 중·후기 공연예술, 연극의 발전과 함께 불교연극이 성행하던 분위기에 상응하여, 그 극본·대본으로 활용되는 게 당연한 일이었다. 기실 이것은 그 판소리 대본이 그 공연을 위하여 제작된 것과 상통하는 점이라 하겠다.

실제로 이 시기의 고려 연극은 그 자체의 전통으로나 송·원대 연극과의 교류로 하여, 그 전성기를 이루고 있었다.[40] 그리하여 당시의 연극은 총체적 성황을 이루는 가운데, 그 장르별로도 성세를 보였던 게 사실이다. 잘 알려진 대로 이 연극은 그 하위 장르로 발전·성행하였으니, 바로 가창극과 가무극, 강창극과 대화극, 그리고 잡합극이 바로 그것이었다. 기실 이러한 연극계의 중심에 이 불교연극이 자리하고 있었다.

실제로 이 시기의 고려는 불교왕국으로서 국정운영은 물론, 그 포교활동이나 신앙생활이 공연예술로 대중화되고 있었다. 그리하여 이 불교계 공연예술이 전형적인 연극으로 전개되고 일반 연극과 합세하여 장르별로 성행하고 있었던 것이다. 적어도 이 불교연극의 중심에 그만큼 오랜 전통을 가지고 보편화된 강창극이 자리하여, 나머지 가창극이나 가무극, 대화극과 잡합극 등과 교류하고 있었기 때문이다. 따라서 이 작품은 당시의 이러한 연극에 상응하여 다양한 장르로 공연된 것이 당연한 일이다. 이것은 역시 그 판소리 대본이 필연적으로 공연되는 점과 동일하다고 보아진다.

나아가 이 작품은 불교적 성격으로 하여 각별한 공연의 계기가 마련되었다. 실제로 이런 작품은 불타의 성적, 그 전생담이라는 점으로, 불교계의 각종 재의나 제반 불사에서 공연되는 사례가 허다하였기 때문이다. 적어도 불타의 탄생재나 출가재·성도재·열반재, 우란분재 등에서는 으레 이런 작품이 공연된 게 사실이고, 약사재나 미타재·관음재 등에서도 이런 공연이 필요했으리라고 본다. 그리고 당시에 성행하던 연등재나 팔관재, 대규모 법회, 여러 권선법회 등에서는 흔히 이런 공연이 곁들여졌던 터다.[41]

40　장한기,「고려연극과 그 종류」,『한국연극사』, 동국대 출판부, 1986, 90~95쪽; 사재동, 「고려조의 연극과 희곡 형태」,『한국문학유통사의 연구』II, 중앙인문사, 2006, 515~524쪽.

2) 이 공연의 실제

잘 알려진 대로 이런 작품의 보편적 공연은 적어도 그 무대와 대본, 연기자 그리고 청중 등의 요건이 완비·실연되어야 한다. 그래서 이 작품의 연극적 공연이 바로 그만한 요건을 통하여 실연된 것은 당연한 일이다. 이것은 마치 그 판소리의 대본이 연극적으로 공연되는 점과 동일하다고 본다.

첫째, 이 연극의 무대 설치에 대해서다. 기실 이 대본의 공연무대는 광활하고 화려하다. 그 파리극과 고려국, 금륜국의 궁성·왕궁, 여러 궁실로 크게 펼쳐진다. 이러한 무대가 화려하게 장식되고 각종 장치가 멋지게 설치된다. 한편 그 무대는 음모의 밀실, 수고의 마방, 백정집까지 연결되고, 청량산이나 황야, 영산 성림 내지 초암으로 전개된다. 여기에 제시된 그 무대를 어떤 수준으로 어떻게 조성하느냐는 지극히 상대적이라 하겠다. 그것은 공연 주체의 형편에 따라 천차만별의 차이가 있겠지만, 이 연극 진행의 무대로서 그 기반이 되도록 배려한 점만은 확실한 터다. 나아가 위 9편의 작품에서도 그 무대는 역시 이와 유형을 같이 했으리라 본다. 그런데 당시 실제적 무대는 기존의 왕궁·희대나 사찰·강당 등을 활용하여 그 장치·시설만을 조성했을 것이다. 이것이 공연의 품격과 청중의 수준을 반영하는 게 사실이었다.

둘째, 이 공연의 대본에 대해서다. 이미 밝혀진 대로, 이 작품은 희곡, 그 극본·대본으로서 제반 요건을 완비하고 있었다. 이는 당시의

---

41 김형우, 「고려시대 국가적 불교행사에 대한 연구」, '축제 및 경축의례 행사', 동국대 박사논문, 1993, 115~125쪽.

전형적인 대본으로 강창극을 비롯하여 가창극이나 가무극, 대화극과 잡합극 등으로 공연될 수 있는 만반의 준비가 다 되어 있었다는 사실이다. 게다가 이러한 대본이 위 9편의 그것과 함께 극본·대본군을 이루고 있었던 터다. 나아가 이 대본은 주제·내용이 불교적 가치와 중요성을 갖추었을 뿐만 아니라, 그 서사문맥이 불타의 성적으로서 파란만장하고 신묘·절정하여 감동·감화력이 충만하였던 것이다. 그러기에 이 대본이 상하 민중, 사부대중의 수요로 절찬리에 공연될 수 있었던 게 사실이다.

셋째, 이 공연의 인물 배치에 대해서다. 기실 이 대본의 등장인물들은 다양하고 개성적이면서 그 역할을 다하고 있는 터다. 전게한 주인공 금독태자를 비롯하여 보만부인, 국왕과 법찰, 수승·정덕부인과 산파·의관, 그리고 백정, 고려국왕과 공주, 노인·선인, 금륜국왕과 신하 등이 배역의 연기를 통하여 생동하는 것이었다. 여기서 이른바 연기자, 광대가 등장하여 배역으로서 다양한 연기를 펼치게 된다. 기실 광대는 바로 연기의 집성체라 하겠다.

우선 가창연기를 발휘한다. 그 음악적 전문성을 갖추고, 그 서사문맥이나 내용에 맞추어 온갖 기교로써 그 감정·극정을 충분히 드러내야 된다. 그리고 이 가창연기는 자연스러운 율동·춤사위가 결부되어야 효능을 극대화할 수 있다. 그러기에 광대는 무용연기까지 갖추어야 한다. 이것은 바로 그 판소리의 가창연기나 그 무용연기와 상통하고 있는 터다.

다음 강설연기를 실연한다. 기실 위 가창연기에 상응하여 강설연기가 적절·투철해야만 그 기본적 강창연기가 성립·고조되기 때문이다. 여기 강설연기는 설명연기로 언설이 정확하고 유창해야 되고, 묘사연기로 모든 사물과 현장을 잘 그려내야 한다. 그리고 어떤 사실이나 사물을 빠르게 연거하는 속술연기, 그리고 각종 음향이나 음성을 적실히 모방·모사는 음향연기가 나오고, 그 사건·내용의 감정·주정을 절실히 표출하는 감정연기까지 발휘하게 되는 것이다.

그 중에서도 이른바 대화연기가 가장 중요하게 기능한다. 기실 이 대화연기는 강설연기 중에서 가장 역동적이고 생동하는 기법이다. 이것은 그 강설의 지시문과 상응하여 극정을 주도하는 기능을 발하기 때문이다. 그리하여 이 대화연기는 작중인물의 성격이나 사건 진행의 추이에 따라 그 의사·감정의 표현이 가장 적절하고 핍진하여 감동을 십분 불러 일으켜야 되는 것이다. 기실 이 강설연기나 대화연기는 그 판소리의 그것과 그대로 상통하는 터라 하겠다.

한편 행동연기를 내보인다. 기실 이 행동연기는 위 가창연기나 강설·대화연기 등에 필수되는 신체적 연기로서 그 역할이 중대한 터다. 실제로 이 행동연기는 그 가창연기나 강설·대화연기를 역동적으로 입체화하고 극적 효과를 극대화하기 때문이다. 실제로 이 행동연기는 눈빛과 얼굴 표정, 머리와 손짓·발짓·걸음걸이 등 최선의 동작을 통하여 그 극정을 이끌었던 것이다. 이 또한 그 판소리연기의 그것과 상통하고 있는 게 사실이다.[42]

이와 같이 이 등장인물의 배역, 그 연기자, 광대는 그 다양한 연기로 전능적 연극을 해냈던 것이다. 이처럼 광대·전능한 연기자로 보배로운 예능인으로 상당한 식견과 전문성을 갖추었으니, 당시의 상당한 계

---

42 사재동, 「판소리의 전통과 실상·위상」, 앞의 책, 24~27쪽.

층의 인물·인재였던 것이다. 적어도 이 연극의 불교 중심적 대세·분위기로 보아, 이른바 속강승이나 연예승·재의승, 그리고 거사배와 신불 연예인, 대중적 연기자들이 이 연극계를 주도하였으리라 추정된다.

겸하여 이 공연의 가창연기를 중심으로 그 장단을 맞추거나 반주를 해 주는 음악인들이 이 공연에 상당한 공헌을 했던 것이다. 기실 이 장단·반주자들은 연기자로서의 배우는 아니지만, 원만한 공연을 위하여 필수적인 기능을 발휘하였기 때문이다. 당시의 기악이나 불교계 악기의 형편으로 보아, 적어도 관현악기나 타악기 등이 등장하여 청중에 앞장서 공연을 보조하였을 것이다.

넷째, 이 공연의 청중에 대해서다. 기실 여기 청중은 이 대본의 연극적 공연 현장의 중요한 한 축을 이루고 있는 게 사실이다. 바로 이 연극은 청중을 위하여 공연되는 것이고, 따라서 청중이 없으면 공연될 수 없는 게 당연한 일이기 때문이다. 실제로 이 연극에서는 그 주제·이념과 무대·공연 내용에 비추어, 이 청중이 매우 광범위하게 모였으리라 본다. 위로는 군왕 대신·왕족들과 승려나 신도 등 사찰의 사부대중, 그리고 무대 주변의 민중들이 자유로이 그 연극을 감상할 수 있었기 때문이다.

이러한 청중들은 그 신앙이나 취향에 따라 이런 연극을 이해·선호하는 계층으로서 이른바 상류층에서 중류층을 거쳐 하류층까지 망라하고 있었을 터다. 기실 이 연극의 취지·목적과 그 내용의 정대한 교화성·감화성으로 인하여, 그 현장은 실로 개방적이었고, 적극적인 환영과 함께 청중을 유치하는 데까지 나갔던 것이다. 그래서 이 청중들은 그 연극을 보면서 감동적 반응을 일으키고, 그 연행을 찬탄·격려하

였던 터다. 그리하여 이 연극은 그 무대와 극본, 배우 연기와 아울러 이
청중이 원만히 주도하게 되었던 것이다.[43]

3) 공연의 장르적 성향

전술한 대로 이 공연이 연극적으로 전개되면서, 그 연기적 유형을
통하여 장르적 성향을 보이는 게 사실이다. 기실 이 공연은 강창극을
비롯하여 가창극과 가무극, 대화극과 잡합극 등을 지향하여 분화·전
개될 수 있었던 것이다. 실제로 이 작품은 희곡으로서 그 공연 과정을
통하여, 그 강창극본을 중심으로 가창극본과 가무극본, 대화극본과 잡
합극본 등으로 분화·전개된 사실과 상응하는 것이다. 실은 그 극본들
이 바로 이 연극들로 공연된 것이기 때문이다. 이것은 그 판소리의 공
연이 강창극이면서 그로부터 가창극·가무극·대화극·잡합극 등으
로 분화·전개된 사례와 일치되는 점이라 하겠다.

첫째, 강창극적 성향에 대해서다. 기실 이 대본의 전체적 공연은 강
창극이다. 바로 이 대본이 강창극본이니, 강창극으로 공연되는 것은
당연하기 때문이다. 그래서 이 강창극은 복합적 형태를 갖추면서 공연
현장의 특수성을 보이는 터다. 우선 이 공연의 무대가 이중적으로 조
성된다. 기실 그 공연하는 현장적 무대와 작중·극중의 무대가 바로
그것이다. 실제로 이 강창극의 연기자는 광대로 단 한 사람이다. 그래
서 이 광대가 광대한 연기로써 그 강창극 전체를 연출·출연해 나가는

---

43 위의 글, 29~30쪽.

것이다. 따라서 이 강창극은 일인 전역의 광대한 전능극이니, 바로 그 판소리와 동일한 것이다. 이때의 광대가 장단·반주를 받아 청중에게 공연하는 그 무대가 곧 현장적 무대라 하겠다. 실제로 이 무대는 형편·필요에 따라, 제한 없이 설정되었던 터다. 위로 왕궁·대가나 사찰의 각개 전각이나 광장, 야단 명소, 민간 어디든지 청중만 있고 공연 여건만 갖추어지면, 거기가 바로 공연 무대이기 때문이다. 그런데 이 작중·극중의 무대는 그다지 장엄·화려한데도 실제로 조성·설치되지 않고 위 광대의 언설· 그 묘사연기에 의하여 청중 앞에 창출되는 것이다. 그러기에 이러한 무대의 창정·설치 자체가 연극적이라 하겠다. 이는 실재적 무대보다 더욱 장엄·화려하게 상상·감상되겠기 때문이다. 그리고 이 강창극의 연기자 광대는 단신으로 처지에 맞는 의관을 하고 부체나 염주 같은 소지품 하나만 든 채, 장단과 반주를 받으며 그 대본대로 공연을 전담하는 것이다. 그러면서도 능소능대한 연기력, 가창연기와 강설·대화연기, 행동연기 등으로 청중을 감동·감화시켰던 것이다. 이는 바로 그 판소리 광대가 대본대로 청중 앞에서 장단에 맞추어 연창을 전담하는 사례와 동일한 터라 하겠다.

둘째, 가창극적 성향에 대해서다. 기실 이 가창극은 위 강창극의 가창연기를 중심으로 조정·성립된 것이다. 따라서 이 가창극의 무대로는 우선 강창극처럼 공연 현장을 활용할 수가 있겠다. 그러면서 이 무대는 극중 무대를 일정한 장소에 실제로 설치 활용할 수도 있다. 그러기에 이 연기자 광대는 단신으로 그 대본의 가창을 전담·연행해도 무방한 터였다. 그리고 이 광대들이 배역을 맡아 대창·합창 방식으로 가창·연행하는 사례도 가능했던 터라 하겠다. 이럴 경우 그 광대 중의 누가 가창 간에 서사문맥을 약설하고, 장단·반주를 받으며 청중과 호흡하였으리라고 본다.

셋째, 가무극적 성향에 대해서다. 기실 이 가무극은 위 가창극에 그 무용연기가 결부되어 조정·성립된 것이다. 따라서 이 공연 무대는 작중·극중의 무대를 일정한 장소에 실제로 설치할 수밖에 없는 터다. 이 가무극이 그만큼 입체적이고 역동적인 테다 연기 영역이 넓기 때문에, 이 무대의 시설 공간이 확대되는 게 당연한 일이었다. 그래서 연기자 광대는 단신으로 이 가무연기를 전담할 수도 있지만, 그 배역에 따라 여러 연기자들이 등장하여 가무를 겸하여 대창·대무하거나 가창과 무용을 분담·연행할 수도 있었던 터다. 여기서 광대 중의 누가 서사문맥을 약설하고 장단 반주를 받아들여, 그 극정을 높이면서 청중과 호흡을 같이 했던 것이다.

넷째, 대화극적 성향에 대해서다. 기실 이 대화극은 위 강창극의 대화연기를 중심으로 조성·정립된 것이다. 따라서 이 무대는 대본의 극중 무대 그대로 일정한 공연장에 설치되는 게 당연한 일이다. 그래서 이 대본상의 무대가 현실적으로 연기자와 청중 앞에 조성되고 연기에 필수되는 장치나 소도구까지 배치하게 된다. 따라서 이 무대와 상대하여 청중석이 분리·설치되는 게 사실이다. 그리고 무대와 객석 사이에 반주자의 자리까지 마련된다. 나아가 이 무대는 사건의 장면에 따라 적절한 전환이 따르고, 그 극정의 분위기도 살리면서 그 조명까지 배려되어야 한다. 그리하여 이 대본의 인물, 그 배역들이 등장하되, 그 역할에 따라 각기 분장·의상을 차리고 소도구까지 지참해야 된다. 여기서는 역할의 특성에 따라, 금독태자나 선인 등은 실제로 가면을 착용했을 가능성까지 있는 터다. 이로부터 이 배역들이 대화와 행동으로 그 사건 진행에 따른 연기를 능숙하게 펼쳐 나가는 것이다. 여기서 이 대화극은 감명 깊은 극정을 조성하여 수많은 청중과 호흡을 같이하면서 공감·호응을 이끌어냈던 것이다.

다섯째, 잡합극적 성향에 대해서다. 기실 이 잡합극은 위 강창극에서 벌어지는 연극 형태를 적절히 축약·선택하여 정립시킨 것이다. 따라서 그 무대는 광활한 공연장에 필요한 만큼 간이한 형태로 설치되니, 상당히 자유롭고 개방적일 수밖에 없다. 그러기에 이 배역들의 분장과 의상도 파탈·잡다해질 수가 있는 터다. 따라서 그들의 연기도 보다 자유롭고 즉흥적으로 변모되기도 하고, 의외의 비연극적 요건이 개입되는 게 사실이다. 말하자면 마술·잡기나 동물 연기까지도 용인될 수 있기 때문이다. 그래서 청중은 일정한 객석에만 머물지 않고 공연과 감상을 자유로이 넘나들면서, 그 극정을 대중적으로 고양시키는 게 자연스럽게 보이는 터였다.[44]

이로써 이 작품의 연극적 공연 양상이 추적되고 나니, 전게한 동류의 작품들이 상호 간에 그 대본·극본군을 이루어 동일한 연극 형태로 공연되었으리라 추정된다. 여기 이 각 편들은 명실공히 독립된 대본으로서 그 공연의 여건과 요건을 공유하였기에, 그대로 극화·공연되는 게 당연한 일이었다. 따라서 당시 이 작품을 중심으로 그 10편 모두가 적절히 공연되어 그 연극상의 대세를 보였던 터라 하겠다.

---

44 위의 글, 30~31쪽.

5. 「금독태자전」의 문예사적 위상

이 작품은 그 형성의 계맥이 그만큼 유구하고 면면한 터다. 그래서 이 작품이 그 동류의 9개 작품과 함께 당대나 후대의 문학·예술과 교류하고 상호 영향을 끼치면서 전개되어 온 과정이 장구하고 뚜렷한 게 사실이다. 따라서 이 작품이 차지하는 문학사·예술사상의 위상을 파악하는 게 당연한 일이다. 이에 이 작품의 희곡·문학사적 위치와 연극사적 위치, 나아가 신앙·윤리·민속 등 문화사적 위치 등으로 나누어 살피려 한다.

1) 문학사상의 위치

이 작품은 전형적인 강창문학, 희곡·강창극본으로서 그 복합문학적 형태로부터 제반 문학 장르가 분화·전개되었던 터다. 따라서 이 작품과 그 동류의 작품군은 적어도 고려시대를 거쳐 조선시대까지 그 문학사상에서 중요한 위치를 차지하고 있는 게 사실이다. 이에 이 문학 장르별로 고려·조선시대에 걸치는 전개 과정을 개관해 보겠다.

첫째, 시가사상의 위치에 대해서다. 먼저 이 작품과 동류의 시가군은 고려기 불교시가들과 긴밀한 교류를 통하여 상호 영향을 수수했던 것이다. 이 고려기의 시가들은 대체로 표현상에서 복합적인 양상을 띠고 성행하고 있었다. 이른바 전통적 향가와 국어시가, 그리고 한시 등이 바로 그것이다. 기실 이 시가들은 한시를 중심으로 시대적 신앙·사조에 따라 불교적 성향을 띠고 있었던 게 사실이다.[45] 이러한 시가계에 이런 작품의 한시가 제작·대두되어 합류·행세하니, 그 위치가 심상치 않았을 것이다. 적어도 불교계의 시단에 석가불 전생담에 관한 한시·서사시의 작품군이 등장·유통되어 상당한 영향을 끼쳤을 터이기 때문이다. 그리고 이러한 한시군은 당시 불교계 향가나 국어시가와도 긴밀한 교류·영향 관계를 유지했으리라 추정된다. 그리하여 이 시가군은 당시의 시가류와 합세하여 고려시대 시가사의 흐름에 동참한 것이 사실이다. 이 시가류가 구비유통은 물론 판본으로 다량 인행·전파되어 그 시가사적 궤적을 실증하고 있기 때문이다. 더구나 이 시가군은 이규보의 「동명왕편」 시가부와 운묵의 『석가여래행적송』 시가부 등과 합세하여 족히 그 시가사적 역할을 다하여 왔다고 본다.

나아가 이 작품과 동류의 시가군은 조선시대로 전승·유전되어 당시의 한시나 국문시가와 긴밀히 교류하고 상당한 영향 관계를 유지해 갔을 것이다. 이 작품과 동류의 한시군은 구비적 유전과 함께 일정 기간에 판본으로 인행·유통되어, 당시의 불교계 한시나 유관 한시류와 교류·합세한 게 사실이다. 전게한 작품군이 계승 유전된 것은 물론, 불교·불전계의 한시가 제작·유통되는 가운데, 불경·불전류의 장편 국문시가 『월인천강지곡』과 『월인석보』 월인부의 작품들이 인출·성행할 때, 이 작품들의 한시군이 이에 상응·합류하여 유전된 것은 당연한 일이다. 나아가 이 한시군은 시화계의 『용비어천가』의 한시나 국문

---

45 인권환, 「고려불교시의 자료」, 『고려시대 불교시의 연구』, 고려대 민족문화연구소, 1983, 12~14쪽.

가사와도 상대적 상관성을 가지고 직간접적으로 교류·상생했으리라 본다. 그리하여 이 작품의 한시군은 조선시대의 불교계 한시나 국문시가뿐만 아니라, 일반 시가와도 교류·합세하여 이 시대 시가사의 일환으로 기능하였을 것이다.

둘째, 수필사상의 위치에 대해서다. 우선 이 작품과 동류의 수필군은 고려 대의 수필들과 긴밀히 교류하고, 상호 영향 관계를 유지하여왔을 것이다. 기실 당시 불교계를 중심으로 문승·문인들의 수필은 교령·주의·논설·전장·애제·서간·기행·담화 등에 걸쳐 성행하였던 게 사실이다. 여기 이 작품과 동류의 수필군이 각개 장르에 걸쳐 등장·유통되고, 그 수필류에 합세·상생하게 된 것은 당연한 일이었다. 그리하여 이 작품의 수필군은 고려기 수필사의 일환으로 그 역할을 해왔으리라 추정된다. 적어도 이 작품과 동류의 수필군이 구전되는 한편, 일정 기간에 판본으로 인행·유통되는 과정을 통하여, 그 수필사적 위상을 유추할 수가 있기 때문이다.

이어 이 작품과 동류의 수필군은 조선시대에 이르러서도 당시 수필들과 교류하며 서로 영향을 끼쳤으리라 본다. 이 시대의 수필은 불교의 혁파·실세에도 불구하고 한문수필과 국문수필이 병행하여 각개 장르에 걸쳐 상당히 제작·유통되었던 것이다. 그 중에서도 학승·문승이나 신불 문사들에 의한 수필작품이 상당한 수준에 이르고, 정음 이후『석보상절』이나『월인석보』, 불경언해를 통하여 국문수필이 양산·성행하여 수필사의 흐름을 주도하였던 터다. 그리하여 이 작품과 동류의 수필군이 국문화의 가능성을 보이면서, 불교적 상관성으로 하여 그 수필사의 일환으로 동참·역할했으리라 추정되는 터다.

셋째, 소설사상의 위치에 대해서다. 먼저 이 작품과 동류의 소설 형태는 고려시대의 그 소설 유형과 긴밀히 교류하고 상생·발전하였던 것이다. 당시에는 한문소설이 불교계를 중심으로 상당히 형성·발전하고 있었다.[46] 그 패관소설이나 승전·전기는 물론,『삼국유사』각 편류와 불전·보살전류의 소설작품들이 대두·행세하고 있었기 때문이다.[47] 여기에서 이 작품과 동류의 소설 형태는 불전계의 한문소설로서 그에 합류하여 고려기 소설사의 주류를 이루어 왔다고 보아진다. 적어도 이 작품과 동류의 소설 형태는 그 10편의 작품군을 이루어 구전은 물론, 적절한 시기에 판본으로 양산·유전된 것이 그 소설사상의 위치를 실증하고 있는 터다.[48] 그리고 이 작품류의 소설군은 조선시대에 이르러 당시의 소설류와 합세·발전하여 그 소설사의 주류를 이루어 왔던 것이다. 기실 이 시기에는 불교계를 중심으로 한문소설이 발전·성행하였고 정음 이래 국문소설이 형성되어 발전·난숙하였던 것이다. 그리하여 이 소설군은 한문소설로서 그에 합류·행세하였을 뿐만 아니라, 이 자체의 번안을 통하여 국문소설로서도 합세·발전했던 것이다.[49] 기실 국문소설계에 이미「심청전」·「흥부전」·「토끼전」·「구운몽」·「사씨남정기」·「홍길동전」 등이 등장·성행할 때에, 이 소설군은 그「금독태자전」이「금송아지전」으로 많은 이본을 남기고,[50]「선우

---

46 경일남,「고려 불교소설의 형성·전개」, 사재동 편,『한국서사문학사의 연구』III, 중앙인문사, 1995, 946~948쪽.

47 김진영,「본생담의 소설사적 의의」,『불교담론과 고전서사』, 보고사, 2012, 109~111쪽.

48 박병동,「『석가여래십지수행기』의 소설적 전개」, 사재동 편, 앞의 책, 1012~1014쪽.

49 사재동,「『석가여래십지수행기』의 변문적 실상과 국문화 과정」,『훈민정음의 창제와 실용』, 역락, 2014, 575~576쪽.

50 사재동,「「금송아지전」의 연구」,『불교계 국문소설의 연구』, 중앙인문사, 1994, 332~324쪽.

태자전」이 「적성성의전」으로, 동류의 「안락국태자전」이 「안락국전」으로 변모·발전하여 왔던 터다. 그러기에 이 소설군은 이 조선시대 소설사의 일환으로 중심적 역할을 해 온 것이라 하겠다.

넷째, 희곡사상의 위치에 대해서다. 먼저 이 작품과 동류의 희곡 형태는 하위 장르에 걸쳐 고려시대의 그 희곡작품들과 긴밀히 교류하고 상생·발전하였던 게 사실이다. 기실 고려기에는 불교가 흥성하여 불교연극의 발전과 함께 그 극본 희곡이 제작·성행하였던 터다. 적어도 기본적으로 강창문학 그 희곡으로서 강창극본을 비롯하여 가창극본·가무극본·대화극본·잡합극본 등이 대두·행세하였다는 점이다. 이러한 판세에 이 작품과 동류의 희곡 형태가 각개 하위 장르를 통하여 당시의 그 희곡작품들과 합세·발전하고 고려기 희곡사를 주도하게 되었던 터다. 당시 『삼국유사』류의 각편 중 적어도 향가·한시 등을 삽입한 강창문학이 희곡으로 행세하고,[51] 석가여래행적송류나 동명왕편류가 희곡으로 유통될 때,[52] 이 작품과 동류의 희곡 형태가 그에 합류하여 구비전승은 물론, 판본으로 적절히 인행·유통된 것이 그 고려기 희곡 사상의 위치를 실증하기 때문이다.

그리고 이 작품과 동류의 희곡 형태는 조선시대로 전승·전수되어, 당시의 희곡작품들과 합류·상생하고 나아가 변모·성행하였던 것이다. 기실 이 조선 전기까지는 불교의 혁파·탄압으로 그 연극이 침체·음성화되었는데도, 고려기의 한문희곡을 계승하고 『월인석보』류나 『용비어천

---

51 사재동, 「한국가요전설의 희곡적 전개」, 『한국공연예술의 희곡적 전개』, 중앙인문사, 2006, 167~168쪽.
52 「「동명왕편」의 희곡적 성격」, 위의 책, 525~529쪽.

가』류의 장편 강창극본이 집대성되어 공연에 대비하고 있었다. 따라서 이 작품과 동류의 희곡 형태는 그러한 대작의 대세에 따라 한문희곡으로 행세하여『석가여래십지수행기』류로 집성·간행되고, 나아가 국문희곡으로 합류하여 그 시대 희곡사의 일환으로 작용하여 왔던 것이다. 그런데 이런 희곡사의 흐름은 조선 후기에 이르러 획기적인 변모·혁신의 계기를 맞이하였다. 전술한 대로 조선 전기에 불교연극을 비롯하여 연극 전반이 침체·잠복기를 거쳐 새로운 활로를 모색·개척한 나머지, 조선 후기 연극 부흥의 대세를 타고 혁신적이고 대중적인 연극 형태를 개발하였으니, 그게 바로 장편 강창극, 이른바 판소리였던 것이다. 그 강창극 판소리의 대본이 장편 강창극본으로 집대성되었으니, 잘 알려진 〈춘향가〉·〈심청가〉·〈흥부가〉·〈퇴별가〉 등이라 하겠다. 이 시기에 발전·난숙하던 국문소설과의 상관성에서 이른바 판소리 열두 마당의 대본이 성립될 때, 이 작품과 동류의 희곡 형태는 그 대세에 따라 그 강창극 판소리 대본으로 전성·공연되어 조선 후기 희곡사의 일환으로 명맥을 유지해 왔으리라고 추정된다.[53]

2) 연극사상의 위치

이 작품은 동류 작품과 함께 강창문학, 강창극본으로서 전체가 강창극으로 공연된 것은 당연한 일이었다. 그리고 이 강창극의 복합적 형태로부터 가창극과 가무극, 대화극과 잡합극으로 분화·전개되었던 게 사

---

53 사재동, 「판소리의 전통과 실상·위상」, 앞의 책, 35~36쪽.

실이다. 그리하여 이러한 연극적 공연이 그 고려기와 조선시대에 걸쳐 당시의 연극과 긴밀히 교류하고 상호 발전하여 그 시대 연극사를 주도하는 데에 동참·기여하게 되었던 터다. 따라서 그 시대별로 이 작품들의 연극적 공연이 그 연극사상에서 차지하는 위치를 살펴보겠다.

첫째, 고려시대 연극사상의 위치에 대해서다. 이 작품과 동류의 희곡 형태는 고려기에 이르러 강창극을 중심으로 그 하위 장르에 걸쳐 상당히 공연되고 성행하였던 것이다. 기실 당시의 연극은 불교연극을 주축으로, 연극 전반이 발전·성행하는 추세였다. 따라서 이 강창극을 비롯하여 가창극과 가무극, 대화극과 잡합극까지 상당한 성세를 보였던 것이다. 그리하여 이 작품류의 연극적 공연이 불교계의 강창극을 필두로 각개 장르로 분화·전개되었던 게 사실이다. 그리하여 이 공연은 당시 연극과 합세·상승하여 고려기 연극사를 주도하여 왔던 것이라 하겠다.

둘째, 조선 전기 연극사상의 위치에 대해서다. 기실 이 작품과 동류의 희곡 형태는 그 연극적 공연에서 큰 타격을 받고 침체될 수밖에 없었던 터다. 실제로 이 공연은 불교계를 중심으로 강창극이 주축을 이루어 왔거니와, 조선 전기의 숭유·배불정책과 함께 억압·위축되었기 때문이다. 그래서 이 시기의 연극 전반이 불교연극의 침체·실세와 함께 대체로 저조·침체의 추세를 보이게 되었다. 그런데도 세종 후기와 세조 대의 숭불·중흥의 대세를 타고 그 강창문학, 강창극본이 집대성되면서 그 연극적 공연이 부활의 계기를 맞았던 게 사실이다. 그리하여 이 작품과 동류의 희곡 형태, 그 극본들이 연극적으로 공연되고, 따라서 그 대본집의 형국으로 간행될 수도 있었던 것이다. 마침내 숭유정책이 정착되면서 이러한 연극 공연이 전체적으로 다시금 침체·저조 경향을 보이게 되었다. 그렇지만 이 불교계의 강창극을 중심으로 오랜 전통의 연극 형태가 쉽사리 소멸·단절될 수는 없었다. 그리하여 그 연극 형태는 침체·수난의 위기 속에서 화려한 부활을 모색·갈망하게 되었던 것이다.

셋째, 조선 후기 연극사상의 위치에 대해서다. 기실 이 작품과 동류의 희곡 형태는 조선 후기 연극의 변환·성행에 휩쓸려 강창극의 명맥을 유지했던 것인가 한다. 기실 이 작품은 그 시기에 구비 연행으로 여러 설화를 형성시키고, 국문소설의 모습으로 상당한 이본을 남기면서, 그 극본의 일면을 보이고 있었기 때문이다. 전술한 대로 이 시기에는 전통적 강창극이 그 침체기에 모색했던 모형을 족히 실현하여 환골탈태하고 재생 부활하여 변환·성행하게 되었다. 먼저 그 대본을 대중적 서사문학으로 장편화하고, 그 연기는 가창연기와 설창연기·행동연기에 걸쳐, 고금·대중적 연극의 그것을 취사하여 재창출하니, 이로써 전능적 강창극이 성립·공연되었다. 이것이 바로 이른바 판소리로 정립되어 후대적으로 성행하였던 것이다. 이러한 성세 속에서 이 작품들, 그 대본의 공연은 불투명한 채로 강창극의 명맥을 유지하면서 그 대세에 합류했으리라 본다.[54]

---

54 위의 글, 38~39쪽.

3) 문화사상의 위치

이와 같이 이 작품들과 그 연극적 공연을 통하여 그 문학사·연극사
상의 위치가 파악되고 나니, 그것이 연관된 종교나 윤리·민속 등 문화
사상의 위치를 살펴볼 필요가 있다. 기실 이 작품이 공연·유전되는
가운데, 이 주제·내용과 직결되어 그 시대의 불교사·윤리사·민속
사 등과 교류하며 영향을 끼쳤을 것이기 때문이다.

첫째, 불교신앙사상의 위치에 대해서다. 기실 이 작품들은 공연·유
통되는 가운데, 불교신앙사에 상당한 영향을 끼쳤을 것이다. 실제로
이 작품들은 불타의 전생담으로 그대로가 교조신앙·가르침의 교과서
였던 것이다. 그러기에 이 작품들이 오랜 전승·공연을 통하여 그 지
혜·자비와 인연·보은, 선행·선과 등에 걸친 불교사상, 신앙의 실천
적 계승에 상당한 역할을 했으리라 본다. 그리하여 이 작품이 그 역대
의 불교사상과 그 신앙사에서 기여한 점이 작지 않다는 것이다.

둘째, 유교윤리사상의 위치에 대해서다. 기실 이 작품들은 주제·이
념으로 어느새 유교윤리를 수용하고 있었다. 이 작품이 투철한 불교사
상을 내세우되, 실천적 윤리로는 벌써 충효·권선을 포용하였기 때문이
다. 이런 작품들이 널리 구전되고 공연·유통되는 과정에서, 상하 민중
에 그 충효의 근본 윤리와 권선징악의 보편적 윤리 의식을 선양·보급
한 역사는 찬연하고 유구하였던 터다. 그러기에 작으나마 이 작품들이
그 윤리사상에서 기여한 바가 중시되는 게 당연하다. 실제로 이런 작품
들이 지향하는 주제와 이념은 그런 신앙·윤리적인 실현과 성취에 있었
기 때문이다.

셋째, 민속사상의 위치에 대해서다. 기실 이런 작품들이 오랜 세월 유통·유전되어 민간에 뿌리 내리면, 그 내용·사건이나 주제·이념들이 모두 민중화·민간화되면서 그대로가 미풍양속으로 자라게 마련이었다. 실제로 이런 작품들이 「금독태자」·「금송아지전」을 중심으로 민간설화로 구비 유통되는 것이 바로 민속화의 전통이라 하겠다. 이와 같이 다양하게 민간화된 설화들이 변모·토착화되어 한 줄기 민속사를 이루게 되었다. 따라서 이것이 그 시대의 민속사에 끼친 영향이 작지 않다는 것이다. 실은 이런 작품들이 아래로 퍼져나가 뿌리내리게 하는 염원이 바로 민속화, 역사화이기 때문이다.[55]

6. 결론

이상 「금독태자전」의 희곡적 실상과 연극적 공연 양상을 희곡론과 연극론에 의하여 고찰하였다. 지금까지 논의해 온 것을 요약하면 다음과 같다.

① 이 작품의 찬성 경위와 그 성격을 재검토하였다. 이 작품의 찬성자는 미상이지만, 고려 당시 그 찬성의 주체가 계층적으로 추정되었다. 적어도 당시 그만한 저술을 낸 학승·문승을 비롯하여 신불문사, 그런 작품을 공연한 재의승·연예승·연화배 등이 그 교조신앙을 강조하고

---

[55] 위의 글, 39~40쪽.

대중적 교화·포교를 위하여 불타의 전생담을 전범으로 이 작품을 찬성한 것이었다. 그래서 이 작품은 인도 초기 밀교에서 찬술되고 남북조 말기나 수나라 초기에 한역된 『불설효순자수행성불경』을 연원으로 하되, 그 불경의 격식을 벗어나고 주제를 충효로 확충하며, 그 구조·구성을 변환·개신하여 서사성을 강화하고, 그 표현·문체를 강창체로 혁신·조정하여 새로운 형태로 재작되었다. 따라서 이 작품은 외연상 불경처럼 인식될 수도 있었지만, 실제로는 저 변문계의 불전문학, 서사문학으로 소설 형태 내지 희곡 형태를 지향하고 있었다.

②이 작품의 희곡적 실상을 분석·고증하였다. 이 작품은 충효를 주제로 불타의 위신력을 강조하여, 그 축생 금송아지의 파란만장한 고행·성취담으로 성립되고, 따라서 그 구조가 전기적 유형과 영웅의 일생, 그 극적인 서사 형태로 정립된 데다, 그 구성이 무대와 등장인물, 사건 진행으로 적절하게 조직되었다. 그 무대는 파리국과 고려국·금륜국에 걸쳐 광활하고, 그 궁궐·내궁·누각 등이 장엄할 뿐만 아니라, 마방·밀실이나 산실·백정집, 그리고 명산·성림·초암까지 사실적으로 설치되고, 그 인물들은 파리국 태자와 보만부인, 국왕과 범찰, 수승·정덕부인과 산파·의관·백정, 고려국왕과 공주, 노인·선인, 금륜국왕과 신하 등이 다양한 역할에 따라 개성적으로 활동하였으며, 그 사건 진행은 소설 형태와 희곡 형태를 겸유하되, 그 발단에 이어 예건의 설명을 하고 유발적 사건을 거쳐 상승적 동작에 따라 절정에 오르며, 하강적 동작으로 이어져 대단원을 이루었다. 그 문체 표현은 전체적으로 강창체 한문으로서 소설문체·수필문체의 면모를 보이지만, 그 강창과 대화를 중심으로 희곡문체를 보였다. 그래서 이 작품은 전

체적으로 희곡 장르, 강창극본으로 규정되었고, 그 공연·유통을 통하여 가창 중심의 가창극본, 가무 중심의 가무극본, 대화 중심의 대화극본, 잡합 형태의 잡합극본으로 분화·전개될 수가 있었다. 나아가 이 작품은 희곡으로서 중합문학적 형태를 유지하여, 그 공연·유전을 거치면서 자연 시가나 수필·소설 등으로 분화·성립되는 게 당연한 추세였다.

③ 이 작품의 연극적 공연 양상을 추적하였다. 이 작품은 희곡, 강창극본으로서 공연될 필연성을 갖춘 데다, 당시 일반 연극의 성세와 함께 불교계의 홍법 방편에 따라 강창극이 성행하였으니, 이 작품의 연극적 공연은 당연한 것이었다. 당시 이 작품은 불교계의 완전한 극본으로서 그 공연의 무대를 사찰·왕궁·대가·민간·야단 등에 걸쳐 완비하였고, 그 등장인물, 배역을 가창연기와 강설연기, 행동연기까지 완비한 광대로써 확보하였으며, 그 연행의 반주자와 수많은 청중을 불교계 사부대중과 민간 대중에 걸쳐 앞세우고 있었다. 이 작품의 연극적 공연은 그 전체가 강창극으로 정립되었거니와, 그것이 자유로운 공연을 거듭하면서 그 극본의 분화에 맞추어 가창극과 가무극, 대화극과 잡합극으로 독립·전개될 수도 있었다.

④ 이 작품이 문학사와 연극사, 여타 문화사상에서 차지하는 위상을 파악하였다. 이 작품은 동류의 9개 작품과 함께 고려기와 조선 전·후기 문학사상에서 중요한 위치를 지켜 왔다. 적어도 이 작품과 동류의 시가류는 고려 불교계의 한시와 교섭·합류하고, 조선시대 불교한시나 국문시가와 소통·합세하여, 그 시가사를 이끌었던 것이다. 그리고 이 작품과 동류의 수필류는 고려기 불교계 한문수필과 교류·합세하

고, 조선시대 한문수필이나 국문수필과 소통·합류하여, 그 수필사의 일환으로 기능했던 터다. 또한 이 작품과 동류의 소설류는 고려 불교계의 한문소설과 소통·합세하고, 조선시대 한문소설이나 국문소설과 교류·연합하여, 그 소설사를 주도하여 왔던 것이다. 나아가 이 작품과 동류의 희곡류는 고려기 불교계의 한문희곡과 합류·발전하고, 조선시대 한문희곡이나 국문희곡과 합세·전개되어, 그 희곡사의 주류를 이루었던 것이다. 한편 이 작품과 동류의 공연은 고려기와 조선 전·후기의 연극사상에서 소중한 위치를 차지하여 왔다. 적어도 이 작품의 공연은 그 강창극을 기반으로 가창극·가무극·대화극·잡합극 등에 걸쳐 고려기 성세를 보인 불교연극 내지 일반 연극과 교류·합세하여, 그 연극사를 주도하여 왔고, 조선 전기 불교연극의 침체와 일반 연극의 실세 속에서 명맥을 유지하며 새로운 활로를 모색하였던 터다. 나아가 이 연극적 공연은 조선 후기 연극의 부흥과 강창극의 판소리적 혁신·전개 과정에 합세하여, 그 연극사의 일환으로 역할을 다했던 것이다. 나아가 이 작품들과 그 공연은 그 주제·이념과 직결되어 종교사나 윤리사, 민속사상에서 실제적으로 중요한 역할을 해 왔다. 적어도 이 작품들이 문학작품으로서 공연을 통하여 고려기 불교계의 신앙이나 교화·홍법에 이바지한 것은 물론, 조선시대 숭유정책 아래서 유교윤리의 선양에 공헌한 것이 사실이고, 후대적으로 그것이 민중에 보급되고 민간에 토착화되면서, 그 민속사에 적지 않은 영향을 끼쳤던 것이다.

이상 이 작품에 대한 논의는 부족하나마 그 동류인 9개 작품에도 그대로 적용될 수 있다는 데에 작지 않은 의미가 있다. 그 각개의 작품들이 그만한 내용과 가치를 가지고 있기 때문이다. 그리고 이 논의에서 이 작품의 희곡적 실상, 문학 장르적 전개, 그 연극적 공연 양상, 그 문학사·연극사 내지 문화사상의 위상까지 모두가 이른바 판소리의 그것과 유사·동일한 점이 시사된 것은 중시되어 마땅할 터다. 여기서 역대 강창문학·강창극본과 그 연극적 공연이 이 판소리의 영역·전통과 접맥·상통될 가능성이 족히 발견되기 때문이다.

조선시대의 전개 양상

제1장

『월인석보』의 연극구조와 희곡적 전개

1. 서론

주지하는 바와 같이, 『월인석보』는 국학연구의 보전이다. 국학의 다른 분야와 함께 국문학계에서는 『월인석보』에 대하여 새로운 관점에서 본격적으로 연구·검토할 단계에 이르렀다. 기실 그동안의 연구성과를 통하여 『월인석보』에 대한 문학적 인식이 깊어지고 그 연구방법론이 진전되면서, 그것이 지니고 있는 문학적 가치와 문학사적 위상이 점점 돋보이기 때문이다.

일찍이 『월인석보』는 불교문학의 바탕 위에서, 국문문학의 각종 장르를 모두 포괄하고 있는 종합작품집으로 거론된 바가 있었다.[1] 그 후

---

[1] 사재동, 「『월인석보』의 형태적 연구」, 『어문연구』 6, 어문연구학회, 1970, 64쪽; 사재동, 「『월인석보』의 문학적 연구」, 『인문과학논문집』 2-6, 충남대 인문과학연구소,

로 학계에서는 적극적인 논의가 없었고, 필자 나름대로 『월인석보』속
에서 시가계와 수필계 내지 소설계의 작품들을 뽑아내어 장르론에 입
각한 개별적 고찰을 시도했던 것이다.[2] 그러한 가운데 『월인석보』의
종합문학적 면모와 결부시켜 그 희곡적 성향을 주목하게 되었다. 『월
인석보』는 월인부의 가창과 석보부의 강설을 전제할 때, 그 자체가 전
체적으로나 부분적으로 강창문학의 형태를 취함으로써, 그것이 연극
적 강창 현장의 대본이 되었기 때문이다.

여기서 무엇보다 긴요한 것은 『월인석보』가 불교적 강창 현장을 중
심으로 상하 민중에 유통 · 수용된 실태를 구체적으로 파악하는 일이
다. 모든 기록문학이 그러하듯이, 『월인석보』는 대중교화와 중생제도
의 시대적 요청에 상응하는 현장에서 유통 · 수용되던 생동하는 문학
형태의 기록 · 정착이 아닐 수 없다. 그렇다면 『월인석보』가 강창 현장
에서 생동하던 그 원형을 실제로 복원 · 정립함으로써, 그것의 종합문
학적 실상과 대중적 기능의 진면목을 본질적으로 검증해 볼 필요가 있
다. 이처럼 『월인석보』의 강창문학적 성격을 연극적 현장과 직결시켜
희곡적 측면에서 구명하는 일은 학계의 당면 과제라 아니할 수 없다.
한국문학사의 완벽한 기술을 지향하는 마당에, 그 기층적 주류를 이루
고 있는 희곡문학사의 실체를 제대로 파악하는 것이 그만큼 긴요한 일
이기 때문이다. 그동안 학계에서는 우리 희곡사에 대하여 별다른 관심

1975, 1681쪽.

2 사재동, 「「원앙서왕가」의 연구」, 『한국언어문학』 4, 한국언어문학회, 1966, 90쪽; 사
재동, 「국문수필의 형성문제」, 간행위원회 편, 『도남 조윤제 박사 고희기념논총』, 형
설출판사, 1976, 349쪽; 사재동, 「불교계 국문소설의 형성 경위」, 『백제연구』 7, 충남
대 백제연구소, 1976, 175쪽.

을 가져 오지 않았고, 따라서 본격적인 논의가 없었던 것이 사실이다. 이런 실정에서, 『월인석보』를 희곡론 내지 희곡사관에 입각하여 분석·고찰한 업적이 제대로 나오지 못한 것도 부인할 수 없다.

이에 본고에서는 첫째, 『월인석보』의 종합문학적 면모와 그것의 연극적 강창 현장을 전제하고, 그것이 신찬불경의 창의성을 지니면서 강창 단위를 바탕으로 분화·생동하던 실상을 밝힌다. 둘째, 『월인석보』가 불전으로 행세하며 각종 재의와 포교·행사 등의 현장에서 연극적으로 유통·수용되던 실태를 추정·재구하겠다. 셋째, 이러한 연극적 여러 양식을 기반으로 하여 『월인석보』의 강창구조를 희곡적 측면에서 분석하고 그 희곡적 운용현상을 고찰하겠다. 그리하여 『월인석보』의 국문문학사 내지 희곡문학사상의 위상을 새로운 관점에서 재조명해 보려고 한다.[3]

2. 『월인석보』의 종합문학적 면모

1) 『월인석보』의 신찬 불경적 성격

『월인석보』가 외견상 『월인천강지곡』과 『석보상절』의 합편임에는 틀림이 없다. 그러나 그것은 다만 불경의 발췌·번역이거나 단순한 합

---

3 본고는 「『월인석보』의 강창문학적 성격」(제4회 3개학회합동학술발표회, 1989.10.10 서울대 국제세미나실)을 보완·확대한 것이다.

편이 아니다.[4] 따라서 이들 양대 작품이 새로운 불경으로 찬성되고, 나아가『월인석보』로 교합·재편되는 과정을 강창적 실연 현장을 바탕으로 검토하여 보겠다.

우선『월인천강지곡』은 소헌왕후의 추선追善을 명분으로 하여 세종 28년 12월 이전에 신찬된 '국어운문불경國語韻文佛經'이라 하겠다. 이 작품은 불타의 생애를 완벽하게 운문화하여 불경으로서 충분한 요건을 갖추었으므로, 그 착수 당시부터 군신 간에 불경으로 논란되었을 뿐만 아니라, 후대 불교계에서도 으레 불경佛經으로 간주하였던 것이 사실이다. 더구나 이 작품은 대장경의 핵심부와 한·중의 불전문학을 집성·재편한 대석가전,『석가보』를 저본으로 응축·승화시킨 불경계 창작시가라고 하겠다. 이것은 인도의『불소행찬』과 같이, 불경이면서 한국 최초의 찬불서사시로 간주된다.[5] 그렇다면 이 작품은 어떤 악곡에 올려 어떤 형태로든지 가창되었을 것은 물론이다. 이것이 소위『용비어천가』와 같은 악장체라 할 때, 당대에는 장중한 불교음악에 얹어 전문적으로 불리었을 것이고, 그 악곡이 부실해지면서 필요에 따라 적절한 음곡에 실려 가창되었을 것이라 추정된다. 세종 대의 찬불가讚佛歌가 관현에 올려진 사례가 있고,[6]『월인천강지곡』자체가 세조 대에 팔기八妓를 통하여 불려진 사실이[7] 엄연하기 때문이다. 그러므로『월인천강지곡』은 언제든지 찬불·포교관계의 재의齋儀·법석法席·행사 등에서

---

4   민영규,『『월인석보』제9·10해제』, 연세대 동방학연구소, 1956, 1~2쪽.
5   사재동,「『월인천강지곡』의 몇 가지 문제」,『어문연구』11, 1982, 290쪽.
6   『세종실록』「31년 기사 2월 병자」조에 "守溫製讚佛歌詩 以張其教 當大設法 會于佛堂 選工人 以守溫所製歌詩 被之管絃調"라고 하였다.
7   『세조실록』「14년 5월 12일」조에 "又命永順君溥 授八妓諺文歌詞 令唱之 即世宗所製 月印千江之曲"이라고 하였다.

현장적으로 불려지던 창사唱詞라는 것이 분명해진다.

그리고 『석보상절』은 『월인천강지곡』이 완성된 뒤에, 그 저본이었던 『석가보』를 증수하여 국역한 것이라 보아진다.[8] 이 작품은 역시 왕후의 추천을 명분으로 『월인천강지곡』과 직결되어 세종 29년에 찬역된 '국어산문불경國語散文佛經'이라 하겠다. 이 작품은 또한 불타의 일생을 장엄하게 산문화하여 불경으로서 갖가지 조건을 완비하였으므로, 그 당시의 조정에서나 불교계에서 불경으로 규정되었고, 후대에도 같은 차원에서 불경으로 취급되어 온 것이 분명하다. 게다가 이 작품은 위 『석가보』를 증보・부연하고 창조적으로 국문화하였기로, 그대로가 한국 최초의 창작적 산문문학이라고 보아진다.[9] 이 작품은 전체적으로 보면 '국문대석가전'으로 파악되거니와, 각기 독립된 단위로 보면, 여러 편의 중・단편으로서 서사문학・소설의 형태를 유지하고 있다.[10]

그래서 이 작품은 모든 불경이 그러하듯이, 개개인이 단순한 묵독으로만 끝나는 것이 아니라, 역시 찬불・교화의 방편으로 불교 관계 재의・법석・행사 등에서 실감 나게 연설・강담되었던 것이다. 이 작품은 그 자체가 감명 깊고 흥미로운 이야기로 구성되어 법사・거사들이 신불대중이나 일반 민중을 상대로 설법・담화하는 데에 가장 적합하였기 때문이다. 결국 『석보상절』은 불교계의 설법・담화 현장에서, 그 화본으로 행세했던 것이라 하겠다. 한편 『석보상절』은 그 『석가보』를 공통 저본으

---

8   『세종실록』「28년 12월 2일」조에 "命副司直金守溫 增修釋迦譜"라고 하였다. 사재동, 앞의 글, 289쪽.

9   인권환, 「『석보상절』의 문학적 고찰」, 『민족문화연구』 9, 고려대 민족문화연구소, 1975, 150~151쪽.

10 사재동, 「불교계 국문소설의 형성 경위」, 『백제연구』 7, 충남대 백제연구소, 1976, 200쪽.

로 삼았다는 점에서, 『월인천강지곡』과 전체적으로나 부분적으로 직결・부합되고 있었던 것이다. 그러기에 『석보상절』은 문헌적 기록으로나 현장적 강설에서 『월인천강지곡』과 결부되어 그 서사시적 함축성 내지 생략성을 해설・부연할 수 있는 여건을 필연적으로 구비하고 있는 실정이었다.

이상과 같은 양대 문학경전이 세조에 의하여 합편・조화됨으로써[11] 『월인석보』가 '국어운산문불경'으로 신찬・완성된 것이다. 물론 『월인천강지곡』은 『월인석보』에 이르러서 산문으로 보완되어 진면목을 드러내고, 또한 『석보상절』은 그에 이르러 시가를 전제하여 제구실을 다하게 되었지만, 적어도 『월인석보』는 이제 위 양대 작품으로 분리・복원될 수 없는 제삼자적 독자성을 완비하고 있는 것이 주목된다. 아무래도 석가전기는 『월인석보』에 와서 경전으로나 문학으로서 입체화되고 완벽해졌기 때문이다. 『월인석보』는 실제로 대장경 전체의 내용을 효율적으로 집약한 한국의 불경으로서 불교계의 사정과 상하 민중의 수준에 맞도록 문학적으로 조성된 것이었다. 그 운문과 산문이 독립된 해당 부분끼리 부합・순열됨으로써, 여러 장르의 시가와 산문문학으로 분화되어 나왔고, 따라서 『월인석보』는 이들을 포괄하고 있는 종합 문학적 면모를 갖추게 되었다.

이러한 『월인석보』는 불교계의 각종 재의・법석・행사 등의 현장에서 연극적으로 설창됨으로써, 전체적이든 부분적이든 일관하여 강창문학의 구조 형태를 드러내게 되었다. 실제로 월인부는 가창되고 석보부는 강설될 수밖에 없었기 때문이다. 이로써 『월인석보』는 강창문학의 큰 영역을

---

11 세조, 『월인석보』「서(序)」 참조.

확보하고, 그 테두리 안에 온갖 문학 장르를 포괄함으로써 방대한 종합작품집으로 행세하게 되었던 것이다. 따라서 이 작품들은 단순히 대장경을 집약·편역한 번역문학의 차원을 벗어나, 그것을 응축·승화시킨 창작문학의 수준에서 현장적으로 생동하여 왔음을 확인할 수 있다.

2) 『월인석보』의 장르적 분화

전술한 대로 『월인석보』는 종합작품집으로서 각종 문학 장르를 포용하는 데에 그치지 않고, 나아가 강창적 실연 현장에서 장르별로 분화·통용되었던 것이 사실이다. 위 양대 운문과 산문이 교합·재편될 때에, 구조적으로 분화작용이 일어나게 되었다. 말하자면 『월인천강지곡』의 독립된 한 부분(한 곡 내지 여러 곡)이 먼저 제시되고, 그에 부합되는 『석보상절』의 독립된 서사 부분이 직결되어 가창 부분을 해설·부연하는 식으로 순열되어 갔던 것이다. 이렇게 연접되는 배합의 과정에서, 상호 분절현상이 필연적으로 나타나게 되었고, 따라서 일정한 운문과 산문을 부합시킨 강창 단위가 수많이 분리되어 나왔던 것이다. 실제로 월인부와 석보부의 해당 부분을 순차적으로 결합시켜 나가면, 다음과 같은 현상이 나타난다.

월인1 + 석보1 : 월인2 + 석보2 : 월인3 + 석보3 : 월인4 + 석보4 : 월인5 + 석보5 ……

이처럼 월인과 석보의 배합 단위는 바로 강창 단위로 되어, 그 자체가 얼마든지 독자적으로 행세할 수가 있었으리라 보아진다.

이러한 강창 단위들은 현장적 실연 과정을 통하여 분화·확산됨으로써, 각종 문학 장르로 유통·전개되었던 것이 분명하다. 여기서 가창된 운문과 강설된 산문을 현실적으로 나열해 보면

운문1·산문1·운문2·산문2·운문3·산문3·운문4·산문4·운문5·산문5……

이와 같이 월인부는 여러 편의 운문 형태로, 석보부는 여러 편의 산문 형태로 분리·독립한 결과를 내었다. 이들 운문 형태는 월인부의 단형(1곡: 단곡), 중형(2곡~5곡), 장형(6곡 이상)으로 나타났고, 또한 석보부의 삽입가요가 드러나 나름대로 단형·중형·장형을 보인다. 기실 석보부의 본문은 장형·중형·단형으로 나뉘고, 또한 협주문夾註文에서도 단형과 장형을 드러내고 있다. 이를 도시하면 다음과 같다.

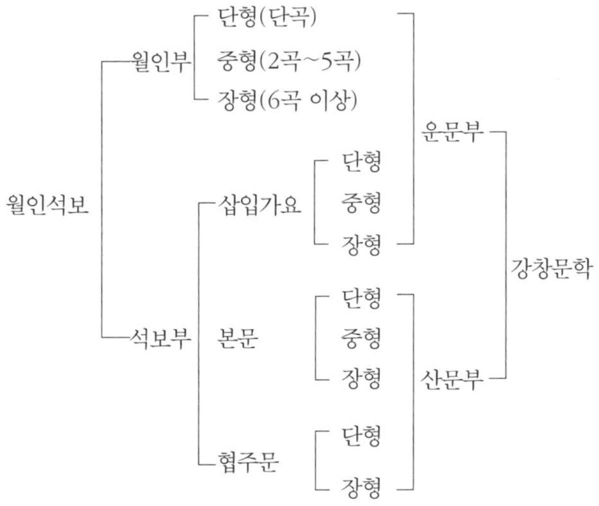

일찍이 필자는 『월인석보』의 문학적 형태를 거론하였거니와,[12] 여기에 보이는 각종 유형들은 국문학 장르론에 의거하여 각기 장르적 성격을 드러내게 마련이었다. 요컨대 운문 시가에서 단가(시조)계로는 월인부의 단형과 산문 삽입가요의 단형 및 중형이 있고, 사설(사설시조)계에는 월인부 중형과 삽입가요 장형이 들어가며, 가사계에는 월인부의 장형만이 해당된다. 그리고 수필계에 속하는 것은 석보부 본문의 단형과 협주문의 장형에서 뽑을 수가 있고, 소설계에 해당되는 것은 석보부 본문의 중형과 장형에서 찾아낼 수 있다.[13]

그런데 여기서 문제되는 것은 희곡 장르다. 위에서 『월인석보』가 모두 강창 단위로 분리·독립되어 있는 것으로 확인되었고, 전술한 바 국문학의 각종 장르도 실연 현장에서는 결국 강창 단위로 환원될 수밖에 없다는 사실이 드러났다. 그렇다면 이 강창 단위는 그 강창 현장의 연극적 실태가 확인된다면, 그것이 독자적 극본으로서 모두 희곡 장르에 속할 것은 당연한 일이다. 원래 이런 희곡 양식은 상당한 종합성과 함께 분화적 성격을 두루 갖추고 있다. 이것은 그 연극 형태와의 긴밀한 상관성에서 그 하위 장르를 융통성 있게 조정하며, 나아가 다른 문학 장르를 포괄하기도 하고 분할시키기도 하기 때문이다.

이런 희곡에 준하는 강창 단위는 월인부의 중형 및 장형과 그에 부합되는 석보부의 중형 및 장형으로 조직된다. 이들 중형 내지 장형의 강창 단위는 모두 극적인 서사문맥을 갖추고 있는 것이 중시된다. 『월인

---

12 앞의 주 1 참조.
13 사재동, 「『월인석보』의 문학적 연구」, 『인문과학논문집』 2-6, 충남대 인문과학연구소, 1975, 1673~1679쪽.

석보』 전25권 중에서 대략 100여 편의 강창 단위를 추려 볼 수 있는데,
수준급 20여 편 가운데 전형적인 것은 대략 다음과 같다.

① 「선혜선인담」(『월인석보』 1, 8장 후면~20장 후면)

② 「나운출가기」(『석보상절』 6, 1장 전면~10장 후면)

③ 「사리불항마기」(『석보상절』 6, 11장 전면~36장 후변)

④ 「난타출가기」(『월인석보』 7, 7장 전면~19장 전면)

⑤ 「안락국태자전」(『월인석보』 8, 89장 후면~103장 후면)

⑥ 「선숙비구담」(『월인석보』 9, 35장 후면~39장 후면)

⑦ 「정반왕열반기」(『월인석보』 10, 3장 후면~15 전면)

⑧ 「녹모부인전」(『석보상절』 10, 24장 전면~36장 후면)

⑨ 「성녀구모담」(『월인석보』 21, 19장 전면~29장 후면)

⑩ 「광목구모담」(『월인석보』 21, 52장 후면~59장 후면)

⑪ 「인욕태자전」(『월인석보』 21, 3장 후면~223장 후면)

⑫ 「선우태자전」(『월인석보』 22, 20장 후면~72장 후면)

⑬ 「목련전」(『월인석보』 23, 5장 후면~15장 전면)

⑭ 「여래열반기」(『석보상절』 23, 1장 전면~59장 전면)

⑮ 「아육왕전」(『월인석보』 24, 7장 전면~53장 후면)

3.『월인석보』의 유통과 수용 양상

1)『월인석보』의 불전적 유통

전술한 대로『월인석보』가 정음으로 신찬된 종합불경으로 공인되고, 더구나 세조의 권려서문勸勵序文까지 붙였으니, 유통이 원활하고 왕성했을 것은 물론이다. 이 서문과 함께 선교 양종으로 통합·조정된 불교계의 현실을 감안하고『월인석보』의 체재·내용을 살펴 보면, 그것이 그 시대의 모든 불교활동을 바람직하게 조정·선도하면서 각종 재의·법석·행사 등에 널리 활용되는 전형적 불전으로서 찬성되었던 것이라고 추정된다. 기실『월인석보』는 조선시대에 통용되던 모든 불경·불서를 발췌식으로 망라하고 있으며, 다양하고 독립된 강창 단위를 두루 갖춤으로써, 그 어떠한 경우에도 대처할 수가 있었기 때문이다. 이처럼 교화정책에 따른 국가적 의도가 뚜렷한 데다가, 불교계에서는 지경持經·사경寫經·간경刊經·독경讀經·찬경撰經·전경轉經 등의 공덕을 크게 믿고, 이를 적극적으로 유포·활용했던 것이 사실이다.

그렇다면『월인석보』는 우선 불교의 각종 재의에서 흔히 활용되었을 것이다. 사원 내외의 일상 재의에서 그 종류와 성격·규모 등에 따라, 그와 관련되는 불전 대본을『월인석보』의 강창 단위 가운데서 선택·사용하는 것이 상례였던 것이다. 그러기에 고금을 통하여 불탄재·성도재·우란분재·수륙재 등과 기자·생일·결혼·출세·기복·치병·장송·기일 등에 따른 불공이 진행될 때,[14] 그에 해당되는 불전 대본을

『월인석보』의 강창 단위에 의거하여 소용대로 뽑아 쓸 수가 있었다. 이런 재의의 핵심·절정을 이루는 것이 법사의 설법이거니와, 그 때의 설법대본으로 위 강창 단위가 적절히 활용되었던 것은 지극히 당연한 일이었기 때문이다.

그리고 『월인석보』는 각종 포교법석에서 널리 통용되었을 것이다. 당대 각처에서 벌이는 제반 법석에서는 그 종류와 성격·규모에 따라 소의경전이 필수되었거니와,[15] 그 경전을 바로 『월인석보』의 강창 단위 가운데서 선택·활용한다는 점이다. 말하자면 미타도장·관음도장·법화도장·지장도장·미륵도장 등 각종 법석에서, 법사는 그 살림도량에 적합한 불전을 『월인석보』에 구비된 강창 단위에서 골라 설법대본으로 삼았던 것이다. 이러한 대중적 설법에서는 적합한 경전을 강창하는 것이 전통적 방법이거니와, 『월인석보』의 강창 단위가 제격으로 마련되어, 그 수요를 충족시킬 수가 있었기 때문이다.

또한 『월인석보』는 일반적으로 벌이는 불교 행사의 연예적 설법에서 효율적으로 이용되었던 것이다.[16] 실제로 위에 든 재의의 뒷풀이 행사, 포교법석의 대중적 여흥 등을 포함하여, 왕실이나 신불고관들의 경사, 사암·불상·탑파 등의 낙성, 보시·권선을 위한 신중 축제 등에 직결된 연예적 설법에서 『월인석보』의 극적인 강창 단위가 그 대본으로 활용되었을 가능성은 얼마든지 있다. 이런 경우에는 으레 연극적 강창 현장이 조성·고조되는데, 그에 적합한 강창 단위가 그 대본 내지

---

14 홍윤식, 「불교신앙의례」, 『불교와 민속』, 동국대 출판부, 1980, 25~30쪽.
15 이지관, 『한국불교 소의경전연구』, 보련각, 1973 참조.
16 홍윤식, 「민속불교와 예능」, 앞의 책, 78~84쪽.

극본이 된 것은 당연한 일이었다고 보아진다.

2) 『월인석보』의 연극적 수용 양상

위에서 『월인석보』의 강창 단위가 모든 재의·법석·행사 등에 걸친 연극적 강창 현장에서 설법대본으로 활용되어 왔다는 사실이 밝혀졌다. 여기서 연극의 형성·전개가 제의·포교의 연극적 활동에서 기원하였다는 사실에 입각하여,[17] 이런 불교계의 강창 현장을 연극적 관점에서 고찰할 수가 있겠다. 말하자면 강창적 실연 현장을 연극적 형태로 유별·검토해 보자는 것이다.

첫째, 『월인석보』의 강창 단위는 가창극 내지 가무극으로 실연되었을 것이다. 그 연극 현장의 형편과 처지에 따르고, 또한 이 자리를 마련한 주체의 요망에 의하여 강설 부분을 생략·유보하고 가창만으로써 연극을 이끌어 갈 때, 그 강창 단위는 가창극으로 연출되는 것이다. 사원이나 궁전 등에 무대를 마련하고, 속강승·가무승이나 설법거사·남녀 우인 등이 한 사람 이상 나와서 가창만으로 극정을 이루어 나가게 된다. 이 경우에 강설 부분은 출연자와 함께 관중이 모두 익히 아는 내용이거나 전체 분위기에 어울리지 않으면 생략될 것은 물론이다. 시간·공간적 여건이 긴축을 요하고 악곡과 무용의 보조가 두드러질 때

17　田仲一成,「祭祀演劇發生の原理」,『中國祭祀演劇研究』, 東京大 東洋文化研究所, 1981, pp.3~6; 칼 망쓰이우스, 飯塚友一郎 譯,「宗教劇の戱曲的 槪觀」,『世界演劇史』第三卷, 平凡社, 1931, pp.8~10 등 참조.

는 가창만으로 족하고 오히려 효과적일 수도 있었다. 한편으로 높고 근엄한 자리에서 가창만 하기도 송구한 터에 강설까지 늘어 놓을 수가 없고, 과즉 가창 전후에 극정을 겸하여 해설격으로 간략히 설화했으리라는 것은 족히 예상할 수가 있겠다.

세조 14년 5월 12일에 사정전思政殿에서 종재제장宗宰諸將들에게 술을 내리게 하고, 『월인천강지곡』의 언문가사를 팔기八妓에게 주어 가창하게 한 것은 여러모로 보아 『월인석보』의 가창극적 실연상황을 나타낸 것이라 하겠다. 이 팔기가 여우女優인 것은 물론, 군신 간에 익히 아는 강창 단위라면 지존의 안전에서 강설 부분이 생략되는 것은 너무도 당연하다. 그러면서 팔기가 단순한 합창으로 일관하기보다는 대창이나 입체창으로 하여 극정을 족히 유지하고, 더구나 악사의 역할이 강화되며, 그 가창에 어울리는 불교계 무용이 가세함으로써, 가무극의 경지에까지 이르렀으리라 추측된다.[18] 이처럼 사암寺庵 내외의 각종 설법현장에서, 그 강창 단위가 가창극 내지 가무극으로 연출되었으리라 보아진다.

둘째, 『월인석보』의 강창 단위는 그대로가 강창극으로 실연되었을 것이다. 이 강창극은 출연자 1인이 나와서 대본을 강설하고 가창함으로써, 극정 전체를 밀고 나가는 연극 형태다. 그렇다면 불교의 모든 설법에 알맞도록 마련된 그 강창 단위가 강창극에 의하여 실연된다는 것은 너무도 당연한 현상이다. 이러한 강창극의 연원과 적통은 대중 포교를 위한 속강에 있다고 하겠다. 유능한 속강승이나 가무승 내지 설법거사 등 누구나 단 한 사람이 나와서 설법대본을 강설하고 가창하는

---

18 앞의 주 5 참조.

데서 강창극은 완성되는 것이다.[19] 이 강창극은 설법·교화·오락에 이르기까지 가장 기본적이고 경제적인 연극 형태로서 포용력과 융통성을 지니고 있는 것이 사실이다. 그리하여 강창극은 강설 부분을 생략·유보함으로써 가창극으로 전환될 수가 있고, 또한 그것은 강설 부분의 등장인물들을 일인 일역으로 배치·활성화함으로써, 전문적인 대화극으로 진전될 수도 있기 때문이다. 그래서 이 강창 단위는 강창극을 위하여 조성된 셈이며, 그것은 마치 강창극을 통하여 완성되는 극본과 같다고 하겠다. 기실 그 강창 단위는 어느 누구든지 그대로 실연하면 바로 강창극이 되겠기 때문이다. 이 강창극은 연기자가 언제·어디서나 상하 민중 가운데서 소신껏 연출하면, 그만큼 설득력이 생기므로 가장 자유롭고 대중적인 연극 형태라고 보아진다.

셋째, 『월인석보』의 강창 단위는 결국 대화극으로 실연되었을 것이다. 이 대화극은 강창극에서 진전되어 입체화·전문화된 연극 형태이기 때문이다. 위와 같은 강창극에서 일인 일역으로 연기자를 배치·분장하고, 무대 장치와 소도구를 갖추며 악사와 보조인물까지 동원함으로써, 본격적인 대화극이 성립되는 것이다. 그렇다면 그 강창 단위가 여유있는 뒷받침과 좋은 조건을 만나서 대화극으로 전환·실연될 수 있는 것은 물론이다. 궁중이나 대찰의 법석에서 보다 적극적인 연예활동이 요청되었을 때, 대화극이 편성되고 성행했으리라는 추정은 어렵지 않겠다.

적어도 대중 포교와 정치교화, 민중오락 등을 위하여 불교계에서 벌이는 대화극은 실로 놀라운 설득력과 파급력을 발휘하여 유통되었을

---

19 向達, 「唐代俗講考」, 周紹良 外, 『敦煌變文論文錄』上, 明文書局, 1985, p.48.

것이다. 여기에는 시민들의 경제적 후원, 조정과 관아의 행정적 지원 그리고 사회 대중의 적극적 호응이 요청되었다. 이 대화극에 따르는 제반 사항을 불교계에서 책임 있게 응집시키고 운용해 나가는 과정에서, 『월인석보』의 강창 단위는 대화극의 극본으로 변환·실연되었으리라 믿어진다. 그러면서 이 대화극은 모든 것이 여의치 않을 때 조속히 강창극으로 환원되고, 따라서 그 강창 단위로 복귀되고 만다. 그래서 대화극은 별도의 극본을 요구하지 않고, 그 강창 단위를 바탕으로 그 극본을 조정·확대시켜 활용했으리라 보아진다. 그러므로 이 강창 단위 속에 대화극본이 그대로 반영되어 있다고 하겠다.

4. 『월인석보』의 희곡적 실상

1) 강창 단위의 희곡적 구조 형태

강창 단위가 강창극을 중심으로 가창극·가무극 내지 대화극 등으로 실연됨으로써, 그 극본의 역할을 감당해 온 것이 사실이다. 그렇다면 이 강창 단위는 다양한 연극화의 중심적 극본으로서 희곡적 구조 형태를 갖추고 있는 것이라 보아진다. 그리하여 기본적으로 우선 이 강창 단위의 희곡적 실상을 분석·고찰하고, 이를 바탕으로 하여 그것이 각종 연극의 극본으로 변용·전개된 면모를 검토하는 것이 순리적이라 하겠다. 전술한 대로, 『월인석보』에는 100편이 넘는 강창 단위가 들어 있거니와, 그 가운데서도 전게한 15편을 중심으로 그 전반적 추세를 개관할 수밖에 없다.

첫째, 강창 단위들은 극적인 서사구조를 갖추고 있다. 그것은 희곡의 기본골격으로서 의도적으로 허구된 이야기에 해당된다. 말하자면 그것은 희곡에서 말하는 구조·구성을 제대로 구비했다고 보아진다. 이런 강창 단위는 일단 소설과 공통되는 서사문맥을 유지하고 있으며, 이런 바탕 위에서 희곡적 특성을 드러내고 있는 것이 사실이다. 개성 있는 인물들이 적극적인 동작으로 서로의 착잡한 관계를 극적으로 밀고 나가기 때문이다. 이런 점에서, 이 강창 단위들은 희곡의 구성요건을 다 갖추고 있거니와, 그 중에서도 「나운출가기」에 이어 「사리불항마기」·「안락국태자전」·「인욕태자전」·「목련전」·「선우태자전」·「아육왕전」 등이 비교적 특출하다. 이 작품들은 대개 소설로서 그 구성의 실상이 밝혀졌지만, 희곡으로서도 뛰어난 구성을 보여 주고 있다.

이 작품들의 구성은 희곡의 단계적 진행 과정을 그대로 밟고 있는 것이다. 특정한 무대 위에서 등장인물들이 엮어나가는 이야기는 흔히 말하듯이, 발단하여 유발적 사건을 매개로 상승적 동작으로 이어지고 드디어 절정에 올라 곧장 하강적 동작으로 굴러 내림으로써 종말에 도달하도록 꾸며졌다. 말하자면 이 이야기들은 해설로써 발단하여 사건 발생으로 복잡하게 얽히고, 그것이 극한 상황에서 드디어 전환점에 이르면, 이를 고비로 갈등이 해결되면서 결말을 보게 된다는 것이다.[20]

둘째, 이 작품들의 구성상에서 등장인물들이 탁월한 성격과 역동적

---

20 한노단, 「희곡의 구조」, 『희곡론』, 정음사, 1973, 168~177쪽 참조.

행위로써 극적인 사건을 일으켜 간다. 이것은 희곡에 있어서 가장 중심적 요건이 된다. 원래 이 강창 단위들은 모두 초인적 인물들의 탁이한 행적을 주축으로 조성되었으므로, 그것이 '영웅의 일생'을 극화한 고전희곡의 특성을 갖추고 있는 터라 하겠다.

위에 든 작품들에서 나운태자·사리불존자·원앙부인·인욕태자·목련존자·선우태자·아육왕 등은 특출·신이한 언행으로써 부수인물들과 더불어 극중 인물의 역할을 충분히 해내고 있다. 이 등장인물들은 완벽한 권능으로 장엄하고 굴곡 있는 사건을 벌여, 극정을 더욱 고조시키고 있는 것이다.[21]

셋째, 이들 작품의 등장인물들은 대사만으로써 행동하고 있다. 실로 대사와 행동의 문학이 희곡이라면, 이 작품들은 그 대사로 하여 희곡의 조건을 강화하고 있는 것이 사실이다. 이런 점에서, 그 대사가 얼마나 잘 조직되고 극적 효과를 자아내느냐에 따라, 이 희곡의 성패가 가름된다고 하겠다.

위 작품들은 한결같이 대사가 발달되어 그 사건 장면마다에 극적 효과를 극대화하고 있다. 더구나 그것이 국문 표현으로써 당시의 일상어를 그대로 구사하였기로, 대화문학의 실감을 배가시킨다고 하겠다. 여기서 위 작품들은 희곡으로서의 자질을 좀더 보장받는 셈이라 보아진다.[22]

넷째로, 이 작품들은 서두에 가창운문과 때로 삽입가요를 대동하고 있다. 이런 창사는 그것만으로도 희곡일 수 있고, 이런 창사를 포용하는 것이 고전희곡의 특징적인 증거라고 하겠다. 기실 고전적 서사 형

21　김갑순, 「인물 및 성격묘사」, 『희곡론』, 이화여대 출판부, 1986, 39～40쪽.
22　「대사」, 위의 책, 41～42쪽.

태가 창사를 동반하고 있다면, 그것은 반드시 연극적으로 실연되었고, 따라서 그것이 희곡 형태로 유통되었다고 보아야 한다.

그리하여 위 작품들은 창사를 포괄하여 그 대사를 조직하고 희곡으로서의 자질을 보완해 주고 있다. 더구나 이 창사가 감동적인 음악을 끌어들임으로써, 극정을 고조시키고 무용을 끌어들였을 가능성이 짙다. 그렇다면 창사를 갖춘 이 작품들이 희곡의 면모를 좀더 완벽하게 차리는 것이라 하겠다. 이 작품들은 현존 기록으로 보아 선창후강先唱後講한 것이 사실이나, 실제 극화·실연 과정에서는 그 반대로 활용되었을 가능성도 배제할 수 없다. 먼저 해설을 붙이거나 서사적 연출을 마친 후에, 본격적인 가창이 나오는 것이 오히려 자연스럽기 때문이다.[23]

게다가 이 작품들은 장엄하고 독특한 무대를 제시하고 등장인물들의 동작·표정·소도구의 활용 등을 지시하는 지문까지 구비하고 있다. 그 지문은 간략하되 명료하여 현대희곡의 지시문을 방불케 한다. 실제로 위 작품들은 그 무대가 차안此岸·피안彼岸, 저승·이승, 양계陽界·음계陰界, 용궁龍宮·선계, 극락·지옥 등으로 대조·확대되어 있고, 그 위에서 벌이는 동작도 특징적으로 과장·확충되어 충격적인 효과를 자아낸다. 더구나 그 연극에 어울리는 변상도가 무대 장치 겸 배경화면으로 그려짐으로써, 이 작품들은 원만한 연극대본, 희곡으로 확인되는 것이다.[24]

이상으로써 『월인석보』의 강창 단위가 독립된 작품으로서 각기 연극

---

23 徐傅霖 外, 「宋元明講唱文學—講唱文學的 一般的 情形」, 『中國俗文學論文彙編』, 西南書局, 1983, pp.1~4.
24 G.B. Tennyson, 吳仁哲 譯, 「戲曲의 言語—舞臺指示文」, 『戲曲原論』, 東亞學研社, 1987, pp.71~72.

대본 즉 희곡의 형태를 유지하고 행세하였음을 알 수 있겠다. 그렇다면
『월인석보』 속에 100여 편, 적어도 20여 편의 우수한 희곡작품을 수록
하고 있는 셈이다. 뿐만 아니라 이와 같은 유형의 다른 작품들도 역시
희곡작품으로 분석·고증할 수 있는 기준이 마련된 것이라 하겠다.

2) 강창 단위의 희곡적 운용현상

강창 단위가 기본적으로 희곡작품이라고 규정된 이상, 그것이 실제
로 각종 연극에서 어떻게 운용되었는가 살펴볼 필요가 있다. 이런 기
본적 희곡 형태가 연극에 따라 융통성 있게 활용됨으로써, 생동하는 희
곡의 면모를 드러낼 수가 있었기 때문이다. 그리고 이런 희곡작품들은
시대적 요청과 연극수용의 방향을 좇아 적응함으로써, 새로운 모습으
로 전개되고 많은 이본을 형성했으리라고 추측된다.

첫째, 이 희곡작품들은 가창극본 내지 가무극본으로 활용되었을 것
이다. 이 작품들은 가창극으로 실연될 때, 가창 부분만 강조되고 강설
부분은 생략·유보될 수밖에 없었다. 전술한 대로 이 연극 현장의 제
반 형편에 따라 가창 부분만을 중시·주목하고 강설 부분을 약화시키
거나 그 해설 정도로 활용하였다면, 그 극본은 창사만으로 족했을 것이
다. 이것은 삼국속악 이래 고려시대의 가창극이 가요만으로나 과즉 그
전설을 곁들이는 정도로 유통·전래되는 것과 다를 바가 없겠다.[25] 그
렇다면 여기 가창극본도 월인부나 삽입가요 등 창사 위주로 존재했을

---

25 여증동, 「〈쌍화점〉 고구」, 황패강 외편, 『향가여요연구』, 이우출판사, 1985, 603~626쪽.

것은 물론이다. 여기 가창극본과 전문적 무용이 결합되어 가무극본으로 조성·행세하였던 것은 당연한 일이다. 이럴 경우에는 창사가 그대로 극본·희곡이라 하여 마땅할 것이다. 현전하는 바로는 곡보와 무보가 공히 소실·부전하고 창사만이 뚜렷이 남아 있기 때문이다. 따라서 이런 희곡작품들은 실연 현장을 떠나거나 그 시대를 벗어나면, 단순한 시가로만 취급되고 말 것이다.

둘째, 이 희곡작품들은 강창극본으로 이용되었을 것이다. 그것은 원래가 강창 단위이기로, 강창극본으로는 가장 적합한 희곡 형태라 하겠다. 기실 이 작품들은 강창극을 위해서 강창하려고 만들어진 것이라고도 보아지기 때문이다. 그런데 이 희곡작품들이 실연될 때, 원칙적으로는 가창 부분이 우선하여 본래의 비중대로 강창되었겠지만, 연기자 한 사람이 모두 책임져야 하는 연출 방법에 따라, 결국 그 균형은 깨지기 마련이었다. 그 강창극이 대중적으로 연창될 때, 악곡에 맞춘 창사가 난해하여 전달 장애를 받게 됨으로써, 이것을 매개·해설하는 강설 부분이 더욱 강화될 수밖에 없었을 것이다. 더구나 이 강창극은 전체가 서사문맥을 주축으로 진행되었기에, 서사적 질량은 실제적으로 강설 부분에서 우세를 보이게 되었다. 게다가 연기자와 시청자 사이에서 그 강설의 서사 형태가 강력한 호응과 공감을 일으킴으로써, 그것은 점차 비대·성장을 거듭할 수밖에 없었다. 이러한 강설 부분의 실제적 확대·발전에 따라, 가창 부분이 생략·축소되거나 자연적으로 탈락되기도 했던 것이다. 결국 이 강창극본은 강설을 위주로 하고 가창 부분을 부속·삽입시키는 방향으로 개변·전개되었던 터다.

그리하여 이 작품들은 무리하게나마 강창극본으로 정착·기록되기는 했지만, 오랜 세월 널리 실연·유통되는 과정에서 많은 이본을 남기었다. 거기서 그 가창 부분을 가요 형태로 분화·독립시키고, 나아가 그 자체는 가요를 삽입한 강창소설 내지 국문소설로 변모·행세하며, 또한 이 방면의 많은 국문·구비수필, 구비소설 내지 불교설화 등을 산출하게 되었던 것이다.

셋째, 이 희곡작품들은 드디어 대화극본으로 활용되었을 것이다. 이것은 강창극에서 보다 전문적이고 입체적으로 진전된 상태임에 틀림이 없다. 이 작품이 본격적인 희곡으로 조정·연출될 때, 거기에는 상당한 개변改變이 따를 수밖에 없었다. 그것은 강창 단위의 기본구조를 고수하되, 우선 전체의 서사적 구성을 강화하고, 등장인물의 성격을 확대하며, 그들의 대사를 행동과 직결시켜 전적으로 부각시키고, 그때의 가창 부분을 약화시켜 대사처럼 각기 분창分唱하게 만들었을 것이다. 또한 그들의 활동무대를 연출의 효과에 따라서 집중적으로 조정하며, 그들의 개성적 동작을 보조하기 위하여 분장 의상과 소도구 등을 지시하는 지문이 간략하고 적확하게 조정되었을 터이다. 이런 점은 연출책임자와 연기자의 능력에 따라 달라지겠지만, 실제로 그것이 거의 완벽한 대화극본, 본격적인 희곡 형태를 유지했으리라는 것은 족히 추정될 수가 있다.

그런데도 그것이 대화극의 현장을 떠나 정착·기록되는 마당에서는 결국 강창극본의 범주를 벗어날 수 없었을 터이다. 그 당시 대화극본의 희곡적 개념이 전문화되지 않은 데다, 희곡적 정착의 기재방법이 제대로 개발되지 않은 데에도 그 원인의 일부가 있었다고 보아진다. 그리고 이런 점을 떠나서도 대화극본의 사실적 기록은 그만큼 어렵고 너무 번다한 실정이므로, 강창극본 정도의 강창 단위로 대행·정착시킨 것이라 하겠다. 이런 강창극본이라면 대화극의 실황을 비교적 요령 있게 고정시킨 결과로서, 그것은 곧장 대화극으로 환원·실연할 수 있는 편의가 보장되어 있었기 때문이다. 이처럼 강창극본에서 대화극의 실연으로 오래 널리 유통·수용되는 과정에서, 그것은 상당한 이본을 남기고, 여러 형태의 국문가요와 국문수필, 국문소설 내지 불교설화 등을 생산·유포시켰던 것이다.

5.『월인석보』의 문학사적 위상

1) 국문문학사상의 위치

순수하게 국문으로 표현된 것이 원칙적인 국문학이라고 할 때, 한국문학사의 본질적인 출발은 훈민정음 반포 이후부터 가능했다고 보아도 무방할 것이다. 그렇다면『월인석보』의 문학사적 위상은 실로 주목할 만하다. 이에 선행한『월인천강지곡』이 최초의 국문서사시라 확인되고, 또한『석보상절』이 최초의 국문산문학이라 공인된 점을 우선 중시해야 한다. 이와 같은 운문과 산문이 조선 초기로부터 문학사상에 자리하여 훌륭한 문학작품으로 평가되어 왔기 때문이다. 더구나 이러한 양대 문학의 정통을 계승·융합시킨『월인석보』가 종합문학 작품집으로 집대성되고, 나아가 그 자체의 발전원리와 시대적 요청에 따라 시가 · 수필 · 소설 · 희곡 등속의 문학 장르로 분화 · 전개되니, 그 문학사상의 위치는 참으로 중대한 것이라 아니할 수 없다.

그동안 학계에서는 조선 초 · 중기의 국문문학사를 상당히 허술하다고 취급해 온 것이 사실이다. 기실 국문시가만이 이 시기에 불투명한 대로 명맥을 유지하여 온 것으로 논의되었을 따름이며, 나머지 국문수필과 국문소설, 그리고 국문희곡 등은 이 기간, 적어도 15 · 16세기에 그 문학사적 계맥이 공백상태인 것처럼 인식되어 왔기 때문이다. 그러나 한국문화 · 예술사의 전개 과정이나 문학사의 발전단계로 보아 이 시기에는 각종 국문문학 장르가 본격적으로 형성 · 전개되었다는 것이 점차 밝혀지고 있는 실정이다. 일찍부터 필자는 이 방면에 착안하여 그 당시의 국문문헌을 망라 · 검토하되, 문학 장르론으로 분석 · 평가하여 그들 장르사의 공백기를 메우는 데에 주력하여 왔던 것이다. 여기에서 거론된 산문자료가 유 · 불계에 걸쳐『석보상절』·『월인석보』·『권념요록』·『석가여래십지수행기』·『팔상록』등과『삼강행실도』·『내훈』등 허다했지만, 그 중에서도 가장 방대하고 주축이 되었던 것은 물론『월인석보』라 하겠다.

『월인석보』는 전술한 대로, 모든 문학 장르의 다양한 작품을 포괄하고 있을 뿐만 아니라, 국문 표기의 대중문학으로 상하 민중에 감화 · 설득력이 풍부했던 것이다. 게다가『월인석보』는 조정의 종교정책과 외유내불의 사상사적 필연성이 작용하고 궁중과 교계가 불교중흥을 이루겠다는 비장한 동기로써 찬성 · 간행되었으므로, 문화 · 문학계에 심각한 충격을 주게 되었다. 나아가『월인석보』는 신찬불경으로서 면목

을 새롭게 하되, 세종의 『훈민정음』이 어제 서문과 함께 국역되어 머리
에 실리고, 더구나 수양대군 내지 세조의 국문 서문이 거듭 자리잡아
왕서 · 국서처럼 엄중하게 보급 · 유통되었던 것이다. 그리하여 이 작
품집은 교단조직과 행정 계통을 타고 전국 방방곡곡에 침투되어 상류
지식층이나 신불대중 내지 일반 서민층에 이르기까지 신앙 · 문학생활
에 획기적인 영향을 끼치게 되었다.

　『월인석보』의 작품들이 분화 · 유통되는 실제적 방편으로 강독이나 강
담이 동원되었을 것이지만, 아무래도 가장 효율적인 방법은 현장적 강창
일 수밖에 없었던 것이다. 전술한 바와 같이, 『월인석보』의 분화된 강창
단위가 연극적으로 강창될 때에, 그것은 가장 자연스럽게 본래의 역동성
과 생동성을 나타내어, 그 기능을 제대로 발휘할 수가 있었기 때문이다.
이러한 연극적 강창은 『월인석보』의 종합문학적 총체성을 발전적으로
해체하고, 그 속의 문학 장르를 분화 · 전개시키는 데에 적극 기여하였던
것이다. 그로부터 분화 · 독립되어 나온 각종 장르의 문학작품들이 되풀
이되는 강창적 현장을 통하여 유통 · 행세하고 변화 · 발전함으로써, 각
기 해당 문학 장르의 형성 · 전개에 직간접적으로 이바지하였으리라 보인
다. 이로써 『월인석보』는 적어도 국문시가 · 국문수필 · 국문소설 내지
국문희곡 등 모든 장르를 전반적으로 육성 · 발전시킴으로써, 15세기부
터 16세기에 걸치는 국문문학사를 거의 전담하여 왔다고 볼 수가 있겠다.
우선 시가사만 하더라도, 15 · 16세기의 국문시가사가 불투명한 것으로
논의되고 있다지만, 『월인석보』 운문부에서 분화 · 유통된 단가계의 「출
가성취가」 · 「사미인가」 · 「정각상봉가」[26] 등과 사설계의 「난타출가

26　사재동, 「정각상봉가에 대하여」, 『한국언어문학』 8 · 9, 한국언어문학회, 1971, 157쪽.

곡」·「원왕생곡」 등, 가사계의 「원앙서왕가」[27]·「목련구모가」·「선우구주가」 등 수많은 국문시가들이 이에 가세·보완함으로써, 그 역사적 계맥을 보다 확실하게 정립하고 있다.

실제로 중요한 것은 조선 초·중기의 산문문학사를 보완하는 일이었다. 위에서 논의한 대로, 그동안에 국문수필사에서도 15·16세기를 공백상태인 것으로 취급해 온 것이 사실이다. 그러나 『월인석보』 산문부에서 분립·행세해 온 서발계의 「훈민정음서」·「석보상절서」·「월인석보서」 등과 전장계의 「대애도출가기」·「왕원비구수난기」 등 많은 불제자들의 행적기, 그리고 논설계로 제반 불교사상에 관한 해설·논석 등이 엄연히 실존함으로써, 이 시기의 국문수필사는 거의 완벽하게 계통을 유지해 온 것이 확실해진다.[28] 따라서 이런 수필의 전통은 그대로 후대 국문수필의 발전에 직접적으로 계승된 것으로 보인다.

주지하는 대로 국문소설사는 15·16세기에 완전한 공백 상태를 보이고 있는 것으로 알려졌다. 아직도 학계 일부와 교육계에서는 「홍길동전」을 최초의 국문소설로 시인하고 있는 실정이다. 그러나 『월인석보』 산문부에서 독립되어 나온 국문소설로, 이미 알려진 「안락국태자전」, 「인욕태자전」, 「목련전」, 「선우태자전」, 「아육왕전」 등이 어엿한 소설작품으로 규정되고 이 시기에 뚜렷이 뿌리박음으로써, 국문소설사는 그 공백기를 제대로 보완할 수 있었던 것이다.[29] 이와 같이 국문소설이 15세기에 형성되고 16세기에 발전적으로 계승됨으로써, 17세

---

27 사재동, 「〈원앙서왕가〉의 연구」, 『한국언어문학』 4, 한국언어문학회, 1966, 113~114쪽.
28 사재동, 「국문수필의 형성문제」, 『도남 조윤제 박사 고희기념논총』, 동간행위원회, 1976, 375~378쪽.
29 사재동, 『불교계 국문소설의 형성 과정 연구』, 아세아문화사, 1977, 144~145쪽.

기에는 그 난숙기를 맞이하고 「홍길동전」 내지 「구운몽」, 「사씨남정
기」와 같은 전형적인 작품들이 생산되었으리라 추정된다.

여기서 가장 긴요한 것은 국문희곡사가 공백상태라는 점을 합리적
으로 논의하고 실증적으로 보정하는 일이다. 이것은 15 · 16세기 국문
희곡사뿐만 아니라, 한국희곡사 전체를 새롭게 발굴 · 정리하는 기초
작업으로서 본보기가 될 것이기 때문이다. 이 논의는 『월인석보』의 강
창문학적 구조 형태와 직결되기에 별도로 구체화할 필요가 있다.

2) 희곡문학사상의 위상

주지하는 바와 같이 희곡 장르는 그 종합문학적 성격과 연극을 통하
여 상하 민중과 직접 관계를 가진다는 점에서, 문학사의 저변 · 주류를
이루어 온 것이 사실이다. 흔히 말하는 민족문학사 내지 민중문학사상
에서 연극적으로 생동하고 언제나 충격적인 영향을 미치며 면면히 계
승된 것이 희곡문학사이기 때문이다. 이러한 중요성에도 불구하고, 적
어도 근대 이전의 고전희곡 내지 희곡사에 대한 관심은 거의 없었고,
따라서 그 방면의 연구 업적으로 뚜렷한 것이 나오지 않았다. 그동안
에 한국연극사를 체계화하면서 희곡사의 가능성을 시사한 바도 있
고,[30] 고대희곡에 대한 개별적 논급에[31] 이어 근현대의 희곡사를 확실

---

30 그동안 김재철, 이두현, 장한기 등의 한국연극사와 김동욱, 조동일 등의 한국문학사
   연극 부분에서 연극사에 곁들여 희곡적 언급을 하였다.
31 황인덕, 「「설씨녀전」의 극본적 성격시고」, 『한국민속학』 22, 한국민속학회, 1989 참조.

하게 논술한 업적도 나왔다.[32] 그런데도 고대로부터 중세를 거쳐 근세에 이르는 희곡사를 발굴·정리하지 못하고 있는 것은 실로 안타까운 일이다. 더구나 정음 이래 국문문학의 본격화와 더불어 15·16세기에 국문희곡이 형성·전개될 수밖에 없는 제반 여건과 근거를 갖추고 있음에도 불구하고, 이 시기를 희곡의 공백기로 간주해 버린 것은 놀라운 일이다. 이런 현상은 연극과 희곡을 혼돈하는 애매한 문학관과 함께, 지나치게 전문화된 서구식 희곡 개념을 기반으로 하여 그 시대의 희곡 자료를 버리거나 잘못 보는 데서 기인한 것이라 하겠다.

이제 그 당시의 희곡 자료 중에서 『월인석보』를 들어 기본적으로 그 강창문학적 구조 형태만을 분석·검토한다 치더라도, 그것의 희곡사적 위상이 제대로 파악될 터이다. 전술한 대로, 『월인석보』에 수록되어 있는 100여 편의 강창 단위가 모두 국문희곡으로 규정된 것을 상기할 필요가 있다. 그 중에서도 〈나운출가연〉·〈사리불항마연〉·〈원앙서왕연〉·〈인욕지효연〉·〈목련구모연〉·〈선우구주연〉·〈아육공덕연〉 등 20여 편이 우수한 희곡작품으로 평가되고 있는 터인데, 이만한 작품들이 뿌리박고 있는 15세기는 국문희곡이 형성된 시기라고 간주하여도 무방할 것이다. 나아가 이 작품들이 비록 활발하게 극화되지는 못했다 하더라도, 『월인석보』라는 거대한 방편을 타고 실질적으로 성행하던 16세기는 국문희곡의 발전적 전개기라고 취급하여도 무리가 없을 터이다.

이와 같이 국문희곡이 다른 문학 장르와 함께 15·16시기에 형성·전개

---

[32] 서연호, 『한국근대희곡사연구』, 고려대 민족문화연구소, 1984; 유민영, 『한국현대희곡사』, 기린원, 1988.

된 계맥이 밝혀졌다면, 그 시대를 전후한 문학사상에 희곡사의 계통이 엄연하게 자리하고 있으리라는 것은 자명한 일이다. 일찍이 필자는 「한국희곡사 연구서설」에서, 우리 희곡사의 전체적인 맥락을 개관한 바가 있거니와,[33] 그 계맥이 족히 밝혀지고 합리적으로 체계화될 수 있는 근거와 자료가 확보되고 있는 것이 사실이다. 일단 강창문학을 바탕으로 강창극과 그 극본을 주축으로 한다면, 그 연원은 〈공무도하〉를 비롯하여,[34] 〈황조가〉·〈구지가〉와 함께 삼국속악에 속하는 〈내원성〉·〈연양〉·〈명주〉·〈선운산〉·〈정읍〉·〈지리산〉 그리고 〈동경〉·〈목주〉·〈이견대〉 등의 여러 전승을 거쳐 소위 향가·여요 등의 모든 전승에 이르기까지 구비 및 향찰가요 중심의 강창문학적 구조 형태가[35] 강창극본의 한 계보를 세워놓고 있다고 보아진다. 한편 위로 강경변문과 같이 불전적 서사 형태를 강설과 가창으로 연첩시키는 「안락국태자경」·「금우태자경」·「실달태자경」 등의 강창문학적 전통을 이어,[36] 불타나 국조의 신적神跡을 장편 서사시로 찬송하고 나아가 해당 시문에 설화적 해설을 붙임으로써 『석가여래행적송』이나 「동명왕편」과 같은 강창문학적 구조 형태가 한문으로 유지되고,[37] 그것이 또한 강창극본의 계보를 이루어 놓은 터라 하겠다.

이러한 계보를 수용하면서 획기적인 강창문학, 일대 강창극본으로

---

33 사재동, 「한국희곡사연구서설」, 『어문연구』, 18·19, 어문연구학회, 1988·1989.
34 사재동, 「〈공무도하〉 설화의 문학적 고찰―그 희곡적 실상을 중심으로」, 『한·중 문화교류의 재조명』, 충남대 문과대학, 1988.
35 역대 가요와 거기에 얽힌 소위 가요전설은 강창문학적 측면에서 고찰할 수 있는 여지가 있다. 사재동, 「불교계 서사문학의 연구」, 『어문연구』 12, 어문연구학회, 1983, 177~180쪽 참조.
36 경일남, 「高麗朝 講唱文學 硏究」, 충남대 박사논문, 1989, 41~46쪽.
37 이종찬, 「서사시 『석가여래행적송』 고찰」, 『한국의 선시』, 이우출판사, 1985, 257~261쪽.

완성된 것이 바로『월인석보』이며, 이것은 강설사화를 대동하는『용비어천가』와 동궤라 하여 마땅할 것이다. 이처럼 거대한 강창극본의 희곡사적 맥락이 올바로 파악되었다면, 이를 주축으로 형성·전개되는 가창극본·가무극본과 대화극본 등의 희곡사적 계맥까지도 필연적으로 규명되리라 보아진다. 이들 극본들이 독자적으로 희곡적 면모를 가지고 계승되어 온 것이 실증될 뿐만 아니라, 위 강창극본이 연극 현장의 처지와 형편, 연극적 상황의 변화에 따라, 가창·가무극본이나 대화극본으로까지 변환·운용되던 사례가 얼마든지 있었기 때문이다.

이제『월인석보』의 극본·희곡적 성격과 희곡사적 계통이 제대로 규명된 이상, 그것이『용비어천가』의 그것과 함께 후대 극본·희곡의 형성·전개에 미친 영향은 지대했으리라 추정된다. 이들 양자가 서로 대립·경쟁하면서 유통·보급되는 가운데, 먼저 강창극본의 희곡적 맥락이 판소리에 이르기까지[38] 정립되었을 것은 짐작된다. 그리고 그것이 주동이 되어, 단가나 사설 중심의 가창극본, 〈학연화대처용무합설〉과 같은 가무극본, 나아가 가면극·인형극 계통의 특수한 대화극본, 그리고 소위 조희를 거쳐 소학지희로 이어지는 본격적인 대화극본 등이[39] 희곡적 맥락을 유기적으로 지키며, 희곡사의 큰 흐름을 이룩해 온 것이라 파악된다.

이로써『월인석보』의 강창문학적 구조 형태를 핵심·주축으로 하여 국문희곡사 내지 한국희곡사의 전체적인 계통과 맥락을 어림해 보았다. 여기서 분명해진 것은 한국희곡사의 실체는 한국문학사상에서 확

---

38 전신재,「판소리사설의 장르」,『한림대학논문집』4, 한림대, 1986, 21~22쪽.
39 이두현,『한국연극사』, 민중서관, 1973, 63~66쪽·75~77쪽.

고하게 자리잡고 있다는 사실이다.[40] 따라서 이 사실을 확증할 수 있는 『월인석보』의 희곡사적 위상이 더욱 분명해지고 중시되는 것이라 하겠다.

6. 결론

위와 같이, 『월인석보』가 국학・국문학의 보고임을 전제하고, 그 강창문학적 실상과 그 문학사상의 운용・위상을 검토해 보았다. 지금까지 논의해 온 것을 요약하면 다음과 같다.

① 『월인석보』는 『월인천강지곡』과 『석보상절』 등 양대 경전문학이 유기적으로 합편・조화되어, 국어운산문불경으로 신찬된 것이다. 이것은 대장경 전체의 내용을 효율적으로 집약하여 석가전기를 경전・문학으로 완벽하게 입체화하였기에, 한국의 독자적인 불전문학으로서 운문과 산문이 해당 부분끼리 부합・순열되어 여러 장르의 문학작품을 분화・독립시키고, 그 자체가 이를 포괄하는 종합문학적 면모를 갖추게 되었다. 이 『월인석보』는 불교계의 각종 재의・법석・행사 등의 현장에서 연극적으로 설창되어 기본적으로 강창문학적 구조 형태를 드러내고, 월인부와 석보부의 상호 분절작용에 의하여 창작 수준의 강창 단위

---

40 이상 한국희곡사에 관한 개괄적인 언급은 사재동, 「한국희곡사연구서설」, 『어문연구』 18, 어문연구학회, 1988를 참조할 것.

를 100여 편이나 산출하게 되었다.

②그리하여『월인석보』는 새로운 강창 단위의 불경으로서 국왕의
교화정책과 교계 승속의 호응·공감 아래, 각종 재의 법문, 포교 법석,
행사 여흥 등의 현장에서 필요에 따라 강창·실연의 대본으로 유통되
었다. 그리고 이 강창 단위는 포교·교화·오락을 위한 불교계의 연극
으로서 강창극을 바탕으로 가창극·가무극과 대화극을 통하여 입체적
으로 연출·수용되었다.

③그러기에 이 강창 단위들은 각종 연극 양식의 대본으로서의 희곡
의 기본적 구조 형태와 온갖 요건을 갖추었고, 그것은 강창극본을 주축
으로 연극의 종류에 따라 가창극본·가무극본 내지 대화극본으로 변
용되어 융통성 있는 희곡으로 활용·전개되었다. 그러면서 이 희곡작
품들은 정착·기록될 때에는 가장 경제적이고 보편적인 강창극본 즉
강창 단위로 집약·정리되어 있다가, 연극의 종류에 따라 오래 널리 연
출·유포됨으로써 상당한 이본을 형성시키고, 나아가 국문문학 각개
장르를 분화·생산시키는 계기를 마련했던 것이다.

④이로써『월인석보』의 문학사적 위상이 크게 부상되었다. 이것이
새롭고 획기적인 국문불전으로서, 불교계를 중심으로 상하 민중에 광
포·유전되면서 15·16세기 국문문학 각개 장르의 형성·발전에 핵
심·주류로 자리한 것은 물론 후대 문학에 끼친 영향도 지대하였다.

이와 같은 장르의 작품들은 그동안 불투명하거나 공백기로 묵인되
었던 국문시가사와 국문수필사, 그리고 국문소설사를 거의 완벽하게
보완하고 육성하여 왔던 것이다. 그 중에서도 이 강창 단위는 연극적
실연을 통하여 여러 장르의 극본·희곡으로 운용됨으로써 15·16세기

국문희곡의 계맥을 완결했을 뿐만 아니라, 그동안 방치되었던 한국희곡사 전체를 합리적으로 발굴·체계화할 수 있는 확고한 지표가 될 것이다. 이제『월인석보』야 말로 세종 대 이후의 순수하고 본격적인 국문문학사를 거의 전담하여 온 국보적 종합작품집으로서 국문학사 그 자체라고 평가되어야 마땅하고, 나아가 보다 적극적으로 논구되어야 하리라고 믿는다.

『악학궤범』의 희곡론적 고찰

1. 서론

잘 알려진 대로, 『악학궤범』은 한국학의 보전이요, 예술학·연행론 등의 보고라고 하겠다. 이를 통하여 한국의 시가학·서사학·희곡학은 물론, 음악학·무용학·연극학 내지 공연학 전반이 풍성하고 값지게 정립될 수 있기 때문이다. 따라서 이 원전이 한국학의 보전으로 높이 평가되고, 그 종합적인 내용과 입체적인 면모가 사계의 주목을 받는 것은 당연한 일이다. 여기서 이 원전을 희곡론적으로 조명한다는 것은 매우 소중한 작업임에 틀림이 없다. 이 원전은 당시나 그 이전의 연행·공연에서 최고 수준의 이론과 대본이 되어, 희곡적 실상을 확보하고 있기 때문이다.

이제 새로운 문화 세기를 맞이하여 연행과 공연의 시대가 열리고, 따라서 연행론·공연학이 성세를 보이고 있는 실정이다. 그리하여 한국의 문예학이나 예술학이 서구적 이론과 열풍에 휘말려 자국적 기반과 전통이 등한시되거나 뿌리까지 흔들리는 지경이라 하겠다. 그렇기 때문에 우리의 문예학이나 예술학을 정립하여, 우리의 연행론·공연학을 창출·체계화하는 게 시급하다. 이런 시점에서 그 당면 과제를 충족시킬 수 있는 이론과 공연대본으로서,『악학궤범』을 입체적 관점과 종합과학적 방법을 통하여, 희곡론적으로 고찰하는 것은 매우 중요한 일이다.

　『악학궤범』에 관한 연구는 다양하게 진행되어 하나의 연구사를 이룩하게 되었다. 그리하여 그 연구 업적들은 누적되어 무성한 숲을 이루고 있는 격이다. 그리하여 그것은 연구 분야에 따라 대강 유형을 이루고 있는 실정이다. 우선 이 전체를 서지학적으로 검토·해제하거나 몇 분야에서 종합적으로 고찰하여[1] 그 연구의 기초를 다지고 영역을 넓힌 것은 참으로 다행한 일이었다. 그러한 기초 작업을 바탕으로 본격적인 연구가 시작되기 때문이다. 실제로 이러한 기반 위에서 각개 분야의 특수한 연구가 진행된 것은 주목할 만한 점이다.

　기실 고전시가 분야에서『악학궤범』속의 시가작품을 뽑아 분석·고찰한 것은 좋으나[2] 그 작품 자체의 형태·표현·가치 등을 구명하는 데에 치우친 나머지, 그것의 대본적 실상과 연행·공연의 역할을 유기적으로 검토하지 않은 데에 문제가 있다. 그리고 고전음악 분야에서도 그 안의 음악만을 떼어 내어 고찰한 것은 상당한 수준이지만,[3] 역시 그

1　송방송,「『악학궤범』의 문헌학적 연구」,『한국음악사연구』, 영남대 출판부, 1982, 283 ～284쪽.
2　한국 고전시가에 관한 국문학개론과 국문학사의 기술이나 전문적 논의에서 으레 『악학궤범』의 국문시가를 취급하여 이를 매거하지 않는다.

것이 연행음악·공연음악으로서 연출에 기여하는 바를 소홀히 다루었다. 이어 무용분야에서도 그 속의 무용만을 분리시켜 검토함으로써 값진 성과를 내었지만,[4] 그것이 가무의 일환으로서 연행·공연상에서 역동적 역할을 다하고 있다는 점을 중시하지 않았다. 또한 고전연극 분야에서는 특수한 작품을 집중적으로 검토했지만[5] 전체적인 연행·공연과의 유기적 관계와 생동성을 미처 고려하지 않았던 것이다.

실제로 『악학궤범』은 연행·공연을 필연적 전제로 하는 이론과 대본이므로, 그 전체를 연행론·공연학에 의하여 종합적으로 고찰하는 게 당연하다. 나아가 그 이론과 대본의 실상에 주목하고, 이를 희곡론에 입각하여 총체적으로 파악하는 게 긴요하다.[6] 그런데도 이런 관점에서 이를 분석·종합한 업적은 아직 뚜렷하게 나타나지 않은 게 사실이다.

이에 본고에서는 『악학궤범』의 이론과 대본의 실상을 연행·공연과 직결시켜 희곡론으로써 고구하려고 한다. 첫째 『악학궤범』 권1의 음악 이론과 권6·7의 아부·당부·향부 악기도설을 공연음악의 이론과 실제로 간주하고, 연극음악론에 입각하여 희곡음악의 지시적 기능을 검토하여 보겠다. 둘째 권2의 아악·속악의 「진설도설」과 권3의 「고려사 악

---

3   송방송은 위 논문에서 "『악학궤범』이 한국음악사 연구와 음악 이론 연구에 중요한 원전으로서 한국음악학의 기본 사료의 하나임은 주지의 사실이다"라고 하여 그 음악학적 연구 동향을 알려 주고 있다.

4   장사훈, 「『악학궤범』의 정재」, 『한국전통무용 연구』, 일지사, 1986, 132쪽; 정은혜, 『정재연구』 I, 대광문화사, 1993, 198쪽.

5   조동일, 「처용가무의 연극사적 이해」, 『탈춤의 역사와 이해』, 홍성사, 1987, 13~28쪽; 한옥근, 「〈학연화대처용무합설〉의 연극적 구성과 표현」, 『한국고전극연구』, 국학자료원, 1996, 54~56쪽.

6   사재동, 「한국음악문헌의 희곡론적 고찰」, 『열상고전연구』 16, 열상고전연구회, 2002, 394~395쪽.

지」「당악」·「속악정재」, 권4의「시용당악정재도의」, 권5의「시용향악
정재도의」등을 공연대본의 실제와 연출로 취급하고, 극본 이론에 의거
하여 희곡작품의 실상을 고찰하여 보겠다. 셋째, 권8의 각종 의물도설과
권9의 제반 관복도설을 공연의 소도구와 분장·의상으로 전제하고, 연
출론에 기준하여 희곡작품에 보이는 소도구 내지 분장·의상의 지시적
역할을 검출하여 보겠다. 그리하여『악학궤범』의 대본적 실상이 여
말·선초의 연극 장르와 희곡 장르로 규정·평가될 때, 그것이 차지하
는 희곡사·문학사·예술사상의 위상을 어림하는 데에 하나의 방향을
잡아 보겠다.

이 논의를 구체화하기 위한 방법론이 대강 모색되어야 한다. 이 논제
로 보아 우선 희곡론이 방법론으로 전제되어 있는 게 사실이다. 따라서
여기서는 희곡작품론이 실제적으로 적용될 것은 물론이다. 나아가『악
학궤범』이 연행·공연의 이론·대본이라는 점에서, 연행론·공연학이
폭넓게 활용될 것이다.[7] 이러한 바탕 위에서 구체적으로 연극론이 대
두·준용되어야 한다. 여기서는 무대·배경론, 음악·연주론, 음향·조
명론, 배우·연기론, 분장·의상론, 대본·문학론, 장치·소도구론, 연
출·반응론 등의[8] 관점에서 입체적으로 접근하게 될 터이다.

한편 이 논의의 원전은 이혜구의 신역『악학궤범』과 그 말미에 붙인
원본『악학궤범』이다.[9] 이 번역본은 정확하고 문맥이 잘 통하는 데다

---

7   사진실,「樂·戲·劇의 전승과 공연미학」,『공연문화의 전통』, 태학사, 1997, 219~223
     쪽; 김익두,『판소리, 그 지고의 신체전략─판소리의 공연학적 면모』, 평민사, 2003, 44
     ~46쪽.
8   허영,『연극론』, 한신문화사, 1993, 11~15쪽.
9   이혜구,『신역 악학궤범』, 국립음악원, 2000 참조.

그 주석이 정치하여 크게 참고가 되겠다. 그리고 그 원본이 학계에 통용되는 한문원전의 영인이라 서지학적으로 신빙성이 높기 때문이다.

2. 『악학궤범』의 음악 이론과 공연적 실제

이 음악의 이론과 연주의 실제는 그 연행·공연의 기반이요, 동반·선도며, 결말·여운이다. 따라서 이것은 연행·공연을 무형적으로 주도·대표한다. 그러기에 음악의 이론과 연주가 그 연행·공연의 실제적 양상을 그대로 보여 주고, 그 성패를 좌우하는 것이다. 그 이론이 타당하고 그 연주가 원만할 때, 그 연행·공연이 최선의 성과를 올리는 것은 당연하기 때문이다. 그러기에 고금을 통하여 음악연주론이 중시되고, 여기서 '악학궤범'이 표제로 떠오르게 된 것이라 하겠다. 여기에 대두된 조항은 권1에서

六十調·時用雅樂十二律七聲圖·律呂隔八相生應氣圖說·十二律圍長圖說·變律·班志相生圖說·陽律陰呂在位圖說·五聲圖說·八音圖說·五音律呂二十八調圖說·三宮·三大祀降神樂調·樂調總義·五音配俗呼·十二律配俗呼

등이다. 이를 근거로 검토하면, 대강 그 음악 이론과 연행적 경향, 그 공연의 실제와 기능 등을 밝혀 낼 수가 있겠다.

1) 공연음악의 이론과 연행적 성향

이미 알려진 대로 권1은 음악 이론에 관한 것이다. 그러나 이것은 순수한 이론에 그치지 않고, 공연에 적용될 수 있는 이론과 실제를 조화롭게 겸유하고 있다. 그리하여 이것은 채원정의 『율려신서律呂新書』나 정약용의 『악서고존樂書孤存』과 같은 순수이론에만 머물지 않았고, 오례의나 의궤와 같은 실제적 도설에만 치우치지 않음으로써, 중도적 장점·특성을 족히 구비하였다.

먼저 그 이론적인 면을 보면, 아악의 이론이 대부분을 차지하고 당악이나 향악의 이론도 각기 한 부분을 점유하고 있는 게 사실이다. 이러한 현상은 앞으로 전개될 아악·당악·향악 계열의 공연을 뒷받침하기 위하여 예비한 필수적 작업이라 하겠다. 이에 그 음악 이론의 대략적인 내용을 이혜구의 해설에[10] 의하여 순서대로 요약하여 보겠다.

우선 그 이론은 「60조」로[11] 시작하는데, 그것은 위 『율려신서』에서 인용한 것이다. 그러나 성현은 세조가 만든 오음악보를 60조도에 첨기하고, 그 궁조에 의하여 60조의 중심 음을 빨리 알아 볼 수 있게 만들었다. 그런데 한국에서는 이 60조가 이론에 그치고, 그 중 12궁조만이 실제로 사용되었다.

다음 〈시용아악십이율칠성도〉에는[12] 실제로 한국에서 사청성만을 사용한 12궁조를 그린 것이다. 이는 『세종실록』 권136에 실려 있는 〈십

---

10 이혜구, 「악학궤범 해제」, 앞의 책, 9~11쪽.
11 『악학궤범』 권1, 1장 전면.
12 위의 책, 5장 전면.

이궁칠성용십육성도十二宮七聲用十六聲圖〉와 같다. 그 다음의 〈율려격팔생
응기도설〉은[13] 『사기』「율서」와 『한서』「율력지」·『악서』에서 인용한
것이다. 그 중에서 양률과 음려의 합성에 관한 부분은 세종 때 등가와 헌
가의 율을 시정하는 데 근거를 제공한 이론이다. 그리고 〈12율위장도
설〉은 12율관의 길이와 둘레를 숫자로 도설한 것이다. 이는 세종 때 박연
이 율관을 만드는 데 근거로 삼은 것처럼 당시 율관 제작에 사용되었다.

　이어 「변율」은[14] 『율려신서』를 인용한 것인데, 그 정율보다 조금 높은
율조로 변화되었다. 〈반지상생도설〉은[15] 『전한서』「율력지」의 12율 상
생을 도설한 것이고, 〈양률음려재위도설〉은[16] 역시 『율려신서』에서 인
용한 것이다. 그러나 위 3개 도설은 모두 실제 음악과는 별로 관계가 없다.
그리고 〈오성도설〉은[17] 궁·상·각·치·우를 군·신·민·사·물과
결부시켜 실제로는 변치와 변궁의 사용을 이단시하고, 신하와 백성이 임
금을 능만하는 것, 즉 상과 각이 궁보다 낮게 되는 것을 금하는 결과를 가
져오게 되었다.

　한편 〈팔음도설〉은[18] 금·석·사·죽·박·토·혁·목을 재료로 하
여 만든 8가지 악기를 설명하고 있다. 기실 이 음악 악기들은 실제 아악의
연주에서 필수적인 것이고, 따라서 이 악기의 재료나 작법의 실제는 변함
이 없는 것이다. 이어 〈오음율려28조도설〉은[19] 연향에 쓰이는 당악의 28

13　위의 책, 5장 후면.
14　위의 책, 11장 전면.
15　위의 책, 11장 후면.
16　위의 책, 11장 전면.
17　위의 책, 12장 후면.
18　위의 책, 14장 후면.
19　위의 책, 16장 후면.

조를『악서』에서 인용하여 5음12율로 설명하고, 실제 28조로 된 당악의 곡명이나 악보를 수반하지 아니 하여 추상적이기는 하나, 그 이론적 뒷받침을 하는 것은 사실이다.

다음 「삼궁」은[20] 천신·지기·인귀의 삼대사 강신악조와 등가·헌가의 합성을 전제하고, 천궁·지궁·인궁 등 삼궁을『주례』정현의 주와『악서』를 인용하여 설명한 것이다. 이와 직결되어 「삼대사강신악조」는[21] 세종 때에 쓰인 강신악조를『주례』와『송사』의 그것들과 비교하여 이해를 돕고 있다. 이 강신악조는 등가와 헌가의 합성과 함께, 세종 때에 박연이 실제로 사향의 아악을 정정하는 데에 근거를 제공한 것이다.

또한 「악조총의」는[22] 아악의 율조와 당악의 악조를 소개한 뒤 향악의 악조를 결부시키는 전제 아래, 일지·이지·삼지·횡지·우조·팔조·막조의 향악 7조를 설명하였다. 평조와 계면조에 대해서는『세조실록』권48 악보의 서문을 인용·해설하고, 낙시조와 우조에 관하여 의문을 제기하였다. 이어 「오음배속호」는[23] 세조가 창안하여 기보에 사용한 것을 다루었는데, 위『세조실록』의 악보 서문과 같다. 그리고 「십이율배속호」는[24] 당악의 기보법인 공척보에 쓰이는 음명의 음높이를 당적 같은 당악기 대신에 향악기인 대금의 음으로 예시한 것이 특이하다. 이는 외국 음악에 쓰이는 음명의 실제 음높이를 우리나라의 조음악기인 대금의 음으로 쉽게 이해시키려 하였기 때문이다.

---

20 위의 책, 17장 후면.
21 위의 책, 20장 후면.
22 위의 책, 24장 전면.
23 위의 책, 25장 전면.
24 위의 책, 25장 후면.

이와 같이『악학궤범』의 음악 이론과 실제는 아악을 중심으로 당악과 향악까지 망라하여 요령 있게 정리·집성하여 놓았다. 여기서 주목되는 바는 그것이 실제 음악 즉 그 연주·실연에 적용될 수 있는 이론만을 체계 있게 찬성하였다는 점이다. 따라서 이것의 편찬의도와 구체적 목적이 바로 실연적 음악이었기에, 그 연행적 성향이 중시될 수밖에 없다. 이러한 실제적 음악 이론은 그 편찬자가 일찍이 표명하였으니, 성현의 서문 중 채원정의『율려신서』를 평하는 대목에서 드러난다.

> 율려신서는 율려의 근원을 깊이 해득하였지만, 실제 악기 연주에 적용되지 못하니, 그것은 마치 쟁기를 가지고도 논밭을 갈 줄 모르는 것과 같다.[25]

이처럼 그 음악의 연주·실연을 강조하고 연행·공연의 중요성을 역설하고 있는 것이다. 이것이야말로 당대의 연행·공연의 음악적 실상이요, 그 연주·실연의 희곡적 지시·명령이라 하겠다.

2) 공연음악의 연주와 실연적 양상

이런 음악 이론이 실제 음악에 적용되어 연주되고 나아가 실연적 양상을 나타내는 데에는, 그 연주·실연의 주체와 구체적 요건들이 유추·결부되는 게 당연하다. 말하자면 연주자로서의 악사·악공과 그

25　『악학궤범』「서」(1장 후면)에 "惟蔡元定之書深得律呂源 然未能瓜指 而諧聲律 是猶抱鋤來 而未諳耕耘之術也"라고 하였다.

악곡의 악보, 연주 악기 등의 운용이 바로 그것이다. 여기 음악 이론에서 그러한 실체가 명시되지는 않았지만, 그 이론의 실천적 적용, 즉 연주·실연 과정에서 그 주체와 요건들은 필수되는 것이다. 그러기에 실제적 명기가 생략되어도, 이미 존재하는 것으로 간주하고 그 준비된 곳에서 끌어다 활용할 수가 있는 터다.

첫째, 악사·악공의 존재다. 언제·어디서나 음악의 연주에는 악사와 악공이 주체로서 등장하는 게 당연하다. 그들이 실제적으로 명기된 것은 다음의 아악·속악 진설도설과 당악·향악정재도의에 보인다. 따라서 그 악사·악공은 이 음악의 연주 쪽으로 족히 끌어 올 수가 있고, 언제나 달려 와야 한다. 그들은 그 자격과 분장·의상이 이미 준비되었고, 그 수와 역할까지 명시되어 있다. 그러니까 이 쪽에서는 그 존재와 역할을 확인하고 일단 그 쪽으로 보낼 따름이다.

둘째, 이들 악사·악공들이 연주할 악곡에 대한 악보의 존재다. 이러한 악보는 이미 완비되어 문고에 들어 있는 셈이다. 그래서 이 음악이 연주될 때마다 그것을 가져다가 활용하고 다시 제자리에 놓아두는 격이다. 잘 알려진 『세종실록』이나 『세조실록』에 수록된 악보와 『시용향악보』 등이 바로 그런 것들이다. 이 악보들은 그 음악의 연주시에 필요한 대로 널리 공용되는 것이므로, 굳이 음악 이론 같은 데에 그 소속을 명시하지 않았던 게 사실이다.

셋째, 그 악사·악공들이 실연할 악기의 존재다. 이 악기 역시 그 음악의 연주시에 소용되는 대로 악기고에서 가져다 사용하는 게 당연하다. 그러기에 음악 이론 쪽에서 이를 명기하지 않았을 뿐이다. 그런데 이 악기는 악사·악공과 함께 가시적이고 입체적인 명물이기에, 전게한 바

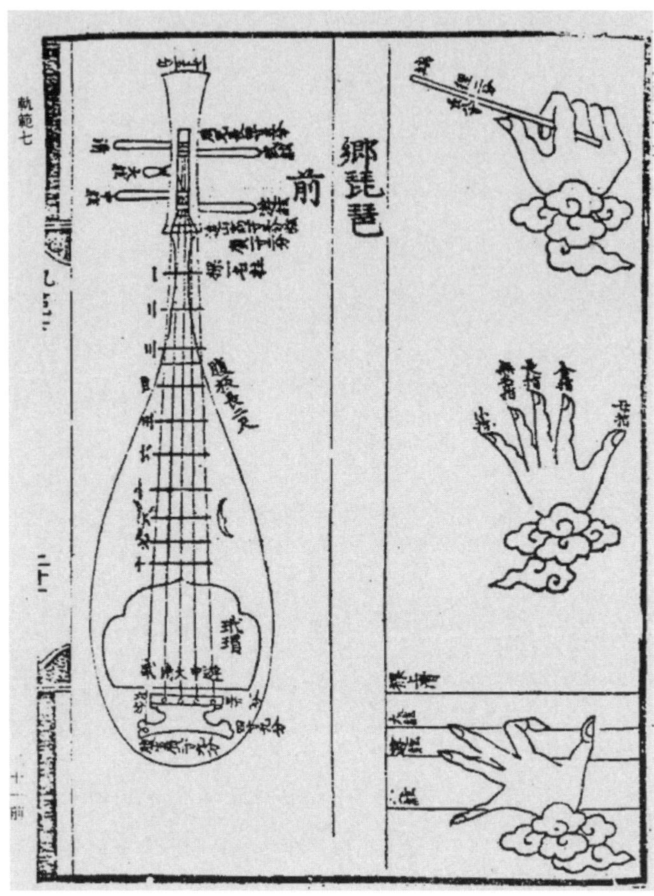

〈그림 1〉『악학궤범』 권7, 21장 전면

권6·7의 아부·당부·향부에 악기도설이 집성되어 있다. 그리하여 이 음악의 연주와 결부시켜 실제적 효과를 절감케 하려는 것이다.

이혜구의 해설에 따르면,[26] 「아부악기도설」(46종)과 「당부악기도설」(13종), 「향부악기도설」(7종)을 망라하여, 모두 먼저 그 악기의 전체 모양을

___

26 이혜구, 앞의 책, 14~15쪽.

그림으로 보이고, 그 그림에다 악기의 치수를 일일이 적은 다음, 자세한 주를 달아서 정확을 기하였다. 나아가 여기서는 악기를 양부로 나누어, 관악기에는 지공을 표현하는 원을 그리고, 현악기에는 현을 보여주는 선을 그리고는 여기에다 율명을 기입하여 악기의 음역을 나타낸다. 또 조현법을 도설하여 악조를 알아내는 데에 큰 도움을 준다. 여기서는 실제로 각종 악기의 제작법과 조현법 내지 연주법까지 도설할 뿐만 아니라〈그림 1〉 참조〉 이상한 악기의 사용법까지 자세히 알려 주고 있다. 이로써 이 음악 이론과 실제에서, 그 연주의 연행적 실태와 공연적 실감이 더욱 돋보이는 터라 하겠다. 그러기에 이것은 음악연주론을 통하여, 대본에서의 음악 연주를 희곡적으로 지시하는 것이라 보아진다.

3.『악학궤범』공연대본의 희곡적 실상

　전게한 바『악학궤범』「아악 · 속악진설도설」과『고려사』「악지 · 당악 · 속악정재」, 그리고「시용당악 · 향악정재도의」등이 모두 공연대본인 것은 확실하다. 이에「아악진설도설」에서

　　五禮儀登歌 · 五禮儀軒架 · 時用登歌 · 時用軒架 · 世宗朝會禮宴登歌 · 世宗朝會禮宴軒架 · 文舞 · 武舞[27]

---

27 『악학궤범』권2, 1장 전면~4장 후면.

등 8종과 「속악진설도설」에서

五禮儀宗廟永寧殿登歌・五禮儀宗廟永寧殿軒歌・時用宗廟永寧殿登歌・時用宗廟永寧殿軒架・文昭殿親行殿上樂・文昭殿親行殿庭樂・延恩殿親行殿上樂・延恩殿攝行殿庭樂・五禮儀殿庭軒架・五禮儀鼓吹・正殿禮宴女妓樂工排立・時用雅部諸樂・時用俗部諸樂・時用賀禮及宴享儀・世宗朝會禮宴儀[28]

등 30종과 「고려사악지당악정재」에서

獻仙桃・壽延長・五羊仙・抛毬樂・蓮花臺[29]

등 5종과 「고려사악지속악정재」에서

舞鼓・動動・無㝵[30]

등 3종과 「시용당악정재도의」에서

獻仙桃・壽延長・五羊仙・抛毬樂・蓮花臺・琴尺・籌寶錄・觀天庭・受明命・荷皇恩・賀聖明・聖澤・六花隊・曲破[31]

28　위의 책 권2, 5장 전면~23장 후면.
29　위의 책 권3, 1장 전면~7장 후면.
30　위의 책 권3, 8장 전면~9장 후면.
31　위의 책 권4, 1장 전면~23장 후면.

등 14종과 「시용향악정재도의」에서

保太平・定大業・鳳來儀・牙拍・響鈸・舞鼓・鶴舞・鶴蓮花臺處容舞合
設・敎坊歌謠・文德曲[32]

등 10종, 모두 70종이 아려・장엄하게 전개되어 있다.

　전술한 바 연행론・공연학을 바탕으로 연극론・희곡학에 입각하여 그 전체를 통관할 때, 몇 가지 흥미롭고 중요한 사실이 부각된다. 먼저 이것들 모두는 연행・공연을 위한 대본적 구조를 공유하고 있다는 점이다. 나아가 이 대본들이 그 유형적 특성에 따라 연극 장르를 조성하며 연행・공연될 수 있다는 것이다. 그리하여 이 대본들은 각개 연극 장르에 필수되는 극본 장르로 정립・행세하게 되었다는 사실이다. 따라서 이 극본들이 한국희곡의 하위 장르로 성립・규정될 수 있다는 가능성이 주목되는 것이다. 이미 연극・희곡 장르가 가창극본・가무극본・강창극본・대화극본・잡합극본 등으로 공인될 때, 바로 이 극본들이 그런 장르로 족히 전개・유통될 수 있었다는 이야기다. 여기서 실제로 가창극본・가무극본・잡합극본은 분명히 부각되지만, 강창극본과 대화극본은 뚜렷이 나타나지 않는 실정이다. 이에 그 분명한 장르를 중심으로 고찰하고, 여타 장르는 유기적인 전환론에 의하여 유추・논의될 수밖에 없다.

32　위의 책 권5, 1장 전면~18장 전면.

1) 공연대본의 가창극본적 형태

원래 가창극은 무대가 설치되고 기본적인 장치가 마련된다. 악사 · 악공과 연기자들이 각기 해당되는 분장 · 의상을 차리고 등장하여, 전체 진행의 절차에 따라 연주 · 가창하여 마치는 것이다. 이런 가창극의 기본 · 주축이 되어 극정을 주도하는 대본이 바로 가창극본이다.

그렇다면 전게한 대본 가운데에는 가창극본의 요건을 구비한 것이 적지 않다. 기실 이런 대본들은 모두 궁정 · 전각의 뜰, 댓돌 위나 아래를 무대로 설정하고, 기본적인 장치로 그 위의를 장엄한다. 악생 · 악공이나 가창자들이 각기 해당 분장 · 의상을 제대로 갖추고 전체 진행의 절차와 지시에 따라 연주하며 가창함으로써 완결되는 것이다. 그 중의 전형적인 사례로 「아악진설도설」의 〈시용등가時用登歌〉를 들어 보겠다.

〈시용등가〉는 성종 당시 궁중 뜰 댓돌 위에서 공연되던 아악계의 연주 · 가창대본이다. 먼저 이 공연구조와 형태가 도시된다.(〈그림 2〉 참조) 이러한 도표만 보아도, 그 대본의 구도와 윤곽이 잡힌다. 여기에는 '당상지악當上之樂'이라 하여, 궁중 · 전각 첨하로부터 계상 · 계하의 구분이 있어, 그 무대를 표시하고 있다. 각개 악기의 배치와 편제로써 악사와 악공 · 악생의 등장 · 연주를 표기하고 '도창導唱'과 '가歌'들을 질서 있게 배열하여 가인들의 합창을 명시한다. 이로써 이미 이 가창극본의 얼거리는 짜인 것이다.

나아가 이 도표에 이어, 그 가창극의 연출을 위한 자세한 지시가 뒤따른다. 먼저 악생 62인 · 도창 등 등장인물을 대표적으로 내세워 그 분장 · 의상을 지시한다. 악생 62인은 개책을 쓰고, 비란삼 · 흑연백주중단·백주고를 입고, 백주대를 띠고 백포말에 오피리를 신으며, 도창은 복두를 쓰고 강공복에 백주중단을 입고 비백대를 띠고 방심곡령을 걸고 백포말에 오피리를 신으라는 것이다. 그리고 소속 악사의 관복은 집사의 그것과 같다고 첨기하고 있다.

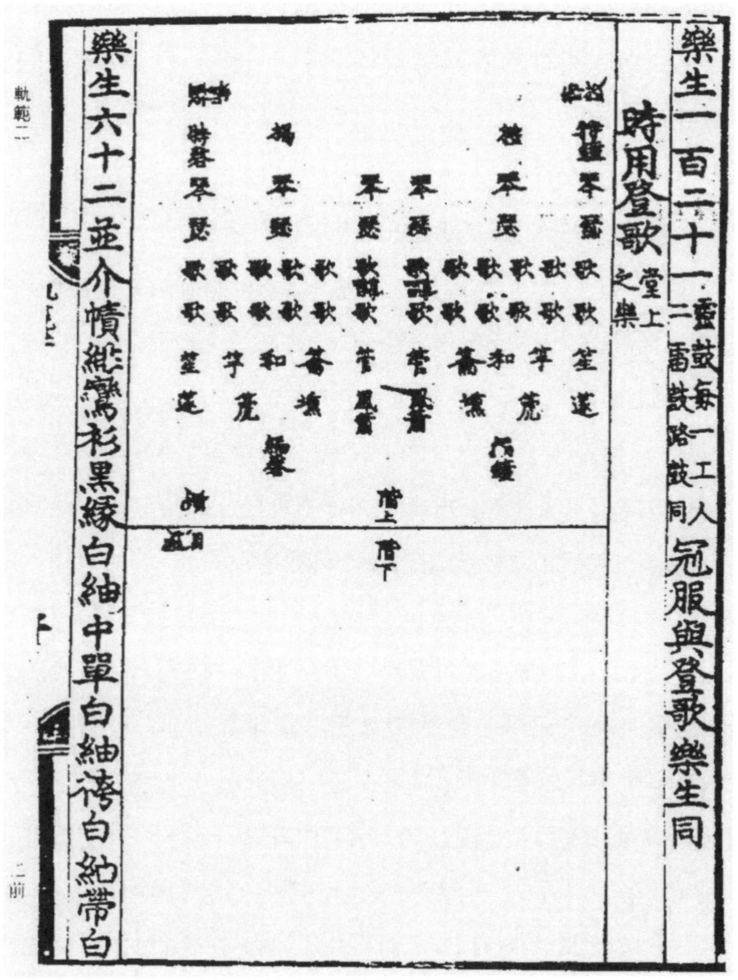

〈그림 2〉『악학궤범』권2, 2장 전면

이어 이 등가의 활용 범위를 알려 준다. 이것이 사직社稷·풍운뇌우風雲雷雨·산천성황山川城隍·선농先農·선잠先蠶·우사雩祀·문선왕文宣王 등의 제향에 두루 사용될 수 있다는 사실이다. 그리고 여기서는 각종 제향 과정에서 이 등가의 연주 순차를 지시한다. 이 등가는 그 전폐·초헌·철변두에서 연주해야 뒤다는 것이다.

끝으로 이 등가의 연주 과정을 자세히 지시한다. 그 부분을 인용해 보겠다.

등가악은 시작할 때, 휘를 들면 특종을 한 번 치고 다음에 축을 치고, 그 다음에 절고를 세 번 치고, 절고 세 번째 소리와 함께 특종을 한 번 치고, 전체 악기들이 합주한다. 등가악을 그칠 때에는 휘를 누이면, 절고를 세 번 치고, 어도 철고에 따라 세 번 긁고 절고의 초성과 종성과 동시에 특경을 한 번씩 치면, 음악이 그친다. 축문을 읽은 다음에 음악을 다시 시작할 때는 특종과 축없이 절고만 세 번 치면 전체 악기가 합주한다. 편종과 편경은 서서 주하고 그 나머지는 모두 앉아서 주한다.[33]

이러한 정도라면, 연행 절차를 빠짐없이 설명·지시한 것이다. 어느 정도의 전문가라면, 이 대본을 보고 그 등가를 제대로 연출·재연할 수가 있겠기 때문이다. 그렇다면 이 대본은 그 가창의 연극적 실연 즉 가창극의 연행을 총체적으로 책임 짓는 가창극본이라고 규정될 수가 있겠다.

실제로 이 〈시용등가〉와 같은 수준의 대본은 상당수에 이른다. 전게한 대로 「아악진설도설」에서 〈오례의등가와 〈세종조회례연등가」, 그리고

---

33 이혜구, 앞의 책, 104쪽;『악학궤범』 권2, 2장 후면.

「속악진설도설」에서 〈오례의종묘영녕전등가〉와 〈오례의종묘영녕전
헌가〉·〈시용종묘영녕전헌가〉·〈문소전친행전정악〉·〈문소전섭행
전정악〉·〈연은전섭행전상악〉·〈연은전섭행전정악〉·〈오례의전정
헌가〉 등이 모두 그러하다. 그러기에 이들 모두의 대본에 대하여 상론은
미루더라도, 이를 우선 가창극본이라고 간주할 수가 있을 것이다. 그렇
다면 여기 가창극본들은 한국희곡의 한 하위 장르로 취급되어도 무방하
리라고 본다.

2) 공연대본의 가무극본적 실상

실제로 가무극은 가창극과 기반을 같이하면서, 서사적 구조·형태
가 더욱 견고해진다. 여기에 전문적 무용이 주동적으로 작용하여 역동
성을 더하고, 따라서 공연의 흐름에 유기적인 생동감을 창출하는 게 원
칙이다. 여기 대본 중에는 이러한 가무극의 대본으로 손색없는 요건과
수준을 갖춘 것이 상당수에 이른다. 먼저 그 무대는 궁정 전각의 내부
공간이나 외부·야외로 확대되어 웅장하게 설치되고, 보다 화려한 장
치로 장엄된다. 그 공연 전체의 서사적 구조·형태가 강화·일관되는
가운데, 악사·악공·악생과 남녀 영인 등이 등장하여, 배역의 분장·
의상으로 치장하고 의물·소도구를 지참·활용한다. 이에 출연자들이
입장하여 지정된 음악연주에 맞추어 가창하고 무용하고, 지시에 따라
연기까지 해낸다. 이렇게 공연을 마무리하고 지시대로 현장에 멈추거
나 퇴장하게 마련되어 있다. 이만하면 그것은 족히 가무극본의 요건·

자질을 고아하게 완비한 터라 하겠다. 그 중에서 「시용향악정재도의」
의 〈봉래의〉를[34] 들어 검토하겠다. 이 대본은 『용비어천가』의 가사를
직접 인용하여 장중·아려하게 구성한 가무극본이다. 우선 그 제목에
이어 그 전체의 공연 형태를 도시한다. (〈그림 3〉 참조)

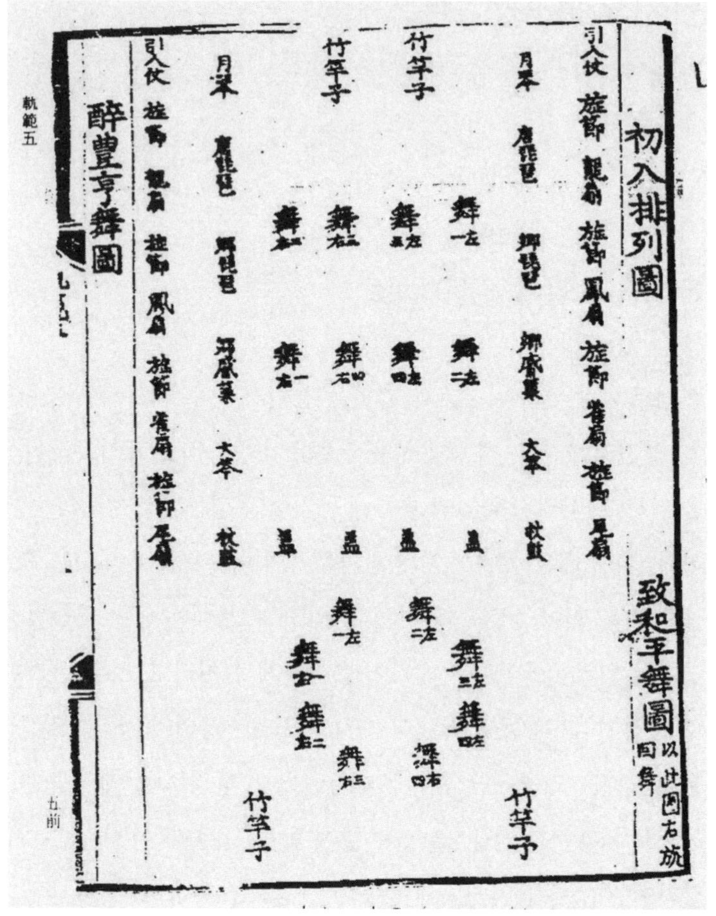

〈그림 3〉 봉래의

이러한 도표만 보아도 이 가무극의 구도와 실상, 그 연출의 실황을 족히 파악할 수가 있겠다. 그 죽간자를 앞세우고, 좌우에 인입장·정절·용선·봉선·작선·미선·개 등을 들어 화려하게 장엄하고 있다. 그 안에 좌우로 악사·악공들이 악기를 지참하여 나열한 가운데, 무기들이 분장·의상하고 연주에 맞추어 춤추고 노래하는 것이다. 이만하면 그것이 가무극본의 면모를 지니고 연행될 수 있음을 확인하게 된다.

그런데 이 대본은 위 도표에 이어, 그 가무극의 진행 과정과 공연 실태를 자세히 설명·지시하고 있다. 이 대본의 문면 전체는 구호나 가사의 본문을 생략하면서 아주 요령 있게 가무의 교합과 연극적 실상을 드러내는 터다. 이를 순차대로 기술하면 다음과 같다.

악관이 전인자를 연주한다. 악기를 들고 무기들을 인도한다. 박을 치면 죽간자를 든 두 사람은 족도하며 나아가 좌우로 갈라서고, 음악이 그치면 구호한다.(가사 생략은 인용자, 이하 동일) 끝나고 박을 치고 앞의 음악(전인자)을 연주하면 죽간자를 든 두 사람은 족도하고, 박을 치면 물러나 좌우로 갈라선다.

박을 치면 무기 여덟 사람이 절화무를 추며 나아가 염수·족도하고, 박을 치면 팔수무를 추며 물러나 제자리로 돌아가고 음악이 그친다.

악관이 여민락을 연주하면 제기와 무기는 모두 해동장을 부른다. 치화평·취풍형도 노래 부른다.

박을 치면 무기 여덟 사람은 북쪽을 향하여 사수무를 춘다. 근심장에서 원원장까지는 팔수무를 배무한다.

석주장에 이르러 오양선무를 배무한 다음에 대무한다. 금아장에 이르러 계속 팔수무를 대무한 다음 북쪽을 향하여 춤을 춘다.

적인장에 이르러 오른 쪽으로 돌아 사수무를 회무하고, 야인장으로부터 천세장·자자장·오호장에 이르는데, 음악이 끝나갈 때에 사방으로 대를 지어 함께 북쪽을 향하여 춤을 추고, 춤이 끝나면 음악이 그친다.

악관이 치화평 제3기를 연주하는데, 해동장이 끝나고, 박을 치면 무기 여덟 사람이 염수 족도한다.

북대 두 사람은 불휘장부터 북쪽을 향하여 춤을 춘다. 나머지 3대는 염수·족도한다. 주국장에 이르러 대무하고, 다시 북쪽을 향하여 춤을 춘다. 대무·배무하다가 음악이 끝나갈 때에, 모두 북쪽을 향하여 춤을 추는 것은 다른 데도 같다.

적인장에 이르러 배무한다. 칠저장에 이르러 4대가 모두 오른쪽으로 사수무를 회무하여 대의 자리를 바꾸어 서되, 북대는 서쪽에 서고, 동대는 북쪽에 서고, 남대는 동쪽에 서고, 서대는 남쪽에 선다. 모두 염수 족도한다.

북대 두 사람은 상덕장부터 북쪽을 향하여 춤을 추고, 불근새장에 이르러 대무하며, 태자장에 이르러 배무하고, 봉천장에 이르러 4대는 모두 회무하여 대의 자리를 바꾸어 선다.

북대 두 사람은 일부장부터 북쪽을 향하여 춤을 추고, 우예장에 이르러 대무하며, 오년장에 이르러 배무하고 말삼장에 이르러 4대는 모두 회무하여 자리를 바꾸어 선다.

북대 두 사람은 성손장부터 북쪽을 향하여 춤을 춘다. 양자강장에 이르러 대무하고, 도망장에 이르러 배무하며, 천세장에 이르러, 무기 여덟 사람은 모두 회무하되, 왼쪽 네 사람은 서쪽을 향하여 밖으로 돌고, 오른쪽 네 사람은 동쪽을 향하여 안으로 돈다. 그5엽에 이르러 좌우로 갈라서면 음악이 그친다.

악관이 취풍형을 연주하고, 해동장이 끝나고 박을 치면 무기 여덟 사람은 염수·족도한다. 불휘장·주국장부터 북쪽을 향하여 춤을 춘다. 적인장·칠저장에 이르러 대무하고, 다시 북쪽을 향하여 춤을 춘다. 상덕장·불근새장에 이르러 배무하고 태자장에 이르러 북쪽을 향하여 춤을 춘다. 천세장에 이르러 무기 여덟 사람이 모두 회무하고 5엽에 이르러 다시 처음의 대열을 지으면 음악이 그친다.

악관이 후인자를 연주하고 박을 치면 죽간자를 든 두 사람이 족도하며 조금 나아가 서면 음악이 그치고, 구호를 한다. 끝나고서 박을 치고 앞의 음악을 연주하면 죽간자를 든 두 사람이 족도하고, 박을 치면 물러간다. 박을 치면 무기 여덟 사람이 협수무를 추며 나아가고, 박을 치면 염수·족도하며, 박을 치면 춤추며 물러나고, 음악이 그친다.[35]

이만 하면 그 가무극의 자세한 진행 과정 즉 가무연기의 유기적 순차와 공연적 실태를 충분히 제시·지시한 것이다.[36] 기실 이 대본에는 무대·장치가 이미 전제되고, 등장·연기자들의 분장·의상들, 소도구의 모양은 별도로 도설되어 있다. 나아가 그 창사는 본문에 명기하였지만, 그 악곡이나 연주곡은 다른 악보로 벌써 준비되어 있었다. 그리고 무기들의 춤사위는 역시 별개의 무보로 작성되어 수시로 활용하게 되었다. 따라서 이 대본은 가무극본으로 완비되었음을 확인할 수 있다. 이 방면 전문가는 누구든지 이 대본을 가지고 그 가무극을 족히 재생·연출할 수가 있기 때문이다.

그렇다면 이 〈봉래의〉 가무극본과 동일한 형태와 수준·요건을 구비

---

35 이혜구, 앞의 책, 312~323쪽.
36 장사훈, 「시용향악정재·봉래의」, 『한국전통무용 연구』, 일지사, 1986, 181~184쪽;
   정은혜, 「시용향악정재·봉래의」, 『정재연구』 I, 대광문화사, 1993, 228~232쪽.

한 여타의 많은 대본들을 주목하게 된다. 이 대본이 가무극본이라면, 그 대본들도 가무극본으로 규정되는 게 당연하기 때문이다. 이에 해당되는 대본에 대하여 상론은 뒤로 미루고, 우선 이름만을 들어 보겠다. 「고려사악지당악정재」에서 〈헌선도〉·〈수연장〉·〈오양선〉·〈포구락〉·〈연화대〉, 「고려사악지속악정재」에서 〈무고〉·〈동동〉·〈무애〉, 「시용당악정재도의」에서 〈헌선도〉·〈수연장〉·〈오양선〉·〈포구락〉·〈연화대〉·〈금척〉·〈수보록〉·〈근천정〉·〈수명명〉·〈하황은〉·〈하성명〉·〈성택〉·〈육화대〉·〈곡파〉, 「시용향악정재도의」에서 〈보태평〉·〈정대업〉·〈아박〉·〈향발〉·〈무고〉·〈학무〉·〈문덕곡〉 등이 바로 그것이다.

위 많은 대본들은 일단 〈봉래의〉의 논증을 기준하여 가무극본으로 규정되어 무방할 것이다. 그렇다면 이 가무극본들이 모두 한국희곡의 하위 장르로서 자리하고 있는 터라 하겠다. 그리고 보면 이 가무극본들이 그 규모나 질량 면에서 높은 수준을 유지하면서 주류를 이루어 왔다는 게 분명해진다.

3) 공연극본의 잡합극본적 양상

기실 잡합극은 2종 이상의 연극 형태가 적당히 조정·합설된 양식이다. 원래 한 장르의 연극이 그 연행·공연 과정에서 다른 여러 연극적 요소를 수용하여 더욱 풍성·다양한 규모·형태로 확대·발전된 것이 있고, 처음부터 여러 연극 장르를 축소·통합하여 하나의 장편연극으

로 재편·행세한 것도 있다. 한편 불가의 재의극이나 민간의 무속극·
남사당 내지 난장판에서처럼 독자성이 부족한 여러 연극적 요소들이
일정한 얼거리와 유동적 질서에 의하여 종합적 연희·연극 형태를 이
루는 것도 있는 실정이다. 위 어떤 경우든지, 그것은 규모가 크고 유기
적 응집력이 부족한 게 사실이지만, 통합적이고 총체적 공연물로서 부
족함이 없는 연극 형태라 본다. 마치 잘 갖추어진 백화점같이 청중 누
구든지 다양하게 충족시킬 수 있도록 입체적으로 연행될 수 있기 때문
이다. 이런 점에서 그것은 중국의 전능극과 상통하는 것이다.[37]

　이러한 연극의 대본은 대개 그 짜임새가 완벽하지 못한 게 사실이지
만, 여기 『악학궤범』의 그 대본은 수준이 높고 잘 정제되어 있는 것이
다. 그 규모의 크기와 형태의 다양성에 비하면 수량 면에서 적은 편이
지만, 그 중에서도 〈학연화대처용무합설〉이 돋보인다. 원래 이 대본은
그 제목이 말하듯이, 고려 대의 학무·연화무·처용무 등을 통합·조
정한 대표적 잡합극의 전형적 대본이라 하겠다. 그리하여 몇몇 학자들
이 그 연극적 형태와 극본적 면모를 일부 논급한 게 사실이다. 이 대본
은 먼저 전체구조와 연행 양상을 도시하고 있다.(〈그림 4〉 참조)

　이러한 도표만 보아도 벌써 잡합극의 규모와 실상이 족히 조감된다.
여러 가무극이 유기적 순차에 따라 연결되고 거기에 가창극을 끼워 넣
어 그 전체 조직을 완결하였기 때문이다. 따라서 그것의 기본적 구
조·형태는 독자적 가무극에 바탕을 두고 대비·연결되는 게 순리다.

　이 대본은 무대·장치를 전제하고, 등장인물들의 분장·의상과 의

37　任半塘은 『唐戱弄』, 漢京文化公司, 1985, p.217에서 중국희곡을 전능류(全能類)와 가무
　　류(歌舞類)·가희류(歌戱類)·과백류(科白類)·조롱류(調弄類)로 나누었다.

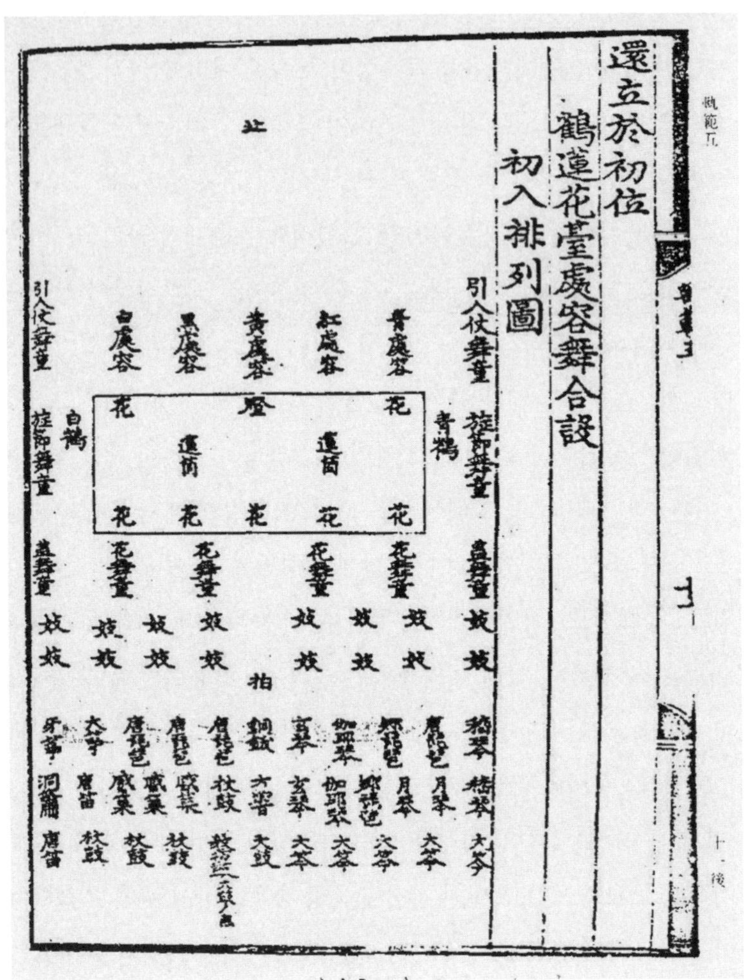

〈그림 4〉『악학궤범』 권5, 11장 후면

물·소도구, 연주·가창의 악보와 무용의 무보 등이 가무극과 같이 완비되어 있다. 다만 이것의 장편성과 화려·장중함이 돋보일 뿐이고, 그 분장·의상에서 처용·무동의 가면과 복색이 독특할 따름이다. 이

것만으로도 잡합극의 전체를 보이고, 그 극본의 면모를 웬만큼 파악할 수 있다. 이어 연행 과정과 공연 실상을 연출가의 차원에서 자세히 기술·지시하고 있는 실정이다. 이에 그 전체의 진행 상황을 창사만 빼고 정리해 보겠다.

12월 그믐 전날 오경 초에 악사·여기·악공 등이 대궐에 나아간다. 이날 나례 때에 악사가 여기·악공을 거느리고 음악을 연주한다. 구나 뒤에 내정에 지당구를 설치하고, 악사는 두 동녀를 거느리고 들어가 연화 가운데 앉히고 내정에서 나와 절차를 기다린다. 구나 뒤에 처용무를 두 번 춘다.

첫 번에는 학·연화대·회무 등이 없다. 악사는 동발을 잡고, 청·홍·황·흑·백의 오방처용 및 여기·집박악사 향악공을 인도한다. 처용만기 즉 봉황음의 일기를 연주한다. 여기 열여섯 사람은 처용가(가사 생략, 이하 동일)를 부른다.

차례로 들어가 초엽 배열도같이 벌여 선다. 음악이 중엽에 이르면 채편을 치고, 처용 다섯 사람은 모두 허리를 구부리고 두 소매를 들었다 내려서 무릎 위에 놓는다. 일렬로 선 청처용과 홍처용은 돌아다보며 서로 마주 향하고, 황처용은 돌아다보며 동쪽을 향하고, 흑처용과 백처용은 돌아다보며 마주 향하고 끝난다. 다시 북쪽을 향하고, 장고의 북편을 치면, 모두 두 소매를 들었다가 떨어뜨린다.

장고 채편을 치면 청·홍은 돌아다보며 서로 등지고, 황은 돌아다보며 서쪽을 향하고, 흑·백은 돌아다보며 서로 등지고 끝난다.

채편을 치면, 청·홍·흑·백은 모두 손으로 춤추다가 안쪽을 끼고, 황은 손으로 춤추다가 오른쪽을 낀다. 모두 손으로 춤추다가 바꾸어 끼고 마친다.

채편을 치면 다섯 사람이 춤추며 나아간다. 전정 한가운데서 가지런히 일렬을 지어 북쪽을 향하여 서면 끝난다. 이어 채편을 치면, 황은 동쪽을 향하여 춤추고, 청·홍·흑·백은 모두 서쪽을 향하여 춤춘다.

끝나고 채편을 치면, 황은 서쪽을 향하여 춤추고, 청·홍·흑·백은 모두 동쪽을 향하여 춤춘다. 끝나고 채편을 치면, 홍은 춤추며 물러가 남방에 서고, 흑은 춤추며 나아가 북쪽에 서고, 청·황·백은 춤추며 제자리에 선다.

끝나고 채편을 치면, 황은 북쪽을 향하여 춤추고, 청·홍·흑·백은 중앙을 향하여 대무하고, 청·홍·흑·백은 모두 중앙을 등지고, 각각 제 방위를 향하여 춤춘다. 끝나고 채편을 치면, 황은 북쪽을 향하여 춤추고, 흑은 중앙을 향하여 대무한다. 음악이 점점 잦아지면, 봉황음 중기를 연주하고 여기 열여섯 사람은 노래를 부른다.

세 방향에 선 사람은 악절을 따라 소매를 들었다가 떨어뜨린다. 황은 동쪽을 향하여 춤추고, 청은 중앙을 향하여 대무하고, 황은 남쪽을 향하여 춤추고, 홍은 중앙을 향하여 대무하고, 황이 서쪽을 향하여 춤추면, 백은 중앙을 향하여 대무한다.

끝나고서 채편을 치면, 황은 제 방위에서 나오지 않고 맴돌면서 춤추고, 청·홍·흑·백은 모두 제 방위에서 나오지 않고 일시에 중앙을 향하여 춤춘다. 끝나면 회무한다. 세 번 돌고 나서 각각 도로 제 방위에 서서 북을 향하여 춤춘다.

채편을 치면, 흑은 춤추며 뒤로 물러나고 홍은 춤추며 앞으로 나아가서, 다섯 사람이 가지런히 일렬을 지어 춤춘다. 음악이 점점 잦아지면, 봉황음의 급기를 연주한다. 이어서 삼진작을 연주하고 여기 열여섯 사람은 그 노래를 부른다.

황은 그대로 서서 춤추고, 청·홍·흑·백은 춤추며 물러가 가지런히 일렬을 지어 춤춘다. 황이 춤추며 물러가고, 청·백은 춤추며 진퇴하고 홍·흑도 춤추며 진퇴한다. 끝나면 다섯 사람이 가지런히 일렬로 춤춘다.

악관이 정읍의 급기를 연주하고, 열여섯 사람은 그 노래를 부르고, 다섯 사람은 정읍무를 변무한다. 이어서 북전의 급기를 연주하고 여기는 노래를 부른다. 다섯 사람은 환장무를 추고 여기·악사·악공이 차례로 나가면, 음악이 그친다.

후도에 이르러 학·연화대의 의물 등 제구를 갖추어 진설한다. 동발을 든 악사가 선도하고 청학과 백학이 그 다음에 따르고, 청처용·홍처용·황처용·흑처용·백처용이 그 다음에 따르고, 인인장·정절·개·꽃을 든 무동이 그 다음에 따르고, 여기가 그 다음에 집박악사·향당악공이 각각 차례로 따른다.

악관이 영산회상의 만기를 연주하고 여기와 악공은 사(영상회상불보살)를 제창하고 들어가 세 번 선회하고 차례로 그림5와 같이 벌여선다.

박을 치고 대고를 치면 영산회상의 영을 연주하고, 음악이 점점 잦아지면, 오방의 처용이 족도하며 환무하고, 여기·악공 및 의물을 든 가면무동들도 따라 족도·요신하며 환무한다. 끝나면 음악이 그친다. 오방의 처용은 조금 물러가서 좌우로 갈라선다.

악관이 보허자 영을 연주하고 박을 치면, 청학·백학은 무보에서와 같이 나아가고 물러가며 춤추다가 연화를 쪼고, 그 속에서 두 동녀가 나오면, 두 학은 놀라 뛰어서 뒤로 물러가고, 음악이 그치면 다시 처음 자리에 선다. 두 동녀는 지당판에서 내려가 가지런히 한 줄을 지어 서서 절차대로 정재(연화대)하고 끝난다.

처용의 만기를 연주하면 여기는 처용가를 부른다. 오방의 처용이 다시 먼저 있던 자리에 서서 한결같이 위의 절차대로 춤춘다. 끝나면 음악이 멈춘다.

미타찬을 연주하면 여기 두 사람이 서방교주 나무아미타불을 도창하고 제기는 일제히 화창한다.

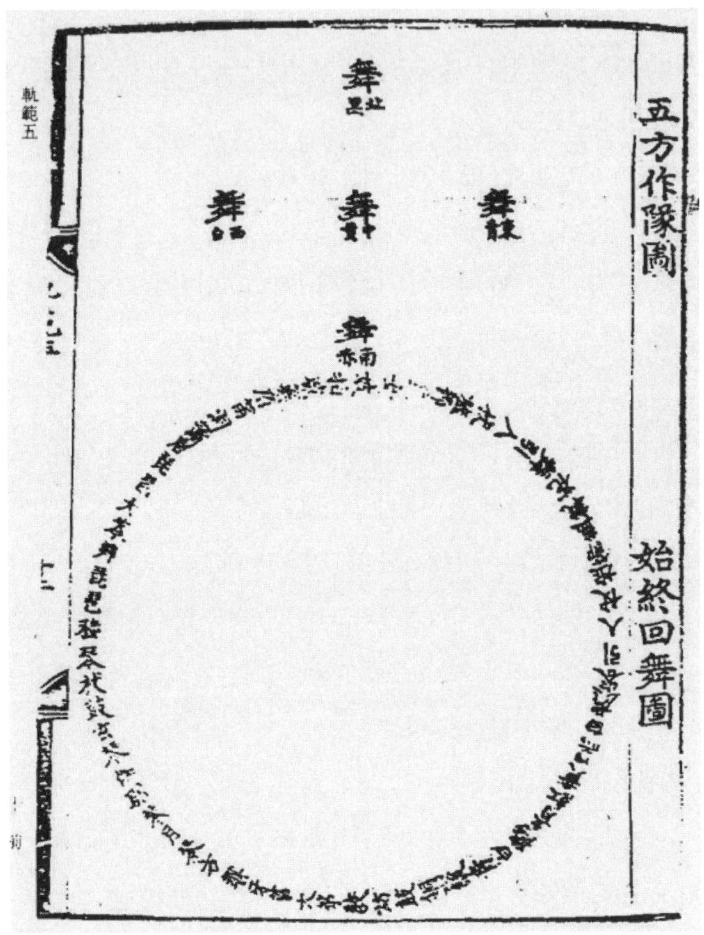

〈그림 5〉『악학궤범』 권5, 12장 후면

전과 같이 회선한다. 처용과 꽃을 든 무동은 환무하고 그 나머지는 모두 요신·족도한다.

본사찬과 관음찬까지는 위와 같이 도창하고 그에 화창한다. 다시 관음찬에 이르러서는 제기가 제창한다. 차례로 나가고 음악이 그치면 다 끝난다.[38]

이와 같이 지루할 만큼 자세하게 설명·지시한다. 그리하여 이 연극 전체를 진행되는 그대로 묘사하고 있는 실정이다. 이만 하면 그것은 잡합극본으로서 완벽하다고 본다.[39] 이에 그 대본, 〈학연화대처용무합설〉을 잡합극본으로 규정하는 데에 주저할 필요가 없다. 전체적으로 검토한 바와 같이, 이 극본은 〈처용가무〉를 중심으로 최소한 학무·연화대무 등의 가무극과 〈미타찬〉·〈본사찬〉·〈관음찬〉 등의 가창극 등을 포괄·연출케 할 수가 있기 때문이다.

이와 같은 구조·형태의 다른 대본 몇 편이 『악학궤범』에 대표적으로 수록되어 있다. 그「아악진설도설」,「정전예연여기악공배립」에서 잡합극의 기반과 구조·형태를 보이고, 〈시용아부제례악〉과 〈시용속부제례악〉·〈시용하례급연향악〉·〈세종조회례연의〉·〈교방가요〉 등이 잡합극의 전형을 보여 주고 있다. 따라서 이 대본·극본들을 위 논의 결과대로 잡합극본으로 규정할 수가 있겠다. 그렇다면 이 잡합극본들은 합세·유형화되어, 한국희곡의 하위 장르로 위치·행세할 수 있으리라고 본다.

---

38 이혜구, 앞의 책, 334~349쪽; 『악학궤범』 권5, 12장 후면~16장 전면.
39 한옥근은 앞의 글에서 "〈학연화대처용무합설〉은 당악이나 향악정재 중 가장 치밀한 연극적 구성을 취하고 있다"(57쪽)고 하였다.

4) 공연극본의 강창극본 · 대화극본적 성향

여기서 이 대본들의 강창극본 · 대화극본적 성향에 대한 문제가 나온다. 실제적으로 이런 성향을 명쾌하게 나타내는 대본이 없으므로, 연극 · 극본들이 상호 간에 유통 · 연행되는 가운데 장르적 동화나 전환 등을 통하여, 그 사실을 간단히 유추해 볼 수밖에 없다. 기실 이러한 동화 · 전환은 연극 · 극본 상에서 흔히 일어나는 현상이기에, 『악학궤범』의 극본들이 아무리 고정성을 갖추었다 하더라도, 이런 테두리를 멀리 벗어날 수는 없었을 것이다. 말하자면 위 가창극 · 가무극 · 잡합극과 그 극본들 사이에서 그 수요와 필요조건에 따라, 강창극본과 대화극본을 변성 · 연행시킬 수가 있기 때문이다.

우선 위 극본들이 강창극으로 변성 · 연행될 가능성은 여러모로 농후하다. 기실 강창극은 서사 형태나 일관된 구조를 자유스런 무대에서 강설과 가창으로 밀고 가는 연극 장르다. 그렇다면 위 가창극본이나 가무극본 · 잡합극본이 공연 과정에서 그 수요 · 요건에 따라서, 창사에 역점을 두어 한 사람의 연기자가 가창만 하면서 나머지 무대 · 장치나 등장인물의 연기 · 무용 등을 말로써 해석 · 강설한다면, 그것은 강설 · 가창을 교직하는 강창문학 · 강창극으로 공연될 수가 있는 터다. 그러므로 위 극본들을 가지고 능숙한 연기자는 족히 강창극으로 연행함은 물론, 이를 얼마든지 극본으로 재편할 수도 있었으리라 본다. 그러므로 위에서 보인 고정된 극본들은 그 가운데 강창극과 그 극본의 성향 내지 가변성을 갖추고 있는 게 사실이다.

또한 위 극본들이 대화극으로 변성 · 연행될 여지는 얼마든지 있다.

원래 대화극은 문자 그대로 대화와 행동으로 조직된 연극 형태이다. 그러기에 이 대화극은 일정한 무대·장치 위에서 등장인물이 분장· 의상을 통한 배역을 맡아서, 대화·대창과 무용·동작 등을 통하여 구 조적 극정을 밀고 나가는 연극 장르라는 것이다. 그렇다면 위 모든 장 르의 극본들은 직접적인 대화만을 빼고는 대화극으로 공연될 만한 모 든 요건을 다 갖추고 있는 실정이다. 적어도 위 가무극본이나 잡합극 본은 그대로 대화극으로 연행될 가능성이 충분하기 때문이다. 여기에 가창을 중심으로 하여 대화로 취급될 만한 대창, 즉 도창과 화창이 엄 존하고 있으므로, 그것은 이미 대화극적 입체성과 생동감을 나타내는 터라 하겠다. 그 극본들이 실연되는 과정에서 구호·치사 내지는 현장 적 찬탄·덕담이 가세하거나, 다소의 대화를 섞는다면, 그것은 바로 대 화극의 역할·기능을 발휘하게 되리라는 것이다. 따라서 위 극본들에 서 대화극의 분위기와 역량을 연역해 내고, 이를 재정리·고정하여 대 화극본으로 정립시킬 수가 있겠다.

여기서 이 강창극본과 대화극본을 유추·정립하게 된다면, 위 모든 공연대본들에서 한국연극·희곡의 하위 장르가 추출·성립되는 게 사 실이다. 한국연극의 장르 위에, 그 희곡 장르가 가창극본·가무극본· 강창극본·대화극본·잡합극본으로 완결되기 때문이다.[40] 이러한 결 과는 한국연극론 내지 희곡론상에 중대한 의미를 가지리라고 본다.

40　사재동, 「한국희곡사 연구서설」, 사재동 편, 『한국희곡문학사의 연구』 I, 중앙인문사, 2000, 24쪽.

4. 『악학궤범』 의물 · 관복의 희곡적 요건

실제로 연극에서 필수적인 요건 중의 하나가 바로 소도구이다. 이것이 빠지면 연극이 원만히 진행될 수 없기 때문이다. 이것은 무대 · 징치를 보조적으로 장엄할 뿐만 아니라, 연기자들에 의하여 제대로 활용됨으로써, 극적 효과를 십분 발휘할 수가 있다. 그래서 연극론에 이 소도구를 매우 중시하고 소도구론을 펴는 터다.[41] 여기서 전개한 바 그 의물이 주목되고, 연출론 · 소도구론에 의하여 그 실태와 기능을 파악할 필요가 있다. 그리고 연극에서 필수되는 요건 중의 하나가 바로 출연자들의 분장 · 의상이다. 그것은 출연자들의 배역과 그 성격 · 기능을 제대로 설정 · 창출하기 때문이다. 그래서 출연자들이 분장 · 의상을 갖추고 그 배역으로 등장 · 연기하는 게 중시될 수밖에 없다. 그 연출론에서 분장론 · 의상론이[42] 주목을 받는 것은 바로 이 때문이다. 이에 전개한 바 여기 의물과 함께 분장 · 의상을 위 이론에 의하여, 그 실태와 기능을 검토하는 게 필요하다.

1) 공연의물의 실태와 희곡적 역할

이 의물로는 당악정애의물과 정대업정재의물, 향악정재의물 등이 도

---

41 허영, 『연극론』, 한신문화사, 1993, 545~546쪽.
42 위의 책, 485~506쪽.

설되어 있다. 우선 그 의물들의 실태를 살펴보겠다.(《그림 6》 참조) 대강 그 유형·분야에 따라 간단히 소개할 수밖에 없다.

첫째, 「당악정재의물도설」에 보면 그 당악정재의 공연에서 필수되는 전형적인 것만을 취급하였다. 먼저 그 이름 아래 전체 모양을 도시하고, 그 크기를 표시한다. 이어 그 의물의 소재와 함께 자세한 면모, 나아가 그 제작법까지 해설하고 있다. 그러나 그 연행상의 사용법이나 관리·보관법 등에는 언급이 없다. 이 점은 관례적으로 보편화되어 새삼스럽게 거론할 필요가 없었기 때문이다. 이를 순차대로 들면 이러하다. 즉 죽간자와 인인장·족자 등은 출연자 대열에 앞장서 인도하는 도구요, 용선·봉선·정절·작선·미선·개 등은 그 대열 좌우에 갈라서서 장엄하는 용구다. 그리고 선도반이나 탁자, 몽금척 등은 직접 연행 중에 활용되는 도구다. 이러한 의물들은 당악정재에 두루 쓰이는 공용적 성격을 지니고 있다.

둘째, 「정대업정재의물도설」에 보면, 직접 이 정재의 대본과 그 연행에 소용되는 의물이 들어 있다. 여기서 도설하는 수준과 방법은 위와 같다. 이를 순차대로 보이면 이러하다. 먼저 오색단갑과 투구가 나온다. 이는 출연 중 군장에 쓰이는 분장·의상에 해당되는데, 다음의 창·활 등과 연계하여 의물로 취급된다. 그리고 대각이나 홍대독·소라·대고·소고·대금·소금 등은 악기에 소속시킬 수도 있으나, 그 의물적 성향과 용도로 인하여 의물계로 넣은 것 같다. 이어 황룡기·청룡기·주작기·백호기·현무기·백기 등은 무용적 분위기와 엄중한 기상을 강조하기 위한 의물임에 틀림이 없다.

셋째, 「향악정재악기도설」은 일부 악기에 해당하는 의물이 있기에 이쪽에서 취급한 것 같다. 여기 아박이나 향발·무고·동발 등은 악기이면서 그 사용·기능면에서 소도구의 성향을 지니고, 이 향악정재에두루 쓰이고 있다. 이어 학은 분장·의상에 해당되나 그 용도·관념이소도구와 같고, 침향산과 지당번은 공연 장치로서 무대 성향을 지니는

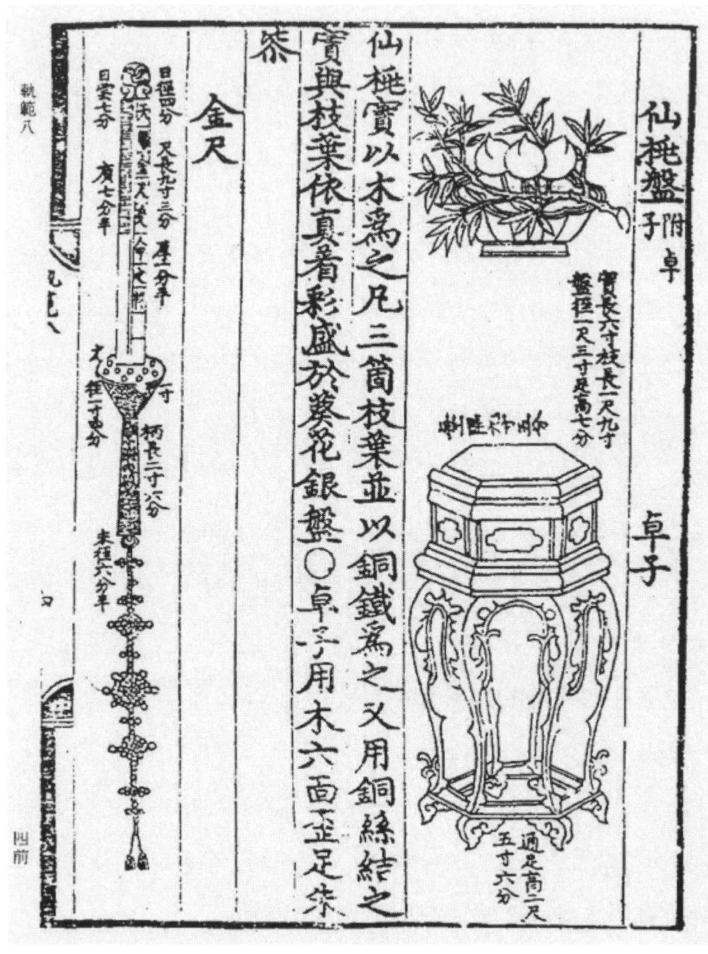

〈그림 6〉『악학궤범』권8, 4장 전면

터다. 곁들여 「독제소용」으로 궁·궁시와 검·창·간·척 등이 도설
된 것은 그 극적 분위기를 살리는 소도구를 보이는 데에 적절한 터다.

이상 거론된 의물들은 모두 그 대본에 소속되어 그 공연에 필수되어
왔다. 이는 연출론·소도구론의 중요한 부분으로서 도설적 대본으로
행세하며 두루 결부되어, 각종 정재대본을 완벽하게 만든다. 따라서
이 의물도설은 극본의 일부로서 희곡적 역할을 다하고 있는 것이라 하
겠다.

2) 공연관복의 실태와 희곡적 기능

이 공연관복에서는 대강 일반 관복과 처용관복·무동관복·여기복
식 그리고 연화대복식 등이 도설되어 있다. 먼저 이들 관복의 실태를
순차대로 소개하면서 그 기능을 검토해 보겠다.

첫째, 「관복도설」에서는 먼저 그 관식을 도시·해설한다. 복두·개
책·진현간·피변·오관·초립·두건 등이 그것이다. 여기서는 그 관
식이 공연상의 신분·위상·역할에 맞도록, 그림을 그리고 제작 과정
과 사용처까지 기록하여 놓았다. 그런데 관식은 공연의 성격에 따라
하나의 유형을 이루고 적절히 활용됨으로써, 분장의 효과를 극대화하
고, 그 착용자의 연기·연행에서 가장 고아한 역할을 다하도록 마련하
고 있는 터다.

이어 복식을 다루게 된다. 아악 등가의 도창악사가 입는 방심곡령,
우방악사가 쓰는 녹초삼, 아악·속악의 차비와 의물들을 잡는 공인이

입는 비란삼, 문소전의 차비공인이 입는 홍주의와 녹주의, 아악 등가의 도창악사 등이 입는 백주중단, 아악의 의물을 잡는 공인이 착용하는 홍금비구, 기타 출연자들이 입는 남주의・백주고・적상・흑단령・단첩리・표문대구고・황화갑 등 다양한 의상을 일일이 도시・소개한다. 나아가 다양하게 띠는 각대를 내세운다. 아악의 각 차비 공인들이 띠는 백주말대, 아악 문무・무무의 공인, 의물을 잡는 공인, 무동들이 띠는 금동독혁대, 우방 악사・공인들이 띠는 오정대, 가동의 예복에 띠는 광다회대, 세종조 아악의 무무 공인이 띠던 기량대 등 각종 띠를 세밀히 도시・설명하고 있다.

끝으로 여러 가지 신발을 소개한다. 아악 등가의 도창악사와 각 차비 공인, 속악 종묘제례 문무・무무 공인 및 처용이 신는 백포말, 우방의 악사와 가동이 신는 흑피화, 아악 등가의 도창악사와 차비 공인, 속악 종묘제례시 문무・무무 공인들이 신는 오피리 등 신발류에 대하여 도시・해설하고 그 용도까지 명시하고 있다.

둘째, 「처용관복」에서는 먼저 처용의 관식을 도시・해설한다. 그것이 바로 사모로 나타난다. 이 사모는 처용의 관모이면서 가면이기에 더욱 중시되고 있다. 이어 의衣가 나오는데 오방색에 따라 단을 지어 만든다. 그 의 위에 입는 천의를 소개하고 용도까지 밝힌다. 또한 처용이 입는 상裳과 군裙이 화려한 한 쌍으로 나타나고, 한삼이 나와 소개된다. 한편 처용이 띠는 대와, 그가 신는 혜가 도시・해설된다. 이로써 여기서는 처용의 관복 일습이 유기적으로 돋보이고 있다. 셋째, 「무동관복」에서는 우선 무동의 관식에 주목한다. 그중에서 동연화관이 도시・소개된다. 이 관식은 가면이 첨부되어, 무동이 관착용시에 사용한다.(〈그림 7〉 참조)

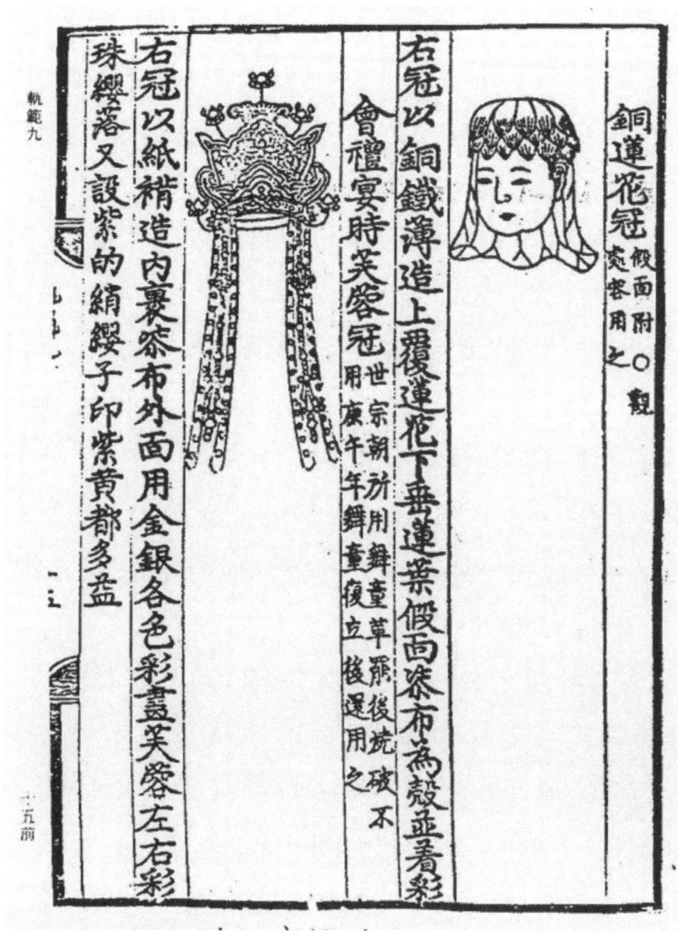

〈그림 7〉『악학궤범』 권9, 15장 전면

  이어 회례연시 부용관이 화려하게 소개되는데, 무동이 폐지·복원
되는 과정에서 썼던 내력까지 알려 준다. 바로 공연시 부용관을 내세
워 무동이 이를 활용하는 내막까지 보여주는 터다. 다음 무동의 의상
을 도시·소개한다. 처음 무동이 입는 의와 중단·상을 차례대로 내세

위, 그 입을 때의 유기적 관계를 암시하고 그 내력까지 제시한다.

한편 둑제 시에 궁시무·간척무의 공인이 입는 방의, 그들이 띠는 전대, 역시 그들이 무용할 때 착용하는 회렴, 그때에 신는 운혜에까지 관심을 보였다.

넷째, 「여기복식」에서는 우선 수식에 관심을 둔다. 기녀들이 공연할 때의 수식으로 잠과 유소, 차와 대요·수화 등이 동원되어 도시·설명된다. 다음 그 의상으로는 단과 상, 흑장삼·발군·남저고리가 나와 유기적으로 언급된다. 마지막으로 그녀들이 신는 혜아까지 챙기고 있는 터다. 이에 곁들여 「연화대복식도설」에서는 먼저 수식과 장식을 중시하여 합립과 황홍장미를 들고, 유소와 결신을 내세워 도시·해설하고 있다. 이어 그 의상에 착안하여 단의와 상·말군을 들어 보이고, 그대까지 끌어들이고 있는 터다.

이상과 같이 여기서는 출연자·등장인물들이 각개 대본을 공연할 때에 필수되는 분장·의상을 정확하고 여실하게 도시·해설하였다. 그것의 연행시에 용도와 기능까지도 제시하고, 그 제작의 자료·치수와 방법까지 상설하니, 그것은 현대적인 분장론·의상론 그 자체라 하겠다. 여기 각종 대본들이 5대 연극 장르로 공연·전개될 때, 그 분장·의상에서 최선의 이론과 실제를 그대로 제공하기 때문이다. 이러한 분장·의상은 위 각개 대본과 하나가 되고 연행·공연을 통하여 극본으로 정립·행세하게 되었다. 따라서 여기 분장·의상의 모든 것이 극본을 통하여 희곡적 기능을 충분히 발휘하는 터라 하겠다.

5. 결론

  이상과 같이 『악학궤범』 그 전체를 희곡론적으로 분석·종합하였다. 이것은 크게 보아 예술 전반의 연행·공연을 위한 이론과 대본의 집대성이므로, 여기에 종합과학적인 방법론을 적용하여 입체적인 조명을 시도하였다. 지금까지 논의한 바를 요약하면 다음과 같다.

  ① 『악학궤범』에서 보인 음악 이론은 당시나 그 이전의 아악·당악·속악 또는 향악에 적용되는 실천적 원리로서 공연을 지향·예비하고 있었다. 이러한 기반 위에서 공연 때의 공인·악사·악공·악생 내지 가기까지 등장·확인시키고, 그 음악의 악보와 악기에 대한 제작법·조현법·연주법까지 총합·명시하게 되었다. 그것은 연주·공연을 전제하여 연극음악의 실상과 기능을 구비하고, 그 대본의 연극적 공연을 통한 극본적 성향을 구비함으로써, 희곡상의 음악적 역할을 다하면서 기본적 이론으로 작용하게 되었다.

  ② 『악학궤범』에 실린 공연대본들이 연극적 연행론·공연학에 의하여 연극 장르로 연출된다는 전제 아래, 이를 희곡론으로 논의·검증함으로써, 그것들이 모두 한국희곡의 하위 장르 가창극본·가무극본·잡합극본으로 규정되고, 나아가 강창극본·대화극본으로 변환·전개될 가능성까지 검토되었다. 먼저 가창극본은 「아악진설도설」의 〈시용등가〉를 중심으로 그 연극적 기반과 희곡적 요건을 제대로 구비하였기에, 독자적 장르로 성립될 수가 있었고, 다음 가무극본은 「시용향악정재도의」의 〈봉래의〉를 중심으로 연극적 기반과 희곡적 요건을 완비하

였기에, 독립적 장르로 정립될 수가 있었다. 그리고 잡합극본은「시용향악정재도의」의 〈학연화대처용무합설〉을 중심으로 그 종합적 공연성과 총합적 희곡성을 구유함으로써, 장중·독특한 장르로 행세할 수가 있었던 것이다. 나아가 이 세 장르의 극본들이 강창극본과 대화극본으로 전환·성립될 가능성까지 타진해 보았다.

③『악학궤범』의 의물부와 관복부는 동일한 차원에서 그 연극적 기반과 희곡적 요건을 보유하였음이 검증되었다. 먼저 이 의물들은 그 각개 대본의 연행·공연에 호응·합일되어 연극적 진행을 다양하게 매개·보조함으로써, 연출론·소도구론에 의하여 희곡적 요건으로 역할하게 되었고, 다음 이 분장·의상들은 그 여러 대본들의 연행·공연 과정에서 즉시 접합·결부되어 연극적 진행을 외형적으로 선도함으로써, 분장론·의상론에 의하여 희곡적 요건으로 기능하게 되었다는 것이다.

이로써『악학궤범』은 그 시대 궁중·상류층의 모든 연행·공연을 위한 기본적 이론과 전형적 대본으로서, 희곡이론과 희곡작품의 시대적 집대성이라 평가받게 되었다. 나아가 그것은 연극론과 공연학 내지 희곡론과 문예학에 입각하여, 예술론과 예술작품의 세기적 총괄·집성이라 하여 무방할 것이다. 이로써『악학궤범』의 희곡예술적 실상과 그 역사적 위상을 유추·정립할 단계에 이르렀다. 이상의 논의는 실로 이 보전에 대한 서설적 개관에 불과하다. 이제 본격적이고 전문적인 연구가 열린 방법론에 의하여 새롭게 모색·전개되어야 한다.

우선 한국희곡의 개념과 범위를 고금·동서로 확대·개방하여 실로 합리적이고 타당한 영역을 확보해야 된다. 그러기에 희곡은 문학 장르로서 간주될 뿐만 아니라, 희곡예술 내지 희곡문화로서 취급되어 올바

로 연구되는 것이 시급하다. 이른바 한국의 고전시대에는 희곡이 없다
는 편견에서 벗어나 연극이 연행·공연되는 시대와 공간에는 반드시 희
곡이 있다는 당연한 사실을 확신하고, 그 실제적 사례를 탐색·고구해
야 된다. 그리하여 한국희곡사가 문학사·예술사·문화사의 핵심에 자
리하여, 저 고대로부터 근현대까지 면면히 계승·발전하여 왔다는 사실
까지 확인해야만 된다. 그러기에 한국의 근현대 희곡사가 명실공히 완
결되었다면, 그러한 이론과 실제를 기반으로 역추적하여, 고전희곡사
는 그 연장선상에서, 가능한 한 상한선을 소급·탐구해야만 되겠다.

제3장

심청전승의 희곡적 전개

1. 서론

「심청전」은 고전 중의 고전이다. 이 작품의 유통 과정에서 벌어진 소설의 다양한 이본이나 구전되는 설화 형태, 가창되는 가사 형태나 강창되는 창본 형태 내지 연행되는 극본 형태 등이 국내외로 정착·생동하고 있는 실정이다. 이를 전체적으로 총괄할 때, 그 광범한 영역을 「심청전」의 전형적 소설 형태만으로는 감당할 수 없으므로, 차라리 '심청전승沈淸傳承'으로 취급·논의하는 것이 마땅하겠다.

이러한 관점에서 심청전승은 심청소설로서 뿐만 아니라, 심청문학과 심청예술 내지 심청문화로서 높은 가치를 갖추고 소설사와 문학사 그리고 예술사와 문화사 위에서 차지하는 위상이 중대하다고 보아진다. 그렇다면 소설의 영역을 문학현상과 예술현상 내지 문화현상으로 간주하고 그 실상을 파악하며, 그에 상응하는 방법론을 다양하게 모색하고 있는 현실에서, 심청전승의 방대한 영역을 입체적 방법론으로써 올바르게 고구하는 것은 긴요한 일이라 하겠다.

그동안 심청전승에 대한 다양한 논의는 한 줄기 연구사를 이루었다. 적어도 각 분야에 걸쳐 단행본 석·박사 논문이 40종에 달하고, 개별 논문이 150편에 가깝기 때문이다. 이러한 연구성과를 바람직한 연구방향과 결부시켜 유별해 보면, 원전·자료를 비롯하여 근원·형성, 주제·사상, 구조·구성, 문체·장르, 유통·연행 그리고 역사적 위상 등에 대하여 넓고 깊은 논의가 진행되어 온 게 사실이다. 여기서 우리는 이 논저들의 개성과 특장을 인정하면서, 개인적 비평이나 우열의 평가를 유보할 수밖에 없다. 이 논저들은 각기 그 분야에서 이 작품의 연구를 그만큼 이끌어 오는 데에 대소간 기여하여 왔기 때문이다.

실제로 이 논저들은 1930년대로부터 시작하여 50년대를 고비로 60년대에 이르러 본격화되고, 70년대에 와서는 성행을 보이며, 80년대에는 성황을 이루고, 90년대에서 큰 성과를 올리게 되었다. 그래서 그것들은 연구사상에서 상호 비평·평가의 과정을 올바로 겪어 왔고, 나아가 전체적 분위기로써 새천년의 연구방향을 제시하고 있는 게 분명하다. 그런데도 우리는 여기서 만족할 수 없는 게 사실이다. 심청전승이 영원한 것처럼 그 연구의 전망도 무궁무진하기 때문이다. 그러기에 이러한 연구사의 기반 위에서, 기존 연구성과 중의 여러 가지 문제점을 발견하고 새로운 연구설계를 구체적으로 펴 나가야 할 것이다.

우선 「심청전」에서 심청전승으로 그 영역을 확대시킬 때, 그 관점과 방법론이 그만큼 확충되어야 할 것은 물론이다. 위에 든 바 원전·자료론으로부터 근원·형성론과 주제·사상론, 구조·구성론과 문체·장르론 그리고 유통·연행론과 역사적 위상론 등에 걸쳐 모든 것이 재조정되고 새롭게 모색되어야만 한다. 그리고 심청전승이 원초적 형성을 기점으로 지속적인 성장을 거듭하여 광범한 영역을 확보하고 있다는 점에서, 그 관점과 방법론이 종합적으로 재조직되고 올바로 적용되어야 할 것은 물론이다. 여기서 생태·성장론과 유통·연행론, 수용·개신론 등이 모두 입체적으로 재구성되고 적절하게 활용되어야 할 것이다. 나아가 심청전승을 검토·고찰함에 있어, 「심청전」의 소설적 실상에 구심점을 둘 뿐만 아니라, 그것이 확대·전개된 원심적 문학·예술·문화 장르에도 동일한 역점을 두어야 한다는 것이다. 말하자면 심청전승 위에서는 심청소설과 심청문학 내지 심청예술과 심청문화 등이 균등한 의미와 가치를 지녔기에, 그 풍토·환경 아래서 존재·생동하는 현상 그대로 인정·연구해야 된다는 뜻이다.

이러한 전제 아래, 본고에서는 위에 든 7개 연구 분야에 대하여 논의를 펴기로 하겠다. 먼저 각개 분야의 연구성과를 개관하고, 그 기반 위에서 작으나마 문제점을 제기하면서, 나아가 그 연구의 방향·방법을 나름대로 전망해 보고자 한다. 그리하여 심청전승의 연구가 새로운 전기를 맞는 데에 다소나마 보탬이 되기를 기대한다.

2. 원전·자료의 문제

심청전승의 원전·자료는 그동안 「심청전」의 이본을 정리·검토하는 데에 집중되었던 게 사실이다. 여기서 「심청전」의 여러 이본을 모아 집성·간행하거나 주석본을 내는 데에 주력하였고, 이를 근거로 이른바 이본고를 하는 것이 중심을 이루었다.[1] 그래서 필사본이나 목판본 그리고 활판본의 선집 내지 전집이 인행되어 나오게 된 것은 원전·자료의 신기원을 이룩하였다.[2] 그 이본고는 필사본 사이의 비교나 목판본 중 경판본·완판본 간의 대비, 나아가 활판본 끼리의 대교 등으로 진행되어, 그 원본 또는 원본에 가까운 선본을 탐색하는 데에 역점을 두었다.[3] 그러는 과정에서 각개 이본을 단독으로 고찰하여 그 특성과 가치를 규명하는 경우가 있었고, 그 전체의 이본을 종합적으로 비교·검토하여 「심청전」의 계통수를 정립하는 사례까지 나타났다.[4] 이것이 원본·자료를 정리·검토하는 소중한 부분임에는 틀림없지만, 심청전승의 차원에서는 완벽한 작업이 아니다. 이 밖에도 그 원전·자료가 적잖이 존재하고 그 수집·정리의 방법도 보다 합리적으로 활용할 수가 있기 때문이다. 이에 유통·연행론과 장르론을 적용하여 그 원전·자료를 망라·정리하면 다음과 같다.

첫째로, 구비적 원전이다. 이것은 고금을 통하여 수용의 현장에서

1 　송경락, 「「심청전」 연구」, 고려대 석사논문, 1967 참조.
2 　김진영·김현주, 『심청전 전집』 7, 박이정, 1999.
3 　유영대, 『심청전 연구』, 문학아카데미, 1989 참조.
4 　최운식, 「방각본 「심청전」의 서지 및 특색과 계열」, 『도남학보』 5, 도남학회, 1982 참조.

생동하는 자료다. 여기서는 우선 심청의 노래가 유통·연행되었다. 거기에는 심청전승을 요약한 〈심청요〉가 형성·유통되다가 6수나 수집되었다.[5] 나아가 가사체의 노래가 그 줄거리의 전체를 응축하여 가창되었을 터다. 그것들이 명실공히 민요풍이나 가사체를 포괄하는 시가 장르로 불려져 왔던 것이다. 이것은 심청전승의 시기적 전개로 중시되는 바다. 이것의 체계적 수집·정리가 요망된다.

다음 심청전승의 이야기가 구연되었다. 자고로 이 심청의 이야기는 수용층에 보편화되어 오래 널리 유통되어 왔다. 이것은 심청이야기 즉 심청설화로 유통·행세함으로써, 심청전승의 보고가 되었다. 그것은 수용·민중층에 영원히 생동하며 내장되어 있는 광맥이기 때문이다. 이 심청설화는 구연되는 이야기의 구조와 형태에 따라, 수필적 담화 형태로 단형화되는 경우가 있고, 소설적 이야기로 장편화되는 경향도 있는 터다. 고금을 통하여 유통·행세한 심청설화와 유사설화는 무한정의 이화를 양산하며 명멸하는 전승사를 이루어 왔다. 이러한 이화들 중에는 역대 문사들에 의하여 기록·부연됨으로써 한 이본으로 정립된 것도 있지만, 대부분 이야기꾼이나 일반 민중에 매장되었다가 구연되는 양상을 보이고 있다. 그 이전에 부연·기록된 것이 심청전승상에서 그만큼 중시되는 터라면, 지금이라도 무한히 매장·유동되는 심청설화를 녹음·녹화하여 기록·정리하는 게 상책이라 하겠다.

그리고 심청전승의 이야기가 강창되었다. 입담 좋고 가창력 있는 기능보유자나 광대가 그 줄거리를 담화하고 가창하면서 멋진 연기까지 보이는 연행방식이다. 이 구연 방식이 좀더 발전하고 전문화되어 판소

---

5 임동권, 『한국민요집』 II, 집문당, 1994, 770~791쪽.

리로 전개되었거니와, 이것은 가장 발달된 공연 방식으로 정립되었다. 그리하여 고래로 이 강창·판소리의 대본이 심청강창본으로 정착·재연되었거니와, 역시 그것의 생동하는 현상과 그 기능은 그 현장의 구연·공연에서 새롭게 발휘되는 터다. 따라서 이 전승의 진면목을 보이는 현재의 구연·공연을 빠짐없이 녹화·녹음, 기록·정리하면, 그것이 오늘과 내일을 위한 보배스러운 원전·자료로 정립될 것이다. 그것은 기왕에 성립되어 있는 심청강창본과 비교 검토되어 그 계승·발전의 계보와 전승사의 실상을 검증하는 전거가 되겠기 때문이다.

나아가 심청전승의 내용이 무가로 연창되었다. 이른바 심청무가가 성립되고 무당들에 의하여 연행되어 온 게 바로 그것이다. 이것은 판소리와 같이 강창되는 방식을 취하고 있다. 주로 심청굿에서 무당이 그 내용의 대강을 담화와 가창으로 구연하고, 춤사위와 연기를 더하여 연극·수준의 공연을 하게 되는 것이다. 근래에 이 심청무가가 나름대로 채록되어 그 진가를 발휘하고 원전으로 행세하고 있는 게 사실이다. 이제 그런 굿을 연극이라고 보는 차원에서, 그 공연 현장에서 그 구연·연행 전체를 있는 그대로 녹화·녹음, 기록·정리한다면 실로 소중한 심청전승의 원전·자료가 정립될 것이다.

둘째로, 문헌적 원전이다. 이것은 고금을 통하여 문자 해독층에 유통·행세하던 기록·정착의 자료다. 이것은 이 원전·자료의 중심·근간을 이루고 널리 오래 유전·활용되어 왔다. 따라서 이 원전은 많은 이본을 파생시켰거니와, 그것은 유통·생동의 전형적 전거가 되기도 한다. 그러기에 각개 이본들은 그 원본적 선본의 들러리나 부수물이 아니라, 그 자체로서 특성을 지닌 독자적 작품의 실상과 수준을 유지하고 있는 것이다. 이러한 문헌적 원전·자료는 모든 심청소설이 주축을 이루되, 여타 다른 장르로도 유통·연행되어 오는 실정이다. 따라서 이 원전들은 유통·연행론에 기반을 둔 장르론에 의거하여 수집·정리되어야 할 것이다.

우선 심청가사가 나타난다. 이것은 심청전승의 줄거리를 가사체로 엮어 나간 작품 형태다. 그동안 이런 원전들은 가사체의 「심청전」 이본이라 취급되어 왔다.[6] 그러나 가사라는 것은 '이야기체의 노래'라 전제하고, 조선 후기 장편가사를 상고해 볼 때, 이런 원전은 '심청이야기의 노래'로서, 가사라고 규정되어야 마땅할 것이다. 이런 심청가사의 원전은 아직 필사본에서만 발견되거니와, 김광순본 「심천가라」·박순효본 「심천가라」·사재동본 「심천가라」 등 12종이나 검토·소개되어 주목을 받고 있는 터다.[7] 이와 연결되어, 사설시조 「심청가」(가칭, 시조집·관서본)도 대두·행세하였던 것이다.

다음 심청소설이 주류를 이룬다. 그 필사본 「심청전」으로 이본이 114종이나 발굴되었고, 방각본 「심청전」으로 경판본이 16종, 완판본이 40종, 안성판본이 2종 그리고 기타 '국문판각본'이 12종이나 수집되었으며, 활판본 「심청전」으로 「강상련」 계통이 9종, 광동서국·대창서원·신구서림·세창서관 등 10여개 출판사의 간행본이 26종이나 현존하고 있는 터다. 외역본 활자본으로는 일역본이 5종, 영역본·독역본이 각 1종씩 남아 전한다.[8]

---

6   박일용, 「「심청전」의 가사적 향유양상과 그 판소리사적 의미」, 『판소리연구』 5, 판소리학회, 1994; 박일용, 「가사체 「심청전」 이본과 초기 판소리의 창본계 「심청전」의 관련양상」, 『판소리연구』 7, 판소리학회, 1996 참조.
7   조희웅, 「심청전」, 『고소설의 이본 목록』, 집문당, 1999, 345~346쪽.

심청소설의 위와 같은 이본들을 내용적으로 검토하면, 이른바 문장체 소설은 6종에 불과하고, 판소리계 소설은 40종이나 된다. 그리고 소설의 외모를 띤 판소리 사설이 23종에 이르고 있다.[9] 이 판소리계 소설은 판소리 사설 즉 창본의 소설적 변모라고 하거니와, 이 판소리 사설은 바로 그 창본이기에 다음 심청극본에서 다시 거론될 것이다. 이 소설계통으로 현대적인 개작본이나 주석본 등이 적잖이 유통되고 있다.

한편 심청극본이 다양하게 연행되어 왔다. 심청전승이 극화·연행된 사례는 얼마든지 있었다. 그동안 연극·희곡 장르를 가창극본·가무극본·강창극본·대화극본으로 나누어 왔기에, 심청전승의 공연극본도 이러한 장르를 충족시키면서 그 희곡으로 행세하였던 것이다.

전게한 바 심청가사는 원래 그 가창극의 극본으로 활용되었으리라 본다. 그리고 한시 형태로 송만재의 「관우희觀優戱」나 이유원의 「관극팔령觀劇八令」 내지 이건창의 「부심청이수賦沈靑二首」 등이 있어, 이 가창극본과 무관하지 않았던 것이다. 나아가 윤이상·김동진 등의 오페라로 개작·연창되었기에, 그 극본이 가창극본을 대신하였을 터다. 또한 이 전승이 가무극으로 개작·공연되었을 때, 그것은 가무극본으로서 희곡으로 행세하였을 것이다. 더구나 그것이 강창극·판소리로 개편·실연되었을 때, 그 창본은 강창극본으로서 희곡의 위치를 지키게 되었다. 이 창본은 대개 '심청가'라는 명칭으로 15종이나 수집·정리되어 있는데,[10] 여기에 이른바 토막소리·더늠 22종을 더 보탤 수가 있

---

8 위의 글, 346~359쪽.
9 장석규,『심청전의 구조와 의미』, 박이정, 1999, 283~287쪽.
10 조희웅, 「심청전」,『고소설의 이본 목록』, 집문당, 1999, 358~359쪽.

다.[11] 게다가 위에서 소설계로 분류된 판소리계 소설을 그 창본으로 재구하고, 나아가 판소리 사설을 그대로 창본이라 규정한다면, 그 실세는 크게 주목되는 터다.

결국 심청전승은 대화극으로 신편되어 극본 희곡으로 공연·행세하였던 것이다. 이른바 심청창극과 그 극본이 바로 초기 형태라 본다. 저 강창극의 일인 전역에서 보다 전문화되어, 일정한 무대·장치 위에서 배역들이 각기 분장·의상을 차리고 등장하여 대화와 행동으로 사건을 실현해 가는 입체적 종합예술이 바로 대화극이요 그 극본이 곧 대화극본이기 때문이다. 그렇다면 이 창극본계통으로 〈잡극雜劇 심청왕후전沈淸王后傳〉(여규형)이나 〈연극소설演劇小說 몽금도전夢金島傳〉(박문서관) 등이 현전하며, 최근까지도 〈완판창극 심청전〉(김명곤) 같은 대화극본이 출현·공연되었다. 이런 현대희곡으로 심청전승을 혁신적으로 개작한 〈심봉사〉(I·II)와 〈달아 달아 밝은 달아〉(최인훈), 〈청아! 청아! 심청아!〉(박진태) 등이 나왔다. 이밖에도 알게 모르게 심청전승을 극화·영화화한 대화극 계통의 극본·시나리오가 현대적으로 제작되어 희곡적 전통을 이어 왔던 것이다. 다만 그원전 자료들이 시급한 수집·정리를 기다리고 있을 뿐이다.

위와 같이 광범하고 다양한 원전·자료는 계통과 체계를 따라 거의 완벽하게 수집·정리될 수 있겠다. 위 원전들은 균등한 가치와 의미를 지니고 유통·연행의 현장에서 생동하고, 그 결과로 정립·기록된 것들이다. 이러한 원전들을 전체적으로 통관할 때, 이른바 문장체 소설을 제외한 나머지 모두는 실제적인 연행 대본이거나 그 계통의 자료라는 게 분명해진다. 그렇다면 심청전승은 원형적 작품으로 형성된 이래,

---

11 장석규, 『심청전의 구조와 의미』, 박이정, 1999, 284~285쪽.

원본적 소설로 제작·정립되고, 그로부터 직간접적인 유기적 관계 아래서 유통·연행을 거듭하여 승화·발전함으로써, 오늘과 내일의 광범한 영역을 확보케 되었던 것이라 하겠다. 그러기에 이들 원전·자료를 엄밀히 검증하여 그 실상과 위상을 확인한 후에, 그것에만 근거하여 앞으로의 모든 논의가 올바로 진행되어야 할 것이다.

3. 근원·형성의 문제

먼저 심청전승의 근원에 대하여는 일찍부터 그 설화적 측면에서 활발한 논의가 전개되었다. 처음으로「심청전」의 선행설화로 인도의「전동자·법묘동자전설」, 일본의「소야희小夜姬」, 『삼국사기』·『삼국유사』의「효녀지은설화」, 전남 옥과현의「관음사연기설화」등이 거론된 이래[12] 다시 인신공희설화와 효행설화 그리고 태몽설화·용궁설화·맹인득안설화·환생설화 등이 드러나고, 따라서「심청전」은'설화의 전시장'을 방불케 하는 작품이라고 인정되었다. 그 후로 이 근원설화는 더욱 자세히 탐색되어 다양하게 벌어졌고[13] 나아가 이 설화를 더욱 심도 있게 보완하여 유형별로 체계화하고 그 전승 양상까지 구체적으로 검토하는 데까지 이르렀다.[14] 게다가 이 작품의 근원설화를 인류학적으로 추적하는 작업을 서두르

---

12 김태준, 「「심청전」 연구」, 『조선소설사』, 학예사, 1939, 209~220쪽.
13 장양섭, 「「심청전」考－그 설화의 측면에서」 인하대 석사논문, 1980 참조.

는가 하면,[15] 이 작품의 제의적 근원과 함께 그 제재적 근원을 집중적으로 조명함으로써 이 방면의 논의를 일단 마무리 하는 것 같았다.[16]

이런 방식의 탐색·추적 작업은 아직도 많은 여지가 있고, 앞으로 보다 미시적인 분석·보완 작업이 계속되리라 예견되는 것도 사실이다. 그러나 이러한 일연의 성과가 아무리 정교하고 합리적이라 하더라도, 심천정승의 연원을 심층적으로 밝히고 그 작품의 실체와 진면목을 드러내는 데에 얼마나 기여할 것인가, 나아가 그 성과가 이 작품의 형성에 있어 유기적인 조직과 재창조의 실상을 구명하는 데에 얼마만큼 보조할 것인가 문제는 여전히 남는다. 그 근원설화에 대한 지나친 열정·돌진이 자칫 이 작품의 본체적 가치와는 점차 멀어지는 결과를 초래할 수도 있기 때문이다.

그러기에 우리는 이 근원설화의 개별적·미시적 탐색·추구를 통하여 설화의 전시장을 심화시키기보다는, 언제나 이 작품 자체에 근거를 두고, 항상 긴밀한 연계 아래서 유기적 관계망을 찾아내야 한다는 것이다. 따라서 이 작품의 핵심적 구조에 뿌리 밖은 근간설화를 추출·정립하고, 그 주변설화들을 지엽으로 연결·체계화함으로써, 그 유기적인 설화의 나무를 재구·정립할 수가 있기 때문이다. 여기서 이 작품의 필연적 근원설화들이 조직적으로 융화되어 한 작품으로 승화·형성되는 과정이 실증되는 터라 하겠다. 그래서 일찍이 이 작품의 근간

---

14 최운식, 「방각본 「심청전」의 서지 및 특색과 계열」, 『도남학보』 5, 도남학회, 1982, 125~167쪽.

15 황패강, 「심청설화의 연구―인류학적 향수를 중심으로」, 『문학춘추』 20, 문학춘추사, 1966; 황패강, 「심청설화의 분석」, 『국어국문학』 31, 국어국문학회, 1966 등 참조.

16 정하영, 「심청전의 제재적 근원에 관한 연구」, 서울대 박사논문, 1983 참조.

설화를 이른바 '효자불공구친설화'로 재구·설정하고 나머지 설화들을 유기적으로 관련시키자는 견해까지 나왔던 것이다.[17]

다음 심천정승의 소설적 형성에 대하여 많은 논란이 벌어졌다. 위 근원설화에 대한 적극적인 논의는 마치 「심청전」이 설화소설이라고 확정된 것처럼 인식하는 경향까지 드러냈다. 그러기에 이들 근원설화의 집성이 그대로 「심청전」으로 정립된 것이 아닌가 착각하게도 되었다. 이러한 설화의 집성은 판소리라는 과정을 통하여 소설화된다는 인식과 주장이 등장·행세하기에 이르렀다. 이른바 소설보다 판소리가 선행한다는 주장이 바로 그것이다. 그러므로 이 주장은 곧 '근원설화 → 판소리 → 판소리 사설의 정착 → 판소리계 소설'이라는 과정으로 공식화될 수가 있었다.[18] 그로부터 「심청전」은 그 근원설화를 판소리로 집성하여 형성된 소설이라는 주장이 보편화되었다. 그래서 「심청전」의 원본이나 원본에 가까운 선본은 언제나 판소리계 소설임을 자처하였던 터다. 이러한 판소리계 「심청전」은 대개 잘 알려진 완판본으로 판각되어 그 원본성과 독자성을 과시하게 되었다.

이에 전형적 완판본과 문장체의 대표적 경판본을 비교·고찰하여, 경판본계가 완판본계보다 원본에 가까운 「심청전」임을 논증하였다.[19] 이런 논지에 대하여 공감하면서 그 근거와 논증을 보강·심화시키는가 하면[20] 여기에 동조하면서도 신중한 검토를 계속하고 있는 터다.[21]

17　사재동, 「「심청전」 연구서설」, 『어문연구』 7, 어문연구학회, 1971.
18　김동욱, 「「심청전」 판소리 연구―열두 마당의 근원설화 및 성립 과정」, 『한국가요의 연구』, 을유문화사, 1961.
19　사재동, 앞의 글 참조.
20　성현경, 「문장체소설의 판각본 「심청전」 고증」, 동간행위원회, 『이승욱 교수 회갑논총』, 원일사, 1991, 240~242쪽; 최운식, 앞의 글, 123~124쪽.

반대로 이를 비판하면서 완판본 선행설을 재강조하고 이에 근거하여 '심청전의 계통문제'를 체계화하는 작업까지 나타나게 되었다.[22]

그러나 양계 작품 자체로나 그 유통·연행, 이본들의 계통적 전개 등으로 미루어 문장체의 경판본계가 선행함을 부인할 수가 없겠다. 이에 판소리체 완판본계 선행설을 전면 비판하면서 문장체 경판본계 선행설을 다시 논증하는 업적이 나왔다. 여기서는 요컨대 '문장체 소설 「심청전」 → 판소리 〈심청가〉 → 판소리체 「심청전」'의 과정을 정립하게 되었다.[23] 그 양자의 작품 자체는 물론, 위 원전의 상황, 그 시대의 상업적 수요와 수용층의 욕구 등으로 보아 흥미진진한 완판본계가 무미건조한 경판본계로 축약·재편될 수는 없기 때문이다.

그러기에 「심청전」은 확고한 의식을 가진 작가가 근원설화를 연원·기반으로 하고 「관음사연기설화」와 같은 중간 형태와 결부시켜, 제목 '심청'을 내걸고 주도면밀한 계획 아래 빈틈없는 수작으로 제작하였던 것이다.[24] 그것이 바로 문장체 「심청전」의 원본이나 원본에 가까운 선본이었던 터다. 이 경판본계는 제목과 기본구조가 직결되어 조직적 구성으로써 주제와 사상을 포용하고 간결·전아한 문체로 표현된 완벽한 작품이다. 그래서 이 작품은 모든 것이 견고하여 판소리나 판소리계 소설로부터 아무것도 받아드릴 여지가 없고 오히려 그 쪽으로 많은 영향을 줄 수밖에 없었던 것이다. 여기서 문장체 소설로부터 판소리 〈심청가〉와 판소리계 「심청전」이 형성·변모되는 과정을 주목

---

21 정하영, 「심청전」, 『완암 김진세 교수 화갑기념논문집』, 동간행위원회, 1990, 540쪽.
22 유영대, 「심청전의 계통과 주제」, 고려대 박사논문, 1989 참조.
23 성현경, 「〈심청가〉의 형성과 변모 과정」, 『고전문학연구』 9, 고전문학회, 1994, 237쪽.
24 위의 글, 242쪽.

하게 되는 터다.

이 문장체 「심청전」은 일단 완성된 후에는 고정성을 유지하고 유통 과정에 올라서도 널리 오래 전파될 수가 없었다. 이런 작품은 그 전아성·윤리성으로 하여 의도적으로 낭독하는 게 원칙이었다. 그러기에 소설로서의 신기와 흥미가 적을 수밖에 없었다. 따라서 대중적 유통이나 흥행적 연행이 제한되어, 고립·경직된 작품으로 남을 수밖에 없었던 것이다. 그래서 상업적 방각에다 이 작품을 올렸을 때도, 널리 오래 유통되지 않은 것이 사실이다. 다만 이 문장체 소설은 고정체계를 유지하며 판소리나 판소리계 소설이 형성·전개되는 전거가 되었던 것이다. 그런데 이 판소리와 판소리계 소설은 그 문장체 소설과 직결되어 계통적인 변모·발전을 하지 못하고, 그 매개 과정을 통하여 독자적으로 판소리화되었으며, 그 창본이 판소리계 소설로 전개되었던 것이다.

우선 심청전승이 판소리 〈심청가〉로 형성되는 과정이다. 잘 알려진 대로 판소리는 보편적인 연행예술이요 연극의 한 장르라고 보아진다. 그것은 강창사로서의 광대가 등장하여 일인 전역으로 공연하는 아주 경제적인 연극 형태다. 거기에는 별다른 무대 장치와 배역의 분장·의상이 필요치 않다. 그 광대가 유일한 소도구 부채를 들고 등장하면, 고수가 장단치고 청중이 있어 고수와 함께 추임새를 하는 것으로 그 연극적 분위기는 완성된다. 이 광대가 일정한 대본·창본을 바탕으로 이를 강설하고 때로 가창하며 때로 대화하고 표정·몸짓의 연기를 조화시켜 극정을 이끌어 고조시키면 연극으로 완결되는 것이다. 그 연극의 성패 여부는 그 광대의 말솜씨와 가창 기능, 연기 능력에 달려 있는 터다. 이리하여 성공한 연극을 우리는 동북아 공통의 강창극으로 규정할 수가 있겠다.

여기서 가장 중요한 바탕이 되는 것은 이 연극의 대본 즉 창본이다. 그래서 가장 전형적이고 대표적인 창본 중의 하나로 〈심청가〉가 형성·등장하게 되었다. 먼저 문장체 「심청전」이 판소리화되는 경위와 과정이 주목된다. 일단 그 「심청전」이 판소리 대상으로 선정되면, 그것은 판소리 연창에 맞도록 각색·개작되어야 한다. 그러니까 문장체 「심청전」으로서는 획기적인 개혁이라고 하겠다. 그 기본적 주제·사상과 구조·구성 등의 고정체계만을 남겨 놓고는 무대·인물·사건·문체 등에서 극화의 과정이 이루어지기 때문이다.

이런 극화·각색을 통하여 「심청전」이 판소리화되는 데에는 조선 후기 제반 여건이 소설 자체의 유통·낭독·강설보다는 보다 역동적인 연행을 요청하였기 때문이다. 이러한 연행적 요청이 상업적 수단과 결합되어 이른바 「심청전」의 흥행을 감행하게 되었다. 그 주체는 물론 광대들이었다. 그들은 이 판소리 흥행을 통하여 자신들의 예술적 욕구를 만족시키고 생계를 유지할 수 있었기 때문이다. 그 광대들은 이 소설의 판소리화 과정에서 그 각색·개작의 능력이 있을 때는 무난하지만, 그렇지 못할 때는 자연 그 후견 문사들을 영입할 수밖에 없었다. 그래서 「심청전」을 판소리화하는 주체로는 광대와 후견문사가 합력·융화되었던 터다. 여기서 그 실제적 주체로는 그 판소리에 공감·호응을 일으키고 보조·후원하는 청중 민중과 상객 등이 실세를 부리게 되었다. 그 판소리 공연의 방향·방법 등이 그들에 의하여 좌우될 수밖에 없었기 때문이다. 그래서 이 판소리의 수용층은 공연의 공감도·호응도를 보이거나 실질적으로 요청하여 그 극화·각색에 동참하는 결과를 내었다.

그렇다면 이 극화·각색의 실제적 과정은 어떠하였던가. 우선 그 소설적 서사구조를 희곡적 서사구조로 구분·조정하는 게 급선무가 되었다. 그 소설의 일관된 서사구조가 극화·공연에 적합한 장면·마당으로 전환·조정되어야 하겠기 때문이다. 그 전체가 심청 부녀의 고행·비극, 심청의 죽음과 재생, 그 부녀의 행복·희극 등으로 '비극—절정·전환—희극'이라는 희비극의 연극·희곡적 구조로 조정·개편되었던 것이다.

다음 그 무대는 원본 소설의 무대에 구애받지 않고 극화·공연에 편리한 대로 개변시킬 수가 있었다. 그것은 남군땅·유리국이든, 황주 도화동이든, 황해도 황주든지 편리한 대로 활용하는 것이 청중의 공감·호응을 얻는 데에 가장 효율적이었기 때문이다. 기실 판소리의 공연 현장에서 그 현장이나 눈에 보이는, 청중이 익히 아는 역사·지리적 무대를 설정·열거함으로써, 공연의 생동감·신뢰도가 그만큼 높아지는 것은 당연한 일이다. 그래서 유능한 광대·공연자는 그 공연 현장이나 주변 지역을 미리 검토하여 즉흥적으로 활용함으로써, 많은 호응을 받고 성공을 거두는 게 상례였던 것이다.

그리고 등장인물도 그 사건 진행이나 공연의 흥미 감흥을 위에서라면, 자유롭게 선택·변모시킬 수가 있었다. 그 원본 소설에 등장하는 기본 인물 심청·심봉사·화주승·뱃사람·용왕·국왕 등 고정인원 외에는 마음대로 출입시킬 수가 있다. 그래서 귀덕어미·장승상부인·뺑덕어미·황봉사·악동들·방아찧는 아낙네·안씨맹인 등이 마구 증원·등장하여 다양한 활동을 벌이게 된다. 더구나 고정인물이라도 공연 효과를 위해서라면, 그 성격·행동을 마음대로 변경·활용하는 것이 었다. 적어도 심청이만은 얼만큼의 일관성을 유지시키고는 심봉사로부 터 국왕에 이르기까지 그들의 성격·행동을 의도적으로나 즉흥적으로 변화·적응시키는 것이다.

이어 그 사건은 소재·삽화의 조직이나 그 진행이 흥미·호감을 위 해서 자유자재로 조정·운용될 수 있었다. 그러기에 그 원형적 소설의 기본 줄거리에다, 흥미와 호기심을 일으키는 소재, 설화·실화, 애 정·통속담 등을 마구 삽입·증가시켜 소기의 흥행 효과를 달성하였 던 것이다.[25] 그러므로 그 소설의 짜임새와 유기적 구조·구성이 필연 성을 잃고 획기적인 변모를 보이는 게 당연한 일이었다. 나아가 이 연 극·희곡적 장면을 찬란하게 확장·표현하기 위하여 이른바 판짜기가 새롭게 강화되고, 광대의 능력과 창의에 의해서 독특한 바탕을 이루고, 그 광대만의 더늠을 형성하게도 되었던 터다. 그래서 이 사건은 판소 리의 사건 즉 연극·희곡의 사건으로 정립될 수 있었던 것이다.

그러기에 이 문체·표현은 문장체 소설의 그것과는 관계없이 연 행·흥미의 효과를 올릴 수 있는 한, 얼마든지 자의로 제작·활용할 수 가 있었다. 우선 이 판소리의 문체는 산문적 서술과 운문적 가창이 교 직·조화되어야 한다. 그래서 그 문체는 필연적으로 강창을 통하여 표 현될 수밖에 없었다. 말하자면 그 문장체 「심청전」의 산문이 적절한 곳에 가창을 삽입함으로써, 그 자체의 혁신·해체를 통하여 새로운 강 창문체로 변환·전개되는 셈이었다. 이것은 파격적인 문체로서 그 입 체성과 역동성을 발휘하여 강창극의 연행문체로서 전형을 이루었다.

---

25 사재동, 앞의 글.

나아가 이 가창이 점차 확대되면서 그 강설·강담의 산문조차도 유창한 아니리의 조건으로 가곡체·가사체로 변이되었던 터다. 그러기에 이 표현 문체는 판소리 〈심청가〉의 문체, 그 창본의 문체로 가장 적합한 형태를 유지하게 되었다. 그 표현의 어휘·어법은 아어보다는 속어를 통속적이고 화려하게 엮어갔으며, 민요·한시, 가곡·가사나 속담·격언, 의성어·의태어, 욕설·음담 등이 제한 없이 넘나들었던 것이다. 그래서 크게 지문과 대사가 두루 갖추어지고, 관용구나 고사성어 등이 뒤섞인 전형적 강창문체를 이룩하게 되었다.

이로써 판소리 〈심청가〉가 완벽하게 형성되었다고 하겠다. 전술한 대로 판소리는 연극이요 그 중에서도 강창극이다. 그렇다면 그 창본 즉 강창극본은 바로 희곡이다. 그래서 이것은 심청희곡으로 형성·전개되었던 터다. 이 강창극본은 희곡으로서의 구조·구성과 문체·표현을 모두 갖춤으로써, 완전한 희곡으로 행세하게 되었다고 하겠다.

다음 심천정승이 판소리계 소설로 형성되는 과정이다. 여기서 판소리 창본의 전형을 전거·기준으로 세워 놓을 필요가 있다. 그것은 심청전승의 극본 희곡이지만, 그로부터 다시 소설화의 과정이 시작되기 때문이다. 원래 이 창본의 주제와 기본구조는 그 소설화 과정으로 인계된다. 그것은 판소리 창본이 문장체 「심청전」으로부터 물려받은 바를 그대로 물려주는 셈이다.

우선 이 창본이 연극·희곡에 적합하도록 소설의 유기적 구조를 분단·장면화했던 것을 소설적으로 복원하는 일이다. 실로 그 분화·발전된 장면화를 연결·보완하면 소설의 구조에 가까워질 것은 물론이다. 그러나 다시 얽어맨 흔적은 분명히 남는 법이다. 그래서 도로 연행의 호조건을 만나면 금방 그 창본으로 복귀할 수가 있다는 것이다.

그리고 그 작중 무대는 창본 그대로 두어도 좋고, 소설의 그것으로 돌려 놓아도 좋겠지만, 일단 등장시켜 대소의 임무를 맡겼던 인물들을 삭제・방기하기는 참으로 어렵다. 그러기에 판소리나 그 창본에서 소설 이상으로 증원되었던 인물들은 퇴출시키지 않는다. 그들의 역할・배역이 있었던 것을 부인할 수 없다면, 그들은 그냥 남을 수밖에 없다. 그것이 다시 연행의 창본으로 등장한다면, 그 인물들을 도로 불러 드려야 하기 때문이다.

나아가 그 사건의 조직이나 진행에 있어 소설보다 지나치게 확대・첨가된 설화・삽화 등은 조정될 수가 있을 것이다. 그러나 일단 증보・삽입하여 판소리 연행에서 흥행적 효과를 발휘한 그 소재들을 삭제하기란 그리 쉬운 일이 아니다. 판소리 창본을 소설화하는 의도가 그 인기를 계승・담보하여 상업적 성과를 내자는 데에 있으므로, 그 인기를 창출한 소재들을 제거하기가 어렵기 때문이다. 다만 사건 진행을 지연하고 독자성을 지나치게 강조하는 광대들의 더늠은 흥미로나 소설의 유기적 구성으로 보아서도 수술・조정되었으리라 보아진다. 그것이 다시 그 창본으로 복원되는 경우라도 그 더늠이야말로 꼭 결부될 필요가 없기 때문이다. 그래서 이 사건 진행은 거의 그대로 창본의 그것을 인수받았다고 볼 수밖에 없다.

끝으로 이 문체・표현은 어느 정도의 조정은 있었을 것이다. 그 창본의 문체・표현에 나타난 지나친 사담・패설이나 남모르는 방언・욕설, 수치스런 직설・농담, 중복된 담화・망언 등은 상당히 제거・수정되었으리라 추정된다. 그러나 그 무대 설명, 인물 묘사, 사건 표현 등에서 상당한 수준을 유지하였던 창본의 표현을 힘겹게 개신·축소할 필요가 없었을 것이다. 그 문체·표현을 그대로 계승하는 것이 편리할 뿐만 아니라, 다시 연행될 기회가 오면 그 판소리의 창본으로 복원하기가 아주 쉽기 때문이다.

이와 같이 판소리계 소설「심청전」은 그 판소리 창본을 거의 그대로 계승·변신한 결과로 형성된 것이라 본다. 그러기에 창본의 극본·희곡적 면모와 성향을 누그리고, 소설적으로 수정·보완하여 판소리계 소설로 등장·행세하였다는 이야기다. 그것은 판소리 창본의 실체가 판소리계 소설로 분장·착의한 정도에 불과하다고 하겠다. 기실 저력 있는 판소리〈심청가〉의 인기를 계승하고 그 현장연행의 한계점을 극복하여 책자로 정착·간행함으로써, 문헌유통으로 전환된 것이 바로 판소리계 소설이다. 그렇다면 판소리계 소설은 명색과 명분만 내세운 소설이요, 따라서 간행·유통으로 성황을 보였을 뿐이지, 그 내면적 실상은 그대로 창본 즉 극본 희곡이라 하겠다. 그러므로 전술한 대로 연행의 조건만 조성되면, 그것은 바로 그 판소리 창본으로 복원·활용될 것이다. 그래서 판소리계 소설은 읽는 희곡이라고 해도 무방할 것이다. 그러나 그것은 소설로 형성되어 소설로 유통·행세한 것만은 사실이다.

여기서 간과할 수 없는 것이 심청가사의 형성이다. 전술한 대로 심청전승의 서사문맥을 '이야기체의 노래'로 형상화한 것이 바로 이 가사이기 때문이다. 이와 같이 소설 내지 소설적 서사문맥을 운문화하여 가사로 승화시킨 역사적 사례는 얼마든지 있었다. 저 불전 서사의 장편 게송화, 신화·역사의 시가화, 석가전의 가사화 등이 계통적으로 보편화되어 왔기 때문이다. 그러기에 감명 깊은 심청전승이 가사화되는 것은 전통적 추세를 족히 따른 것이라 하겠다.

이 심청가사의 형성은 소설·서사물의 시가화의 전통·관행을 계통적으로 계승·발전시킨 것이라 본다. 이러한 현상은 당연하지만 매우 중요하다. 그것은 심청전승의 장르적 형성·전개로서 가사가 분화·독립하였다는 증거이기 때문이다. 그러기에 이러한 가사 장르를 가사체「심청전」이라 취급하지 말고 사실 그대로 심청가사로 보는 게 당연하다.

이러한「심청전」의 가사화는 간단히 조선 후기 장편가사의 성행, 소설의 가사화 내지 가사의 소설화 등에 따른 후대적 징후라고 속단되어서는 안 된다. 현전하는 심청가사가 이른 역사를 가졌다고 단정할 수는 없지만, 가사의 연행과 그 나름의 기능을 고려할 때, 판소리 창본과는 다른 동기와 필연성에서, 그 원형의 형성은 생각보다 빨랐으리라 추정된다. 일찍이 이 심청가사를 선별·검토하여 판소리 창본의 선행 작품으로 거론한 것은 상당한 의미가 있다.[26] 이 심청가사는 그 자체의 적절한 음악과 예술양식에 의하여, 가창·연행됨으로써, 가창극과 그 극본 희곡의 계보를 형성하니, 그 형성·전개의 의미가 큰 것이다.

---

26 박일용,「가사체「심청전」이본과 초기 판소리의 창본계「심청전」의 관련양상」,『판소리연구』7, 판소리학회, 1996 참조.

4. 주제·사상의 문제

우선 심청전승의 주제는 「심청전」을 통하여 한정·파악되어 왔다. 이 주제는 작자로서는 작품 속에 비장코자 하는 핵심적 의식이요 이상적 가치관이라 하겠고, 이 작품으로서는 그 속에 깊이 간직하고 있는 중심적 사상이며 지보적 가치체계라고 할 수가 있겠다. 결국 작자와 작품의 성패는 그 주제를 어떻게 처리·구상화하느냐에 달려 있는 터다. 그러기에 작품의 독자나 연구자는 그 주제를 어떻게 올바로 파악하느냐에 역점을 둘 수밖에 없다. 그리하여 심천전승의 주제를 검토·파악하고 논의·탐색하는 데에 많은 성과가 나타나게 되었다.

잘 알려진 대로, 이 작품은 권선징악을 기반으로 효행을 강조하는 것이 보편적 주제라고 이야기되었다. 그런데 이 효행은 표면적이고 방편적인 것이어서 내면적이고 본래적인 주제가 되지 못함을 전제하고, 이 작품의 기본구조에 바탕을 두어 이를 보다 심각하게 다각도로 검토·탐색하기에 이르렀다. 원래 한 작품의 주제는 용왕이 감추고 있는 마니보주와 같이 원융한 것이어서, 여러 측면에서 입체적으로 파악하는 것이 옳다. 그러기에 어느 한 원전 이본만을 가지고 일정한 각도에서 고찰하여 탐색한 주제만을 최선의 것으로 고집하고, 다른 각도에서 검토·구명한 주제를 비판·부인하는 것은 편협한 일이 아닐 수 없다.

이런 점에서 그 주제 파악이 "표면적 주제는 비장이요 이면적 주제는 골개"라고 나타난 것은[27] 일단 흥미로운 시도라 하겠다. 이어서 그

---

[27]　조동일, 「「심청전」에 나타난 비장과 골계」, 『계명논총』 7, 계명대, 1971 참조.

주제가 "희생적 참회 · 비원에 의한 무상의 제도",[28]나 "인간에 대한 대
자대비의 구원",[29] "효를 통한 구원",[30] "인간의식의 각성",[31] "자기희생
의 가치와 의미"[32] 등으로 파악된 것은 모두 일리가 있다. 각기 그 작품
의 주제를 검출하는 데에 최선을 다한 결과로서 일단은 타당하기 때문
이다. 전술한 대로 이 작품의 원융한 주제를 혼자서 입체적으로 드러
내기란 어려운 법이므로, 위와 같은 주장들을 원융한 주제의 실체 위에
연결시켜 보면, 그 원형의 공간에 부각되는 절대적 그 무엇이 아련히
떠오르는 것이다. 그게 바로 이 작품의 주제다. 이 작품의 주제는 그 의
미와 가치가 무궁무진하다. 따라서 그 주제에 대한 검토와 탐색은 영
원히 계속되어야 한다.

여기서 유념할 것은 심청정승의 주제는 큰 일원상처럼 하나라는 것
이다. 그러기에 심청전승의 장르나 이본 · 이화에 따라 그 주제가 다르
다는 관점을 버려야 한다. 다만 사람의 일원심이 하나로서 여럿인 양
작용하는 것처럼, 그 하나의 큰 주제가 구심점에 자리하여 여러 장르,
많은 이본에 따라 다르거나 변화된 것처럼 기능하고 있을 뿐이다.

다음으로 이 심천전승의 주제를 뒷받침하는 배경사상은 하나가 아
니다. 이 사상은 여럿이면서 실은 하나로 통합 · 조화되어 있기 때문이
다. 여기 「심청전」의 배경사상이 유교 · 불교 · 도교의 혼합이라고 이

---

28 사재동, 앞의 글 참조.
29 인권환, 「심청의 인간형과 관음보살」, 동간행위원회, 『열서 김기현교수 회갑기념논
    총』, 개문사, 1995 참조.
30 강봉근, 「「심청전」 연구」, 전북대 석사논문, 1977 참조.
31 설중환, 「「심청전」 재고」, 『국어국문학』 85, 국어국문학회, 1981 참조.
32 정하영, 「「심청전」의 주제 재고」, 동간행회, 『백영 정병욱 선생 화갑기념논총』, 신구
    문화사, 1982 참조.

야기된 지는 오래다. 나아가 현대적 활판본을 가지고 미시적으로 검토하면, 위 삼대 사상뿐만 아니라 무속·민간신앙까지도 합세하여 이른바 사상의 잡탕이 된다는 것이다.[33] 기실 이 작품은 그 제목이나 기본구조, 사건 진행 등으로 미루어 불교사상이 핵심적 기반을 이루었다고 보는 게 지배적이었다.[34] 이에 대하여 후대적 활판본을 가지고 고찰한 결과로써 도교적 배경론을 펴더니[35] 최근에는 경판본계와 완판본계 활판본을 대조하여 도불습합의 현상을 제시하는 주장이 나타났다.[36]

전술한 대로 이 작품의 배경사상은 그 시대와 장르 그리고 여러 이본에 따라 다를 수가 있다. 어떤 사상이든지 그 시대와 계층, 사람에 따라서 변화·성쇠를 거듭하기 때문이다. 그러기에 심청전승의 어떤 장르, 특정한 이본을 원전으로 파악한 사상을 그 전체의 것인 양 고집하면서 다른 견해를 비판·부정할 수는 없다. 다만 어떤 작품, 어느 이본이든지, 그 사상의 존재 양상은 결코 순수·단순하지 않다는 것을 알아야 한다. 기실 모든 작품이나 이본은 그 사상을 종합적으로 조화·수용하고 있기 때문이다.

그래서 그 심청전승의 배경사상은 그 조화의 양상이 입체적으로 조명되어야 하겠다. 그것은 여러 사상의 집합적 혼잡상태가 아니기 때문이다. 실제로 원형·원본적 작품의 기본사상이 불교라 하더라도, 그

---

33 김우종, 「심청탄생설화고─국문학의 사상적 계보를 찾아서」, 『현대문학』 85~85, 현대문학사, 1961~1962.
34 김태준, 앞의 책; 김동욱, 「「심청전」의 불교적 고찰」, 『현대불교』 7, 현대불교사, 1961 등 참조.
35 김기동, 「「심청전」의 배경론」, 『무애 양주동 박사 화탄 기념논문집』, 동간행위원회, 1963 참조.
36 심재복, 「조선 후기 도불습합소설 연구」, 대구대 박사논문, 1999 참조.

존재의 현상은 이미 다른 사상과의 조화·습합의 양상을 보이는 법이다. 더구나 그런 작품이 유통·전승되어 많은 후대 장르와 이본으로 전개될 때에는, 그 배경사상은 그 넓은 영역과 비례하여 확대·변모되는 게 당연하다. 여기서 분명해지는 것은 이러한 종합적 배경사상은 언제나 그 주축이 되는 사상을 중심으로 다른 사상들이 필연적으로 결부되어 유기적 체계를 이루고 있다는 사실이다. 그러기에 심천정승의 배경사상을 논의할 때는, 항상 어떤 장르 어느 이본을 원전으로 하였느냐를 반드시 명시해야 된다는 것이다. 그것은 거시적 차원에서 심청전승의 기본사상이 후대적 유통 과정을 통하여 그만큼 변모·발전한 총체적 의미망으로 연계·파악될 수가 있기 때문이다.

5. 구조·구성의 문제

우선 심천정승의 구조는 그 원형적 작품의 기본구조와 그로부터 전개된 장르 및 이본 등에 걸치는 변형구조로 이어 갔다고 보아진다. 그 기본구조는 고정적 근간체계요 변형구조는 변화적 운용체계라고 할 때, 심청전승의 구조가 근간체계로부터 운영체계로 전개되어, 유기적 관계를 유지하는 것은 당연한 일이다.

심천정승이 「심청전」을 통하여 전기적 유형임을 보여 주고 있다는 것은 잘 알려졌다. 그것은 심청의 신화적 일생을 나타내고 있으므로,

이른바 '영웅의 일생'을 완벽하게 갖추고 있는 터다. 그래서 그 심청전 승의 구조는 심청이 "천상계로부터 적강하여 이름 그대로 심이청야沈而淸也 즉 시련의 삶을 산 뒤 마침내 물 속에 들고 남을 통해서 전생의 죄를 씻고 청정한 존재로 거듭나 행복한 삶을 누리다가 급기야 원래의 세계로 돌아가는" 이야기 구조라는 것이 제시되었다.[37] 여기에는 그 신화적이고 종교적인 삶의 과정을 완벽하게 조성하는 구조원리가 작용하고 있는 게 사실이다. 여기서 불교적 기본구조로, 심청이 천상계로부터 적강하여, 차안의 사바세계에서 정화의 청정세계를 거쳐 피안의 극락세계에 도달·승화되는 과정을 추출할 수가 있겠다. 이런 점에 착안하여, 이 작품의 구조를 '천상계 → 지상계 → 수중계 → 지상계 → 천상계'로 영원회귀하는 순환구조로 파악하는 주장이 나타났다.[38] 나아가 심청을 관음보살의 화현으로 보고, 심청의 보살행이 고난을 겪고 죽음을 통하여 정화·부활함으로써 구원을 실현하는 성자생애담적 구조를 드러내는 데서, 그 구조적 특성을 보이게 된다.[39] 이에 고전소설이 종교적 구원을 담당한다는 전제 아래, 「심청전」의 구조를 '낙원의 상실 → 시련 → 낙원의 회복'이라는 순환구조로 보고, 속죄양으로서의 희생과 추적으로서의 소망이 마침내 구원으로 성취되는 일련의 서사구조를 추출하는 데까지 나아갔다.[40] 이와 같이 심청전승의 기본구조와 구조원리를 논의하였거니와, 이제는 이 소설의 실제적인 구조를 그 구성과 관련시켜 구체적으로 파악해야 되겠다.

---

37 성현경, 앞의 글, 241쪽.
38 최운식, 앞의 글, 189쪽.
39 인권환, 앞의 글, 231쪽.
40 강봉근, 앞의 글 참조.

이런 점에서 이 작품의 구조를 세 부분으로 나누고, '심청의 출생에서 선인들에게 팔려 갈 때까지(도화동) → 제물로 희생된 후 다시 살아날 때까지(인단소) → 황후가 되고 부녀 상봉한 후까지(황성)'로 파악한 것은 보다 구체적이라 하겠다.[41] 기실 우리는 심청전승의 구조에 대하여 지나치게 거창하고 추상적인 이론을 도입하여 이 작품과는 거리가 먼, 난해한 구조론을 펴는 경우나[42] 빗나간 원형론을 제시하는 경우에는[43] 이제 작품 자체로 돌아와야 할 것이다. 그래서 이 '심청전의 구조와 의미'를 내세워, '서사 구조의 구성 원리와 상관관계', '서사 구조의 구성과 그 기능', '서사 구조에 나타난 문제의식'까지 구체적으로 논의한 업적이 돋보이는 터다.[44] 따라서 「심청전」의 실제적 구조는 원론적으로 보편화된 바 심청의 '출생 → 비운 → 역경 → 희생 → 재생 → 영광 → 구제 → 승화'의 단계로 파악되어야 한다. 그래야만 이런 「심청전」의 구조가 그 사건의 진행 과정으로 구체화될 수가 있는 것이다.

여기서 심청전승은 소설로서만 끝나는 것이 아니라, 극화·연행되어 극본 희곡으로 전개·정착되어 있다는 게 주목된다. 전술한 대로 이 전승의 원형적 소설 형태 즉 문장체 「심청전」의 경판본계 작품은 고정·제한 되어 있는 데에 반하여, 그것의 연행을 통한 판소리 창본이나 판소리계 소설 등은 모두가 연극·희곡적 구조를 갖추고 있기 때문이다. 이러한 희곡적 구조는 거시적 관점과 구체적 방법으로 파악될 수

---

41 정하영, 「「심청전」」, 논총간행위원회, 『완암 김진세 교수 회갑기념논문집』, 집문당, 1990, 547쪽.
42 황패강, 앞의 글 참조.
43 김상일, 「「심청전」의 기원」, 『월간문학』 31·32, 월간문학사, 1971 참조.
44 장석규, 『심청전의 구조와 의미』, 박이정, 1999.

가 있다.

먼저 거시적 관점에서, 심청전승은 현실적 비극과 매개적 희비극 그리고 이상적 희극으로 대별된다고 하겠다. 이 현실적 비극은 심청이 출생하여 고난을 겪고 효행하여 임당수에 빠지기까지요, 매개적 희비극은 심청이 죽지 않고 용궁에 가서 대우받아 재생하기까지며, 이상적 비극은 심청이 왕후가 되어 부녀 상봉으로 눈뜨기까지라고 보아진다. 여기서 동서의 원형극에서 보이는 변증법적 구조에 기반을 두고 3막극 구조를 실증할 수 있겠다. 일찍이 여규형이 개작한 〈잡극 심청왕후전〉(1907~1908)에서 이 작품의 구조를 8회(단계)로 나누어 놓았다. 이것은 바로 이 작품을 8단계의 구조로 취급한 터라 하겠다. 이 '잡극'이 중국의 장르 개념이라면, 그것은 2단계 단위의 4절 구조로 조정될 수가 있겠다. 이 잡극이 바로 4절(막) 8단계(장)로 구조 조정이 된다면, 심청전승의 극화·공연과 그 극본·희곡의 구조를 논의하는 데에 참고가 될 것이다.[45]

이제 구체적 관점에서, 심청전승은 그 3막의 각막에서 필연적인 단락에 따라 몇 장씩을 구분·설정할 수가 있는 터다. 여기서 우리는 보편적 연극 희곡의 6단계 구조를 전제할 필요가 있겠다. 심청연극·희곡의 진행 과정에 기준하여 '예견의 설명 → 유발적 사건 → 상승적 동작 → 절정 → 하강적 동작 → 대단원'으로 구분해 보는 것이 바로 그것이다. 결국 대별하여 3막이요 각막마다 2장씩이니, 심청극 희곡의 구조가 3막 6장으로 구획된다고도 하겠다. 이러한 6단계를 틀로 하여, 심청전승의 연극 희곡적 구조를 구체적으로 결부·논의할 수가 있겠다.

---

45 정하영, 「잡극 「심황후전」고」, 『동방학지』 36·37, 연세대 국학연구원, 1983 참조.

제1단계는 심청의 출생·고난고 성장·효행까지

제2단계는 심봉사의 수난·권선과 심청의 매신 공양까지

제3단계는 행선날의 이별과 임당수 제사까지

제4단계는 심청의 투신·재생과 용궁 환대까지

제5단계는 심청의 화중 이송과 황후의 맹인잔치까지

제6단계는 심청의 부녀상봉과 맹인들의 개안·연희까지

이와 같이 심청전승은 소설로서의 기본구조보다는 연극·희곡으로서의 변형구조가 오히려 실세를 유지하고 있는 터라 하겠다. 이로써 이 전승은 형성·전개 과정에서, 유통·연행을 통하여 장르적 변용·발전이 다양하게 이루어졌음을 확인하게 된다. 실제로 심청전승이 설화적 서사 전통을 수용·승화시켜 원형·원본적 소설 형태로 형성·정립된 이래, 그로부터 변용·전개된 극화·연행이 다양한 연극·희곡 장르를 성취시켜 그 많은 원전을 유전·보존하고 있는 게 중시된다. 이에 우리는 심청전승의 구성 양식을 검토하여 그 실상을 보다 자세히 실증해야 되겠다.

다음 심청전승의 구성은 그 무대와 인물 그리고 사건 등으로 구분해 볼 수 있다. 우선 「심청전」의 구성을 논의해 보겠다. 이 소설의 무대는 '명나라 성화년간'의 '남군땅'이고 '인단쇼'의 용궁을 거쳐 간 '유리국'의 왕궁이다. 그리고 여기 인물도 심현과 정씨부인 그리고 심청, 화주승·상고·동네 사람, 용왕·시녀, 국왕 등이 등장할 뿐이다. 그들의 성격과 행동도 그 역할에 시종일관 충실하다. 그 사건의 조직과 진행도 전술한 소설적 구조와 관련되어 '발단 → 비운 → 역경 → 절정 → 회운→결말'로써 빈틈없이 성립되었다.[46] 여기에 심청의 구체적 생애·행적을 대입하면, 그 사건은 보다 다양하게 생동할 터이다. 이상과 같이 소설로서의 사건은 보다 적극적이고 입체적인 논의가 이루어지지 않았고, 이로써 자족할 수밖에 없으리라 본다. 이른바 문장체 소설의 주변이나 외곽에서 전개한 판소리·판소리 창본·판소리계 소설들이 이를 대신하여 그 사건을 이어가기 때문이다. 그렇다면 이로부터 계속되는 사건의 논의는 획기적인 전환점을 맞이하게 된다. 위 판소리·판소리 창본·판소리계 소설의 사건은 이미 연극·극본·희곡의 사건이기 때문이다.

심청전승의 극본·희곡적 구성은 보다 입체적이고 역동적이다. 전술한 바 판소리 〈심청가〉와 그 창본 내지 판소리계 소설의 형성 과정에서, 그 구성은 벌써 연극·희곡의 구성으로 재편·정립되었던 것이다. 먼저 그 무대가 극화·연행에 적합하도록 다양하게 변모·설정되었고, 그 등장인물도 연행목적에 맞도록 필요한 대로 증원하였으며, 그 사건도 신기하고 놀랍도록 증보·확대되었던 것이다. 이와 같이 하여 심청전승의 구성은 그 대세와 실상이 바로 극본·희곡으로 정립되었던 터다. 기실 그동안 학계에서는 이러한 원전의 구성을 무대와 인물, 사건을 중심으로 심도 있게 논의하여 온 게 사실이다. 그러나 문제는 그 유통·연행을 통하여 이미 극본·희곡으로 정립된 원전을 가지고, 소설론에 입각하여 그 구성을 논구하여 왔다는 사실이다. 차라리 이런 원전들을 극본·희곡으로 확인하고, 이를 소설론으로 분석·고찰하는 것은 바람직한 방법론이라 하겠다. 그러나 아직도 이런 원전들

---

[46] 사재동, 「「심청전」 연구서설」, 『어문연구』 7, 어문연구학회, 1971 참조.

을 변형된 소설이나 그 특수한 이본으로 간주하고 위와 같이 연구한다
면, 문제는 더욱 심각해지리라는 것이다. 그러기에 이런 극본·희곡의
원전은 희곡론에 의하여 논의하는 게 원칙이고, 나아가 적절한 보조과
학적 방법론을 추가한다면 금상첨화라 하겠다.

6. 문체·장르의 문제

먼저 심청전승의 문체에 대해 알아보겠다. 이 문체에 대한 논의·고
찰은 다른 분야에 비하여 실로 미진한 편이다. 적어도 이 전승의 소설, 문
장체 「심청전」의 문체에 대해서도, 그것이 소설문체로서 역어체와 내간
체의 수준에 이르렀다는 논의[47]이래, 이렇다 할 연구성과가 나오지 않은
것 같다. 기실 이 문장체 소설의 문체에 대하여 논란의 여지가 많고 그 심
층적 고찰이 요구되지만, 아무리 입체적인 검토를 하더라도, 그것이 산
문체로서 소설문체라는 해명·논증 그 이상의 성과는 나올 수가 없다.
그래서 그 방면의 논고가 유보되고 있다고 보아야 할 것이다.

그렇다면 이 문장체 「심청전」 외에 여러 장르의 많은 이본·이화들의
문체는 어떻게 취급해야 되겠는가. 전술한 바 심청설화나 심청가사, 판
소리·판소리 창본 내지 판소리계 소설의 문체는 그 특성으로 보아 논
의의 여지가 많고, 더구나 그 장르의 규정과 관련하여 그 논구의 필요성

---

47 위의 글 참조.

이 절실한 터다. 그런데도 전개한 바 가사체 「심청전」의 문체를 '가사체' 또는 '가사적 향유'로 거론한 것과[48] 〈심청가〉의 상투적 표현단위에 대하여 고찰한 것[49] 이외에는 별다른 업적이 없는 것 같다.

　이제 이들 작품의 문체는 그 장르 성향을 바탕으로 그 특성을 보이고 있다. 그 첫째가 설화 문체다. 이것은 우선 전개한 심청설화에 해당된다. 이 설화는 물론 심청소설, 문장체나 판소리계 소설에서 파생된 것이지만, 이미 그것은 그것대로의 독자성을 가진다. 따라서 이 심청설화에서 설화 문체가 특성있게 형성·정립된 것은 당연한 현상이라 하겠다. 한편 이 설화 문체는 심청소설을 강독·강담할 때 현장적으로 생겨나고, 그것이 소설 문체에 반영되기도 하였다. 이런 문체는 이야기체로서 가장 자연스럽고 친밀한 설득력을 가진다. 그 둘째가 번역 문체다. 이것은 초창기 산문체의 전형을 이루어 왔거니와, 후대 소설에 이 번역 문체가 계승되었다. 그리하여 심청소설의 문장체 소설이 이 문체를 보유하고 있는 것은 당연한 일이다. 그 셋째가 가창문체다. 말하자면 가창하기에 좋도록 조정·세련된 문체라는 것이다. 위 심청가사의 가사체와 판소리 창본이나 판소리계 소설의 삽입가요나 가창 부분이 이에 해당된다. 그 넷째가 강설 문체다. 그것은 판소리 창본과 판소리계 소설의 해설·서술 부분이다. 그것은 얼핏 산문체인 듯하지만, 실은 가사·가곡체로 유창하게 세련되어, 이른바 판소리의 아니리에 적합한 터다. 그 다섯째가 강창 문체다. 그 판소리 창본이나 판소리

48　박일용, 앞의 글 참조.
49　이헌홍, 「〈심청가〉의 상투적 표현단위에 대하여」, 『민속문화』 3, 안동대 문과대학, 1981 참조.

계 소설의 문체가 전체적으로 강설 문체와 가창 문체가 교직되어 강창 문체를 이룩하는 것이다. 이 문체는 실제로 입체적이고 역동적이어서 유통·연행에서 그 유창한 역량을 발휘하는 터다. 그 여섯째가 바로 대화문체다. 이 문체는 가창문체나 강설 문체 그리고 강창 문체 안에서 독특한 영역을 확보하고 있다. 가창 속의 대화체나 강설·강창 안의 대화체는 전체 문체에 예술적 생동감과 극적 역동성을 제공한다.

이러한 문체에는 상투어·관용구나 고사성어 내지 방언·속어까지 뒤섞여 사실성과 정교함이 부족한 것은 사실이다. 그러나 그것이 구연 방편을 타고 음악적으로 연행되기에는 안성맞춤으로 연마된 문체라는 점만은 분명하다. 그것은 의미전달의 정확성보다는 구연·연행에서, 다른 예술 장르와 조화되어 미끈하게 넘어가는 데에서, 그 멋진 값어치를 발휘하는 것이다. 그리하여 이런 문체는 보편적 기반 위에서 유형적으로 특성화되어 심청전승의 장르적 전개에서 결정적 요건으로 작용하는 터다.

다음 심청전승의 장르 문제가 나타난다. 그동안 학계에서는 심청전승의 장르에 대해서는 무관심한 셈이었다. 기실 그 가운데서 소설 장르로 밖에는 공인될 수가 없었던 것이다. 전게한 대로 제한된 문장체 소설 이외에, 여러 장르의 많은 원전들이 버젓이 존재·현전하는 데도 그것을 소설의 변형, 그 특수한 이본이라 규정하고 다른 장르로 인정하지 않았기 때문이다. 이제 심청전승이 자유로운 광장, 열린 장르로 등장·대두된 마당에서, 그 장르적 전개는 올바로 분류·공인되어야 마땅할 터이다.

첫째로 시가 장르가 설정될 수 있겠다. 전게·상술한 바대로 심청민요가 다수 현존하고 심청사설이 남아 있다. 그리고 심청가사가 비교적 많이 유통되다가 빙산의 일각으로 유존하는 터다. 게다가 판소리 창본이나 판소리계 소설에 분포된 삽입가요 가창 부분을 뽑아내어 합친다면, 매우 풍성한 심청시가의 영역이 확보될 것이다. 더구나 그 심청한 시를 여기에 보충한다면 실로 심청시가는 독자적 장르로 공인되어 확고한 위치를 점유하게 될 터이다.

둘째로 수필 장르가 정립될 수 있겠다. 우선 민간에 구비되는 단편적 심청행적담이나 교훈적 심청이야기 등이 가정생활이나 이웃 간에서, 교육적 공간에서 많이 유통되었던 것이다. 그리고 뜻있는 선비나 지도층이 문장으로 심청의 단편전기나 심청의 행적을 소재로 효행논설 등을 지어 남겨 두었던 터다. 아직도 이를 수집·정리한 바는 없지만, 그것이 심청수필로 정립될 가능성은 얼마든지 있다.

셋째로, 소설 장르는 이미 보편화되어 대표성을 띠고 심청전승의 영역을 독점하여 왔다. 전술한 바 문장체 「심청전」이 명실공히 본격적 작품으로 그 핵심에 자리하였다. 그리고 이른바 판소리계 소설이 그 창본·극본의 실체를 가지고 소설체로 변장·행세하였던 터다. 그러기에 판소리계 소설은 그 연행 여건이 충족될 때는 곧장 판소리화·창본화할 수가 있으므로, 다음 심청극본의 논의에서 다시 거론될 것이다.

한편 전게한 심청설화는 심청소설에서 파생된 게 사실이다. 그러나 그것은 일단 이야기로 구연되는 순간부터 이미 소설 그 자체가 아니다. 이 심청설화는 그 심청소설을 그대로 반영하였다 치더라도, 얼음이 녹아 물이 되듯이 그 차원과 장르를 달리하는 게 당연하다. 더구나 이 심청설화가 소설의 구조를 이어 받되, 그 무대·인물·사건이나 문체 등

에서 유통적 변화를 입었다면, 그것은 서로 독립된 장르로 분화·규정
되어야 할 것이다. 게다가 이 설화는 유통·연행 과정에서 소설과는
다른 독자적 형태와 역할을 드러내기 때문이다.

넷째로 극본·희곡 장르가 성립·규정될 수 있겠다. 위에 든 심청극
본 모두가 희곡적 실상을 갖추고 있기에, 그대로 극본·희곡으로 규정
될 수밖에 없다. 여기서 이들 극본 희곡의 하위 장르의 문제가 나온다.
전술한 대로 이미 논의되고 있는 연극·희곡을 가창극본·가무극본·
강창극본·대화극본 등으로 나누어 볼 때, 이 장르들이 모두 충족·성
립될 수가 있다는 것이다.

우선 가창극본이 성립된다. 전게한 〈심청요〉와 심청사설 등은 비록
단편이기는 하지만 실제로 가창·연행될 때, 심청이야기와 결부되고
극적 분위기를 조성하는 게 분명하다. 그러므로 이들 〈심청요〉와 심청
사설은 고정적으로서는 심청시가에 들지만, 기능·활용면에서는 심청
극본 가창극본으로 행세할 수 있는 것이다. 이런 각도에서 전게한 심
청가사는 심청소설을 시가화한 장편이지만, 그것이 가창 연행될 때는
전체적으로 가창극을 연출함으로써, 가창극본으로 행세하였던 것이
다. 나아가 전게한 판소리 창본이나 판소리계 소설에 삽입된 가요나
가창 부분 창사가 독립되어 가창·연행될 때, 그것은 족히 가창극의 분
위기를 조성하면서 가창극본으로 성립되는 것이었다. 전게한 심청한
시도 실은 음영 연행의 차원에서 가창극의 분위기를 자아내는 게 사실
이다. 그렇다면 이들 한시 또한 가창극본으로 역할·행세하였던 터라
하겠다.

다음 가무극본이 정립될 수 있다. 이 가창극본이 연행 과정에서 무

용과 결부되면, 가무극으로 연창되면서 그것은 가무극본으로 정립될 수가 있다. 위 심청민요나 사설은 분위기에 따라 무용과 결부되기가 쉽고, 그 심청가사도 용궁의 환대장면이나 부녀상봉·개안장면 등에서는 반드시 무용을 동반하게 되므로 가무로 연출될 수가 있겠다. 그런데 이 가창극에서 무용이 독특할 때는 기존 가창극본의 그것을 그대로 사용하기보다는 새롭게 조정·결합할 수가 있는 터다. 이런 가무극의 극본이 희곡 장르의 하나로 정립·행세하는 것은 얼마든지 가능하다고 보아진다.

그리고 강창극본이 성립되었다. 잘 알려진 대로, 판소리 창본은 그대로가 강창극본이다. 판소리가 강창극이라 할 때, 그 극본으로서의 창본이 강창극본으로 기능·행세하는 것은 당연한 일이다. 전술한 대로 판소리 창본 〈심청가〉는 그 구조와 구성, 문체 등에서 극본 희곡의 요건과 자질을 모두 갖추었음이 분명해졌기 때문이다. 여기서 문제되는 판소리계 소설이 강창극본으로 규정될 수 있느냐는 점이다. 위에서 누언한 바와 같이, 이런 소설은 실질적으로 판소리 창본의 실상을 갖추고 있으면서, 과도기적으로 소설로 분장·착의하여 간행·유통되었던 터다. 그러므로 이 판소리계 소설은 다시 판소리에다 올려 연창을 거치면, 곧 창본으로 복원되는 터이기에, 그대로가 강창극본 희곡으로 환원·행세할 수가 있다는 것이다. 이런 소설은 이미 그 구조와 구성, 문체 등에서 극본 희곡의 실상·자질을 갖추었음이 밝혀진 터다. 여기서 전개한 심청무가도 강창극본으로 규정될 수가 있겠다. 원래 굿은 제의극이거니와, 그것이 서사무가를 중심으로 강창극의 형태를 드러내는 게 사실이다. 그렇다면 서사무가 중의 심청무가가 강창극본으로 취급되는 것은 당연한 일이라 하겠다.

끝으로 대화극본이 정립되었다. 우선 심청전승의 판소리 창본이나 판소리계 소설 등 강창극본이 입체화·전문화되어, 무대·장치에 일인 일역의 배역이 분장·착의하고 소도구를 지참하여 등장, 그 사건 진행을 대화·가창과 행동으로 이끌어 나갈 때, 비로소 대화극이 종합예술로 성립되고, 그 극본이 대화극본으로서 전형적 희곡 형태를 보이는 것이다. 그렇다면 심청창극이 바로 그 대화극이요 그 대본이 곧 대화극본이다. 이런 심청창극은 여러 차례 공연되었거니와, 최근에는 완판 창극 〈심청가〉(김명곤)가 큰 반향을 일으켰다. 이어 처음부터 심청전승을 대화극으로 개편·신작하여 공연하고 그 극본을 남기는 사례가 있었다. 예컨대 여규형의 〈잡극 심청왕후전〉·편자 미상의 〈연극소설 몽금도전〉 등이 바로 그것이다. 여규형의 대화극본에 대해서는 그 해설과[50] 본격적인 연구·검토가 있어[51] 그 대화극본의 실상과 희곡적 성격을 규명하였다.

한편 심청전승을 계승·신작한 현대희곡이 있어, 최신 대화극본의 면모를 보인다. 전게한 바 채만식의 〈심봉사〉(I·II)와 최인훈의 〈달아 달아 밝은 달아〉, 박진태의 〈청아! 청아! 심청아!〉 등이 바로 그것이다. 채만식의 희곡은 판소리계 소설을 7막(I) 또는 3막(II)으로 개작하여 고전의 현대적 계승을 충실히 이행하였다. 그런데 마지막 개안 장면을 새롭게 처리하여 극적 효과를 극대화하였다. 말하자면 심청은 용왕제숙으로 임당수에 빠져 죽고, 그녀를 사간 선원 장가가 죗값으로 장님이

---

50   고교형, 「잡극 「심황후전」」, 『조선학보』 13, 1957.
51   정하영, 앞의 글 참조.

된다. 장승상부인과 왕비가 시녀를 심청으로 분장시켜 장님잔치에 온 심봉사와 대면케 하여 그를 개안시킨다. 그러나 심봉사가 그 딸 심청이 아닌 것을 알고 자신의 손으로 눈알을 빼고 망녀대를 찾아 떠나간다. 이처럼 극적 효과를 노리다가 무리한 개변을 가져 왔지만, 대체로 무난하다. 이 작품에 대한 최근의 연구가 있다.[52]

다음 박진태의 희곡은 역시 판소리계 소설을 저본으로 개작하여 참신한 작품으로 승화되었다. 이 연극 진행에 이무기들을 등장·활용하여, 그 신비와 운명의 필연적 권능과 역할을 발휘케 한다. 그리고 심봉사와 심청 이외 인물들의 배역을 그 이무기들이 겸하도록 배려하였다. 그리고 이 희곡에는 막을 설정치 않고 대강 사건의 마무리 대목에서 징을 치는 것으로 이를 대신한다. 그리고 이 작품의 사건전개는 심청이 임당수로 향하는 이별 장면에서 끊어 버리고, 그 나머지는 심청의 죽음을 위로·천도하는 씻김굿으로 처리한 것이 특이하다. 고전학자로서 새로운 시도이기는 하지만, 심청전승의 진면목을 보이는 중반·후반을 생략한 것은 희곡상에서도 결함이 되리라 본다.

마지막으로 최인훈의 희곡은 역시 판소리계 소설을 저본으로 삼은 듯한 파격적 신작이다. 그것은 「심청전」의 새로운 해석을 통한 창작이기보다는 심청과 심봉사, 뺑덕어미의 이름을 빌린 완벽한 창작이다. 심청전승의 계승·수용의 긍정적 의미와 요건이 전혀 없기 때문이다. 오랜 전통의 민족신앙·사상·윤리·미학 등을 송두리째 파괴·파멸시킴으로써, 모두를 경악·분노의 소용돌이로 몰아넣은 파천황적 극작술이 무섭게 번뜩인다. 그래서 가장 값지고 거룩한 전통관념을 완전

---

52 김동권, 「채만식의 〈심봉사〉 연구」, 『연극의 담론과 창조』, 국학자료원, 1999 참조.

하게 폭파시킴으로써, 이를 흑암지옥으로 떨어뜨리고 막다른 통속 안으로 참혹하게 침몰시키니, 그의 작품은 마침내 그런 독자·청중에게 괴성과 함성의 박수·갈채를 받을 것이다. 몇 백 년의 긴 역사 위에 심청전승을 통하여 민족의 신앙·사상·윤리·예술 등을 한 몸에 융화·승화시킨 우리의 성녀, 심청이 중국 상인에 몸을 팔아, 그 해변 용궁정에 가서 중국의 뭇놈들에게 수없이 당하고, 한국 김서방에 의하여 구출되어 귀국선에서 해적에게 잡혀 또 수없이 당하는 최고의 창녀로 전락한다. 심봉사와 뺑덕어미가 그 몸 판 돈을 절반만 시주하고 나머지로 객주집을 차려 사기행각 하는 중에, 심청이는 다시 도화동에 걸레처럼 버려지고, 늙고 실성한 심청이 애들의 놀림을 받으며 과거사를 왕후의 영광으로 꾸며 회상하는 이야기를 한다. 심청전승의 영광된 역사와 현실을 완전히 제거하고, 그 위에 〈달아 달아 밝은 달아〉만을 만들어 세웠다.

이러한 사건은 20세기 심청전승사와 희곡사에 정반대의 반향으로 길이 남을 것이다. 실성하고 악동적인 희곡작가의 회화적 장난이라면, 우리는 한 번 웃고 잊어버릴 수도 있겠다. 그러나 그는 저명한 원로 소설가요 고전의 현대희곡화로써 희곡계의 각광을 받아 오고 있다. 더구나 이 방면 젊은 학자들이 이 작품을 찬양하고 이론적으로 합리화하여 최인훈 희곡론을 설계하고 있는 실정이다. 바야흐로 심청전승의 전통과 가치관이 그 작품의 방향으로 기울어 가고 있다. 물론 윤리 도덕이나 전통적 가치관이 문학창작이나 문학과학의 절대기준이 아님을 잘 안다. 그러기에 우리는 앞으로 고전의 올바르고 풍성한 유산을 계승·고수하여 창작의 자유천지를 구가하는 그들에게 일깨워 주어야 하겠다. 이와 관련하여 참신하고 예술적인 현대희곡은 물론 바람직한 시나리오가 속출하기를 기대한다.

7. 유통·연행의 문제

먼저 심청전승의 유통은 광범하고 의미가 있다. 이 유통을 통해서만 심청전승이 그 실상을 드러내고 생동하는 기능을 발휘하며, 역사적인 영향을 끼쳐 왔기 때문이다. 이미 전제된 대로 심청전승의 유통은 구비적 방식과 문헌적 방편을 타고 전개되었다. 위 원전·자료의 문제에서 거론된 바에 의거하여, 두 방면에 걸친 유통 양상을 개관해 보겠다.

첫째로, 심청전승의 구비적 유통이다. 우선 「심청전」의 강독이다. 이 강독은 그 책을 보고 여러 청중에게 읽어 주는 것을 원칙으로 한다. 그 음독은 독자적인 음악·곡조를 가지게 되니, 유경·불경을 읽는 그 이상의 묘미가 있다. 그 강독은 때로 안방·사랑방에서 이루어져 간단한 사례를 받는 데에 그쳤으니, 그 방면에 취미와 재능이 있는 사람이 주체가 되었다. 나아가 이 강독은 전문적인 강독사가 등장하면서 동네의 광장이나 시정 등 열린 공간, 대중을 모은 자리에서 공개적으로 이루어졌다. 이 때의 강독은 그 책을 들었으되 그대로 읽지 않거나 또는 아예 책을 놓고 그냥 낭독하는데, 그 강독이 낭낭하고 실감 있게 전개됨으로써, 청중 모두가 감동하여 울고 웃는 것이다. 여기서 강독사가 사람을 시켜 최소한의 돈을 받아 생활하게 되었다. 여기 「심청전」이 전기수에 의하여 읽힌 것은 조수삼의 기록대로 비교적 이른 시기부터였다.

다음 심청전승의 강담이다. 동네나 인근에서 입담 좋고 총기 있는 사람이 「심청전」을 읽고 이를 안방·사랑방이나 동네·시중에서 청중을 모아 이야기하는 방식이다. 이것도 취미와 재주로 하는 데서 점차 전문화되어, 이야기꾼이 등장하고 강담사로 행세하면서 보다 열린 장소, 보다 많은 청중들에게 재미있고 감명 깊은 이야기를 들려주었던 터다. 여기서도 강담사가 사람을 시켜 교묘한 방법으로 돈을 모아 생활해 나갔던 터다. 그리고 심청전승을 가창하거나 강창하는 방식이 보편화되었다. 여기에 이르면 그 유통 방식이 전문화되어 연행예술의 차원으로 발전한다. 그리하여 이 두 분야의 구비적 유통문제는 다음의 연행단계로 미루겠다.

이상 구비적 유통에서 중요한 것은 현전하는 이화異話 자료를 확인하고 수집하는 일이다. 대소 간의 현전 자료들이 심청전승의 유통범위와 그 의미망을 실증하는 전거이기 때문이다. 심청전승이 현재와 미래에 걸쳐 길이 유전되면서 민족의 보전으로 유지·발전하는 유일한 통로가 되는 것이다.

둘째로, 심청전승의 문헌적 유통이다. 우선 「심청전」의 필사본으로 유통된 게 주목된다. 이런 필사본은 일단 「심청전」의 일차적 원전이기 때문이다. 이런 작품을 필사하는 것은 그것을 읽고 배우고자 함이니, 하나의 필사본이 생기면 그를 거점으로 많이 널리 읽히고 거듭 필사되어 나간다. 이 필사는 자녀·부인들의 흥미와 교훈을 위하여 부모나 형제가 해 주는 경우가 있고, 그리고 남녀 간 자신들의 공부를 위하여 직접 손을 대기도 한다. 이 인기있는 필사본을 구득하기 위해서는 잘 쓰는 사람에게 의뢰하거나 전문가에게 요청하여 대금을 주는 경우가 보편화되었다. 그 수요가 다양해지면서 필사 전문가는 이런 사본을 여러 벌이나 필사해 놓고는, 이를 대여하고 돈을 받기도 하였던 터다.

심청전승은 조선 후기에 이르러, 그 수요가 늘면서 상업적 수단과 결부되어 목판 방각본으로 간행·유전되었던 터다. 그래서 먼저 출판·인쇄문화와 상업의 중심이었던 서울 지역에서 경판본이 간행되기 시작하였다. 비교적 원본에 가까운 필사본을 저본으로 하여 방각본을 간행하니, '경판본'이라 이름하고 그 원형적 문장체 「심청전」으로 유통·행세하였던 터다. 이 경판본계는 그 내용의 전아함과 구성·사건의 무미건조한 도덕 성향으로 하여 그만큼 인기가 없었고, 따라서 그 유통에서도 활발하지 못했던 게 사실이다. 게다가 후대적으로 완판본이 간행·성행하는 데에 밀려서 그 유통범위가 점차 줄어 들고 계속적인 간행이 유보될 수밖에 없었다. 이는 지금까지 유존하는 경판본 이본이 실증하는 터다. 전게한 바 완판본은 호남의 상업도시 전주에서 종이 생산, 방각본 출간을 기반으로 소비력의 후원을 받아 많이 간행되었다. 여기서는 주변의 소비·수용층의 호응을 받아, 판소리의 본고장이라는 배경을 가지고 완판본이 성세를 보인 것은 당연하다. 더구나 이 완판본은 인기 있는 판소리를 거쳐 검증된 그 창본을 거의 그대로 또는 조금 손질하여 마구 간행함으로써, 판소리로 세련된 수용층의 호응을 받았던 터다. 그러한 상업성과 인기를 유지하고 잘 팔리는 소설을 만들기 위하여 출판업자와 광대 및 후견문사 사이에서 상당한 개작·통속화가 이루어졌던 것이다. 이러한 성황은 20세기 초까지 시장으로 연결되고, 그 전통을 활판본에 넘겨주게 되었다. 한편 안성에서 지소를 배경으로 얼마간 이 소설 방각본을 내었지만, 얼마 유지되지 못하였으니 현전하는 이본이 드물 수밖에 없었다.

이에 활판술의 발달과 상업수단의 진전으로 말미암아, 방각본의 전통과 권리를 손쉽게 이어 받고 새로운 활판본이 활발하게 간행되었다. 이 활판본은 상업성을 높이기 위하여 전국적인 시장을 개척·확장하였고, 작품 자체의 참신성과 흥미성을 높이기 위하여 마구 개작의 손을 대었던 것이다. 여기서 심청전승의 흥미화·통속화가 촉진되었던 것이다. 그래서 독자층의 시선을 끌기 위하여 표지를 울긋불긋한 원색 그림으로 채우고 값도 내리어 그 당시 6전을 받았던 터다. 여기서 활판본은 '붉은딱지본'이나 '육전본'이란 이름을 얻게 되었다.

이와 같이 문헌적 유통은 필사본 이래, 방각본 내지 활판본시대에 이르러 절정을 이루었다고 본다. 그것은 판소리 연창과 함께 전국적으로 판매·보급되고 나아가 서사나 서상이 빌려 주기도 하는 데서 들어난다. 그래서 강독사가 이 책을 다른 책과 같이 짊어지고 다니면서 읽어 주는 사례가 허다하였던 터다. 이런 시대가 심청전승의 유통·전파에서 전성기를 이루니, 그 소설사·문학사의 의의가 크다고 보겠다. 이리하여 필사본을 비롯한 여러 장르의 모든 이본들은 단순한 문헌이 아니라, 심청전승이나 기타 소설들의 유통·전승과 수용·의미망을 증명하는 확실한 전거가 되는 것이라 하겠다.

다음 심청전승의 연행 양상이 중시된다. 이 연행은 유통의 예술적 방편, 최고 수준의 연극적 방식이다. 그렇다면 심청전승은 어떻게 연행되었는가, 그래서 어떻게 극화·공연되었는가. 전술한 대로 연극적 연행은 종합예술로서 혼잡한 것이 아니라, 그 체계적 계통 즉 장르를 따라 독자적이고 상호보완적 방법으로 전개된 것이다. 이미 밝혀진 대로 가창극·가무극·강창극·대화극 등의 장르로 공연되었던 게 확실하다. 위 장르별 검토에서 드러났듯이, 그 가창극본·가무극본·강창극본·대화극본 등이 연행되어 그 연극 장르로 활성화되었다는 것이다.

첫째 가창극은 그대로 노래하는 연극이다. 그 극본은 전술한 바 시가 장르이거니와, 이를 가창함에 있어, 시조·사설·가곡·가사 등의 연행으로 연속·전개되는 것이다. 이때의 무대는 각별히 마련되고 공연석과 청중석이 맞대어 있으나 구별되어 있었던 터다. 가창 출연자는 남녀 광대 또는 기생들이며, 그 연행은 남녀 독창으로부터 남성합창·여성합창, 그리고 남녀 대창 또는 원창으로 다양한 방법을 구사하였다. 다만 유념할 것은 그 출연자들이 무대에 좌정하여 소도구도 필요 없이 단정·진중히 반주에 맞추어 가창만 한다는 점이다. 여기에는 시끄러운 잡성이나 가벼운 몸짓이 용납되지 않으니, 춤사위가 끼어들 수 없었다. 거기에는 고아한 가창, 점잖은 감흥이 흐를 뿐이었다.

둘째, 가무극은 그대로 노래하고 춤추는 연극이다. 이 가무극은 원래 가창에 무용을 합친 연극양식이지만, 가창극에 무용을 보탠 기계적 화합은 아니다. 가창극이 독자적이듯이, 가무극도 독자성을 지니고 있기에, 그 무용에 알맞은 가창을 달리 요청할 수가 있기 때문이다. 이 가무극은 입체적이고 역동적인 데다 흥취를 위주로 하기에, 심청전승의 가무극적 연행이 원만히 이루어졌을까 염려도 되었다. 그러나 가무극은 반드시 흥취·오락으로만 공연하는 게 아니다. 때로 제례가무나 장송가무도 있는 법이니, 심청전승의 전반에 가무극이 적용될 수 있는 것은 물론이요, 더구나 전술한 바 용궁환대나 맹인잔치 나아가 개안후의 경사연회에서는 반드시 가무극을 연행하였을 것이다. 이 가무극은 무대 장치 출연자의 분장 의상, 소도구의 지참, 반주의 보조 등 거의 대화극의 차원으로 발전되어 있는 터다.

셋째, 강창극은 그대로 판소리로 연행된다. 일찍이 정립된 강창극의 전통 아래서 판소리가 가장 발달된 형태이기 때문이다. 전술한 대로 별다른 무대 장치, 분장·의상이 필요 없이, 일정한 장소, 청중이 모인 자리에 정복한 광대가 부채 하나를 들고 나가면 된다. 그 광대가 〈심청가〉의 창본대로 강설하고 가창하며 대화도 하고 표정·몸짓 등 연기도 하면서, 이 연극을 이끌고 나가는 것이다. 그러기에 그 광대는 남녀 간 인물이나 성음이 좋고, 말재주와 가창력이 뛰어나야 된다. 그리고 적절하고 즉흥적인 임기응변 등을 능소능대하게 아울러 청중을 끝까지 사로잡아야 한다. 그런데 이러한 연창연기를 고수의 장단에 맞추어, 광대 혼자서 모두 책임지는 데에 묘미와 성패가 달려있는 것이다. 이런 점에서 심청무가도 이와 비슷하다. 이 강창극이 혼자서 모든 역할을 한다는 점에서, 연극이 아니라고 하는 데, 동서고금에는 일인극이 얼마든지 있어 왔다. 더구나 동양극의 영향을 받은 서구의 서사극을 전제하고, 여기에 장단과 추임새를 상대하는 고수를 합산한다면, 강창극은 족히 연극 예술이라 하겠다. 이러한 관점에서 심청무가가 강창극으로 연행되어 온 것도 인정되어야 한다. 이 심청무가를 강창극본으로 공인한 바에는, 그 실연 양상을 강창극으로 규정하는 것은 당연하기 때문이다.

넷째로, 대화극은 가장 입체적이고 역동적인 전문연극이다. 심청전승은 대화극으로 실연됨으로써, 연행의 극치를 이룬다. 전술한 대로 대화극은 무대·장치가 미술적으로 마련되고 옥내·야외의 극장이 설정되어, 청중의 자리가 확보되어야 한다. 악사석과 배우실이 따로 있어, 그들이 배역에 따라 분장·착의하고 소도구를 지참해야 된다. 심청전승의 대화극본에 따라 순차적으로 등장하여 대화와 행동을 통하여 극정을 이끌어 나간다. 여기 심청창극이나 심청잡극 등은 전통적 창법을 따르거나 약간의 춤사위를 가미하는 경우가 있다. 심청전승의 현대극은 현대극의 방법을 따르는 게 당연하다. 이와 관련하여 심청전승이 현대극은 물론 영상·영화 등으로 제작·공연되리라 본다.

이러한 연행은 심청전승의 유통에서 최고의 예술적 방편이었다. 여기서 심청전승은 전파·보급, 전국 내지 외국까지의 의미망 구축에서 가장 크게 공헌한 것이 분명하다. 그것은 심청전승의 장르적 분화·전개를 촉진·주도하고, 나아가 이미 정립된 여러 장르를 다시 확인하면서 새로운 장르의 모색·출연을 보조하여 왔다. 따라서 심청전승의 역사적 전개 과정에서 가장 역동적이고 입체적인 역할을 다하였다고 본다.

8. 역사적 위상의 문제

우선 심청전승 자체의 유통사·전승사가 중시된다. 이 전승이 조선 중기 이전부터 연원하여 비록 조선 후기에 원형·원본적 소설로 형성되었다 하더라도, 그로부터 본격적으로 발전·전개된 역사는 적어도 300여 년간을 헤아리게 된다. 실로 이 전승이 소설적 원형을 바탕으로 시가·수필·소설·희곡 등의 장르로 발전·전개되면서, 하나의 계통적 역사를 이룩한 것은 그 의의가 크다. 더구나 심청전승이 오랜 세월 국내외로 광범하게 그룹을 이루고, 다른 소설, 이웃 예술, 유관문화와 상호 교섭하면서 그 영향권을 넓혀 왔다는 것은 참으로 의미 깊은 일이라 하겠다.

이제 심청전승의 소설 형태를 통하여 소설사상의 위치를 점검해 볼 수가 있다. 기실 「심청전」이 형성·유전된 이래, 가장 값지고 감명 깊은 소설로 다른 소설의 전범이 되고 후대 소설의 귀감이 된 것은 물론이다. 「심청전」은 「춘향전」과 쌍벽을 이루어 작자층·매개층·수용층을 망라하여 직간접적인 영향을 끼쳤다는 점에서, 그 위치가 뚜렷하다는 것이다. 그것은 민족의 소설이요 윤리의 귀감으로써, 모두의 호응·공감과 후원으로써, 그 성장·유통의 고삐를 늦추지 않고 끊임없이 발전한 점이 바로 소중한 것이다.

심청전승은 이제 소설사상에서 기여한 바로써 만족할 수 없다. 그것은 문학사 전반에도 크게 이바지하였기 때문이다. 적어도 심청전승은 심청문학으로서 각 장르에 걸쳐 계통을 이룩하고, 그 장르적 계통을 통하여 각기 다른 문학 장르와 교섭하면서 성장·발전하고 영향을 끼쳤던 것이다. 기실 심청시가가 그 계통적 전개 과정에서 다른 시가와 교섭·발전하면서 영향을 준 것은 사실이다. 그리고 심청수필이 다른 수필과의 관계에서 교섭·성장하고 영향을 수수했다는 것도 부인할 수 없다. 더구나 심청희곡이 그 확실한 계통과 면면한 계승으로 가창극본·가무극본·강창극본·대화극본 등 각 장르에 걸쳐 발전과 성행을 거듭하면서, 역대의 다른 희곡 장르와 교섭하고 영향을 주어 온 것은 특기할 만한 일이다.

나아가 심청전승은 그 유통·연행 과정에서, 예술사와도 교섭하고 상호 영향을 주었다는 것이 중시된다. 기실 이 전승은 구비유통이나 연행 과정에서 음악을 방편으로 활용한 게 사실이다. 그러기에 이 전승의 긴 흐름 속에서 음악사와 맺어온 관계는 실로 심중한 것이었다. 그리고 이 전승이 가무극적 연행 과정에서 무용을 수용·소통한 것도 분명하다. 이처럼 긴 세월 동안, 이것이 무용사와 상통·발전해 온 역사는 간과될 수 없다. 나아가 심청전승은 그 유통·연행의 역사 위에서 직접 극화·공연된 것이 자명해진다. 이 전승의 연행상의 역사가 그대로 연극사라 하겠다. 그러기에 이 심청극의 역사가 일반 연극사와 연결된 전래 과정은 그대로가 풍성하고 확고한 한국연극사를 이루어 왔던 것이다. 나아가 심청전승의 문헌적 유통 과정에서 필사본의 서예미나 목판본의 인쇄미 등이 독특하여 역대의 서예 미술사와 관계를 맺게 되었다. 게다가 심청극의 공연 과정에서 무대 장치·배경화 등으로 조각·공예·회화 등과도 긴밀히 연결되었던 터다. 그래서 심청전승이 미술사와 맺은 인연도 무시할 수 없을 것이다.

결국 심청전승은 그 광범한 유통·전파를 통하여 문화사와의 교섭 관계를 맺은 것이 중시된다. 우선 심청전승은 그 언어 사용이나 문장 표현의 독자성으로 하여 국어사와의 관계가 의미 심중한 터다. 심청전 승만의 특수한 어휘·방언 그리고 독특한 어법 등이 검토된다면, 이 전 승의 유통사와 국어사는 긴밀한 관계로 파악될 것이다. 그리고 심청전승은 오랜 역사 위에서 효행원리를 강조·전파하였기에, 역대 상하 민중에 윤리적 전범으로서 윤리사의 핵심을 이루었다고 본다. 한편 심청전승은 그 속에 종교·사상의 실체를 먹음어, 상하 민중에 교화·제도를 베풀었기에, 종교·사상사와도 보다 긴밀한 관계를 맺어 오게 되었다. 나아가 심청전승은 그 안에 통과의례, 각종 제의, 여러 풍속을 포괄하고 상하 민중에 지대한 영향을 주었으니 일반 민속사와 결코 무관할 수 없다는 것이다.

여기서 덧붙일 것은 심청전승의 문화사적 토착화의 문제다. 심청전승은 「심청전」의 발상지나 그 배경무대로 결부되어 몇몇 지역에 토착화 현상을 보이고 있다. 일찍이 「심청전」의 행선지와 연결된 임당수가 옹진군의 백령도 근방이라고 고증을 시도한 이래[53] 옹진군 당국이 학자들에게 의뢰하여 그 일대가 「심청전」의 무대라는 고증을 얻고, 지금은 인천시 옹진군 백령면 진촌리 산 146-10에 심청각과 심청동상을 세워 놓고, 문화유적 관광지로 돌리면서 효행 교육도량으로 활용하고 있다. 「심청전」의 무대배경이라는 것도 후대적 이본 판소리계 소설이나 활자본에서 황해도 황주로 개변된 뒤에 무리하게 추정된 것이고, 원본에 가까운 문장체 소설 경판본계의 「심청전」에는 남군땅-유리국으로 추상화·이상화되어 있기에, 실질적인 상관성은 없는 실정이다. 「심청전」의 작중인물 심청의 효행을 찬양·계승하기 위하여 각종 기념물이 어디에 건립되어도 좋으나, 별다른 유적과 확고한 고증도 없이, 이 작품의 무대배경이라고 속단하고 기념사업·문화사업을 벌이는 것은

---

53 신동일, 「「심청전」의 설화적 고찰」, 『논문집』 7, 육군사관학교, 1969; 신동일, 「「심청전」 연구—무가·판소리 및 근원설화를 중심으로」, 서울대 석사논문, 1969 등 참조.

성급한 일이라 하겠다.

　이와 관련하여 전남 곡성군 당국에서는 「옥과현성덕산관음사사적」
에 근거하여 홍장을 심청이라 전제하고, 동 오산면 선세리 관음사 입구
에 심청공원을 만들어 장승 26개와 심청효행기념비를 세우며 각종 기
념사업·문화사업을 계획·실천하고 있다. 군내에 심청사랑위원회를
조직하고 국사학자들과 제휴하여 역사적인 고증 작업을 강화하는 과
정에서, 중국 진나라 혜제의 황후를 동국에서 맞아 갔다는 사실과 심청
의 생가가 동 오곡면 송정마을이라는 사실을 추정하게 되었다는 것이
다. 따라서 이 지역이 「심청전」의 발상지라 믿고 심청문화 사업을 추
진하고 있는 실정이다. 위 관음사 사적에 보면, 그 심청이라는 홍장이
충청도 대흥현(현 예산군 대흥쪽)의 출신이고, 심청전의 원형적 전승이라
는 모든 사건이 이 지역을 중심으로 진행·완결되고 있다. 효녀 홍장
이 아버지의 눈을 띄우기 위하여 홍법사 중 성공을 따라 매신 공양에
임한 인연으로 진나라 황후가 된 후에, 그 고향에 연락하여 홍법사에
불상을 전달하고 그 보시의 덕분으로 아버지가 그 지역에서 광명을 찾
는 이야기로 마무리되고 있기 때문이다. 다만 그 왕후가 몇 차례나 동
국에 불상·관음상을 배에 실어 보내는 가운데 그 중의 한 차례가 표류
하여 옥과현에 닿았고 성덕에 의하여, 관음상이 모셔지고 그 자리에 관
음사가 창건되었다는 사실 뿐이다. 그렇다면 이 홍장의 이야기가 위
「관음사연기설화」로 결부되기는 하였으나, 홍장의 생장·효행·보시
와 그 아버지의 개안 등 심청전적 서사 형태는 옥과현과는 무관하고 오
히려 대흥현과 직결되고 있는 실정이다. 그러므로 곡성군의 그 고증작
업과 심청문화 사업은 신중을 기해야 되겠고, 더구나 「심청전」의 발상

지라는 입장에서는 벗어나야 하리라 본다. 이런 관점에서는 오히려 충남 예산군에서 그 고증작업과 문화사업을 시도해 봄직하다는 것이다. 그래서 이런 사례만 보아도 심청전승이 토착화되는 문화사적 실상을 파악할 수가 있고, 나아가 그에 따르는 문제점을 확인할 수가 있겠다. 다만 우리는 이런 토착화가 현재와 미래의 소설사·예술사 등에 오류의 영향을 미칠까 염려하여, 그 고증 작업이나 문화사업에 정확한 근거와 올바른 방향을 제공할 따름이다.

이와 같이 심청전승은 그 자체가 거창한 영역과 유구한 역사를 이끌어 왔다. 그리하여 이 전승은 소설사에서 뿐만 아니라, 문학사·예술사상의 위치나 문화사상의 위상이 그만큼 확실하고 중대하다고 보아진다. 이로써 심청전승은 그 실상과 위상이 입체적으로 부각되었다고 하겠다.

9. 결론

이상과 같이 심청전승을 내세워 그 영역을 확대하고 방법론을 확충하여, 그 문학·예술·문화적 실상과 역사적 위상을 7개 분야로 나누어 고찰해 보았다. 지금까지 논의한 바를 요약하면 다음과 같다.

① 심청전승의 원전·자료는 매우 광범하고 다양하기에, 계통별·장르별로 정리하여 보았다. 먼저 구비적 원전으로, 심청민요와 심청설

화 심청강창 내지 심청무가 등이 유전되고, 다음 문헌적 원전으로 심청
가사와 심청사설 그리고 심청소설로서 문장체 「심청전」 경판본계와
판소리계 「심청전」 완판본계·안성판본계 등이 존재하며, 심청극본으
로 가창극본에 심청한시와 강창극본에 판소리 창본, 그리고 창본의 실
상을 지닌 판소리계 소설, 나아가 대화극본에 창극본과 잡극계 극본,
현대희곡·시나리오 등이 현전한다.

② 심청전승의 시원은 근원설화로부터 이어지는데, 그 다양하고 풍
성한 원전들이 유기적인 계통을 이루어 유전되다가 소설적 원형을 이
룩하고 나아가 유능한 작가의 용의주도한 설계 아래 원본적 소설로 제
작되었다. 이 소설이 보다 발전·세련되어 문장체 소설 경판본계로 성
립되었던 것이다. 이런 문장체 소설이 유통·확산 과정에서 매개적 소
설계통을 통하여 판소리화됨으로써, 그 주제와 기본구조를 계승하고
그 무대·인물·사건 내지 문체상에 획기적 변화를 가하여 판소리 창
본으로 정립되었다. 다시 그 창본이 문헌적 유통을 명분으로 변장·조
성되어 내부는 창본이면서 소설적 외형을 갖춘 판소리계 소설로 형
성·정착되었던 것이다.

③ 심청전승의 주제는 그 작품의 핵심에 자리한 심오·원융한 정신
적 가치체계로서 그 탐색·고찰이 '희생적 참회·비원에 의한 무상의
제도', '인간에 대한 대자대비의 구원', '효를 통한 구원', '인간의식의 각
성', '자기 희생의 가치와 의미' 등으로 다양하게 이루어졌지만, 이로써
만족할 수 없다. 앞으로의 주제론이 그 구심점을 향하여 입체적으로
다각도로 이룩될 때, 그 원형적 총화로서 참된 주제가 어렴풋이 떠오를
것이다. 그런데 이 주제를 뒷받침하는 배경 사상은 유교·불교·도교

등으로 다양하게 전개될 수가 있다. 이 사상은 심청전승의 여러 장르
와 많은 이본에 걸쳐 그 작자층·매개층·수용층의 사상적 취향에 따
라 얼마든지 변화·대치될 수밖에 없는 것이다. 다만 이 사상의 존재
양상은 언제나 융화·총합으로 나타나니, 어떠한 한 사상을 중심으로
다른 사상들이 유기적 역학관계를 보이는 터다.

④ 심청전승의 구조는 기본적으로 전기적 유형, '영웅의 일생'을 갖추
고 주제와 직결되어 고정체계를 유지하고 있기에, 그 분석·파악이 구심
점을 향하여 다양하게 이루어질 수 있다. 문장체 소설을 중심으로 하는
소설적 구조로서는 '천상계 → 적강·시련 → 입수·정화 → 청정·행
복 → 천상·복귀'를 추출할 수 있고, 또한 '천상계 → 지상계 → 수중계
→ 천상계'라거나 '낙원의 상실 → 시련 → 낙원의 회복'이라 하여 순환구
조를 단순화시킬 수도 있지만, 적어도 '출생 → 비운 → 역경 → 희생 →
재생 → 영광 → 구제 → 승화'의 구조로 좀더 구체화되어야 할 것이다.
나아가 심청전승은 판소리 창본이나 판소리계 소설에서는 희곡구조로
파악하는 게 순리적이다. 그러기에 그 기본구조는 현실적 비극에서 매개
적 희비극을 거쳐 이상적 희극으로 마무리되는 것이다. 이런 구조는 좀더
구체화되어 '예견의 설명 → 유발적 사건 → 상승적 동작 → 절정 → 하
강적 동작 → 대단원'의 6단계로 구분될 수 있으니, 그 작품의 진행 과정
과 부합되는 터다. 그리고 심청전승의 구성은 문장체 소설을 중심으로 무
대·인물·사건·문체 등에서 전형적인 소설 구성을 확보하고 있다. 그
런데 판소리 창본이나 판소리계 소설을 돌아볼 때, 그것들은 극본 희곡의
구성으로 조정되었으니, 무대의 변화, 인물의 인원·성격 변모, 사건의
증보·통속화 등에서 희곡적 재구를 성취하였던 것이다.

⑤ 심청전승의 문체는 모든 원전에 근거하고 그 장르 성향을 감안하며, 이를 분석 · 종합하였기에, 설화문체 · 번역문체 · 가창문체 · 강설문체 · 강창문체 · 대화문체로 구분 · 체계화되었다. 이런 문체를 기준하고 그 구조 · 구성 등의 실상을 감안하여 장르를 구분함으로써, 4대 장르를 설정할 수 있었다. 그 시가계에는 민요와 사설, 가사와 한시, 그리고 산문전승의 삽입가요 등이 이에 속한다. 수필계에는 단편효행담 · 전기 · 효행논설 등이 해당되고, 소설계에는 심청설화와 문장체 소설 내지 판소리계 소설이 포함된다. 나아가 극본 · 희곡계에는 가창극본 · 가무극본 · 강창극본 · 대화극본 등이 소속되어 있다.

⑥ 심청전승의 유통은 그것이 생동하는 실상을 보이니, 먼저 구비적 유통은 강독 · 강담 · 가창 · 강창 등을 통하여 활성화되고, 다음 문헌적 유통은 필사본과 방각본 중의 경판본 · 완판본 · 안성판본, 그리고 여러 출판사의 활판본을 전거로 널리 전파되었다. 나아가 심청전승은 유통의 예술적 방편으로 연행되었으니, 노래하는 연극, 노래하고 춤추는 연극, 강설하고 가창하는 연극, 대화 · 행동으로 엮어가는 연극 등으로 종합예술에 의거해서 활발히 연행 · 공연되었던 것이다.

⑦ 심청전승의 역사적 위상은 여러 측면에서 새롭게 조명되었다. 그것은 심청전승사 · 심청유통사로서 그 의의가 크며, 단순한 소설사에 종횡으로 기여한 바가 뚜렷하다. 그리고 심청전승은 시가 · 수필 · 소설 · 희곡 등의 장르로 전개되어 각개 장르의 일반 장르사와 교섭하며 지대한 영향을 주었기에, 그 문학사상의 위치가 소중하였다. 나아가 심청전승은 그 유통 · 연행 과정에서 음악 · 무용 · 연극 내지 미술과 직접 교섭하는 긴 여정에서 예술사와 깊은 관계를 맺어 그 위상을 제대

로 정립하였다. 게다가 심청전승은 광범한 유통 · 전파를 통하여 국어 · 방언, 종교 · 사상, 민속 · 제의 등과 깊은 교섭을 가지고 역사적으로 토착화됨으로써 문화사상의 위상을 드높였던 것이다.

이상과 같이 광범하게 논의하다 보니, 심청전승의 실상과 위상을 제대로 조명 · 부각시키는 데는 미흡하고 역부족이었다. 다만 심청전승의 영역을 확대하고, 이를 개척 · 고찰하는 실제적인 방법론을 확충 · 적용하자는 의도와 함께 몇 가지 문제를 거론한 것뿐이다. 여기서 분명한 것은 이 논의가 앞으로의 연구에 긴요한 당면 과제를 제기하였다는 점이다. 이제부터 심청전승은 본격적이고 전문적으로 연구할 단계에 이르렀기 때문이다.

참고문헌

원전

각안, 『동사열전』(영인), 정문사, 1982.

『석가여래십지수행기』(강전섭 소장), 덕주사, 1660.

김종권 역, 『고려사』, 범조사, 1963.

김진영 외, 『심청전 전집』, 박이정, 1999.

柳田聖山, 『六祖壇經諸本集成』, 中文出版社, 1976.

潘重規, 『敦煌變文集新書』, 中國文化大學, 1984.

신재효, 『신재효 판소리전집』(영인), 연세대 출판부, 1969.

원본 『악장가사』·『악학궤범』·『시용향악보』(영인), 대제각, 1988.

이혜구 역, 『악학궤범』, 국립국악원, 2000.

일연, 최남선 편, 『삼국유사』, 서문문화사, 1988.

한국불교전서편찬위원회, 『한국불교전서』 1~6, 동국대출판부, 1979~1984.

허홍식, 『한국금석전문』(고대), 아세아문화사, 1984.

논저

경일남, 「고려조 강창문학 연구」, 충남대 박사논문, 1989.

김갑순, 『희곡론』, 이화여대 출판부, 1986.

김대행, 『고려시가의 정서』, 개문사, 1986.

김동권, 『연극의 담론과 창조』, 국학자료원, 1999.

김동욱, 『국문학사』, 일신사, 1984.

______, 『한국가요의 연구』, 을유문화사, 1961.

김문태, 『『삼국유사』의 시가와 서사문맥의 연구』, 태학사, 1995.

김열규 외편, 『이규보연구』, 새문사, 1986.
______, 『한국민속과 문학연구』, 일조각, 1971.
김용락, 『현대희곡론』, 한신출판사, 1983.
김익두, 『판소리, 그 지고의 신체 전략―판소리의 공연학적 면모』, 평년사, 2003.
김재철, 『조선연극사』, 학예사, 1939.
김지견 외편, 『원효 성사의 철학세계』, 민족사, 1989.
김진영, 『불교담론과 고진시사』, 보고사, 2012.
______, 『이규보 문학연구』, 집문당, 1984.
김태준, 『조선소설사』, 학예사, 1939.
김학성, 『한국고전시가의 연구』, 원광대 출판부, 1980.
______, 『향가여요 연구』, 이우출판사, 1985
김학주 외편, 『중국공연예술』, 한국방송대 출판부, 2002.
______, 『한·중 두 나라의 가무와 잡희』, 서울대 출판부, 1994.
김형우, 「고려시대 국가적 불교행사에 대한 연구」, 동국대 박사논문, 1992.
박노준, 『고려가요의 연구』, 새문사, 1990.
박병동, 「『석가여래십지수행기』 연구」, 충남대 박사논문, 1998.
반교어문학회 편, 『신라가요의 기반과 작품의 이해』, 보고사, 1998.
백영정병욱선생주기추모논문집간행위원회 편, 『한국고전시가 작품론』 1, 집문당, 1992.
사재동 외편, 『한국희곡문학사의 연구』, 중앙인문사, 2000.
__________, 『실크로드와 한국문화의 탐구』, 중앙인문사, 2001.
______, 『불교계 국문소설의 연구』, 중앙인문사, 1994.
______, 『불교계 서사문학의 연구』, 중앙문화사, 1996.
______, 『불교문학과 공연예술』, 태학사, 2016.
______, 『한국고전소설의 실상과 전개』, 중앙인문사, 2006.
______, 『한국공연예술의 희곡적 전개』, 중앙인문사, 2006.
______, 『한국문학유통사의 연구』, 중앙인문사, 1999.
______, 『훈민정음의 창제와 실용』, 역락, 2014.
사진실, 『공연문화의 전통』, 태학사, 1997.
서수생, 『한국시가연구』, 형설출판사, 1974.
서연호, 『한국근대희곡사연구』, 고려대 민족문화연구소, 1984.
성균관대 인문과학연구소, 『고려가요 연구의 현황과 전망』, 집문당, 1996.
성기옥, 「공무도하가 연구」, 서울대 박사논문, 1988.

성택승, 『고려·조선시대 서사문학 발전의 연구』, 고려대 민족문화연구소, 1993.

성현경 외편, 『「광한루기」 역주 연구』, 박이정, 1997.

송방송, 『고려음악사연구』, 일지사, 1988.

______, 『한국음악사연구』, 영남대 출판부, 1982.

송재주, 『한국고전시가연구』, 다운샘, 1993.

신라문화선양회 편, 『신라문학의 신연구』, 서경문화사, 1986.

신지영, 『중국전통극의 이해』, 범우사, 2002.

심재복, 「조선 후기 도불습합소설 연구」, 대구대 박사논문, 2000.

안확, 『조선문학사』, 한일서점, 1922.

양은용 외편, 『신라원효연구』, 원광대 출판부, 1979.

양주동, 『조선고가연구』, 박문서관, 1942.

양태순, 『고려가요의 음악적 연구』, 이회문화사, 1997.

여증동, 『한국문학사』, 형설출판사, 1973.

유민영, 『한국현대희곡사』, 기린원, 1988.

유영대, 「심청전의 계통과 주제」, 고려대 박사논문, 1989.

______, 『심청전연구』, 문학아카데미, 1989.

윤광봉, 『한국연희시연구』, 박이정, 1997.

______, 『한국의 연희』, 반도출판사, 1992.

윤성현, 「고려 속요의 서정성 연구」, 연세대 박사논문, 1994.

윤영옥, 『고려시가의 연구』, 영남대 출판부, 1991.

이가원, 『한국한문학사』, 민중서관, 1961.

이능화, 『조선해어화사』, 한국학연구소, 1998.

이두현 외편, 『한국문화사대계』 IV, 고대 민족문화연구소, 1970.

______, 『한국연극사』, 민중서관, 1973.

______, 『한국의 가면극』, 일지사, 1985.

이명구, 『고려가요의 연구』, 신아사, 1973.

이종찬, 『한국의 선시』, 이우출판사, 1985.

이행원, 『도화집』, 홍법원, 1985.

이혜구, 『한국음악서설』, 서울대 출판부, 1967.

인권환, 『고려시대 불교시의 연구』, 고려대 민족문화연구소, 1983.

임기중, 『신라가요와 기술물의 연구』, 이우출판사, 1981.

임동권, 『한국민요집』 II, 집문당, 1994.

장덕순 외편,『한국문학사의 쟁점』, 집문당, 1986.

장덕순,『국문학통론』, 박이정, 1995.

______,『한국문학사』, 동화출판사, 1975.

장사훈,『국악논고』, 서울대 출판부, 1966.

장석규,『심청전의 구조와 의미』, 박이정, 1999.

장한기,『한국연극사』, 동국대 출판부, 1986.

전홍철,『돈황강창문학의 이해』, 소명출판, 2011.

정규복,「구운몽 연구」, 고려대 출판부, 1974.

정병욱 외편,『고려가요연구』, 새문사, 1982.

정은혜,『정재연구』I, 대광문화사, 1993.

정주동,『고대소설론』, 형설출판사, 1983.

정하영,「심청전의 제재적 근원에 관한 연구」, 서울대 박사논문, 1983.

조동일,『탈춤의 역사와 원리』, 홍성사, 1987.

______,『한국문학통사』2, 지식산업사, 1995.

조만호,『전통희곡의 제식적 미학』, 태학사, 1995.

조종업,『한국고대시론사』, 어문연구회, 1984.

주종연,『한국소설의 형성』, 집문당, 1987.

지헌영,『향가 여요의 제문제』, 태학사, 1991.

______,『향가여요신석』, 정음사, 1947.

차용주,『한국한문학사』, 아세아문화사, 1989.

차주환,『당악연구』, 범학사, 1979.

최남선,『조선상식문답』(속편), 동명사, 1947.

최미정,「고려속요의 수용사적 연구」, 서울대 박사논문, 1990.

최승범,『한국수필문학연구』, 정음사, 1980.

최혜진,『동초제 고향임 춘향가』, 인문과교양, 2016.

한국고소설연구회 편,『한국고소설론』, 아세아문화사, 1991.

한국어문학회 편,『고려시대의 언어와 문학』, 형설출판사, 1975

한노단,『희곡론』, 정음사, 1973.

한옥근,『한국고전극연구』, 국학자료원, 1996.

허　영,『연극론』, 한신문화사, 1993.

황패강 외편,『향가여요연구』, 이우출판사, 1985.

국외 논저

楊牧 外, 『中國現代文學批評選集』, 聯經出版公司, 1979.

周英雄 外, 『結構主義與中國文學』, 東大圖書公司, 1984.

楊蔭瀏, 『中國古代音樂史稿』, 丹靑圖書公司, 1986.

韋旭昇, 『朝鮮文學史』, 北京大出版社, 1986.

郭茂倩, 『樂府詩集』, 里仁書局, 1984.

吳國欽, 『中國戲曲史漫話』, 木鐸出版社, 1983.

靑木正兒, 隋樹森譯, 『元人雜劇序說』, 長安出版社, 1981.

小野玄妙, 『佛敎文學槪論』, 甲子社書房, 1924.

山邊留學, 『佛敎文學』, 大東出版社, 1936.

周紹良 外, 『敦煌變文論文錄』, 明文書局, 1985.

徐許, 『小說彙要』, 正中書局, 1974.

劉瑛, 『唐代傳奇硏究』, 正中書局, 1982.

小川貫一, 『佛敎文化史硏究』, 永田文昌堂, 1973.

陳宗樞, 『佛敎與戲曲藝術』, 天津人民出版社, 1992.

葉德均, 『宋元明講唱文學』, 河洛出版社, 1978.

王熙元 外, 『詞曲選注』, 學生書局, 1985.

盧元駿, 『曲學』, 黎明文化事業公司, 1980.

兪爲民, 『宋元南戲考論』, 商務印書館, 1994.

平等通昭, 『印度佛敎文學硏究』, 印度學硏究所, 1969.

任半塘, 『唐戲弄』, 漢京文化公司, 1985.

田仲一成, 『中國祭祀演劇硏究』, 東京大 東洋文化硏究所, 1981.

칼 망쓰이우스, 飯塚友一郎 譯, 『世界演劇史』, 平凡社, 1931.

작품명

핵심어